La última noche de Rose Daly

Tana French

La última noche de Rose Daly

Traducido del inglés por Gemma Deza Guil

 TUBOLSILLO

Título original: *Faithful Place*

Primera edición en TuBolsillo: septiembre de 2025

Diseño de colección: REGA
Diseño de cubierta: Elsa Suárez Girard / www.elsasuarez.com
Imagen: Freepik

PAPEL DE FIBRA
CERTIFICADA

Copyright © Tana French, 2008
© de la traducción: Gemma Deza Guil, 2010
© de esta edición: TuBolsillo (Grupo Anaya, S. A.), 2025
Valentín Beato, 21
28037 Madrid

ISBN: 979-13-87739-08-9
Depósito legal: M-13675-2025
Printed in Spain

Para Alex

Nota de la autora

Faithful Place existió en realidad, pero se hallaba en la otra orilla del río Liffey, en la norte, entre el laberinto de calles que componía el distrito de las luces rojas de Monto, en lugar de en el sur del barrio de Liberties, y había desaparecido mucho antes de que los acontecimientos que se describen en estas páginas tuvieran lugar. Cada rincón de Liberties está construido sobre multitud de siglos de historia estratificados y no quería olvidar ninguna de esas capas dejando al margen las anécdotas o a los habitantes de la calle real para hacer hueco a mi relato y a mis personajes ficticios. De manera que me he concedido cierta licencia con la geografía dublinesa; así, he resucitado Faithful Place, pero lo he trasladado a la otra ribera del río y he enmarcado mi libro en las décadas en que la calle carecía de una historia propia que pudiera verse desplazada.

Como siempre, todas las imprecisiones, sean deliberadas o involuntarias, son mías.

Nota: Los fragmentos de las canciones populares irlandesas «The Rare Ould Times» y «The Ferryman» se han reproducido con autorización de Pete St John, con agradecimiento.

Prólogo

En la vida de una persona solo importan unos pocos momentos. Casi nunca se aprecian hasta que se contemplan en perspectiva, mucho después de haberlos vivido: el momento en el que decidiste hablar con una chica, reducir la velocidad en una curva sin visibilidad, detenerte y buscar ese condón. Yo supongo que podría decir que fui afortunado. Tuve la suerte de ver uno de esos momentos cara a cara, y de reconocerlo como tal. Noté las aguas revueltas arremolinarse en torno a mi vida una noche de invierno, mientras esperaba en medio de la oscuridad en la cima de Faithful Place.

Tenía diecinueve años y era lo bastante adulto como para entender el mundo y lo bastante niño como para cometer miles de tonterías. Aquella noche, tan pronto como mis dos hermanos empezaron a roncar, me escabullí de nuestro dormitorio con mi mochila a la espalda y los pantalones colgando de una mano. Crujió una tabla del suelo y, en la habitación de las chicas, una de mis hermanas murmuró en sueños, pero esa noche me sentía mágico, cabalgando en la cresta de la ola, imparable; mis padres ni siquiera se revolvieron en la cama plegable cuando traspuse la puerta principal, tan cerca de ellos que podrían haberme tocado. El fuego había queda-

11

do reducido a un quejumbroso centelleo rojizo. En la mochila llevaba todas mis pertenencias de valor: pantalones tejanos, camisetas, una radio de segunda mano, cien libras y mi certificado de nacimiento. En aquellos tiempos, eso era lo único que se necesitaba para viajar a Inglaterra. Rosie tenía los billetes para el ferry.

La esperé al final de la calle, oculto entre las sombras, fuera del círculo neblinoso de luz amarilla que proyectaba la farola. El aire estaba frío como el hielo y tenía ese regusto salado del lúpulo con el que se elabora la cerveza Guinness. Llevaba tres pares de calcetines debajo de los tejanos y las manos embutidas en los bolsillos de mi parca del ejército alemán, y escuché por última vez los ruidos de mi calle, viva, deslizándose por las dilatadas corrientes de la noche. Una risa de mujer seguida de un «Pero ¿se puede saber quién te has creído...?» y una ventana cerrándose. Una rata escarbando en una pared de mampostería; un hombre tosiendo; el silbido de una bicicleta doblando una esquina; los refunfuños graves y fieros del viejo loco Johnny Malone en el sótano de la casa del número catorce, mientras hablaba en sueños. Un par de golpes aquí y allá, unos gimoteos apagados, unos golpes rítmicos... Recordé el olor del cuello de Rosie y alcé la vista al cielo con una sonrisa. Escuché las campanas del carillón de la ciudad dar la medianoche en la Iglesia de Cristo, en la de San Patrick y en la de San Michan, notas redondas descendiendo del cielo como una celebración, anunciando nuestro Año Nuevo secreto.

Cuando dieron la una sentí miedo. Escuché un rastro de susurros y estruendos en los jardines traseros y me enderecé, a punto, pero no era Rosie quien trepaba el muro; probablemente fuera alguien entrando a hurtadillas en su casa a través de una ventana, a deshoras y sintiéndose culpable. En el número siete, el bebé recién nacido de Sallie Hearne lloró, un

12

gemido leve y derrotado, hasta que su madre se arrastró hasta él medio dormida y le cantó una nana. «Duérmete niño, duérmete ya...».

Cuando las campanas anunciaron las dos, la confusión me golpeó como un mazazo y me catapultó al otro lado de la tapia, al jardín del número dieciséis, abandonado desde antes de que yo naciera y colonizado por nosotros, los niños del barrio, ajenos a las espantosas advertencias de nuestras madres, lleno de latas de cerveza, colillas de cigarrillos y virginidades perdidas. Subí las escaleras de cuatro en cuatro, sin importarme quién pudiera oírme. Estaba tan seguro que casi podía verla, con sus furiosos rizos cobrizos y los brazos en jarras: «¿Dónde diablos te habías metido?».

Tablas del suelo astilladas, agujeros descorchados en el yeso, escombros y bocanadas de aire frío y denso, y nadie. En la estancia de la planta superior que daba a la calle encontré una nota, una simple página arrancada de un cuaderno escolar. Revoloteaba en el suelo desnudo, en el pálido rectángulo de luz que entraba por la ventana rota, y parecía llevar allí un siglo. Fue entonces cuando se produjo el cambio de marea, cuando el mar se doblegó contra mí y se tornó mortal, demasiado fuerte para luchar contra él. Fue entonces cuando me abandonó.

No me llevé la nota conmigo. Para cuando salí del número dieciséis me la sabía ya de memoria y me quedaba el resto de la vida para interiorizarla. La dejé donde estaba y regresé al final de la calle. Allí aguardé, entre las sombras, observando las columnas de vaho que mi respiración proyectaba en la luz de la farola, mientras las campanas daban las tres y las cuatro y las cinco. La noche se fundió en un leve y triste gris y el carro de la leche dobló la esquina traqueteando sobre los adoquines en dirección a la lechería, mientras yo seguía esperando a Rosie Daly en la cumbre de Faithful Place.

13

1

Mi padre me dijo en una ocasión que lo más importante que debe saber todo hombre es por qué estaría dispuesto a morir. «Si no lo sabes –dijo–, ¿qué valía tienes? Ninguna. Entonces no eres un hombre.» Yo tenía trece años y él se había bebido ya tres cuartos de una botella de Jameson's de calidad, pero conste que la conversación era seria. Por lo que alcanzo a recordar, mi padre estaba dispuesto a morir: a) por Irlanda, b) por su madre, que llevaba muerta diez años, y c) por echarle la mano al pescuezo a esa zorra de Margaret Thatcher.

Sea como fuere, a partir de aquel instante podría haber dicho en cada momento de mi vida por qué daría mi vida. Al principio me resultaba fácil decidir: por mi familia, por mi novia, por mi hogar. Más tarde, durante un tiempo, las cosas se complicaron un tanto. Hoy lo tengo claro, y me gusta; es algo de lo que uno puede sentirse orgulloso. Moriría por, sin ningún orden concreto, mi ciudad, mi trabajo y mi hija.

Mi cría, hasta el momento, se porta bien; mi ciudad es Dublín, y trabajo de policía secreto, de manera que parece obvio por cuál de ellos es más probable que acabe muriendo, pero hace tiempo que mi empleo no me representa ningún peligro más temible que un follón de papeleo. Las dimensiones de este país implican que la vida útil de un agente infiltrado sea relativamente breve; dos operaciones, cuatro a lo sumo, y el riesgo de que a uno lo descubran se multiplica exponencialmente. Yo consumí mis siete vidas hace ya mucho tiempo. Por ahora me mantengo entre bambalinas y dirijo operaciones.

El verdadero riesgo de la policía secreta, tanto en el terreno de acción como desde fuera es que uno acaba haciéndose ilusiones y empieza a pensar que tiene la situación bajo control. Es fácil convencerse de que es uno el hipnotizador, el maestro de los espejismos, el listillo que sabe la verdad y se conoce todos los trucos, cuando lo cierto es que uno no es más que otro rostro boquiabierto entre el público. Independientemente de lo bueno que se sea, este mundo siempre lleva una baza mejor. Es más astuto que tú, más rápido y mucho, mucho más despiadado. Lo único que puedes hacer es mantener el tipo, conocer tus puntos débiles y no bajar nunca la guardia ante un posible golpe a traición.

La segunda vez en mi vida que me preparé para una estocada por la espalda fue una tarde de viernes de principios de diciembre. Había dedicado todo el día a hacer labores de mantenimiento en algunos de los espejismos que me ocupaban en aquel entonces: uno de mis muchachos, a quien los Reyes Magos traerían carbón, se había metido en un lío y, por razones complejas, necesitaba a una viejecita a quien pudiera presentar como su abuelita a varios camellos de poca monta. Yo me dirigía hacia casa de mi exmujer a recoger a mi hija para pasar con ella el fin de semana. Olivia y Holly viven en una espectacular casa pareada en un bonito callejón sin salida de Dalkey. El padre de Olivia nos la regaló para nuestra boda. Cuando nos trasladamos allí, la casa, en lugar de un número, tenía un nombre. Me deshice de él rápidamente, pero ya entonces tenía que haber caído en la cuenta de que aquella entelequia no llegaría a buen puerto. Si mis padres hubieran sabido que me casaba, mi madre se habría empeñado hasta las cejas solicitando un crédito, nos habría comprado un bonito juego de sofás floreados para el salón y se habría escandalizado si le hubiéramos quitado el plástico protector a los cojines.

En la puerta, Olivia me obstaculizaba el paso con su cuerpo, por si acaso se me ocurría entrar.

–Ya está casi lista –me informó.

Olivia, y lo digo con la mano en el corazón y con el equilibrio adecuado de petulancia y arrepentimiento, es una mujer de bandera: alta, con un rostro alargado y de rasgos elegantes, una magnífica melena rubia ceniza y unas de esas curvas discretas que no se aprecian a simple vista pero que luego no pueden dejar de mirarse. Aquella tarde se había enfundado en un caro vestido negro y unos delicados pantis y llevaba alrededor del cuello el collar de diamantes de su abuela que solo desempolva para las ocasiones especiales, y hasta el mismísimo Papa se habría tenido que secar el sudor de la frente al contemplarla. Y puesto que yo soy un hombre de mucha menor talla que el Santo Padre, lo que hice fue lanzarle un silbido.

–¿Una cita importante?

–Vamos a cenar.

–¿Ese plural incluye a Dermo de nuevo?

Olivia es demasiado lista para dejar que le tire de la lengua tan fácilmente.

–Se llama Dermot y, sí, efectivamente, lo incluye.

Fingí estar impresionado.

–¡Vaya! Ya hace cuatro fines de semana que quedáis, ¿me equivoco? Cuéntame algo: ¿será hoy la gran noche?

Olivia llamó a nuestra hija, que estaba en la planta superior.

–¡Holly! ¡Ha llegado tu padre!

Mientras me daba la espalda aproveché para colarme en el recibidor. Olía a Chanel número 5, el mismo perfume que

17

usaba desde que nos conocimos. Desde la planta de arriba, Holly gritó:

–¡Papi! Ya bajo, ya bajo, ya bajo... Solo me falta... –seguido de una larga cháchara, mientras Holly se explicaba sin preguntarse si la oíamos.

–¡Tranquila, cariño, no hay prisa! –le grité mientras me dirigía a la cocina.

Olivia me siguió.

–Dermot llegará de un momento a otro –anunció.

No me quedó claro si lo decía en tono de amenaza o de súplica. Abrí el frigorífico y eché un vistazo al interior.

–No me gusta la fisonomía de ese tipo. No tiene barbilla. Nunca confío en los hombres sin barbilla.

–Afortunadamente, tu gusto en hombres no tiene ninguna relevancia ahora.

–Sí la tiene si la cosa va lo bastante en serio como para que pase tiempo con Holly. ¿Cómo se apellidaba?

En una ocasión, cuando estábamos a punto de separarnos, Olivia me estampó la puerta del frigorífico en la cabeza. Percibí que estaba calculando la posibilidad de hacerlo de nuevo. Pero no me enderecé; decidí darle una oportunidad. Al final, mantuvo el temple.

–¿Por qué quieres saberlo?

–Necesito comprobar sus antecedentes en el sistema. –Saqué un cartón de zumo de naranja y lo agité–. ¿Qué es esta basura? ¿Cuándo has dejado de comprar zumo del bueno?

Olivia, que llevaba los labios pintados con un tono de rojo sutil, torció el gesto.

–*Bajo ningún concepto* vas a comprobar el historial de Dermot en ningún sistema, Frank.

–No me queda más alternativa –repliqué divertido–. Tengo que asegurarme de que no sea un pedófilo, ¿no te parece?

–¡Por el amor de Dios, Frank! ¡Claro que no es un pedófilo!

—Quizá no –concedí–. *Probablemente* no. Pero ¿cómo puedes estar segura, Liv? ¿No prefieres prevenir que curar?

Abrí el zumo y le di un sorbo.

—¡Holly! –gritó Olivia, esta vez más alto–. ¡Date prisa!

—¡No encuentro mi *caballo*!

Un montón de golpes en la planta de arriba.

—Suelen apuntar a madres solteras con niñitas encantadoras. Y te sorprendería saber que la mayoría de ellos no tienen barbilla. No sé si te habrás percatado de ello –le dije a Olivia.

—No, Frank, no lo he hecho. Y no me gusta que utilices tu trabajo para intimidar...

—Fíjate bien la próxima vez que aparezca un pederasta en televisión. Furgoneta blanca y sin barbilla, te lo garantizo. ¿Qué conduce Dermo?

—¡*Holly!*

Le di otro trago al zumo, sequé el cierre con la manga de mi camisa y guardé el cartón de nuevo en el frigorífico.

—Sabe a pis de gato. Si te aumento la pensión de la niña, ¿comprarás un zumo decente?

—Si la triplicaras, en caso de que pudieras costeártelo, quizá alcanzaría para comprar un cartón a la semana –contestó Olivia con voz dulce y fría, mientras comprobaba la hora en su reloj.

La gata afilaba las uñas si le tirabas de la cola demasiado rato. Holly nos salvó a ambos de nosotros mismos al llamarme a voz en grito desde su dormitorio:

—¡Papi! ¡Papi! ¡Papi!

Me dirigí al pie de las escaleras a tiempo para agarrarla al vuelo cuando saltó como un fuego de artificio, con su pelo rubio enmarañado y su ropita rosa brillante, enroscó sus piernas alrededor de mi cintura y me golpeó la espalda con su cartera del colegio y un poni peludo llamado Clara que había vivido tiempos mejores.

—Hola, mono araña —la saludé y le di un beso en la coronilla. Era ligera como una campanilla—. ¿Qué tal te ha ido la semana?

—He estado muy ocupada y no soy ningún mono araña —me regañó, nariz contra nariz—. ¿Qué es un mono araña?

Holly tiene nueve años y ha heredado por vía materna unos huesos delgados y una piel que se amorata con facilidad; nosotros, los Mackey, somos robustos, tenemos el cabello grueso y estamos concebidos para trabajar duramente en el clima dublinés. Pero Holly tiene mis ojos. La primera vez que la vi alzó la vista hacia mí con mis propios ojos, unos magníficos ojos grandes de color azul cielo que me deslumbraron como una pistola eléctrica y aún hacen que se me encoja el corazón cada vez que me mira. Olivia puede quitarle mi apellido raspándolo como si fuera una etiqueta con una dirección anticuada, llenar el frigorífico de un zumo que no me gusta e invitar a Dermo el Pedófilo a ocupar mi sitio en la cama, pero no puede hacer nada por eliminar esos ojos.

—Es un mono mágico que vive en un bosque encantado en el País de las Hadas —le expliqué a Holly. Me miró con una mezcla perfecta de admiración y socarronería—. ¿En qué has estado tan ocupada, si puede saberse?

Se deslizó entre mis brazos y aterrizó en el suelo con un porrazo.

—Chloe, Sarah y yo vamos a montar un grupo de música. Te hice un dibujo en la escuela porque armamos una coreografía y me gustaría bailar con unas botas blancas. Y Sarah escribió una canción y...

Por un instante, Olivia y yo estuvimos a punto de sonreírnos, pero Olivia se refrenó y volvió a comprobar la hora.

En el camino de entrada nos cruzamos con mi amigo Dermo, un tipo (y lo sé a ciencia cierta porque me quedé con la matrícula de su coche la primera vez que salió a cenar con

Olivia) respetuoso hasta lo indecible con la ley que jamás ha aparcado su Audi ni siquiera en una doble línea amarilla y que no puede evitar tener el aspecto de alguien que siempre está a punto de lanzar un eructo estruendoso.

—Buenas noches —me saludó con la cabeza, tenso. Tengo la sensación de que le doy miedo—. Holly.

—¿Cómo le llamas? —le pregunté a Holly cuando le abroché el cinturón de su silla infantil en el coche y Olivia, perfecta como Grace Kelly, le daba un beso en la mejilla a Dermo en el umbral de casa.

Holly le peinó las crines a Clara y se encogió de hombros.

—Mamá dice que lo llame «Tío Dermot».

—¿Y lo haces?

—No. Nunca lo llamo por su nombre. Pero en mi cabeza lo llamo Cara de Calamar.

Comprobó a través del retrovisor si la iba a regañar por eso. Tenía la barbilla erguida, lista para defender sus posiciones. Yo solté una carcajada.

—Fantástico —le aplaudí—. ¡Esa es mi niña! —e hice un trompo con el freno de mano para sobresaltar a Olivia y a Cara de Calamar.

Desde que Olivia entró en razón y me echó de casa vivo en los muelles, en un edificio de apartamentos gigantesco construido en la década de 1990, diría que por David Lynch. Las alfombras son tan gruesas que jamás he oído una pisada, pero incluso a las cuatro de la madrugada se percibe el zumbido de quinientas mentes alrededor: gente soñando, esperando, preocupándose, planeando, pensando. Crecí en una casa de vecindad, de manera que estoy acostumbrado a vivir como en una granja de cría intensiva de gallinas, pero esto es muy distinto. No conozco a mis vecinos; ni siquiera tropiezo con ellos. No tengo ni idea de cómo entran y salen de sus casas. Hasta donde yo sé, no salen jamás al exterior, sino que permanecen atrincherados en sus apartamentos, pensando. Incluso cuando duermo mantengo un oído avizor, controlando ese murmullo, listo para saltar de la cama y defender mi territorio si es preciso.

La decoración de mi rincón personal de Twin Peaks responde a un estilo chic divorciado, es decir, que dentro de cuatro años seguirá dando la impresión de que la furgoneta de la mudanza aún no ha llegado. La única salvedad es el dormitorio de Holly, donde habita hasta el último muñeco de peluche de color pastel conocido por el ser humano. El día que fuimos a comprar el mobiliario, tras una ardua batalla logré ahorrarme ingresarle la pensión a Olivia y decidí comprarle a Holly el centro comercial íntegro. Una parte de mí pensaba que nunca más volvería a verla.

–¿Qué haremos mañana? –quiso saber mientras subíamos por el pasillo acolchado.

Arrastraba a Clara por la alfombra de una pata. La última vez que la había visto habría chillado como si la estuvieran asesinando solo con pensar que ese caballo pudiera tocar el suelo. Parpadeas y te pierdes algo.

–¿Te acuerdas de la cometa que te compré? Si acabas los deberes del colegio esta noche y mañana no llueve, te llevaré al parque Phoenix y te enseñaré a hacerla volar.

–¿Puede venir Sarah?

–Telefonearemos a su madre después de cenar.

Los padres de las amigas de Holly me adoran. Nada infunde mayor seguridad que el hecho de que un policía lleve a tus hijos al parque.

–¡Cena! ¿Podemos pedir una pizza?

–¡Claro que sí! –contesté. Olivia come solo productos ricos en fibra, orgánicos y sin aditivos; si yo no contrarresto ligeramente esa dieta, nuestra hija crecerá siendo el doble de sana que sus amigas y se sentirá desplazada–. ¿Por qué no?

–Abrí la puerta y tuve la primera sensación de que Holly y yo no íbamos a encargar ninguna pizza esa noche.

La luz del contestador de mi teléfono parpadeaba como loca. Cinco llamadas perdidas. La gente del trabajo me llama al móvil; los agentes de campo y los informantes confidenciales me telefonean a mi otro móvil; mis amigos saben que, si me ven, me verán en el pub, y Olivia me envía mensajes de texto al móvil cuando tiene que comunicarme algo. Solo quedaba la familia, lo cual significaba mi hermana pequeña, Jackie, pues es la única con la que me hablo desde hace un par de décadas. Cinco llamadas probablemente indicaran que uno de mis padres estaba muriéndose.

–Ten, cariño –le dije a Holly mientras sacaba mi ordenador portátil–. Llévate esto a tu dormitorio y molesta a tus amigas con mi cuenta de chat. Estaré contigo en cuestión de minutos.

Holly, que sabe perfectamente que no tiene permitido conectarse a internet en privado hasta que tenga veintiún años, me miró con escepticismo.

–Papi, si tienes ganas de fumarte un cigarrillo, basta con que salgas al balcón. Ya sé que fumas –me contestó en un despliegue de madurez.

La empujé hacia su dormitorio.

–¿Ah, sí? ¿Y qué te hace pensarlo?

En cualquier otro momento me habría picado verdaderamente la curiosidad. Nunca he fumado delante de Holly y Olivia jamás le habría confesado que fumo. Hemos amueblado la cabeza de nuestra pequeña entre ambos y el hecho de que albergara pensamientos que nosotros no hemos introducido en ella sigue desconcertándome.

–Lo sé –replicó Holly, al tiempo que soltaba a Clara y su mochila en la cama y ponía gesto altanero. Con lo pequeña que es y ya es toda una detective–. Y no deberías hacerlo. La madre María Teresa dice que te vuelve negro por dentro.

–La madre María Teresa tiene toda la razón del mundo. Es una mujer listísima. –Encendí el ordenador y activé la conexión a internet–. Ya está. Voy a hacer una llamada telefónica. Pero no aproveches para comprar un diamante en eBay[1], ¿eh?

Holly preguntó:

–¿Vas a llamar a tu novia?

Allí de pie, con su abrigo acolchado blanco hasta las rodillas y los ojos abiertos como platos, intentando no parecer asustada, se me antojó diminuta y demasiado sabia para su edad.

–No –contesté–. No, cielo. Yo no tengo novia.

–¿Me lo prometes?

–Te lo prometo. Y tampoco tengo intención de echarme una en breve. Dentro de unos años quizá tú me puedas buscar alguna. ¿Qué te parece?

–Quiero que mamá sea tu novia.

–Sí –contesté–. Ya lo sé.

Le acaricié la cabecita con la mano; su cabello tenía el tacto de unos pétalos de flor. Luego cerré la puerta a mi espalda y regresé al salón para averiguar quién había fallecido.

Efectivamente, era Jackie quien había dejado los mensajes y hablaba como una locomotora. Mala señal: Jackie frena cuando da buenas noticias («No puedes ni imaginar lo que ha sucedido. Venga, adivina.») y pisa el acelerador cuando tiene que comunicar las malas. En esta ocasión era un asunto de Fórmula 1.

–Dios, Francis, ¿por qué diablos no descuelgas el puñetero teléfono? Necesito hablar contigo. No te llamo para echar-

---

[1] eBay es la mayor red de subastas por Internet que existe en el mercado. *(N. de la T.)*

24

me unas risas, ¿o es que lo hago alguna vez? Antes de que te dé un pasmo, no te preocupes, gracias al cielo no se trata de mamá; mamá está estupendamente, un poco conmocionada, pero como todos los demás... Al principio ha tenido palpitaciones, pero luego se ha sentado y Carmel le ha preparado un coñac y ahora está fantásticamente, ¿verdad, mamá? Suerte que Carmel estaba aquí; viene casi todos los viernes después de hacer la compra. Nos telefoneó a Kevin y a mí para que viniéramos. Shay dijo que no te llamáramos, que no tenía sentido, eso dijo, pero lo mandé a freír espárragos. Creo que es justo que te llamemos. Así que, si estás en casa, ¿puedes hacer el favor de descolgar el teléfono y contestarme? ¡Francis! Juro por Dios que... –El espacio para dejar mensajes se agotó con un pitido.

Carmel, Kevin y Shay, madre mía. Sonaba a que toda la familia se había abatido sobre la casa de mis padres. Mi padre, tenía que ser él.

–¡Papi! –gritó Holly desde su dormitorio–. ¿Cuántos cigarrillos fumas al día?

La mujer del contestador me indicó que pulsara unas teclas; acaté sus órdenes.

–¿Quién te ha dicho que fumo?

–¡Tengo que saberlo! ¿Cuántos? ¿Veinte?

Eso para empezar.

–Más o menos.

Jackie otra vez:

–¡Maldito cacharro! ¡No había terminado! Ven aquí. Debería habértelo dicho directamente. Tampoco es papá. Sigue siendo el mismo de siempre. No se ha muerto nadie ni nadie está herido ni nada por el estilo. Quiero decir que todos estamos estupendamente. Kevin está un poco alterado, pero creo que es porque le inquieta cómo puedas encajar tú la situación. Ya sabes que te quiere mucho. Bueno, quizá no sea nada, Fran-

25

cis, no quiero que pierdas la cabeza, ¿me oyes?, podría ser solo una broma, alguien que quiere incordiar, eso fue lo que pensamos al principio, aunque es una broma bastante jodida, y excusa mi vocabulario...

–¡Papi! ¿Cuánto ejercicio haces?

¿Qué diantres?

–Soy bailarín de ballet en secreto.

–¡No! Hablo en serio. ¿Cuánto?

–No el suficiente.

–... Además, ninguno de nosotros sabría qué hacer con ello de todas maneras, así que ¿te importaría llamarme en cuanto oigas este mensaje? Por favor, Francis. Tendré el móvil a mano –continuó Jackie. Un clic, un pitido y la mujercita del buzón de voz. Visto en perspectiva, debería haberme figurado lo ocurrido, o al menos debiera haberme hecho una idea general.

–Papi, ¿cuántas piezas de fruta y hortalizas comes?

–Montones.

–¡Eso es mentira!

–Algunas.

Los siguientes tres mensajes eran más o menos por el estilo, dejados a intervalos de media hora. En el último, el tono de voz de Jackie había alcanzado ese punto en el que solo los perros pequeños pueden oírla.

–¿Papi?

–Un segundo, cariño.

Saqué mi móvil al balcón, desde el cual disfrutaba de fabulosas vistas al tenebroso río y a las grasientas farolas naranjas y escuchaba el gruñido incesante de los atascos de tráfico, y telefoneé a Jackie. Contestó al primer tono.

–¿Francis? Jesús, María y José, ¡he estado a punto de volverme loca! ¿Dónde estabas? –Había reducido la velocidad a unos cien kilómetros por hora.

—He ido a recoger a Holly. ¿Qué demonios ocurre, Jackie?

Ruido de fondo. Incluso transcurrido todo aquel tiempo reconocí la voz penetrante de Shay al instante. La voz de mi madre me robó el aliento un instante.

—Hazme un favor, Francis... Siéntate, ¿de acuerdo? O prepárate un vaso de coñac o algo por el estilo.

—Jackie, si no me cuentas qué sucede, te juro que iré ahí ahora mismo y te estrangularé con mis propias manos.

—Tranquilo, detén la caballería... —Se oyó una puerta cerrarse—. Ahora —dijo Jackie bajando repentinamente la voz—. Bien. ¿Recuerdas que te hablé de un tipo negro que quería comprar las tres casas situadas en la cima de Faithful Place para transformarlas en apartamentos?

—Sí.

—Pues ahora que todo el mundo anda preocupado por los precios de la propiedad inmobiliaria ha decidido no construir apartamentos, sino mantener las tres casas tal cual un tiempo y esperar a ver qué ocurre. Y resulta que envió a los obreros a las casas para que sacaran las chimeneas y las molduras para venderlas... Hay gente que paga fortunas por esos trastos, ¿sabes? La gente está loca. Pues, bueno, hoy han empezado a trabajar en la casa de la esquina. ¿Te acuerdas? La que estaba abandonada y en ruinas.

—La del número dieciséis.

—Esa misma. Pues estaban sacando las chimeneas y detrás de una de ellas han encontrado una maleta.

Pausa para imprimir dramatismo. ¿Con drogas? ¿Armas? ¿Dinero? ¿Jimmy Hoffa?[2].

[2.] James Riddle Hoffa, *Jimmy* Hoffa, fue un sindicalista estadounidense a quien se acusó de utilizar a miembros de la Mafia como «auxiliares» para intimidar a pequeños empresarios reacios a negociar con su gremio. Condenado por sobornar a un jurado que investigaba sus vínculos con capos de la Mafia, Hoffa pasó

–¡Por todos los santos, Jackie! *¿Qué?*

–Es de Rosie Daly, Francis. Es su maleta.

Todas las capas del ruido del tráfico se desvanecieron como por arte de magia. El destello anaranjado que atravesaba el cielo se tornó salvaje y hambriento como un incendio forestal, cegador, descontrolado.

–No –repliqué–. No lo es. No sé de dónde diablos has sacado eso, pero es mentira.

–Escucha, Francis... –Su voz estaba teñida de preocupación y compasión.

De haberla tenido delante, creo que le habría asestado un puñetazo.

–Nada de «Escucha, Francis». Seguro que mamá y tú os habéis dejado llevar por un ataque de romanticismo y pretendéis que yo os siga la corriente...

–Escúchame, si...

–A menos que esto sea un ardid para que vaya a veros... ¿Se trata de eso, Jackie? ¿Estás planeando una reconciliación familiar? Porque te advierto que esto no es el maldito *Diario de Patricia*[3] y que ese tipo de jueguecitos nunca acaban bien.

–Eres un imbécil redomado –espetó Jackie–. Estoy harta de ti. ¿Quién te crees que soy? En la maleta había una blusa, un canesú con estampado de cachemir violeta, Carmel la ha reconocido...

Yo le había visto aquella blusa a Rosie cientos de veces y conocía el tacto de los botones bajo mis dedos.

–Claro, como la que tenía cualquier muchacha de esta ciudad en los años ochenta. Carmel habría reconocido a Elvis

siete años en prisión, hasta que Richard Nixon conmutó su sentencia. Hoffa desapareció en extrañas circunstancias el 30 de julio de 1975. *(N. de la T.)*

[3.] Programa televisivo de testimonios reales donde se explota el sentimentalismo de los participantes. *(N. de la T.)*

descendiendo por la calle Grafton solo con tal de tener algo que cotillear. Pensaba que eras más lista, pero al parecer...

−... Y había un certificado de nacimiento envuelto en ella. Rose Bernadette Daly.

Aquellas palabras prácticamente mataron la conversación. Busqué mis cigarrillos a tientas, apoyé los codos en la barandilla y le di a un pitillo la calada más larga de mi vida.

−Lo siento −se disculpó Jackie en tono más suave−. Discúlpame por haberte gritado, Francis.

−Claro.

−¿Estás bien?

−Sí. Escúchame, Jackie. ¿Lo saben los Daly?

−No están en casa. Nora se mudó a Blanchardstown, creo que fue, hace unos años; y el señor y la señora Daly van a visitarla los viernes por la noche para ver a su nieto. Mamá cree que tiene el teléfono por algún lado...

−¿Habéis llamado a la policía?

−Solo a ti.

−¿Quién más lo sabe?

−Solo los obreros de la construcción. Son un par de polacos. Cuando acabaron la jornada llamaron a la puerta del número quince para preguntar si había alguien a quien pudieran devolver la maleta, pero en el número quince ahora viven estudiantes, de manera que enviaron a los polacos a hablar con mamá y papá.

−¿Y mamá no se lo ha contado a toda la calle? ¿Estás segura?

−Esto ya no es lo que era, Frankie. La mitad de las personas que viven aquí ahora son estudiantes y *yuppies*; ni siquiera sabemos cómo se llaman. Los Cullen siguen aquí, y los Nolan, y parte de los Hearne, pero mamá no ha querido decir nada hasta haber hablado con los Daly. No sería correcto.

−Bien. ¿Dónde está ahora la maleta?

–En el salón. ¿Está mal que la hayan movido? Tenían que continuar trabajando...

–No hay ningún problema. Pero no la toquéis más a menos que sea imprescindible. Me plantaré ahí tan rápidamente como pueda.

Un segundo de silencio. Y luego:

–Francis. No quiero dejarme llevar por la fatalidad, Dios me ampare, pero esto no significará que Rosie...

–Aún no sabemos nada –contesté–. Tú limítate a esperarme sentadita y no hables con nadie.

Colgué y eché un vistazo rápido a mi apartamento. La puerta de Holly seguía cerrada. Apuré el cigarrillo con otra calada maratoniana, aplasté la colilla contra la barandilla, encendí otro pitillo y telefoneé a Olivia. Ni siquiera me saludó.

–No, Frank. Esta vez, no. Bajo ningún concepto.

–No me queda alternativa, Liv.

–Suplicaste tenerla cada fin de semana. *Lo suplicaste*. Si no querías...

–Sí que quiero. Se trata de una emergencia.

–Siempre se trata de una emergencia. La brigada puede sobrevivir sin ti durante dos días, Frank. Al margen de lo que a ti te guste pensar, no eres indispensable.

A cualquiera a más de medio metro de distancia, su voz le habría sonado liviana y dialogante, pero estaba furiosa. Tintineo de cubiertos, risas y algo que sonaba, válgame el cielo, como una fuente.

–Esta vez no es trabajo –alegué–. Es familia.

–Por supuesto, cómo no. ¿Y tiene algo que ver con el hecho de que yo tenga mi cuarta cita con Dermot?

–Liv, haría felizmente un montón de cosas para arruinar tu cuarta cita con Dermot, pero nunca pondría en juego el tiempo que puedo pasar con Holly. Me conoces mejor que eso.

Pausa breve y recelosa.

–¿De qué tipo de emergencia familiar se trata?

–Aún no lo sé. Jackie me ha telefoneado histérica desde casa de mis padres. No conozco los detalles. Tengo que ir lo antes posible.

Otra pausa, tras la cual Olivia dijo, con un largo y cansino suspiro:

–De acuerdo. Estamos en el Coterie. Tráemela aquí.

El Coterie es un restaurante de un chef televisivo al que hacen la pelota en un montón de suplementos dominicales. Habría que bombardearlo urgentemente.

–Gracias, Olivia. De corazón. Pasaré a recogerla esta noche, si puedo, o mañana por la mañana. Te llamo.

–Sí, hazlo –contestó ella– si puedes, por supuesto –y colgó.

Aventé el humo y entré en casa para acabar de fastidiar a las mujeres de mi vida.

Holly estaba sentada a lo indio en la cama, con el ordenador en el regazo y mirada de preocupación.

–Cariño –le dije–, ha surgido un problema.

Ella señaló a la pantalla.

–Mira, papi.

En el monitor, en enormes letras violetas rodeadas por una cantidad espantosa de imágenes intermitentes, se leía: «Morirás a los 52 años». Mi hija parecía verdaderamente apenada. Me senté en la cama junto a ella y me la coloqué junto con el ordenador sobre el regazo.

–¿Qué es esto?

–Sarah encontró este cuestionario en línea, lo he rellenado con tus respuestas y este es el resultado. Tienes *cuarenta y un* años.

¡Vaya! ¡Precisamente ahora no!

–Cariño, eso son cosas de internet. Cualquiera puede poner lo que se le ocurra. Pero eso no lo convierte en real.

–¡Claro que sí! ¡Lo tienen todo calculado!

Olivia me iba a adorar si le devolvía a Holly hecha lágrimas.

–Déjame enseñarte algo –le solicité. Extendí las manos a su alrededor, me deshice de mi sentencia de muerte, abrí un documento de Word y escribí: «Eres un alienígena. Estás leyendo esto desde el planeta Bongo». –Y bien, ¿es verdad esto?

Holly soltó una risita llorosa.

–Claro que no.

Formateé la letra en color violeta y seleccioné una tipografía graciosa.

–¿Y ahora?

Negó con la cabeza.

–¿Y qué pasaría si programara el ordenador para que te formulara un montón de preguntas antes de presentarte esta frase? ¿Sería entonces verdad?

Por un instante creí haberla convencido, pero sus estrechos hombros se tensaron.

–Has dicho que había surgido un problema...

–Así es. Vamos a tener que cambiar ligeramente nuestros planes.

–Tengo que volver a casa de mamá, ¿verdad? –preguntó Holly sin apartar la vista del ordenador.

–Me temo que sí, cariño. Lo siento en el alma, de verdad. Pasaré a buscarte en cuanto pueda.

–¿Otra vez el trabajo?

Aquel «otra vez» me hizo más daño que cualquier crítica de Olivia.

–No –respondí, inclinándome hacia el lado para poderla mirar a la cara–. No tiene nada que ver con el trabajo. El trabajo podría irse a paseo a la luna y luego volver, ¿entendido? –Conseguí que esbozara una leve sonrisa–. ¿Te acuerdas de la tía Jackie? Pues tiene un problema muy gordo y necesita que vaya a ayudarla a solucionarlo.

—¿Y no podrías llevarme contigo?

Tanto Jackie como Olivia habían insinuado en alguna ocasión que Holly debería conocer a la familia de su padre. Maletas siniestras aparte, tendrían que pasar por encima de mi cadáver para que Holly pusiera un pie en la olla de grillos que somos los Mackey.

—En esta ocasión no. Cuando lo haya arreglado todo iremos a comer un helado con la tía Jackie, ¿de acuerdo? Así nos pondremos todos contentos.

—Sí —contestó Holly con un suspiro cansino idéntico al de Olivia—. Sería divertido. —Se apartó de mi regazo y empezó a meter sus cosas de nuevo en la cartera del colegio.

* * *

En el coche, Holly mantuvo un diálogo continuo con Clara, en un volumen de voz demasiado bajo como para que yo pudiera entender qué decía. En cada semáforo en rojo la miraba a través del retrovisor y me prometía que la compensaría por aquello: conseguiría el número de teléfono de los Daly, soltaría la puñetera maleta en las escaleras de su casa y volvería a tener a Holly en El Rancho Lynch a la hora de dormir. Yo era plenamente consciente de que resolver aquel asunto no iba a resultar tan fácil. Aquella calle y aquella maleta aguardaban mi regreso desde hacía largo tiempo. Y ahora que me habían echado la garra encima, lo que tenían reservado para mí iba a llevarme mucho más que una simple tarde.

Aquella nota contenía el mínimo de melodrama adolescente; Rosie siempre fue muy buena en eso. «Sé que esto os va a doler y lo siento mucho, pero, por favor, no creáis que os he engañado. Nunca he pretendido hacerlo. Sin embargo, he meditado mucho sobre ello y este es el único modo que se me ocurre de tener una oportunidad decente de vivir la vida que quiero. Me encantaría poder hacerlo sin herir, defraudar ni disgustar a nadie. Sería fantástico que me desearais suerte en mi nueva vida en Inglaterra, pero, si os cuesta, lo entiendo perfectamente. Juro que regresaré algún día. Hasta entonces, montones y montones y montones de amor, Rosie.»

Entre el momento en que Rosie había dejado aquella nota en el suelo de la casa del número dieciséis, en la misma estancia donde nos dimos el primer beso, y el momento en que fue a saltar con su maleta sobre alguna tapia para esfumarse de Dodge, algo había sucedido.

2

Faithful Place no se encuentra a menos que se sepa cómo
buscarla. El barrio de Liberties se desarrolló a su libre albe-
drío durante el transcurso de varios siglos sin la intervención
de urbanista alguno, y Faithful Place es una angosta calle sin
salida enclavada en medio del caos, como un giro equivocado
en un laberinto. Está a diez minutos a pie del Trinity College
y de la elegante calle comercial Grafton Street, pero en mi
época no estudiábamos en Trinity y los alumnos de la universidad no se dejaban caer por nuestros lares. No era una zona
peligrosa, sino simplemente marginal. La poblaban obreros,
albañiles, panaderos, parados y algún que otro suertudo que
trabajaba en la cervecería Guinness y disfrutaba de cobertura
sanitaria y clases nocturnas. La zona de Liberties fue bautiza-
da así hace cientos de años porque se expandió a sus anchas,
libremente, sin seguir ninguna regla. Las normas en mi calle
eran las siguientes: da igual lo pelado que estés, si uno va al
pub, tiene que pagar una ronda; si un amigo se mete en una
pelea, hay que quedarse y arrastrarlo fuera de ella al menor
atisbo de sangre, para que a nadie le partan la cara; la heroína
se reserva para los que habitan en los pisos de protección oficial; aunque este mes vayas de *punk* anarquista, acudes a misa

el domingo, y, nunca, bajo ninguna circunstancia, se delata a nadie.

Aparqué el coche a unos minutos de distancia y fui caminando hasta casa de mi familia; no había razón alguna para que supieran qué modelo conduzco ni que llevo instalada una silla infantil en el asiento trasero. El aire nocturno en Liberties seguía siendo el mismo, cálido y agitado; bolsas de patatas y billetes de autobús se arremolinaban en la acera, y de los pubs salía un zumbido escandaloso. Los yonquis que merodeaban por las esquinas habían incorporado tejidos brillantes a sus chándales, añadiendo un toque de sofisticación a su estilo de moda. Dos de ellos me divisaron y comenzaron a acercarse hacia mí caminando a empujones, pero les dediqué una enorme sonrisa de tiburón y cambiaron de opinión ipso facto.

Faithful Place consiste en dos hileras de ocho casas viejas de ladrillo rojo con unas escaleritas que conducen hasta la puerta de entrada. En los años ochenta, en cada una de esas viviendas habitaban tres o cuatro familias, en ocasiones incluso más. Tales unidades familiares englobaban cualquier formato entre el loco Johnny Malone, un veterano de la Primera Guerra Mundial a quien le encantaba enseñar su tatuaje de Ypres, y Sallie Hearne, que no era exactamente una prostituta, pero tenía que buscarse la vida para criar a todos sus vástagos. Los desempleados recibían un piso en el sótano y la carencia de vitamina D correspondiente; las personas con empleo disfrutaban al menos de parte de la primera planta, y las familias que llevaban en el barrio varias generaciones ostentaban cierto estatus y ocupaban las dependencias de la planta superior, donde se contaba con el privilegio de no oír pasos sobre la cabeza.

Normalmente, cuando uno regresa a un lugar lo encuentra más pequeño de lo que recordaba, pero mi calle simplemente se me antojó esquizoide. Un par de casas habían sido sometidas a una rehabilitación con gusto que incluía ventanas de doble acristalamiento y una divertida pintura pastel falsamente anticuada, pero la mayoría de ellas no habían cambiado. El número dieciséis parecía a punto de exhalar su último suspiro: el tejado estaba destrozado, junto a la escalera de la entrada había un montón de ladrillos y una carretilla abandonada, y en algún momento en los últimos veinte años alguien le había prendido fuego a la puerta. En el número ocho había luz en una ventana de la primera planta, una luz dorada, acogedora y más peligrosa que el infierno.

Carmel, Shay y yo nacimos justo después de que mis padres se casaran, uno al año, como es de esperar en el país de los condones de contrabando. Kevin nació cinco años después, cuando mis padres recuperaron el aliento, y Jackie cinco años más tarde, previsiblemente como resultado de uno de esos breves momentos en los que no se odiaban con toda su alma. Vivíamos en la primera planta del número ocho. Teníamos cuatro estancias: el dormitorio de las chicas, el dormitorio de los chicos, la cocina y el salón. El inodoro se encontraba en un cobertizo en la parte posterior del jardín y nos lavábamos en una bañera de hojalata en la cocina. Ahora mis padres tenían todo ese espacio para ellos solos.

Veo a Jackie cada pocas semanas y más o menos me mantiene informado, en función de la definición que cada uno dé a esa expresión. Ella cree que debo saber hasta el último detalle de la vida de todo el mundo, mientras que yo considero que lo único que debería comunicarme es si alguien muere, de manera que tardamos un tiempo en encontrar un punto intermedio feliz. Por esa razón, al volver a pisar Faithful Place, yo ya sabía que Carmel tenía cuatro hijos y un pandero como una plaza de toros, que Shay vivía un piso por encima de nuestros padres y trabajaba en la misma tienda de bicicletas por la que abandonó los estudios, que Kevin vendía televisores de pantalla plana y cambiaba de novia cada mes, que papá tenía una dolencia extraña en la espalda y que mamá seguía siendo mamá. Jackie, para rematar la fotografía, es peluquera y vive con un tipo llamado Gavin con quien cree que se casará algún día. Si había acatado mis órdenes, cosa que yo dudaba, los demás no debían saber ni un carajo de mí.

La puerta del vestíbulo estaba abierta, y también la del apartamento. Ya nadie deja las puertas abiertas en Dublín. Jackie, con mucho tacto, se las había ingeniado para que yo pudiera entrar a mi antojo. Escuché voces procedentes del salón; frases cortas, pausas largas.

–¿Hay alguien en casa? –pregunté desde el umbral.

Una oleada de tazas descendiendo sobre la mesa y de cabezas volviéndose hacia mí. Los ojos negros e irascibles de mi madre y los cinco pares de ojos azul celeste exactamente iguales a los míos, todos ellos posados sobre mí.

–Esconde la heroína –bromeó Shay. Estaba apoyado en el vano de la ventana, con las manos en los bolsillos; me había visto acercarme por la carretera–. Viene la pasma.

El propietario de la casa por fin se había decidido a enmoquetarla con algo floreado en tonos verdes y rosas. La estancia seguía oliendo a tostadas, a humedad y a lustramuebles, bajo todo lo cual percibí un sutil tufillo subyacente que no logré descifrar. Había una bandeja rebosante de tapetes y galletas digestivas sobre la mesa. Mi padre y Kevin ocupaban sendos sillones; mi madre estaba sentada en el sofá con Carmel a un lado y Jackie al otro, como un coronel que exhibe dos prisioneros de guerra.

Mi madre es la típica madre dublinesa: una mujer anodina de un metro cincuenta con el pelo rizado, forma de tonelillo, cara de pocos amigos y una batería inagotable de desaprobaciones. El recibimiento del hijo pródigo aconteció como sigue:

—Francis —dijo mamá. Volvió a recostarse en el sofá, cruzó los brazos sobre lo que en el pasado debió de ser su cintura y me repasó de arriba abajo—. Ni siquiera has tenido la decencia de ponerte una camisa limpia.

—¿Qué tal, madre? —contesté.

—Mamá, no me llames «madre». ¡Mira qué facha llevas! Los vecinos pensarán que he criado a un indigente.

En algún punto de mi vida había cambiado mi parca militar por una chaqueta de piel marrón, pero, aparte de eso, sigo vistiendo más o menos igual que cuando me fui de casa. De haber ido trajeado, mi madre se habría encargado de reprenderme por darme demasiados aires. Con mi madre era imposible ganar.

—A juzgar por lo que me ha dicho Jackie, parecía un tema urgente —repliqué—. ¿Qué tal estás, papá?

Mi padre tenía mejor aspecto de lo que había anticipado. Antiguamente me parecía a él, con el mismo pelo castaño y los mismos rasgos afilados y duros, pero el parecido entre ambos se había desvanecido con el tiempo, lo cual me resultaba reconfortante. Empezaba a convertirse en un anciano, con el pelo cano y las perneras del pantalón por encima de los tobillos, pero aún estaba lo bastante fuerte como para pensárselo bien antes de meterse con él. Daba la impresión de estar completamente sobrio, si bien con él era imposible estar seguro de ello hasta que era ya demasiado tarde.

—Gracias por honrarnos con tu visita —me saludó. Su voz se había tornado más profunda y ronca; demasiados cigarrillos Camel—. Sigues teniendo el cuello como el culo de un jinete.

—Sí, suelen decírmelo. ¿Cómo estás, Carmel? ¿Kev? ¿Shay?

Shay ni siquiera se molestó en responder.

—Francis —balbuceó Kevin. Me miraba como si fuera un fantasma. Se había convertido en un tipo corpulento, rubio y guapo, más alto que yo—. Dios mío...

–¡Esa lengua! –espetó mi madre.

–Tienes buen aspecto –me informó Carmel, como era previsible.

Si a Carmel se le apareciera el mismísimo Cristo resucitado una mañana, le diría que tiene buen aspecto. Su culo, a decir verdad, había adquirido unas dimensiones impactantes, y había desarrollado un refinado acento gangoso que no me sorprendió lo más mínimo. Las cosas por allí eran mucho más como siempre de lo que lo habían sido nunca.

–Muchísimas gracias –contesté–. Tú también.

–Ven aquí –me invitó Jackie. Jackie tiene una complicada melena rubia de bote y viste como si hubiera ido a cenar con Tom Waits; aquel día llevaba unos pantalones capri y una blusa de topos con volantes en lugares desconcertantes–. Siéntate aquí y tómate un té. Voy a buscar una taza–. Se puso en pie y, antes de poner rumbo a la cocina, me guiñó el ojo en gesto de aliento y me dio un pellizco.

–Estoy bien aquí –repliqué, frenándole los pies. La idea de sentarme junto a mi madre me erizaba los pelillos de la nuca–. Echemos un vistazo a la famosa maleta.

–¿A qué vienen tantas prisas? –preguntó mi madre–. Siéntate aquí.

–El trabajo va antes que el placer. ¿Dónde está la maleta?

Shay hizo un gesto con la cabeza en dirección a sus pies.

–Toda tuya –dijo.

Jackie se desplomó en el sofá. Me abrí camino entre la mesita del café, el sofá, los sillones y la atenta mirada de todos.

La maleta estaba junto a la ventana. Era de color azul claro con las esquinas redondas, tenía bastantes manchas de moho negro y estaba abierta; alguien había forzado los patéticos cierres de hojalata. Lo que más me sorprendió fue su pequeño tamaño. Olivia solía empaquetar todas sus pertenencias, incluida la tetera eléctrica, cada vez que nos íbamos de fin de semana. Rosie, en cambio, afrontaba una nueva vida con un equipaje que podía arrastrar con una sola mano.

—¿Quién la ha tocado? —pregunté.

Shay soltó una carcajada, un sonido ronco procedente del fondo de su garganta.

—¡Vaya por Dios! ¡Pero si tenemos aquí al teniente Colombo! ¿Vas a tomarnos una muestra de las huellas digitales?

Shay es sombrío, enjuto, nervudo e impaciente, pero se me había olvidado lo que significaba tenerlo tan cerca. Es como estar junto a una torre de alta tensión: te pone los nervios de punta. Con los años le habían salido unos pronunciados y fieros surcos entre la nariz y la boca y en el entrecejo.

—Solo si me lo solicitáis amablemente —respondí—. ¿La habéis tocado todos?

—Yo no me acercaría a eso ni por todo el oro del mundo —saltó Carmel, con un pequeño escalofrío—. Está sucísima.

Kevin y yo intercambiamos una miradita. Por un instante tuve la sensación de no haberme ausentado nunca.

—Tu padre y yo intentamos abrirla —explicó mi madre—, pero estaba cerrada. Así que le pedí a Shay que bajara y que intentara forzar los cierres con un destornillador. No nos quedaba otra alternativa, lógicamente; nada en el exterior revelaba quién era el dueño.

Me miró con agresividad.

—Habéis hecho bien —le concedí.

—Cuando descubrimos lo que había dentro... Créeme si te digo que me llevé un susto de muerte. Parecía que se me iba a salir el corazón por la boca; pensé que me iba a dar un infarto. Le dije a Carmel: «Gracias a Dios que has venido con el coche, por si tienes que llevarme al hospital».

La mirada de mi madre revelaba que, en tal caso, habría sido mi culpa, aunque aún no se le hubiera ocurrido cómo achacármela.

—A Trevor no le importa darles la cena a los niños, al menos no cuando se trata de una emergencia —me explicó Carmel—. Es un hombre muy bueno en ese sentido.

—Kevin y yo echamos un vistazo al interior cuando llegamos —añadió Jackie—. Hemos tocado algunas cosas, pero no recuerdo exactamente cuáles...

—¿Has traído el polvo ese para tomar las huellas dactilares? —preguntó Shay. Estaba repantingado en el marco de la ventana y me observaba con los ojos entrecerrados.

—Si te portas bien, algún día te enseñaré cómo se hace.

Extraje mis guantes quirúrgicos del bolsillo de la chaqueta y me los coloqué. Papá soltó una carcajada ronca y desagradable que degeneró en un ataque de tos irreprimible que hacía temblar su sillón con cada acceso.

El destornillador de Shay estaba en el suelo, junto a la maleta. Me arrodillé y lo utilicé para abrir la tapa. Dos de los muchachos del laboratorio me debían algún que otro favor y había un par de jovencitas encantadoras pirradas por mí; podía recurrir a cualquiera de ellos para que efectuaran algunos análisis en secreto, pero me agradecerían sobremanera que no echara a perder las pruebas. En la maleta había una maraña de ropa manchada de negro y hecha harapos por el paso del tiempo y el moho. Un olor acre y penetrante, como a tierra mojada, manaba de ella. Era el tenue olor que había percibido al entrar en la casa.

Levanté las cosas despacio, una a una, y fui amontonándolas sobre la tapa para evitar que se contaminaran. Un par de tejanos anchos con retales de cuadros cosidos bajo los desgarros de las rodillas. Un jersey de lana verde. Un par de vaqueros tan ajustados que tenían cremalleras en los tobillos para podérselos meter y que, por todos los santos, yo conocía a la perfección... Recordar las caderas bamboleantes de Rosie enfundadas en ellos me dejó sin aliento un instante. Seguí a lo mío, sin pestañear. Una camisa masculina de franela y sin cuello con finas rayas azules sobre un fondo que en su día fue de color crema. Seis pares de braguitas de algodón blancas. Una blusa larga azul y morada con estampado de cachemir hecha jirones. Y al levantarla cayó al suelo el certificado de nacimiento.

–Ahí está –intervino Jackie. Estaba inclinada sobre el brazo del sofá y me miraba con nerviosismo–. ¿Lo ves? Hasta que lo encontramos no nos preocupamos; pensamos que podía ser cosa de niños o que alguien había robado algo de ropa y había necesitado esconderla, o quizá que perteneciera a alguna pobre mujer maltratada que estuviera preparándose para cuando reuniera el valor de abandonarlo... Ya sabes, el tipo de historia que cuentan en las revistas.

Jackie empezaba a animarse de nuevo.

«Rose Bernadette Daly, nacida el 30 de julio de 1966.» El documento estaba a punto de desintegrarse.

–Sí –dije–. Si esto es cosa de niños, no han dejado escapar ni un detalle.

Una camiseta de U2, que habría valido cientos de libras de no haber estado agujereada por la podredumbre. Una camiseta a rayas blancas y azules. Un chaleco negro de hombre; por entonces imperaba la estética *Annie Hall*. Un jersey de lana morado. Un rosario de plástico de color azul claro. Dos sujetadores de algodón blancos. Un Walkman de una marca cualquiera que yo había ahorrado meses para comprarle; conseguí el último par de libras una semana antes de su decimoctavo cumpleaños ayudando a Beaker Murray a vender vídeos de contrabando en el mercado de Iveagh. Un desodorante en *spray*. Una docena de casetes grabados; aún la escuchaba escribir a mano los encartes: REM, *Murmur*; U2, *Boy*; Thin Lizzy, Boomtown Rats, The Stranglers, Nick Cave and The Bad Seeds. Rosie podía dejarlo todo atrás, pero su colección musical la acompañaba a todas partes.

En el fondo de la maleta había un sobre marrón. Los fragmentos de papel del interior se habían transformado en un bulto duro a causa de los veintidós años de humedad a que habían estado sometidos; cuando tiré con delicadeza del borde, se desintegró como papel higiénico mojado. Otro favor que pedir a los del laboratorio. A través de la ventanilla de plástico de la parte frontal del envoltorio aún podían apreciarse algunas palabras borrosas escritas a máquina: «*LAO-GHAIRE-HOLYHEAD [...] SALIDA [...]:30AM [...]*». Dondequiera que hubiera ido, Rosie había llegado sin nuestros billetes para el ferry.

Me miraban todos fijamente. Kevin parecía profundamente apenado.

—Definitivamente parece la maleta de Rosie Daly —sentencié.

Empecé a guardar de nuevo las prendas que había depositado en la tapa de la maleta, dejando los papeles para el final para no chafarlos.

—¿Vamos a llamar a la policía? —quiso saber Carmel.

Papá se aclaró la garganta, como si fuera a escupir, pero mi madre le soltó una mirada feroz.

—¿Y decirles qué exactamente? —pregunté yo. Era evidente que nadie había pensado en ello—. ¿Que alguien escondió una maleta detrás de una chimenea hace veintitantos años? —añadí—. Que llamen los Daly a la policía si quieren, pero os advierto algo: dudo mucho que saquen los cañones para solucionar el Caso de la Chimenea Bloqueada.

—Pero seguramente Rosie... —farfulló Jackie, mordisqueándose como un conejo un mechón de pelo y mirándome con atención, con sus ojos azules abiertos como platos y llenos de preocupación—. Sigue desaparecida. Y ese canesú de ahí es una pista, sin duda, una evidencia o como lo llaméis. ¿No deberíamos...?

Intercambio de miradas: nadie sabía qué hacer. Yo dudaba seriamente. En Liberties, los policías son como las medusas en el juego del Comecocos: forman parte de la fauna, pero lo mejor es evitarlos y, desde luego, lo que definitivamente no hay que hacer nunca es salir en su busca.

—En cualquier caso, ahora ya es un poco tarde —sentencié yo, cerrando la maleta con la yema de los dedos.

—Pero... —alegó Jackie—. Un momento. ¿Acaso esto no tiene aspecto de...? Ya sabes. Al fin y al cabo parece que no huyó a Inglaterra. ¿No parece más bien que alguien podría haberla...?

—Lo que Jackie intenta decir —aclaró Shay— es que todo apunta a que alguien acabó con Rosie, la metió en un contenedor, la trasladó a una pocilga, la arrojó allí y escondió la maleta detrás de la chimenea para quitarla del medio.

—¡Seamus Mackey! ¡Que Dios nos bendiga! —exclamó mi madre.

Carmel se santiguó. A mí ya se me había ocurrido esa posibilidad.

—Podría ser —contesté—, desde luego. Pero también podrían haberla abducido unos extraterrestres y haberla liberado en Kentucky por error. Personalmente, prefiero inclinarme por la explicación más sencilla, que es que fue ella misma quien ocultó la maleta detrás de la chimenea, luego no tuvo tiempo de sacarla y se dirigió a Inglaterra sin siquiera una muda. No obstante, si os apetece añadirle una nota dramática, adelante.

—Está bien —replicó Shay. Shay puede ser muchas cosas, pero no es estúpido—. Y por eso necesitas esa cosa, ¿no es cierto? —Se refería a los guantes, que justo en ese momento yo estaba volviendo a guardar en mi chaqueta—. Porque no crees que haya existido ningún delito...

—Acto reflejo —le respondí con una sonrisa—. Un cerdo es un cerdo las veinticuatro horas del día y los siete días de la semana, ya sabes a qué me refiero.

45

Shay emitió un sonido de disgusto. Mamá, con una mezcla de terror, envidia y sed de sangre, terció:

—Theresa Daly se volverá loca. Loca.

Por razones diversas, necesitaba ponerme en contacto con los Daly antes de que se me anticipara nadie.

—Yo hablaré con ella y con el señor Daly para averiguar qué desean hacer. ¿A qué hora regresan a casa los sábados?

Shay se encogió de hombros.

—Depende. Unas semanas después de comer y otras a primera hora de la mañana. En función de cuándo puede traerlos Nora.

Vaya fastidio. Por la mirada de mi madre podía decir que planeaba abalanzarse sobre ellos antes de darles tiempo a meter la llave en la cerradura. Sopesé la posibilidad de dormir en el coche y cortarle el paso, pero no había ningún aparcamiento en un radio de acción que me permitiera ocuparme de la vigilancia. Shay me observaba entretenido. Entonces mamá se colocó en su sitio la pechera y dijo:

—Puedes pasar la noche aquí si quieres, Francis. El sofá sigue siendo un sofá cama.

Yo era plenamente consciente de que la oferta de mi madre no respondía a un arrebato de ternura. A mi madre le gusta que los demás estén en deuda con ella. Era una idea pésima, pero no se me ocurría ninguna alternativa mejor.

—A menos que te hayas vuelto demasiado señorito para eso —añadió, por si se me había pasado por la cabeza que su oferta respondiera a un gesto de cariño.

—Nada de eso —contesté, al tiempo que le dedicaba una amplia sonrisa a Shay—. Sería genial. Gracias, madre.

—«Mamá», no me llames «madre». Supongo que te quedarás a desayunar y todo eso.

—¿Puedo quedarme yo también? —preguntó Kevin con tristeza.

Mamá lo miró con recelo. Kevin parecía tan sobresaltado como yo.

—No puedo impedírtelo —respondió ella al final—. Pero no me estropeéis las sábanas buenas —añadió, tras lo cual se levantó del sofá y empezó a recoger las tazas del té.

Shay soltó una desagradable risotada.

—Paz en la montaña de los Walton —rio, empujando la maleta con la punta de la bota. Justo a tiempo para Navidad.

Mi madre no permite que se fume en su casa. Shay, Jackie y yo salimos a disfrutar de nuestro vicio fuera; Kevin y Carmel nos siguieron. Nos sentamos en las escaleras frontales, tal como solíamos hacer cuando éramos niños y esperábamos lamiendo helados a que ocurriera algo emocionante. Tardé un rato en caer en la cuenta de que aún esperaba que hubiera algo de acción: niños con una pelota, una pareja gritándose, una mujer atravesando la calle apresuradamente para intercambiar unos cotilleos por unas bolsas de té, lo que fuera... Pero no iba a suceder. En el número once, una pareja de estudiantes melenudos cocinaban algo mientras escuchaban Keane[4], y ni siquiera lo hacían a un volumen excesivo. Y en el número siete, Sallie Hearne planchaba mientras alguien miraba la televisión. Al parecer, esa era toda la actividad que se vivía en nuestra calle en aquellos días.

Habíamos gravitado a nuestros antiguos sitios como por inercia: Shay y Carmel ocupaban extremos opuestos en el escalón superior; Kevin y yo nos sentamos bajo ellos, y Jackie en el escalón inferior, entre nosotros. De tanto usarlas, habíamos desgastado aquellos escalones con la huella personal de nuestros traseros.

---

4. Keane es una banda inglesa de rock alternativo cuyos dos primeros álbumes, *Hopes and Fears* y *Under the Iron Sea*, fueron directos al número 1 de la lista de ventas del Reino Unido inmediatamente después de su lanzamiento. *(N. de la T.)*

–¡Qué calor hace! –exclamó Carmel–. No parece diciembre. El tiempo se ha vuelto loco.

–Calentamiento global –apuntó Kevin–. ¿Me da alguien un pitillo?

Jackie le tendió su paquete.

–Preferiría que no empezaras a fumar. Fumar es un vicio muy malo.

–Solo lo hago en ocasiones especiales.

Encendí el mechero y se inclinó para prender su cigarrillo. La llama proyectó la sombra de sus pestañas en sus mejillas y por un instante pareció un crío dormido, sonrosado e inocente. Cuando éramos pequeños, Kevin me adoraba; me seguía a todos sitios como un perrito faldero. En una ocasión le reventé la nariz a Zippy Hearne por robarle a Kevin su bolsa de caramelos. Y ahora mi hermano pequeño olía a loción para después del afeitado.

–Sallie –dije, haciendo un gesto con la cabeza hacia ella–. ¿Cuántos hijos tuvo al final?

Jackie alargó la mano por encima de ella para recuperar su paquete de cigarrillos.

–Catorce. Me duele solo de pensarlo.

Me reí por lo bajini, tropecé con la mirada de Kevin y me sonrió. Al cabo de un momento, Carmel me informó:

–Yo tengo cuatro: Darren, Louise, Donna y Ashley.

–Sí, Jackie ya me lo había dicho. Me alegro. ¿A quién se parecen?

–Louise se parece a mí, por desgracia para ella. Darren es como su padre.

–Donna es clavada a Jackie –intervino Kevin–, con los dientes de conejo incluidos.

Jackie le dio una colleja.

–¡Cállate ya!

–Deben de estar haciéndose grandes ya –aventuré.

–Sí, así es. Darren se examinará de la Selectividad este año. Quiere estudiar ingeniería en la Universidad de Dublín, ¿qué te parece?

Nadie preguntó por Holly. Quizá me hubiera equivocado con Jackie y al final resultaba que sí sabía guardar un secreto.

–Mira –dijo Carmel, rebuscando en su bolso. Sacó su teléfono móvil, toqueteó unas cuantas teclas y me lo entregó–. ¿Quieres verlos?

Examiné las fotografías. Cuatro críos normales, pecosos; Trevor, que estaba como siempre, salvo por las entradas, que eran ahora más pronunciadas; y una casa adosada setentera con guijarros en una zona residencial deprimente cuyo nombre no lograba recordar. Carmel se había convertido exactamente en lo que había soñado ser. Muy pocas personas pueden afirmar lo mismo. La vida le había sonreído, aunque su sueño a mí me provocara ganas de cortarme las venas.

–Parecen buenos chicos –opiné, al tiempo que le devolvía el teléfono–. Felicidades, Melly.

Un leve aliento sobre mí.

–Melly... Madre mía, hacía mucho que nadie me llamaba así.

Aquella luz hacía que volvieran a parecer ellos mismos. Les borraba las arrugas y los cabellos canos, suavizaba la dureza de la mandíbula de Kevin y limpiaba de maquillaje el rostro de Jackie. Allí estábamos de nuevo los cinco, frescos, con ojos de gato e inquietos en medio de la oscuridad, cada uno dándole vueltas a sus propios sueños. Si a Sallie Hearne se le hubiera ocurrido asomarse a la ventana, nos habría visto tal como nos recordaba: los pequeños de los Mackey, sentados en las escaleras. Por un momento lunático me sentí feliz de estar allí.

–¡Auch! –exclamó Carmel agitándose. Carmel nunca ha sabido disfrutar del silencio–. Mi culo me está matando. ¿Estás seguro de que eso fue lo que ocurrió, Francis? ¿Lo que has dicho en casa? ¿Eso de que Rosie posiblemente tenía previsto regresar a por esa maleta?

Shay expulsó el humo entre los dientes, emitiendo un grave silbido que bien podría haber ocultado una risa.

–¡Y una mierda! Eso no son más que patrañas y Francis lo sabe tan bien como yo.

Carmel le dio una palmada en la rodilla.

–¡Cuida ese vocabulario! –Shay no se movió–. ¿A qué te refieres? ¿Por qué crees que no son más que patrañas?

Shay se encogió de hombros.

–No estoy seguro de nada –contesté yo–, pero sí, creo que existen bastantes posibilidades de que se marchara a Inglaterra y viva feliz.

Shay preguntó:

–¿Sin billete ni identificación?

–Había ahorrado dinero. De no haber conseguido recuperar su billete, podría haber comprado otro perfectamente. Y en aquel entonces no se necesitaba ningún documento de identidad para viajar a Inglaterra.

Todo era cierto. Habíamos decidido llevarnos el certificado de nacimiento porque sabíamos que deberíamos registrarnos en el paro mientras buscábamos un empleo y porque pensábamos casarnos.

Jackie preguntó en voz baja:

–¿He hecho bien en llamarte? O debería...

Se tensó el ambiente.

–Haberte dejado en paz –concluyó Shay.

–No, no –contesté yo–. Has hecho lo que debías, cariño. Tienes un instinto que es un diamante en bruto, ¿lo sabías?

Jackie estiró las piernas y examinó sus tacones altos. Yo solo alcanzaba a verle la nuca.

–Quizá –dijo.

Permanecimos allí sentados fumando un rato. El olor a malta y lúpulo quemado había desaparecido; Guinness había implementado algún proceso respetuoso con el medio ambiente en los años noventa, de manera que ahora Liberties olía a gasóleo, lo cual, al parecer, era una mejora. Las polillas dibujaban círculos alrededor de la luz de la farola que se alzaba al final de la calle. Alguien había descolgado la cuerda que en su día colgaba de ella y servía a los niños para columpiarse.

Había algo que me intrigaba.

—Papá tiene buen aspecto —comenté.

Silencio. Kevin se encogió de hombros.

—Le duele la espalda —explicó Carmel—. ¿Te contó Jackie...?

—Me contó que tiene problemas. Pero está mejor de lo que esperaba encontrarlo.

Carmel suspiró.

—Tiene días buenos, eso es cierto. Hoy es uno de ellos. Hoy se encuentra bien. Pero en los días malos...

Shay le dio una calada al pitillo; aún lo sostenía entre el dedo pulgar y el índice, como un gánster en una película antigua.

—En los días malos tengo que acompañarlo al lavabo —aclaró simple y llanamente.

—¿Saben qué le ocurre? —pregunté.

—Qué va. Quizá tenga que ver con el trabajo, quizá... No consiguen averiguarlo. En cualquier caso, cada día empeora más.

—¿Ha dejado de beber?

—¿Y a ti qué te importa? —preguntó Shay.

—¿Ha dejado la bebida papá? —insistí.

Carmel se removió.

—Bueno, lo lleva mejor.

Shay soltó una carcajada que sonó a ladrido.

—¿Trata bien a mamá?

—¡No es asunto tuyo! —espetó Shay.

51

Los otros tres contuvieron el aliento y esperaron a ver si teníamos intención de saltarnos al cuello. Cuando yo tenía doce años, Shay me abrió la cabeza en aquellas mismísimas escaleras; aún conservo la cicatriz. Poco después lo superé en altura. Él también tiene cicatrices.

Me volví hacia él despacio, tomándome mi tiempo.

–Os estoy formulando una pregunta civil –expliqué.

–Que no te has molestado en formular en los últimos veinte años.

–Me lo ha preguntado a mí montones de veces –me defendió Jackie con voz sosegada.

–¿Y qué? Tú tampoco vives aquí ya. No sabes mucho más que él.

–Precisamente por eso te lo pregunto –aclaré–. ¿Trata bien papá a mamá?

Nos miramos fijamente presas de la rabia. Me preparé para desprenderme del cigarrillo rápidamente.

–Si digo que no –comenzó a decir Shay–, ¿abandonarás tu pijo apartamento de soltero para mudarte aquí a cuidar de ella?

–Un piso por debajo de ti... ¡Caramba, Shay! ¿Tanto me echas de menos?

Se abrió una ventana por encima de nuestras cabezas y mamá gritó:

–¡Francis! ¡Kevin! ¿Vais a entrar o no?

–¡Ahora mismo! –contestamos ambos.

Jackie soltó una carcajada, un sonido agudo, frenético y comedido:

–¡Quien nos escuche...!

Mamá cerró la ventana de un golpe. Transcurrido un instante, Shay se repantingó y lanzó un escupitajo a través de la barandilla. En el preciso momento en que apartó los ojos de mí, todo el mundo se relajó.

–Bueno, yo tengo que irme –anunció Carmel–. A Ashley le gusta dormirse conmigo al lado. No le gusta que la duerma Trevor, siempre le arma unos follones tremendos. A ella le parece divertido.

Kevin preguntó:

–¿Cómo vuelves a casa?

–Tengo el Kia aparcado a la vuelta de la esquina. El Kia es mío –me explicó–. Trevor usa el Range Rover.

Trevor siempre fue un cabroncete deprimente. Me reconfortaba saber que había evolucionado de acuerdo a las expectativas.

–Magnífico –opiné.

–¿Me acercas? –preguntó Jackie–. He venido directamente del trabajo y hoy le toca a Gav el turno de usar el coche.

Carmel irguió la barbilla e hizo un chasquido de desaprobación con la lengua.

–¿Por qué no viene a buscarte?

–Porque en estos momentos el coche estará ya aparcado frente a casa y él estará en el pub con sus amigos.

Carmel se puso en pie ayudándose de la barandilla y se recolocó la falda con recato.

–Te acercaré hasta casa entonces. Pero dile a Gavin que, si piensa dejar que sigas trabajando, lo mínimo que podría hacer es comprarte un coche para que puedas desplazarte. ¿De qué os reís vosotros si puede saberse?

–La liberación de las mujeres está en plena forma –bromeé.

–Yo nunca me he metido en todo ese rollo. No tengo ningún inconveniente en llevar un buen sujetador firme y resistente. Y tú, señorita, deja de reírte y ponte en marcha antes de que te deje aquí con esta pandilla.

–Ya voy, espera... –Jackie guardó los cigarrillos en su bolso y se lo colgó del hombro–. Regresaré mañana. ¿Te veré por aquí, Francis?

—Mañana lo descubrirás. Pero, si no nos vemos, estamos en contacto.

Jackie me tendió la mano y me dio un apretón fuerte.

—En todo caso, me alegro de haberte llamado —dijo, con tono desafiante, casi íntimo—. Y me alegro de que hayas venido. Eres un cielo, créeme. Cuídate, ¿vale?

—Tú sí que eres buena. Hasta pronto, Jackie.

Carmel vaciló y finalmente dijo:

—Francis, ¿te...? ¿Volverás a venir más adelante? Me refiero a ahora que...

—Primero solucionemos este asunto —contesté, sonriéndole— y luego ya veremos qué sucede, ¿de acuerdo?

Carmel descendió las escaleras y los tres las contemplamos alejarse por la carretera, con el repiqueteo de los tacones de aguja de Jackie reverberando en las casas y Carmel pisando fuerte junto a ella, intentando darle alcance. Jackie es mucho más alta que Carmel, aun sin contar el pelo y los tacones, pero Carmel la supera con creces en cuestión de circunferencia. Parecían una pareja cómica extraída de unos dibujos animados tontorrones de camino a sufrir todo tipo de desaventuras hasta que finalmente atraparan al villano y salvaran al mundo.

—Son estupendas —comenté en voz baja.

—Sí —convino Kevin—. Lo son.

Shay dijo:

—Si queréis hacerles un favor, no volváis a dejaros caer por aquí.

Probablemente estuviera en lo cierto, pero pasé por alto su comentario. Mi madre volvió a interpretar el numerito de la ventana:

—¡Francis! ¡Kevin! Tengo que cerrar con llave esta puerta. Entrad ahora mismo o vais a acabar durmiendo en la calle.

—Entrad antes de que despierte a todo el vecindario —nos recomendó Shay.

54

Kevin se puso en pie, se desperezó y se crujió el cuello.

–¿Tú no vienes?

–No –contestó Shay–. Voy a quedarme a fumar otro pitillo.

Cuando cerré la puerta del vestíbulo seguía sentado en los escalones, dándonos la espalda, con el mechero encendido y la vista perdida en la llama.

Mamá había arrojado un edredón, dos almohadas y un juego de sábanas sobre el sofá y se había ido a la cama para que nos quedara claro que nos habíamos entretenido demasiado fuera. Ella y papá se habían mudado a nuestro antiguo dormitorio; la habitación de las chicas había sido transformada en un cuarto de baño en los años ochenta, a juzgar por los bonitos artículos de baño de color verde aguacate. Mientras Kevin se lavaba salí al descansillo (mi madre tiene el oído afilado como un murciélago) y telefoneé a Olivia. Eran pasadas las once.

–Está dormida –dijo Olivia– y muy decepcionada.

–Ya lo sé. Simplemente quería darte las gracias otra vez. ¿Te he arruinado la cita por completo?

–Por supuesto. ¿Qué pensabas que ocurriría? ¿Que en el Coterie sacarían otra silla y Holly podría debatir la lista de los premios Booker con nosotros mientras degustábamos un salmón *en croute*?

–Me quedan algunos asuntos por resolver aquí mañana, pero intentaré pasar a recogerla antes de la hora de cenar. Quizá Dermot y tú podáis reprogramar vuestra cita.

Suspiró.

–¿Qué sucede? ¿Están todos bien?

–Aún no estoy seguro –contesté–. Estoy intentando averiguarlo. Mañana debería tener una idea más precisa.

Silencio. Pensé que Liv estaba molesta conmigo por no soltar prenda, pero entonces dijo:

–¿Y tú, Frank? ¿Estás bien?

Su voz se había suavizado. Lo último que yo necesitaba aquella noche era que Olivia se mostrase comprensiva conmigo. Meció mis huesos como el agua, tranquilizadora y traidora.

–Nunca he estado mejor –contesté–. Tengo que dejarte. Dale un beso a Holly de mi parte cuando se despierte. Te llamaré mañana.

Kevin y yo montamos el sofá cama y nos tumbamos con la cabeza a los pies, como si fuéramos un par de fiesteros que se hubieran desplomado tras una noche salvaje en lugar de dos críos pequeños compartiendo cama. Allí yacimos tumbados, bajo los tenues estampados que dibujaba la luz al penetrar a través de los visillos, escuchando la respiración del otro. En el rincón, la estatua del Sagrado Corazón de mamá resplandecía en un color rojo chillón. Imaginé la cara que pondría Olivia si alguna vez viera aquel espanto.

–Me alegro de verte, ¿sabes? –susurró Kevin transcurrido un rato.

La sombra le ocultaba el rostro; lo único que le veía eran las manos sobre el edredón, frotándose con ademán ausente un nudillo con el dedo gordo.

–Yo también –contesté–. Tienes buen aspecto. Me cuesta creer que te hayas hecho más alto que yo.

Un resoplido y una carcajada.

–Aun así, no me gustaría tenerme que enfrentar a ti.

Yo también reí.

–Y haces bien. Últimamente me he especializado en los combates cuerpo a cuerpo.

–¿De verdad?

–No. Solo me he especializado en burocracia y en meterme en jaleos.

Kevin se recostó sobre un lado para poderme mirar y apoyó la cabeza en el brazo.

–¿Puedo preguntarte algo? ¿Por qué te hiciste policía?

Existe un motivo para que los policías como yo no sean destinados a sus lugares de origen. Si nos ponemos técnicos, todo el mundo con quien me he criado probablemente sea un delincuente de poca monta, en uno u otro sentido, y no por maldad, sino porque es la única manera que tienen de salir adelante. La mitad de los habitantes de Faithful Place estaban en el paro y todos ellos trabajaban en el mercado negro, sobre todo cuando se aproximaba el inicio del año escolar y había que comprarles los libros y los uniformes a los críos. Un invierno en que Kevin y Jackie tuvieron bronquitis, Carmel traía a casa carne del Dunne's, el supermercado donde trabajaba, para ayudarlos a recobrar las fuerzas; nunca nadie preguntó cómo la pagaba. A los siete años yo ya sabía cómo trucar el contador del gas para que mi madre pudiera preparar la cena. Ningún asesor sobre salidas profesionales en la escuela habría apostado nunca que yo acabaría convirtiéndome en agente de policía.

–Sonaba emocionante –aclaré–. Tan sencillo como eso. Cobrar a cambio de vivir algo de acción; ¿qué hay de malo en eso?

–¿Y lo es? ¿Es emocionante?

–A veces.

Kevin me observaba expectante.

–Papá se quedó destrozado cuando Jackie nos lo dijo –me confesó al fin.

Mi padre había empezado a trabajar como yesero, pero para cuando nosotros nacimos era ya un alcohólico a tiempo completo con una actividad complementaria a media jornada vendiendo artículos que se caían de las cajas de los camiones. Creo que habría preferido que me hubiera convertido en un chapero o en un gigoló.

–Ya, me lo imagino –repliqué–. No me sorprende. Pero, dime algo. ¿Qué ocurrió el día después de que me marchara?

Kevin se tumbó de espaldas y enlazó las manos bajo la cabeza.

–¿Nunca se lo has preguntado a Jackie?

–Jackie tenía nueve años. No está segura de qué recuerda y qué ha imaginado. Dice que un médico con bata blanca se llevó a la señora Daly y cosas por el estilo.

–No hubo ningún médico –refutó Kevin–. Al menos, yo no vi a ninguno. –Tenía la vista clavada en el techo. La luz de la farola que se filtraba a través de la ventana hacía que sus ojos refulgieran como el agua oscura –. Recuerdo a Rosie –continuó–. Sé que solo era un niño..., pero la recuerdo perfectamente, ¿sabes? Su cabello, su risa y su forma de caminar... Era guapísima.

–Sí que lo era –convine yo.

En aquel entonces, Dublín era una ciudad de tonos grises, marrones y beis, y Rosie era un estallido de vivos colores, con su catarata de rizos cobrizos hasta la cintura, sus ojos como fragmentos de vidrio verde sostenido a contraluz, su boca roja, su piel blanca y sus pecas doradas. La mitad de los chicos de Liberties estaban colgados por Rosie Daly y lo que la hacía aún más atractiva es que a ella le daba igual; nada de ello la hacía sentir especial. Tenía unas curvas de vértigo y las llevaba con la misma tranquilidad con las que se enfundaba sus vaqueros remendados.

Hablaré de Rosie, de la Rosie que vivió en un tiempo en que las monjas habían convencido a muchachas la mitad de guapas que ella de que sus cuerpos eran un cruce entre una fosa séptica y una caja fuerte y de que los chicos eran todos unos pervertidos. Una tarde de verano, cuando teníamos unos doce años, antes de que nos diéramos cuenta de que estábamos enamorados, los dos jugamos al «te enseño lo mío si me enseñas lo tuyo». Lo más cerca que yo había estado antes de ver a una mujer desnuda había sido asomándome a algún escote en fotografías en blanco y negro. Y entonces Rosie arrojó su ropa a un rincón, como si le estorbara y giró sobre sí misma bajo la pálida luz del número dieciséis, con los brazos en alto, luminosa, riendo, lo bastante cerca como para rozarla. Solo de pensarlo se me corta la respiración. Yo era demasiado niño para saber qué quería hacer con ella; no sabía nada de la vida, pero ni la Mona Lisa atravesando el Gran Cañón del Colorado con el Santo Grial en una mano y un boleto ganador de la lotería en la otra me habría parecido tan bella como Rosie en aquel instante.

Kevin dijo en voz baja, mirando al cielo:

—Al principio ni siquiera pensamos que ocurriera nada. Shay y yo nos dimos cuenta de que no te habías levantado (obviamente), pero simplemente pensamos que habrías salido a algún sitio. Luego, mientras estábamos desayunando, la señora Daly entró hecha un basilisco buscándote. Cuando le dijimos que no estabas en casa estuvo a punto de darle una trombosis: Rosie se había llevado todas sus cosas y la señora Daly gritaba que te habías escapado con ella o que la habías secuestrado, la verdad es que no lo recuerdo bien. Papá empezó a chillarle mientras mamá intentaba que bajaran la voz a toda costa antes de que se enteraran los vecinos...

—Vaya panorama... —observé.

La señora Daly es una versión anfetamínica de mi madre.

—Ni que lo digas... Además, oíamos a alguien más gritar desde el otro lado de la calle, de manera que Jackie y yo fuimos a echar un vistazo. El señor Daly estaba tirando el resto de las cosas de Rosie por la ventana y toda la calle empezaba a asomarse para comprobar qué ocurría... Te seré sincero: a mí me parecía divertidísimo.

Sonreía. Y yo no pude evitar sonreír también.

—Habría pagado por verlo.

—Te aseguro que sí. Parecía una pelea de gatos. La señora Daly te llamó matón y mamá llamó a Rosie golfa y añadió:

59

«De tal palo tal astilla». La señora Daly por poco estalla de rabia.

–Vaya, yo habría apostado por mamá, por la ventaja del peso.

–Que no te escuche decir eso.

–Podría haberse sentado sobre la señora Daly hasta que esta se rindiera.

Nos reíamos a carcajada limpia en la oscuridad, como un par de críos.

–Pero la señora Daly iba armada –apuntó Kevin– con esas uñas que tiene...

–¡Joder! ¿Sigue teniéndolas?

–Más largas aún. Es una... ¿cómo lo llaman?

–¿Un rastrillo humano?

–¡No! Una estrella ninja humana.

–¿Y quién ganó?

–Podría decirse que mamá. Empujó a la señora Daly hasta el descansillo y cerró la puerta de un portazo. La señora Daly continuó gritando, dándole patadas a la puerta y toda la mandanga, pero al final se rindió. Entonces empezó a discutir con el señor Daly por haber tirado por la ventana las cosas de Rosie. Los vecinos prácticamente vendían entradas para ver el espectáculo. Era infinitamente más entretenido que *Dallas*.

En nuestro antiguo dormitorio, papá tuvo un ataque de tos que hizo que la cama retumbara contra la pared. Nos quedamos inmóviles, escuchando. Luego recuperó la respiración a base de largos resuellos.

–En cualquier caso –continuó Kevin casi en un murmullo–, la cosa prácticamente acabó ahí. Fue el rumor de moda durante dos semanas, pero luego todo el mundo se olvidó de ello. Mamá y la señora Daly no se hablaron durante unos cuantos años; papá y el señor Daly de hecho nunca se habían hablado, así que en ese aspecto no cambió nada. Mamá armaba el número cada Navidades cuando no enviabas una postal, pero...

Pero corrían los años ochenta del siglo xx y la emigración era una de las tres principales salidas profesionales, junto con el despacho «de papá» y el paro. Seguramente mi madre había previsto que al menos uno de nosotros acabara con un billete de ferry solo de ida.

–¿Nunca pensó que podían hallarme muerto en una cuneta?

Kevin resopló.

–¡Qué va! Decía que, si alguien resultaba herido, desde luego no sería nuestro Francis. No llamamos a la policía ni informamos de tu desaparición ni nada por el estilo, pero no fue porque... No fue porque no nos importaras... Simplemente nos figuramos que...

El colchón se movió con su encogimiento de hombros.

–Que Rosie y yo nos habíamos escapado juntos.

–Sí. Bueno, todo el mundo sabía que vosotros dos estabais coladitos el uno por el otro. Y todo el mundo sabía la opinión que el señor Daly tenía sobre eso. De manera que ¿por qué no? ¿Me entiendes?

–Claro –contesté–. ¿Por qué no?

–Además, estaba la nota. Creo que eso fue lo que hizo que a la señora Daly le saltaran los fusibles: alguien andaba merodeando por el número dieciséis y encontró aquella nota. La nota de Rosie. No sé si Jackie te lo explicó...

–La leí –aclaré.

Kevin volvió la cabeza hacia mí.

–¿Sí? ¿La viste?

–Sí.

Esperó, pero yo no añadí más información.

–¿Cuándo...? ¿La leíste antes de que se marchara? ¿Te la enseñó?

–Después. Aquella noche, de madrugada.

–Y entonces... ¿qué ocurrió? ¿La dejó para ti? ¿No para su familia?

–Eso creí yo. Habíamos planeado encontrarnos esa noche, pero no apareció y encontré la nota. Creí que iba dirigida a mí.

Cuando finalmente me convencí de que hablaba en serio, de que no iba a escapar conmigo, porque ya se había escapado, me eché la mochila al hombro y comencé a andar. Era lunes por la mañana, cerca del amanecer; la ciudad estaba helada y desierta, salvo por mí, el barrendero y unos cuantos obreros del turno de noche que se dirigían a sus hogares agotados bajo la tenue y gélida luz. El reloj del Trinity College anunciaba que el primer ferry partía de Dun Laoghaire.

Acabé en una casa okupa cerca de la calle Baggot donde un puñado de roqueros malolientes vivían con un chucho bizco llamado Keith Moon y un alijo impresionante de hachís. Los conocía por encima de haber tropezado con ellos en unos cuantos conciertos; todos pensaron que alguno de ellos me había invitado a quedarme allí por una temporada. Uno de ellos tenía una hermana limpia que vivía en un piso en Ranelagh y nos dejaba utilizar su dirección para registrarnos en el paro si le gustaba nuestro aspecto, y resultó ser que yo le gusté mucho. Cuando anoté su dirección en mi inscripción a la academia de policía era prácticamente cierto que vivía allí. Fue un alivio que me aceptaran y tener que partir a Templemore a realizar mi formación. Había empezado a insinuar algo de matrimonio.

La muy zorra de Rosie... La creí, creí cada palabra que me dijo. Rosie no era de las que se andaba con rodeos; abría la boca y hablaba sin tapujos, a la cara, aunque doliera. Era uno de los motivos por los que la amaba. Tras vivir con una familia como la mía, alguien que no juega a intrigar resulta de lo más intrigante. De manera que cuando dijo «Juro que regresaré algún día» me la creí durante veintidós años. Todo el tiempo que pasé durmiendo con la hermana del roquero apestoso, todo el tiempo en que salí con chicas batalladoras, guapas y temporales que se merecían a alguien mejor, todo el tiempo que estuve casado con Olivia y fingí pertenecer a Dalkey estuve esperando a que Rosie Daly traspusiera mi puerta.

–¿Y ahora? –preguntó Kevin–. ¿Qué crees que ocurrirá después de hoy?

–No lo sé –respondí–. Sinceramente, no tengo ni puñetera idea de lo que le pasa a Rosie por la cabeza.

Kevin comentó en un murmullo:

–Shay piensa que está muerta, ya lo sabes. Y Jackie también.

–Sí –contesté–. Parece que eso es lo que piensan.

Lo escuché inspirar con fuerza, como si se estuviera preparando para decir algo. Al cabo de un instante soltó el aire.

–¿Qué? –pregunté.

Sacudió la cabeza.

–¿Qué, Kev?

–Nada.

Esperé.

–Solo que... ¡Ay! No sé... –Se removió inquieto en la cama–. Shay se tomó fatal tu huida.

–Pues ni que fuéramos amigos del alma...

–Ya sé que os peleabais todo el tiempo. Pero, en el fondo... Me refiero a que seguís siendo hermanos, ¿sabes?

Aquello no solo era una chorrada evidente (mi primer recuerdo es despertarme con Shay intentando meterme un lápiz en el oído), sino que era una chorrada evidente a la que Kevin estaba recurriendo para distraerme de lo que verdaderamente quería decir. Casi conseguí sacárselo; sigo preguntándome qué habría ocurrido de haberlo hecho. Pero antes de lograrlo, la puerta del vestíbulo se cerró con un clic, un sonido ligero y deliberado: Shay había entrado.

Kevin y yo yacimos en silencio, escuchando. Pasos cautelosos, una pausa breve en el descansillo, al otro lado de la puerta, y luego el ascenso por el siguiente tramo de escaleras; el clic de otra puerta y las tablas del suelo crujiendo sobre nuestras cabezas.

—Kev —dije.

Kevin se hizo el dormido. Al cabo de un rato se le abrió la boca y empezó a resoplar.

Shay aún tardó un rato en dejar de moverse con sigilo por su piso. Cuando la casa quedó sumida en el silencio dejé transcurrir quince minutos, me senté con cuidado (Jesús, refulgiendo en aquel rincón, me lanzó una miradita con la que me insinuó que tenía calados a los de mi calaña) y miré por la ventana. Había empezado a llover. Todas las luces de Faithful Place estaban apagadas, salvo una que proyectaba vetas de color amarillo húmedo sobre los adoquines desde encima de mi cabeza.

3

Mi forma de dormir se asemeja a la de los camellos: reservo sueño cuando tengo oportunidad de hacerlo, pero puedo pasar sin dormir mucho tiempo si las circunstancias me lo exigen. Pasé aquella noche mirando al siniestro bulto de la maleta que descansaba bajo la ventana, escuchando roncar a papá y ordenándome el pensamiento, poniéndome a punto para el día siguiente.

Las posibilidades estaban enmarañadas como espaguetis, pero había dos que sobresalían. Una era la línea que había planteado a mi familia, una variación menor de la historia de siempre. Rosie había decidido escaparse sola, de manera que había escondido la maleta previamente para poder huir a toda prisa a la menor oportunidad sin que ni su familia ni yo pudiéramos detenerla; cuando regresó a recogerla y dejó la nota, tuvo que atravesar los jardines traseros del barrio, porque yo estaba vigilando la calle principal. Alzar la maleta por encima de las tapias habría causado demasiado estruendo, de manera que la dejó donde la había escondido y se marchó (los susurros y estruendos que escuché avanzando por los jardines) rumbo a su nueva vida.

Casi encajaba. Lo explicaba todo salvo una cosa: los billetes del ferry. Incluso si Rosie había previsto dejar escapar el ferry del amanecer y pasar desapercibida durante un par de días, por si se me ocurría presentarme en el puerto a lo Stanley Kowalski[5], habría intentado hacer algo con su billete: canjearlo o revenderlo. Nos habían costado la mayor parte del salario de una semana a cada uno. Bajo ninguna circunstancia los habría dejado pudrirse detrás de una chimenea, a menos que no le quedara otra alternativa.

La otra posibilidad era la expuesta por Shay y Jackie, con sus distintos grados de encanto general. Alguien había interceptado a Rosie, ya fuera de camino a la Teoría Uno o de camino a encontrarse conmigo.

Yo tenía una tregua con la Teoría Uno. Durante más de la mitad de mi vida se había ido haciendo un hueco en mi mente, como una bala alojada demasiado adentro como para poder extraerla; no notaba su perfil afilado, siempre que no la tocara. La Teoría Dos hacía que la cabeza me saltara por los aires.

La última vez que vi a Rosie Daly fue un sábado por la tarde, poco más de un día antes de la Hora Zero. Yo me dirigía al trabajo. Tenía un compañero llamado Wiggy que trabajaba como guarda nocturno en un aparcamiento y él tenía un amigo llamado Stevo que trabajaba como gorila en una discoteca; cuando Stevo quería tomarse una noche libre, Wiggy lo sustituía y yo sustituía a Wiggy; a todos nos pagaban en efectivo y todos nos dábamos por satisfechos.

Rosie estaba apoyada en la verja del número cuatro con Imelda Tierney y Mandy Cullen, rodeadas por una burbuja dulce de risas tontas, perfume a flores, pelo largo y pintalabios brillante, esperando a que Julie Nolan bajara a su encuentro. La tarde era fría, la niebla desdibujaba el aire; Rosie

---

[5.] Stanley Kowalski es el personaje interpretado por Marlon Brando en la película *Un tranvía llamado deseo* (Elia Kazan, 1951), inspirada en la novela homónima de Tennessee Williams. *(N. de la T.)*

tenía las manos remetidas bajo las mangas y se las calentaba con el aliento; Imelda daba saltitos para entrar en calor. Tres críos pequeños se columpiaban en la farola que presidía la calle, las notas de «Tainted Love»[6] sonaban con estruendo a través de la ventana de Julie y el aire olía a sábado noche, a silbidos y a almizcle, seductor como la sidra.

–Ahí va Francis Mackey –dijo Mandy al aire, dándoles un codazo a las otras dos en las costillas–. Mira qué pelos... Se lo tiene muy creído, ¿no os parece?

–¿Qué tal, chicas? –las saludé con una sonrisa.

Mandy era bajita y morena, con un penacho por flequillo y siempre vestía tejanos lavados a la piedra. Me ignoró.

–Si fuera un helado se relamería a sí mismo hasta derretirse –comentó a las demás.

–Preferiría que me relamiera otra persona –repliqué yo, enarcando las cejas.

Las tres profirieron un gritito.

–Ven aquí, Frankie –me llamó Imelda, cambiándose de lado su melena permanentada–. Mandy quiere saber...

Mandy chilló y se agachó para taparle la boca a Imelda. Imelda la esquivó.

–Mandy quiere que te pregunte...

–¡Cállate!

Rosie reía. Imelda le agarró las manos a Mandy y se las apartó.

–Me ha pedido que te pregunte si a tu hermano le gusta ir al cine y no mirar la película.

Ella y Rosie se deshicieron en risitas. Mandy se llevó las manos a la cara.

[6.] *Tainted Love* es una canción versionada por el grupo Soft Cell en 1981 que entró en las listas de popularidad inglesas y se ha convertido en un clásico de la década. *(N. de la T.)*

–¡Imelda, eres una mala pécora! ¡Me he puesto colorada!

–Y bien que haces –comenté yo–. ¡Asaltacunas! Si acaba de empezar a afeitarse, ¿lo sabías?

Rosie estaba doblada de la risa.

–¡Él no! ¡No habla de Kevin!

–¡Se refiere a Shay! –exclamó Imelda casi sin aliento–. ¿Crees que a Shay le gustaría ir al cine...? –El ataque de risa le impidió concluir la frase.

Mandy chilló y se tapó la cara con las manos.

–Lo dudo –contesté, sacudiendo la cabeza con arrepentimiento. Los varones Mackey nunca han tenido problemas con las damas, pero Shay era muy suyo. Para cuando yo tuve edad de entrar en acción, de tanto observarlo a él estaba convencido de que, si te gustaba una chica, era ella quien tenía que venir corriendo a ti. Rosie comentó en una ocasión que a Shay le bastaba con mirar a una chica para que esta se desabrochara el sujetador–. Creo que Shay es de la otra acera, no sé si me entendéis.

Las tres volvieron a lanzar un gritito. Me encantan las pandillas de chicas cuando se preparan para salir por ahí, envueltas en todos los colores del arco iris como si fueran regalos; lo único que hay que hacer es apretarlas y comprobar si hay alguna para ti. Saber que la mejor de todas era toda mía me hacía sentir como si fuera Steve McQueen, como si tuviera una moto en la que pudiera subir a Rosie de paquete y surcar con ella los tejados de la ciudad.

Mandy me chilló:

–¡Voy a chivarle a Shay lo que has dicho!

Rosie clavó sus ojos en mí, una mirada rápida y secreta; cuando Mandy se lo contara a Shay, nosotros dos estaríamos a un mar de distancia.

–Hazlo –dije–, pero no se lo digas a mi madre. Tendremos que explicárselo con mucha delicadeza.

—Mandy podría convertirlo, ¿no?

—Te juro Melda que...

La puerta del número tres se abrió y salió el señor Daly. Se remangó los pantalones, cruzó los brazos y se apoyó en el marco de la puerta.

—Buenas noches, señor Daly —lo saludé.

Me ignoró.

Mandy e Imelda se enderezaron y miraron de soslayo a Rosie. Rosie dijo:

—Estamos esperando a Julie.

—Fantástico —dijo el señor Daly—. Esperaré con vosotras.

Sacó un cigarrillo aplastado del bolsillo de su camisa y empezó a alisarlo con cuidado para darle forma. Mandy arrancó una pelusa de su jersey y la examinó; Imelda se alisó la falda.

Esa noche incluso el señor Daly me hizo feliz, y no solo al imaginar su cara cuando se levantara el domingo por la mañana.

—Está usted muy elegante esta noche, señor Daly —observé—. ¿Va a salir también a la discoteca?

Se le tensó el músculo de la mandíbula, pero no apartó la vista de las chicas.

—Maldito Hitler —comentó Rosie por lo bajini al tiempo que se metía las manos en los bolsillos de su chaqueta vaquera.

Imelda dijo:

—Vamos a ver por qué tarda tanto Julie, ¿vale?

Rosie se encogió de hombros.

—De acuerdo.

—Adiós, Frankie —se despidió Mandy, con una sonrisa que le dibujó hoyuelos en las mejillas—. Saluda a Shay de mi parte.

Al darse la vuelta para irse, Rosie bajó un párpado y frunció los labios, solo una fracción de segundo; un guiño y un beso. Luego subió corriendo las escaleras del número cuatro y se desvaneció en el lóbrego vestíbulo y fuera de mi vida.

Pasé cientos de noches tumbado despierto en un saco de dormir, rodeado por roqueros hediondos y aquel chucho, reviviendo aquellos últimos cinco minutos hasta el último detalle en busca de una pista. Llegué a pensar que me estaba volviendo loco: tenía que haber algo, seguro, pero habría jurado por todos los santos del calendario que no se me había escapado nada. Y ahora, de repente, parecía que quizá no hubiera estado loco, que quizá no hubiera sido el gilipollas más grande del planeta, que quizá había estado en lo cierto. La línea es tan delgada...

No había nada en aquella nota, nada, que dijera que iba dirigida a mí. Lo había dado por supuesto; al fin y al cabo yo era a quien Rosie estaba dejando plantado. Pero nuestro plan original implicaba dejar atrás a muchas otras personas aquella noche. La nota podría haber ido dirigida a su familia, a sus amigas, a todo Faithful Place.

En nuestro antiguo dormitorio papá emitió un sonido como un búfalo de agua en trance de ser estrangulado; Kevin hablaba entre dientes dormido y se dio la vuelta en la cama, lanzó un brazo y me golpeó con él en los tobillos. La lluvia se había tornado más homogénea y densa, arreciaba.

Como ya he comentado, hago todo lo que puedo por anticipar de dónde van a venir los golpes a traición. Durante el resto del fin de semana, al menos, tenía que deshacerme de la hipótesis de que Rosie no había llegado a salir de aquel lugar con vida.

Por la mañana, tan pronto hube convencido a los Daly de que les interesaba dejar la maleta en mis capaces manos y no les convenía llamar a la policía, pensé que precisaba hablar con Imelda, Mandy y Julie.

Mamá se despertó en torno a las siete; oí crujir los muelles del colchón a través de la lluvia cuando se levantó. De camino a la cocina se detuvo en el umbral del salón durante un largo minuto, con la vista posada en mí y en Kevin y el pensamiento en Dios sabe qué. Mantuve los ojos cerrados. Al final suspiró, un ruidito irónico, y prosiguió su camino.

El desayuno era el típico mazazo para el estómago: huevos, beicon, salchichas, pudin negro, torrijas y tomates fritos. Era una declaración de intenciones, pero me costaba decidirme entre si lo que pretendía decir era «¿Lo ves? Estamos estupendamente sin ti» o «Sigo dejándome el alma, aunque no te lo merezcas» o posiblemente «Estaremos en paz cuando este atracón te provoque un infarto». Nadie mencionó la maleta; todos fingíamos disfrutar alegremente de un desayuno feliz en familia, cosa que a mí me parecía fabulosa. Kevin palpaba todo lo que le quedaba al alcance y me lanzaba miraditas desde el otro lado de la mesa, como un crío analizando a un extraño; papá comió en silencio, salvo por los gruñidos esporádicos que emitía para pedirle a mi madre que le rellenara el plato. Yo, sin apartar la vista de la ventana, me dispuse a sonsacar a mi madre. Las preguntas directas solo me adentrarían por el sendero de la culpa: «Vaya, ahora resulta que te interesa saber cosas de los Nolan, aunque no te hayas preocupado de qué nos pasara durante los últimos veintidós años», aclarar y repetir la operación. El acceso al banco de datos de mi madre se efectúa por la ruta de la desaprobación. La víspera me había dado cuenta de que el número cinco estaba pintado en un tono particularmente ñoño de rosa chicle que sin duda habría provocado algún que otro berrinche.

–La casa del número cinco ha quedado muy bonita con la restauración –observé, para darle algo en que contradecirme.

Kevin me miró como si me hubiera vuelto majareta.

–Pero si parece que le haya vomitado un Teletubby encima –dijo, mientras masticaba pan frito.

71

La sonrisa de los labios de mi madre se desvaneció.

—Son unos pijos —me indicó, como si se tratara de una enfermedad—. Trabajan en el mundo de la tecnología de la información los dos, signifique eso lo que signifique. No te lo creerás, pero tienen una *au pair*, una niñera de fuera. ¿A quién se le ocurre? Una muchacha de Rusia o de uno de esos países; no aprenderé a pronunciar su nombre ni en un millón de años. El bebé solo tiene un añito, criatura, y solo ve a su madre y a su padre los fines de semana. No sé para qué lo han tenido.

Emití ruidos de consternación en los momentos oportunos.

—¿Qué pasó con los Halley? ¿Y con la señora Mulligan?

—Los Halley se mudaron a Tallaght cuando el propietario vendió la casa. Yo os crie a vosotros cinco en este piso y nunca necesité a una niñera para que me ayudara. Me jugaría la vida a que tu mujer tuvo a vuestra hija con epidural —añadió y echó otro huevo a la sartén.

Papá alzó la vista de sus salchichas.

—¿En qué año crees que vivimos? —me preguntó—. La señora Mulligan falleció hace quince años. Tenía ochenta y nueve años la pobre vieja.

Su incursión desvió la atención de mi madre de las pijas que paren con epidural; a mi madre le encantan las muertes.

—Adivina quién más ha muerto.

Kevin alzó la vista al techo.

—¿Quién? —pregunté por compromiso.

—El señor Nolan. Jamás en su vida estuvo enfermo, ni un solo día, y resulta que cayó fulminado en plena misa, justo después de comulgar. Un infarto letal. ¿Qué te parece?

Estupendo: el señor Nolan; se abría mi primera puerta.

—Es espantoso —comenté—. ¡Pobre hombre! Yo era amigo de Julie Nolan de jovencitos. ¿Qué ha sido de ella?

—Vive en Sligo —respondió mi madre con una mezcla de pesimismo y satisfacción, como si fuera Siberia. Rascó la porción de mártir de la fritanga para echársela en su plato y se nos unió a la mesa. Empezaba a dar muestras de ese contoneo de caderas tan poco halagüeño que sobreviene a los ancianos.

—Se marchó cuando trasladaron la fábrica. Regresó para el funeral de su padre; tiene la cara como el culo de un elefante de tanto tomar el sol. ¿A qué iglesia vas a misa, Francis?

Mi padre resopló.

—A ninguna en particular —contesté—. ¿Y qué ha sido de Mandy Cullen? ¿Sigue por aquí? La pequeñita, morena, la que andaba detrás de Shay...

—Todas andaban detrás de Shay —contestó Kevin con una sonrisa—. Cuando yo empecé a romper el cascarón acumulé toda mi práctica con chicas que no conseguían echarle el guante a Shay.

—Sois todos unos puteros —espetó papá.

Creo que lo decía en el buen sentido.

—Y mira cómo le ha ido —rezongó mamá—. Mandy se casó con un hombre encantador de New Street; ahora se llama Mandy Brophy. Tienen dos hijos pequeños y un coche. Tu hermano podría haberse casado con ella si hubiera movido el culo. Y tú, jovencito —apuntó con el tenedor a Kevin—, vas a acabar igual que él si no miras por dónde andas.

Kevin se concentró en su plato.

—Yo estoy de maravilla.

—Tendrás que sentar cabeza antes o después. No se puede ser feliz para siempre. ¿Qué edad tienes?

Quedar al margen de esta selva particular me resultaba un tanto desconcertante; no es que me sintiera desatendido, pero empezaba a plantearme si Jackie no habría abierto demasiado la boca.

—¿Sigue viviendo Mandy por aquí? —pregunté—. Me gustaría acercarme a verla un rato.

–Sigue viviendo en el número nueve –respondió mi madre secamente–. El señor y la señora Cullen ocupan la planta baja, y Mandy y su familia las otras dos. Así puede cuidar de sus padres. Es una chica fantástica, Mandy. Acompaña a su madre al médico cada miércoles, para que la visiten de los huesos, y los jueves para...

Lo que oí al principio fue un leve crujido en el ritmo incesante de la lluvia, en algún punto al norte de la calle. Dejé de escuchar a mi madre. Pasos que se acercaban corriendo, más de una persona; voces. Solté el tenedor y el cuchillo y me dirigí a la ventana a toda prisa («Francis Mackey, ¿qué diantres haces?») y, pese a todo el tiempo transcurrido, Nora Daly seguía caminando igual que su hermana.

–Necesito una bolsa de basura –anuncié.

–No te has comido lo que te he cocinado –soltó mi madre, señalando con su cuchillo hacia mi plato–. Siéntate ahí y acábate el desayuno.

–Me lo acabaré más tarde. ¿Dónde guardas las bolsas de basura?

Mamá tenía el labio fruncido, lista para discutir.

–No sé cómo vives tú ahora, pero bajo mi techo no se desperdicia comida. Cómete lo que tienes en el plato y luego me vuelves a preguntar lo que quieras.

–Mamá, no tengo tiempo para peleas. Han llegado los Daly.

Abrí el cajón donde antes solíamos guardar las bolsas de basura: estaba lleno de chorradas de ganchillo dobladas.

–¡Cierra ese cajón! ¿Quién diablos te crees para actuar como si vivieras aquí...?

Kevin, que era un chico listo, mantuvo la cabeza gacha.

–¿Qué te induce a pensar que a los Daly les apetecerá ver tu careto? –quiso saber mi padre–. Probablemente piensen que es todo culpa tuya.

–... Irrumpir ahí como el marqués de Carabás...

–Probablemente –concedí, al tiempo que seguía abriendo cajones–, pero aun así voy a enseñarles esa maleta y no quiero que la lluvia borre las huellas. ¿Dónde *cojones*...? –Lo único que atinaba a ver eran cantidades industriales de cera para muebles.

–*¡Esa lengua!* ¿Acaso te crees que eres demasiado importante para comerte un revoltillo de huevos?

Papá dijo:

–Espera. Me calzo y te acompaño. Daría un ojo por ver la cara de Matt Daly.

Y Olivia quería que presentara a Holly a esta pandilla de desgraciados...

–No, gracias.

–¿Qué desayunas tú en tu casa? ¿Caviar?

–Frank –dijo Kevin, a punto de perder la paciencia–. Debajo del fregadero.

Abrí el armario y, gracias al cielo, allí estaba el Santo Grial: un rollo de bolsas de basura. Arranqué una y me dirigí al salón. De camino le pregunté a Kevin:

–¿Te apetece venir?

Papá estaba en lo cierto. Los Daly no eran precisamente *fans* míos; en cambio, a menos que la cosa hubiera cambiado mucho, nadie odiaba a Kevin.

Kevin corrió su silla hacia atrás.

–¡Joder! Gracias –dijo.

En el salón envolví la maleta con la bolsa de basura con toda la delicadeza de la que fui capaz.

–¡Jesús! –exclamé. Mamá seguía rezongando («¡Kevin Vincent Mackey! ¡Vuelve a aposentar tu trasero aquí *ahora mismo* y...»)–. Parece un auténtico manicomio.

Kevin se encogió de hombros y se puso la chaqueta.

–Volverán a la normalidad cuando nos hayamos ido.

—¿Acaso he dicho yo que os pudierais levantar de la mesa? ¡Francis! ¡Kevin! ¿Me estáis escuchando?

—¡Cállate de una puñetera vez! —le ordenó mi padre a mi madre—. ¿Es que no ves que intento comer en paz? —No le alzó la voz, o al menos no todavía, pero su timbre me hizo apretar la mandíbula y vi a Kevin cerrar con fuerza los ojos un segundo.

—Salgamos de aquí —propuse—. Quiero interceptar a Nora antes de que entre en casa.

Bajé la maleta a la planta baja sosteniéndola plana sobre mis antebrazos, con delicadeza, intentando no estropear demasiado las pruebas. Kevin me sostenía las puertas para franquearme el paso. La calle estaba desierta; los Daly habían desaparecido en el interior del número tres.

Un viento virulento descendía por la calle y me golpeó en el pecho, frenándome como una mano enorme que me retaba a no seguir avanzando.

Por lo que yo recuerdo, mis padres y los Daly se odiaban con toda su alma, por un amplio abanico de motivos que provocarían una trombosis a cualquier extraño que intentara comprenderlos. Cuando Rosie y yo empezamos a salir hice algunas preguntas, con el fin de entender por qué la mera idea de nuestra relación hacía que el señor Daly perdiera los estribos, pero estoy bastante seguro de que solo arañé la superficie. En parte, esas rencillas tenían que ver con el hecho de que los varones Daly trabajaban en la fábrica Guinness, lo cual los situaba un peldaño por encima del resto de nosotros: empleo estable, buen salario y la posibilidad de prosperar en la vida. El padre de Rosie asistía a clases nocturnas y hablaba de ascender en la línea de producción; yo sabía por boca de Jackie que actualmente ocupaba algún cargo de supervisor y que le habían comprado la casa del número tres al propietario. A mis padres no les gustaban las personas con «Nociones» y a los Daly no les gustaban los perdedores alcohólicos y desempleados. Según mi madre, también subyacía un cierto elemento de celos: ella nos había parido a los cinco con la facilidad con la que se cocina un bizcocho, mientras que Theresa Daly solo había conseguido tener dos hijas y, en cambio, no le había dado ningún hijo varón a su marido; si se le daba coba en esta línea de argumentación, mi querida madre comenzaba a narrar los abortos de la señora Daly.

Mamá y la señora Daly sí se hablaban, al menos la mayor parte del tiempo; las mujeres prefieren odiarse en las distancias cortas, donde las inversiones les generan más beneficios. Nunca en mi vida he visto a mi padre y al señor Daly intercambiar una palabra. Lo más cerca que han estado de comunicarse (y no estoy seguro de si se trataba de asuntos del trabajo o de envidias obstétricas) era una o dos veces al año, cuando papá regresaba del pub un poco más borracho que de costumbre, rebasaba la puerta de nuestra casa tambaleándose y se dirigía derechito al número tres. Avanzaba haciendo eses por la calle, propinando puntapiés a las verjas y aullándole a Matt Daly para que saliera y se enfrentara a él de hombre a hombre, hasta que mamá y Shay (o, si mamá estaba limpiando oficinas esa noche, Carmel, Shay y yo) salíamos y lo convencíamos de que entrara en casa. Notábamos a toda la calle escuchando, susurrando y disfrutando del espectáculo, pero los Daly jamás abrieron una ventana ni encendieron una luz. La parte más dura era conseguir que papá doblara la curva de las escaleras.

—Una vez dentro —le dije a Kevin, después de que cruzáramos la calle corriendo como locos bajo la densa lluvia y él llamara al timbre del número tres—, habla tú.

Kevin pareció desconcertado.

—¿Yo? ¿Por qué yo?

–Sígueme la corriente. Basta con que les expliques cómo ha aparecido este cachivache. Yo te tomaré el testigo a partir de ahí.

No parecía especialmente entusiasmado, pero a Kev le encanta complacer a los demás y, antes de que tuviera tiempo de encontrar una manera amable de decirme que del trabajo sucio me ocupara yo, la puerta se abrió y apareció la señora Daly.

–Kevin –saludó–. ¿Cómo estás?

Y entonces me reconoció. Abrió unos ojos como platos e hizo un ruidito similar al hipo. Yo dije con voz muy pausada:

–Señora Daly, lamento mucho importunarla. ¿Nos permite entrar un momento?

Se había llevado una mano al pecho. Kev tenía razón con respecto a las uñas.

–No...

Todo policía sabe cómo franquear una puerta ante alguien que duda.

–Solo necesito proteger esto de la lluvia –dije, haciendo malabarismos con la maleta mientras trasponía el umbral–. Es importante que el señor Daly y usted le echen un vistazo.

Kevin se coló detrás de mí, con gesto incómodo. La señora Daly chilló un «¡Matt!» en dirección a la parte alta de las escaleras sin apartar la vista de nosotros.

–¿Mamá? –Nora salió del salón, ya crecida y con un vestido que así lo demostraba–. ¿Quién es...? ¡Ostras! ¿*Francis*?

–El mismo que viste y calza. ¿Cómo te va, Nora?

–¡Dios mío! –se asombró, al tiempo que proyectaba la mirada por encima de mi hombro, hacia las escaleras.

En mi recuerdo, el señor Daly era una especie de Schwarzenegger con cárdigan, pero en realidad era un hombre más bien tirando a bajito, un tipo enjuto, con la espalda muy recta, el cabello muy corto y una mandíbula arisca. Se le torció el gesto aún más mientras me examinaba, tomándose su tiempo. Entonces me dijo:

—No tenemos nada que decirte.

Miré de soslayo a Kevin.

—Señor Daly —intervino él, rápido—, créame si le digo que es imprescindible que les mostremos algo.

—Tú puedes mostrarnos lo que te plazca, pero que tu hermano salga de mi casa ahora mismo.

—Sí, lo sé, lo comprendo. Frankie no habría venido, pero no nos quedaba otro remedio, se lo prometo. Es importante. De verdad. ¿No podríamos...? ¿Por favor?

Su actuación fue impecable. Arrastraba los pies y se apartaba su lacio flequillo de los ojos, avergonzado, torpe y nervioso; echarlo de aquella casa habría sido como echar a un perro pastor grande y lanudo. El muchacho sabía lo que se hacía.

—No le habríamos molestado —añadió en tono humilde, por si acaso—, pero no se nos ha ocurrido otra alternativa. ¿Nos concede solo cinco minutos?

Tras una pausa momentánea, el señor Daly asintió con la cabeza, si bien con ademán adusto y renuente. Habría pagado una buena suma por hacerme con una versión de Kevin en muñeco hinchable que pudiera transportar en la parte posterior del coche y sacar en caso de emergencia.

Nos condujeron hasta el salón, que estaba menos recargado que el de mi madre y era más luminoso: alfombra lisa beis y pintura de color crema en lugar de papel pintado, una fotografía de Juan Pablo II y un antiguo cartel del sindicato, pero ni una fruslería ni un patito de cerámica a la vista. Ni siquiera de críos, cuando entrábamos y salíamos disparados el uno de casa del otro había pisado yo aquella estancia. Durante mucho tiempo deseé que me invitaran a hacerlo, con esa ansia y ese apremio con que se anhela algo cuando a uno le dicen que no lo merece. Pero no eran estas las circunstancias que había imaginado. En mi versión rodeaba a Rosie con mi brazo y ella llevaba una sortija en el dedo, un abrigo caro sobre los hombros, un bollo en el horno y una sonrisa enorme que le cruzaba el rostro.

Nora nos invitó a sentarnos alrededor de la mesa de centro; la vi pensar en sacar un té y unas galletitas, pero luego cambió de opinión. Yo deposité la maleta en la mesa, interpreté la pantomima de enfundarme los guantes (el señor Daly quizá fuera la única persona de toda la parroquia que preferiría tener a un policía en su salón antes que a un Mackey) y retiré la bolsa de basura.

–¿Alguna vez habían visto esto? –pregunté.

Un segundo de silencio. A continuación, la señora Daly emitió un sonido a medio camino entre un grito ahogado y un gemido, y alargó la mano para coger la maleta. Frené su avance con mi mano justo a tiempo.

–Me temo que no van a poder tocarlo.

El señor Daly preguntó toscamente:

–¿De dónde...? –y tomó una respiración honda entre dientes–. ¿De dónde has sacado eso?

–¿Lo reconoce? –le pregunté.

–Es mía –contestó la señora Daly, con los nudillos en la boca–. La llevé para nuestra luna de miel.

–*¿De dónde has sacado eso?* –preguntó de nuevo el señor Daly, esta vez alzando un poco más la voz y con el rostro virando a un tono poco saludable de rojo.

Le hice un gesto a Kevin con la ceja y él narró la historia con bastante acierto, sin saltarse ningún elemento: los obreros, el certificado de nacimiento y las llamadas telefónicas. Yo sostuve en alto algunos artículos para ilustrar sus palabras, como una azafata de vuelo demostrando cómo usar los chalecos salvavidas, mientras observaba atentamente a los Daly.

Cuando me fui de casa, Nora debía de tener trece o catorce años y era una niña regordeta, con los hombros anchos, una melena de rizos encrespados y los primeros síntomas visibles de desarrollo, lo cual no parecía hacerla en absoluto feliz. Pero el tiempo había jugado en su favor: tenía la misma figura demoledora de Rosie, con unas curvas redondas y pronunciadas, el tipo de figura que actualmente ya no se ve en esas muchachas que se matan de hambre para tener una talla cero y un cabreo permanente. Era entre dos y cuatro centímetros más bajita que Rosie y sus colores eran mucho menos espectaculares (cabello castaño oscuro y ojos grises), pero el parecido existía; no se apreciaba al mirarla de cara, pero sí cuando la atisbabas un instante de reojo. Era algo intangible, algo en el ángulo de sus hombros y en el arco de su cuello y en su forma de escuchar: absolutamente quieta, agarrándose con una mano el codo opuesto, con los ojos clavados en Kevin. Muy pocas personas son capaces de sentarse inmóviles y escuchar. Rosie era la reina en eso.

La señora Daly también había cambiado, pero a peor. La recordaba alegre, fumando en las escaleras de su portal, con una cadera apoyada en la verja y haciendo juegos de palabras para provocar que nos sonrojáramos y nos escabulléramos bajo su risa ronca. La marcha de Rosie, o quizá los veintidós años de vida transcurridos y el señor Daly la habían dejado para el arrastre: se le había encorvado la espalda, tenía bolsas bajo los ojos y el aura general de necesitar un batido de antidepresivos. Lo que más me impactó, lo que se me había escapado acerca de la señora Daly cuando éramos adolescentes y ella se nos antojaba una anciana, era lo siguiente: bajo la sombra de ojos azul, su explosivo cabello y su enajenación mental de perfil bajo, era la viva estampa de Rosie. Una vez hube detectado el parecido ya no fui capaz de dejar de verlo; se me quedó grabado en la retina, como un holograma que apareciera y desapareciera de manera intermitente. La posibilidad de que Rosie hubiera acabado convirtiéndose en su madre con el transcurso del tiempo me puso los pelos de punta.

Por otro lado, cuanto más miraba al señor Daly, más sensación me daba de estar ante una versión más animada de él mismo. Llevaba un par de botones recosidos en su chaleco de punto al estilo de las novelas policíacas de moda, el pelo perfectamente repeinado y la barba recién afeitada: debía de haberse llevado consigo una cuchilla a casa de Nora la noche anterior y haberse afeitado antes de que los devolviera a casa. La señora Daly se movía y gimoteaba y se mordisqueaba la mano por fuera mientras me observaba revisar la maleta, y Nora respiró hondo en un par de ocasiones, echaba la cabeza hacia atrás y pestañeaba con fuerza; en cambio, el rostro del señor Daly ni se inmutó. Fue tornándose más y más pálido y le saltó un músculo en la mejilla cuando sostuve en alto el certificado de nacimiento, pero eso fue todo.

Kevin aminoró la marcha mientras me lanzaba una miradita para comprobar si lo había hecho bien. Plegué la blusa de estampado de cachemir de Rosie, la coloqué en su sitio y cerré la maleta. Se produjo un instante de silencio sepulcral.

Entonces la señora Daly preguntó, casi sin aliento:

—Pero ¿cómo puede ser que la hayan encontrado en el número dieciséis? Rosie se la llevó con ella a *Inglaterra*.

La certidumbre que transmitía su voz hizo que me saltara el corazón.

—¿Cómo lo sabe? —pregunté.

Me miró atónita.

—Porque la maleta desapareció con ella.

—Pero ¿cómo está tan segura de que se marchó a Inglaterra?

—Nos dejó una nota de despedida. Los chicos de los Shaughnessy y uno de los críos de Sallie Hearne nos la trajeron al día siguiente; la encontraron en el número dieciséis. En ella decía que se marchaba a Inglaterra. Primero pensamos que vosotros dos...

El señor Daly se removió en su asiento, un gesto tenso y enfadado. La señora Daly parpadeó rápidamente y dejó de hablar. Yo fingí no darme cuenta.

—Creo que todo el mundo pensó lo mismo, sí —convine sin darle más importancia—. ¿Cuándo descubrieron que no estábamos juntos?

Al ver que nadie contestaba, Nora aclaró:

—Hace un montón de años, unos quince, quizá. Fue antes de que yo me casara. Tropecé con Jackie en una tienda un día y me explicó que se había vuelto a poner en contacto contigo y que vivías aquí, en Dublín. Añadió que Rosie no se había escapado contigo —desvió los ojos de mí a la maleta y volvió a clavarlos en mí, abiertos como platos—. ¿Crees... crees que está...?

—Aún no creo nada —la atajé, con mi voz oficial más amable, como si se tratara de una joven desaparecida cualquiera—. No hasta que dispongamos de algo más de información. ¿Han tenido alguna noticia de ella desde que se marchó? ¿Una llamada telefónica, una carta, un mensaje de alguien que hubiera tropezado con ella en algún sitio?

La señora Daly contestó, en un arrebato intempestivo:

—Cuando ella se marchó aún no teníamos teléfono. ¿Cómo iba a llamarnos? Cuando nos instalamos el teléfono, yo anoté el número y fui a ver a tu madre, a Jackie y a Carmel y les dije: «Tened. Si alguna vez sabéis algo de vuestro Francis, dadle este número y decidle que le diga a Rosie que nos llame, aunque sea solo un minuto en Navidades o...». Pero cuando me enteré de que no estaba contigo supe que no nos llamaría nunca, porque no tiene el número, ¿entiendes? Es cierto que podía habernos escrito, pero Rosie, ya sabes, siempre hacía las cosas a su manera. En febrero cumpliré sesenta y cinco años y estoy convencida de que me enviará una postal de felicitación; es imposible que se olvide de eso...

Su voz se tornaba más aguda y más rápida, con un matiz quebradizo. El señor Daly alargó una mano y rodeó con ella la de la señora Daly por un momento; ella se mordió el labio inferior. Kevin parecía intentar escabullirse entre los cojines del sofá y desaparecer.

Nora dijo con voz tranquila:

–No. Ni una palabra. Al principio pensamos... –Intercambió una mirada rápida con su padre; ella había pensado que Rosie consideraba que debía cortar toda comunicación por el hecho de haberse escapado conmigo–. Incluso cuando supimos que no estabas con ella. Siempre creímos que se había ido a vivir a Inglaterra.

La señora Daly reclinó la cabeza hacia atrás y se enjugó una lágrima.

Así que eso era todo: nada de resoluciones rápidas, de despedirme de mi familia con la mano y borrar la noche del día anterior de mi mente para regresar a mi aproximación personal de la normalidad, y ninguna posibilidad de emborrachar a Nora y coaccionarla para que me facilitase el número de teléfono de Rosie. El señor Daly, con voz cansina, sin mirarnos, dijo:

–Habrá que llamar a la policía.

Estuve a punto de poner mirada de recelo.

–Por supuesto. Háganlo, sí. Ese fue también el primer instinto de mi familia, pero pensé que ustedes deberían ser quienes decidieran si les interesa tomar esa vía.

Me miró con sospecha.

–¿Por qué no debería interesarnos?

Suspiré y me pasé una mano por el pelo.

–Escuche –dije–, me encantaría decirle que la policía dedicará al caso la atención que merece, pero no puedo. Yo preferiría llevar la maleta al laboratorio para buscar posibles huellas dactilares y sangre, eso para empezar. –La señora Daly se frotó las manos y, al hacerlo, emitió un espantoso destello–. Pero antes de que eso suceda, se le asignará un número de caso, el caso deberá ser asignado a un detective y el detective necesitará presentar una solicitud para el laboratorio. Y desde ya les digo que no obtendrá la aprobación. Nadie va a desperdiciar recursos valiosos por algo que, para empezar, quizá ni siquiera sea un delito. Personas Desaparecidas y Casos Antiguos y la unidad general se pasarán el caso de unos a otros durante unos cuantos meses, hasta que se harten y lo archiven en un sótano infecto. Deben estar preparados para que eso ocurra.

Nora preguntó:

–¿Y qué hay de ti? ¿No podrías presentar tú la solicitud?

Negué con la cabeza con arrepentimiento.

–Oficialmente, no. Por mucho que se estire, esto queda definitivamente fuera del ámbito de mi brigada. Una vez entrase en el sistema, yo estaría de manos atadas.

–Pero... –empezó a decir Nora, con la espalda más enderezada, alerta y observadora–, si no entrara en el sistema, si solo lo supieras tú, ¿podrías...? ¿Existe algún modo de...?

–¿Pedir unos cuantos favores en secreto? –Enarqué las cejas; tenía que pensármelo–. Bueno, supongo que sí podría hacerse. Pero debéis estar todos seguros de que es eso lo que queréis.

–Yo sí –respondió Nora sin pensárselo dos veces. Rápida tomando decisiones, como Rosie–. Hazlo por nosotros, Francis, por favor.

La señora Daly asintió con la cabeza, rebuscó en su manga un pañuelo y se sonó la nariz.

–¿Entonces es posible que no esté en Inglaterra? ¿Es posible?

Me suplicaba. Su tono de voz me hirió; Kevin se estremeció.

—Es posible, sí —contesté con dulzura—. Déjeme que lo averigüe. Haré cuanto esté en mi mano.

—Dios —lamentó la señora Daly casi sin poder respirar—. Dios mío...

—¿Señor Daly? —pregunté.

Se produjo un largo silencio. El señor Daly permanecía sentado con las manos entrelazadas entre sus rodillas y la vista clavada en la maleta, como si no me hubiera oído. Finalmente me dijo:

—No me gustas. Ni tú ni nadie de tu familia. No tiene sentido fingir.

—Ya lo sé —contesté—. Me percaté hace mucho tiempo. Pero no estoy aquí como uno de los Mackey. Estoy aquí en calidad de agente de policía que podría ayudarlos a encontrar a su hija.

—En secreto, bajo la mesa, por la puerta trasera. La gente no cambia.

—Parece ser que no —concedí con una sonrisa insulsa—. Pero las circunstancias sí. En esta ocasión estamos del mismo bando.

—¿De verdad?

—Será mejor que me crea —repliqué—, porque soy su mejor baza. Lo toma o lo deja.

Alzó sus ojos hacia los míos, una larga mirada indagadora. Yo mantuve la espalda recta y puse la cara de persona respetable que había aprendido a interpretar en las reuniones de padres de la escuela. Finalmente asintió, una sacudida brusca con la cabeza, y dijo, sin la menor deferencia:

—Haz lo que puedas, por favor.

—De acuerdo —contesté y saqué mi cuaderno de notas—. Necesito que me hablen de cuando Rosie se marchó. Empiecen por el día anterior. Con todo el grado de detalle del que sean capaces, por favor.

Se sabían aquel día de memoria, como cualquier familia que ha perdido un hijo; en una ocasión, una madre me enseñó en qué vaso había bebido su hijo la mañana antes de morir de sobredosis. Había ocurrido un domingo de Adviento por la mañana, bajo un cielo frío de tonos grises y blanquecinos en que el aliento permanecía inmóvil en el aire como la niebla. Rosie había llegado temprano la víspera, así que había ido a la misa de las nueve de la mañana con el resto de la familia, en lugar de quedarse durmiendo y acudir al oficio de las doce, tal como habría hecho de haber salido hasta tarde el sábado por la noche. Habían regresado a casa y habían preparado un desayuno a base de huevos, beicon y judías (en aquellos tiempos, comer antes de comulgar se castigaba con una sarta de avemarías en la siguiente confesión). Rosie había recogido la colada del patio trasero y se había ocupado de la plancha mientras su madre fregaba los platos, y las dos habían hablado de cuándo comprar el jamón para la comida de Navidad. Me falló el aliento un instante al imaginarla charlando tranquilamente acerca de una cena que no tenía intención de degustar y soñando con una Navidad que sería únicamente suya y mía. Poco antes de las doce del mediodía, las chicas se habían dirigido a pie a New Street a recoger a la abuelita Daly para la comida del domingo, tras la cual todos habían mirado la televisión un rato; esa era otra de las cosas que situaba a los Daly un peldaño por encima del resto de nosotros, paletos: tenían su propio televisor. Invertir el esnobismo siempre resulta divertido; en aquellos momentos yo estaba redescubriendo sutiles matices cuya existencia casi había olvidado.

El resto del día era más nada. Las chicas habían acompañado a su abuelita a casa dando un paseo, Nora había salido a dar una vuelta con un par de amigas y Rosie había subido al dormitorio a leer, o posiblemente a hacer la maleta y redactar aquella nota o a sentarse en el borde de la cama y respirar hondamente varias veces. La cena, más labores domésticas, más tele, ayudar a Nora con sus deberes de matemáticas; no habían detectado ni la más mínima señal en todo el día de que Rosie albergara un plan secreto.

–Un ángel –comentó el señor Daly con tristeza–. Durante toda esa semana se portó como un ángel. Debería haberme dado cuenta.

Nora se había acostado alrededor de las diez y media y el resto de la familia había permanecido despierto hasta poco después de las once; Rosie y su padre tenían que madrugar para ir a trabajar la mañana siguiente. Las dos chicas compartían una habitación posterior, mientras que sus padres ocupaban la otra; en casa de los Daly no había sofás cama. Nora recordaba el frufrú de la tela al ponerse Rosie el pijama y el susurro de «Buenas noches» al deslizarse entre las sábanas, y luego nada. No había oído a Rosie levantarse de la cama otra vez, ni vestirse, ni salir de la habitación a hurtadillas y luego del apartamento.

–En aquellos tiempos yo dormía como un lirón –se excusó, a la defensiva, como si la hubieran criticado sobradamente por ello–. Era una adolescente, ya sabes a qué me refiero...

Por la mañana, cuando la señora Daly había acudido a despertar a las niñas, Rosie había desaparecido. Al principio no se alarmaron, o no más de lo que lo haría cualquier familia de la calle; me dio la sensación de que el señor Daly se había mostrado desdeñoso por lo desconsiderada que era la juventud en los tiempos que corrían, pero poco más. Estábamos en Dublín y corrían los años ochenta: ningún peligro acechaba en la ciudad. Simplemente pensaron que había salido temprano a hacer algo o quizá a reunirse con sus amigas por alguna cosa de chicas que desconocían. Pero luego, estando Rosie ausente del desayuno, los muchachos de los Shaughnessy y Barry Hearne habían aparecido con aquella nota.

Desconocían qué hacían aquellos tres chavales en el número dieciséis de buena mañana un frío lunes, pero yo apostaría a que estaban fumando hachís o viendo pornografía (corrían por la calle un par de revistas que alguien había robado a un primo que había visitado Inglaterra el año previo). En cualquier caso, fue entonces cuando se abrieron las compuertas del averno. La reconstrucción de los Daly fue un poco menos vívida que la de Kevin, quien me miró de soslayo en un par de ocasiones mientras nos narraban su versión, pero en líneas generales los hechos coincidían.

Señalé la maleta con la cabeza.

–¿Dónde la guardaban?

–En el dormitorio de las niñas –musitó la señora Daly mordisqueándose los nudillos–. Rosie la tenía para guardar la ropa que no usaba, sus muñecas de niña y sus cosas; entonces aún no teníamos los armarios empotrados, claro está, nadie tenía...

–Hagan un esfuerzo. ¿Alguno de ustedes recuerda cuándo fue la última vez que vio esta maleta?

Nadie se acordaba.

–Tal vez varios meses antes –aventuró Nora–. Rosie la guardaba bajo la cama; yo solo la había visto cuando la sacaba para buscar algo.

–¿Y qué hay de los artículos que guardaba dentro? ¿Recuerdan cuándo fue la última vez que Rosie utilizó alguno de esos objetos? Si reprodujo las cintas en el radiocasete, si llevó alguna de las prendas que guardaba aquí...

Silencio. Entonces Nora enderezó la espalda de repente y respondió con voz entrecortada:

–El *walkman*. Se lo vi el jueves, tres días antes de su desaparición. Yo solía sacarlo a escondidas de su mesilla de noche cuando regresaba a casa del colegio y escuchaba sus casetes hasta que ella regresaba del trabajo. Si Rosie me pillaba, me daba una colleja, pero merecía la pena; tenía una música genial...

—¿Cómo estás tan segura de haberlo visto el jueves?

—Porque era el día en que solía cogerle el *walkman*. Los jueves y los viernes, Rosie solía ir y venir a pie del trabajo con Imelda Tierney. ¿Te acuerdas de Imelda? Cosía con Rosie en la fábrica. Esos días Rosie no se llevaba el *walkman*. El resto de la semana, Imelda tenía un turno diferente, de manera que Rosie iba y volvía sola y se llevaba con ella los auriculares para oír música por el camino.

—De manera que podrías haberlo visto el jueves o el viernes.

Nora negó con la cabeza.

—Los viernes solíamos ir al cine después de la escuela, me refiero a mi pandilla. Ese viernes fui. Me acuerdo porque... —Se ruborizó, cerró la boca y miró de soslayo a su padre.

El señor Daly dijo simple y llanamente:

—Lo recuerda porque, después de que Rosie se escapara, pasó mucho tiempo antes de que yo permitiera a Nora callejear otra vez. Habíamos perdido a una hija por ser demasiado permisivos. No tenía intención de arriesgarme a perder a la otra.

—Lo entiendo —contesté, asintiendo como si fuera perfectamente comprensible—. ¿Y ninguno de ustedes recuerda ver ninguno de estos artículos después del jueves por la tarde?

Los tres negaron con la cabeza. Si Rosie no había hecho la maleta antes del jueves por la tarde, había arriesgado demasiado para encontrar una oportunidad de esconderla, especialmente dadas las tendencias de Doberman de su padre. Las probabilidades empezaban a apuntar, aunque fuera muy sutilmente, hacia que otra persona se había ocupado de ocultarla.

—¿Vieron a alguien merodearla? ¿Molestarla? ¿Alguien que les preocupara? —pregunté.

La mirada del señor Daly insinuaba «¿Aparte de ti, quieres decir?», pero consiguió reprimirse. Se limitó a contestar con tono neutro:

—Si hubiera visto a alguien molestándola, lo habría resuelto.

—¿Discusiones? ¿Alguna pelea con alguien?

—No que nos hubiera contado. Probablemente tú sepas más de eso que nosotros. Todos sabemos que la mayoría de las chicas no les explican nada a sus padres a esa edad.

—Una última cosa —añadí. Rebusqué en el bolsillo de mi chaqueta, extraje un montón de sobres de las medidas de una fotografía instantánea y les entregué tres de ellos.

—¿Alguno de ustedes reconoce a esta mujer?

Los Daly hicieron cuanto pudieron, pero no se les encendió ninguna bombilla, presumiblemente porque Fifi Huellasdactilares es una profesora de álgebra de un instituto de Nebraska cuya fotografía me bajé de internet. Fifi me acompaña dondequiera que voy. Su fotografía tiene un ancho marco blanco para que nadie sienta la necesidad de agarrarla delicadamente por los bordes, y puesto que probablemente sea el ser humano más anodino del planeta, hay que mirarla muy de cerca, probablemente sosteniendo la imagen con ambos pulgares e índices, para asegurarse de que uno no la conoce. Le debo a mi chica, a Fifi, muchas identificaciones sutiles. Aquel día iba a ayudarme a descubrir si los Daly habían dejado huellas en aquella maleta.

Lo que hacía que mis antenas se moviesen en dirección a aquella pandilla era la endiablada posibilidad única entre un millón de que Rosie sí se dirigiera a encontrarse conmigo después de todo. De haberse ceñido a nuestro plan y no haber necesitado esquivarme, entonces habría tomado la misma ruta que yo: habría salido por la puerta de su casa, habría descendido las escaleras y se habría dirigido directamente hacia nuestro punto de encuentro. Sin embargo, yo había disfrutado de

91

una vista perfecta de la calle durante toda la noche y esa puerta delantera no se abrió en ningún momento.

En aquel entonces, los Daly ocupaban la planta intermedia del número tres. En la planta superior vivían las hermanas Harrison, tres solteronas viejas y propensas a la sobreexcitación que te daban pan con azúcar si les hacías los recados; en el sótano vivía Verónica Crotty, una mujer depresiva y enferma que afirmaba que su esposo era un vendedor viajante, con su pequeña, una criatura triste y enfermiza. En otras palabras, si alguien había interceptado a Rosie de camino a nuestra cita, ese alguien estaba sentado al otro lado de la mesa frente a Kevin y a mí.

Los tres Daly parecían verdaderamente conmocionados y apenados, pero eso podía ser por miles de motivos. Cuando Rosie desapareció, Nora era una adolescente en una edad difícil, la señora Daly bordeaba algún punto del espectro de la locura y el señor Daly tenía un genio de cinco estrellas, un problema de la misma graduación conmigo y unos músculos poderosos. Por otra parte, Rosie no era ningún peso mosca y, es posible que su padre no fuera Arnold después de todo, pero era el único en aquella casa con fuerza suficiente para deshacerse del cadáver.

La señora Daly preguntó, asomándose con nerviosismo sobre la fotografía:

–¿Quién es? Nunca la había visto. ¿Crees que podría haberle hecho daño a nuestra Rosie? Parece muy bajita para poder hacer algo así, ¿no crees? Rosie era una muchacha fuerte, no dejaría...

–Diría que no tiene nada que ver con este asunto –aclaré, sinceramente, al tiempo que recogía los sobres con las fotografías y volvía a guardármelos en el bolsillo, por orden–. Sencillamente estoy analizando todas las posibilidades.

–Pero sí crees que alguien le hizo daño... –dedujo Nora.

–Es demasiado pronto para presumir algo así –contesté–. Agilizaré algunas líneas de investigación y les mantendré informados. Creo que tenemos suficiente material para empezar. Gracias por su tiempo.

Kevin saltó de su sillón como si tuviera muelles. Yo me desenfundé los guantes para despedirme de ellos con un apretón de manos. No solicité ningún número de teléfono (carecía de sentido forzar más su hospitalidad) ni pregunté si todavía guardaban aquella nota. Solo de pensar en volverla a ver se me tensaba la mandíbula.

El señor Daly nos acompañó hasta la puerta. Una vez allí me dijo, abruptamente:

–Al ver que nunca nos escribía, pensamos que la culpa era tuya, que no le permitías hacerlo.

Su frase podía ser tanto una forma de disculpa como un golpe de efecto final.

–Rosie nunca habría permitido que nadie le prohibiese nada –repliqué–. Me pondré en contacto con ustedes tan pronto como recabe algo de información.

Cerró la puerta a nuestra espalda. Oí a una de las mujeres echarse a llorar.

4

La lluvia había amainado a una tenue bruma húmeda, pero las nubes se tornaban cada vez más densas y oscuras: se avecinaba otra tormenta. Mi madre estaba aplastada contra la ventana de la puerta de casa, desde donde enviaba unos rayos X de curiosidad que prácticamente prendieron fuego a mis cejas. Cuando me vio mirar en su dirección, agitó un trapo en el aire y empezó a limpiar con frenesí los cristales.

–Lo has hecho de maravilla –felicité a Kevin–. Mis más sinceras gracias.

Me lanzó una mirada rápida de soslayo.

–Ha sido muy raro.

Su propio hermano mayor, el mismo que solía hurtar bolsas de patatas fritas en el ultramarinos, en plena modalidad policía.

–Pues has disimulado muy bien –añadí con aprobación–. Has actuado como un profesional. Tienes madera para esto, ¿lo sabes?

Se encogió de hombros.

–¿Y ahora qué? –quiso saber.

–Voy a guardar esto en mi coche antes de que Matt Daly cambie de opinión –le informé, sosteniendo en equilibrio la maleta sobre un brazo mientras saludaba a mi madre con la mano que me quedaba libre y una sonrisa resplandeciente– y luego voy a tener una pequeña charla con una antigua conocida. Entre tanto, tú puedes ir a tener una riña con mamá y papá por mí.

Kevin abrió los ojos horrorizados.

–No, no, de eso nada. Mamá estará que echa humo por lo del desayuno.

–Venga, Kev. Ajústate los suspensorios y lucha por el equipo.

–¡Al cuerno con el equipo! Eres tú quien la ha cabreado, ¿y ahora pretendes que sea yo quien regrese a casa y me cargue la bronca?

Se le estaba erizando el vello de indignación.

–Exactamente –contesté–. No quiero que mamá vaya a fastidiar a los Daly y no quiero que eche a rodar ningún cotilleo, al menos no por el momento. Lo único que necesito es una hora más o menos antes de que comience a sembrar el mal. ¿Podrías concedérmela?

–¿Y qué se supone que debo hacer si decide salir a la calle? ¿Detenerla con un placaje de rugby?

–Dame tu número de teléfono. –Encontré mi teléfono móvil, el que usan mis muchachos y mis informantes, y le envié a Kev un mensaje con un simple «Hola»–. Ahí tienes –dije–. Si mamá se escapa, basta con que respondas a ese mensaje y yo mismo vendré a aplacarla. ¿Conforme?

–Joder –murmuró Kevin, alzando la vista hacia la ventana.

–Estupendo –dije, dándole una palmadita en la espalda–. Eres todo un soldado. Nos reuniremos aquí dentro de una hora y esta noche te invito a unas cervezas, ¿te parece bien?

–Necesitaré beber bastantes –respondió Kev lúgubremente, se enderezó de hombros y puso rumbo a enfrentarse con la caballería.

Escondí la maleta a buen recaudo en el maletero del coche, lista para llevársela a una encantadora dama del laboratorio cuya dirección personal daba la casualidad de que conocía. Un puñado de niños de unos diez años con peinados poco favorecedores y sin cejas se hallaban repantingados en un muro, controlando los coches y pensando en perchas de alambre. Lo único que me faltaba era regresar y descubrir que la maleta había desaparecido. Apoyé mi trasero en el maletero, etiqueté mis sobres de Fifi Huellasdactilares, me fumé un cigarrillo y miré con descaro al futuro de nuestro país hasta dejarles claro que ni se les ocurriera...; se encaminaron a destrozarle el coche a alguien que luego no fuera a salir en su búsqueda.

El piso de los Daly era exactamente igual al nuestro: era imposible ocultar un cadáver en ningún sitio, al menos a largo plazo. Si Rosie había fallecido en ese piso, entonces solo quedaban dos opciones. Una era dar por sentado que el señor Daly tenía un par de cojones como una catedral, cosa que no descartaba y que podía haberla envuelto en algo y haberla sacado de allí por la puerta delantera, haberla arrojado al río, a algún solar abandonado o incluso a una pocilga, según la encantadora sugerencia de Shay. Pero siendo como era aquel lugar, las probabilidades de que alguien lo hubiera visto, lo hubiera recordado y hubiera hablado sobre ello eran elevadas. Y el señor Daly no se me antojaba alguien a quien le gustase jugar con fuego.

La otra alternativa era el jardín posterior. En el presente la mitad de los jardines se habían emperifollado con arbustos y tarima y chismes varios de hierro forjado, pero por entonces estaban todos descuidados y desgreñados: unos hierbajos escuálidos, trastos viejos, maderas, muebles rotos y alguna que otra bicicleta descuajaringada. Nadie salía a ellos a menos que fuera para usar el excusado, o en verano, para tender la colada; toda la acción se desarrollaba en la parte frontal de la casa, en la calle. Aquel invierno había hecho frío, pero no el suficiente para congelar la tierra. Se habría precisado una hora una noche para empezar a cavar una tumba, quizá otra hora la noche siguiente para acabarla y otra la tercera noche para rellenarla. Y el asesino habría estado a resguardo de todas las miradas, pues los jardines carecían de iluminación; de hecho, en las noches oscuras se necesitaba una linterna para abrirse camino hasta el aseo. Por otro lado, tampoco nadie habría oído nada; las hermanas Harrison estaban sordas como una tapia, las ventanas posteriores del sótano de Verónica Crotty estaban tapiadas con unos tablones para conservar el calor en casa y las ventanas del resto del vecindario estarían bien cerradas para proteger los hogares del frío de diciembre. Habría bastado con tapar la tumba durante el día y asunto concluido. Y para ello no se precisaba más que colocar encima una lámina de hierro corrugado o una mesa vieja o lo que fuera que quedara a mano. Nadie se sorprendería.

No podía adentrarme en aquel jardín sin una orden de registro y no podía obtener una orden de registro sin algo que presentara al menos un parecido razonable a una causa probable. Arrojé el pitillo al suelo y me encaminé de nuevo a Faithful Place para hablar con Mandy Brophy.

Mandy fue la primera persona que se mostró inequívoca y sinceramente contenta de verme. Casi se levantó del suelo del grito que pegó al reconocerme; tan exagerado fue que supe al instante que mi madre saldría disparada a asomarse a la ventana para comprobar qué sucedía.

—¡Francis Mackey! ¡Jesús, María y José! —Saltó de la alegría y me envolvió en un abrazo tal que me salieron cardenales—. Casi me da un infarto al verte; jamás pensé que volvería a verte por aquí. ¿Qué te trae por estos lares?

Tenía figura de madre y llevaba un peinado de madre a conjunto, pero sus hoyuelos no habían cambiado.

–Nada en particular –contesté con una sonrisa–. Me pareció un buen momento para ver qué tal os iba la vida.

–Ya era hora, ¿qué quieres que te diga? Entra y quítate eso. Y vosotras –se dirigía a dos niñitas de cabello moreno y ojos redondos que se encontraban despatarradas en el suelo del salón– subid a jugar a vuestra habitación, que necesito charlar en paz con este señor de aquí. ¡Venga, marchaos! –Empujó a las niñas con sus propias manos.

–Son tu vivo retrato –observé, señalándolas con la cabeza.

–Son un par de trastos, eso es lo que son. Me agotan la paciencia, créeme. Mi madre dice que me he llevado mi merecido por todas las veces que la hice padecer cuando era pequeña. –Apartó unas muñecas semidesnudas, unos envoltorios de dulces y unos lápices mordisqueados del sofá–. Ven aquí, siéntate conmigo. Tengo entendido que trabajas en la policía. Veo que te has vuelto una persona respetable.

Sostenía entre los brazos un montón de juguetes, pero seguía mirando con esos ojos negros penetrantes y observadores; me estaba poniendo a prueba.

–Puede decirse así –contesté, bajando la cabeza y dedicándole la mejor de mis sonrisas de chico malo–. Maduré, eso es todo. Lo mismo que tú.

Se encogió de hombros.

–Yo sigo siendo la misma de siempre. Echa un vistazo a tu alrededor.

–Y yo también. Es posible salir de este lugar...

–Pero no es posible quitárselo de encima. –Siguió mirándome con recelo un segundo más; luego asintió, emitió un chasquido con la lengua y señaló hacia el sofá con el pie de una Bratz–. Siéntate ahí. ¿Te apetece una taza de té?

Y, sin más, estaba dentro. No hay contraseña más poderosa que el pasado.

—No, no, gracias. Acabo de desayunar.

Mandy embutió los juguetes en una caja de plástico rosa y cerró la tapa de un golpe.

—¿Estás seguro? En tal caso, ¿te importa si voy plegando la colada mientras hablamos antes de que esas dos pequeñas damitas bajen y vuelvan a poner esto patas arriba? —Se desplomó en el sofá junto a mí y atrajo hacia sí la cesta con la ropa—. ¿Sabías que me casé con Ger Brophy? Trabaja de chef. Siempre le gustó la comida, a Ger, me refiero.

—Así que te has agenciado un Gordon Ramsay,[7] ¿eh? —le dije con una sonrisa maliciosa—. Y, cuéntame, ¿se trae la espátula a casa por si haces travesuras?

Mandy lanzó un gritito y me dio un manotazo en la muñeca.

—Sigues siendo igual de bribonzuelo. No has cambiado nada, ¿verdad? No, no es Gordon Ramsay. Trabaja en uno de esos hoteles que hay cerca del aeropuerto. Dice que sobre todo sirven a familias que han perdido sus vuelos y a hombres de negocios que prefieren llevarse a sus queridas donde no puedan descubrirlos; nadie se preocupa en exceso por la comida. Una mañana, te lo juro, estaba tan aburrido que les añadió plátano a los huevos con beicon solo para comprobar qué ocurría. Y nadie dijo ni mu.

—Debían de creer que se trataba de *nouvelle cuisine*. Diez tantos para Ger.

—No sé qué debían de pensar que era, pero se comieron el desayuno sin rechistar. Huevos con salchichas y plátano frito.

—Ger es un buen hombre —comenté—. Me alegro por vosotros.

[7.] Gordon Ramsay es un popular chef británico que hasta el momento ha sido galardonado con un total de doce estrellas Michelin. *(N. de la T.)*

Estiró un jerseicito rosa de una sacudida.

–Sí, es cierto, está muy bien. Me hace reír mucho. Además, siempre estuvo en mi baraja. Cuando le comunicamos a mi madre que nos habíamos prometido dijo que lo había visto venir desde que llevábamos pañales. Y lo mismo con... –Una rápida mirada al techo–. Lo mismo con la mayoría de las bodas que ha habido por aquí.

Le había llegado el rumor de la maleta aparecida y de todas las especulaciones funestas que la acompañaban. Pero la contención de radio macuto junto con la valiosísima labor de Kevin con mi madre evitaron que estuviera tensa y se mostrara cautelosa; sencillamente hablaba con tacto, intentando no herir mis sentimientos. Me relajé en el sofá y decidí disfrutarlo mientras durase. Me encantan las casas desordenadas, las casas donde la mujer y los críos dejan su impronta en cada centímetro: huellas de dedos grasientos en las paredes, chucherías y nidos de horquillas para el pelo de colores pastel sobre la repisa de la chimenea, casas que huelen a flores y a plancha...

Le dimos a la sinhueso durante un rato: hablamos de sus padres, de mis padres, de varios vecinos que se habían casado o habían tenido hijos o se habían mudado al extrarradio o habían desarrollado misteriosos problemas de salud. Imelda seguía por el barrio, a dos minutos a pie de Hallows Lane, pero algo en las comisuras de los labios de Mandy me dijo que ya no se veían demasiado y no quise preguntar. Preferí hacerla reír: si consigues que una mujer ría tienes medio camino ganado para conseguir que hable.

Seguía teniendo aquella misma risa pletórica y llena de vida tan contagiosa.

Mandy tardó unos diez minutos antes de decidirse a preguntar:

–Y cuéntame, ¿alguna vez has tenido noticias de Rosie?

–Ni la más mínima –contesté sin remilgos–. ¿Y tú?

–Nada. Yo pensaba... –Otra vez esa mirada–. Pensaba que tú posiblemente sí, eso es todo.

–¿Lo sabías? –pregunté.

Concentró la mirada en los calcetines que estaba enrollando, pero le temblaban las pestañas.

–¿A qué te refieres?

–Tú y Rosie erais amigas íntimas. Pensé que quizá te lo habría explicado.

–¿Que teníais pensado fugaros? ¿O que ella...?

–Cualquiera de las dos cosas.

Se encogió de hombros.

–Por el amor de Dios, Mandy –dije, poniendo una nota de humor–. Han pasado veintidós años. Te prometo que no voy a armar un escándalo porque dos chicas se contaran sus cosas. Simplemente me lo preguntaba.

–No tenía ni idea de que planeaba romper con todo. Te lo prometo por mi vida, no tenía ni la más mínima sospecha. Lo que también te digo, Francis, es que cuando supe que no estabais juntos me quedé patidifusa. Estaba convencida de que os habríais casado y habríais tenido media docena de hijos para poner freno a vuestro galope.

–Entonces sí sabías que íbamos a fugarnos juntos.

–Bueno, os escapasteis la misma noche. Todo el mundo se lo imaginó.

Le sonreí y sacudí la cabeza.

–«Romper con todo» has dicho. Sabías que seguíamos estando juntos. Hacía casi dos años que lo manteníamos en secreto, o al menos yo pensaba que así era.

Transcurrido un momento, Mandy me miró con ironía y echó unos calcetines a la cesta de la ropa.

–Sabelotodo... No es que ella fuera por ahí contándonoslo ni nada de eso; de hecho, nunca había dicho nada hasta que... ¿Verdad que quedasteis para tomaros unas copas más o menos una semana antes de vuestra fuga? En un bar de la ciudad, si no me equivoco.

En el O'Neill's de la calle Pearse, y todas las cabezas de los universitarios se volvieron cuando Rosie se dirigía a nuestra mesa con una jarra de cerveza en cada mano. Era la única chica que yo conocía que bebía cerveza y siempre pagaba su ronda.

—Sí —contesté—. Quedamos.

—Fue así como lo supimos. Le dijo a su padre que iba a salir con Imelda y conmigo, pero no nos dijo nada a nosotras para que la cubriéramos, ¿entiendes? Había mantenido lo vuestro en secreto, no teníamos ni idea. Aquella noche nosotras dos regresamos a casa bastante temprano y el señor Daly estaba mirando por la ventana y nos vio llegar sin Rosie. Ella llegó más tarde. —Mandy me dedicó una de sus sonrisas con hoyuelos—. Debíais de tener muchas cosas que deciros, ¿no es cierto?

—Sí —contesté.

Un beso de buenas noches apretados contra el muro del Trinity College, mis manos en sus caderas atrayéndola hacia mí.

—El señor Daly aguardó despierto a que llegara. Rosie vino a verme el día siguiente, era sábado, y me explicó que su padre se había puesto hecho una furia.

Regresábamos de nuevo al grandullón y malo del señor Daly.

—Me lo imagino —dije.

—Imelda y yo le preguntamos dónde había estado, pero se negaba a revelárnoslo. Se limitó a explicarnos que su padre se había puesto furibundo. De manera que adivinamos que había quedado contigo.

—Siempre me pregunté qué demonios tenía Matt Daly contra mí —apunté.

Mandy pestañeó.

–No tengo ni la más remota idea. Sé que tu padre y él no se llevan bien; yo pensaba que era por eso. ¿Acaso importa? Ya no vives por aquí y no tienes que verlo más...

–Rosie me abandonó, Mandy. Me dejó plantado sin más, más solo que la una, y nunca he sabido por qué. Si existe alguna explicación, por pequeña que sea, me gustaría conocerla. Me gustaría saber si hay algo que yo pudiera haber hecho para que las cosas hubieran sido diferentes.

Me mostré fuerte pero dolido y los labios de Mandy dibujaron una mueca de compasión.

–Lo siento, Francis... A Rosie nunca le importó lo más mínimo lo que su padre pensara de ti. Ya lo sabes.

–Quizá no. Pero, si estaba preocupada por algo o me ocultaba algo o si tenía miedo de alguien... ¿Cómo de furioso solía ponerse su padre con ella exactamente?

Mandy pareció perpleja o recelosa, no supe descifrarlo.

–¿A qué te refieres?

–El señor Daly tiene mal genio –contesté–. Cuando descubrió que Rosie salía conmigo todo el barrio oyó sus gritos. Siempre me pregunté si la cosa se había detenido ahí o si..., bueno, o si le pegaba.

Mandy se tapó la boca con la mano.

–¡Madre mía, Francis! ¿Te explicó ella algo de eso?

–A mí no, no lo habría hecho, a menos que quisiera que le partiera el alma a su padre. Pensé que quizá hubiera hablado de eso contigo y con Imelda.

–Ah, no. No, en absoluto. Nunca pronunció una palabra sobre eso. Supongo que lo habría hecho, pero... uno nunca puede estar seguro de estas cosas, ¿no es cierto? –Mandy reflexionó unos momentos mientras alisaba un pichi azul del uniforme del colegio de una de sus hijas en su regazo–. Yo apostaría a que jamás le puso la mano encima –sentenció al final–. Y no lo digo solo porque crea que es lo que quieres oír. En parte, el problema del señor Daly es que nunca superó el hecho de que Rosie se hiciera mayor, ¿entiendes a qué me refiero? Aquel sábado, cuando Rosie vino a verme, después de que él la sorprendiera regresando a casa tarde, teníamos planeado salir las tres a bailar al Apartments por la noche, pero Rosie no pudo venir porque, y no bromeo, su padre le había quitado las llaves de casa. Como si fuera una niña, en lugar de una mujer adulta que traía su salario a la mesa cada semana. La amenazó con que pensaba cerrar la puerta con llave a las once en punto y le dijo que, si no estaba en casa a esa hora, podía dormir en la calle, y tú sabes perfectamente que a las once en el Apartments apenas si había empezado la fiesta. ¿Entiendes a qué me refiero? Cuando se enfadaba con ella no le daba un par de bofetones, sino que la castigaba a sentarse en un rincón, tal como hago yo con mis pequeñas cuando cometen alguna travesura.

Y, sin más, el foco acusador se desvió del señor Daly, obtener una orden de registro para poner patas arriba su jardín dejó de ser una prioridad máxima y acurrucarse en los acogedores recovecos de la dicha conyugal de Mandy dejó de tener gracia. Si Rosie no había salido por la puerta principal de su casa, no era porque me estuviera esquivando o porque su padre la hubiera sorprendido infraganti y hubieran vivido un momento melodramático con un objeto contundente. Podría deberse a que él no le había dejado otra alternativa. Las puertas delanteras se cerraban con llave por la noche; en cambio, las puertas traseras tenían un cerrojo por dentro, para poder ir al lavabo sin necesidad de llave ni peligro de quedarse atrapado fuera de casa. Sin las llaves, poco importaba si Rosie escapaba de mí o hacia mis brazos: había tenido que salir por la puerta posterior, saltar las tapias y atravesar los jardines. Las opciones se multiplicaban y se alejaban del número tres.

Simultáneamente, las posibilidades de extraer alguna huella digital de esa maleta menguaban. Si Rosie sabía que iba a tener que andar haciendo el mono y saltando las tapias de los jardines, ella misma habría escondido la maleta de antemano, para recogerla luego de camino a abandonar la ciudad. Si alguien le había puesto la mano encima en medio del camino, probablemente ni siquiera supiera de la existencia de esa maleta.

Mandy me observaba un poco preocupada, intentando averiguar si entendía lo que quería decir.

—Tiene sentido —contesté—. No imagino a Rosie demasiado contenta de que la castigaran en un rincón. ¿Tenía previsto intentar algo? ¿Robarle las llaves a su padre, quizá?

—Nada en absoluto. Eso es lo que nos dio una pista de que tramaba algo, claro. Imelda y yo le dijimos: «Pasa de él. Sal con nosotras. Si te deja fuera de casa, puedes quedarte a dormir en casa de una de nosotras». Pero ella dijo que no, que prefería no liarla más. A lo que nosotras replicamos: «Pero ¿por qué vas a hacer lo que él diga?». Tal como tú mismo has afirmado, no era su estilo. Y ella contestó: «No será por mucho tiempo». Eso atrajo nuestra atención, evidentemente. Las dos lo abandonamos todo y saltamos sobre ella, mientras le preguntábamos qué tenía planeado, pero se negaba a contestar. Actuaba como si su padre fuera a devolverle las llaves en breve, pero ambas sabíamos que había algo más. No sabíamos exactamente qué, pero sí que algo grande iba a suceder.

—¿No intentasteis sonsacarle más detalles? ¿Qué planes tenía? ¿Cuándo? ¿Si iba a ser conmigo?

—Por supuesto que sí. Le insistimos durante un montón de rato. Yo le daba golpecitos en el brazo y todo, e Imelda la golpeaba con la almohada para obligarla a hablar, pero se limitó a ignorarnos hasta que nos rendimos y decidimos seguir acicalándonos para salir. Rosie era... Madre mía. —Mandy rio con una risa suave y asustada, casi sin aliento; sus briosas manos trajinando con la colada se ralentizaron hasta detenerse del todo–. Estábamos justo ahí, en el comedor; aquello antes era mi habitación. Yo era la única de nosotras que tenía un dormitorio propio; siempre nos reuníamos ahí. Imelda y yo estábamos peinándonos, cepillándonos el pelo para recogérnoslo en una coleta... Madre mía, qué facha teníamos, con aquella sombra de ojos turquesa, ¿te acuerdas? Nos creíamos las Bangles, Cyndi Lauper y Bananarama combinadas en una sola persona.

–Estabais guapísimas –dije con toda franqueza–. Las tres. Yo nunca he visto chicas más guapas.

Arrugó la nariz.

–Piropeándome no vas a conseguir nada... –Pero seguía ausente con la mirada–. Estábamos metiéndonos con Rosie, preguntándole cuándo iba a internarse en el convento, diciéndole que estaría guapísima vestida de monja porque quien de verdad le gustaba era el padre McGrath... Rosie estaba tumbada en mi cama, con la vista clavada en el techo, mordiéndose la uña como solía hacer, ¿recuerdas? Solo se mordía una uña.

La uña del dedo índice de la mano derecha. Se la mordía cuando reflexionaba acerca de algo. Aquel último par de meses, mientras urdíamos nuestros planes, incluso se había hecho sangre en algunas ocasiones.

–Me acuerdo –contesté.

–Yo la contemplaba a través del espejo de mi tocador. Era *Rosie*, la conocía desde que no éramos más que unas mocosas y, de repente, parecía una persona distinta. Como si fuera mayor que nosotras, como si ya se hubiera ido en parte, como si ya estuviera en otro lugar. Se me ocurrió que debíamos regalarle algo: una postal de despedida o una medalla de san Cristóbal, quizá. Algo para desearle buen viaje.

–¿Le mencionaste algo de esto a alguien? –pregunté.

106

–Desde luego que no –me reprendió Mandy con enojo–. Bajo ningún concepto la habría delatado. Como si no me conocieras...

Se había enderezado en su asiento y empezaba a irritarse.

–Claro que te conozco –le contesté con una sonrisa–. Simplemente estoy haciendo comprobaciones, gajes del oficio. No me lo tengas en cuenta.

–Lo hablé con Imelda. Ambas nos figuramos que os ibais a fugar juntos. Nos parecía una idea tan romántica... Ya sabes cómo son las adolescentes... Pero jamás le comenté nada a nadie más, ni siquiera después. Estábamos de vuestra parte, Francis. Queríamos que fueseis felices.

Durante una fracción de segundo pensé que, si volvía la vista, podría verlas, en la habitación contigua: tres muchachas, impacientes ante los acontecimientos que aguardaban a la vuelta de la esquina, en pleno estallido de turquesa, de electricidad y de posibilidades.

–Gracias, guapa –dije–. Te lo agradezco mucho.

–No soy capaz de imaginar por qué cambió de opinión. Te lo diría si lo supiera. Estabais hechos el uno para el otro... Estaba segura de que... –su voz fue apagándose.

–Sí –dije–. Yo también.

Mandy añadió con un hilillo de voz:

–Dios, Francis... –Seguía sosteniendo entre las manos el pichi del uniforme, inmóvil, y su voz traslucía una larga e invencible corriente de tristeza–. Dios, hace tantísimo tiempo, ¿verdad?

La calle estaba tranquila. Tan solo se escuchaba el murmullo del sonsonete de las niñas explicándose algo en el piso de arriba y la embestida del viento barriendo una ráfaga de lluvia fina sobre las ventanas.

–Así es –contesté–. No comprendo cómo ha podido pasar tanto tiempo.

No le expliqué nada. Lo dejé en manos de mi madre; disfrutaría con cada segundo de ello. Nos despedimos con un abrazo en la puerta, le di un beso en la mejilla y prometí volver a visitarla pronto. Olía a una vida dulce y segura que yo no había olido desde hacía años, a jabón Pears, a natillas y a perfume barato.

5

Kevin estaba repantingado contra la verja de nuestra casa con el mismo semblante que ponía cuando éramos niños y lo dejábamos atrás por ser demasiado pequeño; la única diferencia es que ahora tenía un teléfono móvil y se encontraba enviando mensajes a la velocidad del rayo.

–¿Tu novia? –pregunté, señalando el teléfono con la cabeza.

Se encogió de hombros.

–Más o menos. No es mi novia de verdad. No tengo intención de sentar cabeza todavía.

–Eso significa que tienes a unas cuantas en la recámara. Vaya, vaya con el pequeño Kev.

Sonrió.

–¿Qué hay de malo? Todas lo saben. Tampoco es que ellas tengan intención de casarse todavía; simplemente nos estamos divirtiendo. No hay nada malo en eso.

–Nada en absoluto –convine–, salvo que yo te hacía discutiendo con mamá en mi lugar, en lugar de jugando a los Dedos del Amor con tu amiguita de turno. ¿Qué ha sucedido con tu misión?

109

—Estoy conteniéndola desde aquí. Me estaba poniendo la cabeza como un bombo. He pensado que si se le ocurría salir para ir a ver a los Daly le cortaría el paso.

—Pero es que tampoco me interesa que llame a todo quisqui.

—No llamará a nadie, no hasta que haya hablado con la señora Daly y disponga de todos los detalles escabrosos. Ahora mismo está fregando los platos, extenuándose una vez más. He intentado echarle una mano y se ha puesto hecha un basilisco porque he colocado mal un tenedor en el escurridero y alguien podía caerse y perder un ojo, así que me he largado. ¿Dónde estabas? ¿Has ido a ver a Mandy Brophy?

—Imaginemos que quisieras llegar desde el número tres a la parte alta de la calle y no pudieras salir por la puerta principal de la casa. ¿Qué harías? —le pregunté.

—Usaría la puerta trasera —contestó Kevin sin más, y volvió a concentrarse en su mensaje—. Saltaría las tapias de los jardines. Lo he hecho un millón de veces.

—Yo también —dije, señalando con el dedo la hilera de casas, desde la número tres hasta la número quince, al final de la calle—. Son seis jardines. —Siete, contando el de los Daly. Rosie podía estar esperándome todavía en cualquiera de ellos.

—Espera un momento —Kevin alzó la vista de su teléfono—. ¿Te refieres a ahora o a entonces?

—¿Cuál es la diferencia?

—El puñetero perro de los Halley, esa es la diferencia. Rambo, ¿te acuerdas? El cabroncete que me arrancó el culo de los pantalones cuando éramos niños.

—¡Claro! —exclamé—. Había olvidado a ese pequeño capullo. Yo lo lancé por los aires de un puntapié en una ocasión.

Rambo era un chucho con algún parecido a un terrier que pesaba, mojado, unos dos kilos. El nombre le había conferido una especie de complejo de Napoleón que incluía la defensa de su territorio con uñas y dientes.

–Ahora que en el número cinco viven esos idiotas con su pintura de Teletubby seguiría el recorrido que tú has indicado –Kevin trazó con el dedo la misma línea que yo había trazado–, pero entonces, con Rambo esperando a arrancarme otra vez una pernera, bajo ningún concepto. Yo iría por allí –se giró y seguí su dedo con la mirada–: dejaría atrás el número uno, seguiría por la tapia alta situada en la parte inferior de la calle, subiría por los jardines impares y saltaría la tapia del número dieciséis para llegar a la farola.

–¿Y no sería más sencillo saltar la tapia de la parte baja y subir caminando por la calle? ¿Por qué te molestarías en saltar todos los jardines de nuestro lado? –pregunté.

Kevin sonrió.

–Me cuesta creer que no lo sepas. ¿Es que nunca tiraste piedrecitas a la ventana de Rosie?

–No, porque el señor Daly dormía en la habitación de al lado. Y me gusta tener testículos.

–Yo tonteé durante un tiempo con Linda Dwyer, cuando teníamos dieciséis años más o menos. ¿Te acuerdas de los Dwyer, los que vivían en el número uno? Solíamos encontrarnos en su jardín trasero por la noche, para que no tuviera que frenarme al meterle la mano por debajo de la blusa. Esa tapia –señaló a la parte baja de la carretera– además es muy lisa. No tiene puntos de apoyo. Solo puede saltarse por las esquinas, donde puedes ayudarte de la otra tapia para impulsarte. Así que lo mejor es usar los jardines traseros.

–Eres una fuente de conocimientos –apunté–. ¿Conseguiste meterle la mano por debajo del sujetador alguna vez a Linda Dwyer?

Kevin puso los ojos en blanco y empezó a explicarme la compleja relación de Linda con la Legión de María, pero yo ya andaba sumido en mis pensamientos. Se me hacía difícil imaginar a un psicópata asesino o a un violador cualquiera merodeando por los jardines traseros un domingo por la noche, aguardando tristemente a que una víctima pasara por allí. Si alguien había agarrado a Rosie, sin duda era alguien conocido, alguien que sabía que iba a pasar por allí y como mínimo había trazado un plan básico.

Al otro lado de la tapia trasera discurría Copper Lane, una calle muy parecida a Faithful Place, pero más grande y más ajetreada. De haber querido concertar una cita clandestina, una emboscada o demás por la ruta que Kevin había señalado, sobre todo un encuentro a escondidas que podía implicar una refriega o deshacerse de un cadáver, yo habría utilizado el número dieciséis.

Aquellos ruidos que había oído mientras esperaba bajo la farola, balanceándome sobre mis pies para evitar congelarme. Un hombre gruñendo, gritos sofocados de una mujer, golpetazos. Cualquier adolescente enamorado es un idiota con patas que ve la vida de color de rosa: había dado por supuesto que el amor se respiraba en el ambiente. Creo que pensaba que lo que Rosie y yo compartíamos era tan salvaje que aquella noche en la que todo empezaba a cobrar sentido impregnaba el aire como una droga resplandeciente, se arremolinaba por todo Liberties y sumía a quien lo respiraba en una especie de frenesí: obreros de fábrica exhaustos se buscaban en sueños, los adolescentes en las esquinas de repente se fundían en besos como si su vida dependiera de ello, las parejas de ancianitos escupían sus dentaduras postizas y se arrancaban sus pijamas de franela... Di por sentado que lo que escuchaba era a una pareja haciendo el amor. Pero quizá me equivoqué.

Me costaba horrores asumir, aunque solo fuera por un instante, que Rosie sí tenía intención de reunirse conmigo. De ser así, entonces aquella nota revelaba que probablemente lo había hecho siguiendo la ruta de Kevin hasta la casa número dieciséis. Y la maleta probaba que no había salido con vida de ella.

—Vamos —dije, interrumpiendo a Kev, que seguía con sus explicaciones («... no es que me tuviera loco, pero tenía las tetas más grandes del...»)—. Vamos a jugar donde mamá nos lo tenía prohibido.

La casa del número dieciséis estaba en peores condiciones de lo que había imaginado. Al sacar las chimeneas, los obreros habían dejado grandes boquetes por todas las escaleras frontales y alguien había birlado las cancelas de hierro forjado de ambos lados, o quizá el Rey de las Propiedades también las había vendido. El colosal rótulo que anunciaba «Construcciones PJ Lavery» se había caído en el hueco de la escalera y descansaba junto a las ventanas del sótano: nadie se había molestado en recogerlo.

—¿Qué hacemos aquí? —preguntó Kevin.

—Aún no estoy seguro —contesté, lo cual era cierto. Lo único que sabía es que estábamos persiguiendo a Rosie, recorriendo su camino paso a paso hasta descubrir adónde nos llevaba—. Lo averiguaremos sobre la marcha, ¿de acuerdo?

Kevin abrió la puerta de un toquecito y se inclinó hacia delante, con cautela, para asomarse en el interior.

—Si no acabamos con los huesos en el hospital...

El recibidor era una maraña de densas sombras entrecruzadas proyectadas por los tenues rayos de luz que penetraban en mil ángulos a través de las estancias vacías con las puertas semiarrancadas o de los cristales sucios de la ventana del descansillo y descendían por el vertiginoso hueco de la escalera arrastrados por una fría brisa. Saqué mi linterna. Oficialmente podía no estar de servicio, pero siempre hay que estar preparado para cualquier imprevisto. Había decidido ponerme la cazadora de cuero porque es lo bastante cómoda como para no romperse en ninguna circunstancia y, además, tiene bolsillos suficientes para guardar todos los básicos: a Fifi Huellasdactilares, tres bolsitas de plástico para pruebas, mi cuaderno de notas, un bolígrafo, una navaja suiza, las esposas y una delgada linterna muy potente de la marca Maglite. Mi pistola Colt especial para detectives se enfunda en un arnés de diseño específico que permite colocársela discretamente en la región baja de la espalda, bajo la cinturilla de los tejanos; forma un bultito casi imperceptible.

–No bromeo –añadió Kevin, escudriñando las sombrías escaleras–. Esto no me gusta nada. La casa entera podría desplomarse sobre nosotros con un simple estornudo.

–No te preocupes: llevo implantado un detector GPS en el cuello para que mi brigada me encuentre en caso necesario. Vendrían a rescatarnos.

–¿En serio?

–No. Venga, Kev, pórtate como un hombre. No va a pasarnos nada.

Encendí la linterna y entramos en el número dieciséis. Noté las décadas de motas de polvo suspendidas en el aire, las noté agitarse, moverse y ascender describiendo fríos remolinos a nuestro alrededor.

Las escaleras crujían y se combaban de manera alarmante bajo nuestro peso, pero aguantaron. Empecé por el salón de la planta superior, donde había encontrado la nota de Rosie y donde, según mamá y papá, los tipos polacos habían hallado su maleta. Al arrancar la chimenea habían dejado un orificio enorme en la pared, que por lo demás estaba repleta de pintadas desvaídas que explicaban quién estaba enamorado de quién, quién era *gay* y quién podía irse a tomar por saco. En algún punto de esa chimenea que viajaba rumbo a la mansión de alguien en Ballsbridge estaban talladas mis iniciales y las de Rosie.

El suelo estaba sembrado de la típica basura: latas, colillas y bolsas de plástico, pero sobre todo estaba cubierto de polvo (los niños de hoy en día tenían lugares mejores en los que divertirse, y dinero para hacerlo), mezcla que se había decorado de manera atractiva con condones usados. En mis tiempos los condones eran ilegales; si tenías la suerte de encontrarte en una situación en la que necesitaras uno, te arriesgabas y te pasabas las siguientes semanas cagado de miedo por lo que pudiera suceder. Las esquinas de los techos estaban cuajadas de telarañas y un viento fino y frío susurraba al filtrarse por entre las rendijas de los marcos de las ventanas de guillotina. Dentro de nada esas ventanas también habrían desaparecido, seguramente compradas por algún comerciante gilipollas cuya esposa quería imprimir a su hogar un adorable toque de autenticidad.

–Yo perdí la virginidad en esta habitación –confesé; aquel lugar me hacía hablar con suavidad.

Noté la mirada de Kevin clavada en mí, deseoso de preguntar, pero se contuvo.

–Se me ocurren muchos lugares más cómodos para echar un polvo –comentó.

–Teníamos una manta. Y la comodidad no lo es todo. No habría cambiado este antro ni por un ático con terraza en Shelburne.

Al cabo de un momento, Kevin se estremeció.

–¡Dios! Este lugar es deprimente.

–Imagínatelo como un escenario, como un viaje por la Calle del Recuerdo.

–¡Al diablo con eso! Yo prefiero mantenerme lo más lejos posible de la Calle del Recuerdo. ¿Has oído a los Daly? Sus domingos en los años ochenta eran *miserables*. Misa y luego esa gilipollez de la comida en familia. ¿Qué te apuestas a que comían beicon hervido, patatas asadas y col?

–No te olvides del pudin. –Recorrí con el haz de luz de la linterna los tablones del suelo: había algún que otro agujero sin importancia y unos cuantos bordes astillados, pero ningún boquete parcheado... y es que en aquel lugar cualquier cosa remendada habría cantado como una almeja–. Delicia de ángeles, siempre lo mismo. Sabía a tiza con aroma a fresa, pero, si no te lo comías, hacías que los bebés negros pasaran hambre.

–Fua, es verdad. Y luego nada que hacer en todo el día salvo perder el tiempo en una esquina, a menos que pudieras dormir en el cine o que quisieras quedarte aguantando a mamá y a papá. No había nada en la tele salvo el sermón del Padre Fulanito explicando que los anticonceptivos provocaban ceguera e incluso para eso tenías que pasarte horas moviendo la maldita antena para sintonizar bien el canal... Te juro que algunos domingos por la tarde estaba tan aburrido que me apetecía que llegara el lunes para ir a la escuela.

No había nada en el hueco que había ocupado la chimenea ni tampoco en el tiro de esta; solo un nido en la parte superior y años de cagarrutas blancas de pájaro decorando las paredes. La chimenea era tan estrecha que apenas cabía la maleta. Era imposible que alguien hubiera metido por ella el cuerpo de una mujer adulta, ni aunque fuera temporalmente.

–Déjame que te diga que deberías haber venido a este lugar. Aquí era donde se vivía toda la acción: sexo, drogas y *rock'n'roll*.

–Para cuando yo alcancé la edad de la acción, ya nadie venía por aquí. Solo había ratas.

–Siempre las hubo. Añadían un poco de ambiente. Ven.

Me adentré en la estancia contigua. Kevin me siguió arrastrando los pies.

–Lo que añadían eran *gérmenes*. Tú ya no vivías aquí, pero alguien echó veneno o algo; creo que fue el loco de

Johnny; ¿te acuerdas de que tenía fobia a las ratas porque había luchado en las trincheras? En cualquier caso, un puñado de ratas se arrastraron hasta las paredes y murieron, y te juro que el hedor era espantoso. Peor que una pocilga. Habríamos podido morir todos de fiebre tifoidea.

—A mí no me desagrada el olor.

Realicé de nuevo la rutina de la linterna. Empezaba a preguntarme si no sería el tío más tonto del mundo. Una noche con mi familia y ya empezaba a pensar que estaba chiflado.

—Hombre, claro, con el tiempo la peste se fue. Pero para entonces todos habíamos buscado ya otro sitio donde pasar el rato, un solar vacío en la esquina con Copper Lane, ¿lo conoces? También era una porquería: en invierno se te congelaban las pelotas y había agujas de pino y alambre de púas por todos sitios, pero los chavales de Copper Lane y la calle Smith también solían andar por allí, de manera que era mucho más fácil conseguir bebida o un beso o lo que fuera que anduvieras buscando. Ya no regresamos más aquí...

—Y este lugar cayó en el olvido...

—Sí —Kevin echó un vistazo a su alrededor, dubitativo. Tenía las manos en los bolsillos y se había arrebujado bien la chaqueta para evitar tocar nada—. Y no me arrepiento. Este tipo de cosas es lo que no soporto de cuando la gente se pone nostálgica al hablar de los años ochenta. En aquella época los niños nos aburríamos como ostras, jugábamos con alambradas o follábamos en ratoneras... ¿Por qué habría que echar eso de menos?

Lo observé, allí de pie con sus logotipos Ralph Lauren, su vistoso y elegante reloj y su peinado de peluquería cara, rebosante de una indignación justificada y con aspecto de pertenecer a otro planeta. Me acordé de cuando era un niño flacucho y revoltoso vestido con la ropa remendada heredada de mí que entraba y salía corriendo de aquella casa sin pensar que no era lo bastante buena para él.

–Bueno, los ochenta tuvieron muchísimas cosas buenas –dije.

–¿Cómo qué? ¿Qué hay de maravilloso en perder la virginidad en un nido de ratas?

–No digo que volvería a los ochenta si fuera posible, pero tampoco lo tiraría todo por la alcantarilla. Y no sé tú, pero yo nunca me aburrí. Nunca. Quizá te convendría pensar en ello.

Kevin se encogió de hombros y farfulló algo que sonó a: «No tengo ni idea de a qué te refieres».

–Piénsalo, en serio. Te acordarás.

Me dirigí a las estancias posteriores sin preocuparme por esperarlo; si atravesaba un tablón podrido con el pie en medio de la penumbra era problema suyo. Al cabo de un momento acudió enfurruñado tras de mí.

No había nada interesante en la parte posterior ni tampoco en las estancias de la planta del vestíbulo, salvo un alijo inmenso de botellas de vodka vacías que al parecer alguien había preferido no sacar con su basura. En el descansillo superior de las escaleras del sótano, Kevin se plantó.

–De eso nada. Yo ahí no bajo. Hablo en serio, Frank.

–Cada vez que le dices no a tu hermano mayor Dios mata a un gatito. Venga.

–Shay nos encerró ahí en una ocasión. A ti y a mí... Yo era muy pequeño. ¿Te acuerdas? –preguntó Kevin.

–No. ¿Es por eso por lo que este lugar te da escalofríos?

–No me da escalofríos. Sencillamente no entiendo por qué intentamos que nos entierren vivos sin motivo alguno.

–Está bien, espérame fuera entonces –dije.

Un segundo después sacudió la cabeza. Me siguió por la misma razón que yo había querido que me acompañara hasta allí: porque las viejas costumbres permanecen.

Yo había bajado a aquel sótano en tres ocasiones en toda mi vida. La leyenda urbana afirmaba que alguien llamado

Higgins el Navajas le había rebanado el cuello a su hermano sordomudo y lo había enterrado allí; si te atrevías a invadir el territorio de Higgins Sincuello, vendría a por ti agitando sus manos en descomposición y profiriendo terribles gruñidos. Probablemente los hermanos Higgins no fueran más que una invención de los padres preocupados. Ninguno de nosotros creía en su existencia, pero aun así nos manteníamos alejados de aquel sótano. Shay y sus amigos a veces merodeaban por allí solo para demostrar lo machotes que eran, y de vez en cuando alguna pareja también se refugiaba en aquel lugar, si estaban verdaderamente desesperados por echar un clavo y todas las demás estancias estaban ocupadas, pero lo suculento sucedía en las plantas superiores: los diez paquetes de Marlboro y las litronas baratas, los porros finos como cerillas y las partidas de *strip poker* que nunca rebasaban la mitad. En una ocasión, cuando Zippy Hearne y yo teníamos alrededor de nueve años, nos retamos a bajar y tocar la pared del fondo del sótano, y yo tenía el vago recuerdo de llevar a Michelle Nugent allí abajo unos años más tarde con la esperanza de que se asustara lo bastante como para agarrarse a mí y, con suerte, darme un beso. No hubo suerte; incluso a esa edad me gustaban ya las chicas que no se asustan con facilidad.

La otra vez que había estado en aquel sótano había sido cuando Shay nos había encerrado en él a los dos. Probablemente nos dejara allí durante una hora, pero parecieron días. Kevin debía de tener dos o tres años y estaba tan aterrorizado que ni siquiera podía gritar. Se meó encima. Le aseguré que no pasaba nada, intenté derribar la puerta a puntapiés o arrancar algún tablón de las ventanas con los dedos y me juré a mí mismo que algún día Shay pagaría por ello.

Hice un barrido lento con el haz de la linterna por aquel sótano. Se parecía mucho a como yo lo recordaba, salvo porque ahora entendía claramente por qué nuestros padres no querían que jugáramos allí. Las ventanas seguían estando canceladas con tablas de manera bastante chapucera; finos hilillos de luz se filtraban entre las rendijas; el techo se combaba de un modo poco halagüeño y se habían desprendido grandes trozos de yeso, dejando a la vista unas vigas torcidas y astilladas. Los tabiques divisorios también habían ido combándose y desmoronándose, de manera que el lugar era ahora básicamente una enorme estancia única y en algunos puntos el suelo se había abierto y dejaba a la vista los cimientos. Quizá acabaría hundiéndose, pues no había nada que sujetara la casa por el flanco en que lindaba con la casa contigua. Largo tiempo atrás, antes de dejar aquel lugar por imposible, alguien había intentado, sin mucho ahínco, tapar unos cuantos de los boquetes más importantes metiendo en ellos losas de hormigón y depositando todas sus esperanzas en la buena fortuna. Aquel sótano también olía como yo recordaba: a pis, a moho y a suciedad, aunque ahora con mayor intensidad.

–¡Qué asco! –refunfuñó Kevin con hastío, manteniéndose inmóvil al pie de las escaleras–. ¡Qué asco, por favor!

Su voz reverberó en los rincones, rebotó en las paredes en ángulos extraños e hizo que pareciera que alguien más susurraba desde el abismo de la penumbra. Kevin se estremeció y guardó silencio.

Dos de los bloques de hormigón tenían el tamaño de una persona y quienquiera que los hubiese colocado había limpiado los rebordes con una espátula, solo por darse la satisfacción de hacer el trabajo bien hecho. El tercero estaba ligeramente peor acabado: era poco más que un bulto desigual de aproximadamente un metro veinte de alto por un metro de ancho con el cemento aplicado de cualquier manera.

–Bueno –dijo Kevin, un poco demasiado alto, a mis espaldas–. Ya lo ves. El sótano sigue estando donde estaba y sigue siendo el mismo antro que era. ¿Podemos largarnos ya?

Avancé con cuidado hasta el centro del suelo y presioné una esquina del bloque de hormigón con la punta de la bota. Años de mugre se acumulaban en aquel lugar, pero cuando dejé mi peso encima noté un movimiento muy tenue: se balanceaba. De haber tenido algún tipo de palanca, haber encontrado una barra de hierro o un trozo de metal en uno de los montones de basura que había en los rincones, podría haberlo levantado.

–Kev –dije–, hazme un favor, ¿quieres? Intenta recordar. Esas ratas que murieron en las paredes, ¿ocurrió el invierno en que yo me marché?

Lentamente, Kevin abrió los ojos como platos. Las horribles bandas de luz grisácea lo hacían parecer transparente, como una proyección parpadeando en una pantalla.

–No, Frank, por favor. Eso no.

–Te estoy formulando una pregunta. ¿Lo de las ratas en las paredes sucedió justo después de que yo me marchara o no?

–Frank...

–¿Sí o no?

–Solo eran *ratas*, Frank. Estaban por todo el sótano. Las vimos un montón de veces.

De ese modo, para cuando llegara la primavera y empezara a hacer calor, no habría nada que provocara un auténtico hedor e hiciera que los inquilinos empezaran a quejarse ante el propietario o la agencia inmobiliaria.

–Y las olisteis. ¿Olía a descomposición?

Transcurrido un momento, Kevin contestó finalmente:

–Sí.

–Vamos –dije, agarrándome a su brazo (con demasiada fuerza, pero no pude evitarlo) y empujándolo escaleras arriba delante de mí, rápido, sintiendo los tablones girarse y astillarse bajo nuestros pies.

Para cuando emergimos a las escaleras frontales y la fría y húmeda brisa azotó nuestros rostros bajo una fina lluvia, yo ya tenía el teléfono móvil en la otra mano y estaba llamando al laboratorio.

El técnico que respondió no estaba de muy buenas pulgas, ya fuera porque le había tocado trabajar en el turno del fin de semana, ya porque lo hubiera sacado de su acogedora y cálida madriguera de tíos raritos. Le dije que disponía de información que indicaba que se había arrojado un cadáver bajo un bloque de hormigón en el sótano de la casa del número dieciséis de Faithful Place (no entré en detalles, como las fechas, por ejemplo) y que necesitaba que me enviaran a un equipo del laboratorio y un par de agentes uniformados y que yo quizá estuviera en la escena cuando ellos llegaran y quizá no. El técnico emitió unos cuantos ruidos de comadreja para preguntarme acerca de las órdenes de registro hasta que le informé de que cualquier posible sospechoso habría sido un intruso en las instalaciones y, por ende, no podía exigir ningún tipo de privacidad y, al ver que continuaba quejándose, añadí que, en cualquier caso, la casa había sido de uso público durante al menos los últimos treinta años y que, por consiguiente, contaba como un lugar público *de facto* según la ley de propiedades y no se requería ninguna orden de registro. No estaba del todo seguro de si mi argumento sería defendible ante un tribunal, pero prefería dejar ese asunto para otro día y cerrarle el pico al técnico. Lo archivé en la base de datos de imbéciles bajo el epígrafe «Idiota inservible» para futuras referencias.

Kevin y yo aguardamos al técnico y a sus colegas en las escaleras de la casa de estudiantes del número once, lo bastante cerca como para disfrutar de una visión panorámica y lo bastante lejos para que, con un poco de suerte, nadie me asociara con lo que iba a ocurrir unos portales más abajo en nuestra misma calle. Si los acontecimientos se desarrollaban tal como había previsto, necesitaba que los lugareños me vieran como un hijo pródigo y no como un policía.

Me encendí un cigarrillo y le ofrecí a Kevin el paquete, pero rehusó mi oferta con una sacudida de cabeza.

–¿Qué estamos haciendo? –me preguntó.

–Quitarnos del medio.

–¿No necesitas estar ahí?

–Los técnicos ya son mayorcitos –comenté–. Saben hacer su trabajo sin que yo los coja de la manita.

Me miró inseguro.

–¿No deberíamos...? Ya sabes... ¿Comprobar si ha ocurrido algo antes de que aparezca la policía?

Sorprendentemente, esa misma opción ya se me había ocurrido. Había recabado hasta el último resquicio de la fuerza de voluntad que tenía para no levantar aquella losa, con mis propias manos si era preciso. Estuve a punto de arrancarle la cabeza de un mordisco.

–Son pruebas –argumenté–. Los de la policía científica cuentan con el equipamiento necesario para recogerlas como es debido, mientras que nosotros no. Lo último que necesitan es que la caguemos. Y eso suponiendo que haya algo ahí.

Kevin se palpó el trasero de los pantalones; los escalones estaban mojados y seguía vistiendo su ropa buena del trabajo del día anterior. Entonces dijo:

–Pues sonabas bastante convencido al hablar por teléfono.

–Porque quería que vinieran. Y quería que vinieran hoy, no en algún momento de la semana que viene cuando estén de humor para pasar una tarde fuera.

Por el rabillo del ojo me percaté de la mirada de soslayo de Kev, desconcertado y un tanto receloso. Luego permaneció en silencio, sacudiéndose el polvo y las telarañas de los pantalones, con la cabeza gacha, cosa que me parecía estupenda. Mi trabajo requiere paciencia y todo el mundo considera que yo tengo un don especial para ello, pero, tras un día que se me antojaba una semana, estaba sopesando la posibilidad de dirigirme yo mismo al laboratorio y apartar al técnico del juego de ordenador de turno agarrándolo por sus raquíticos testículos.

Shay emergió en las escaleras frontales, con un palillo en la boca, y se acercó a nosotros paseando.

–¿Alguna novedad? –preguntó.

Kevin empezó a balbucear algo, pero lo interrumpí.

–Nada importante.

–Te vi ir a visitar a los Cullen.

–¿Ah, sí?

Shay echó un vistazo en ambas direcciones de la carretera; lo vi fijar la mirada en la puerta del número dieciséis, que seguía entreabierta, balanceándose.

–¿Esperáis algo?

–No, estamos por aquí –contesté, sonriéndole y dando unos golpecitos con el tacón al escalón que me quedaba al lado–. Ya lo descubrirás cuando convenga.

Shay resopló, pero, transcurrido un momento, subió las escaleras y se sentó en la parte superior, con los pies en mi cara.

–Mamá te andaba buscando –informó a Kevin.

Kevin gruñó; Shay soltó una carcajada y se arrebujó el cuello para protegerse del frío.

Fue entonces cuando escuché los neumáticos sobre los adoquines, a la vuelta de la esquina. Encendí otro cigarrillo y descendí los escalones, haciéndome pasar por un transeúnte anónimo y con mala pinta. Shay tuvo la amabilidad de seguirme la corriente en eso, por el mero hecho de quedarse conmigo allí. Resultó ser que no había necesidad alguna: aparecieron dos uniformados en un coche patrulla y tres muchachos de la policía científica que descendieron de una furgoneta, pero no conocía a ninguno de ellos.

–Caray –exclamó Kevin, con voz baja e incómoda–. Han venido en tropel. ¿Es que siempre...?

–Esto es lo mínimo. Tal vez llamen a refuerzos más adelante. Depende.

Shay emitió un largo silbido fingiendo estar impresionado.

Hacía tiempo que yo no veía una escena del crimen desde el otro lado de la cinta protectora, como un agente secreto o un civil más. Había olvidado el aspecto que tiene toda la maquinaria cuando entra en acción. Los muchachos de la científica venían enfundados en un mono blanco de la cabeza a los pies y balanceaban sus pesadas cajas de artilugios siniestros; se ajustaron las máscaras respiratorias mientras subían las escaleras del número dieciséis. Al verlos desvanecerse se me erizaron los pelos de la nuca. Shay canturreó en voz baja, para sí mismo.

Antes de que los uniformados tuvieran tiempo de desenrollar la cinta de escena del crimen alrededor de las verjas, los vecinos olisquearon sangre en el aire y acudieron a ver qué ocurría. Ancianitas con rulos y pañuelos en la cabeza se materializaron en los umbrales de sus viviendas y se reunieron en pequeñas camarillas para intercambiar opiniones y jugosas especulaciones: «Alguna joven ha tenido un bebé y lo ha abandonado ahí.» «¡Que Dios nos ampare! ¡Es espantoso! ¿Crees que habrá sido Fiona Molloy? Había engordado mucho últimamente»... Los hombres decidieron súbitamente que necesitaban fumarse un pitillo en las escaleras de las puertas de sus casas y echar un vistazo al tiempo; jovenzuelos llenos de granos y jovencitas con cara de pan se repantingaron contra la tapia del fondo, fingiendo indiferencia por los acontecimientos. Un puñado de críos con la cabeza rapada y monopatines a los pies patinaban de un lado al otro de la calle, con la vista clavada en el número dieciséis y boquiabiertos, hasta que uno de ellos chocó con Sallie Hearne y esta le propinó un cachete en las pantorrillas. Los Daly también se asomaron a las escaleras de su casa; el señor Daly abrazaba por los hombros a su esposa. La escena me puso los pelos de punta. No me gusta la sensación de no poder controlar cuánta gente tengo alrededor.

La gente de Liberties siempre se ha abalanzado sobre los cotilleos como aves carroñeras. En Dalkey, si un equipo de la policía científica hubiera tenido el temple de aparecer en la calle sin un permiso previo, nadie habría tenido la indecencia de demostrar algo tan vulgar como curiosidad. Algún alma aventurera habría sentido una necesidad imperiosa de podar las flores del jardín de su casa y después habría comunicado a sus amigas lo que había oído mientras disfrutaban de una infusión, pero, en general, el vecindario se habría enterado de las noticias por los diarios la mañana siguiente. En Faithful Place, en cambio, los lugareños saltaban directos a la yugular de la información. La vieja señora Nolan tenía agarrado con fuerza a uno de los agentes por la manga y lo miraba fijamente exigiéndole una explicación detallada. Por la expresión de su cara se diría que al agente no lo habían formado para tal menester en la academia.

–Francis –dijo Kevin–, probablemente ahí dentro no haya nada.

–Quizá no.

–En serio. Probablemente lo haya imaginado todo. Es demasiado tarde para...

Shay preguntó:

–¿Qué has imaginado?

–Nada –respondí yo.

–Kev.

–*Nada.* Eso es precisamente lo que estoy *diciendo.* Quizá me lo he inventado...

–¿Qué buscan?

—Mis pelotas —contesté.

—Entonces espero que hayan traído un microscopio.

—Maldita sea —se lamentó Kev, frotándose una ceja y con la vista clavada en los policías—. Este jueguecito ha dejado de gustarme, tíos. Ojalá...

—Calla —lo cortó Shay bruscamente—. Ahí viene mamá.

Los tres descendimos rápidamente de las escaleras en perfecta sincronía, ocultando nuestras cabezas por debajo de la línea del horizonte de la multitud. Yo atisbé a mi madre de reojo, entre otros cuerpos: estaba de pie en el umbral de nuestra casa, con los brazos cruzados enérgicamente bajo su pechera, barriendo la calle con la mirada, taladrándola, como si supiera exactamente que todo aquel follón era culpa mía y tuviera intención de hacérmelo pagar. Papá se hallaba detrás de ella, fumándose un pitillo y contemplando la escena con expresión inescrutable.

Ruidos dentro de la casa. Uno de los técnicos salió y señaló con el pulgar hacia la casa por encima de su hombro mientras hacía algún comentario brillante que provocó las burlas de los uniformados. Abrió la furgoneta, revolvió un poco en su interior y regresó corriendo hacia las escaleras armado con una palanca.

—Como utilice eso ahí dentro, esa choza va a venirse abajo —apuntó Shay.

Kevin seguía agitándose con nerviosismo, como si el escalón le provocara dolor en el culo.

—¿Qué ocurrirá si no encuentran nada?

—Que anotarán a nuestro Francis en la lista negra —aventuró Shay— por hacerle perder el tiempo a todo el mundo. Sería una lástima, ¿no crees?

—Gracias por preocuparte. Me las apañaré —contesté.

—Y tanto que lo harás. Siempre lo haces. ¿Qué buscan exactamente?

–¿Por qué no se lo preguntas a ellos?

Un estudiante melenudo con una camiseta Limp Bizkit[8] salió como si tal cosa del número once, frotándose la cabeza y con aspecto de llevar encima una resaca monumental.

–¿De qué va todo esto?

–Vuelve a entrar en casa –le recomendé.

–Estas son nuestras escaleras.

Le enseñé mi placa.

–¡De acuerdo! –dijo y se arrastró de nuevo hacia el interior, abrumado por la injusticia en el mundo.

–Estupendo –comentó Shay–, utiliza esa placa para intimidarlo... –añadió como en un acto reflejo, pues sus ojos, entrecerrados para protegerse de la luz cegadora, seguían posados en el número dieciséis.

Un estruendo monumental como un cañonazo retumbó en toda la calle, rebotando en las fachadas de las casas hasta alejarse mucho más allá de la oscura Liberties. La losa de hormigón había caído. Nora se estremeció y lanzó un chillido de horror; Sallie Hearne se arrebujó con fuerza el cuello del cárdigan y se santiguó.

Fue entonces cuando noté un escalofrío en el ambiente, una descarga eléctrica que procedía desde las entrañas del número dieciséis y avanzaba hacia el exterior como una lengua de fuego: las voces de los técnicos aumentaron de volumen y luego se desvanecieron; los uniformados volvieron la vista para comprobar qué ocurría; los vecinos se balancearon sobre sus pies y las nubes se condensaron sobre los tejados.

[8.] Limp Bizkit es una banda de música (rap metal) formada en Florida que saltó al estrellado en 2000 con su tercer álbum, *Chocolate Starfish and the Hotdog Flavored Water*, que incluía una canción integrada en la banda sonora de *Misión: Imposible II*. (N. de la T.)

A mi espalda, Kevin pronunció una frase que contenía mi nombre. Caí en la cuenta de que seguíamos de pie y de que me agarraba el brazo con una mano.

—¡Aparta! —dije.

—Frank...

En el interior de la casa alguien emitió una orden, un ladrido rápido e inapelable. A mí había dejado de preocuparme que alguien pudiera averiguar que era policía.

—Quedaos aquí —ordené.

El uniformado encargado de proteger las verjas era un tipo rechoncho con la cara remilgada de la tía de alguien.

—Apártese de aquí, amigo —me indicó con voz de tener la cabeza metida en un retrete—. Aquí no hay nada que ver.

Le enseñé mi placa, que leyó articulando los labios. Mis pasos en las escaleras, el interior de la casa, un destello de un rostro al pasar junto a la ventana del descansillo. En algún lugar el señor Daly gritó algo, pero su voz sonaba distante y ralentizada, como si viajara a través de una tubería metálica.

—Esta placa es de la policía secreta —observó el agente uniformado, devolviéndome mi identificación—. No se me ha informado de la presencia de agentes secretos en la escena del delito.

—Pues le informo ahora.

—Tendrá que hablar con el oficial al mando de la investigación. Puede dirigirse a mi sargento o a uno de los tipos de la brigada de Homicidios, en función de lo que...

—Apártese de en medio.

Frunció los labios.

—No hace falta que use ese tono conmigo. Espere aquí, no se mueva de donde está hasta que obtenga permiso para...

—Apártese de mi camino o lo dejo sin dientes de un puñetazo —le amenacé.

Se le salieron los ojos de las órbitas, pero intuyó que hablaba en serio y se apartó. Seguía advirtiéndome que pensaba denunciarme mientras yo subía las escaleras de tres en tres y aparté con un empujón con el hombro al compañero que vigilaba la puerta y que parecía tan desconcertado como él mismo.

Ríase a gusto si quiere: nunca, ni por un segundo, creí que encontraran nada allí. Yo, Míster Cínico Listillo que me paso el día perorando acerca de lo cruel que es el mundo y de que la realidad siempre supera a la ficción, no creí ni por un instante que algo así pudiera suceder, ni siquiera cuando abrí aquella maleta, ni cuando noté la losa de hormigón balanceándose en aquel oscuro sótano, ni cuando sentí la electricidad imantando el aire aquel atardecer... En lo más hondo de mi ser, más hondo de lo que jamás había sentido nada, seguía creyendo a Rosie. La creí mientras descendía aquellas escaleras en pleno proceso de desmoronamiento que conducían hacia el sótano y la creí cuando vi el círculo de caras con máscaras volver la vista hacia mí con el ojo blanco de las linternas que llevaban ajustadas a la cabeza, con la losa de hormigón arrancada de cuajo y tumbada en un ángulo oblicuo sobre el suelo, entre cables y palancas, y también cuando el terrible hedor subterráneo me reveló que algo espantoso había ocurrido. La creí hasta que me abrí paso a empellones entre los técnicos y contemplé alrededor de qué estaban acuclillados: el boquete irregular, la mata oscura de cabello enmarañado, los jirones de lo que podía haber sido un pantalón tejano y los pulidos huesos heridos a dentelladas. Vi la delicada curva de la mano de un esqueleto y supe que cuando encontraran las uñas de los dedos, en algún lugar bajo las capas de mugre, insectos muertos y fango podrido, la del dedo índice de la mano derecha estaría en carne viva.

Apreté la mandíbula con tanta fuerza que me convencí de que los dientes me saltarían por los aires. No me importó;

quería notar ese chasquido. Lo que había en aquel agujero estaba acurrucado como un niño dormido, con el rostro oculto entre sus brazos. Quizá eso evitó que perdiera la cabeza. Escuché la voz de Rosie susurrar «Francis» a mi oído, nítida y clara, nuestra primera vez.

Alguien hizo un comentario insolente acerca de la contaminación y una mano me emplastó una máscara en el rostro. Retrocedí y me tapé la boca con la muñeca, con fuerza. Las grietas del techo resbalaban, saltando como una pantalla de televisor al volverse loca. Creo que me escuché a mí mismo exclamar en voz baja:

–¡Joder!

Uno de los técnicos me preguntó:

–¿Se encuentra bien?

Estaba de pie, demasiado cerca de mí, y sonaba como si ya me hubiera formulado aquella pregunta un par de veces.

–Sí –respondí.

–Impacta al principio, ¿verdad? –añadió uno de los miembros de su equipo con aire de petulancia–. Hemos visto cosas peores.

–¿Ha sido usted quien ha llamado? –quiso saber el técnico.

–Sí. Soy el detective Frank Mackey.

–¿Pertenece a Homicidios?

Tardé un instante en entender de qué me hablaba. Mi mente se había ralentizado hasta detenerse por completo.

–No –contesté.

El técnico me miró extrañado. Era un tipejo raro al que aproximadamente le doblaba en edad y en estatura, probablemente el gilipollas inútil con el que había hablado antes.

–Hemos llamado a Homicidios –explicó– y al médico forense.

–Una apuesta segura –comentó su adlátere alegremente–. Lo que está claro es que no llegó aquí solita.

Sostenía en las manos una bolsa de pruebas. Si uno de ellos se atrevía a tocarla delante de mí, lo reventaba a patadas.

–Me alegro por vosotros –los felicité–. Estoy seguro de que llegarán de un momento a otro. Iré a echar una mano a los uniformados.

Mientras ascendía las escaleras oí al listillo comentar algo acerca de la inquietud de los nativos y un estallido de risitas entre los miembros de su equipo. Sonaban como una pandilla de adolescentes y por la última milésima de segundo habría jurado que eran Shay y sus colegas quienes estaban en aquel sótano fumando porros y contando chistes verdes, hasta que la puerta del vestíbulo se abrió a la vida que me había tocado al nacer, esa vida en la que nada de aquello estaba ocurriendo.

En el exterior, el círculo de personas se había engrosado y cerrado más; alguien alargaba el cuello a solo unos pasos de mi amigo, el perro guardián, para intentar ver algo. Su colega había abandonado su puesto de vigilancia en la puerta para situarse junto a él en la verja. Las nubes habían descendido aún más sobre los tejados y la luz había cambiado, virando a un agorero tono blanco amoratado.

Algo se movió en la parte trasera de la multitud. El señor Daly se abría camino, apartando a los allí congregados a codazos, como si ni los viera, con los ojos clavados en mí.

–Mackey... –Intentaba gritar, pero su voz se quebraba y salía ronca y hueca–. ¿Qué han encontrado?

El monstruo de las ciénagas soltó con insolencia:

–Soy yo quien está al mando de esta escena. Retroceda.

Lo único que ansiaba en aquel momento era que uno de ellos, me daba igual quién fuera, intentara pegarme.

–No serías capaz ni de estar al mando de tu propia polla con ambas manos –le espeté, a pocos centímetros de su enorme cara de pudin blando y, cuando desvió su mirada de la mía, lo aparté de un empujón y me dirigí al encuentro del señor Daly.

En el preciso instante en que traspuse aquella verja me agarró por la solapa y me atrajo hacia él con fuerza, hasta quedar mejilla con mejilla. Sentí una garra candente de algo parecido a la felicidad. El señor Daly tenía más pelotas que el uniformado o no se amedrentaba ante un Mackey, pero cualquiera de las opciones me servía.

—¿Qué hay ahí dentro? ¿Qué habéis encontrado?

Una anciana gritó de placer y los patinadores nos abuchearon como monos. Yo le advertí, en un tono de voz lo bastante alto como para que los que nos rodeaban lo oyeran:

—Será mejor que me quite las manos de encima, amigo.

—¡Pedazo de capullo! No te atrevas a decirme lo que... ¿Está ahí dentro mi pequeña Rosie? Dímelo.

—*Mi* Rosie, amigo. Mi novia. Mía. Se lo repito por última vez: apárteme las manos de encima.

—¡Todo esto es culpa tuya, maldito matarife! Si mi Rosie está ahí dentro es por culpa tuya.

Tenía su frente apoyada contra la mía y era lo bastante fuerte como para que el cuello de la camisa me estuviera segando el cogote. Los adolescentes encapuchados comenzaron a gritar:

—¡Pelea! ¡Pelea! ¡Pelea!

Lo agarré bien de la muñeca y estaba a punto de rompérsela cuando lo olí, olí su sudor, su aliento: un olor caliente, repugnante y animal que yo conocía de memoria. Aquel pobre diablo estaba aterrorizado, a punto de perder la cabeza. En aquel instante vi a Holly.

Todo el fuego se evaporó de mis músculos. Noté algo resquebrajarse muy dentro de mí, por debajo de mis costillas.

—Señor Daly —dije, con todo el temple del que fui capaz de hacer acopio—, en cuanto sepan algo se lo comunicarán. Mientras tanto, será mejor que espere en casa.

Los agentes de policía intentaban sacármelo de encima profiriendo toda suerte de bufidos y resoplidos. A ninguno de los dos nos importaba. Al señor Daly se le dibujaron unos anillos blancos sobrecogedores alrededor de los ojos.

–*¿Es esa mi Rosie?*

Busqué con mi pulgar el nervio de su muñeca y apreté con todas mis fuerzas. Él ahogó un grito y apartó las manos de mi pescuezo, pero un segundo antes de que el otro agente lo apartara de mí apretujó su mandíbula contra la mía y me susurró al oído, con la proximidad de un amante:

–Es culpa tuya.

La señora Daly apareció de la nada, emitiendo gimoteos y ruidos imprecisos, y se abalanzó sobre su marido y el agente. El señor Daly se desplomó y juntos consiguieron tirar de él y adentrarse de nuevo entre la bulliciosa muchedumbre.

Por algún motivo, el monstruo de la ciénaga estaba adosado al dorso de mi chaqueta. Me lo quité de encima de un par de codazos bien dados. Luego me apoyé en la verja, me reajusté la camisa y me di una friega en la nuca con la mano. Respiraba con agitación.

–Esto no se acaba aquí, amigo –me informó el monstruo de la ciénaga a modo de amenaza. Su rostro presentaba un tono púrpura insano–. Le informo de que voy a abrir un expediente contra usted.

–Soy Frank Mackey, acabado en E e Y. Diga que añadan su queja a la cola.

El agente me lanzó una mirada ultrajada parecida a la de una vieja solterona y se largó indignado en dirección al grupo de fisgones, gritándoles que retrocedieran con un gran despliegue de gestos histriónicos con los brazos. Vi de refilón a Mandy con una de sus pequeñas en brazos, apoyada en su cadera, y la otra cogida de la mano, las tres convertidas en sendos pares de ojos atónitos. Los Daly subieron las escaleras del número tres a trompicones, aguantándose el uno al otro, y desaparecieron en el interior de la casa. Nora se apoyó en la pared que había junto a la puerta tapándose la boca con fuerza con una mano.

Yo regresé al número once, que se me antojaba un lugar tan bueno como cualquier otro. Shay se estaba liando otro cigarrillo. Kevin estaba lívido.

–Han encontrado algo, ¿verdad? –preguntó.

El forense y la furgoneta del depósito de cadáveres no tardarían en aparecer.

–Sí –dije–. Así es.

–¿Y es…? –Un largo silencio–. ¿Qué es?

Busqué mis cigarrillos palpándome el cuerpo. Shay, en lo que en él debía interpretarse como un gesto de compasión, sostuvo en alto su mechero. Al cabo de un momento, Kevin preguntó:

–¿Estás bien?

–Magníficamente –respondí.

Ninguno de nosotros volvió a decir nada más en un largo rato. Kevin cogió uno de mis cigarrillos; la multitud se sosegó poco a poco y empezó a intercambiar rumores sobre la brutalidad policial y a comentar si tal vez denunciarían al señor Daly. Algunas de las conversaciones se mantenían en voz baja y capté alguna que otra mirada por encima del hombro en mi dirección. Las devolví estoicamente, sin pestañear, hasta que fueron demasiadas para poder hacer frente a todas ellas.

–Mucho cuidado –dijo Shay en voz baja mirando al denso cielo–. El viejo Mackey ha regresado a la ciudad.

6

El forense, Cooper, un cabronazo malhumorado con complejo de Dios, fue el primero en aparecer. Aparcó su enorme Mercedes negro, se quedó mirando con frialdad por encima de las cabezas de la multitud hasta que las aguas se abrieron para dejarle paso y se dirigió a grandes zancadas hacia la casa, mientras se enfundaba sus guantes y fomentaba que los murmullos aumentaran de temperatura a sus espaldas. Un par de adolescentes con capucha se acercaron hasta su coche, pero el monstruo de la ciénaga les berreó algo ininteligible y se escabulleron de nuevo, sin cambiar de expresión. Faithful Place parecía de repente demasiado lleno y demasiado centrado, un zumbido inmenso, como si un disturbio contenido aguardara a estallar en cualquier momento.

Luego llegaron los tipos del depósito de cadáveres. Salieron de su mugrienta furgoneta blanca y se encaminaron hacia la casa con la camilla de tela azul colgando de cualquier manera entre ellos, y súbitamente la muchedumbre cambió. La bombilla colectiva se encendió: aquello no era solo un entretenimiento mucho mejor que cualquier programa de pseudorrealidad emitido por televisión, lo que estaban presenciando era verdad, y antes o después alguien iba a salir tumbado en esa camilla. Dejaron de mover los pies y un silbido grave recorrió la calle como una fina brisa hasta desvanecerse en el silencio. Y en ese preciso instante hicieron aparición los muchachos de Homicidios en un nuevo alarde de su cronómetro impecable.

Una de las múltiples diferencias entre Homicidios y la Policía Secreta es la sutileza. Los agentes secretos somos incluso más malos de lo que mucha gente cree y, cuando nos apetece echarnos unas risas, nos encanta contemplar a nuestros colegas de Homicidios irrumpir en la escena del crimen. Aquel par doblaba la esquina en un BMV plateado que pretendía ser un coche camuflado, pero que no necesitaba marca policial alguna a juzgar por el frenazo, el aparcamiento en un ángulo espectacular, la salida de los agentes, su cierre de puertas de un portazo sincronizado (probablemente lo tenían ensayado) y su caminata con aire arrogante hasta el número dieciséis con la música de *Miami Vice* resonando en sus cabezas en sonido envolvente.

Uno de ellos era un chaval rubio con cara de hurón que aún no había acabado de perfeccionar su forma de caminar, pero intentaba con gran ahínco mantener el tipo. El otro debía de rondar mi edad y llevaba un maletín de cuero brillante colgando de una mano y su fanfarronería como si formara parte de su traje de Don Johnson. Había llegado la caballería, con Scorcher Kennedy, también conocido como Kennedy «el Pichichi», al mando.

Mi historia con Scorcher se remonta a la academia de policía. Se convirtió en mi mejor amigo durante la formación, cosa que no implica necesariamente que nos cayéramos bien. La mayoría de mis compañeros procedían de lugares de los que yo jamás había oído hablar, ni quería hacerlo; sus objetivos en la vida, en términos profesionales, eran obtener un uniforme que no incluyera botas de agua y una oportunidad de conocer a chicas que no fueran sus primas. Scorcher y yo éramos ambos dublineses y los dos contábamos con planes a largo plazo que no implicaban un uniforme para nada. Nos escogimos mutuamente desde el primer día y pasamos los siguientes tres años retándonos en todo, desde los exámenes de formación física hasta las partidas de billar.

El verdadero nombre de Kennedy es Mick. Yo mismo le puse el apodo, pero creo que con el tiempo me ha perdonado... A nuestro Mick le encantaba ganar; a mí también me gusta bastante, pero yo sé ser sutil. Kennedy tenía la desagradable costumbre de golpear el aire con el puño cuando vencía en algo y pronunciar «gol» de manera bastante audible. Yo lo aguanté durante varias semanas, pero después empecé a tomarle el pelo: «Vaya, Mikey, te has hecho la cama, ¿es eso otro gol? Un verdadero tanto. ¿Metiste el balón en la red? ¿O acaso viniste desde atrás en el tiempo de descuento?». Yo me llevaba mejor con el resto de colegas que él, de manera que, al cabo de poco tiempo, todo el mundo lo apodaba «el Pichichi» y, en ocasiones, «el Pichurri». Le desagradaba profundamente, pero sabía disimularlo. Yo, por mi parte, había estado sopesando la posibilidad de apodarlo «Michelle».

No pusimos excesivo empeño en mantener el contacto cuando regresamos al cruel mundo real, pero, cuando nos tropezábamos por casualidad, sí que nos tomábamos unas copas, principalmente para poder llevar la cuenta de quién iba ganando. Él obtuvo la licencia de detective cinco meses antes que yo, pero yo le adelanté y fui transferido a una brigada permanente al cabo de un año y medio; él se casó antes, pero también se divorció primero. En resumidas cuentas, el marcador estaba más o menos empatado. El chaval rubio no me sorprendió. Mientras que la mayoría de los detectives de Homicidios poseen un compañero, Scorcher seguramente prefería un subalterno.

Scorcher mide unos 1,82 centímetros (es dos centímetros y medio más alto que yo), pero se tiene por un tipo bajito: camina con el pecho fuera, los hombros echados hacia atrás y el cuello muy recto. Tiene el cabello castaño oscuro, es de complexión estrecha, tiene la mandíbula pronunciada y el don de atraer a la clase de mujeres que quieren convertirse en símbolos de Estado y no tienen unas piernas lo bastante bien torneadas como para agenciarse a un jugador de rugby. Sé, sin necesidad de que nadie me lo haya dicho, que sus padres usan servilletas de tela en lugar de servilletas de papel y que preferirían pasar sin comida antes que sin cortinas de encaje. Scorcher tiene un esmerado acento de clase media, pero algo en su modo de vestir el traje chaqueta lo delata.

En las escaleras del número dieciséis dio una vuelta y dedicó un segundo a echar un vistazo a Faithful Place, mientras medía la temperatura de a qué se enfrentaba en aquel caso. Me atisbó, sin lugar a dudas, pero me pasó por alto como si jamás me hubiera visto. Una de las mayores alegrías de la Policía Secreta es que las demás brigadas nunca son capaces de descifrar si uno está trabajando o si, pongamos por caso, está de farra realmente con unos colegas, de manera que nadie dice nada, por si acaso. Si metieran la pata y pusieran al descubierto una misión encubierta, la bronca en el trabajo no sería nada en comparación con las burlas a las que serían sometidos durante el resto de su vida en el pub.

Cuando Scorcher y su pequeño adlátere se hubieron desvanecido tras aquel siniestro umbral, dije:

—Esperadme aquí.

Shay preguntó:

—¿Acaso parezco tu puta?

—Solo alrededor de la boca. Regresaré en un rato.

—Déjalo ya —le rogó Kevin a Shay, sin levantar la mirada—. Está trabajando.

—Habla como un puñetero madero.

—¡Qué vista de águila! —replicó Kevin, perdiendo finalmente la paciencia; había tenido un día muy largo en términos de fraternidad—. ¡Basta ya, por favor!

Kevin descendió de un salto los escalones y se abrió camino a empellones entre un puñado de Hearne, ascendió hasta el final de la carretera y desapareció de nuestra vista. Decidí dejarlo en paz y me dirigí a retirar la maleta.

Kevin no estaba a la vista, mi coche seguía intacto y, cuando regresé, Shay también se había largado, dondequiera que suela ir. Mamá continuaba de puntillas en el umbral de casa, agitaba una mano en mi dirección y graznaba algo que sonaba urgente, pero eso es algo que acostumbra a hacer. Fingí no verla.

Scorcher seguía en los escalones del número dieciséis, donde mantenía lo que se antojaba una conversación profundamente infructuosa con el gilipuertas de mi policía favorito. Me coloqué la maleta bajo el brazo y avancé a grandes zancadas entre ellos.

—Scorch —lo saludé con una palmadita en la espalda—. Me alegro de verte.

—¡Frank! —Me recibió con un bravucón apretón a dos manos—. Vaya, vaya, vaya... Hacía mucho tiempo que no nos veíamos. Me han dicho que te me has adelantado, ¿es eso cierto?

—*Mea culpa*, sí —contesté, dirigiendo una amplia sonrisa al uniformado—. Solo quería echar un vistazo rápido. Es posible que tenga información de primera mano con respecto a este caso.

—Espero que no me tomes el pelo... Parece un caso prehistórico. Si tienes alguna pista que nos apunte en la dirección correcta, te deberé una de las buenas.

—Así me gusta —comenté, al tiempo que lo apartaba del monstruo de la ciénaga, que nos escuchaba con las orejas aguzadas y la boca abierta–. Tengo una posible identidad. La información que barajo me dice que podría tratarse de una muchacha llamada Rose Daly, desaparecida del número tres de esta misma calle hace mucho tiempo.

Scorcher silbó, con las cejas enarcadas.

–¿Tienes una descripción?

–Diecinueve años, 1,54 metros de altura, con un cuerpo curvilíneo, unos 63 kilos, con una larga melena rizada pelirroja, ojos verdes. No estoy seguro de lo que llevaba puesto la última vez que la vieron con vida, pero probablemente incluyera una chaqueta tejana y unas botas Doctor Marteen's de catorce agujeros. –Rosie vivía con aquellas botas puestas–. ¿Encaja el perfil con lo que habéis encontrado?

Scorch contestó con suma cautela:

–No lo excluye.

–Vamos, Scorch. Puedes hacerlo mejor.

Scorcher suspiró, se pasó una mano por el cabello y luego volvió a peinarse bien.

–Según Cooper, se trata de una mujer adulta que lleva aquí entre cinco y cincuenta años. Es lo único que puede afirmar hasta que la coloque sobre la mesa de autopsias. Los técnicos han encontrado un montón de cosas sin identificar, entre ellas un botón de unos pantalones vaqueros y un puñado de anillos metálicos que podrían corresponder a los ojales de esas botas de las que hablas. El cabello quizá fuera pelirrojo, pero resulta difícil de discernir.

Aquel alboroto oscuro empapado en Dios sabía qué...

–¿Alguna idea de cómo la mataron? –pregunté.

–Ojalá. Ese puñetero Cooper... ¿lo conoces? Se comporta como un capullo si no le caes bien y, por algún motivo que desconozco, yo nunca le he caído bien. Se niega a confirmar nada, salvo que está muerta. ¡Menudo Sherlock Holmes de pacotilla! Yo tengo la impresión de que alguien la golpeó en la cabeza varias veces con un ladrillo (tiene el cráneo abierto), pero ¿qué se yo? Yo no soy más que un detective. Cooper hablaba en tono monótono sobre daños *posmortem* y fracturas provocadas por la presión... –Súbitamente dejó de controlar la carretera y clavó la vista en mí–. ¿A qué viene tanto interés? ¿No se tratará de alguna de tus informantes que ha acabado así, verdad?

Nunca deja de sorprenderme que a Scorcher no le caigan puñetazos en los dientes con más frecuencia.

–Mis informantes no suelen morir a porrazos con un ladrillo en la cabeza, Scorcher –contesté–. Nunca. Viven vidas largas y plenas y mueren de ancianitos.

–De acuerdo. Perdóname por existir –se disculpó Scorch, levantando las manos–. Pero, si no es una de los tuyos, ¿por qué te preocupa tanto lo que le ocurriera? Y, ya sé que «a caballo regalado no le mires el diente», pero ¿cómo has acabado dando tú con este caso?

Le expliqué lo que irremediablemente alguien habría acabado explicándole: un amor de la adolescencia, una cita a medianoche, mi papel de héroe plantado galopando en solitario en este frío mundo cruel, la maleta y una retahíla de brillantes deducciones. Cuando acabé me miraba con los ojos como platos y un espanto teñido de algo semejante a la compasión que no me gustó nada en absoluto.

–¡La hemos jodido! –exclamó, opinión que, pensándolo bien, resumía la situación con bastante atino.

–Tranquilo, Scorch. Han transcurrido veintidós años. Esa llama se extinguió hace ya mucho tiempo. Solo estoy aquí porque mi hermana favorita me llamó como si estuviera a punto de sufrir un infarto y pensé que iba a acabar arruinándome todo el fin de semana.

–Aun así, lo siento, tío.

–Te llamaré si necesito un hombre en el que llorar.

Se encogió de hombros.

–Lo que quiero decir es que no sé cómo funcionan estos temas en tu departamento, pero a mí no me gustaría nada tener que explicarle algo así a mi superior.

–Mi superior es un hombre muy comprensivo. Pórtate bien conmigo, Scorch. Tengo unos regalos navideños para ti.

Le entregué la maleta y mis sobres con Fifi Huellasdactilares; él conseguiría que los análisis de laboratorio se realizaran con más celeridad y menos fregados y, además, el señor Daly había dejado de parecerme una máxima prioridad personal. Scorcher examinó las pruebas como si tuvieran microbios.

–¿Qué pensabas hacer con esto? –quiso saber–. Si no te importa que te pregunte...

–Pensaba pasárselos a unos amigos que tengo en puestos bajos. Solo para hacerme una idea de a qué nos enfrentábamos.

Scorcher arqueó una ceja, pero se abstuvo de comentar nada. Leyó las etiquetas de los sobres: Matthew Daly, Theresa Daly y Nora Daly.

–¿Piensas que fue la familia...?

Me encogí de hombros.

–El cariño mata. Es un punto de partida tan bueno como cualquier otro.

Scorcher alzó la vista al cielo. Había anochecido y empezaba a llover con inclemencia; la multitud comenzó a disgregarse, cada cual retornando a lo que quiera que estuviera haciendo; solo el núcleo duro de los adolescentes encapuchados y de las ancianitas protegidas por sus pañuelos a la cabeza seguía incólume.

–Debo ultimar un par de asuntos aquí –informó Scorcher– y me gustaría mantener una charla preliminar con la familia de la muchacha. Si te apetece, luego podríamos ir a beber una cerveza, a solas, tú y yo, ¿te hace? Así aprovecha-

143

mos y nos ponemos al día. Mi chico puede quedarse vigilando la escena un rato, así aprenderá con la práctica.

Los sonidos a sus espaldas cambiaron, en las profundidades de la casa: un largo chirrido, un gruñido, botas caminando pesadamente sobre tablones huecos. Unas vagas formas blancas se movían, mezcladas con las densas capas de sombras y el fulgor del fuego eterno emergiendo del sótano. Los muchachos de la morgue sacaban a su presa.

Las ancianas ahogaron un grito y se santiguaron, sin dejar de saborear cada segundo. Los chicos de la morgue pasaron junto a mí y Scorcher con las cabezas gachas bajo la tupida lluvia; uno de ellos maldecía por lo bajini el atasco que iban a encontrar. Pasaron tan cerca de nosotros que podría haber alargado la mano y tocado la bolsa del cadáver. No era más que un bulto amorfo sobre la camilla, tan plano que perfectamente podía haber estado vacía y tan ligero que podía no haber transportado nada en su interior.

Scorch los observó deslizar la camilla en la parte posterior de la furgoneta.

–Serán solo unos minutos –me aseguró–. Espérame por aquí.

Fuimos al Blackbird, a unas cuantas manzanas de allí, un antro lo bastante alejado y masculino como para que la mala noticia aún no hubiera llegado. El Blackbird fue el primer pub en el que me sirvieron una cerveza; ocurrió a mis quince años, tras regresar de mi primer trabajo en negro transportando ladrillos en una obra de construcción. Por lo que, a Joe, el camarero, atañía, si desempeñabas el empleo de un hombre adulto, te merecías disfrutar de una pinta de hombre adulto al terminar la jornada. Joe había sido reemplazado por un tipo con un tupé equivalente y la neblina causada por el humo del tabaco había acabado por condensar en el ambiente un olor a cerveza rancia y sudor tan denso que casi era posible verlo despegar del suelo, pero, salvo por eso, seguía siendo las misma cueva de siempre: las mismas fotografías en blanco y negro agrietadas de equipos de deporte anónimos en las paredes, los mismos espejos llenos de moscas tras la barra, los mismos asientos de cuero falso con las tripas fuera, un puñado de tipos viejos sentados en taburetes individuales y un grupo de hombres con botas de trabajo, la mitad de ellos polacos y algunos sin duda alguna menores de edad.

Plantifiqué a Scorcher, que lleva su profesión escrita en la cara, en una discreta mesa de un rincón y me encaminé yo mismo a la barra. Cuando regresé con las cervezas, Scorcher había sacado su libreta y tomaba notas con un bolígrafo de diseño (al parecer los de la Brigada de Homicidios eran demasiado importantes para utilizar bolígrafos comunes).

−Así que este es tu territorio natal −observó, cerrando la libreta con una mano mientras asía su cerveza con la otra−. ¿Quién lo iba a decir?

Le dediqué una sonrisa aderezada con un leve toque de advertencia.

−¿Qué pensabas? ¿Que había nacido en una mansión en Foxrock?

Scorch soltó una carcajada.

−Claro que no. Siempre te has encargado de dejar claro que eras un tipo de la calle. Pero no revelabas ningún detalle. Me figuré que procedías de algún bloque de apartamentos en el culo del mundo. Nunca imaginé un lugar tan... ¿cómo decirlo?... pintoresco.

−Podría describirse así.

−Según Matthew y Theresa Daly, no se te había visto por aquí desde la noche en que tú y Rosie volasteis del nido.

Me encogí de hombros.

−No sabes cuánto puede llegar a hartar lo pintoresco.

Scorch dibujó una cara sonriente en la espuma de su cerveza.

—¿Y qué? ¿Contento de regresar al hogar? Aunque no haya sido como hubieras imaginado, claro está...

—Si hay algo que rescatar aquí —contesté—, cosa que dudo, te aseguro que no es esto.

Me miró afligido, como si me hubiera tirado un pedo en la iglesia.

—Deberías ver el aspecto positivo de todo este asunto —apuntó.

Lo miré de hito en hito.

—Hablo en serio. Toma el lado negativo e inviértelo en positivo.

Sostuvo en alto un posavasos y le dio la vuelta para demostrarme el concepto de invertir algo. De común, yo le habría comunicado exactamente qué opinión me merecía su consejo de mierda, pero quería algo de él, de manera que me abstuve.

—Ilumíname —solicité.

Scorcher absorbió su rostro sonriente de un largo trago y meneó un dedo en mi dirección.

—La percepción —dijo cuando recuperó el aliento— lo es todo. Si crees que puede jugar en tu beneficio, lo hará. ¿Me captas?

—Si te soy sincero, no —contesté.

Scorcher se pone elocuente con la adrenalina, así como hay otros hombres que se vuelven sensibleros con la ginebra. Deseé haber pedido dos chupitos para acompañar.

—Lo único que importa es *creer*. El éxito de este país se basa por entero en creencias. ¿Crees acaso que las propiedades inmobiliarias en Dublín valen realmente mil euros por metro cuadrado? Es mentira. Pero se venden a ese precio, porque la gente *cree* que es el precio justo. Tú y yo, Frank, estamos por encima de la media en este sentido. En los años ochenta el país al completo estaba hundido en la miseria, no teníamos ni la más remota esperanza, pero tú y yo creíamos en nosotros. Y eso nos ha permitido llegar adonde hemos llegado.

—Yo he llegado donde he llegado haciendo bien mi trabajo —contesté—. Y ruego a Dios que tú también lo hayas hecho, amigo, porque me gustaría que este caso se resolviera.

Scorcher me dedicó una mirada que bien podría haber sido un puñetazo.

—Soy buenísimo en mi trabajo —me aseguró—. Buenísimo. ¿Sabes cuál es la tasa general de resolución de casos de la Brigada de Homicidios? Setenta y dos por ciento. ¿Y sabes cuál es mi tasa personal? —Hizo una pausa para darme tiempo a menear la cabeza—. Ochenta y seis por ciento, amigo. O-c-h-e-n-t-a y s-e-i-s, ¿has oído bien? Has tenido suerte al hacer que me destinaran aquí hoy.

Le sonreí impresionado a mi pesar y asentí con la cabeza, concediéndole la victoria.

—Probablemente así sea, sí.

—Por supuesto que sí.

Una vez aclarada su valía, Scorch se repantingó en su asiento, ya más relajado, hizo un gesto de dolor y lanzó una mirada de irritación a un muelle suelto.

—Quizá —respondí, sosteniendo mi cerveza en alto a contraluz y escudriñándola pensativamente—, quizá ha sido un día de suerte para ambos.

—¿A qué te refieres? —preguntó Scorcher con recelo. Scorch me conoce lo suficiente como para sospechar por principios.

—Piénsalo bien. Cuando uno empieza a trabajar en un caso, ¿qué es lo que más ansía? —le pregunté.

—Una confesión completa respaldada por testigos oculares y forenses.

–No, no, no. Prestame atención, Scorcher. Estás pensando en términos específicos. Necesito que pienses en términos universales. En una palabra, en tanto que detective, ¿cuál es tu principal activo? ¿Qué es lo que más te gusta en todo el ancho mundo?

–La estupidez. Concédeme cinco minutos con un memo y...

–La *información*. De cualquier tipo, de cualquier calidad y en cualquier cantidad. Todo vale. La información es munición, Scorch. La información es combustible; sin un tonto, siempre podemos encontrar un camino, pero sin información no vamos a ningún sitio.

Scorcher meditó acerca de mis palabras.

–¿Y? –preguntó con cautela.

Extendí los brazos y le sonreí.

–Soy la respuesta a tus plegarias, chaval.

–¿Kylie Minogue con un tanga?

–A tus plegarias profesionales. Toda la información que podrías necesitar, toda la información que nunca conseguirías por ti mismo porque nadie de por aquí jamás te revelaría está empaquetadita en tu informante preferido: yo.

Scorcher replicó:

–Hazme un favor y desciende a mi nivel por un segundo, Frank. Ve al grano, ¿qué quieres?

Sacudí la cabeza.

–Esto no tiene que ver conmigo. Es una situación en la que ambos ganamos. La mejor manera de convertirla en algo positivo es colaborar.

–Quieres participar en el caso.

–Olvida lo que yo quiera. Piensa en lo que nos conviene a ti y a mí, a ambos, por no mencionar al caso. Ambos queremos solucionarlo, ¿no es cierto? ¿No es esa la máxima prioridad de todo el mundo?

Scorcher fingió sopesar mi propuesta un minuto. Luego meneó la cabeza, lentamente, con pesar.

–No puedo hacerlo. Lo lamento, amigo.

¿Quién diantres dice «*Lo lamento*»? Le lancé una sonrisa como un desafío.

–¿Qué te preocupa? Seguirás siendo el detective en jefe, Scorch. Y seguirá siendo tu nombre el que aparezca en el informe final. En la Policía Secreta no elaboramos estadísticas de resolución de casos.

–Me alegro por ti –contestó Scorch tranquilamente, sin picar el anzuelo. Había mejorado en la contención de su ego con el paso de los años–. Sabes que me encantaría tenerte a bordo, Frank, pero mi superior no lo aceptaría ni en un millón de años.

El superior de la Brigada de Homicidios ciertamente no es mi mayor fan, pero dudaba que Scorcher estuviera al corriente. Enarqué una ceja con gesto divertido.

–¿Acaso tu superior no confía en ti para que selecciones a tu propio equipo?

–No, si no puedo argumentar mis elecciones. Dame algo sólido para enseñarle. Comparte conmigo parte de esa valiosa información. ¿Tenía Rose Daly algún enemigo?

Ambos sabíamos que yo no estaba en posición de señalar que ya había compartido suficiente información.

–Nadie que yo supiera. Ese es uno de los motivos por los que jamás se me ocurrió que pudiera estar muerta.

Me miró con incredulidad.

–¿Qué pasa? ¿Acaso era tonta?

Contesté, con un tono simpático que dejaba en su tejado descifrar si hablaba en broma o en serio:

–Era mucho más lista de lo que tú serás jamás.

–¿Aburrida?

–Ni mucho menos.

–¿Fea?

–La chica más guapa del barrio. ¿Es que dudas de mi buen gusto?

–Entonces estoy seguro de que tenía enemigos. Una chica aburrida o fea consigue apañárselas para no despertar las envidias de nadie, pero si una chica tiene cerebro y personalidad y, además, es guapa, seguro que fastidia a alguien en algún momento –observó, mientras me miraba con curiosidad por encima de su jarra de cerveza–. Tú no sueles ver la vida a través de cristales de color rosa, Frank, no es tu estilo. Debías de estar loco por ella, ¿me equivoco?

Aguas pantanosas.

–Fue mi primer amor –contesté, con un encogimiento de hombros–. De eso hace ya mucho tiempo. Probablemente la haya idealizado, casi seguro, pero era una chica estupenda. No se me ocurre nadie que tuviera problemas con ella.

–¿Ningún exnovio con rencillas? ¿Ninguna pelea entre chicas?

–Rosie y yo salíamos desde hacía años, Scorch. Desde los dieciséis. Creo que tuvo un par de novios antes de mí, pero hablamos de chiquilladas: darse la mano en el cine, escribir el nombre del otro en el pupitre de la escuela y romper al cabo de tres semanas porque el grado de compromiso se está volviendo intolerable.

–¿Nombres?

Tenía el resplandeciente bolígrafo de detective a punto. Algún pobre diablo iba a recibir una visita desagradable.

–Martin Hearne. Por entonces lo apodábamos Zippy, aunque es posible que hoy ya no responda a ese nombre. Vivía en el número siete y durante un breve lapso, cuando teníamos unos quince años, nos aseguraba que era el novio de Rosie. Antes de él hubo un crío llamado Colm, que vino a la escuela con nosotros hasta que sus padres regresaron a las ciénagas y, cuando teníamos unos ocho años, besó a Larry Sweeney, que vivía en la calle Smith, jugando a las prendas. Dudo sinceramente que ninguno de ellos siga enamorado de ella.

–¿Ninguna novia celosa?

–¿Celosa de qué? Rosie no iba de mujer fatal; no flirteaba con los novios de otras chicas. Y yo ya sé que estoy muy bueno, pero, incluso aunque alguien hubiera sabido que éramos novios, cosa que dudo sinceramente, dudo que alguna chica se hubiera cargado a Rosie solo para poner sus manos sobre mi cuerpazo.

Scorcher resopló.

–Coincido contigo en eso. Pero, por el amor del cielo, Frank, ayúdame un poco. No me estás facilitando ninguna información que no pudiera haber conseguido a base de cotilleos en un kilómetro a la redonda. Si tengo que ingeniármelas para que mi superior me autorice a incorporarte en mi equipo, necesito algo especial. Dame un par de motivos, algún secreto suculento de la víctima o... ¡Ah! ¡Ya lo tengo! –Chasqueó los dedos y me señaló–. Explícame cómo transcurrió la noche en la que debíais encontraros. Dame los detalles que daría un testigo y entonces veremos qué podemos hacer.

En otras palabras: ¿dónde estabas la noche del día quince, amiguito? No me quedaba claro si Scorcher pensaba sinceramente que yo iba a ser lo bastante estúpido como para pasar su artimaña.

–De acuerdo –contesté–. Era una noche de domingo al lunes, del quince al dieciséis de diciembre de 1985. A las doce menos veinte aproximadamente salí de mi casa, en el número ocho de Faithful Place, y me dirigí al final de la calle, donde me había citado con Rose Daly en torno a medianoche, cuando nuestras familias se hubieran ido a dormir y halláramos la oportunidad de escaparnos de casa sin que nos vieran. Allí permanecí hasta las cinco o las seis de la madrugada, no sé la hora exacta. Solo abandoné aquel lugar en una ocasión, unos cinco minutos justo después de las dos, cuando entré en el número dieciséis para comprobar si había habido alguna confusión sobre nuestro punto de encuentro y si Rosie me estaba esperando allí.

–¿Algún motivo por el que el número dieciséis pudiera ser un punto de encuentro alternativo? –Scorch tomaba apuntes con una especie de taquigrafía personal.

–Habíamos hablado de citarnos allí antes de decidir que era mejor hacerlo al final de la calle. Era el sitio donde solíamos merodear los chicos del lugar todo el tiempo. Si querías probar la bebida o el tabaco, echar un polvo o hacer algo que tus padres no aprobarían y aún no tenías edad para hacerlo en ningún otro sitio, el número dieciséis era el sitio al que ir.

Scorch asintió con la cabeza.

–Así que fue allí donde fuiste a buscar a Rose. ¿En qué habitaciones entraste?

–Comprobé todas las estancias de la primera planta. No quería hacer ruido, así que no la llamé por su nombre en ningún momento. No había nadie; no vi la maleta y no vi ni oí nada sospechoso. Luego subí a la planta de arriba, donde encontré una nota firmada por Rose Daly en el suelo del salón principal, el que hay a mano derecha. La nota decía que había decidido irse a Inglaterra sola. La dejé donde la encontré.

–He visto esa nota. No va dirigida a nadie en concreto. ¿Por qué creíste que era para ti?

Imaginármelo salivando sobre la nota y dejándola caer con delicadeza en una bolsa para pruebas hizo que volvieran a sobrevenirme las ganas de apalearlo... y eso fue antes de que insinuara sin excesiva sutileza que Rosie albergaba dudas sobre su relación conmigo. Me pregunté qué sería exactamente lo que los Daly le habían explicado sobre mí.

–Me pareció una asunción lógica –contesté–. Yo era con quien se suponía que iba a encontrarse. Si había dejado una nota, lo lógico es que pensara que era para mí.

–¿En ningún momento te insinuó que hubiera cambiado de opinión?

–Nunca –le respondí con una sonrisa generosa–. Y no tenemos constancia de que así fuera, Scorch, ¿no es cierto?

–Quizá no –contestó Scorcher. Garabateó algo en su libreta y lo escudriñó con la mirada–. ¿No bajaste al sótano?

–No. Nadie bajaba nunca: estaba oscuro y desvencijado, había ratas y humedad y olía a rayos. Nunca entrábamos ahí. No tenía ningún motivo para pensar que Rosie lo hubiera hecho.

Scorcher se repiqueteó en los dientes con el bolígrafo mientras examinaba sus notas. Yo me bebí un tercio de la cerveza de un trago y pensé, tan fugazmente como pude, acerca de la posibilidad de que Rosie hubiera estado en ese sótano mientras yo estaba ocupado haciéndome el enamorado perdido en la planta superior, a solo unos metros.

–Y, sin embargo –continuó Scorcher–, pese al hecho de que te habías tomado la nota de Rose como algo personal, regresaste al final de la calle y continuaste esperándola. ¿Por qué?

Hablaba con tono afable, pero percibí la carga de poder en su mirada. El muy cabrón estaba saboreando la situación.

–La esperanza es lo último que se pierde –aventuré, con un encogimiento de hombros–. Y las mujeres son propensas a cambiar de opinión. Decidí darle la oportunidad de cambiar de idea.

Scorch lanzó un bufido masculino.

–¡Ufff! ¡Las mujeres...! Entonces le diste tres o cuatro horas de margen y luego te largaste. ¿Dónde fuiste?

Le hice un resumen de la casa okupa, de los roqueros apestosos y de la hermana altruista, sin dar apellidos, por si acaso

153

se le ocurría fastidiar a alguien. Scorcher tomó notas. Una vez hube concluido, preguntó:

–¿Por qué no te limitaste a regresar a casa?

–Porque había tomado impulso. Y por orgullo. De todas maneras, quería largarme de aquí y la decisión de Rosie no cambiaba eso. Inglaterra no se me antojaba el lugar más estimulante del mundo para ir solo, pero tampoco me emocionaba regresar a hurtadillas a casa como un perro con el rabo entre las patas. Había resuelto marcharme de aquí y me limité a echar a andar.

–Hummm –musitó Scorcher–. Regresemos a tu espera de seis horas... Tío, eso es amor, sobre todo en diciembre. Pasar seis horas esperando a la intemperie... ¿Recuerdas si pasó alguien por allí, si alguien entró o salió de alguna de las casas o algo parecido?

–Hubo un par de cosas raras. En algún momento en torno a medianoche, aunque no sabría decirte la hora exacta, oí lo que me imaginé que era una pareja haciéndolo por aquí cerca. Sin embargo, ahora, con la perspectiva que me da el tiempo, pienso que esos ruidos podrían haber estado ocasionados tanto por un polvo como por una refriega. Y algo más tarde, quizá entre la una y cuarto y la una y media, alguien recorrió los jardines del lado impar de la calle. No sé si este dato te servirá de algo transcurrido todo este tiempo, pero tenlo en cuenta.

–Cualquier cosa podría ser de utilidad –comentó Scorcher en tono neutro, mientras garabateaba algo–. Ya sabes cómo funciona esto. ¿Eso fue todo? ¿Durante toda la noche? ¿En un vecindario como este? Hablando en plata, no estamos precisamente en una zona residencial arbolada...

Estaba empezando a hartarme, aunque supuse que eso era precisamente lo que pretendía Scorcher, así que mantuve los hombros relajados y me tomé el tiempo que estimé oportuno para paladear mi cerveza.

–Era domingo por la noche. Para cuando yo salí de casa todo estaba ya cerrado y prácticamente todo el vecindario se había acostado. En caso contrario, habría retrasado mi huida. En Faithful Place no hay actividad; es posible que hubiera alguien despierto charlando con su familia, pero nadie subió ni bajó por esta calle ni entró ni salió de ninguna de las casas. Escuché a algunas personas doblar la esquina en dirección a New Street y en un par de ocasiones alguien se acercó tanto que me aparté de la luz para que no me vieran, pero no reconocí a nadie en concreto.

Scorch jugueteó con su bolígrafo meditativo, mientras observaba la luz patinar sobre el plástico.

–Así que para que no te vieran... –repitió–. Porque nadie sabía que erais novios, claro. ¿No es eso lo que me has dicho?

–Exactamente.

–Toda esta intriga y misterio... ¿respondían a algún motivo en concreto?

–Al padre de Rosie yo no le gustaba. Montó en cólera cuando descubrió que salíamos juntos; por eso mantuvimos nuestra relación en secreto desde entonces. Si le hubiéramos dicho que quería llevarme a su niñita a Londres, se habría desatado una guerra santa. Me figuré que sería más fácil pedir perdón que permiso.

–Algunas cosas nunca cambian –observó Scorch, con un deje de amargura–. ¿Por qué no le gustabas?

–Porque tiene mal gusto –respondí con una sonrisa–. ¿Cómo, si no, se explica que a alguien no le guste mi jeta?

Se abstuvo de sonreír.

–Hablo en serio.

–Tendrás que preguntárselo a él. Nunca ha compartido su discurrir mental conmigo.

–Lo haré. ¿Alguien más conocía vuestros planes?

–Yo no se los expliqué a nadie. Y, por lo que sé, Rosie tampoco.

Mandy era toda mía. Ya se apañaría Scorcher con ella... Le deseaba buena suerte; de hecho, pagaría por verlo.

Scorcher repasó sus notas despacio, mientras se bebía la cerveza a sorbitos.

—De acuerdo —comentó al fin, cerrando su elegante bolígrafo—. Pues, por ahora, eso es todo.

—Averigua qué opina tu superior —le sugerí. No existía ni la más remota posibilidad de que hablara con su superior sobre mi posible incorporación al caso, pero, si me retiraba con excesiva facilidad, empezaría a preguntarse cuál era el plan B que me guardaba bajo la manga—. Esa información quizá lo ablande y acepte un poco de colaboración.

Scorch me miró fijamente a los ojos y, durante medio segundo más de lo habitual, no pestañeó. Estaba sopesando justo lo que yo había pensado en el preciso instante en que supe de la existencia de aquella maleta. El sospechoso más obvio era el tipo con un móvil, una oportunidad en la vida y sin coartada, el tipo que había estado esperando a encontrarse con Rosie Daly, el tipo al que bastante posiblemente ella había pensado dejar aquella misma noche, el tipo que afirmaba («se lo juro por Dios, agente») que ella no había acudido a la cita.

Ninguno de nosotros iba a ser el primero en poner esa carta sobre la mesa.

—Haré cuanto esté en mi mano —me aseguró Scorcher. Se guardó la libreta en el bolsillo de la americana. Ya no me miraba—. Muchas gracias por todo, Frank. Es posible que necesite que revisemos tu declaración juntos en algún momento.

—Ningún problema —contesté—. Ya sabes dónde encontrarme.

Se acabó la cerveza de un largo trago.

—Y recuerda lo que te he dicho. Piensa en positivo. Dale la vuelta al asunto.

—Scorch —dije—, ese revoltillo que tus colegas acaban de llevarse a la morgue era mi antigua novia, una novia a quien yo imaginaba viviendo en Inglaterra más feliz que una perdiz. Perdóname si me cuesta verle el lado positivo a este tema.

Scorcher suspiró.

—De acuerdo —concedió—. Perdona. ¿Quieres que te pinte la situación?

—Nada me gustaría más en este momento.

—Tienes buena reputación en tu trabajo, Frank, una reputación fantástica, salvo por un pequeño detalle: corre el rumor de que tienes tendencia a volar en solitario. A... ¿cómo podría expresarlo?... a darle al reglamento un poco menos de prioridad de la que deberías. Esa maleta es exactamente un ejemplo de a lo que me refiero. Y a los mandamases les gustan mucho más las personas que juegan en equipo que las estrellas que lo hacen en solitario. Los inconformistas solo despiertan simpatía si son Mel Gibson. Si te portas bien durante una investigación como esta, en la que obviamente estás sometido a una gran presión, si demuestras a todo el mundo que eres capaz de sentarte en el banquillo por el bien del equipo, entonces tus acciones podrían ascender por las nubes. Plantéatelo como una inversión a largo plazo. ¿Me sigues?

Le dediqué una amplia sonrisa para contenerme de endosarle un puñetazo.

—Vaya ensalada variada que me has cocinado, Scorcher. Tendrás que concederme un rato para digerirla.

Me observó durante un momento, pero, sintiéndose incapaz de interpretar la expresión de mi rostro, se encogió de hombros.

—Como quieras. Solo era un consejo. —Se puso en pie y se alisó las solapas de la chaqueta—. Estaremos en contacto —dijo con una levísima sombra de advertencia, luego asió su maletín pontificado y salió del bar a paso ligero.

Yo no tenía intención de moverme de allí en un rato largo. Ya sabía que me iba a tomar el resto del fin de semana libre. Una de las razones para ello era Scorcher. Él y sus colegas de Homicidios iban a pasarse el siguiente par de días dando vueltas por Faithful Place como una pandilla de perros sabuesos hasta las cejas de anfetamina, resoplando por los rincones, metiendo sus narices en las zonas delicadas de los vecinos y, en general, incordiando a todo quisque viviente. Necesitaba aclarar a la gente de mi barrio que yo no tenía nada que ver con ellos.

El segundo motivo era también Scorch, solo que desde un ángulo diferente. Parecía sospechar un poquitín de mí y apartarme de su camino durante veinticuatro horas sería una manera estupenda de que él se apartara del mío. Cuando uno contempla a alguien que conoció de joven, siempre ve a la persona que conoció en su día, y Scorch seguía viendo a un muchacho como un gatillo que o bien reaccionaba por impulsos, de inmediato, o bien no reaccionaba en absoluto. No se le ocurriría que, mientras que él se había dedicado a perfeccionar la contención de su ego, yo pudiera haberme dedicado a mejorar mi paciencia. Si lo que quieres es cazar como un perrito obediente y jadeante que se lanza a la carrera por el sendero en cuanto lo sueltan de la correa, entonces trabajas en Homicidios. Si quieres pertenecer a la Policía Secreta, y esa fue siempre mi vocación, debes aprender a cazar como los grandes felinos: preparar una emboscada, agazaparte bajo los matorrales y acercarte a tu presa centímetro a centímetro, sin importarte el tiempo que tardes.

El tercer motivo probablemente estuviera despidiendo gases en Dalkey, hecha un basilisco conmigo. En algún momento, muy pronto, debería lidiar con ella y, Dios me amparara, también con Olivia, pero todo hombre conoce sus límites. No acostumbro a emborracharme, pero, después del día que había pasado, me sentía con todo el derecho del mundo a dedicar la noche a descubrir cuánto necesitaba beber para desplomarme. Tropecé con la mirada del camarero y le dije:

—Sírvame otra.

El pub se había vaciado, probablemente debido a la presencia de Scorcher.

El camarero siguió secando vasos y examinándome desde el otro lado de la barra, tomándose su tiempo. Transcurrido un rato hizo un gesto con la cabeza señalando hacia la puerta.

—¿Era amigo suyo?

—Yo no lo llamaría así —respondí.

—Nunca te había visto por aquí.

—Probablemente no.

—¿Tienes algo que ver con los Mackey de Faithful Place? Los ojos.

—Es una larga historia —contesté.

—Ah —exclamó el camarero, como si ya supiera todo lo que necesitaba saber sobre mí—, todos tenemos una de esas —y deslizó un vaso bajo el caño con una ágil floritura.

La última vez que Rosie Daly y yo nos habíamos tocado había sido un viernes, nueve días antes de la Hora Cero. La ciudad estaba abarrotada aquella noche, efervescente. Todas las luces navideñas estaban encendidas, los compradores caminaban apresurados de un lado para otro y los vendedores ambulantes vendían papel de envolver a una libra cinco rollos. Yo no era un entusiasta de la Navidad en general (la locura de mi madre alcanzaba máximos históricos en la cena navideña, y lo mismo ocurría con la capacidad de ingesta de bebida de mi padre, siempre acababa algo roto y al menos una persona acababa estallando en lágrimas), pero aquel año se me antojaba irreal y vidriosa, justo en el filo entre lo encantador y lo siniestro: las colegialas de escuelas privadas con sus melenas brillantes que cantaban villancicos a cambio de un aguinaldo tenían un aspecto demasiado limpio y expresión perpleja, y los niños que aplastaban sus narices contra los escaparates de los grandes almacenes Switzer para contemplar embobados escenas de cuentos de hadas parecían un poco demasiado embelesados por todo aquel color y ritmo. Yo mantuve una mano en el bolsillo de mi parca militar mientras me abría paso entre las multitudes; de todos los días, aquel era el último en el que quería que me robaran.

Rosie y yo siempre quedábamos en O'Neill's, en la calle Pearse, un pub de estudiantes del Trinity College, lo cual conllevaba que la cifra de gilipollas entre la concurrencia fuese bastante elevada, pero no destacábamos y no corríamos peligro de tropezar con ningún conocido. Los Daly pensaban que Rosie había salido con sus amigas y a mi familia le importaba un bledo dónde anduviera yo. Pese a ser un local grande, el O'Neill's se estaba llenando rápidamente y empezaba a invadirlo una ola de calor, humo y risas, pero yo divisé a Rosie al instante gracias a su catarata de pelo cobrizo: apoyada en la barra, estaba diciéndole algo al camarero que lo hacía sonreír. Para cuando ella pagó nuestras cervezas, yo había encontrado ya una mesa en un agradable rinconcito para sentarnos.

—¡Será capullo! —exclamó al tiempo que depositaba las cervezas en la mesa y señalaba con la cabeza hacia un grupo de estudiantes muertos de risa que había en la barra—. Ha intentado asomarse a mi escote cuando me he inclinado.

—¿Cuál de ellos?

Yo estaba ya poniéndome en pie, pero Rosie me lanzó una mirada y me acercó la cerveza con un empujoncito.

—¿Dónde vas? Siéntate ahí y bébete eso. Ya me las apañaré yo con él. —Se deslizó en el banco junto a mí, tan cerca que nuestros muslos se rozaban—. Ese de ahí, míralo.

Jersey de rugby, sin cuello. Se alejaba de la barra con ambas manos cargadas peligrosamente de jarras de cerveza. Rosie lo saludó con la mano para atraer de nuevo su atención; luego batió rápidamente sus pestañas, se inclinó hacia delante y dibujó pequeños círculos con la punta de la lengua en la espuma de su cerveza. Al jugador de rugby estuvieron a punto de salírsele los ojos de las órbitas, se le cayó la mandíbula, se le enredaron los tobillos en un taburete y le derramó la mitad de la cerveza por la espalda a alguien.

–Y bien –dijo Rosie, enseñándole el dedo corazón y olvidándose de él–. ¿Los has conseguido?

Coloqué mi abrigo sobre el reposabrazos de mi silla y rebusqué el sobre en los bolsillos.

–Aquí están –anuncié–, todos nuestros –y desplegué en abanico dos billetes y los deposité sobre la mesa de madera abollada que había entre nosotros.

«DUN LAOGHAIRE-HOLYHEAD, SALIDA: 06.30AM, DOMINGO 16 DE DICIEMBRE, SE RECOMIENDA LLEGAR AL MENOS CON 30 MINUTOS DE ANTELACIÓN A LA HORA DE PARTIDA.»

Solo verlos me disparaba la adrenalina. Rosie contuvo el aliento y luego soltó una carcajada comedida.

–He creído que era mejor tomar el ferry de primera hora de la mañana. Podíamos haber zarpado en el de la noche, pero nos habría resultado más complicado sacar las cosas y escaparnos por la tarde. De este modo podemos dirigirnos hacia el puerto el domingo por la noche, en cuanto veamos la oportunidad, y luego esperar allí hasta que sea la hora. ¿Te parece bien?

–Dios –suspiró Rosie al cabo de un momento, aún sin aliento–. Dios mío. Me siento como si debiéramos... –Curvó el brazo alrededor de los billetes, protegiéndolos como si alzara un escudo para ocultarlos de la vista de las personas de las mesas contiguas–. ¿Sabes a qué me refiero?

Entrelacé mis dedos con los suyos.

—Ya casi lo hemos logrado. Nunca nos hemos tropezado con ningún conocido aquí, ¿verdad?

—Pero sigue siendo Dublín. No estaré segura hasta que ese ferry zarpe de Dun Laoghaire. Escóndelos, ¿quieres?

Torcí el gesto.

—Prefiero que los guardes tú. Mi madre nos registra las cosas.

Rosie sonrió.

—No me sorprende. Tampoco me sorprendería que mi padre registrara las mías, pero no tocará el cajón de la ropa interior. Dámelos. —Cogió los billetes como si estuvieran confeccionados con una puntilla delicada, los deslizó con cuidado en el sobre y los guardó en el bolsillo superior de su cazadora tejana. Sus dedos permanecieron ahí durante un rato, rozando su pecho—. ¡Vaya! Nueve días y luego...

—Y luego... —continué yo, con mi cerveza en alto— ¡Brindo por ti, por mí y por nuestra nueva vida!

Brindamos, dimos un trago a la bebida y la besé. La cerveza era de primera categoría y la calidez del pub empezaba a descongelarme los pies después de la caminata a través de la ciudad. Los cuadros de la pared estaban decorados con espumillones y la panda de estudiantes de la mesa contigua estalló en carcajadas sonoras y achispadas. Yo debería haberme sentido la persona más feliz del mundo, pero percibía una nota siniestra en aquella velada, como un sueño deslumbrante que pudiera convertirse en una pesadilla en un abrir y cerrar de ojos. Solté a Rosie porque temí besarla tan fuerte que pudiera hacerle daño.

—Tendremos que encontrarnos tarde —observó ella, le dio otro trago a su cerveza y coloco una pierna sobre mi rodilla—. A medianoche, o incluso después. Mi padre se acuesta a las once y tendré que esperar a que se duerma.

—Mi familia está frita a las diez y media los domingos. A veces Shay se queda despierto hasta tarde, pero, mientras no me lo tope de camino, no será ningún problema. Y aunque nos lo tropezáramos, no nos detendría; estará encantado de perderme de vista. —Rosie levantó una ceja y le dio otro sorbito a su cerveza—. Yo me escaparé hacia la medianoche. Si tardas más, no te preocupes.

Asintió.

—No llegaré mucho más tarde. Aunque el último autobús ya habrá pasado. ¿Qué haremos? ¿Iremos caminando hasta Dun Laoghaire?

—No podemos, con todas las maletas. Si lo hacemos, cuando lleguemos al barco estaremos muertos. Tendremos que tomar un taxi.

Me miró con gesto impresionado, medio en broma.

—¡Qué nivel!

Sonreí y enrosqué uno de sus rizos alrededor de mi dedo.

—Voy a hacer un par de trabajillos extra esta semana; tendré efectivo. Para mi chica, solo lo mejor. Te llevaría en limusina si pudiera, pero eso tendrá que esperar. Quizá para tu cumpleaños, ¿vale?

Me sonrió, pero lo hizo con una sonrisa ausente; no estaba de humor para bromas.

—¿Nos encontramos en el número dieciséis?

Negué con la cabeza.

—Los Shaughnessy han estado merodeando mucho por ahí últimamente. No me gustaría toparme con ellos. —Los hermanos Shaughnessy eran inofensivos, pero también unos bocazas, algo lerdos y se pasaban el día fumando porros, y tardarían demasiado rato en entender que debían tener la boca cerrada y fingir que no nos habían visto—. ¿Quedamos al final de la calle?

—Nos verán.

163

—Un domingo a medianoche no. ¿Quién va a estar por ahí a esas horas, excepto nosotros y ese par de idiotas?

—Bastaría con que nos viera una sola persona. Además, ¿qué pasará si llueve?

El estado de tensión nerviosa en que se encontraba no era propio de Rosie; normalmente, los nervios no parecían ir con ella.

—Dejémoslo, no tenemos por qué decidirlo ahora mismo. Esperemos a ver qué tiempo hace la semana que viene y lo concretamos, ¿de acuerdo?

Rosie sacudió la cabeza.

—Creo que no deberíamos volver a vernos hasta que nos fuguemos. No quiero despertar sospechas en mi padre.

—Si no ha sospechado hasta ahora...

—Sí, lo sé. Ya lo sé. Solo que... uf, Francis, esos billetes... —Se llevó la mano al bolsillo—. Falta tan poco para que sea verdad... No me gustaría que nos relajásemos, ni siquiera un momento, por miedo a que algo salga mal.

—¿Qué podría salir mal?

—*No sé.* Que alguien nos detenga...

—Nadie va a detenernos.

—Ya —accedió Rosie. Se mordisqueó la uña y, durante un instante, apartó sus ojos de los míos—. Lo sé. Todo saldrá bien.

—¿Qué sucede? —pregunté.

—Nada. Encontrémonos al final de la calle, como has dicho, a menos que llueva a mares. En ese caso, nos vemos en el número dieciséis; los Shaughnessy no saldrán si hace mal tiempo. ¿Te parece?

—Estupendo —contesté—. Rosie. Mírame. ¿Te sientes culpable por lo que vamos a hacer?

Torció la boca por un lado, en gesto irónico.

—Claro que no. No lo hacemos por diversión; si mi padre no hubiera actuado como un capullo con todo este asunto, jamás habríamos tramado algo así. ¿Por qué? ¿Tú te sientes culpable?

–Ni por asomo. Kevin y Jackie son las únicas personas que me echarán de menos. Les enviaré algún regalito con mi primer sueldo y estarán encantados. ¿Crees que añorarás a tu familia? ¿O a tus amigas?

Reflexionó un instante.

–A mis amigas, sí, seguro. Y a mi familia un poco. Pero, de todos modos... hace mucho tiempo que sé que acabaría marchándome tarde o temprano. Incluso antes de terminar la escuela, Imelda y yo hablábamos de mudarnos a Londres, hasta que... –Una fugaz sonrisa de soslayo–. Hasta que tú y yo urdimos un plan mejor. En cualquiera de los casos, sé que antes o después me habría marchado de aquí. ¿Tú no?

Me conocía tan bien que ni siquiera me preguntó si echaría de menos a mi familia.

–Sí –contesté, sin estar seguro de si era verdad o no, pero sí de que era lo que ambos queríamos oír–. Yo también me habría largado en un momento u otro. Aunque me gusta mucho vivir aquí.

Aquel destello de sonrisa de nuevo; no conseguía sonreír del todo.

–A mí también.

–Entonces ¿qué sucede? –pregunté–. Desde que te has sentado actúas como si tuvieras un alfiler en el culo.

Eso captó toda la atención de Rosie.

–¡Mira quién habla! Tampoco es que tú seas la alegría de la huerta esta noche. Vaya, cualquiera diría que le vas a arrebatar el Oscar a la Simpatía al puñetero Groucho Marx...

–Yo estoy al noventa por ciento porque *tú* estás al noventa por ciento. Pensaba que estallarías de felicidad al ver los billetes y, en cambio...

165

–Tonterías. Cuando has llegado ya estabas así. Si te morías de ganas de encontrar una oportunidad para darle un sopapo a ese gilipollas...

–Y tú también. ¿Te lo estás replanteando? ¿Acaso se trata de eso?

–Si estás intentando romper conmigo, Francis Mackey, compórtate como un hombre y hazlo. No me hagas hacer a mí el trabajo sucio.

Nos quedamos mirando fijamente unos segundos, haciendo equilibrismos sobre el filo de una discusión categórica. Entonces Rosie suspiró, se repantingó en el banco y se pasó las manos por el cabello.

–Voy a explicarte lo que ocurre, Francis. Ambos estamos nerviosos porque se nos están subiendo los humos –dijo.

–Habla por ti.

–Eso hago. Aquí estamos los dos planificando escaparnos a Londres y abrirnos camino en la industria de la música, ni más ni menos. Se acabaron las fábricas para nosotros, gracias, pero no, no es nuestro estilo, nosotros vamos a trabajar para bandas de rock. ¿Qué diría tu madre si se enterara?

–Me preguntaría quién diablos me creo que soy. Y luego me daría la murga y me llamaría bobo irresponsable y me aconsejaría que intentara volver a entrar en razón. Y lo haría todo a gritos.

–Y por eso –comentó Rosie levantando su cerveza hacia mí– es por lo que estás al noventa por ciento, Francis. Casi todo el mundo que hemos conocido a lo largo de nuestras vidas nos diría lo mismo: que se nos están subiendo los humos. Si nos creemos todas esas patrañas, lo único que conseguiremos será acabar dejándonos y haciéndonos sufrir el uno al otro. Así que lo que necesitamos es despabilarnos, y hacerlo rápidamente. ¿De acuerdo?

En el fondo, sigo sintiéndome orgulloso de la forma de amarnos que teníamos Rosie y yo. No teníamos ninguna referencia de la que aprender; nuestros padres no eran ejemplos esplendorosos del éxito en pareja, de manera que aprendíamos el uno del otro: cuando alguien a quien amas te necesita, sacas de la nada un temple a prueba de bomba, te aferras a miedos imprecisos que te asustan hasta el sinsentido, actúas como un adulto en lugar de como el adolescente Cro-Magnon que eres y haces un millón de cosas que jamás habías anticipado.

–Ven aquí –dije yo. Le acaricié los brazos y tomé sus mejillas entre mis manos; ella se inclinó hacia delante y apoyó su frente contra la mía; el resto del mundo se desvaneció tras aquella maraña densa y luminosa que tenía por cabello–. Tienes razón. Siento haberme comportado como un capullo.

–Puede ser que todo salga mal, pero no veo motivo para no intentarlo.

–Eres una mujer muy inteligente, ¿lo sabías? –dije.

Rosie me observó desde una distancia lo bastante corta como para contemplar las pecas doradas en las pupilas de sus ojos verdes y las arruguitas en las comisuras cuando empezó a sonreír.

–Para mi chico solo lo mejor –contestó.

Entonces le di un beso de verdad. Sentí los billetes presionados entre mis descontrolados latidos de corazón y los suyos, los noté silbar y crepitar, listos para estallar en cualquier momento en una lluvia estelar de chispas doradas. Fue en ese momento cuando la tarde cobró sentido y dejó de oler a peligro, y también en ese mismo momento las aguas turbulentas se arremolinaron en mi interior, como un escalofrío en el tuétano de mis huesos. A partir de entonces lo único que iba a hacer era dejarme arrastrar por ella y creer que nos llevaría a buen puerto, que guiaría nuestros pies a través de las peliagudas corrientes y sobre los malignos acantilados hasta una orilla segura.

Cuando un rato después nos separamos, Rosie dijo:

–Tú no eres el único que ha estado ocupado. He estado en Eason's echando un vistazo a los anuncios de los periódicos ingleses.

–¿Has encontrado algún trabajo?

–Algunos. Pero sobre todo son cosas que no sabemos hacer: toreros y profesores suplentes. Sin embargo, sí que hay alguna oferta para camareros; podemos decir que tenemos experiencia, no van a comprobarlo. No piden técnicos de luces ni acompañantes para las giras por carretera, pero eso ya lo sabíamos; tendremos que seguir buscando una vez estemos allí. Y hay *montones* de pisos, Francis. Cientos.

–¿Podemos costearnos alguno?

–Sí, sí. Y ni siquiera hará falta que encontremos un empleo nada más llegar; lo que tenemos ahorrado servirá para pagar el depósito y podemos financiarnos un apartamentito barato con el subsidio del paro. Será bastante cutre, eso sí: poco más que una habitación amueblada, y quizá tengamos que compartir el baño con otra gente, pero al menos no malgastaremos el dinero en un hostal más tiempo del estrictamente necesario.

–A mí no me importa compartir el lavabo y la cocina. Lo único que quiero es estar el mínimo tiempo posible en un hostal. Es estúpido dormir en dormitorios separados cuando...

Rosie me sonreía, y el destello de sus ojos estuvo a punto de pararme el corazón.

–Eso cuando tengamos nuestra propia casa... –dijo.

–Sí –contesté–. Nuestra propia casa.

Eso era lo que yo quería: una cama donde Rosie y yo pudiéramos dormir abrazados toda la noche y despertarnos todas las mañanas el uno en los brazos del otro. Lo habría dado todo, todo cuanto tenía, solo por conseguirlo. El resto de lo que el mundo tenía para ofrecerme me parecía una ganga.

Cuando escucho lo que la gente le pide al amor hoy en día me dan ganas de vomitar. Voy al pub con los muchachos de la brigada y los oigo explicar, con una precisión minuciosa, exactamente la figura que debe tener su mujer ideal, qué zonas debe depilarse y cómo, qué actos debe realizar en fechas concretas, y lo que debería o no debería decir o querer; escucho a hurtadillas a las mujeres en las cafeterías mientras elaboran sus listados de qué empleo debería desempeñar el hombre de sus sueños, qué coche debe tener, qué etiquetas, qué flores y restaurantes y pedruscos les valdrán el sello de aprobación... y me sobrevienen unas ganas tremendas de gritar: *«¡¿Acaso todo el mundo ha perdido la chaveta?!»* Yo jamás le compré un ramo de flores a Rosie (le habría resultado muy difícil explicarlo en casa) y nunca, ni una sola vez, me pregunté si sus tobillos tenían exactamente la forma que se suponía que tenían que tener. La deseaba, deseaba que fuera mía, y estaba convencido de que ella me deseaba a mí. Hasta el día en que nació Holly, nada en la vida me había parecido tan sencillo.

–En algunos de los pisos no aceptan a irlandeses –apuntó Rosie.

–¡Que les den por saco! –exclamé yo. Mi torbellino interior crecía, cobraba fuerza; yo sabía que el primer piso en el que pusiéramos el pie sería perfecto, que aquella fuerza magnética nos atraería directamente a nuestro hogar–. Les diremos que procedemos de la Mongolia Exterior. ¿Qué tal se te da fingir el acento de mongola?

Sonrió.

–¿Quién dice que necesitemos un acento? Hablamos en irlandés y les decimos que es mongolo. ¿Crees que van a apreciar la diferencia?

Hice una reverencia y contesté:

–*Póg mo thóin.* –O «besame el culo», un noventa por ciento de todo el gaélico que sabía–. Un antiguo saludo mongol.

Rosie replicó:

–Hablo en serio. Lo comento porque como pierdes la paciencia con tanta facilidad... Si no conseguimos un piso el primer día, no pasa nada, ¿vale? Tenemos un montón de tiempo por delante.

–Ya lo sé –contesté–. En algunos no nos querrán porque pensarán que somos borrachos o terroristas y en otros porque... –Aparté sus manos de la jarra de cerveza y le agarré los dedos con mis pulgares: tenía unos dedos fuertes, callosos de tanto coser, decorados con anillos de plata barata con formas como faldas celtas y cabezas de gatos comprados en puestos ambulantes–... porque estaremos viviendo en pecado.

Rosie se encogió de hombros.

–¡Que les den por saco también! –exclamó.

–Si lo prefieres, podemos mentir –comenté–. Nos compramos unos anillos de oro falso y nos hacemos llamar señor y señora X hasta que...

Negó con la cabeza, al instante, con contundencia.

–No. De ninguna manera.

–Solo será durante un tiempo. Hasta que ahorremos dinero para casarnos de verdad. Nos facilitaría mucho la vida.

–No me importa. No pienso fingir algo así. O estamos casados o no lo estamos; poco importa lo que piensen los demás.

–Rosie –dije, apretándole más las manos–, sabes que nos casaremos, ¿verdad? Sabes que quiero casarme contigo. No hay nada en el mundo que quiera más que eso.

Logré que empezara a esbozar una sonrisa.

–Será mejor que así sea. Cuando tú y yo empezamos a salir, yo era una chica decente, como las monjas me habían enseñado, y, mírame ahora, dispuesta a ser tu querida...

–Hablo en serio. Escúchame bien. Muchas personas, si se enteraran, creerían que estás loca. Dirían que los Mackey son una pandilla de cerdos y que voy a conseguir lo que quiero de ti y luego te abandonaré con una mano delante y otra detrás, un crío en los brazos y tu vida echada por el retrete.

–Imposible. Estamos hablando de Inglaterra. Allí no usan retrete...

–Lo único que quiero que sepas es que no te arrepentirás. No, si puedo evitarlo. Lo juro por Dios.

Rosie respondió con voz serena:

–Ya lo sé, Francis.

–Yo no soy como mi padre.

–Si pensara que lo eres, no estaría aquí. Y ahora, sé buen chico y ve a pedir una bolsa de patatas fritas. Me muero de hambre.

Aquella noche permanecimos en el O'Neill's hasta que todos los estudiantes se hubieron marchado a casa y el camarero empezó a pasar el aspirador bajo nuestros pies. Alargamos cada jarra de cerveza tanto cuanto pudimos, hablamos de cosas cotidianas, triviales, sin importancia, y nos hicimos reír mutualmente. Antes de regresar a casa a pie, por separado, por si acaso alguien nos veía, yo vigilando a Rosie desde una distancia prudente de seguridad, a sus espaldas, nos despedimos por unos días con un beso, apoyados contra el muro posterior del Trinity College. Luego permanecimos en pie, inmóviles, abrazados, pegados desde las mejillas hasta los dedos de los pies. Soplaba un viento tan frío que emitía un agudo zumbido en algún punto a kilómetros por encima de nuestras cabezas, como cristales quebrándose; percibía su aliento ronco y cálido en mi cuello, su cabello olía a gotas de limón y notaba el rápido latido de su corazón temblando contra mis costillas. Entonces la solté y la observé alejarse a pie por última vez.

Por supuesto que la busqué. La primera vez que me hallé a solas ante un ordenador de la policía introduje su nombre

171

y su fecha de nacimiento: no la habían arrestado nunca en la República de Irlanda. No es que fuera ninguna revelación (no esperaba verla convertida en una asesina en serie), pero me pasé el resto del día con una extraña sensación de euforia, por el simple hecho de haber dado el primer paso tras sus huellas. A medida que mis contactos fueron mejorando, también se refinaron mis búsquedas: no la habían arrestado en Irlanda del Norte, ni en Inglaterra, ni en Escocia, Gales o Estados Unidos; no se había registrado para cobrar el paro en ningún sitio, no había solicitado pasaporte, no había fallecido y no se había casado. Repetía todas las búsquedas cada par de años, tirando de contactos que me debían favores. Nunca preguntaban.

En los últimos tiempos (me sosegué después del nacimiento de Holly) simplemente esperaba que el radar detectara a Rosie en algún momento, en algún lugar, viviendo una de esas vidas corrientes y satisfechas que nunca se registran en el sistema, acordándose de mí de vez en cuando con un ligero suspiro al pensar en lo que ambos podíamos haber hecho juntos. En ocasiones me la imaginaba viniendo a mi encuentro: mi teléfono sonando en medio de la noche, unos repiqueteos en la puerta de mi despacho. Nos imaginaba sentados uno al lado del otro en un banco de un parque, contemplando a Holly resbalar por el tobogán junto a dos pequeños traviesos, sumidos en un silencio agridulce. Imaginé también una noche infinita en un pub poco iluminado, nuestras cabezas acercándose cada vez más bajo la conversación y las risas a medida que la noche progresaba, nuestros dedos deslizándose hacia el otro sobre la madera maltrecha de la mesa. Imaginé cada centímetro del aspecto que tendría: las patas de gallo de tanto sonreír que jamás había llegado a verle, la flaccidez de su barriga después de dar a luz a unos hijos que no eran míos, toda la vida que había vivido y yo me había perdido escrita en su cuerpo en Braille para que mis manos la leyeran. Me la imaginé dándome respuestas que yo jamás había anticipado, respuestas que le conferirían sentido a todo, que harían que todas las piezas del rompecabezas patinaran con suavidad y encajaran finalmente. Imaginé, por increíble que parezca, una segunda oportunidad.

Otras noches, incluso después de todo el tiempo transcurrido, aún quería lo que quería a los veinte años: verla aparecer en algún informe frecuente de la Unidad de Violencia Doméstica, en algún archivo de prostitutas infectadas por el VIH, muerta de sobredosis en una morgue en una zona de mala muerte de Londres. Había leído las descripciones de cientos de mujeres sin identificar en el transcurso de los años.

Y ahora todo había estallado por los aires: mi segunda oportunidad, mi venganza, mi bonita y gruesa línea Maginot antifamilia. El hecho de que Rosie Daly me hubiera dejado plantado me había servido de mojón, un mojón colosal y sólido como una montaña. Y ahora titilaba como un espejismo y el paisaje no cesaba de cambiar a su alrededor; nada de aquel paisaje se me antojaba ya familiar.

Pedí otra cerveza, acompañada por un whisky Jameson's doble: era la única manera que se me antojaba posible de llegar hasta la mañana. Me sentía incapaz de concebir cualquier otra cosa que lograra apartar esa imagen de mi pensamiento, la pesadilla de unos huesos marrones y delgadísimos acurrucados en una madriguera, con hilillos de tierra cayendo sobre ella con un sonido de pies diminutos escabulléndose.

7

Me concedieron un par de horas para mí solo, en un gesto de delicadeza que no había previsto, antes de venir en mi búsqueda. Kevin fue el primero en aparecer: asomó la cabeza por la puerta como un crío jugando al escondite, envió un rápido y astuto mensaje de móvil mientras el camarero le servía una cerveza, y se quedó erguido junto a mi mesa, arrastrando los pies, hasta que lo liberé de su sufrimiento y le hice un gesto para que se sentara a mi lado. No hablamos. Las chicas tardaron unos tres minutos en unírsenos. Llegaron sacudiéndose la lluvia de los abrigos, entre risitas, mientras lanzaban miraditas de soslayo al pub.

–¡Madre mía! –exclamó Jackie en lo que a ella se le antojó un susurro, al tiempo que se quitaba la bufanda–. Recuerdo cuando nos moríamos de ganas de entrar en este lugar solo porque no se permitía la entrada a las mujeres. Ahora que lo pienso, mejor para nosotras.

Carmel miró el asiento con recelo y lo sacudió con un pañuelo antes de sentarse.

–Gracias al cielo que mamá al final no ha venido. Este lugar la mataría.

–¡¿Qué?! –preguntó Kevin exclamado alzando la mirada–. ¿*Mamá* iba a venir?

–Está preocupada por Francis.

–Lo que le pasa es que se muere por sorberle el coco. No os habrá seguido, ¿verdad?

–Yo no lo descartaría –replicó Jackie–. Mamá, la Agente Secreta.

–Seguro que no. Le he dicho que te habías ido a casa –me explicó Carmel con las yemas de los dedos sobre los labios, en un gesto entre culpable y malicioso–. ¡Dios me perdone!

–Eres un genio –comentó Kevin sin malicia al tiempo que se repantingaba de nuevo en su asiento.

–Kevin tiene razón. Lo único que habría conseguido es provocarnos un dolor de cabeza. –Jackie estiró el cuello, intentando atraer la mirada del camarero–. ¿Me servirá algún día?

–Voy a pedir –se ofreció Kevin–. ¿Qué te apetece?

–Una *gin-tonic*, por favor.

Carmel acercó su taburete hasta la mesa.

–¿Crees que tendrán sidra de peras?

–Uf, por favor, Carmel.

–No me gustan las bebidas fuertes. Ya sabes que me sientan mal.

–Yo no voy a pedir una puñetera sidra de peras en la barra, que te quede claro. Me van a enviar de vuelta de una patada en el culo.

–No creo que se asusten –aventuré–. Parece que estemos en 1980. Probablemente tengan un cajón entero de sidra de peras detrás del mostrador.

–Sí, y un bate de béisbol esperando a que alguien pida una.

–Iré yo.

–Ahí viene Shay. –Jackie se incorporó ligeramente y le hizo una señal con la mano para captar su atención–. Que vaya a pedir él, ya que está de pie.

Kevin preguntó:

–¿Quién lo ha invitado?

—Yo —contestó Carmel—. Y ya podéis empezar los dos a comportaros como los hombres adultos que sois, por una vez en la vida. Esta noche quien importa es Francis, y no vosotros.

—Brindo por eso —dije.

En aquellos momentos estaba ya agradablemente borracho, a punto de entrar en la fase en la que todo parece colorido y desdibujado y nada, ni siquiera ver a Shay, podría alterarme. Normalmente, en cuanto empiezo a notar un leve cosquilleo me paso al café sin pensármelo dos veces. Pero aquella noche tenía previsto disfrutar de cada segundo de evasión.

Shay se acercó despacio hasta el rincón en el que nos encontrábamos, mesándose el cabello con una mano para sacudirse las gotas de lluvia.

—Jamás habría dicho que este antro estaba a tu altura —me dijo—. ¿Has traído aquí a tu amigo el poli?

—Ha sido de lo más reconfortante. Todo el mundo lo ha recibido como a un hermano.

—Habría pagado por verlo. ¿Qué bebéis?

—¿Vas a pagar una ronda?

—¿Por qué no?

—¡Qué amable! —exclamé—. Kevin y yo, cerveza; Jackie, un *gin-tonic*, y Carmel una sidra de peras.

—Nos morimos de ganas de ver cómo vas y la pides —bromeó Jackie.

—No me inquieta lo más mínimo. Observad y aprended.

Shay se dirigió hasta la barra, llamó la atención del camarero como si aquel fuera su bar habitual y blandió la botella de sidra en el aire hacia nosotros con gesto de victoria.

—Maldito fanfarrón —se lamentó Jackie.

Shay regresó haciendo equilibrismos con todas las bebidas de golpe, con esa precisión que uno adquiere con la práctica.

—Y bien —dijo, mientras las depositaba sobre la mesa—. Cuéntanos, Francis: ¿era esa tu chica? ¿La causante de todo este lío? –Al ver que todos se quedaban boquiabiertos, añadió–: ¿Qué pasa? ¡Espabilad! Si os morís de ganas de preguntárselo. ¿Lo era, Francis?

Carmel dijo con la mejor voz maternal que fue capaz de entonar:

–Deja en paz a Francis. Se lo he advertido a Kevin y ahora te lo advierto a ti: esta noche vais a tener que comportaros como adultos.

Shay soltó una carcajada y acercó un taburete. Yo había dispuesto de tiempo suficiente durante el último par de horas, cuando aún no tenía el cerebro encurtido, para determinar exactamente qué quería compartir con la gente de Faithful Place, o con mi familia, que en resumidas cuentas era prácticamente lo mismo.

–No pasa nada, Melly –la tranquilicé–. Aún no se sabe nada definitivo, pero, sí, todo apunta a que son los restos de Rosie.

Jackie contuvo el aliento. Se produjo un silencio. Shay emitió un largo y grave silbido.

–Que Dios la tenga en su gloria –musitó Carmel con voz queda.

Ella y Jackie se santiguaron.

–Eso ha sido lo que tu amigo les ha explicado a los Daly –añadió Jackie–. Ese tipo con el que hablabas. Pero nadie sabía si creerlo o no... Ya sabes lo que pasa con la policía, que siempre dice cualquier cosa. Tú no, pero el resto de policías sí... Podría haberle interesado que creyéramos que se trataba de ella.

–¿Cómo lo saben? –preguntó Kevin con la tez lívida.

–Aún no lo saben –aclaré–. Tienen que hacerle las pruebas.

–¿La de ADN y esas cosas?

–No lo sé, Kev, no es mi campo.

–Tu campo –repitió Shay, dándole vueltas a su vaso entre los dedos–. Siempre me lo he preguntado: ¿en qué campo trabajas tú exactamente?

—En esto y aquello —contesté.

Por motivos evidentes, los agentes secretos acostumbran a decirles a los civiles que trabajan en Derechos de Propiedad Intelectual o algo que suene lo bastante aburrido como para atajar la conversación de golpe. Jackie cree que yo implemento soluciones estratégicas de uso del personal.

—¿Pueden averiguar... ya sabes... pueden averiguar qué fue lo que le sucedió a Rosie? —preguntó Kevin.

Abrí la boca, pero la volví a cerrar; me encogí de hombros y le di un largo trago a mi cerveza.

—¿Acaso no les ha explicado Kennedy eso a los Daly?

Carmel respondió con la boca fruncida:

—No ha soltado prenda. Le han *suplicado* que les explicase qué le había ocurrido, pero no les ha dicho ni mu. Se ha marchado y los ha dejado con la duda.

Jackie estaba encrespada de la indignación; incluso parecía que se le había cardado más el pelo.

—¡Su propia hija, y les ha dicho que no era de su incumbencia si la habían asesinado o no! Me da igual que sea tu amigo, Francis, pero eso está muy feo, mucho.

Scorcher estaba causando una impresión aún mejor de la que yo había anticipado.

—Kennedy no es mi amigo. No es más que un gusano con el que colaboro de vez en cuando.

—Apuesto lo que sea a que sois lo bastante amigos como para que te haya explicado qué le sucedió a Rosie —aventuró Shay.

Eché un vistazo alrededor del pub. Las conversaciones habían aumentado un poco de volumen, o quizá no fuera eso, sino que ahora eran más aceleradas y concretas: por fin se había difundido la noticia. Nadie nos miraba, en parte por cortesía con Shay y en parte porque era la clase de local donde la mayoría de los parroquianos tenían problemas propios y conocían el valor de la intimidad. Me acodé en la mesa y con voz muy baja dije:

—Está bien. Podrían despedirme por revelaros esto, pero los Daly merecen saber lo que nosotros sabemos. Necesito que me prometáis que no llegará a oídos de Kennedy.

Shay me miraba con un escepticismo de mil vatios, pero los otros tres me contemplaban fijamente, asintiendo a mis palabras, más contentos que unas pascuas: nuestro Francis, después de todos aquellos años, seguía siendo un muchacho de Liberties antes que un policía; qué felicidad ser una familia tan unida. Eso sería lo que mis hermanas harían saber al resto del vecindario, como salsa de acompañamiento a mis pequeños bocaditos de información suculenta: Francis está de nuestro lado.

—Tiene toda la pinta de que alguien la asesinó —comuniqué.

Carmel ahogó un grito y se santiguó de nuevo.

—¡Que Dios nos bendiga! —exclamó Jackie.

Kevin seguía pálido.

—¿Cómo? —preguntó.

—Aún no se sabe nada acerca de eso.

—Pero lo descubrirán, ¿verdad?

—Probablemente. Después de todo este tiempo puede resultar difícil, pero el equipo del laboratorio sabe bien lo que se hace.

—¿Cómo en *CSI*? —preguntó Carmel con los ojos como platos.

—Sí —contesté, cosa que habría provocado al inútil del agente de la policía científica un aneurisma (los de la científica detestan *CSI* con todas sus fuerzas), pero que sin duda alegraría el día a las viejecitas del barrio—. Exactamente.

—Aunque sin magia —terció Shay con sequedad, con la vista clavada en su cerveza.

179

—Te sorprenderías. Esos muchachos son capaces de encontrar casi cualquier cosa que se propongan: una salpicadura de sangre añeja, muestras minúsculas de ADN, cientos de tipos de lesiones, lo que se te ocurra. Y mientras averiguan qué le sucedió a Rosie, Kennedy y su equipo intentarán adivinar quién fue el culpable. Interrogarán a todo el mundo que viviera por aquí en la época. Querrán saber quiénes eran sus amigos, si se había discutido con alguien, con quién se llevaba bien y con quién mal, qué hizo en cada momento de sus últimos días con vida, si alguien notó algo raro la noche en que desapareció, si alguien vio a algún desconocido merodeando por el lugar o con un comportamiento extraño alrededor de la hora de su muerte o poco después... Van a ser puñeteramente exhaustivos y van a tomarse todo el tiempo que necesiten. Todo, cualquier cosa, hasta el detalle más nimio, puede ser crucial.

—Madre del cielo —suspiró Carmel—. Es como en la tele, ¿a qué sí? Es una locura.

En los bares, las cocinas y los salones de los hogares que nos rodeaban, todo el mundo hablaba ya: rememoraba el pasado, desenterraba viejos recuerdos, los comparaba, los contrastaba y los ponía en común para conjugar un millón de teorías. En mi vecindario, el cotilleo es un deporte competitivo elevado al nivel de categoría olímpica, y nunca hay que desmerecer un buen cotilleo; yo los reverencio con todo mi corazón. Tal como le había comentado a Scorch, la información es munición, y la munición iba a ir que volaba por el barrio, salpicada, eso sí, con alguna que otra granada que no estalla. Yo quería que todos los buenos cotilleos se centraran en desempolvar las cargas vivas, y quería asegurarme muy mucho de que llegaran a mis oídos, fuera como fuese. Si Scorcher había desairado a los Daly, lo iba a pasar mal extrayéndole información a cualquiera en un radio de un kilómetro a la redonda. Y yo quería que si alguien andaba suelto por ahí con algo de qué preocuparse, tuviera motivos para preocuparse de verdad.

–Si me entero de algo más que considero que los Daly deberían saber, no consentiré que queden fuera del círculo –les aseguré.

Jackie alargó una mano y me acarició la muñeca.

–Lo siento muchísimo, Francis –me reconfortó–. Albergaba la esperanza de que acabara siendo otra cosa, una confusión, no sé...

–Pobrecilla –se compadeció Carmel en voz baja–. ¿Qué edad tenía? ¿Dieciocho?

–Diecinueve años y unos meses –contesté.

–Madre mía, poco más que mi Darren. Y todos estos años ha estado en esa casa. Con sus padres preguntándose dónde andaría todo este tiempo...

–Jamás pensé que diría esto, pero gracias a Dios que Lavery compró esa casa –apuntó Jackie.

–Ojalá sea así –convino Kevin. Apuró su cerveza–. ¿A alguien le apetece otra ronda?

–A mí –contestó Jackie–. ¿A qué te refieres con lo de «Ojalá sea así»?

Kevin se encogió de hombros.

–Lo único que digo es que ojalá que todo salga bien.

–Por todos los santos, Kevin, ¿cómo podría esto salir bien? Esa pobre muchacha está muerta. Lo siento, Francis.

Shay aclaró:

–Lo que Kevin quiere decir es que esperemos que la policía no descubra algo que nos haga desear a todos que los obreros de Lavery hubieran arrojado esa maleta a un contenedor y no hubieran abierto la caja de Pandora.

–¿Cómo qué? –preguntó Jackie–. ¿Kev?

Kevin arrastró hacia atrás su taburete y dijo, con un estallido repentino de autoridad:

—Ya he tenido suficiente de esta conversación, y probablemente Frank también. Voy a pedir a la barra. Si seguís hablando de este asunto cuando regrese, os dejo las bebidas y me largo a casa.

—¡Vaya, vaya! —exclamó Shay con una sonrisa chueca—. El pequeño ratoncito ruge como un león. Bien hecho, Kev. Tienes toda la razón. Hablemos de *Supervivientes*. Venga, ve a pedirnos una copa.

Nos tomamos otra ronda, y luego otra. Una lluvia severa aporreaba las ventanas, pero el camarero tenía la calefacción alta y el único momento en que entraba aire frío era cuando se abría la puerta. Carmel reunió el coraje de acercarse a la barra y pedir media docena de sándwiches a la plancha, y entonces yo caí en la cuenta de que mi última comida había sido el desayuno de mi madre que me había dejado a la mitad y de que me rugían las tripas, con esa hambre feroz que podría hacerte arponear algo y comértelo aún caliente. Shay y yo tomamos turnos contando chistes que hicieron que a Jackie se le saliera el *gin-tonic* por la nariz y a Carmel lanzar chillidos y darnos palmaditas en las muñecas, una vez entendió los remates; Kevin realizó una imitación magistral de mamá en la comida de Navidad que nos hizo a todos desternillarnos, indefensos, hasta doblarnos de dolor.

—¡Para! —le suplicó Jackie jadeante, dándole una torta en la mano—. Te juro por Dios que me va a estallar la vejiga. Si no paras, me meo encima.

—Habla en serio —añadí yo, intentando recobrar el aliento—. Y serás tú el que tendrá que ir a coger una bayeta y secarlo.

—No sé de qué te ríes tanto —dijo Shay—. Estas Navidades tú estarás ahí sufriendo con el resto de nosotros.

—¡Y un cuerno! Yo estaré a salvo en mi casa, bebiendo malta y descuajaringándome cada vez que piense en vosotros, pobres diablos.

–Espera a verlo, amiguito. Ahora que mamá te ha vuelto a poner las zarpas encima, no creas que te dejará marchar tan fácilmente con las Navidades a la vuelta de la esquina. ¿Crees que dejaría pasar la oportunidad de que todos nos sintiéramos como unos miserables? Espera y verás.

–¿Qué te apuestas?

Shay alargó una mano.

–Cincuenta libras a que estarás sentado al otro lado de la mesa, delante de mí, en la comida de Navidad.

–Trato hecho –sentencié.

Sellamos nuestra apuesta con un apretón de manos. Shay tenía la piel reseca, una mano fuerte y callosa y, al tocarnos, saltó una chispa de electricidad estática entre nosotros. Ninguno de los dos se estremeció.

–¿Sabes, Francis? –preguntó Carmel–. Habíamos quedado en no preguntarte algo, pero no puedo contenerme. ¡Jackie, deja de pellizcarme de una vez!

Jackie volvía a tener su vejiga bajo control y miraba a Carmel como si fuera a matarla. Carmel dijo, muy digna:

–Si no quiere hablar de ello, que me lo diga él mismo y ya está. ¿Por qué no regresaste nunca, Francis?

–Tenía demasiado miedo de que mamá agarrara el cucharón de plata y me inflara a palos –contesté–. ¿Me culpas acaso?

Shay lanzó un bufido. Carmel continuó:

–Hablo en serio, Francis. ¿Por qué?

Ella, Kevin e incluso Jackie, que me había formulado la misma pregunta infinidad de veces y jamás había obtenido una respuesta, me miraban de hito en hito, algo achispados, perplejos y un punto heridos. Shay intentaba sacar una mota de algo de su cerveza.

–Permitidme que os pregunte algo –dije–. ¿Por qué daríais la vida?

–¡Joder! –exclamó Kevin–. Eres la alegría de la huerta.

–Calla –lo reprendió Jackie–. ¿A qué te refieres, Francis?

–En una ocasión, papá me dijo que daría la vida por Irlanda –expliqué–. ¿Vosotros haríais algo así?

Kevin puso los ojos en blanco.

–Papá sigue anclado en los años setenta. Ya nadie piensa así.

–Medítalo un segundo. Aunque solo sea por echarnos unas risas. ¿Lo harías?

Me miró desconcertado.

–¿Por qué?

–Imagina que Inglaterra volviera a invadirnos.

–No se atrevería.

–He dicho «imagina», Kev. No te desvíes del tema.

–No lo sé. Nunca me lo he planteado.

–Eso –dijo Shay, en un tono no excesivamente agresivo, apuntando con su cerveza a Kevin–, eso que acabas de hacer habría supuesto la ruina de este país.

–¿Yo? ¿Pero qué he hecho?

–Tú y los que son como tú. Toda vuestra maldita generación. Pero ¿es que lo único que os preocupa son los Rolex y la ropita Hugo Boss? ¿En qué más pensáis, si es que lo hacéis? Por una vez, Francis tiene razón. Tiene que haber algo por lo que darías la vida, tío.

–¡No me jodas! –gritó Kevin–. ¿Por qué darías tú la vida? ¿Por Guinness? ¿Por un buen polvo?

Shay se encogió de hombros.

–Por mi familia.

–Pero ¿qué diantres dices? –preguntó Jackie–. Si odias con toda tu alma a mamá y a papá.

Estallamos los cinco en carcajadas; Carmel tuvo que reclinar la cabeza hacia atrás y enjugarse las lágrimas de las comisuras de los ojos.

–Es verdad –reconoció Shay–, pero eso no importa.

–¿Morirías *tú* por Irlanda? –me preguntó Kevin, aún un poco picado.

–Por supuestísimo –respondí, cosa que provocó otra risotada generalizada–. Me destinaron a Mayo[9] durante un tiempo. ¿Alguno de vosotros ha estado alguna vez en Mayo? Solo hay campesinos, ovejas y paisajes bucólicos. Por eso te aseguro que no moriría.

–Entonces ¿por qué?

–Como dice aquí el amigo Shay –le dije a Kev, alzando mi vaso hacia Shay–, eso no es lo que importa. Lo que importa es que *yo sé* por qué moriría.

–Yo daría mi vida por mis hijos –intervino Carmel–. Que Dios me perdone.

Jackie se sumó:

–Supongo que yo moriría por Gav. Pero si lo necesitara de verdad, eso sí. ¿No os parece una conversación muy tóxica, Francis? ¿Por qué no hablamos de otra cosa?

–En aquel entonces, yo habría dado mi vida por Rosie Daly –expliqué–. Eso es lo que intento deciros.

Se produjo un silencio. Shay alzó su copa.

–Brindo por todo por lo que moriríamos –dijo.

Entrechocamos nuestros vasos, le dimos un trago largo a nuestras bebidas y nos relajamos en nuestros asientos. Sabía que probablemente se debiera a que estaba como una cuba, pero estaba encantado de que hubieran venido a verme, incluso Shay. Más aún: les estaba agradecido. Es posible que fueran una panda de chalados y que lo que sintieran por mí fuera confuso, pero los cuatro habían dejado lo que fuera que estuvieran haciendo, habían aparcado sus vidas sin pre-

---

[9.] El Condado de Mayo (en irlandés: *Maigh Eo*) es uno de los condados tradicionales de Irlanda. Está situado en la costa oeste de Irlanda, en la provincia de Connacht. *(N. de la T.)*

vio aviso y habían acudido a aquel bar a ayudarme a sobrellevar la noche. Encajábamos como piezas de un rompecabezas y sentí a mi alrededor algo parecido a un resplandor dorado y cálido, como si hubiera caído, por algún accidente perfecto, en el lugar adecuado. Por suerte, aún estaba lo bastante sobrio como para no intentar expresarlo en palabras.

Carmel se inclinó hacia mí y me dijo, casi con timidez:

–Cuando Donna era un bebito tuvo un problema en los riñones; pensaron que podía necesitar un trasplante. Les dije sin pensármelo ni un segundo que podían quitarme los dos a mí. Al final todo salió bien y, de todas maneras, solo habrían necesitado uno, pero nunca lo olvidaré. ¿Entiendes lo que digo?

–Sí –le contesté con una sonrisa–. Claro que te entiendo.

–Es tan bonita –dijo Jackie–, me refiero a Donna. Es adorable, siempre riendo. Ahora tendrás que conocerla, Francis.

Carmel añadió:

–Darren se parece mucho a ti, ¿sabes? Se ha parecido siempre, desde que era un niño.

–¡Lo compadezco! –dijimos Jackie y yo al unísono.

–No seáis tontos. Lo digo en el buen sentido. Está estudiando en la universidad. Eso no lo ha sacado de mí ni de Trevor; nosotros nos habríamos dado por satisfechos si hubiera decidido trabajar de lampista con su padre. No. Darren lo decidió todo por sí solito, nunca nos dijo nada: se limitó a reclamar los formularios de inscripción en los cursos, escogió el que le interesaba y se esforzó como un loco para aprobar la Selectividad. Se empeñó como un toro, él solito. Como tú. Yo siempre deseé ser así.

Por un instante atisbé una ola de tristeza recorrerle el rostro.

–Si no recuerdo mal, tú también conseguías siempre lo que te proponías –repliqué–. ¿Qué me dices de Trevor?

La tristeza se desvaneció y afloró una sonrisita traviesa que la hizo parecer una niña de nuevo.

–Es verdad, sí. Aquel baile, la primera vez que lo vi: nada más verlo le dije a Louise Lacey: «Ese es para mí». Entonces llevaba aquellos pantalones de campana que estaban tan de moda...

Jackie se echó a reír.

–No te rías –la reprendió Carmel–. Gavin va siempre con tejanos gastados; a mí me gustan los hombres que hacen un esfuerzo por estar guapos. Trevor tenía un culito precioso con aquellas campanas, para que te enteres. Y olía de maravilla. ¿De qué diantre os reís vosotros dos?

–¡Eras una golfa! –exclamé yo.

Carmel le dio un sorbito recatado a su sidra de peras.

–No lo era. Entonces las cosas eran distintas. Si te gustaba un muchacho, preferías morir a que se enterara. Te las tenías que ingeniar para que fuera él quien te persiguiera.

–¡Joder! –exclamó Jackie–. Esto parece la puñetera *Orgullo y prejuicio*. Yo le pedí a Gavin salir.

–Pues os digo que funcionó; mucho mejor que todas esas tonterías de hoy en día, esas chicas que van a las discotecas sin bragas. Yo conseguí al hombre que quería, ¿no es cierto? Prometida a los veintiún años. ¿Tú estabas aún aquí, Francis?

–Por los pelos –aclaré–. Me marché unas tres semanas después.

Recuerdo la fiesta de compromiso: las dos familias nos apretujamos en el salón de casa; nuestras madres se repasaban de arriba abajo como un par de *pitbulls* obesos; Shay interpretaba su papel de hermano mayor y le disparaba a Trevor roña; Trevor convertido en la manzana de Adán, con los ojos como platos, aterrorizado; Carmel sonrojada, triunfante, embutida en un espantoso vestido plisado rosa que la hacía parecer un pescado con las tripas fuera. Por entonces yo era aún un capullo más integral de lo que lo soy ahora; me quedé sentado en el alféizar de la ventana, al lado del hermano cerdito de Trevor, ignorándolo y congratulándome fervientemente porque iba a largarme de una vez por todas de Dodge y nunca más tendría que enfrentarme a una fiesta de compromiso con huevos rellenos y emparedados. Hay que andarse con cuidado con lo que se desea. Observándolos allí a los cuatro, alrededor de aquella mesa del bar, tuve la sensación de haberme perdido algo aquella noche, como si una fiesta de compromiso, al menos a largo plazo, pudiera haber sido algo bueno que celebrar.

—Llevaba mi vestido rosa —anotó Carmel con satisfacción—. Todo el mundo me decía que estaba guapísima.

—Y lo estabas —comenté yo, guiñándole el ojo—. De no haber sido mi hermana, te aseguro que incluso a mí me habrías gustado.

Jackie y ella soltaron un gritito seguido de un:

—¡Venga ya!

Pero yo ya no les prestaba atención. En el otro extremo de la mesa, Shay y Kevin mantenían una conversación privada, y el tono defensivo en la voz de Kevin había ascendido lo suficiente como para despertarme la curiosidad.

—Es un *trabajo*. ¿Qué tiene de malo?

—Un trabajo en el que te rompes los cuernos lamiéndole el culo a un pijo, «sí, señor», «no, señor», «tres bolsas llenas, señor», y todo por el bien de una gran empresa que te arrojará a los lobos en cuanto la cosa se ponga fea. Les haces ganar miles de libras a la semana y ¿qué obtienes tú a cambio?

—Me *pagan*. El verano que viene quiero ir a Australia, quiero ir a bucear alrededor de la Gran Barrera de Arrecife y comer hamburguesas de canguro y emborracharme en barbacoas en Bondi Beach con unas australianas despampanantes gracias a este empelo. ¿Qué pega le ves?

188

Shay soltó una carcajada ronca.

—Será mejor que ahorres tu dinero.

Kevin se encogió de hombros.

—Ganaré mucho más invirtiéndolo.

—Y un cuerno. Eso es lo que quieren que creas.

—¿Quién? ¿De qué habláis?

—Los tiempos cambian, amigo. ¿Qué crees que PJ Lavery...?

—Maldito capullo —lo interrumpimos todos al unísono, salvo Carmel, que con la maternidad se había vuelto más fina.

—¿Por qué crees que está demoliendo el interior de esas casas? —continuó Shay.

—¿A quién le importa eso? —Kev empezaba a irritarse.

—Pues debería importarte *a ti*. Ese Lavery es un viejo zorro; sabe de dónde sopla el viento. El año pasado compró esas tres casas de un porrazo, envía esos folletos promocionando apartamentos de lujo, y ahora de repente abandona la idea y las vende por partes.

—¿Y qué? Quizá está en pleno divorcio o lo acosan los impuestos o algo por el estilo. ¿Por qué debería eso ser problema mío?

Shay miró a Kevin como si hubiera perdido la razón por un momento, inclinándose hacia delante, con los codos apoyados en la mesa. Luego soltó otra carcajada y sacudió la cabeza.

—No lo entiendes, ¿verdad? —dijo, estirando la mano para asir su cerveza—. No tienes ni puñetera idea de nada. Te tragas hasta el último pedacito de mierda que te echan; crees que todo será vino y rosas. Me muero de ganas de ver tu careto.

—Estáis borrachos —sentenció Jackie.

Kevin y Shay nunca se habían gustado demasiado, pero aquel día se me escapaban muchas capas de significado de su conversación. Era como escuchar la radio con mucha electricidad estática: solo captabas el tono, pero no el sentido de lo que estaba ocurriendo. Me resultaba imposible determinar si la interferencia procedía de los veintidós años de distancia o de las ocho cervezas. Mantuve el pico cerrado y los ojos abiertos.

Shay dejó el vaso con contundencia en la mesa.

—Te diré por qué Lavery no se gasta su dinero en los apartamentos de lujo. Para cuando los haya acabado de construir, nadie tendrá dinero para comprarlos. Este país está a punto de irse por la cloaca. Está al borde del precipicio, a punto de caer rodando a mil por hora.

—Así que nada de apartamentos —se lamentó Kev, con un encogimiento de hombros—. Pues estupendo, ¿qué quieres que te diga? Solo le habrían aportado a mamá más pijos a los que maldecir.

—Los pijos son tu necesidad básica, tío. Cuando ellos se extingan, tú también lo harás. ¿Quién va a comprar tus televisores para fanfarronear una vez estén todos en el paro? ¿De qué vive un chapero si sus clientes se arruinan?

Jackie le dio una palmada en el brazo a Shay.

—Calla. No seas desagradable.

Carmel se tapó la cara con la mano y me deletreó «Borracho», en un gesto a medio camino entre la extravagancia y la disculpa, pero ella también se había bebido ya tres sidras y utilizó la mano equivocada. Shay los ignoró a ambos.

—Este país está construido sobre la nada y buenas relaciones públicas. Una patada y se irá todo al garete, y la patada está a punto de llegar.

—No sé por qué estás tan contento —replicó Kevin enfurruñado. Él también estaba un poco ebrio, pero, en lugar de ponerse agresivo, le daba por la introspección; estaba repantigado sobre la mesa, enfurruñado, con la vista clavada en su bebida—. Si el barco se hunde, tú te vas a hundir con el resto de nosotros.

Shay negó con la cabeza, sonriendo.

–Ah, no, no, no. Lo siento, tío; no tendrás esa suerte. Yo tengo un plan.

–Tú siempre tienes un plan. ¿Y adónde te han llevado hasta ahora tus planes?

Jackie suspiró sonoramente.

–Hace buen tiempo –me dijo.

–Esta vez es distinto –le contestó Shay a Kevin.

–Seguro que sí.

–Espera y verás, amiguito. Espera y verás.

–Suena estupendo –replicó Carmel con firmeza, como una anfitriona intentando recuperar el control de su cena. Había acercado su taburete a la mesa y estaba sentada muy erguida, con el dedo meñique levantado del vaso con gesto finolis–. ¿Por qué no nos hablas de ese plan?

Transcurrido un momento, Shay desvió los ojos hacia ella, se repantingó en su asiento y se echó a reír.

–Ah, Melly –dijo–. Tú siempre has sido la única que me ha sabido enseñar modales. ¿Sabéis que cuando yo no era más que un adolescente nuestra Carmel me sacudió en las piernas hasta que me escapé corriendo por llamar a Tracy Long «putilla»?

–Te lo merecías –le regañó Carmel con remilgo–. Esas no son maneras de hablar de una chica.

–Lo sé. El resto de esta tropa no sabe apreciarte, pero yo sí, Melly. Tú sigue así. Llegaremos lejos.

–¿Dónde? –preguntó Kevin–. ¿A la oficina del paro?

Shay reconcentró la atención de nuevo en Kevin, haciendo un esfuerzo.

–Te voy a explicar lo que ellos no te cuentan –le advirtió–. En épocas de bonanza económica, todas las grandes oportunidades van a parar a manos de los peces gordos. Los trabajadores consiguen sobrevivir, pero solo los ricos se vuelven más ricos.

–¿Y un obrero no podría disfrutar de su cerveza y una agradable conversación con sus hermanos y hermanas? –inquirió Jackie.

–Cuando las cosas empiezan a ponerse feas, entonces es cuando cualquiera con cerebro y un plan puede hacerse con un buen puñado de los restos del naufragio. Y eso es precisamente lo que yo pretendo.

«Tengo una cita importante esta noche», solía decir Shay, agachándose para repeinarse hacia atrás frente al espejo, pero nunca revelaba con quién; o «He ganado un poco de lana extra, Melly, ve a comprarte un helado con Jackie», pero nadie sabía nunca de dónde procedía ese dinero.

–Cuenta, cuenta –lo alenté yo–. ¿Vas a explicarnos tu plan o te vas a limitar a fanfarronear toda la noche?

Shay me miró con severidad; yo le devolví una sonrisa amplia e inocente.

–Francis –dijo–. Nuestro hombre dentro. Nuestro hombre en el sistema. ¿Por qué tendría que preocuparte lo que un renegado como yo haga con su vida?

–Amor fraternal.

–Me parece más bien que consideras que mi plan es una basura y te apetece saborear esa dulce sensación de haberme vuelto a derrotar. Pues a ver qué te parece. Voy a comprar la tienda de bicicletas.

Solo mencionarlo se le ruborizaron las mejillas. Kevin soltó una risotada; las enarcadas cejas de Jackie se alzaron aún más.

–¡Mira por dónde! –exclamó–. Nuestro Shay, empresario, ¿qué me decís de eso?

–Estupendo –contesté yo–. Cuando te conviertas en el Donald Trump del mundo del ciclismo, vendré a comprarte mi BMX.

–Conaghy se jubila el año que viene y su hijo no quiere ocuparse del negocio; se dedica a vender coches de lujo, las bicis no le parecen suficientemente buenas para él. De manera que Conaghy me lo ha ofrecido a mí antes que a nadie.

Kevin había emergido de su enfurruño lo suficiente como para mirar por encima de su cerveza.

–¿De dónde vas a sacar la pasta? –preguntó.

La chispa de fuego en los ojos de Shay me reveló por qué seducía a las mujeres.

–Ya tengo la mitad. Llevo ahorrando mucho tiempo. El banco me presta el resto. Están endureciendo las condiciones de los créditos, porque saben que se avecinan malos tiempos, al igual que Lavery, pero yo he llegado justo a tiempo. El próximo año por estas fechas, amigos míos, seré un hombre de medios independientes.

–Bien hecho –lo felicitó Carmel, aunque algo en su voz, una suerte de reserva, captó mi atención–. Es fantástico. Me alegro por ti.

Shay le dio un trago a su cerveza y fingió que no ocurría nada, pero las comisuras de sus labios esbozaban una sonrisa.

–Tal como le he explicado a Kev, no tiene sentido malgastar tu vida trabajando para que otro se llene los bolsillos. La única manera de llegar a algún sitio es ser tu propio jefe. Solo voy a invertir mi dinero en algo que me permita alimentarme.

–Pero si estás en lo cierto y este país se va a pique, tú también te hundirás con él, ¿no? –le rebatió Kevin.

–Ahí es donde te equivocas, amiguito. Cuando los ricos de esta semana descubran que están en el fango será cuando se presente mi oportunidad. En los años ochenta, cuando ninguno de nuestros conocidos tenía dinero para comprarse un coche, ¿cómo solventamos el problema? Usando bicis. En cuanto estalle la burbuja, papá no va a ser capaz de regalarle a su hijito un BMW para que conduzca un kilómetro hasta la escuela. Entonces será cuando aparezca en mi puerta. Me muero de ganas de ver las caras de esos pequeños capullos.

–Como tú digas –replicó Kevin–. Es fantástico, de verdad, me alegro–. Y volvió a clavar la vista en su cerveza.

–¿Y tendrás que vivir encima de la tienda? –preguntó Carmel.

Shay desvió hacia ella sus ojos y algo complicado ocurrió entre ellos.

–Así es, sí.

–¿Y trabajar toda la jornada? ¿Dejarás de tener un horario flexible?

–Melly, todo saldrá bien –la tranquilizó Shay en un tono mucho más afable–. Conaghy aún tardará unos meses en retirarse. Para entonces...

Carmel respiró rápidamente y asintió, como si le faltara el aliento.

–De acuerdo –musitó, casi para sí misma, y se llevó el vaso a los labios.

–Créeme. No te preocupes por nada.

–No, claro, seguro. Dios sabe que te mereces una oportunidad. Por cómo te habías comportado últimamente, además, yo sabía que te guardabas un as en la manga; simplemente no... Estoy encantada por ti. Enhorabuena.

–Carmel –dijo Shay–. Mírame. ¿Crees que te haría algo así?

–Vosotros dos –interrumpió Jackie–. ¿Se puede saber de qué va todo esto?

Shay puso un dedo en el vaso de Carmel y lo bajó para poder mirarla a la cara. Nunca había visto tal ternura en él, y me resultó incluso menos tranquilizadora que a Carmel.

–Escúchame. Los médicos dijeron que es cuestión de meses. Seis como máximo. Para cuando yo compre la tienda, estará en una residencia o en una silla de ruedas, o demasiado débil para hacer ningún daño.

–¡Válgame Dios! –exclamó Carmel en un tono bajo–. Esperar a que...

–¿Qué sucede? –pregunté yo.

Se volvieron para mirarme, dos pares idénticos de enigmáticos ojos azules. Fue la primera vez que les vi el parecido.

–¿Insinuáis que papá aún pega a mamá?

Un temblor rápido como un electrochoque recorrió la mesa, un silbido imperceptible de aliento contenido.

–Tú ocúpate de tus asuntos –me espetó Shay– y nosotros nos ocuparemos de los nuestros.

–¿Quién ha elegido a este portavoz de mierda?

–Simplemente hemos preferido que hubiera alguien cerca, eso es todo. Por si acaso papá reincidía –aclaró Carmel.

–Jackie me aseguró que eso se había acabado hace años –añadí.

–Tal como te he dicho, Jackie no tiene ni idea –replicó Shay–. Ninguno de vosotros la ha tenido nunca. Así que no metáis las narices donde no os llaman.

–¿Quieres que te diga una cosa? –pregunté–. Empiezo a estar un poquitín harto de que actúes como si fueras el único que se ha tenido que tragar la mierda de papá.

Nadie respiraba. Shay profirió una risa grave y desagradable.

–¿En serio crees que tú has tragado mierda? –me preguntó.

–Tengo cicatrices que lo demuestran. Tú y yo vivíamos bajo el mismo techo, ¿recuerdas? La única diferencia es que yo, ahora que soy mayorcito, puedo mantener toda una conversación sin quejarme de ello.

–No tenéis ni puta idea. Vivíais en la inopia. No vivimos bajo el mismo techo ni un solo día. Tú, Jackie y Kevin vivíais en el dulce regazo del bienestar en comparación con lo que sufrimos Carmel y yo.

–No te atrevas a decirme que yo me libré sin más.

Carmel intentaba fulminar con la mirada a Shay, pero él no se daba cuenta: tenía los ojos clavados en mí.

–Unos mimados, eso es lo que fuisteis los tres. ¿Crees que lo pasasteis mal? Eso es porque nosotros nos aseguramos de que nunca descubrierais lo que era pasarlo realmente mal.

–Si quieres ir a pedirle una cinta de medir al camarero –repliqué yo–, podemos comparar las dimensiones de nuestras cicatrices, el tamaño de nuestra polla o lo que te dé la realísima gana. De lo contrario, podremos disfrutar de una noche mucho más agradable si aparcas el complejo de mártir en tu lado de la mesa y no intentas decirme cómo ha sido mi vida.

–Claro. Tú siempre te has creído más listo que nosotros, ¿verdad?

–Solo más que tú, cariñito. Y acabas de demostrármelo.

–¿Y qué te hace más listo? ¿El hecho de que Carmel y yo dejáramos la escuela cuando cumplimos dieciséis años? ¿Acaso crees que se debió a que éramos demasiado obtusos como para continuar estudiando? –Shay estaba inclinado hacia delante, con las manos aferradas al borde de la mesa; un destello de rubor rojo encendido le cubría los pómulos–. Fue para poder llevar un salario a la mesa y que papá no tuviera que hacerlo. Para que pudierais comer. Para que vosotros tres pudierais compraros los libros de texto y vuestros pequeños uniformes y acabar el bachillerato.

–Madre mía –murmuró Kevin mirando su cerveza–. Ahí va la caballería...

–Sin mí, tú probablemente hoy no serías policía. No serías nada. ¿Crees acaso que estaba fardando cuando he dicho que moriría por mi familia? Casi lo hago. Perdí mi educación. Renuncié a todas las oportunidades que tenía en la vida.

Arqueé una ceja.

–¿Qué ocurre? ¿Acaso te habrías convertido en profesor universitario de haber sido otras las circunstancias? No me hagas reír, por favor. Tú no perdiste nada.

–*Nunca sabré* qué perdí. ¿Pero a qué has renunciado tú en tu vida? ¿Qué te ha robado esta familia a ti? Dime una sola cosa. Una.

–*Esta puta familia me robó a Rosie Daly* –contesté.

Silencio absoluto, congelado. Me miraban todos estupefactos; Jackie sostenía el vaso en alto con la boca entreabierta, atrapada a medio sorbo. Lentamente me di cuenta de que me había puesto en pie, de que me balanceaba y de que mi voz había bordeado un rugido.

–Dejar los estudios no es nada; unos cuantos cachetes no son nada. Yo lo habría asumido todo, lo habría suplicado, mucho antes que perder a Rosie. Y ahora ella está muerta.

Carmel preguntó con tono de perplejidad:

–¿Crees que te dejó *por nosotros*?

Yo era plenamente consciente de que había algo malo en lo que había dicho, algo que había cambiado, pero no sabía detectar con precisión qué era. En cuanto me incorporé, la bebida me golpeó directamente en las corvas.

–¿Qué demonios crees que pasó, Carmel? –pregunté–. Un día estábamos locamente enamorados el uno del otro, amor verdadero para siempre jamás, amén. Íbamos a casarnos. Habíamos comprado los billetes del ferry. Juro ante Dios que habríamos hecho lo que fuera, Melly, cualquier cosa concebible por estar juntos. Y al día siguiente, *al puto día siguiente* huyó de mí.

Los parroquianos comenzaban a mirar en nuestra dirección, sus conversaciones se deshilvanaban, pero me sentía incapaz de bajar la voz. Siempre soy la persona con la cabeza más fría en cualquier pelea y con el nivel más bajo de alcohol en sangre en cualquier bar. Aquella noche se había salido de madre, y era demasiado tarde para reencauzarla.

–¿Qué fue *lo único* que cambió? Que papá se fue de juerga e intentó entrar a la fuerza en casa de los Daly a las dos de la madrugada, y luego todos vosotros, mi gran familia con clase, tuvo una pelea a gritos y porrazos en medio de la calle. Tú recuerdas aquella noche, Melly. Todo Faithful Place recuerda aquella noche. ¿Cómo *no* iba a cambiar Rosie de opinión después de aquello? ¿A quién le apetece tener a gente así como familia? ¿Quién quiere esa sangre para sus hijos?

Carmel preguntó, en voz muy baja y aún sin expresión alguna en el rostro:

−¿Por eso nunca regresaste a casa? ¿De verdad has pensado eso todo este tiempo?

−Si papá hubiera sido una persona decente −contesté−, si no hubiera sido un borracho o si al menos lo hubiera llevado con discreción... Si mamá no hubiera sido mamá... Si Shay no hubiera andado metiéndose en problemas día sí y día también... Si todos nosotros hubiéramos sido diferentes...

Kevin dijo, fuera de sí:

−Pero si Rosie *no* fue a ningún sitio...

No entendí lo que decía. El día acabó por vencerme y estaba tan cansado que notaba mis piernas fundirse en aquella alfombra raída.

−Rosie me dejó porque mi familia era una pandilla de animales −concluí−. Y no la culpo por ello.

Jackie replicó con un matiz de dolor en la voz:

−Eso no es cierto, Francis. No es justo.

−Rosie Daly no tenía ningún problema conmigo, amiguito −aclaró Shay−. De eso que no te quepa duda.

Shay había recobrado el control; se había desparramado en su silla y el rojo se había desvanecido de sus pómulos. Fue su manera de decirlo..., aquella chispa de arrogancia en sus ojos, aquella sonrisita perezosa curvándose en las comisuras de sus labios...

−¿Qué quieres decir con eso?

−Rosie era una muchacha encantadora. Muy agradable, muy... sociable: esa es la palabra que buscaba.

Se me había desvanecido el cansancio.

—Si vas a insultar a alguien que no está presente para defenderse, al menos hazlo sin tapujos, como un hombre. Y si no tienes agallas para hacerlo, cierra el pico.

El camarero asestó un golpe en la barra con un vaso.

—¡Eh! ¡Pandilla! ¡Ya está bien de jaleo! Si no os calmáis, os pongo a todos de patitas en la calle.

—Simplemente te felicito por tu buen gusto —replicó Shay—. Unas tetas espléndidas, un culo espléndido y una actitud espléndida. Era toda una golfa, ¿no es cierto? De cero a cien en un abrir y cerrar de ojos.

Una voz aguda en algún rincón de mi cerebro me aconsejaba que me marchara de allí, pero me llegaba neblinosa y vaga a través de todas aquellas capas de bebida.

—Rosie no te habría tocado ni por todo el oro del mundo.

—Piensa un poco, amiguito... porque hizo mucho más que tocarme. ¿Nunca notaste mi olor en su cuerpo al desnudarla?

Lo arranqué de la silla por el cuello de la camisa y estaba a punto de encajarle un puñetazo cuando los otros entraron en acción con esa eficacia torpe e instantánea que solo tienen los borrachos. Carmel se interpuso entre nosotros, Kevin me agarró del brazo que tenía preparado para sacudirle y Jackie apartó las bebidas de en medio para evitar accidentes. Shay consiguió zafarse de mi otra mano (escuché un desgarro) y ambos nos fuimos dando tumbos hacia atrás. Carmel agarró a Shay por los hombros, lo obligó a sentarse y, apantallando mi presencia con su cuerpo, intentó tranquilizarlo diciéndole una sarta de tonterías. Kevin y Jackie me agarraron por debajo de los hombros, me dieron media vuelta y me condujeron en dirección a la puerta; a medio camino recuperé el equilibrio y recordé lo que estaba ocurriendo.

—Soltadme —los conminé—. Soltadme.

Siguieron avanzando como si oyeran llover. Intenté desembarazarme de ellos, pero Jackie se había cerciorado de engancharse a mí de tal manera que me fuera imposible separarme de ella sin hacerle daño, y aún me faltaba mucha bebida para tal cosa. Shay gritó alguna maldad por encima del hombro de Carmel, quien empezó a sisearle que se callara con más ímpetu, mientras Kevin y Jackie maniobraron expertamente arrastrando de mí entre mesas, taburetes y una concurrencia atónita, consiguieron sacarme del bar y me llevaron hasta la esquina para que me tocara el aire fresco. La puerta se cerró de un portazo a nuestras espaldas.

—¿Qué cojones...?

Jackie intentó apaciguarme hablándome como a un chiquillo:

—Escucha, Francis. Sabes perfectamente que no puedes pelearte aquí.

—Ese capullo estaba pidiendo a gritos que le partiera la cara, Jackie. *Lo estaba suplicando.* Ya has oído lo que ha dicho. Dime que no se merece una buena tunda.

—Claro que se la merece, pero no podéis destrozar el bar. ¿Te apetece que demos un paseo?

—¿Qué pretendéis? ¿Por qué me sacáis a *mí* a rastras de ese antro? Shay es quien...

Me agarraron de los brazos y echamos a andar.

—Te sentirás mucho mejor si te da el aire fresco —comentó Jackie en un tono tranquilizador.

—No. No. Yo me estaba tomando una cerveza tranquilamente, solo, sin hacer daño a nadie, hasta que ese gilipollas ha venido en busca de follón. ¿Habéis oído lo que ha dicho?

Kevin contestó:

—Está trabado y ha decidido comportarse como un gilipollas. ¿Te sorprende acaso?

—¿Y entonces por qué me habéis sacado a mí del bar? —Era consciente de sonar como un chiquillo lloriqueando un «Pero si ha empezado él...», pero me resultaba imposible reprimirme.

Kevin contestó:

–Shay es del barrio. Es su bar.

–Shay no es el propietario de este maldito vecindario. Yo tengo tanto derecho como él...

Intenté zafarme de ellos y regresar al pub, pero el esfuerzo estuvo a punto de hacerme perder el equilibrio. El aire frío no me estaba ayudando a serenarme; más bien me sacudía desde todos los ángulos, desconcertándome y haciendo que me zumbaran los oídos.

–Claro que sí –confirmó Jackie, manteniéndome encarado en dirección contraria al bar–, pero, si te quedas ahí, no va a dejar de pincharte. Y no tiene sentido quedarse para eso. Nos vamos nosotros a otro sitio y ya está, ¿te parece?

Fue en aquel momento cuando una fría aguja de sentido común logró perforar la neblina de Guinness. Me detuve en seco y sacudí la cabeza hasta que la borrachera se me pasó ligeramente.

–No –contesté–. No, Jackie, no me parece bien.

Jackie volvió el rostro hacia mí con expresión de angustia.

–¿Te encuentras bien? ¿Tienes ganas de vomitar?

–No, no voy a vomitar. Pero no tengo ninguna intención de ir a ningún otro sitio porque tú lo digas.

–Vamos, Francis, no seas...

–¿Recuerdas cómo empezó toda esta historia, Jackie? –pregunté–. Me telefoneaste y me convenciste para que trajese mi trasero a este lugar de mala muerte. Ojalá me hubiera golpeado la cabeza en la puerta de un coche a medio camino o sencillamente te hubiera dicho que te metieras tu genial idea por el culo. Porque mira qué ha acabado pasando, Jackie. Mira bien. ¿Qué? ¿Te sientes bien contigo misma ahora? ¿Disfrutas de la satisfacción del trabajo bien hecho? ¿Ya estás contenta? –Me balanceaba. Kevin intentó pasar un hombro por debajo del mío, pero yo me los quité a ambos de encima, me desplomé con todo mi peso en una pared y me cubrí el rostro con las manos. Al cerrar los ojos vi miles de estrellitas–. Sabía que no tenía que venir. ¡Joder! Sabía que no tenía que venir...

Guardamos silencio durante un rato. Notaba a Kevin y a Jackie intercambiarse miradas, intentando urdir un plan mediante el código de los movimientos de cejas. Finalmente, Jackie dijo:

–No sé vosotros dos, pero a mí se me están congelando las tetas. Voy a entrar a por mi abrigo, ¿me esperáis?

–Coge el mío también –le pidió Kevin.

–Estupendo. No os vayáis a ningún sitio, ¿eh? ¿Francis?

Me apretó tímidamente el codo, tanteando. La ignoré. Al cabo de un momento la oí suspirar y luego el taconeo orgulloso de sus zapatos rehaciendo el camino por el que habíamos venido.

–¡Puñetero día de los cojones! –exclamé.

Kevin se apoyó en la pared a mi lado. Lo escuchaba respirar, soplando para quitarse el frío.

–Es cierto, pero no es culpa de Jackie –terció.

–Así es, Kev. Ya lo sé. Pero vais a tener que perdonarme porque en este preciso instante eso me importa un comino.

El callejón olía a grasa y a orines. En algún lugar, a una o dos calles de distancia, un par de tipos habían empezado a gritarse, sin palabras, solo un gruñido ronco y salvaje. Kevin se recostó con todo su peso contra la pared.

–Lo entiendo –dijo–. No sé si sirve de algo, pero me alegro de que hayas regresado. Ha estado bien verte. No por todo lo de Rose, claro está, ya me entiendes... Pero me alegra de verdad volverte a ver.

–Tal como ya he dicho, así debería ser, pero las cosas no siempre son como deberían.

Kevin continuó:

–A mí la familia me importa mucho. Siempre me ha importado. Yo no he dicho que *moriría* por vosotros cuando Shay ha salido con todas esas tonterías. Sencillamente no me apetecía que me dijera qué tengo que pensar.

–No te preocupes. Nadie moriría por nadie.

Me destapé la cara y aparté la cabeza unos centímetros de la pared para comprobar si el mundo había empezado a estabilizarse. No me pareció que nada se inclinase de manera excesivamente peligrosa.

–Antes todo era mucho más sencillo –continuó Kevin–. Me refiero a cuando éramos niños.

–Pues te aseguro que yo no lo recuerdo así.

–Bueno, ya sé que no era *sencillo*, entiéndeme, pero... no sé... Al menos sabíamos lo que se *suponía* que teníamos que hacer, aunque hacerlo fuera una gaita a veces. Al menos lo *sabíamos*. Creo que echo eso en falta. ¿Sabes a qué me refiero?

–Kevin, amigo mío, te lo confieso: te aseguro que no te entiendo –contesté.

Kevin giró la cabeza sobre la pared para mirarme. El aire frío y la bebida le habían sonrosado las mejillas y le conferían un aspecto como de ensueño; tiritaba ligeramente y, con su peinado de moda desaliñado, parecía un chaval de una postal navideña antigua.

–Bueno –replicó con un suspiro–. Probablemente no. No importa.

Me separé cautelosamente de la pared, dejando una mano apoyada por si acaso, pero las rodillas me respondieron bien.

–Jackie no debería andar por ahí sola a estas horas –observé–. Ve a buscarla.

Me miró con un pestañeo.

–¿Vas a... nos vas a esperar aquí, verdad? Regreso en un segundo.

–No.

–Ah. –Parecía confuso–. ¿Y qué hay de mañana?

–¿Qué pasa con mañana?

–¿Seguirás por aquí?

–Lo dudo.

–¿Volverás… algún día?

Parecía tan jodidamente joven y perdido que me desarmó.

–Ve a buscar a Jackie.

Conseguí recuperar el equilibrio y eché a andar. Transcurridos unos segundos escuché las primeras pisadas de Kevin, lentas, avanzando en la dirección opuesta.

8

Dormí la mona unas cuantas horas en mi coche (estaba demasiado borracho para que ningún taxista me aceptase, pero no lo suficiente como para pensar que llamar a la puerta de mi madre fuera buena idea). Me desperté con la boca como una alpargata en medio de una de esas mañanas gélidas y densas donde la humedad se te cala en los huesos. Tardé unos veinte minutos en que se me pasara la tortícolis.

Las calles estaban resplandecientes y vacías; las campanas repicaban convocando a la misa matutina, pero nadie prestaba demasiada atención. Localicé una cafetería deprimente llena de europeos del este deprimidos y pedí un desayuno nutritivo: magdalenas mustias, un puñado de ibuprofenos y un cubo de café. Cuando sospeché que estaba a punto de alcanzar el límite, conduje hasta casa, arrojé la ropa que llevaba puesta desde el viernes por la mañana en la lavadora, me lancé a mí mismo a una ducha de agua hirviendo y sopesé cuál sería mi siguiente movimiento.

Por lo que a mí concernía, aquel caso estaba cerrado con una C mayúscula como una casa. Scorcher podía quedárselo todo para él solito. Por muy imbécil que fuera, por una vez en la vida su obsesión por ganar jugaba a mi favor: antes o después haría justicia a Rosie, si es que se le podía hacer. Incluso me mantendría al corriente de los grandes avances, no necesariamente por razones altruistas, pero eso me importaba un bledo. En menos de un día y medio había tenido más que suficiente de mi familia para otros veintidós años. Aquella mañana en la ducha habría jurado por mi alma que nada en el mundo podría arrastrarme de nuevo a Faithful Place.

Me quedaban unos cuantos cabos sueltos por atar antes de poder arrojar de nuevo todo aquel embrollo al círculo infernal del que había salido. Considero que el término «demarcación del problema» es una sandez que ha inventado la clase media para pagarle el Jaguar a su psiquiatra, pero tanto da: yo necesitaba demarcar aquel problema, necesitaba saber a ciencia cierta que era a Rosie a quien habían encontrado en aquel sótano, necesitaba saber cómo había muerto y necesitaba saber si Scorcher y sus muchachos habían obtenido alguna pista de adónde se dirigía aquella noche antes de que alguien se interpusiera en su camino. Me había pasado toda mi vida adulta madurando alrededor de una cicatriz con la forma de la ausencia de Rosie Daly. Imaginar que ese bulto de tejido cicatrizado se desvaneciera me había dejado tan desconcertado y mareado que había acabado haciendo gilipolleces como pelearme con mis hermanos, una idea que dos días antes me habría hecho huir despavorido a las montañas. Me pareció acertado recuperar mis modales antes de hacer algo lo bastante estúpido como para acabar en una amputación.

Encontré ropa limpia, salí al balcón, encendí un cigarrillo y telefoneé a Scorcher.

—Frank —me saludó, con un grado de educación perfectamente calibrado para hacerme saber que no le hacía ninguna gracia tener noticias mías—. ¿Qué puedo hacer por ti?

Modulé mi voz con un tono avergonzado.

–Sé que eres un hombre ocupado, Scorcher, pero quería pedirte un favor.

–Me encantaría atenderte, viejo amigo, pero estoy un poco...

¿Viejo amigo?

–Iré al grano –lo interrumpí–. ¿Conoces a mi adorable compañero de brigada? ¿Yeates?

–Sí, nos han presentado.

–Divertido, ¿no es cierto? Anoche nos tomamos unas copas y le expliqué la historia que tenemos entre manos y me insinuó que mi novia de la adolescencia pudiera haberme abandonado. Para abreviar, y dejando de lado cuán profundamente herido estoy porque mi propio colega pusiera en duda mi magnetismo sexual, he apostado cien libras a que Rosie no pretendía dejarme. Si tienes algo que respalde mi teoría, podemos repartirnos las ganancias.

Yeates parece desayunar gatitos en lugar de cereales y no es el típico que se anda con camaraderías: Scorch no corroboraría mi versión. Al final dijo con un tonillo estirado:

–Toda la información relacionada con la investigación es confidencial.

–Tenía previsto vendérsela al *Daily Star*... La última vez que lo comprobé, Yeates seguía siendo policía, al igual que tú y que yo, aunque más corpulento y más feo.

–Un policía que no pertenece a mi equipo. Como tú.

–Venga ya, Scorch. Al menos dime si era Rosie quien estaba en ese sótano. Si es un cadáver de la era victoriana, le pago a Yeates su dinero y caso resuelto.

–Frank, Frank, Frank –repitió Scorcher, cubriéndome con su compasión–. Sé que esto no está siendo fácil para ti, amigo. Pero ¿recuerdas la conversación que mantuvimos?

–Con todo lujo de detalle... Lo que inferí de ella es que me querías fuera de tu vista. Por eso te ofrezco un trato que no podrás rechazar, Scorchie. Si no lo aceptas ahora, no habrá más oportunidad. Responde a mi pequeña pregunta y la próxima vez que tengas noticias mías será cuando te invite a tomar unas cuantas cervezas para felicitarte por haber resuelto el caso.

Scorch dejó en barbecho mi oferta por unos instantes.

—Frank —dijo, cuando calculó que yo habría caído en la cuenta de cuánto desaprobaba mi propuesta—, esto no es un mercado de trueque. Yo no voy a hacer ningún trato ni ninguna apuesta contigo. Estamos hablando de un caso de *asesinato*, y mi equipo y yo necesitamos trabajar sin interferencias. Pensaba que eso te habría bastado para apartarte de mi camino. Francamente, me has decepcionado.

Me vino a la memoria una imagen de una noche, cuando ambos estudiábamos en Templemore, en la que a Scorch le habían partido la cara y me desafió a comprobar quién de los dos era capaz de mear más alto en una tapia de regreso a casa. Me cuándo se había convertido en un gilipollas pomposo de mediana edad, o si acaso siempre lo había sido en el fondo y la testosterona adolescente simplemente lo había enmascarado durante un tiempo.

—Tienes razón —acepté con penitencia—. No es de buena persona hacer que ese bravucón de Yeates piense que me tiene pregunto cogido por las pelotas...

—Humm —murmuró Scorcher—. ¿Me permites que te diga algo, Frank? El afán de ganar es fantástico... hasta que dejas que te convierta en un perdedor.

Sabía perfectamente que sus palabras carecían de sentido, pero el tono con que las pronunció me sonó a una profundidad desbordante.

—Creo que eso que acabas de decir es demasiado intelectual para mí, amigo —repliqué—, pero, quédate tranquilo, reflexionaré sobre ello. Nos vemos —y colgué.

Me fumé otro pitillo mientras contemplaba a la brigada de las compras dominicales avanzando a empellones por los muelles. Me encanta la inmigración; la gama de mujeres a la vista en estos días incluye varios continentes más que hace veinte años y, mientras que las irlandesas se preocupan por convertirse en aterradores pirulís pelirrojos, las maravillosas mujeres del resto del mundo se encargan de compensarlo. Vi a una o dos a las que habría pedido en matrimonio allí mismo y con las que le habría dado a Holly una docena de hermanos a quien mi madre llamaría «mestizos».

El técnico de la policía científica no me servía de nada: después de haber echado por tierra su maravillosa tarde de ciberporno, no iba a dignarse a darme ni los buenos días. A Cooper, por otro lado, le caigo bien y trabaja los fines de semana, así que, a menos que tuviera trabajo atrasado, para entonces ya habría realizado la autopsia. Y cabía la generosa posibilidad de que esos huesos le hubieran aportado al menos parte de la información que yo necesitaba saber.

Por otra hora más, Holly y Olivia no iban a enfadarse menos de lo que ya lo estaban. Arrojé el cigarrillo por el balcón y me puse en movimiento.

Cooper odia a la mayoría de las personas, y casi todas ellas piensan que las odia por capricho. Jamás se les ha ocurrido pensar que lo que Cooper detesta es aburrirse, y que su umbral del aburrimiento es muy bajo. Si lo aburres una vez (y era evidente que Scorch había logrado hacerlo en algún momento), te descarta para siempre. En cambio, si le despiertas el interés, es todo tuyo. Y a mí me han llamado muchas cosas, pero nunca aburrido.

La morgue municipal está a corta distancia a pie desde mi apartamento, en un bonito edificio de ladrillo rojo de más de cien años de antigüedad. Pocas veces tengo la ocasión de entrar en él, pero normalmente la idea de ir a ese lugar me alegra, del mismo modo que me alegra que la Brigada de Homicidios esté instalada en el castillo de Dublín: lo que nosotros hacemos fluye por el corazón de esta ciudad como el río y nos merecemos las partes buenas de su historia y su arquitectura. Aquel día, no obstante, no todo eran sonrisas. En algún lugar, mientras Cooper pesaba, medía y examinaba hasta el último centímetro de ella, había una muchacha que podría ser Rosie.

Cooper acudió a la recepción cuando pregunté por él, pero, como la mayoría de las personas aquel fin de semana, no brincó de alegría al verme.

–El detective Kennedy –me indicó, pronunciando el nombre con escrupulosidad, como si tuviera mal sabor– me ha informado específicamente de que usted no forma parte de su equipo de investigación y no tiene necesidad de conocer ningún detalle sobre este caso.

Y eso que le había pagado la cerveza... De desagradecidos está el mundo lleno.

–El detective Kennedy necesita urgentemente que se le bajen los humos –repliqué–. No tengo por qué pertenecer a su *equipillo* para estar interesado en el caso. Es un caso interesante. Y..., bueno, preferiría evitar cotilleos, pero, si la víctima es quien pensamos que es, me crie con ella.

Eso encendió una chispa en los redondos ojillos de Cooper, tal como había previsto.

–¿Es eso cierto?

Bajé la vista y me hice el renuente para despertar su curiosidad.

–En realidad –añadí, mientras me examinaba la uña del dedo gordo–, durante un tiempo, de adolescentes, fue mi novia.

Se tragó el anzuelo: las cejas se le engancharon al nacimiento del pelo y aquella chispa resplandeció aún más. De no haber sido porque él mismo se había encontrado el trabajo perfecto, me habría inquietado seriamente saber a qué dedicaba aquel sujeto el tiempo libre.

–Así que –continué–, como entenderá, me interesa mucho saber qué le ocurrió, a menos que esté usted demasiado ocupado para explicármelo. Y con respecto a Kennedy: ojos que no ven, corazón que no siente.

Arrutó las comisuras de los labios, que es lo más cercano a una sonrisa en Cooper.

–Sígame, por favor –me invitó.

Largos pasillos, elegantes escalinatas, acuarelas antiguas pasables colgadas en las paredes…; alguien había drapeado guirnaldas de agujas de pino falsas entre ellas y había conseguido un discreto equilibrio entre lo festivo y lo sombrío. Incluso el propio depósito de cadáveres, una larga sala con molduras en los techos y ventanas altas, sería bonito si no fuera por los detalles superfluos: el aire gélido y denso, el olor, las inhóspitas baldosas del suelo y las filas de cajones de acero que forran una de las paredes. Una placa en medio de aquellos cajones rezaba, en claras letras grabadas: «PRIMERO LOS PIES. ETIQUETA CON NOMBRE EN LA CABEZA».

Cooper frunció los labios pensativo mientras contemplaba los cajones y recorrió con un dedo toda la línea, con los ojos entrecerrados.

–Nuestra nueva Sin Nombre –anunció–. Aquí, sí. –Dio un paso adelante y abrió un cajón con una larga floritura.

Hay un clic que uno aprende a activar muy al principio de empezar a trabajar en la Policía Secreta. Con el tiempo resulta muy fácil, demasiado quizá: un clic en algún recoveco de la mente y toda la escena se despliega a distancia, como en una pequeña pantalla, a todo color, mientras uno observa y planea su estrategia y da algún golpecito ocasional a los personajes, alerta, absorto y, en general, seguro. Quienes no encuentran ese interruptor rápidamente terminan en otras brigadas, o bajo tierra. Accioné el interruptor y observé.

Los huesos estaban perfectamente dispuestos sobre la camilla de metal, de un modo casi artístico, como si fueran el rompecabezas definitivo. Cooper y su equipo los habían limpiado por encima, pero conservaban un colorcillo marrón y un aspecto grasiento, salvo por las dos claras filas de dientes, como una sonrisa Colgate perfecta. Aquella cosa parecía un millón de veces demasiado pequeña y frágil para ser Rosie. Por un instante, una parte de mí albergó alguna esperanza.

En la calle, una pandilla de muchachas reía a carcajada limpia, pero su risa nos llegaba atenuada por el grueso vidrio de las ventanas. La estancia parecía demasiado luminosa; Cooper estaba un pelo demasiado cerca de mí, observándome con atención reconcentrada.

—Los restos pertenecen a una hembra blanca adulta joven, de entre 1,54 y 1,57 metros de altura y constitución entre media y recia. La evolución de las muelas del juicio y la fusión incompleta de las epífisis sitúa su edad entre los dieciocho y los veintidós años.

Hizo una pausa. Esperó hasta obligarme a preguntarle:

—¿Puede confirmar si es Rose Daly?

—No disponemos de radiografías dentales, pero los informes muestran que Rose Daly tenía un empaste, en una muela inferior posterior derecha. La difunta posee un empaste de tales características en esa misma muela.

Tomó el hueso de la mandíbula entre sus dedos pulgar e índice, lo inclinó hacia atrás y señaló algo en el interior de la boca.

—Mucha gente tendrá un empaste así...

Cooper se encogió de hombros.

—Todos sabemos que las coincidencias improbables ocurren. Por fortuna, no dependemos exclusivamente del empaste para su identificación. —Hojeó un montoncito ordenado de expedientes que descansaba sobre una larga mesa y extrajo dos transparencias que colocó en una caja de luz vertical, superpuestas–. Observe esto –me indicó, y encendió la luz.

Y allí estaba Rosie, iluminada y riendo, recortada contra una pared de ladrillos rojos y un cielo gris, con la barbilla en alto y el pelo revoloteando al viento. Por un segundo, ella fue todo lo que vi. Luego vi las diminutas equis en blanco que salpicaban su rostro, y luego vi la calavera vacía contemplándome desde detrás.

–Como puede comprobar por los puntos que he señalado –explicó Cooper–, las marcas anatómicas del cráneo encontrado: el tamaño, los ángulos y el espacio entre las cavidades oculares, la nariz, los dientes, la mandíbula, etc., se corresponden a la perfección con los rasgos de Rose Daly. Y si bien ello no constituye una identificación concluyente, es indudable que sí nos aporta un grado razonable de certidumbre, en especial si le añadimos el empaste y las circunstancias. He informado al detective Kennedy, que puede notificárselo a la familia: yo no tendría reparos en justificar bajo juramento que creo que este esqueleto es de Rose Daly.

–¿Cómo murió? –quise saber.

–Lo que está usted viendo, detective Mackey –preguntó Cooper, señalando los huesos con un amplio movimiento del brazo–, es lo único que tengo. Rara vez puede determinarse con certeza la causa de la muerte cuando lo único de que se dispone son los restos de un esqueleto. Es evidente que la golpearon, pero no tengo manera de descartar, por ejemplo, la posibilidad de que padeciera un infarto letal durante la paliza.

–El detective Kennedy mencionó algo sobre fracturas en el cráneo –apunté.

Cooper me dedicó una mirada de superioridad de primera categoría.

–A menos que yo esté profundamente confundido –dijo–, el detective Kennedy no es forense cualificado.

Forcé una sonrisa.

–Bueno, tampoco es ningún pelmazo cualificado, pero se desenvuelve bastante bien.

La comisura del labio de Cooper se movió.

–Y que lo diga –corroboró–. Aunque sea por mera casualidad, el detective Kennedy tiene razón en cuanto a las fracturas craneales. –Alargó un dedo y giró la calavera de Rosie hacia un lado–. Observe esto –señaló.

El fino guante blanco confería a su mano un aspecto mortecino y mojado, como si estuviera en plena muda. La parte posterior del cráneo de Rosie parecía un parabrisas reventado con varios golpes con un palo de golf: estaba cubierto de multitud de telarañas de grietas que radiaban en todas direcciones, entrecruzándose. La mayoría del cabello se le había desprendido; lo habían depositado junto a ella, formando un montoncito mullido, pero aún colgaban unos cuantos cabellos rizados del hueso destrozado.

–Si mira de cerca –indicó Cooper acariciando las grietas delicadamente con la yema de un dedo–, observará que los bordes de las fracturas están astillados; no son rupturas limpias. Esto revela que, en el momento de producirse estas lesiones, el hueso era flexible y estaba húmedo, no seco y quebradizo. Es decir, que las fracturas no se produjeron después de la muerte; se infligieron o bien en el instante de la muerte o poco antes o después. Responden a varios impactos con fuerza (he calculado al menos tres), propinados con un objeto plano, de unos diez centímetros de ancho al menos, sin bordes afilados ni esquinas.

Tuve que contenerme para no tragar saliva; me habría visto hacerlo.

–Bueno –contesté–, yo tampoco soy forense, pero me da la sensación de que con tres golpes de ese calibre podría matarse a alguien.

–Ah –exclamó Cooper con una sonrisa de suficiencia–. Se podría, pero en este caso no podemos asegurar con certeza que así fuera. Observe este punto.

Toqueteó a tientas la garganta de Rosie y pescó dos frágiles fragmentos de hueso.

–Esto –informó, colocándolos con delicadeza en una herradura– es el hueso hioide. Se encuentra en la parte superior de la garganta, justo debajo de la mandíbula, y su función es aguantar la lengua y proteger la vía respiratoria. Como puede comprobar, uno de los cuernos más grandes está completamente cortado. Un hueso hioide fracturado se relaciona prácticamente siempre con los accidentes de vehículos motorizados o un estrangulamiento manual.

–De modo que, a menos que la atropellara un coche invisible que de alguna manera hubiera conseguido entrar en aquel sótano, alguien la estranguló hasta matarla –apunté.

–Este –me informó Cooper, agitando el hueso hioide de Rosie en mi dirección– es en muchos sentidos el aspecto más fascinante de este caso. Tal como hemos visto anteriormente, parece ser que nuestra víctima tenía unos diecinueve años. En adolescentes es raro encontrar el hueso hioide roto, porque aún es flexible y, sin embargo, esta fractura, como las otras, es claramente *perimortem*. La única explicación plausible es que un agresor con una gran fuerza física la estrangulara brutalmente.

–Un hombre –sentencié yo.

–El candidato más probable es un hombre, efectivamente, pero no conviene descartar tampoco a una mujer fuerte en un estado emocional alterado. La teoría más coherente con toda la constelación de lesiones es la siguiente: el atacante la agarró por el cuello y le golpeó la cabeza repetidamente contra una pared. Las dos fuerzas opuestas, el impacto de la pared y el ímpetu del atacante, se combinaron para fracturar el hioide y comprimir la vía respiratoria.

–Y se ahogó.

–Asfixió –me corrigió Cooper con una miradita–. Eso creo, sí. El detective Kennedy está en lo cierto al afirmar que las lesiones de la cabeza habrían ocasionado la muerte, en cualquier caso, debido a la hemorragia intracraneal y a los daños cerebrales, pero el proceso podría haber llevado unas cuantas horas. Antes de que eso ocurriera es probable que hubiera muerto por la hipoxia causada o bien por el estrangulamiento manual en sí, por la inhibición vagal provocada por el estrangulamiento manual o por la obstrucción de la vía respiratoria debido a la fractura del hueso hioide.

Yo no dejaba de apretar el interruptor mental con todas mis fuerzas. Por un segundo vi la línea del cuello de Rosie cuando se reía.

Cooper me explicó, con el único fin de asegurarse de contaminarme el pensamiento más allá de lo humanamente posible:

–El esqueleto no muestra indicios de otras lesiones *perimortem*, pero el nivel de descomposición impide poder determinar si hubo heridas en los tejidos blandos. Por ejemplo, no sabemos si la víctima sufrió abusos sexuales.

–Pensaba que el detective Kennedy había dejado caer que estaba vestida. Si es que eso sirve de algo.

Cooper frunció los labios.

–Apenas quedan restos de tela. El laboratorio de la policía científica efectivamente ha descubierto algunos fragmentos de ropa en o cerca del esqueleto: una cremallera, botones de metal, corchetes de sostén y cosas por el estilo, lo cual implica que la enterraron casi con toda la ropa. Sin embargo, no nos revela que llevara esa ropa puesta. Tanto el curso natural de la descomposición como la considerable actividad de los roedores han alterado lo bastante estos artículos como para que nadie pueda afirmar si la enterraron con la ropa puesta o simplemente con la ropa.

–¿La cremallera estaba abierta o cerrada? –pregunté.

–Cerrada. Y también los corchetes del sujetador. No es más que una hipótesis (podría haberse vestido ella misma después de que abusaran de ella), pero supongo que apunta en una dirección.

–¿Y qué hay de las uñas? –inquirí–. ¿Estaban rotas?

Rosie se habría defendido con uñas y dientes.

Cooper suspiró. Estaba empezando a aburrirse conmigo y con todas estas preguntas de manual que Scorcher ya le había formulado; o se me ocurría algo estimulante o estaba perdido.

–Las uñas –repitió él, señalando con un leve asentimiento desdeñoso hacia unas astillas marrones que había junto a los huesos de las manos de Rosie– se descomponen. En este caso, como el cabello, se han conservado parcialmente gracias a la alcalinidad del entorno, pero están gravemente deterioradas. Y como por el momento no soy mago, soy incapaz de adivinar su condición previa a tal deterioro.

–Solo un par de cosas más, si tiene tiempo, y lo dejaré en paz –aclaré–. ¿Sabe si los del laboratorio encontraron algo más con ella, aparte de los restos de tela? ¿Unas llaves o algo por el estilo?

–Lo más probable –contestó Cooper con austeridad– es que los técnicos del laboratorio tengan más información al respecto que yo.

Tenía la mano en el cajón, listo para cerrarlo. De haber llevado Rosie llaves encima, o bien su padre se las habría devuelto o ella las había robado para tener la opción de salir por la puerta principal aquella noche, y no la habría aprovechado. Solo se me ocurría una razón para ello: quería esquivarme por todos los medios.

–Por supuesto –confirmé–. Ya sé que no es trabajo suyo, doctor, pero la mitad de ellos son poco más que monos adiestrados; no confiaría en que supieran siquiera de qué caso les hablo, por no mencionar ya que me facilitaran la información correcta. Por eso no quería arriesgarme a jugar a la lotería en este caso.

Cooper alzó las cejas con ironía, como si fuera consciente de mi maniobra y no le importara.

–Su informe preliminar lista dos anillos de plata y tres pendientes de plata, todos ellos identificados provisionalmente por los Daly como coherentes con las joyas propiedad de su hija, y una llavecita, típica de un candado industrial de baja calidad, que según parece encaja con las cerraduras de la maleta que encontraron en la escena del crimen. El informe no lista ninguna otra llave, accesorios ni otras pertenencias.

Y ahí estaba yo, de regreso al mismo punto en el que me encontraba la primera vez que puse los ojos en aquella maleta: sin pistas, catapultado a un agujero negro con gravedad cero sin una sola pista sólida a la que agarrarme. Por primera vez se me ocurrió que quizá nunca llegara a descubrir nada, que era una posibilidad real.

–¿Alguna pregunta más? –quiso saber Cooper.

En el depósito de cadáveres reinaba el silencio, tan solo interrumpido por el zumbido del control de la temperatura en algún lugar. Yo no suelo lamentarme más de lo que me emborracho, pero aquel fin de semana era especial. Observé los huesos marrones esparcidos desnudos bajo los fluorescentes de Cooper y deseé con todas mis fuerzas poder retroceder en el tiempo y dejar las cosas como estaban. Y no por mí, sino por Rosie. Ahora les pertenecía a todos: a Cooper, a Scorcher, al vecindario; cada cual podía señalarla y usarla a su antojo. En Faithful Place ya habría dado comienzo el pausado y agradable proceso de digerirla y convertirla en otra historia local truculenta más, algo a medio camino entre un relato fantasmal y una obra costumbrista, entre la leyenda urbana y la inevitabilidad de la realidad. Y esa historia acabaría por devorar todos los recuerdos que teníamos de ella, tal como la tierra había devorado su cuerpo. Habría sido mejor que hubiera permanecido en aquel sótano. Al menos las únicas personas que acariciarían su memoria serían sus seres queridos.

–No –contesté–. No tengo más preguntas.

Cooper cerró el cajón deslizándolo, un largo siseo del acero contra el acero, y los huesos desaparecieron en el interior de aquel laberinto de muertos señalados con un interrogante. Lo último que vi antes de salir de la morgue fue la cara de Rosie aún resplandeciente en la caja de luz, luminosa y transparente, con aquellos ojos chispeantes y aquella sonrisa incomparable en un fino papel superpuesto a su calavera en descomposición.

Cooper me acompañó hasta la puerta. Le di las gracias más lameculos que fui capaz de formular y le prometí enviarle una botella de su vino favorito para Navidades. Me despidió con un apretón de manos en la puerta y regresó a enfrascarse en las truculentas tareas que Cooper realiza cuando se queda solo en el depósito de cadáveres. Doblé la esquina y le asesté un puñetazo a la pared. Los nudillos se me quedaron como una hamburguesa, pero el dolor fue tan resplandeciente que durante unos breves segundos, mientras tuve que doblarme para acariciarme la mano, me dejó el pensamiento en blanco y tranquilo.

9

Recogí mi coche, que despedía un agradable tufillo a borracho sudoroso que ha dormido vestido, y puse rumbo a Dalkey. Cuando llamé al timbre de Olivia escuché voces apagadas, una silla arrastrándose por el suelo y pasos subiendo ruidosamente las escaleras (cuando Holly se enfada pesa unos cien kilos) y luego un portazo como una explosión nuclear.

Olivia abrió la puerta con cara de pocos amigos.

–Espero sinceramente que tengas una buena explicación. Está triste, está enfadada y está decepcionada, y creo que tiene todo el derecho del mundo a estar las tres cosas. Yo, personalmente, tampoco estoy particularmente encantada con que me hayas arruinado el fin de semana, lo digo por si te importa.

Hay días en los que incluso yo tengo el sentido común suficiente como para no entrar en casa de Olivia bailando un vals y vaciarle la nevera. Permanecí donde estaba, dejando que las últimas gotas de lluvia resbalaran por el alero del tejado y aterrizaran en mi cabello.

–Lo siento –me disculpé–. Lo lamento de verdad, Liv. No he tenido más alternativa, créeme. Era una emergencia.

Arqueó las cejas levemente, en gesto de cinismo y añadió:

–¿De verdad? Y dime, ¿quién ha muerto?

–Alguien a quien conocí hace mucho tiempo. Antes de fugarme de casa de mis padres.

No se lo esperaba, pero solo tardó una fracción de segundo en recuperarse.

–En otras palabras, alguien con quien no te habías preocupado de ponerte en contacto durante veintitantos años y de repente era más importante que tu hija. ¿Qué se supone que debo hacer yo: organizo otra cita con Dermot o existe aún la posibilidad de que le ocurra algo a alguien que conociste una vez en algún lugar?

–No es nada de eso. Esa chica y yo éramos íntimos. La asesinaron el día que huí de casa. Han hallado su cadáver este fin de semana.

Capté toda la atención de Olivia.

–«Esa chica» –repitió, tras lanzarme una larga mirada penetrante–. Por «íntimos» supongo que quieres decir «novios», ¿me equivoco? Un primer amor.

–Sí. Algo parecido.

Liv lo asimiló; su rostro no cambió, pero la vi retirarse a algún punto detrás de sus ojos para reflexionar sobre aquello.

–Lo siento –dijo al fin–. Creo que deberías explicárselo a Holly, lo esencial al menos. Está en su dormitorio.

Cuando llamé a la puerta de Holly, me gritó:

–¡Déjame en paz!

El dormitorio de Holly es el único lugar de la casa en el que aún quedan vestigios de mi existencia: entre tanto volante y tanto color rosa aún descansan los peluches que le he comprado, algunas láminas pésimas que le he dibujado, postales divertidas que le he enviado en días cualquiera... Estaba tumbada bocabajo en la cama, con la cabeza enterrada bajo la almohada.

–Hola, cariño –la saludé.

Un estremecimiento furioso y se apretó aún más la almohada sobre las orejas, pero eso fue todo.

—Te debo una disculpa —continué.

Transcurrido un momento, una voz ahogada contestó:

—*Tres* disculpas.

—¿Y eso por qué?

—Me trajiste a casa de mamá y me dijiste que me vendrías a buscar más tarde y no lo hiciste. Y luego dijiste que vendrías a recogerme ayer y tampoco viniste.

Directa a la yugular.

—Tienes razón, como siempre —concedí—. Y si vienes hasta donde estoy, me disculparé tres veces mirándote a la cara. Pero no pienso pedirle perdón a una almohada.

La noté calcular si debía seguir castigándome, pero Holly no es de las que guardan rencor; los enfados le duran un máximo de cinco minutos.

—Y también te debo una explicación —añadí, por si acaso.

La curiosidad le pudo; al cabo de un segundo, la almohada se deslizó unos centímetros y bajo ella asomó un pequeño rostro receloso.

—Perdón. Perdón doble. Y perdón triple. Desde lo más profundo de mi corazón y con una guinda encima.

Holly suspiró, se sentó y se apartó unos mechones de pelo de la cara. Seguía sin mirarme.

—¿Qué ha ocurrido?

—¿Recuerdas que te expliqué que la tía Jackie tenía un problema?

—Sí.

—Pues ha muerto una persona, cielo, una persona a quien yo conocí hace mucho tiempo.

—¿Quién?

—Una muchacha llamada Rosie.

—¿Por qué ha muerto?

–No lo sabemos. Murió mucho tiempo antes de que tú nacieras, pero lo descubrimos el pasado viernes por la noche. Todo el mundo estaba muy triste. Por eso tuve que ir a ver a la tía Jackie, ¿me entiendes?

Un leve encogimiento con un hombro.

–Supongo que sí.

–¿Significa eso que podemos ir a divertirnos lo que nos queda del fin de semana?

–Bueno, iba a ir a casa de Sarah, como tú no estabas –me informó.

–¡Vaya! –exclamé–. ¿Puedo pedirte un favor? Significaría mucho para mí que pudiéramos empezar este fin de semana de cero, como si no hubiera sucedido nada. Volver al punto en el que nos quedamos, el viernes por la noche, y empaquetar todo cuanto podamos antes de llevarte a casa esta noche. Fingir que lo de en medio no ha sucedido nunca. –La vi pestañear mientras me miraba de soslayo, pero no dijo nada–. Sé que es pedir mucho y sé que quizá no lo merezco, pero de vez en cuando hay que ser un poco benevolente con los demás. Es la única manera que tenemos de seguir adelante. ¿Harías eso por mí?

Meditó mi propuesta.

–¿Tendrás que regresar si ocurre algo más?

–No, cariño. Hay un par de detectives trabajando en el caso en estos momentos. Al margen de lo que ocurra, ellos son las personas a quienes llamarán para que se ocupen. Ya no es problema mío. ¿Entendido?

Al cabo de un instante, Holly restregó su cabeza rápidamente contra mi brazo, como un gatito.

–Papá –dijo–. Siento mucho que tu amiga muriera.

Le acaricié el cabello.

–Gracias, cariño. No voy a mentirte: ha sido un fin de semana muy triste. Pero ya empiezo a estar mejor.

Sonó el timbre de la puerta principal.

–¿Esperabais visita? –pregunté.

Holly se encogió de hombros y yo recompuse mi rostro, listo para darle un susto a Dermo, pero sonó la voz de una mujer. Era Jackie.

–Vaya, ¿cómo estás, Olivia? Hace un frío terrible afuera, ¿verdad?

Una breve y ajetreada interrupción de Liv; una pausa y después la puerta de la cocina cerrándose silenciosamente, y luego un torbellino de susurros mientras ambas se ponían al día.

–¡Es la tía Jackie! ¿Puede venir con nosotros?

–Claro –contesté.

Me disponía a levantar en brazos a Holly de la cama, pero ella se agachó y pasó por debajo de mi codo y se dirigió a su armario ropero, donde empezó a revolver entre capas y capas de colores pastel a la caza de la rebeca concreta que quería ponerse.

Jackie y Holly se llevan a las mil maravillas. Para mi sorpresa e inquietud, lo mismo ocurre con Jackie y Liv. A ningún hombre le gusta que las mujeres de su vida sean íntimas, por si empiezan a intercambiar opiniones. Tardé mucho tiempo después de conocer a Liv en presentarlas; no estoy seguro de cuál de las dos me avergonzaba o me daba miedo, pero se me ocurrió que me sentiría mucho más seguro si Jackie les cogía manía a mis nuevos conocidos de clase media y volvía a salir de estampida de mi vida. Jackie es una de las personas a las que más quiero, pero siempre he tenido un don para detectar el talón de Aquiles de las personas, y eso incluye el mío propio.

Durante ocho años después de irme de casa de mis padres me mantuve alejado de la zona radiactiva, pensaba en mi familia quizá una vez al año, cuando una viejecita en la calle me recordaba a mi madre lo bastante como para incitarme a buscar cobijo, y, no sé cómo, pero logré sobrevivir más o menos bien. En una ciudad de estas dimensiones, era imposible que ese bienestar durara. Debo mi reencuentro con Jackie a un exhibicionista poco cualificado que escogió a la muchacha equivocada para compartir un momento de esplendor. Cuando Pichacorta salió de su callejón, se abrió la gabardina y empezó a presumir de miembro, Jackie le desinfló el ego estallando en carcajadas y propinándole una patada en los huevos. Tenía diecisiete años y acababa de independizarse de casa de mis padres; yo andaba medrando rumbo a la Policía Secreta, previo paso por Delitos Sexuales, y puesto que había habido un par de violaciones en la zona, mi superior decidió que alguien tomara declaración a Jackie.

No tenía que ser yo. De hecho, no debería haberlo sido: hay que mantenerse al margen de los casos en los que la familia está implicada, y yo supe quién era la denunciante en cuanto vi el nombre «Jacinta Mackey» en el formulario de denuncia. Medio Dublín se llama uno u otro, pero dudo que nadie salvo mis padres tuviera la mala sombra de combinar ambos nombres y llamar a una niña Jackie Mackey. Podría haber informado a mi superior y dejar que otra persona anotara su descripción del complejo de inferioridad de Pichacorta y haber continuado el resto de mi vida sin tener que volver a pensar nunca en mi familia ni en Faithful Place ni en el «Misterioso caso de la misteriosa maleta». Pero me picaba la curiosidad. Jackie tenía nueve años cuando yo me marché de casa, y mi fuga no había tenido nada que ver con ella. Además, era muy buena niña. Quería averiguar en qué se había convertido. Simplemente pensé que no podía hacerme daño volver a establecer contacto. Craso error.

–Toma –le dije a Holly, tras dar con su otro zapato y calzárselo–. Vamos a sacar a tu tía Jackie de paseo y luego podemos comernos esa pizza que te prometí el viernes por la noche.

Una de las muchas alegrías que me ha reportado el divorcio es que ya no tengo que salir a dar esos paseos dominicales vigorizantes por Dalkey, intercambiando saludos educados con parejas grises que consideran que mi acento devalúa el valor de sus propiedades inmobiliarias. A Holly le gustan los columpios del parque Herbert (por lo que he creído entender por el vivo monólogo de baja intensidad que inicia cuando se sube a uno de ellos, los considera sus caballos y tienen alguna conexión con Robin Hood), de manera que ahí fue donde la llevé. El día, aunque hacía un frío apenas por debajo del punto de congelación, había acabado por iluminarse, y montones de padres divorciados habían tenido la misma idea. Algunos de ellos se habían llevado con ellos a sus nuevas novias trofeo. Yo, con Jackie y su chaquetón de leopardo falso, consideré que encajaba perfectamente en el paisaje.

Holly se abalanzó sobre los columpios y Jackie y yo encontramos un banco desde donde podíamos vigilarla. Observar a Holly columpiarse es una de las mejores terapias que conozco. Es una niña fuerte, para ser tan chiquitilla; puede estar meciéndose durante horas sin cansarse, y yo puedo pasarme todo ese tiempo contemplándola, felizmente hipnotizado por su vaivén. Cuando noté que los hombros empezaban a relajárseme fue cuando caí en la cuenta de lo tenso que había estado. Respiré hondo y me pregunté cómo iba a apañármelas para mantener a raya mi presión sanguínea cuando Holly creciera y dejaran de interesarle los parques.

Jackie comentó:

—Madre mía, ha crecido más de veinte centímetros desde la última vez que la vi... Dentro de nada me pasa una cabeza...

—Así es. Creo que de aquí a poco voy a encerrarla en su habitación hasta que cumpla los dieciocho años. Estoy preparándome para la primera vez que mencione el nombre de un chico sin fingir que siente arcadas.

Estiré las piernas delante de mí, me enlacé las manos tras la nuca, dirigí el rostro hacia el tenue sol y pensé en pasar el resto de la tarde exactamente en aquella postura. Se me relajaron los hombros un centímetro más.

—Pues ya puedes irte preparando. En los tiempos que corren empiezan muy temprano.

—Holly no. Le he explicado que los chicos no dejan de usar pañales hasta los veinte años.

Jackie soltó una carcajada.

—Pues con eso solo vas a conseguir que le gusten los chicos mayores.

—Lo bastante mayores como para entender que papaíto tiene un revólver.

—Francis, quería preguntarte algo —cambió de tercio Jackie—. ¿Estás bien?

—Lo estaré una vez me libre de esta resaca. ¿Tienes una aspirina?

Rebuscó en su bolso.

—No, no llevo. Ese leve dolor de cabeza te sentará bien; así te lo pensarás dos veces antes de emborracharte la próxima vez. Pero no me refería a eso, de todos modos... Bueno... ya sabes a qué me refiero... ¿Cómo estás? Después de lo de ayer y de lo de anoche...

—Soy un hombre disfrutando de su tiempo libre en el parque con dos mujeres encantadoras. ¿Qué más puedo pedir?

—Tenías razón: Shay se comportó como un gilipollas. No debería haber hablado así de Rosie.

—Bueno, ahora ya no puede hacerle ningún daño.

—Estoy segura de que nunca estuvo con ella, al menos no de ese modo. Lo único que quería era fastidiarte.

—¡No me digas! No me había dado cuenta...

—Normalmente no se comporta así. No me malinterpretes: no digo que sea ningún santo, pero está mucho más tranquilo que cuando éramos pequeños. Solo que... no sabe bien cómo gestionar tu regreso. Seguro que me entiendes...

—No te preocupes por eso, cariño —la tranquilicé—. En serio. Hazme un favor: olvidemos lo ocurrido, disfrutemos del sol y contemplemos a mi maravillosa hijita. ¿De acuerdo?

Jackie rio.

—Fantástico —respondió—. Vamos allá.

Holly desempeñó su papel siendo la niña más guapa que un padre podía desear: se le habían escapado algunos mechones de la coleta y el sol hacía que refulgieran como el fuego, mientras ella continuaba columpiándose, canturreando algo para sí misma en voz bajita. El nítido balanceo de su espalda y el movimiento natural con el que encogía y estiraba las piernas fueron relajándome los músculos, con una dulzura similar a la de un porro de primera categoría.

—Ya ha hecho los deberes —informé transcurrido un rato—. ¿Quieres que vayamos al cine después de comer?

—Claro. Voy a avisar en casa.

Los otros cuatro pasarían la resaca combinada con la pesadilla del fin de semana en casa: domingo por la noche con mamá y papá, *roast beef*, helado de tres sabores... y diversión y juegos a gogó hasta que alguien pierde la cabeza.

—Llega tarde y ya está —la incité—. Compórtate como una rebelde.

—He dicho que iba a encontrarme con Gav en la ciudad primero, para tomarme una cerveza con él antes de que salga de fiesta con sus amigos. Si no paso un poco de tiempo con él va a acabar pensando que me he buscado un amante. Solo he venido a comprobar si estabas bien.

—¿Por qué no le invitas a que venga con nosotros?

—¿A ver una película de dibujos animados? ¿Estás de broma?

—Oye, sería ideal para su nivel.

–¡Calla! –rechistó Jackie en tono pacífico–. No sabes valorar a Gavin.

–Desde luego, no como tú lo haces. Pero diré en su favor que dudo mucho que a él le gustara que lo hiciera.

–Eres un guarro, de verdad. Ah, casi se me olvidaba: ¿qué te ha pasado en la mano?

–Intenté salvar a una virgen vociferante de unos motoristas nazis satánicos.

–Venga, hablo en serio. ¿Te caíste? ¿Después de separarnos anoche? No digo que estuvieras... *borracho*, pero...

Me sonó el teléfono, el que utilizan mis colaboradores en la calle.

–Vigila a Holly –le pedí, mientras rebuscaba el móvil en el bolsillo: no indicaba ningún nombre conocido y, además, no reconocía el nombre–. Tengo que responder. ¿Dígame?

Estaba a medio camino de levantarme del banco cuando Kevin balbuceó torpemente:

–Eeeh, ¿Frank?

–Lo siento, Kev. No me pillas en buen momento –dije y colgué, guardé el teléfono y me senté.

–¿Era Kevin? –quiso saber Jackie.

–Sí.

–¿Y qué sucede? ¿No estás de humor para hablar con él?

–No. No lo estoy.

Me miró con grandes ojos compasivos.

–Todo se arreglará, Francis. Ya verás. –Pasé por alto el comentario–. Te propongo una cosa –sugirió Jackie en un arrebato de inspiración–. Ven a casa de mamá y papá conmigo cuando devuelvas a Holly. Shay ya estará sobrio y estoy segura de que querrá disculparse contigo y Carmel va a traer a los críos...

–No me apetece –repliqué.

–Venga, Francis. ¿Por qué no?

–Papi, papi, papi... –Holly es de las personas más oportunas que conozco: saltó del columpio y vino corriendo al galope hasta nosotros, levantando las rodillas, imitando a un caballo. Tenía las mejillas sonrosadas y hablaba casi sin aliento–. Antes de que se me olvide, ¿puedo comprarme unas botas blancas? ¿Unas que tienen un borde de piel y dos cremalleras y que son muy blanditas y llegan hasta aquí de alto?

–Ya tienes muchos zapatos. La última vez que los conté, tenías tres mil doce pares.

–Noooo, pero como estas no tengo ningunas. ¡Venga, va! Un regalo especial.

–Depende –contesté–. ¿Por qué?

Si Holly quiere algo que no responde ni a la necesidad ni a una gran celebración, la obligo a exponerme sus motivos; quiero que comprenda la diferencia entre *necesitar*, *querer* y *encapricharse*. Me alegra, no obstante, que la mayor parte de las veces me pida las cosas a mí en lugar de a Liv.

–Porque Celia Bailey las tiene.

–¿Y quién es esa tal Celia? ¿Va contigo a clases de baile?

Holly me miró atónita.

–Celia *Bailey*. Es *famosa*, papi.

–Me alegro por ella. ¿Y por qué es famosa?

Abrió los ojos aún más.

–Sale en la tele.

–Lo supongo. Pero ¿qué hace? ¿Es actriz?

–No.

–¿Cantante?

–¡No! –Era evidente que cada vez sonaba más estúpido. Jackie contemplaba la escena con una sonrisita en la comisura de los labios–. ¿Astronauta? ¿Saltadora con pértiga? ¿Una heroína de la Resistencia francesa?

–¡*Para ya*, papi! ¡Sale en la *tele*!

–También salen los astronautas y los cantantes y personas capaces de reproducir sonidos de animales con el sobaco. ¿Por qué sale esa tal Celia?

Holly tenía los brazos en jarras y empezaba a enfurruñarse.

–Celia Bailey es modelo –me informó Jackie, resuelta a evitar que nos enfadáramos–. Seguro que la has visto. Es una rubia. Salió con aquel tipo que era el dueño de las discotecas hace un par de años y él le puso los cuernos; ella encontró los mensajes de correo electrónico que le enviaba a su amante y los vendió a la prensa sensacionalista. Ahora es famosa.

–Ah, *esa* –dije yo. Jackie estaba en lo cierto. La conocía: una irlandesa cabeza de chorlito cuyo mayor logro en la vida había sido ligarse a un niño mimado forrado de pasta y luego asistir a las tertulias diarias de la televisión para explicar, con una sinceridad desgarradora y unas pupilas del tamaño de la cabeza de un alfiler, cómo había logrado superar su adicción a la cocaína. Esa es la suerte de personas que alcanzan el estrellato en Irlanda últimamente–. Holly, cariño, eso no es ser famoso. Eso es una mujer con la cabeza hueca embutida en un vestido que le va tres tallas pequeño. ¿Qué ha hecho en la vida que valga la pena?

Se encogió de hombros.

–¿Qué sabe hacer?

Otro encogimiento de hombros, esta vez extravagante y con un deje de fastidio.

–Entonces, ¿por qué demonios es *famosa*? ¿Por qué quieres parecerte a alguien así?

Puso los ojos en blanco.

–Porque es guapa.

–¡Por el amor de Dios! –exclamé sinceramente horrorizado–. Pero si es de plástico. Se ha operado de pies a cabeza. Ni siquiera parece humana.

Holly estaba a punto de sacar humo por las orejas del desconcierto y la frustración que llevaba encima.

–¡Es modelo! ¡Lo ha dicho la tía Jackie!

–Ni siquiera es modelo. Lo único que ha hecho es salir en un puñetero cartel para un yogur bebible. Hay una diferencia entre eso y ser modelo.

–¡Es una *estrella*!

–No lo es. Katherine Hepburn era una estrella. Bruce Springsteen es una estrella. Esa Celia no es más que un cero a la izquierda. El mero hecho de haber ido por la vida diciendo que era una estrella hasta encontrar a un puñado de pueblerinos idiotas que la han creído no la convierte en una estrella. Y con ello no te estoy llamando pueblerina idiota.

Holly se había puesto como la grana y tenía la barbilla erguida, lista para pelear, pero supo refrenar su genio.

–Da igual. Ni siquiera me importa. Yo lo que quiero son unas *botas* blancas. ¿Me las compras?

Yo era plenamente consciente de que me estaba cabreando más de lo que la situación exigía, pero no era el momento de ceder.

–No. Cuando admires a alguien famoso por *hacer* algo (lo que tú quieras), te juro que te compraré hasta la última prenda de su armario ropero. Pero antes muerto que invertir tiempo y dinero en convertirte en un clon de un pellejo sin cerebro que cree que el máximo logro en la vida es vender las fotografías de su boda a una revista.

–¡Te odio! –gritó Holly–. ¡Eres tonto y no entiendes nada! ¡Te *odio*!

Le propinó una fuerte patada al banco, justo a mi lado, y salió disparada hacia los columpios, demasiado furiosa como para darse cuenta siquiera de si le dolía el pie. Pero otro niño había ocupado su columpio, así que se desplomó en el suelo, con las piernas cruzadas a lo indio, echando humo.

Transcurrido un momento, Jackie comentó:

—Ostras, Francis. No pretendo decirte cómo educar a tu hija, sabe Dios que no tengo ni idea, pero ¿era necesario montar este numerito?

—Obviamente, sí, lo era. A menos que creas que disfruto fastidiándole las tardes de los fines de semana a mi hija por diversión...

—Solo quería unas botas. ¿Qué importa a quién se las haya visto puestas? Esa Celia Bailey es tonta, pobrecilla, pero es inofensiva.

—No, no lo es. Celia Bailey es la viva estampa de todo lo que va mal en este mundo. Es igual de inofensiva que un bocadillo de cianuro.

—Venga ya. ¿A qué viene tanto enfado? Dentro de un mes, a Holly se le habrá olvidado que existe siquiera y estará loca por algún grupo de música para niñas...

—Jackie, no es ninguna trivialidad. Quiero que Holly aprenda que existe una diferencia entre la verdad y todas esas sandeces. Está completamente rodeada, por todos los ángulos, de personas que le explican que la realidad es subjetiva: que si uno está *convencido* de que es una estrella, entonces se merece un contrato con una discográfica, al margen de si sabe cantar o no; y que si está *convencido* de que existen armas de destrucción masiva, le importa bien poco que existan o no, y la fama es un todo o nada porque *no* existes a menos que un número determinado de personas te preste atención. Quiero que mi hija aprenda que no todo en este mundo está determinado por la frecuencia con la que lo oiga o las ganas que tenga de que sea verdad o cuántos espectadores tenga. En algún lugar, para que algo sea real, tiene que existir una puñetera *realidad*. Y Dios sabe que eso no se lo va a enseñar nadie más. Así que he decidido enseñárselo yo. Y si por el camino se pone borde en alguna ocasión, pues que se ponga.

233

Jackie enarcó las cejas e hizo un gesto repipi con los labios.

—Estoy segura de que tienes razón —replicó—. Mejor me quedo calladita...

Guardamos silencio un buen rato. Holly había conseguido hacerse con otro columpio y lo hacía girar en círculos concienzudamente para enrollar las cadenas y dejarlo caer con un gruñido.

—Shay tenía razón en una cosa —dije al fin—. Un país que rinde pleitesía a Celia Bailey está a punto de irse por el retrete.

Jackie chasqueó la lengua.

—No llames al mal tiempo.

—No lo hago. Simplemente digo que quizá un crac no nos iría del todo mal.

—¡Por favor, Francis!

—Intento criar a una hija, Jackie. Ese simple hecho basta para acojonar a cualquier ser humano. Añádele el hecho de que intento educarla en un entorno donde de lo único que se habla, prácticamente, es de moda, fama y grasa corporal, donde te incitan a no pensar y comprarte algo bonito... Me paso *anonadado* la mayor parte del tiempo. Cuando era más pequeña lograba olvidarme de vez en cuando, pero cada día se hace mayor y yo cada vez tengo más miedo. Llámame loco si quieres, pero me gustaría pensar que vive en un país donde a las personas de vez en cuando no les queda otro remedio que concentrarse en algo más crucial que coches para pichascortas y Paris Hilton.

—¿Sabes a quién me recuerdas? A Shay —replicó Jackie, con una sonrisita maligna dibujándosele en la comisura de los labios.

—No seas malvada. Si pensara que eso es cierto, me volaría la cabeza.

Me miró con cara de resignación.

–Ya sé lo que te pasa –me informó–. Anoche te tomaste una cerveza que te sentó mal y tienes los intestinos destrozados. Eso siempre os pone de mal humor. ¿Tengo razón?

Volvió a sonarme el teléfono: Kevin.

–¡Joder! –exclamé, en un tono más desagradable de lo pretendido. Darle mi número había tenido sentido en aquel momento, pero con mi familia cedes un centímetro y se trasladan a tu casa y empiezan a redecorártela. Además, ni siquiera podía apagar aquel maldito trasto, porque había personas que podían necesitarme en cualquier momento–. Si el puñetero Kev es tan malo captando indirectas, no me extraña que no tenga novia.

Jackie me dio una palmadita apaciguadora en el brazo.

–No le hagas caso. Deja que suene. Esta noche le preguntaré si llamaba para algo importante.

–No, gracias.

–Apuesto a que lo único que quiere saber es si volveréis a veros.

–No sé cómo explicártelo para que me entiendas, Jackie, pero me importa un bledo qué quiere Kevin. Aunque, si resulta que estás en lo cierto y lo único que quiere es saber si volveremos a quedar, puedes decirle de mi parte, con mucho amor y muchos besos, que no volveremos a vernos nunca. ¿Entendido?

–Venga, Francis, basta ya. Sabes que no hablas en serio.

–Y tanto que sí. Créeme, Jackie, lo hago.

–Es tu hermano.

–Y, por lo que he podido ver, es un tipo muy agradable quien supongo que cuenta con un amplio círculo de amigos y conocidos que lo adoran. Pero yo no soy uno de ellos. Mi único vínculo con Kevin es un accidente de la naturaleza que nos embutió en la misma casa durante unos cuantos años. Y ahora que ya no vivimos ahí, ya no tiene nada que ver conmigo, no más que el tipo que hay sentado en aquel banco. Y lo mismo

235

digo de Carmel, de Shay y, desde luego, de mamá y papá. No nos conocemos, no tenemos absolutamente nada en común y no se me ocurre motivo alguno en esta verde tierra que nos ha dado Dios para querer reunirnos para tomar té y pastitas.

–Contente un poco, hazme el favor –me instó Jackie–. Ya sabes que no es tan fácil como eso...

El teléfono volvió a sonar.

–Sí –refuté–. Sí lo es.

Toqueteó unas hojas caídas con la punta de un pie y esperó a que el teléfono volviera a guardar silencio. Entonces añadió:

–Ayer dijiste que nosotros éramos los culpables de que Rosie decidiera abandonarte.

Respiré hondo y suavicé mi voz.

–A ti no te culpo. Si aún andabas con pañales...

–¿Por eso a mí sí sigues viéndome?

–Ni siquiera se me había ocurrido que recordaras aquella noche –contesté.

–Le pedí a Carmel que me explicara lo ocurrido ayer, después de que... Recuerdo fragmentos aislados. Se me mezclan momentos, como a todos.

–A mí no –la contradije–. Ese día lo recuerdo con una claridad cristalina.

Eran cerca de las tres de la madrugada cuando mi amigo Wiggy concluyó la jornada en su segundo empleo y apareció en el aparcamiento para darme mi pasta y cubrir el resto de su turno. Yo regresé caminando a casa en medio de las migajas estentóreas y tambaleantes del sábado noche, silbando bajito para mí mismo, soñando con el día siguiente y compadeciendo a los demás hombres por no ser yo. Doblé la esquina de Faithful Place flotando en el aire.

De repente intuí que algo había sucedido. La mitad de las ventanas de la calle, incluidas las nuestras, estaban iluminadas. Si uno se colocaba en pie en la parte superior de la calle y prestaba atención podía escuchar las voces susurrando tras los cristales, vertiginosas y tensas por la emoción.

La puerta de nuestro piso lucía unas cuantas hendiduras y rozaduras nuevas. En el salón había una silla de la cocina bocabajo, con las patas separadas y astilladas. Carmel estaba arrodillada en el suelo, con el abrigo echado sobre un camisón floreado descolorido, barriendo la porcelana rota con un cepillo y un recogedor; le temblaban tanto las manos que no dejaban de caérsele los añicos. Mamá estaba sentada tensa en un extremo del sofá, resollando y secándose a toquecitos con un pañuelo el labio partido; Jackie estaba hecha un ovillo en el extremo opuesto, chupándose el dedo y acurrucada bajo una manta. Kevin estaba en la butaca, mordiéndose las uñas y con la vista perdida en la nada. Shay estaba apoyado en la pared, balanceándose sobre uno y otro pie, con las manos embutidas en sus bolsillos; tenía unos brutales círculos blancos alrededor de los ojos, como un animal acorralado, y se le ensanchaban las aletas de la nariz al respirar. Le iba a salir un bonito moratón en el ojo. Escuché el ruido de mi padre vomitando entre gritos ásperos en el fregadero de la cocina.

–¿Qué ha sucedido? –pregunté.

Se sobresaltaron. Los cinco pares de ojos miraron en mi dirección, enormes y sin pestañear, totalmente inexpresivos. Carmel había llorado.

–Llegas en el momento oportuno –apuntó Shay.

Los demás guardaron silencio. Al cabo de un rato le arrebaté el cepillo y el recogedor a Carmel de las manos y la acompañé al sofá, donde sentó entre mamá y Jackie y empezó a sollozar. Mucho rato después, los ruidos de la cocina dieron paso a ronquidos. Shay entró con mucha cautela y regresó con todos los cuchillos afilados. Ninguno de nosotros se acostó a dormir en la cama aquella noche.

Alguien había ofrecido a mi padre trabajar bajo mano también aquella semana: cuatro días enyesando paredes sin necesidad de comunicárselo a la oficina de desempleo. Había acudido al bar con la paga extra y se había concedido a sí mismo un premio a base de toda la ginebra que era capaz de aguantar. A mi padre la ginebra le provoca autocompasión y la autocompasión lo convierte en un ser malvado. Había regresado tambaleándose a Faithful Place y había montado un numerito delante de la casa de los Daly, conminando a Matt Daly a gritos a salir a pelear como un hombre. Con la salvedad de que en aquella ocasión había ido un paso más allá de lo habitual. Se había abalanzado contra la puerta de los Daly varias veces, cosa que no lo había llevado a ningún sitio, salvo a tropezarse en las escaleras. Se había descalzado un zapato y lo había arrojado una y otra vez contra la ventana de los Daly. Entonces había sido cuando mi madre y Shay habían salido a intentar obligarlo a entrar a rastras en casa.

Normalmente, mi padre solía encajar bien que alguien le comunicara que ya había suficiente por aquella noche, pero aquel día le quedaba aún bastante gasolina en el tanque. El resto de la calle, Kevin y Jackie incluidos, había contemplado desde la ventana cómo mi padre llamaba a mi madre «vieja frígida», a Shay «maricón inútil» y a Carmel, cuando salió en su ayuda, «sucia zorra». Mamá lo había llamado «vago y animal» y había implorado al cielo que se muriera y se pudriera en el infierno. Mi padre les había dicho a los tres que le quitaran las manos de encima o esa noche, mientras dormían, les cortaría el pescuezo. Entre tanto, los había apaleado en la medida de sus fuerzas y posibilidades.

Nada de aquello era una novedad. La diferencia estribaba en que, hasta entonces, todo aquello había ocurrido dentro de casa. Traspasar aquella frontera equivalía a quedarse sin frenos a ciento veinte kilómetros por hora. Finalmente, en voz baja y llana, Carmel me había dicho:

–Esto va cada vez a peor.

Nadie la miró.

Kevin y Jackie le habían gritado a mi padre que parara por la ventana; Shay les había chillado que regresaran dentro de casa; mi madre los había acusado a berridos de que todo aquello era culpa suya por obligar a su padre a beber, y mi padre les había aullado que esperaran a que entrara él en casa. Finalmente, alguien (y las hermanas Harrison eran las únicas vecinas que tenían teléfono) había llamado a la policía, cosa que todos sabíamos que no había que hacer jamás, junto con vender heroína a niños pequeños o jurar delante del cura. Mi familia había logrado que las hermanas Harrison se saltaran la barrera de este tabú.

Mamá y Carmel les habían suplicado a los uniformados que no se llevasen a papá, menuda desgracia, y ellos habían sido lo bastante cándidos como para ceder a sus súplicas. En aquel entonces, a ojos de muchos policías la violencia doméstica era lo mismo que provocar estropicios en tu propia casa: una idea absurda, pero probablemente no un delito. Habían arrastrado a papá hasta arriba de las escaleras, lo habían soltado en el suelo de la cocina y se habían largado.

–Fue una mala noche, estoy contigo –convino Jackie.

–Supuse que había hecho cambiar de opinión a Rosie –expliqué yo–. Durante toda su vida su padre la había advertido sobre la pandilla de salvajes que somos los Mackey. Y ella había prestado oídos sordos a sus advertencias, se había enamorado de mí y se había convencido a sí misma de que yo era diferente. Y entonces, a solo unas horas de dejar toda su vida en mis manos, justo cuando cada minúscula duda en su pensamiento se habría multiplicado por mil, justo entonces aparecieron los Mackey para demostrarle que su padre tenía razón: montamos un espectáculo para todo el vecindario, entre gritos, como unos camorristas, pegándonos e insultándonos como una pandilla de babuinos drogados con polvo de ángel. Debió de preguntarse si yo también sería así de puertas para adentro. Tuvo que preguntarse, en lo más profundo de su ser, si yo también sería uno de ellos. Y sin duda debió de plantearse cuánto tardaría en aflorar el Mackey que yo llevaba dentro.

–Y decidiste marcharte, aunque fuera sin ella.

–Pensé que me merecía salir de todo aquello, sí –contesté.

–Siempre me había preguntado por qué no regresaste a casa sin más.

–De haber tenido dinero, me habría subido a un avión y habría puesto rumbo a Australia. Cuanto más lejos, mejor.

Jackie preguntó:

–¿Sigues culpándolos? ¿O solo lo hiciste anoche por efecto de la bebida?

–Sí los culpo –contesté–. Los culpo a todos. Es probable que sea injusto, pero a veces la vida es muy perra.

Me sonó el móvil: un mensaje de texto. «Hola frank, soy kev, no quiero molestarte pq eres 1 hombre ocupado, pero llámame cuando puedas. Es solo para hablar. Gracias.» Lo borré.

–Sin embargo, igual nunca fue intención de Rosie abandonarte, Francis –aventuró Jackie–. ¿Entonces qué?

No tenía respuesta para aquella pregunta, de hecho, una gran parte de mi cabeza ni siquiera la asimilaba, y me parecía que llegaba con demasiadas décadas de retraso como para buscar una. Ignoré a Jackie hasta que se encogió de hombros y decidió retocarse el pintalabios. Observé a Holly dar vueltas describiendo grandes y alocados círculos a medida que las cadenas del columpio se desenredaban y me concentré en pensar exactamente en nada salvo en si debería ponerle la bufanda, cuánto tiempo transcurriría hasta que se le pasara el enfado y viniera diciendo que tenía hambre, y qué ingredientes iba a echarle a mi pizza.

10

Nos comimos la pizza, Jackie se dirigió a demostrarle un poco de amor a Gavin y Holly me suplicó que la llevara a la pista de patinaje sobre hielo que habilitan en la Sociedad Real de Dublín durante las Navidades. Holly patina como un hada y yo patino como un gorila con problemas neurológicos, cosa que para ella supone un valor añadido porque se troncha de risa cuando me estampo contra las paredes. Cuando la devolví a casa de Olivia, ambos estábamos felizmente exhaustos y un poco exaltados por todos esos villancicos navideños enlatados y, sin duda alguna, de mucho mejor humor. Al vernos en el umbral, sudados, desaliñados y sonrientes, incluso Liv consiguió dibujar una sonrisa reacia. Me encaminé a la ciudad a tomar un par de cervezas con los colegas, luego regresé a casa (Twin Peaks nunca me había parecido más bonito) y me cargué unos cuantos nidos de zombis en la Xbox antes de irme a dormir acariciando el agradable pensamiento de disfrutar de una jornada normal de trabajo, tanto que incluso pensé que podría comenzar la mañana siguiente por besuquear la puerta de mi despacho.

Fui listo al disfrutar del mundo real mientras tuve oportunidad. En lo más profundo de mí, incluso mientras agitaba mi puño al cielo y juraba no volver a ensuciar los adoquines de aquel agujero infernal nunca más, debí saber que Faithful Place iba a tomarse mi promesa como un desafío. Me había concedido permiso para alejarme de su territorio, pero iba a volver en mi busca.

Se acercaba la hora de comer del lunes y yo acababa de presentar a mi chico con el lío del traficante de drogas a su nueva abuelita cuando sonó el teléfono de mi despacho.

–Mackey –saludé.

Brian, el administrador de nuestra brigada, me informó:

–Tienes una llamada personal. ¿Quieres que te la pase? No te habría molestado, pero suena... no sé... urgente. Y eso por decirlo *suavemente*.

Kevin otra vez; tenía que ser él. Pese a todo el tiempo que había transcurrido, seguía siendo el mismo capullo pegajoso: un día acompañándome y ya pensaba que era mi mejor nuevo amigo o mi compañero o lo que fuera que se hubiera imaginado. Cuanto antes atajara aquel asunto de raíz, mejor.

–¡Joder! –exclamé, mientras me frotaba el entrecejo, que súbitamente había empezado a latir con fuerza–. Pásamelo.

–Pásamela –me corrigió Brian–, y no parece que esté muy contenta. He creído conveniente advertírtelo.

Era Jackie y lloraba a moco tendido.

–Francis, gracias al cielo, por favor, tienes que venir. No lo *entiendo*, no sé qué ha pasado, *por favor...*

Su voz se disolvió en un lamento, un sonido fino y agudo mucho más allá de la vergüenza o el control. Algo frío se tensó en mi nuca.

–¡Jackie! –le dije bruscamente–. Explícame qué sucede.

Apenas pude entender la respuesta: algo acerca de los Hearne, la policía y un jardín.

–Jackie, sé que estás triste, pero necesito que te recompongas un segundo para explicarme qué ha ocurrido. Respira hondo y cuéntamelo.

Tomó aliento.

–Kevin. Francis... Francis... Dios mío... Es Kevin.

Esa abrazadera gélida de nuevo, más tensa ahora.

–¿Qué le pasa? ¿Está herido? –pregunté.

–Está... Francis, Dios mío... Está *muerto*. Está...

–¿Dónde estás?

–En casa de mamá. Fuera.

–¿Está ahí Kevin?

–Sí... no... aquí no, en la parte posterior, en el jardín, está... está... –Volvió a quebrársele la voz. Sollozaba e hiperventilaba al mismo tiempo.

–Jackie, escúchame con atención. Siéntate, bebe algo y asegúrate de que alguien se ocupe de ti. Salgo ahora mismo para ahí.

Ya tenía la chaqueta medio puesta. En la Secreta nadie te pregunta dónde estabas esta mañana. Colgué y salí corriendo.

Y allí volvía a estar, de regreso en Faithful Place, como si nunca me hubiera ido. La primera vez que salí de aquel barrio, el lugar de siempre me había permitido escapar durante veintidós años antes de tensar la cuerda. La segunda me había reclamado en menos de treinta y seis horas.

El vecindario al completo se había echado de nuevo a la calle, como si fuera sábado por la tarde, solo que aquella vez era distinto. Los niños estaban en la escuela y los adultos en sus puestos de trabajo, de manera que solo había ancianos, amas de casa y ratas que viven del subsidio de desempleo, todos ellos bien protegidos del frío cortante, y nadie parecía exultante por estar pasando un feliz día a la intemperie. Todas las escaleras y todas las ventanas estaban abarrotadas de rostros inexpresivos y observadores, pero la calle estaba vacía, salvo por mi viejo amigo el monstruo de la ciénaga, que caminaba arriba y abajo como si estuviera protegiendo el

Vaticano. Los uniformados se habían situado un paso por delante en esta ocasión y habían hecho retroceder a los curiosos antes de que ese zumbido peligroso empezara a cobrar vida. En algún lugar, un bebé lloriqueaba, pero, aparte de eso, imperaba un silencio asesino, tan solo interrumpido por el murmullo del tráfico lejano, el repiqueteo de las suelas de los zapatos del monstruo de la ciénaga y el lento goteo de la lluvia matutina deslizándose por los canalones de las casas.

Tampoco había furgoneta de la Policía Científica en esta ocasión, ni andaba por allí Cooper, pero entre el coche secreto de los uniformados y la furgoneta del depósito de cadáveres estaba estacionado el brillante Beemer plateado de Scorcher. La cinta de escena del crimen volvía a rodear la casa del número dieciséis de la calle y un tipo corpulento vestido de paisano, uno de los hombres de Scorch a juzgar por el traje, vigilaba que nadie la traspasase. Fuera lo que fuese que se había llevado a Kevin, no había sido un infarto.

El monstruo de la ciénaga optó por ignorar mi presencia, lo cual resultó una buena opción. En las escaleras del número ocho estaban Jackie, mi madre y mi padre. Mi madre y Jackie estaban abrazadas; por su aspecto, parecía que, si se apartaban, ambas se desmoronarían. Papá daba caladas ansiosas a un pitillo.

Muy despacio, a medida que fui acercándome, sus ojos se posaron en mí, pero parecían no reconocerme. Cualquiera habría dicho que era la primera vez que me veían.

–Jackie. ¿Qué ha sucedido?

Papá se adelantó:

–Que has regresado. Eso es lo que ha sucedido.

Jackie me agarró por las solapas con fuerza y presionó su cabeza contra mi brazo. Tuve que reprimir el impulso de desembarazarme de ella.

–Jackie, cielo –dije con cariño–. Necesito que mantengas el tipo un poco más. Cuéntame qué ha ocurrido.

Empezó a temblar.

–Oh, Francis –musitó, con una voz apenas audible que denotaba asombro–. Oh, Francis. ¿Cómo...?

–Ya lo sé, cielo. ¿Dónde está?

Mamá contestó con tristeza:

–Está en la parte posterior del número dieciséis. En el jardín. Ha pasado toda la mañana ahí, con toda esta lluvia que está cayendo. –Estaba apoyada en la verja y su voz sonaba grave, a amargura, como si llevara horas sollozando, pero sus ojos seguían siendo intensos y estaban secos.

–¿Alguien tiene alguna idea de lo que ha ocurrido?

Nadie contestó. Mamá movió los labios.

–Está bien –dije–. ¿Estamos seguros al cien por cien de que es Kevin?

–Claro que lo estamos, bobo –contestó mamá con brusquedad. Me miró como si estuviera a punto de cruzarme la cara–. ¿Crees acaso que no reconocería al hijo que he llevado en mis entrañas? ¿Es que te has vuelto tonto o qué te pasa?

Me vinieron ganas de empujarla escaleras abajo.

–Está bien –dije–. Habéis actuado correctamente. ¿Dónde está Carmel?

–De camino –me informó Jackie–. Igual que Shay. Solo tiene que, tiene que, tiene que... –No consiguió concluir la frase.

–Está esperando a que llegue el jefe para ocuparse de la tienda –aclaró mi padre. Dejó la colilla del cigarrillo sobre la verja y la observó caer y apagarse junto a la ventana del sótano.

–Bien –respondí yo. Bajo ningún concepto iba a dejar a Jackie con aquel par, pero ella y Carmel podían hacerse compañía–. No hay ningún motivo para que esperéis aquí con el frío que hace. Entrad en casa, tomad algo caliente y yo iré a ver si puedo descubrir qué ha sucedido.

Nadie se movió. Yo le solté a Jackie los dedos de mi chaqueta con la máxima delicadeza de la que fui capaz y los dejé allí a los tres. Docenas de ojos atónitos me persiguieron calle arriba hasta el número dieciséis.

El tipo grandullón que vigilaba la cinta echó un vistazo a mi identificación y me informó:

—El detective Kennedy está en la parte posterior. Baje por las escaleras y salga por la puerta.

Le habían advertido de mi presencia previsible.

La puerta trasera estaba entreabierta y por ella penetraba una veta de luz grisácea y fantasmal que iluminaba vagamente el sótano y las escaleras. Los cuatro hombres que había en el jardín parecían salidos de un retablo o de un sueño de morfina. Los tipos de la morgue, con toda su parafernalia y enfundados en sus monos de un blanco prístino, aguardaban pacientemente apoyados en su camilla contra una pared recubierta de malas hierbas, entre cascos de botellas y agujas gruesas como cables; Scorcher, mordaz e hiperrealista con su lacia cabeza inclinada y su abrigo negro aleteando contra la gastada pared de ladrillo, estaba agachado y alargaba una mano enguantada; y luego estaba Kevin. Estaba tumbado boca arriba, con la cabeza hacia la casa y las piernas abiertas en un ángulo imposible. Tenía un brazo por encima del pecho y el otro doblado bajo él, como si lo hubieran inmovilizado. Tenía la cabeza echada hacia atrás, en un gesto salvaje, y miraba en la dirección opuesta a mí, y grandes charcos irregulares de algo negruzco cubrían la suciedad que había a su alrededor. Los dedos blancos de Scorcher rebuscaban con delicadeza en el bolsillo de sus tejanos. El viento silbaba, un silbido agudo y peligroso, por encima de la tapia.

Scorcher fue el primero en oírme o en notar mi presencia: alzó la vista, apartó su mano de Kevin bruscamente y se enderezó.

–Frank –me saludó, acercándose hacia mí–. Lamento mucho tu pérdida.

Estaba desenfundándose el guante, preparándose para darme un apretón de manos.

–Quiero verlo –le corté.

Scorcher asintió con la cabeza y dio un paso atrás para apartarse de mi camino. Me arrodillé en medio de toda la basura y las malas hierbas, junto al cuerpo de Kevin.

La muerte había hecho que se le afilaran los rasgos, sobre todo los pómulos y la boca; parecía cuarenta años mayor de lo que jamás llegaría a ser. El lado de la cara que se le veía estaba blanco como la nieve; el opuesto, donde la sangre se había asentado, estaba manchado de color morado. De la nariz le manaba un hilillo de sangre seca y, a través de su mandíbula abierta, pude ver que le habían roto los dientes delanteros. Tenía el cabello lacio y sin vida, oscuro por efecto de la lluvia. Le caía un párpado mustio sobre un ojo nebuloso, como en un guiño malicioso y estúpido a la vez.

Me sentí como si me hubieran empujado bajo una catarata y el agua me estuviera asestando una paliza, como si la fuerza del agua me arrancara el aliento.

–Cooper. Llamad a Cooper –dije.

–Ya ha estado aquí.

–¿Y?

Un silencio minúsculo. Vi a los muchachos de la morgue intercambiar una mirada. Entonces Scorcher me explicó:

–En su opinión, tu hermano falleció o bien por una fractura en el cráneo o bien porque le rompieron el cuello.

–¿Cómo?

Scorcher contestó con delicadeza:

—Frank, ahora tienen que levantar el cadáver. Vayamos dentro; hablaremos allí. Ellos se ocuparán de él.

Alargó la mano para ayudarme a incorporarme sujetándome del codo, pero tuvo la sensatez de no tocarme. Miré por última vez el rostro de Kevin, aquel guiño ausente, el hilillo negro de sangre y la delicada curva de su ceja, que en el pasado había sido lo primero que había visto cada mañana, junto a mí, en la almohada, cuando yo tenía seis años.

—De acuerdo —accedí.

Al dar media vuelta para marcharme, escuché el pesado crujido de los muchachos al abrir la cremallera de la bolsa para meter el cadáver.

No recuerdo entrar en la casa ni a Scorcher guiándome por las escaleras, apartándome del camino de los muchachos de la morgue. Ningún acto infantiloide como liarme a puñetazos con las paredes cambiaría la realidad; estaba tan enfadado que por un minuto pensé que me había quedado ciego. Cuando se me aclaró la vista nos encontrábamos en la planta superior, en una de las estancias posteriores que Kevin y yo habíamos comprobado el sábado. Estaba más iluminada y era más fría de lo que recordaba; alguien había abierto la hoja inferior de las ventanas de guillotina y un haz de luz gélida se había filtrado en el interior.

—¿Estás bien? —preguntó Scorcher.

Necesitaba oírlo hablar de policía a policía como un náufrago necesita aire para respirar, necesitaba que cerrara aquel error garrafal con un informe preliminar perfectamente claro. Le dije, y mi voz sonó ajena, diminuta y distante:

—¿Qué tenemos?

Al margen de todos sus defectos, Scorcher es uno de los nuestros. Vi que me entendía. Asintió con la cabeza y se apoyó en la pared, en preparación para lo que venía:

–Tu hermano fue visto por última vez alrededor de las once y veinte de anoche. Él, tu hermana Jacinta, tu hermano Seamus, tu hermana Carmel y la familia de esta habían cenado en casa de tus padres, como es habitual... No dudes en interrumpirme si te digo algo que ya sepas.

Negué con la cabeza.

–Continúa, por favor.

–Carmel, su esposo y sus hijos regresaron a casa alrededor de las ocho. El resto permaneció en casa de tus padres un rato más, mirando la televisión y charlando. Todo el mundo, excepto tu madre, bebió unas cuantas latas de cerveza a lo largo de la noche; según la opinión de todos, los hombres estaban un poco achispados, pero definitivamente no estaban borrachos, y Jacinta solo bebió dos cervezas. Kevin, Seamus y Jacinta salieron juntos de casa de tus padres, justo después de las once. Seamus subió a su piso y Kevin acompañó a Jacinta por la calle Smith hasta la confluencia con New Street, donde tu hermana había aparcado su coche. Jacinta se ofreció a llevarlo a casa, pero él le respondió que prefería regresar paseando para despejarse un poco. Tu hermana dio por supuesto que su plan era regresar por donde habían venido, tomar la calle Smith tras dejar atrás la entrada a Faithful Place, cortar a través de Liberties y bordear el canal hasta su apartamento en Portobello, pero evidentemente no hay nada que verifique sus suposiciones. Kevin aguardó a que subiera al coche, se despidieron y ella se marchó. La última vez que lo vio, caminaba por la calle Smith. Esa es la última vez confirmada que fue visto con vida.

Alrededor de las siete se había dado por vencido y había dejado de llamarme. Lo había ignorado de manera tan implacable que debió de pensar que no merecía la pena darme otra oportunidad antes de intentar arreglar lo que pensara él solito, el muy idiota.

–Pero no regresó a casa –sentencié yo.

–Parece que no. Los obreros están trabajando en la casa contigua hoy, de manera que nadie ha entrado hasta bien entrada la mañana. Dos críos, Jason y Logan Hearne, se dirigían al número dieciséis para echar un vistazo al sótano y, al asomarse por la ventana del descansillo, se han llevado su merecido por fisgones. Tienen trece y doce años, respectivamente, y nadie sabe por qué no estaban en la escuela...

–Personalmente –lo interrumpí–, me alegra que hayan hecho novillos.

Con los números doce y catorce vacíos, nadie habría divisado a Kevin desde una ventana trasera. Podría haber permanecido allí semanas y yo he visto cuerpos transcurrido todo ese tiempo.

Scorch me miró de soslayo, una mirada rápida de disculpa; se había dejado llevar por el entusiasmo.

–Sí –convino–. Claro, en ese sentido sí. En cualquier caso, pusieron pies en polvorosa y llamaron a su madre, que fue quien nos telefoneó a nosotros y, al parecer, a medio vecindario. La señora Hearne también identificó al fallecido como tu hermano y ella misma se lo notificó a tu madre, que fue quien verificó su identidad. Siento mucho que tuviera que verlo así.

–Mi madre es una mujer fuerte –aclaré yo.

A mi espalda, en algún lugar de la planta inferior, se oyó un ruido sordo, un gruñido y ruido de rascaduras: eran los muchachos del depósito de cadáveres maniobrando la camilla por entre los angostos pasillos. No quise mirar.

–Cooper sitúa la hora de la muerte en la región de la medianoche, un par de horas por arriba o por debajo a lo sumo. Si lo contrastamos con las declaraciones de tu familia, el hecho de que tu hermano fuera hallado con la misma ropa que han descrito que llevaba anoche me induce a pensar que, tras

250

acompañar a Jacinta al coche, se encaminó directamente a Faithful Place.

–¿Y luego qué? ¿Cómo *diablos* acabó con el cuello roto? Scorch respiró hondo.

–Por el motivo que fuera –continuó–, tu hermano regresó a esta casa y subió a esta estancia. Luego, de un modo u otro, salió por la ventana. Por si te sirve de consuelo, Cooper opina que la muerte probablemente fuera instantánea.

Me estallaban centellas delante de los ojos, como si me hubieran sacudido con un bate en la cabeza. Me pasé la mano por el pelo.

–No. No tiene sentido. Quizá se cayera de la tapia del jardín, de una de las paredes... –En un momento de ofuscación visualicé a Kev a los dieciséis años, ágil, saltando las tapias de los jardines traseros persiguiendo las tetas de Linda Dwyer–. No me encaja que se precipitara desde aquí.

Scorcher negó con la cabeza.

–¿Las tapias de ambos lados miden cuánto? ¿Dos metros? ¿Dos y medio a lo sumo? De acuerdo con Cooper, las lesiones indican que cayó de una altura de unos seis metros. Y la caída describió una línea recta. Cayó de esta ventana.

–No. A Kevin no le gustaba este sitio. El sábado casi tuve que arrastrarlo del cuello para que entrara y se pasó todo el rato gruñendo porque había ratas, temiendo que el techo se desplomara y diciendo que le erizaba la piel, y eso que era de día y había luz y estábamos los dos juntos. ¿Qué diantres iba a hacer él solo aquí en medio de la noche?

–Eso nos gustaría saber a nosotros también. Quizá necesitó hacer pis antes de regresar a casa y quisiera tener un poco de intimidad. Pero ¿para qué iba a subir hasta aquí? Podía echar la meadita por la ventana de la planta inferior perfectamente, si lo que pretendía era regar el jardín. No sé tú, pero yo cuando estoy un poco borracho no subo ni bajo escaleras bajo ningún concepto.

Fue entonces cuando caí en la cuenta de que las manchas que había en el marco de la ventana no eran mugre, sino polvo para detectar huellas dactilares, y fue también entonces cuando supe por qué al ver a Scorcher me había invadido aquella sensación tan desagradable.

–¿Qué haces tú aquí? –pregunté.

Scorch pestañeó. Luego, escogiendo con precisión las palabras, explicó:

–Al principio creímos que se trataba de un accidente. Tu hermano entra en la casa, por el motivo que sea, y de repente se asoma por la cabeza. Quizá escucha un ruido en el jardín posterior, quizá tiene ganas de vomitar a causa de la bebida... Se asoma, pues, pierde el equilibrio y no logra recuperarlo a tiempo.

Algo frío me golpeó en la garganta. Cerré con fuerza los dientes para no dejarlo salir.

–Pero he creído conveniente experimentar un poco, simplemente para verlo con mis propios ojos. Hamill, abajo, el tipo de la cinta, supongo que lo has visto. Tiene una altura y una complexión muy parecidas a las de tu hermano. He pasado la mayor parte de la mañana colgándolo de esa ventana. Y no encaja, Frank.

–¿De qué estás hablando?

–En Hamill, la guillotina se abre hasta aquí aproximadamente –Scorch se señaló las costillas con el canto de una mano–. Para poder sacar la cabeza por debajo tiene que doblar las rodillas y bajar la espalda, cosa que hace que su centro de gravedad permanezca dentro de la habitación. Lo hemos probado de una docena de maneras distintas y siempre hemos obtenido el mismo resultado. Sería casi imposible para alguien del tamaño de Kevin precipitarse por esa ventana de manera accidental.

Tenía el interior de la boca congelado.

—Alguien lo empujó –insinué.

Scorch se remangó la chaqueta para meterse las manos en los bolsillos. Luego añadió con cautela:

—No hay indicios de pelea, Frank.

—¿Cómo dices?

—Si lo hubieran arrojado a la fuerza por esa ventana, habríamos encontrado marcas de refriega en el suelo, el cristal de la ventana hecho añicos por el punto en el que cayó, tendría las uñas rotas de arañar al atacante o el vano de la ventana, y quizá cortes y moratones ocasionados por los golpes. Pero no hemos encontrado nada de eso.

—¿Insinúas que Kevin se suicidó? –pregunté.

Scorcher apartó la mirada.

—Lo que intento decirte es que no fue un accidente y que nada apunta a que alguien lo empujara. De acuerdo con Cooper, sus heridas concuerdan con la caída. Era un tipo corpulento y, por lo que hemos podido averiguar, quizá bebió más de la cuenta anoche, pero no estaba borracho. No se habría dejado empujar por la ventana sin defenderse.

Respiré hondo.

—Está bien –asentí–. De acuerdo. Entiendo lo que dices. Pero ven aquí un segundo. Hay algo que probablemente debería enseñarte.

Lo conduje hacia la ventana bajo su mirada recelosa.

—¿Qué tienes?

—Observa bien el jardín desde este ángulo. Concéntrate en el punto en el que confluye con la base de la casa en concreto. Verás a qué me refiero.

Se apoyó en el alféizar y asomó el cuello por debajo de la hoja de la ventana.

—¿Dónde?

Lo empujé con más fuerza de la que pretendía. Por una milésima de segundo pensé que no iba a ser capaz de recuperarlo. Y en lo más profundo de mi ser, una parte de mí habría estado encantada de que así sucediera.

—¡Por todos los santos! —Scorch se apartó de un brinco de la ventana y me miró boquiabierto—. ¿Es que te has vuelto loco?

—No hay indicios de refriega, Scorch. Ni cristal roto, ni uñas rotas, ni cortes ni moratones. Y tú eres un tipo corpulento, no has bebido ni una gota y te habrías caído sin ni siquiera gritar. Partida concluida, gracias por participar, Scorcher ha abandonado el edificio.

—Maldita sea... —Se alisó la chaqueta y le sacudió el polvo, con furia—. No ha tenido nada de divertido, Frank. Me has dado un susto de muerte.

—Bien. Kevin no tenía instinto suicida, Scorch. Tendrás que confiar en mi palabra. Bajo ninguna circunstancia se habría quitado la vida.

—Te creo, pero, entonces, dime algo: ¿quién lo perseguía?

—Nadie a quien yo conozca, pero eso no significa nada. Yo no sé nada de él. Podría tener a toda la mafia siciliana pisándole los talones y yo no me habría enterado.

Scorcher mantuvo la boca cerrada y dejó que su gesto tácito hablara por sí solo.

—No éramos amigos del alma. Pero yo no necesito vivir en este agujero para saber que era un joven sano, sin enfermedades mentales, sin problemas sentimentales ni de dinero, feliz como una perdiz. Y, súbitamente, una noche, sin razón alguna, ¿decide entrar en una casa en ruinas y tirarse de cabeza por la ventana?

—A veces ocurre.

—Muéstrame una prueba que corrobore que es eso lo que ha ocurrido aquí. Una sola.

Scorch se peinó con las manos y suspiró:

—Está bien —cedió—. Pero voy a compartir esto contigo como policía, Frank, no como miembro de la familia de la víctima. Prométeme que no saldrá ni una sola palabra de esta habitación. ¿Me lo prometes?

—Por mi vida —contesté, sabedor de que venía una mala noticia.

Scorcher se inclinó sobre su maletín de mano, rebuscó dentro de él y finalmente sacó una bolsa de pruebas de plástico transparente.

—No la abras —me advirtió.

Era una hojita de papel a rayas, amarillento y con las marcas profundas por haber permanecido largo tiempo plegado. Parecía estar en blanco hasta que le di la vuelta y vi el bolígrafo descolorido, y entonces, antes de que mi cerebro entendiera qué estaba pasando, la caligrafía emergió como un rugido de todos los rincones oscuros y me atropelló como un tren descarrilado.

«Queridos mamá, papá y Nora:

Para cuando leáis esta nota yo estaré ya de camino a Inglaterra con Frank. Vamos a casarnos, vamos a buscar buenos empleos, no queremos trabajar en fábricas, y vamos a vivir una vida maravillosa juntos. Lo único que desearía es no tener que haberos mentido todos y cada uno de los días que deseaba miraros directamente a los ojos y deciros que iba a casarme con él, pero, papá, no se me ha ocurrido otra alternativa. Yo sabía que te pondrías hecho una fiera, pero Frank NO es ningún vago y NO va a hacerme daño. Me hace feliz. Este es el día más feliz de mi vida.»

—Los muchachos de Documentación tendrán que efectuar algunos exámenes —aclaró Scorcher—, pero yo diría que ambos hemos visto la mitad que falta anteriormente.

Al otro lado de la ventana, el cielo tenía un tono entre blanquecino y grisáceo y empezaba a volverse glacial. Una ráfaga fría de aire entró por la ventana y, durante un breve instante, una diminuta viruta de motas de polvo se elevó de los tablones del suelo, resplandeció en la tenue luz, luego cayó de nuevo y se desvaneció. En algún lugar escuché el silbido y el tamborileo del yeso desintegrándose, desconchándose de la pared. Scorcher me observaba con algo que esperé por su bien que no fuera compasión.

–¿De dónde has sacado esto? –pregunté.

–Del bolsillo de la chaqueta de tu hermano.

Su explicación era la guinda a la tunda de puñetazos que me habría gustado endosarle esa mañana. Cuando conseguí introducir aire de nuevo en mis pulmones, dije:

–Pero eso no nos indica dónde la obtuvo él. Ni siquiera nos revela que fuera él quien la guardó ahí.

–No –accedió Scorcher, con excesiva condescendencia–. Es verdad.

Se produjo un silencio. Scorch aguardó un lapso diplomático de tiempo antes de alargar la mano para que le devolviera la bolsa con la prueba.

–¿Crees que Kevin asesinó a Rosie? –pregunté.

–Aún no creo nada. En esta fase solo estoy recopilando pruebas.

Extendió la mano para coger la bolsa, pero yo la aparté de su alcance.

–Pues sigue recopilando, ¿me has oído bien?

–Voy a necesitar que me devuelvas eso.

–Inocente hasta que se demuestre lo contrario, Kennedy. Y esto está lejos, muy lejos de ser una prueba. No lo olvides.

–Humm –murmuró Scorch en tono neutro–. Por cierto, también voy a necesitar que te apartes de mi camino, Frank, y hablo muy en serio.

–Esto es solo una coincidencia. Y lo mismo ocurre conmigo.

–Antes la situación ya era mala, pero ahora... Es prácticamente imposible que pudieras estar más implicado emocionalmente de lo que ya lo estás. Entiendo que estés triste, pero cualquier interferencia por tu parte podría poner en riesgo toda la investigación, y no permitiré que tal cosa ocurra.

–Kevin no mató a nadie –aseguré yo–. Ni se mató él, ni mató a Rosie ni a nadie. Tú sigue buscando pruebas.

Scorcher parpadeó y apartó la mirada de mí. Transcurrido un momento le devolví su preciada bolsita y me fui.

Cuando estaba a punto de trasponer la puerta, Scorcher me dijo:

–Eh, Frank. Al menos ahora estamos seguros de que la chica planeaba fugarse contigo.

No me giré. Seguía notando el calor de la caligrafía de Rosie, atravesando la remilgada etiqueta de Scorcher para enrollarse en mi mano y penetrarme hasta el tuétano. «Este es el día más feliz de mi vida.» Planeaba venir conmigo y casi lo había conseguido. Diez metros nos habían separado de nuestro inicio en un nuevo mundo cogidos de la mano. Tenía la sensación de estarme precipitando al vacío, como si me hubieran empujado de un avión y el cielo se acercara a toda velocidad y yo no tuviera ninguna cuerda para desplegar el paracaídas.

11

Abrí la puerta principal y la cerré de un portazo dedicado a Scorcher; descendí por las escaleras traseras, salí al jardín y salté la tapia. No tenía tiempo para ocuparme de mi familia. En este mundillo los rumores corren a toda velocidad, sobre todo si el cotilleo es suculento. Apagué todos mis teléfonos móviles y me dirigí a la comisaría a toda prisa para explicarle a mi superior que iba a tomarme unos días libres antes de darle tiempo a que fuera él quien me lo propusiera.

George es un tipo grandullón, está a punto de jubilarse y tiene un rostro mustio y exhausto, como un perro basset de juguete. Todos lo adoramos; los sospechosos cometen el error de creer que ellos también pueden quererlo.

–Ah –exclamó, levantándose con gran esfuerzo de su butaca cuando me vio aparecer en la puerta–. Frank. –Me tendió la mano por encima de su escritorio–. Siento tu pérdida.

–Estábamos distanciados –contesté, dándole un fuerte apretón de manos–, pero estoy conmocionado, no voy a negártelo.

–Dicen que podría haberse suicidado.

–Sí –accedí, observando el astuto destello evaluativo en sus ojos mientras se hundía de nuevo en su butaca–. Eso dicen. Todo este asunto me está volviendo loco. Jefe, me deben muchas vacaciones. Si te parece bien, me gustaría tomarme algunos días libres, con efecto inmediato.

George se pasó la mano por la calva y luego la examinó lastimeramente, fingiendo sopesar mi propuesta.

—¿Habrá algún inconveniente con las investigaciones que tienes en curso?

—Ninguno —le aseguré, cosa que él, por otra parte, sabía perfectamente: leer al revés es una de las habilidades más útiles de la vida, y el archivo que George tenía delante era mío—. No hay nada crucial en curso. Simplemente conviene llevar un seguimiento. Una hora o dos para poner mis papeles en orden y puedo transferir mis casos.

—De acuerdo —convino George con un suspiro—. ¿Por qué no? Pásaselos a Yeates. Tendrá que aparcar la operación de la cocaína del sur durante un tiempo; pero no corre prisa.

Yeates es bueno; en Operaciones Secretas no hay inútiles.

—Lo pondré al día de todo —aseguré—. Gracias, jefe.

—Tómate unas cuantas semanas. Aclárate la cabeza. ¿Qué tienes previsto? ¿Piensas pasar tiempo con tu familia?

En otras palabras: ¿tienes previsto merodear por el escenario del crimen curioseando?

—Había pensado en marcharme de la ciudad —contesté—. Quizá pasar unos días en Wexford. He oído decir que el litoral está esplendoroso en esta época del año.

George se masajeó las arrugas de la frente como si le dolieran.

—Un gilipollas de Homicidios me ha contactado a primera hora de esta mañana para exponerme sus quejas sobre ti. Kennedy, Kenny o como se llame. Te acusa de haber estado interfiriendo en su investigación.

Pequeño capullo hijo de su madre.

—Debe de estar premenstruando —conjeturé—. Le llevaré un ramo de flores y todo solucionado.

—Llévale lo que quieras, pero no le lleves ninguna excusa para que vuelva a telefonearme. No me gusta que ningún gilipollas me moleste antes de tomarme la taza de té de las mañanas; me revuelve las tripas.

—Estaré en Wexford, jefe, ¿recuerda? No podría importunar a la Señorita Homicidios levantándole la falda de volantes ni aunque quisiera. Me limitaré a ordenar unas cuantas cosas —señalé con un dedo en dirección a mi despacho— y desapareceré de la vista de todo el mundo.

George me inspeccionó con aquellos ojos cubiertos por unos pesados párpados. Al final agitó la mano con ademán de cansancio y dijo:

—Ordena lo que quieras. Tómate el tiempo que necesites.

—Gracias, jefe —le agradecí. Por esto precisamente es por lo que amamos a George. Uno de los aspectos que lo convierten en un superior fantástico es que sabe cuándo no quiere saber más—. Te veo dentro de unas semanas. —Casi había franqueado la puerta cuando me llamó—: Frank.

—¿Sí, jefe?

—¿Hay algún lugar donde la brigada pueda efectuar una donación a nombre de tu hermano? ¿Alguna organización caritativa? ¿Algún club deportivo?

Y otra vez volvió a sacudirme, como un golpe directo a la nuca. Guardé silencio un instante. Ni siquiera sabía si Kev pertenecía a algún club deportivo, aunque lo dudaba. Pensé que habría que crear una organización caritativa especial para situaciones nefastas como aquella, un fondo para enviar a todo el puñetero mundo a hacer submarinismo en la Gran Barrera de Arrecife y sobrevolar en parapente el Gran Cañón del Colorado, por si por casualidad aquel día resultaba ser su última oportunidad.

—Donadlo a la gente de las Víctimas de Homicidios —contesté—. Y gracias, jefe. Aprecio el gesto. Dales las gracias a los muchachos.

En el fondo, todo agente encubierto cree que los de Homicidios son una pandilla de niñatos. Hay excepciones, pero el hecho es que los muchachos de Homicidios son nuestros boxeadores profesionales: pelean duro, pero, cuando se entra en materia, llevan guantes y protectores bucales y hay un árbitro que hace sonar la campana cuando todo el mundo necesita tomarse un respiro y limpiarse la sangre. En cambio, en la Secreta peleamos con los nudillos desnudos, en las calles y lo hacemos hasta que alguien cae derribado. Si Scorch desea inspeccionar la casa de un sospechoso, rellena un kilómetro cuadrado de papeleo, espera a que se lo devuelvan sellado y entonces reúne al equipo pertinente para que nadie salga herido; en cambio, yo despliego mis artes de seducción, me invento una buena historia y me cuelo en la casa y, si el sospechoso decide que quiere echarme de allí a patadas, solo me tengo a mí para defenderme.

La situación jugaba a mi favor. Scorch estaba acostumbrado a pelear acatando las reglas. Y daba por asumido que, salvo con alguna licencia de niño travieso, yo hacía lo propio. Tardaría un tiempo en ocurrírsele que mis reglas no tenían absolutamente nada en común con las suyas.

Esparcí unos cuantos expedientes sobre mi mesa, por si acaso a alguien se le ocurría venir a verme y necesitaba fingir que andaba ocupado preparando el traspaso de mis casos. Luego telefoneé a mi amigo en Informes y le solicité que me enviara el archivo personal de todos los agentes asignados al caso del homicidio de Rosie Daly. Me dio un poco la murga con el tema de la confidencialidad, pero un par de años atrás su hija se había librado de los cargos de posesión cuando alguien tuvo el desatino de archivar erróneamente tres papelinas de cocaína y su hoja de declaración, de manera que me figuré que me debía al menos dos favores grandes o cuatro pequeños. Y, pese a sus rechistes, él veía la situación del mismo modo.

Su voz sonaba como si se le estuviera agrandando la úlcera por momentos, pero los expedientes llegaron a mis manos casi antes de que colgáramos el auricular.

Scorcher se había agenciado a cinco hombres, más de lo que yo habría sospechado para un caso tan antiguo; al parecer, él y su ochenta y tantos por ciento se habían granjeado la admiración de los muchachos de Homicidios. El cuarto agente era el que yo necesitaba. Stephen Moran, veintiséis años, con domicilio en North Wall, un expediente con buenas cualificaciones que le había merecido la entrada directa en Templemore, una retahíla de evaluaciones resplandecientes y uniformado desde hacía solo tres meses. La fotografía mostraba a un crío escuálido con el cabello pelirrojo y desaliñado y unos ojos grises alertas. Un muchacho dublinés de clase obrera, inteligente, decidido y en el carril de aceleración; y, Dios bendiga a los novatos, demasiado verde y demasiado dispuesto a poner en entredicho todo lo que le dijera cualquier detective de brigada. El joven Stephen y yo íbamos a llevarnos la mar de bien.

Me guardé los datos de Stephen en el bolsillo, borré el mensaje de correo electrónico a conciencia y dediqué el par de horas siguiente a preparar bien mis casos para transferírselos a Yeates; lo último que me apetecía es que me telefoneara en el momento inoportuno para aclarar tal o cual punto. La cesión transcurrió como la seda; Yeates tiene demasiado sentido común como para compadecerme y se limitó a darme una palmadita en el hombro y a prometerme que él se ocuparía de todo. Empaqueté todas mis cosas, cerré la puerta de mi despacho y me dirigí al castillo de Dublín, sede del Departamento de Homicidios, para anexionarme a Stephen Moran.

En caso de haber dirigido cualquier otra persona la investigación, Stephen habría resultado difícil de localizar; podría haber acabado perfectamente su jornada a las seis, las siete o incluso las ocho de la tarde y, si trabajaba sobre el terreno, quizá ni siquiera se habría preocupado de volver a fichar y entregar su papeleo antes de regresar a casa. Pero yo conozco bien a Scorcher. A los mandamases las horas extra les provocan palpitaciones y la burocracia directamente orgasmos, de manera que los subalternos de Scorchie seguramente acababan la jornada a las cinco en punto y rellenaban todos sus formularios antes de hacerlo. Busqué un banco en los jardines del castillo con buenas vistas a la puerta y una agradable pantalla arbustiva para camuflarme de Scorch, encendí un pitillo y aguardé. Ni siquiera llovía. Era mi día de suerte.

Había un dato que no conseguía apartarme del pensamiento: Kevin no llevaba una linterna consigo. De haberla llevado, Scorcher la habría mencionado para corroborar su pequeña teoría del suicidio. Y Kevin nunca hacía nada peligroso a menos que tuviera una razón excelente para ello; el «porque sí» siempre lo había dejado para Shay y para mí. No había suficiente Guinness enlatada en todo Dublín para incitarlo a pensar que sería entretenido ir a inspeccionar el número dieciséis él solito, en la penumbra, por mera diversión. O bien había visto u oído algo al pasar por delante que le había hecho creer que no le quedaba más alternativa que entrar e investigar, algo demasiado urgente para solicitar refuerzos pero lo bastante discreto para que nadie más en la calle hubiera notado nada, o alguien lo había convocado allí, alguien que, por arte de magia, había sabido que pasaría por Faithful Place justo a aquella hora; o bien directamente había engañado a Jackie y desde el principio tenía previsto dirigirse a esa casa para encontrarse con alguien que vendría preparado.

Anocheció y yo había erigido ya una bonita montaña de colillas de cigarrillo a mis pies antes de que, tal como había previsto, a las cinco en punto Scorcher y su adlátere salieran por aquella puerta y se encaminaran hacia el aparcamiento.

Scorcher caminaba con la cabeza en alto y paso brioso y balanceaba su maletín mientras explicaba alguna anécdota que provocaba las debidas risas en el crío con cara de hurón. Justo antes de que se marcharan apareció Stephen, mi muchacho, lidiando con un teléfono móvil, una mochila, un casco de bicicleta y una larga bufanda. Era más alto de lo que pensaba y su voz más ronca, con un deje áspero que le hacía sonar más joven de lo que era. Iba vestido con un abrigo gris de excelente calidad y muy, muy nuevo: había dilapidado sus ahorros para asegurarse de encajar en la brigada de Homicidios.

El dato positivo es que yo tenía las manos libres en este caso. Stephen podía albergar sus dudas acerca de dar conversación al hermano de una víctima, pero apostaba lo que fuera a que no le habrían advertido que tuviera cuidado conmigo; Cooper era una cosa, pero Scorch jamás, ni en un millón de años, le habría confesado a un agente chiquitín que se sentía amenazado por un viejuno como yo. El sentido de la jerarquía sobredimensionado de Scorcher me iba a resultar de utilidad a fin de cuentas. En su mundo personal, los uniformados son monos, los agentes en prácticas son androides y solo los detectives de brigada merecen algún respeto. Esa actitud resulta nefasta, no solo por lo mucho que uno puede perderse, sino por los infinitos puntos débiles que uno se crea para sí mismo. Y tal como ya he explicado, tengo un don innato para detectar los talones de Aquiles.

Stephen colgó y se guardó el móvil en un bolsillo, y yo apagué el cigarrillo y salí al jardín para cortarle el paso.

—¿Stephen?

—¿Sí?

—Soy Frank Mackey —me presenté y le tendí la mano—. Agente secreto.

Vi que sus ojos se abrían, solo un poco, con algo que podía ser intimidación o temor o cualquier sentimiento intermedio. Con el transcurso de los años he sembrado y alimentado unas cuantas leyendas interesantes acerca de mi persona, algunas de ellas ciertas y otras falsas, pero todas ellas útiles, lo cual hace que con frecuencia provoque esa reacción. Stephen al menos intentó disimular, cosa que yo aprobaba.

–Stephen Moran, de la Unidad General –se presentó y procedió a estrecharme la mano con una firmeza un punto excesiva y manteniendo el contacto visual un poco más de lo conveniente; el muchacho se esforzaba por impresionarme–. Me alegro de conocerlo, señor.

–Llámame Frank. En la Secreta todos nos tuteamos. Hace un tiempo que vengo observándote, Stephen. He oído hablar muy bien de ti.

Logró refrenar tanto su sonrojo como su curiosidad.

–Siempre es bueno saberlo.

Empezaba a caerme bien.

–¿Te importa que demos un paseo? –pregunté mientras nos adentrábamos de nuevo en los jardines para evitar tropezar con los agentes móviles y los muchachos de Homicidios que irían saliendo del edificio–. Dime algo, Stephen. Te licenciaste como detective hace tres meses, ¿no es así?

Caminaba como un adolescente, con ese andar saltarín que uno tiene cuando le sobra energía en el cuerpo.

–Así es.

–Bien hecho. Corrígeme si me equivoco, pero no me pareces de la clase de agentes que desea pasar el resto de su carrera en la Unidad General, siguiendo al detective de turno que chasquee los dedos esa semana. Tienes demasiado potencial para malgastarlo así. Con el tiempo te gustaría dirigir tus propias investigaciones, ¿verdad?

–Ese es el plan.

–¿Y qué departamento te interesa?

En esta ocasión un ligero rubor consiguió abrirse camino a través de su autocontrol.

–Homicidios u Operaciones Secretas.

–Tienes buen gusto –apunté con una sonrisa–. De manera que trabajar en un caso de asesinato debe de ser como un sueño hecho realidad, ¿no es cierto? ¿Te diviertes?

Stephen contestó con precaución:

–Estoy aprendiendo mucho.

Solté una carcajada estentórea.

–No te lo crees ni tú. Eso significa que Scorcher Kennedy te está tratando como a un chimpancé adiestrado. ¿Qué te ha encargado hacer? ¿Prepararle los cafés? ¿Recogerle la ropa de la tintorería? ¿Zurcirle los calcetines?

Stephen torció el gesto a regañadientes.

–Mecanografiar las declaraciones de los testigos.

–Vaya, maravilloso. ¿Cuántas pulsaciones por minuto tienes?

–No me importa hacerlo. A fin de cuentas, soy el más novato. Los demás llevan ya unos cuantos años con el cinturón puesto. Y alguien tiene que hacerlo...

Luchaba con valentía por responder lo correcto.

–Stephen –dije–. Respira. Esto no es ningún examen. Están desperdiciando tu talento en tareas administrativas. Tú lo sabes, yo lo sé y, si Scorch se hubiera preocupado de dedicar diez minutos a leer tu expediente, él también lo sabría. –Señalé en dirección a un banco situado bajo una farola para poder observar su rostro al tiempo que quedábamos fuera del campo de visión de las salidas principales–. Siéntate, por favor.

Stephen depositó su mochila y su casco en el suelo y tomó asiento. Pese a mis adulaciones, me miraba con recelo, lo cual era buena señal.

–Ambos somos personas ocupadas –aclaré, sentándome junto a él en el banco–, de manera que no me andaré por las ramas. Me interesaría que me explicaras cómo avanza la investigación desde tu perspectiva, no desde la del detective Kennedy, ya que ambos sabemos de cuánta utilidad sería la suya. No hay necesidad de ser diplomático: estamos hablando de manera estrictamente confidencial; todo lo que digamos quedará entre nosotros dos.

Puede ver su mente pensando a toda velocidad, pero consiguió poner una cara de póquer decente y no fui capaz de descifrar qué camino estaba tomando.

–¿A qué se refiere con eso de «explicar cómo avanza la investigación» exactamente?

–A irnos encontrando esporádicamente. Quizá podría invitarte a un par de cervezas. Tú me explicas qué habéis estado haciendo en los últimos días, qué te parece la manera de acometer la investigación y si manejarías el caso de modo diferente en caso de ser tú quien mandara. Así yo podré hacerme una idea de cómo trabajas. ¿Qué me dices?

Stephen cogió una hoja muerta que se había posado en el banco y empezó a doblarla con mucho cuidado por la nervadura.

–¿Puede serle franco? Como si estuviéramos fuera de servicio. Hablarle de hombre a hombre.

Abrí los brazos en ademán de invitación.

–Estamos fuera de servicio, Stephen, amigo mío. ¿Acaso no te has dado cuenta?

–Me refiero a...

–Sé perfectamente a qué te refieres. Tranquilízate, chaval. Dime lo que se te ocurra. No habrá repercusiones.

Apartó la vista de la hoja para clavar en mí aquellos ojos grises templados e inteligentes.

–Dicen que usted tiene un interés personal en este caso. Un interés doble en estos momentos.

–No es ningún secreto de Estado. ¿Y?

–Pues que a mí esto me suena a que lo que usted quiere es que le haga de espía en esta investigación por homicidio –contestó.

–Si es así como quieres verlo –repliqué alegremente.

–No es que me entusiasme.

–Interesante. –Saqué mis cigarrillos–. ¿Fumas?

–No, gracias.

No era tan novato como parecía sobre el papel. Por mucho que aquel muchacho ansiara figurar en mi cuaderno de futuribles, no se vendía barato. En circunstancias normales, yo habría aprobado tal comportamiento, pero precisamente en aquel momento no estaba de humor para andarme con remilgos con su tozudez. Encendí un cigarrillo y expulsé el humo dibujando círculos bajo el haz de luz amarillento de la farola.

–Stephen –dije–. Piénsatelo bien. Supongo que te preocupan tres aspectos de mi propuesta: el nivel de compromiso que implica, la moral y las posibles consecuencias, no necesariamente por ese orden. ¿Me equivoco?

–Más o menos, sí.

–Empecemos por el tema del compromiso. No te solicitaré informes diarios en profundidad sobre todo lo que sucede en la sala de vuestra brigada. Te formularé preguntas muy concretas que serás capaz de responder con la mínima inversión de tiempo y esfuerzo. Estamos hablando de dos o tres encuentros a la semana, ninguno de los cuales se prolongará más de quince minutos si tienes algo mejor que hacer. A eso súmale una media hora de investigación antes de cada una de nuestras reuniones. ¿Crees que podrías manejarlo, hipotéticamente hablando?

Al cabo de un momento, Stephen asintió.

–No se trata de que tenga cosas mejores que hacer...

–Buen chico. Lo siguiente, las posibles consecuencias. Efectivamente, al detective Kennedy le daría un santo ataque de ira si descubriera que tú y yo estamos hablando, pero no hay motivo para que lo descubra. A estas alturas deberías saber ya que yo soy un hacha manteniendo el pico cerrado. ¿Qué me dices de ti?

—No soy ningún bocazas.

—Eso me parecía. En otras palabras, el riesgo de que el detective Kennedy te descubra y te castigue contra la pared es ínfimo. Y otra cosa, Stephen, recuerda que esa no es la única consecuencia posible. De este pacto podrían salir otras muchas cosas.

Aguardé hasta que preguntó.

—¿Como qué?

—Cuando he dicho que tenías potencial, no te estaba haciendo la pelota. Recuerda: este caso no durará toda la vida y, en cuanto concluya, volverás a la Unidad General. ¿Y qué vas a hacer allí?

Se encogió de hombros.

—Es la única manera de llegar a una brigada —contestó—. Hay que hacerlo.

—Llevar el seguimiento de coches robados y ventanas rotas y esperar a que alguien como Scorcher Kennedy te silbe para enviarte a buscar sus bocadillos durante unas cuantas semanas. Claro, hay que hacerlo, pero hay quien lo hace durante un año y quien lo hace durante veinte. Si te dan la oportunidad, ¿a ti personalmente cuándo te gustaría largarte de allí?

—Cuanto antes mejor, claro está.

—Lo que imaginaba. Te garantizo que supervisaré atentamente tu trabajo, tal como te he dicho que haría. Y cuando en mi unidad queda un puesto libre, yo me acuerdo de las personas que han desempeñado un buen trabajo para mí. No puedo asegurarte lo mismo de mi amigo Scorcher. Respóndeme a una pregunta muy sencilla, entre tú y yo: ¿sabe cómo te llamas?

Stephen no contestó.

–Bien –concluí–. Pues diría que el tema de las consecuencias potenciales está zanjado... Lo cual nos lleva a la moral de la situación. ¿Te estoy pidiendo que hagas algo que pueda poner en peligro tu trabajo en este caso de asesinato?

–Hasta ahora no.

–Y no tengo intención de hacerlo. Si en algún momento consideras que nuestra asociación amenaza tu capacidad de concentrar toda tu atención en las tareas que se te han encomendado oficialmente, comunícamelo y no volverás a saber de mí. Te doy mi palabra. –Siempre, siempre hay que darles una vía de escape que nunca tendrán oportunidad de usar–. ¿Te parece justo?

No parecía reconfortado.

–Sí –contestó.

–¿Te estoy pidiendo que desobedezcas alguna orden?

–Eso es ponerse tiquismiquis. Es cierto que el detective Kennedy no me ha prohibido que hable con usted, pero eso es solo porque ni siquiera se le ha ocurrido que pudiera hacerlo.

–Pues debería habérsele ocurrido. Si no ha sido así, es su problema, no el tuyo. Tú no le debes nada.

Stephen se pasó una mano por el cabello.

–Yo creo que sí –replicó–. Él es quien ha solicitado mi colaboración en el caso. Ahora mismo es mi jefe. Y el reglamento establece que yo recibo órdenes de él y de nadie más.

Me quedé patidifuso.

–¿El *reglamento*? ¿Qué...? Creía que habías dicho que te interesaba trabajar en Operaciones Secretas. ¿Acaso me estabas haciendo la pelota? Porque a mí no me gustan nada los peloteros, Stephen. Hablo en serio.

Contestó de inmediato:

–¡No! Claro que... Pero ¿qué se piensa? ¡Por supuesto que quiero entrar en Operaciones Secretas!

270

–¿Y crees acaso que en Operaciones Secretas podemos permitirnos pasarnos el día sentados leyendo el *reglamento*? ¿Crees que yo conseguí vivir tres años de incógnito en un círculo de narcotraficantes cumpliendo el *reglamento*? Dime que hablabas en broma, chiquillo. Por favor. Dime que no he estado tirando el tiempo por el retrete desde que levanté tu expediente.

–Yo no le he pedido que leyera mi expediente. Y, además, por lo que sé, usted no lo había visto hasta esta semana, hasta que le interesó contar con algún infiltrado en este caso.

Diez puntos para el chaval.

–Stephen, te ofrezco una oportunidad por la que cualquier agente de la Unidad General, cualquiera de los muchachos con los que te has formado, cualquiera a quien veas en el trabajo mañana por la mañana vendería a su querida abuelita. ¿Vas a dejarla pasar porque no puedo demostrar haberte prestado suficiente *atención*?

Se puso tan rojo que no se le distinguían las pecas, pero no perdió la compostura.

–*No*. Intento hacer *lo correcto*.

¡Madre del amor hermoso, santa juventud!

–Mira, amiguito, si no has aprendido la lección todavía, será mejor que saques la libreta, la anotes y te la aprendas de memoria: lo correcto no siempre es lo mismo que lo que pone en tu querido reglamento. A efectos prácticos, te estoy ofreciendo un trabajo como agente encubierto. Y este trabajo siempre va acompañado de cierta ambigüedad moral. Si no vas a ser capaz de gestionarla, será mejor que lo descubramos ahora.

–Este caso es diferente. Se trata de hacer de agente encubierto contra los nuestros.

–Criatura, te sorprendería averiguar la frecuencia con la que eso ocurre. Fliparías. Tal como he dicho, si eres incapaz de manejarlo, no solo debes descubrirlo tú, sino yo también. Y a raíz de ello ambos deberemos replantearnos los objetivos de tu carrera.

A Stephen se le tensaron las comisuras de los labios.

—Entonces, si no acepto este encargo —dijo—, me olvido de conseguir nunca una plaza en Operaciones Secretas.

—No es por rencor, chiquillo. No te equivoques. Un tipo podría apalizar a mis dos hermanas simultáneamente, colgar el vídeo en YouTube y yo no tendría problemas en trabajar con él si creyera que va a hacer bien su trabajo. Pero, si lo que me dejas claro es que en esencia estás incapacitado para realizar una misión secreta, entonces, evidentemente, nunca te recomendaré. Llámame loco.

—¿Puedo reflexionar sobre ello durante unas horas?

—No —contesté, al tiempo que lanzaba la colilla del cigarrillo—. Si no respondes ahora, no necesito que lo hagas. Tengo un montón de cosas de las que ocuparme y estoy seguro de que tú también. En resumidas cuentas, Stephen, se trata de lo siguiente: durante las siguientes pocas semanas puedes ser el mecanógrafo de Scorcher Kennedy o mi detective. ¿Cuál de las dos opciones te parece más estimulante?

Stephen se mordió el labio y se enrolló un extremo de la bufanda alrededor de la mano.

—Si llegamos a un acuerdo —dijo—, y digo «si», ¿qué clase de información querría saber? Póngame un ejemplo.

—Pues, por poner un ejemplo, cuando recibáis los resultados de las huellas dactilares, me fascinaría saber si dichas huellas, en caso de haberlas, se tomaron de la maleta, del contenido de la maleta, de las dos mitades de la nota y/o de la ventana por la que cayó Kevin. También me interesaría obtener una descripción completa de las heridas de Kevin, a ser posible con los diagramas y el informe forense. Eso me bastaría durante un tiempo; quién sabe, quizá sea todo lo que necesite saber. Y esa información os llegará en el próximo par de días, si no me equivoco.

Transcurrido un instante, Stephen exhaló un largo soplido, que dibujó una estela blanca en el frío aire, y alzó la cabeza.

–No se ofenda –se disculpó–, pero antes de filtrar información sobre un caso de homicidio a un completo extraño, me gustaría ver su identificación.

Estallé en carcajadas.

–Stephen –dije, mientras buscaba mi placa–, eres mi viva estampa. Nos vamos a caer de fábula, ya lo verás.

–Sí –replicó Stephen un tanto seco–. Eso espero.

Observé su desorganizada cabeza pelirroja inclinarse sobre mi identificación y solo por un instante, bajo el potente latido del triunfo («Chúpate esa, Scorchie, ahora es mi chico»), sentí un arrebato de afecto hacia aquel chaval. Me reconfortaba tener a alguien de mi lado.

12

Y eso fue lo máximo que pude posponer mi regreso a casa. Intenté recobrar fuerzas en el Burdock's (la comida del Burdock's era lo único que alguna vez me había tentado a regresar a Liberties), pero hasta el mejor bacalao con patatas tiene sus límites. Como la mayoría de los agentes secretos, no soy propenso al miedo. He acudido a reuniones donde todos los presentes tenían la intención de descuartizarme en trocitos y recomponerme artísticamente bajo la losa de hormigón más cercana y no he derramado una gota de sudor siquiera. En cambio, ante aquel encuentro, parecía una catarata. Intenté convencerme de lo que le había aconsejado al joven Stephen: «piensa en esto como una operación encubierta». Frankie el Detective Intrépido en su misión más osada hasta la fecha, presa de las fauces de la fatalidad.

La casa de mis padres se había convertido en un lugar diferente. La puerta no estaba cerrada con llave y, tan pronto entré en el vestíbulo, un alud se precipitó escaleras abajo y me golpeó: calidez, voces y aroma a whiskey caliente y clavos de especia, todo ello emanando a través de nuestra puerta abierta. La calefacción estaba puesta a la máxima potencia y el salón estaba atestado de personas que lloraban, se abrazaban y apoyaban las cabezas unas contra otras para disfrutar del dolor en comunión; unas traían paquetes de cervezas, otras bebés y otras bandejas de emparedados cubiertos con film transparente. Incluso los Daly estaban allí; el señor Daly estaba endemoniadamente tenso y la señora Daly parecía haberse atiborrado de pastillas de la felicidad, pero la muerte lo tergiversa todo. Divisé a mi padre al instante, como por instinto. Él, Shay y unos cuantos hombres más habían delimitado una zona masculina en la cocina donde circulaban los cigarros, las latas de cerveza y una conversación monosilábica y, por el momento, la situación parecía estar bajo control. En una mesa bajo el Sagrado Corazón, entre flores, recordatorios y velas eléctricas había fotografías de Kevin: Kevin con aspecto de salchicha gorda y roja de bebé, Kevin con un fantástico traje blanco a lo *Corrupción en Miami* el día de su confirmación, Kevin en un banco con una pandilla de amigotes achicharrados al sol, alzando entre risas cócteles de mil colores...

–Vaya, así que aquí estás –me espetó mi madre, apartando de su camino a alguien de un codazo. Se había puesto un llamativo vestido de color azul lavanda, seguramente su prenda más elegante, y era evidente que había estado llorando a moco tendido desde aquella tarde–. ¿Te lo has tomado con calma, eh?

–He regresado tan pronto como me ha sido posible. ¿Qué tal estás?

Me agarró el brazo con esa especie de pinza de langosta que tan bien recordaba y contestó:

–Ven conmigo. Ese tipo de tu trabajo, el de la mandíbula, dice que Kevin se cayó por una ventana.

Al parecer había decidido tomarse aquello como una afrenta personal. A mi madre nunca se sabe qué puede molestarle.

—Eso parece, sí —contesté.

—Es la tontería más grande que he oído nunca. Tu amigo tiene la cabeza hueca. Ve a hablar con él ahora mismo y dile que Kevin no era ningún tarado y que nunca en la vida se caería de una ventana.

Y el pobrecillo de Scorcher pensaba que le hacía un favor suavizando un suicidio camuflándolo de accidente.

—No te preocupes, se lo diré en cuanto lo vea.

—No pienso tolerar que los vecinos crean que crie a un lerdo que no sabía poner un pie delante del otro. Telefonéalo ahora mismo y se lo dices. ¿Dónde tienes el teléfono?

—Mamá, ya no estamos en horario de oficina. Lo único que conseguiré es que se tense. Lo telefonearé por la mañana, ¿de acuerdo?

—No lo harás. Solo lo dices para que me calle. Te conozco bien, Francis Mackey, siempre fuiste un embustero y siempre te creíste más listo que los demás. Pero te voy a decir una cosa: soy tu madre y no eres más listo que yo. Vas a llamar a ese tipo ahora mismo, mientras yo te vea.

Intenté zafarme de su garra, pero solo conseguí que me apretara más.

—¿Acaso le tienes miedo a ese hombrecillo? Dame a mí el teléfono y lo llamaré yo misma. Venga, dámelo.

—Pero ¿qué le vas a decir? —pregunté, lo cual fue un terrible error: el nivel de locura ya iba *in crescendo* sin necesidad de ningún aliento por mi parte—. Solo por interés: si Kevin no se cayó de esa ventana, ¿qué demonios crees que le sucedió?

—¡Maldita sea! —exclamó mi madre—. Pues que lo atropelló un coche. ¿Qué va a ser? Alguien debía de regresar a casa borracho después de la cena de Navidad y se llevó por delante a Kevin y luego, ¿me estás escuchando?, en lugar de apechugar con las consecuencias, abandonó a nuestro pobre niño en ese jardín con la esperanza de que nadie lo encontrara.

Sesenta segundos con ella y la cabeza ya me daba vueltas. No ayudaba, por otra parte, que en lo tocante al fondo de la cuestión más o menos yo coincidiera con ella.

–Mamá, eso no fue lo que ocurrió. Ninguna de las contusiones que tenía se corresponden con un atropello.

–¡Entonces mueve el trasero y descubre qué le pasó! Es tu trabajo, el tuyo y el del pijo de tu amigo, no el mío. ¿Cómo podría saber yo qué le ha sucedido? ¿Es que acaso tengo pinta de policía?

Detecté a Jackie saliendo de la cocina con una bandeja de emparedados y le lancé una mirada de auxilio fraternal megaurgente. Le endosó la bandeja al primer adolescente que encontró a su paso y vino derechita hacia nosotros. Mamá seguía erre que erre («Que *no eran coherentes*, anda que... ¿Quién demonios te crees que eres...?»), pero Jackie entrelazó su brazo con el mío y nos dijo, con tono apremiante:

–Ven aquí, le he dicho a la tía Concepta que le llevaría a Francis en cuanto apareciera. Va a ponerse hecha un basilisco si la hacemos esperar más. Será mejor que te apresures.

Un movimiento experto: la tía Concepta es en realidad la tía de mi madre y la única persona que podría ganarle en una pelea en una jaula psicológica. Mamá se sorbió la nariz con desdén y me soltó el brazo, no sin antes lanzarme una mirada de advertencia indicándome que aún no habíamos terminado, y Jackie y yo respiramos hondo y nos zambullimos entre la multitud.

Aquella fue, de largo, la tarde más rara de mi vida. Jackie me condujo por toda la casa presentándome a mis sobrinos y sobrinas, a las exnovias de Kevin (Linda Dwyer me premió con un estallido en lágrimas y un abrazo con una talla cien de sujetador), a las nuevas familias de mis viejos amigos, a los cinco estudiantes chinos absolutamente perplejos que ocupaban el piso del sótano y que estaban aplastados contra una pared, muy educados, sosteniendo en sus manos latas de Guinness intactas mientras intentaban asimilar aquello como una experiencia cultural. Un tipo llamado Waxer me dio un fuerte apretón de manos durante cinco largos minutos mientras recontaba la ocasión en que a él y a Kevin los habían pillado robando tebeos en una tienda. El Gavin de Jackie me dio un puñetazo torpe en el brazo y farfulló algo carente de sentido. Los hijos de Carmel me miraron con sus cuádruples ojos azules, mientras que la mediana, Donna, que todos me habían vendido como una niña divertidísima, se disolvió en grandes sollozos con hipo.

Esa fue la parte fácil. Prácticamente todos los rostros de mi pasado estaban presentes en aquella sala: niños con quienes había ido a la escuela y me había peleado, mujeres que me habían dado unos azotes cuando les había llenado de barro los suelos que acababan de fregar, hombres que me habían dado dinero para que fuera al estanco y les comprara un par de cigarrillos; personas que me miraban y veían al joven Francis Mackey correteando salvajemente por las calles y siendo expulsado de la escuela bajo acusaciones falsas («Ya lo veréis, acabará siendo como su padre»). Ya nadie se parecía a quien había sido. Todos parecían salidos de una fotografía orquestada por un maquillador de la ceremonia de los Oscar, con los carrillos regordetes, grandes panzas y calvas incipientes sobreimpuestas de manera obscena sobre los rostros reales que yo conocía. Jackie me encaraba en su dirección y me musitaba sus nombres al oído. La dejé creer que no los recordaba.

Zippy Hearne me dio una palmada en la espalda y yo le dije que le debía cinco libras: al final había conseguido echarle la pierna encima a Maura Kelly, aunque había tenido que casarse con ella para lograrlo. La madre de Linda Dwyer se aseguró de que me llegara a las manos uno de sus emparedados especiales de huevo. Tropecé con alguna mirada curiosa desde el otro lado de la estancia, pero, en general, Faithful Place había decidido recibirme con los brazos abiertos; al parecer, había jugado bien mis cartas durante el fin de semana y una buena dosis de dolor siempre ayuda, sobre todo si está aderezada con una pizca de escándalo. Una de las hermanas Harrison, reducida al tamaño de Holly, pero milagrosamente aún viva, me agarró de la manga y se puso de puntillas para decirme con el chorrito de voz que sus frágiles pulmones le permitieron que me había convertido en un hombre muy guapo.

Para cuando logré desembarazarme de todo el mundo y me hice con una buena lata fría y un rincón donde pasar desapercibido, me sentí como si me hubieran sometido a una operación psiquiátrica surrealista diseñada para desorientarme sin posibilidad de recuperación. Me apoyé en la pared, me presioné la lata contra el cuello e intenté no tropezar con la mirada de nadie.

En la estancia, el humor de los presentes había ido en ascenso, como una ola: todo el mundo se había agotado de tanto sufrir y necesitaba tomar aliento antes de volverse a hundir en la miseria. El volumen aumentaba, cada vez se amontonaban más personas en casa y entre el corrillo de muchachos que había cerca de mí se oyeron carcajadas: «Y justo cuando el autobús arrancaba, Kev sacó la cabeza por la ventana de arriba con el cono de tráfico a modo de micrófono y les gritó a los polis: "¡ARRODILLAOS ANTE ZOD!"...». Alguien había apartado la mesita del café para dejar espacio delante de la chimenea y alguien más instaba a Sallie Hearne a empezar a cantar. Tras las protestas obligatorias, una vez le hubieron dado un poco de whisky con el que aclararse la garganta, se arrancó: «*Tres mozalbetas de Kimmage...*» y la mitad de la sala le hizo coros: «*De Kimmage...*». Todas las fiestas de mi niñez se desataron con un coro de aquella índole, y me acordé de cuando

Rosie, Mandy, Ger y yo nos escondíamos corriendo debajo de las mesas para evitar que nos enviaran a la cama para niños habilitada en cualquier dormitorio trasero. Ahora Ger tenía una calva tan reluciente que la habría podido utilizar de espejo para afeitarme la barba.

Eché un vistazo alrededor de la estancia y pensé: «Es alguien de aquí». Por nada del mundo se habría ausentado de aquel encuentro. Habría destacado desde un kilómetro de distancia y mi hombre era demasiado bueno templando su carácter y socializando. Tenía que ser alguno de los presentes, alguien que se bebía nuestra bebida y se prodigaba con recuerdos sensibleros y cantaba a coro con Sallie.

Los amigos de Kev seguían muertos de risa; un par de ellos apenas podía respirar...

–...Estábamos a punto de mearnos de la risa... *Entonces* nos echamos a correr como locos y saltamos al primer autobús que vimos, sin tener ni pajolera idea de adónde nos dirigíamos...

«*Y en cualquier escaramuza era el más fuerte...*». Incluso mamá, apretujada en el sofá de manera protectora entre la tía Concepta y su temible amiga Assumpta, cantaba a coro, con los ojos enrojecidos, enjugándose la nariz, pero alzando su copa e irguiendo la barbilla como una luchadora.

Una pandilla de críos correteaba a la altura de nuestras rodillas, vestidos con sus mejores galas mientras mascaban galletas de chocolate y buscaban con recelo la mirada del adulto que al fin decidiera que era demasiado tarde para que siguieran despiertos. En cualquier momento se esconderían bajo la mesa.

–... Entonces nos bajamos del autobús pensando que estábamos en algún lugar de Rathmines, pero la fiesta era en *Crumlin*, así que era imposible que llegáramos. Así que Kevin dijo: «Chicos, es viernes por la noche, aquí hay estudiantes por todos sitios, vamos a divertirnos a algún lado...».

El ambiente en la sala se estaba caldeando. Se respiraba un olor denso, imprudente y familiar: whisky caliente mezclado con humo, perfume para ocasiones especiales y sudor. Sallie se arremangó la falda e interpretó unos pasos de baile junto a la chimenea, entre verso y verso. Aún sabía moverse bien. *«Después de beberse unas cuantas jarras estaba desesperado»*, seguían entonando.

Los amigotes de Kevin estaban a punto de rematar la anécdota:

–Y al final de la noche, Kev se llevó a casa a la chica más guapa de la fiesta. –Doblados de la risa, gritaban y brindaban con sus latas por el tanto que Kevin se había anotado hacía ya tiempo.

Cualquier agente secreto sabe que la cosa más estúpida que puede hacer en la vida es pensar que participa de los acontecimientos, pero aquella celebración formaba parte de mí mucho antes de que yo aprendiera esa lección. Me uní a los coros... *«Desesperado...»*

Y cuando Sallie miró en mi dirección le dediqué un guiño de aprobación y un saludo con mi lata. Pestañeó y luego apartó su mirada de mí y continuó cantando, media nota más rápida. *«Pero es alto, moreno y romántico, y pese a todo lo amo...»*

Hasta donde me alcanzaba la memoria, siempre me había llevado bien con todos los Hearne. Antes de tener tiempo de entender qué había pasado, Carmel se materializó junto a mi hombro.

–¿Sabes? –preguntó–. Está siendo una velada encantadora. Cuando muera, me encantaría tener una despedida así. –Sostenía en la mano un vaso de vino con zumo o una porquería por el estilo, y su rostro reflejaba una mezcla de ensoñación y determinación acorde con la cantidad de bebida ingerida–. Mira a toda esta gente –dijo, haciendo un gesto con el vaso–, toda esta gente quería a nuestro Kev. Y te diré algo: no me sorprende. Era adorable, un cielo, eso es lo que era.

–Siempre fue un crío muy dulce.

–Y de mayor era un encanto, Francis. Ojalá hubieras tenido ocasión de conocerlo como es debido. Mis niños lo adoraban.

Me lanzó una mirada rápida y, por un instante, creí que iba a añadir algo más, pero se contuvo.

–No me sorprende.

–Darren se escapó de casa en una ocasión, solo en una. Tenía catorce años y yo ni siquiera me preocupé; supe al instante que se había ido con Kevin. Está destrozado, mi Darren, digo. Dice que Kevin era el único de nosotros que no estaba chiflado y que ahora ya no tiene sentido pertenecer a esta familia.

Darren deambulaba por los bordes de la estancia, cogiéndose las mangas de su gran jersey negro y con su mejor cara enfurruñada de siniestrillo profesional. Estaba tan triste que ni siquiera sentía vergüenza de haber acudido al funeral.

–Tiene dieciocho años y la cabeza hecha un lío. Ahora mismo no carbura bien. No dejes que te entristezca.

–Ya, ya lo sé, solo está triste, pero... –Carmel suspiró–. Si quieres que te sea sincera, creo que tiene parte de razón.

–¿Y qué? Estar chalado forma parte de la tradición familiar, cielo. Ya lo apreciará cuando sea mayor.

Intentaba hacerla sonreír, pero Carmel se frotaba la nariz mientras observaba a Darren con preocupación.

–¿Crees que soy una mala persona, Francis?

Solté una carcajada.

–¿Tú? ¿Es que has perdido el juicio, Melly? Claro que no. Hace tiempo que no lo compruebo, pero, a menos que hayas estado regentando un burdel en esa encantadora casita adosada tuya, diría que eres bastante buena. He conocido a unas cuantas malas personas en mi vida y te lo aseguro: tú no encajas en el perfil.

–Esto que voy a contarte te sonará horrible –continuó Carmel. Escudriñó con gesto de duda el vaso que asía en la mano, como si no supiera cómo había llegado hasta allí–. No debería decirlo y menos ahora, sé que no debería hacerlo, pero eres mi hermano y para eso están los hermanos, ¿no?

–Claro que sí. ¿Qué has hecho? ¿Voy a tener que arrestarte?

–Va, cállate. No he hecho nada. Hablo solo de lo que pienso. ¿Quieres hacerme el favor de no reírte de mí?

–Jamás me atrevería a hacerlo. Te lo juro.

Carmel me observó con recelo por si le estaba tomando el pelo, pero luego suspiró, le dio un remilgado sorbito a su bebida, que olía a melocotón de mentira, y dijo:

–Siempre estuve celosa de él –confesó–. De Kevin. Siempre. –Aquello sí que no me lo esperaba. Aguardé–. Y también lo estoy de Jackie. Antes incluso tenía celos de ti.

–Vaya, me había llevado la impresión de que ahora eras bastante feliz –repliqué

–. ¿Me equivoco?

–No; uf, Dios mí, no. Soy feliz. Tengo una vida maravillosa.

–Entonces ¿de qué tienes celos?

–No es eso. Es... ¿Te acuerdas de Lenny Walker, Francis? Salí con él cuando éramos muy jóvenes, antes de Trevor. ¿Lo recuerdas?

–Vagamente. ¿El que tenía cara de cráter?

–¡Oye, basta! Pobrecillo... Tenía acné. Luego se le curó. Además, a mí no me importaba cómo tuviera la piel; estaba encantada de tener un primer novio. Me moría de ganas de traerlo a casa y presumir de él delante de todos vosotros, pero ya sabes cómo eran las cosas entonces.

–Y tanto que sí –contesté.

Ninguno de nosotros había llevado nunca a nadie a casa, ni siquiera en esas ocasiones especiales en las que se suponía que papá estaría en el trabajo. Lo conocíamos demasiado bien como para dar por sentado que así sería.

Carmel echó un vistazo rápido alrededor para cerciorarse de que nadie nos escuchaba.

—Pues resulta que una noche —prosiguió— Lenny y yo nos estábamos dando unos besos y toqueteándonos en la calle Smith y papá pasó por delante de nosotros de camino al bar y nos sorprendió. Se quedó *lívido*. Ahuyentó a Lenny taconeando con fuerza en el suelo y luego me agarró del brazo y empezó a abofetearme en la cara. Empezó a insultarme, me dijo de todo, no me atrevo ni a repetirlo... Me trajo a rastras a casa todo el camino. Luego me llamó golfa de mala muerte y me amenazó con internarme en una escuela para chicas malas. Que Dios me ampare, Francis, Lenny y yo solo nos dimos un beso. Si yo ni siquiera habría sabido cómo hacer algo más...
—Pese a todo el tiempo transcurrido, aquel recuerdo aún la hacía ponerse como la grana—. Bueno, aquel fue nuestro final. Después de aquello, cuando nos tropezábamos por ahí, Lenny ni siquiera me miraba a la cara; estaba demasiado avergonzado. Y no lo culpo, que quede claro.

La actitud de mi padre con respecto a mis novias y las de Shay había sido mucho más tolerante, aunque no más útil. Cuando Rosie y yo salíamos juntos sin tapujos, antes de que Matt Daly lo descubriera y le lanzara encima a la caballería, me había dicho:

—Así que la pequeña de los Daly, ¿eh? Buena elección, hijo. Fresca como una lechuga. —Tras lo cual me había dado una palmada demasiado fuerte y había sonreído ampliamente al ver que a mí se me tensaba la mandíbula—. Tiene unas buenas mamellas, madre mía. ¿Qué? Cuéntanos. ¿Ya se las has magreado?

—Vaya mierda, Melly. De verdad. Mierda de cinco estrellas.

Carmel tomó aire, se dio unas palmaditas en la cara y el sonrojo empezó a desvanecerse.

—Vaya, mira cómo me he puesto, la gente pensará que tengo sofocos... Bueno, no es que yo estuviera loquita por Lenny; probablemente habría roto con él en poco tiempo, porque besaba fatal. Simplemente jamás volví a ser la misma. Tú no lo recordarás, pero yo antes de aquello era bastante descarada; solía contestar muy mal a papá y a mamá. Después de ese día tenía miedo hasta de mi propia sombra. Créeme, Trevor y yo estuvimos hablando de comprometernos un año antes de hacerlo; él ya tenía ahorrado el dinero para el anillo y todo eso, pero yo no me atrevía a dar el paso, porque sabía que tenía que celebrar una fiesta de compromiso. Y me aterraba la idea de reunir a las dos familias en una misma estancia. Estaba aterrorizada.

—No te culpo —la sosegué y por un instante deseé haberme mostrado más amable con el cerdito del hermano pequeño de Trevor.

—Y a Shay le ocurre lo mismo. No es que se asustara y, además, papá jamás intercedió en sus líos de faldas, pero... —Buscó con la mirada a Shay, que estaba apoyado en el vano de la puerta de la cocina con una lata en la mano y la cabeza inclinada hacia Linda Dwyer—. ¿Recuerdas aquella vez, tú debías de rondar los trece años, en que se quedó inconsciente?

—Procuro con todas mis fuerzas no hacerlo —contesté.

Había sido uno de esos días divertidos. Papá intentó asestarle un puñetazo a mamá, por razones que ahora se me escapan, y Shay lo agarró de la muñeca. Mi padre no era de los que se tomaban bien los desafíos a su autoridad y así nos lo hizo saber agarrando a Shay por el pescuezo y sacudiéndole la cabeza con fuerza contra la pared. Shay perdió el conocimiento, probablemente solo durante un minuto, pero pareció una hora, y pasó el resto de la noche bizco. Mamá no nos permitió llevarlo al hospital, sin que quedara claro si lo que le preocupaban eran los médicos, los vecinos o ambos, pero solo de pensarlo le daban escalofríos. Yo pasé toda aquella noche observando a Shay mientras dormía, asegurándole a Kevin que no se moriría y preguntándome qué demonios haría yo si lo hacía.

—Después de aquello nunca ha vuelto a ser el mismo. Se endureció —sentenció Carmel.

—No es que antes fuera un osito de peluche.

—Sé que nunca os habéis llevado bien, pero juro por Dios que Shay era un buen muchacho. A veces Shay y yo manteníamos unas conversaciones maravillosas y los estudios le iban fantásticamente bien... Después de aquello fue cuando empezó a retraerse en sí mismo.

Sallie se marcó su gran final («*Y entre tanto viviremos en mi casa, ¡ay!*») y la concurrencia estalló en vítores y aplausos. Carmel y yo aplaudimos por inercia. Shay alzó la cabeza y echó un vistazo alrededor de la estancia. Por un segundo me pareció recién salido de una sesión de quimioterapia: con la tez grisácea, exhausto y con grandes ojeras. Luego volvió a sonreír al escuchar la anécdota que Linda Dwyer le estaba contando.

—¿Qué tiene que ver todo esto con Kevin? —pregunté.

Carmel suspiró hondo y le dio otro sorbito a los melocotones falsos. La caída de sus hombros indicaba que se internaba en la fase melancólica.

—Pues que por eso estaba celosa de él —contestó—. Kevin y Jackie... lo pasaron mal, sé que lo pasaron mal. Pero a ellos nunca les sucedió nada parecido, no les ocurrió nada que los hiciera cambiar para siempre. Shay y yo nos aseguramos de que así fuera.

—Y yo.

Sopesó mi apunte.

–Sí –reconoció–. Y tú. Pero nosotros intentábamos cuidarte también, y *lo hicimos,* Francis. Yo siempre creí que tú eras un buen muchacho también. Además, tuviste las agallas de marcharte. Y cuando Jackie nos explicó que estabas en plena forma... pensé que habías escapado antes de que te machacaran la cabeza.

–Me faltó poco –señalé–. Aunque no usó cigarrillos.

–No lo supe hasta la otra noche, en el bar, cuando lo dijiste. Nosotros hicimos cuanto pudimos por evitarlo, Francis.

Le sonreí. Su frente era un laberinto de finas ranuras ansiosas, huella de una vida preocupándose porque todas las personas que la rodeaban estuvieran bien.

–Sé que así fue, cariño. Nadie lo habría hecho mejor.

–Entonces ¿entiendes por qué sentía celos de Kevin? Él y Jackie aún tienen la oportunidad de ser felices. Tal como yo lo era de niña. No es que jamás haya deseado que le pasara nada malo, que Dios me ampare. Simplemente lo miraba y ansiaba poder ser así yo también.

–No creo que eso te convierta en una mala persona, Melly –le aseguré con ternura–. No es que descargaras contra Kevin. Tú nunca en tu vida hiciste nada para hacerle daño; siempre hiciste cuanto pudiste para asegurarte de que estaba bien. Fuiste una buena hermana para él.

–Aún así, es pecado –sentenció Carmel. Observaba la estancia abrumada por el dolor, balanceándose sobre sus altos tacones, solo un poquito–. Envidia. Para que sea pecado basta con sentirla, como bien sabes. *«Perdóname, Padre, porque he pecado, de obra y de pensamiento, en lo que he hecho y en lo que he dejado de hacer...»* ¿Cómo podré pronunciar estas palabras de nuevo en la confesión ahora que Kevin ha muerto? Me avergonzaría de mi vida.

La rodeé con el brazo y le di un apretoncito en el hombro. Se dejó querer.

–Escúchame bien, cariño. Te garantizo que no vas a ir al infierno por unos celillos fraternales. Como mucho, ocurrirá lo contrario: Dios te dará puntos adicionales por esforzarte tanto por superarlos. ¿Me oyes bien?

–Claro, seguro que tienes razón –contestó Carmel de manera automática (los años de seguirle la corriente a Trevor...), pero no sonaba convencida. Por un segundo tuve la sensación de que, por algún motivo, la había decepcionado. Volvió a enderezarse y se olvidó de mí–: ¡Válgame Dios! ¿Es una lata de cerveza lo que Louise tiene en la mano? ¡Louise! ¡Ven aquí ahora mismo!

A Louise estuvieron a punto de saltársele los ojos de las órbitas y se desvaneció entre la multitud a la velocidad de un rayo. Carmel salió en su persecución.

Yo me recosté en mi rincón y no me moví de allí. El salón volvía a cambiar. El santo de Tommy Murphy atacaba «The Rare Old Times» con una voz que antiguamente había tenido sabor a humo de turba y miel. La edad lo había suavizado, pero aún era capaz de poner punto y final a una conversación a mitad de frase. Las mujeres alzaban sus copas y se balanceaban hombro con hombro, las criaturas se apoyaban en las piernas de sus padres y escuchaban chupándose el dedo; incluso los amigos de Kevin habían bajado la voz y ahora contaban sus anécdotas en un murmullo. El santo de Tommy tenía los ojos cerrados y la cabeza echada hacia atrás, con la vista clavada en el techo. «*Criado a base de canciones y relatos, de héroes de leyendas conocidas y de la antigua gloria del Dublín de antaño...*», cantaba. Nora, recostada en el marco de la ventana para escuchar, casi hizo que se me detuviera el corazón de un salto por su enorme parecido con Rosie, como si fuera una sombra de esta, con ojos oscuros y tristes, y quieta, demasiado lejos para tocarla.

Aparté la vista de ella como un rayo; entonces fue cuando divisé a la señora Cullen, la madre de Mandy, cerca del altar dedicado a Jesús y a Kevin, manteniendo una intensa conversación con Verónica Crotty, quien seguía teniendo el aspecto de estar constipada todo el año. La señora Cullen y yo solíamos llevarnos bien en mi adolescencia; a ella le gustaba reír y yo le contaba chistes. En esta ocasión, no obstante, cuando nuestras miradas tropezaron y le sonreí, dio un brinco como si algo la hubiera picado, agarró del codo a Verónica y le susurró algo a doble velocidad en el oído mientras lanzaba miradas furtivas en mi dirección. A los Cullen la sutileza nunca se les había dado bien. Fue entonces cuando empecé a preguntarme por qué Jackie no me había llevado a saludarles al llegar.

Fui en busca de Des Nolan, el hermano de Julie, que había sido amigote mío y a quien, por alguna razón, también nos habíamos saltado durante la gira relámpago de Jackie. La mirada que puso al verme habría sido impagable, de haber estado yo de humor para bromas. Musitó algo incoherente, señaló hacia una lata que a mí no me pareció vacía y salió disparado como una flecha hacia la cocina.

Encontré a Jackie acorralada en un rincón, mientras nuestro tío Bertie le daba la murga. Puse expresión de agonía al borde del desmoronamiento, la liberé de las garras sudorosas de nuestro pariente, la conduje hasta el dormitorio y cerré la puerta. La habitación estaba pintada ahora de color melocotón y hasta el último palmo de superficie disponible se había cubierto con adornitos de porcelana, lo cual ponía de relieve la falta de previsión por parte de mamá. Olía a jarabe para la tos mezclado con algo más, otro medicamento, más fuerte.

Jackie se desplomó en la cama.

–¡Dios! –exclamó, abanicándose y resoplando–. Mil gracias. Madre mía, sé que no está bien criticar, pero el tío Bertie no ha pasado por una bañera desde que lo trajo al mundo la comadrona.

—Jackie —la corté—. ¿Qué sucede?

—¿A qué te refieres?

—La mitad de los presentes no me dirigen la palabra, ni siquiera me miran a los ojos, pero tienen mucho que decirse entre ellos cuando creen que no los miro. ¿De qué va todo esto?

Jackie consiguió poner una mirada inocente y furtiva al mismo tiempo, como un niño sorprendido en fragante que niega haberse comido el chocolate.

—Has pasado mucho tiempo fuera. Hace veinte años que no te veían. Solo se sienten un poco incómodos.

—¡Y un cuerno! ¿Es porque soy policía?

—¡Que va, no! Quizá un poco, pero... ¿Por qué no dejamos el tema, Francis? Quizá te estás poniendo un poco paranoico, ¿no crees?

—Necesito saber qué está pasando, Jackie —contesté—. Hablo en serio. No te me vayas por las ramas con esto.

—Eh, relájate; yo no soy uno de tus puñeteros sospechosos. —Agitó la lata de sidra que sostenía en la mano—. ¿Sabes si queda alguna más de estas?

Le pasé mi Guinness (apenas la había tocado).

—Cuéntamelo.

Jackie suspiró, mientras daba vueltas a la lata entre sus manos.

—Ya sabes cómo es Faithful Place. Al más mínimo atisbo de escándalo...

—Se abalanzan sobre él cual buitres. Pero ¿cómo demonios he acabado convirtiéndome yo en el plato especial del día?

Se encogió de hombros incómoda.

—A Rosie la asesinaron la noche que tú desapareciste. Y Kevin ha muerto dos noches después de tu regreso. Además, aconsejaste a los Daly que no se pusieran en contacto con la policía. Algunas personas... —Su voz se apagó.

—Dime que me estás tomando el pelo, Jackie. Por favor, dime que Faithful Place no cree que yo haya asesinado a Rosie y a Kevin.

—No todo Faithful Place. Solo algunas personas. No creo... Francis, escúchame... Sinceramente, dudo que lo crean de verdad. Simplemente especulan porque así la historia es más suculenta, el hecho de que te largaras, que te hayas convertido en policía y todo eso. No dejes que te influya. Solo buscan un poco más de drama, no es más que eso.

Me di cuenta de que aún tenía la lata vacía de Jackie entre las manos y de que la había aplastado hasta hacerla un amasijo de latón. Podía prever una reacción así de Scorcher, quizá del resto de patatas rellenas de aire del Departamento de Homicidios, incluso de algunos cuantos colegas de Operaciones Secretas. Pero jamás lo habría esperado del barrio que me había visto nacer.

Jackie me miraba con nerviosismo.

—¿Entiendes lo que intento decirte? Quienquiera que matara a Rosie es de por aquí. La gente prefiere no pensar...

—*Yo también soy de por aquí* —aclaré.

Se produjo un silencio. Jackie alargó una mano vacilante e intentó tocarme el brazo; yo lo aparté de ella bruscamente. La tenue luz del dormitorio se me antojó amenazante; las sombras se agolpaban demasiado densamente en los rincones. Fuera, en el salón, los presentes se sumaban de manera irregular a Holy Tommy: *«Los años me han hecho más amargo, la bebida me nubla el pensamiento, y Dublín sigue cambiando; ya nada es como era...»*.

—¿Y tú has permitido que quienes me acusan de algo así en tu cara hayan entrado en esta casa? —pregunté.

—No seas idiota —me cortó Jackie—. A mí nadie me ha dicho nada. ¿Crees que tendrían agallas suficientes para hacerlo? Les partiría la cara a hostias. Solo lo insinúan. La señora

Nolan le dijo a Carmel que siempre te ha gustado la acción, Sallie Hearne le dijo a mamá que siempre habías tenido muy mal genio y que recordaba la vez que le habías partido la nariz a Zippy...

—Pero si fue porque *se estaba metiendo con Kevin*. Por eso le pegué aquel puñetazo a Zippy, por todos los santos. Y teníamos *diez* años.

—Ya lo sé. No les hagas caso, Francis. No les des esa satisfacción. Son todos unos idiotas. Han tenido una dosis de drama suficiente para toda una vida, pero a ellos siempre les queda hueco para un poco más. Así es Faithful Place y así ha sido siempre.

—Sí —coincidí con ella.

Al otro lado de la puerta, la canción sonaba cada vez más fuerte y estentórea a medida que se iban sumando espontáneos. Me apoyé en la pared y me restregué la cara con las manos. Jackie me observaba de reojo mientras se bebía mi Guinness. Al final me preguntó con cautela:

—¿Nos reincorporamos?

—¿Llegaste a preguntarle a Kevin de qué quería hablarme? —le pregunté.

Puso cara de angustia.

—Oh, Francis, lo siento. Lo habría hecho, pero como dijiste...

—Sé perfectamente lo que dije.

—¿Al final no consiguió hablar contigo?

—No —contesté—. No.

Otro breve silencio.

Jackie repitió:

—Lo siento mucho, Francis.

—No es culpa tuya.

—Nos estarán buscando.

—Ya lo sé. Dame un minuto más y volvemos a salir.

Jackie me ofreció la lata.

–¡A la porra con eso! –la rechacé–. Necesito beber algo más fuerte.

Bajo el alféizar había una tabla de suelo suelta debajo de la cual Shay y yo solíamos esconder los cigarrillos para que no los viera Kevin y, como era de prever, mi padre también la había encontrado. Agarré una botella de vodka, le di un trago y se la ofrecí a Jackie.

–¡Caray! –exclamó. Parecía realmente asustada–. Pero bueno... ¿por qué no?

Asió la botella, le dio un sorbito y se secó el pintalabios con cuidado.

–Bien –dije. Le di otro trago generoso y volví a esconder la botella en su pequeño escondrijo–. Y ahora expongámonos al linchamiento público.

Entonces fue cuando cambiaron los ruidos en el exterior. Las voces que cantaban se apagaron rápidamente y un segundo después el murmullo de la conversación se detuvo. Un hombre dijo algo con brusquedad, en tono bajo y enfadado, una silla se hizo añicos contra una pared y luego mamá apareció como algo a medio camino entre un alma en pena y una alarma de coche.

Papá y Matt Daly discutían, barbilla con barbilla, en medio del salón. El vestido de color lavanda de mi madre estaba manchado con algo húmedo, de arriba abajo, y ella no cesaba de repetir: «Lo sabía, imbécil, lo sabía, solo esta noche, es lo único que te había pedido...». El resto de presentes se habían apartado para no meterse en la refriega. Tropecé con la mirada de Shay al otro lado de la sala, como si fuéramos imanes, y empezamos a abrirnos camino a codazos entre la concurrencia.

Matt Daly dijo:

–Siéntate.

–Papá –dije yo, tocándole el hombro.

Ni siquiera se percató de mi presencia. Sin más, le replicó a Matt Daly:

—No te atrevas a darme órdenes en mi propia casa.

Shay, colocado a su otro lado, dijo:

—Papá.

—Siéntate —repitió Matt Daly, con voz ronca y fría—. Vas a montar una escena.

Papá lo embistió. Las habilidades realmente útiles nunca se olvidan: me abalancé sobre él con la misma celeridad que Shay; mis manos aún recordaban cómo agarrarlo y mi espalda estaba ya preparada con anticipación cuando mi padre dejó de pelear y le flaquearon las rodillas. Me puse como la grana de pura vergüenza.

—Sacadlo de aquí —chilló mamá. Un corrillo de mujeres cacareaba alrededor de mi madre y alguien le daba golpecitos con un pañuelo, pero ella estaba demasiado furiosa para darse cuenta—. Venga, tú, sal de aquí, vuelve a la alcantarilla a la que perteneces, nunca debería haberte sacado de allí... En el funeral de tu propio hijo, maldito bastardo, no respetas nada...

—¡Zorra! —rugió papá por encima de su hombro, mientras lo arrastrábamos fuera de la puerta—. ¡Sucia asquerosa!

—Por la puerta trasera —observó Shay con brusquedad—. Dejemos que los Daly salgan por la delantera.

—¡Al infierno con Matt Daly! —gritó papá mientras descendíamos las escaleras— ¡Y al infierno Tessie Daly! ¡Y al infierno vosotros dos también! Kevin era el único de los tres que valía la pena.

Shay soltó una carcajada áspera. Parecía peligrosamente exhausto.

—Mira, probablemente en eso tengas razón.

—El mejor de todos —continuó papá—. Mi chico de ojos azules. —Rompió a llorar.

–¿No querías saber cómo lo llevaba? –me preguntó Shay. Sus ojos se encontraron con los míos tras la nuca de papá; despedían fuego–. Pues he aquí tu oportunidad de descubrirlo. Que la disfrutes.

Abrió la puerta trasera utilizando diestramente un pie como gancho, arrojó a papá a los escalones y entró de nuevo en casa.

Papá permaneció donde lo había soltado, sollozando y perorando acerca de la crueldad de la vida y de divertirse hasta que no le quedaran fuerzas. Yo me apoyé contra la pared y encendí un pitillo. El tenue resplandor naranja procedente de ningún lugar en concreto confería al jardín ese aspecto aciago de las películas de Tim Burton. El cobertizo donde antes solía hallarse el inodoro seguía allí, si bien ahora le faltaban unos cuantos tablones y se inclinaba en un ángulo imposible. La puerta del vestíbulo se cerró de un portazo a mis espaldas: los Daly regresaban a casa.

Al cabo de un rato, papá agotó su intervalo de atención, o bien se le enfrió el trasero. Salió a regar el jardín, se limpió los mocos con la manga y se acomodó en el escalón, haciendo un gesto de dolor.

–Dame un cigarrillo.

–Pídemelo «por favor».

–Soy tu padre y te ordeno que me des un cigarrillo.

–¡Al carajo! –exclamé y le tendí un pitillo–. Siempre cedo ante una buena causa. Y el hecho de que tú agarres un cáncer de pulmón sin duda alguna lo es.

–Siempre fuiste un engreído y un arrogante –replicó, al tiempo que agarraba el pitillo–. Debería haber empujado a tu madre escaleras abajo cuando me dijo que estaba encinta.

–Probablemente lo hiciste.

–Y un cuerno. Nunca os he puesto una mano encima a menos que os lo merecierais.

Le temblaban tanto las manos que no era capaz de encender el cigarrillo. Me senté junto a él en las escaleras, le quité el encendedor y le ayudé. Apestaba a nicotina, a Guinness rancia y a unas gotas de ginebra fresca. Yo seguía teniendo los nervios de la espina dorsal a flor de piel, aún en alerta por miedo a él. El murmullo de la conversación que salía por la ventana que quedaba sobre nuestras cabezas volvía a subir de volumen, incómodamente, a ráfagas.

–¿Qué te pasa en la espalda? –pregunté.

Papá soltó una bocanada de humo.

–No es asunto tuyo.

–Bueno, era solo por darte conversación.

–Tú nunca hablas solo por dar conversación. No soy idiota. No me trates como si lo fuera.

–Nunca he pensado que lo fueras –aclaré, y lo dije en serio.

Si mi padre hubiera dedicado un poco más de tiempo a cultivarse y un poco menos a saciar su alcoholismo, podría haber sido un buen rival dialéctico. Cuando yo tenía unos doce años estudiamos la Segunda Guerra Mundial en el colegio. El maestro era un capullo paleto que no había salido del armario y creía que todos los críos de las zonas urbanas deprimidas éramos demasiado tontos para entender un tema tan complejo, de manera que ni se preocupaba por enseñarnos. Mi padre, que aquella semana estaba sobrio de casualidad, fue quien se sentó a mi lado, dibujó diagramas a lápiz sobre el mantel de la cocina, sacó los soldaditos de plomo de Kevin para formar a los ejércitos y me ilustró sobre cómo había acontecido todo con tal claridad y viveza que aún recuerdo cada detalle como si lo hubiera visto en una película. Una de las tragedias de mi padre siempre fue que era lo bastante inteligente como para entender cuánto la había cagado en la vida. Lo habría sobrellevado todo mucho mejor de ser un idiota sin dos dedos de frente.

–¿Qué te importa a ti mi espalda?

–Simple curiosidad. Pero si alguien va a perseguirme solicitándome que pague una parte de la cuota de la residencia de ancianos, estaría bien saber qué te ocurre de antemano.

–Yo no te he pedido nada. Y no pienso ir a ninguna residencia. Antes me descerrajo un tiro en la cabeza.

–Bien hecho. No lo dejes para demasiado tarde.

–No te daría esa alegría.

Le dio otra calada angustiada al cigarrillo y observó los aros de humo que exhaló por la boca.

–¿A qué venía todo ese follón? –pregunté.

–A nada en particular. Asuntos de hombres.

–¿Qué significa eso? ¿Que Matt Daly te ha robado el rebaño?

–No debería haber entrado en mi casa. Y menos que nunca esta noche.

El viento husmeó entre los jardines y fue a recostarse contra las paredes del cobertizo. Por una fracción de segundo pude ver a Kevin, justo la noche anterior, tumbado, de color púrpura y blanco, apaleado en medio de la oscuridad, a cuatro jardines de distancia. No me enfadé, pero tuve la sensación de pesar ciento veinte kilos, como si fuera a tener que permanecer allí sentado toda la noche, porque las posibilidades de poder ponerme en pie en aquel escalón por mí mismo eran nulas.

Al cabo de un rato, papá dijo:

–¿Te acuerdas de aquella tormenta de truenos? Debías de tener, no sé, cinco o seis años. Os saqué a ti y a tu hermano a la calle. Tu madre tuvo un ataque de histeria.

–Sí. Me acuerdo.

Había sido una de esas noches estivales en las que cuesta horrores respirar y todo el mundo discute por nada. Una olla a presión. Cuando estalló el primer trueno, papá saltó una risotada de alivio como un rugido. Agarró a Shay con un brazo y a mí con el otro y descendió por las escaleras, mientras mi madre gritaba como una posesa a nuestra espalda. Nos sostuvo en brazos para que viéramos los relámpagos centellear por encima de las chimeneas y nos enseñó a no temer a los truenos, porque no eran más que los relámpagos calentando el aire con la rapidez de una explosión. Y también nos enseñó a no tener miedo de mamá, que estaba asomada a la ventana y ahora ya gritaba como una energúmena. Cuando finalmente una cortina de lluvia descargó sobre nosotros, papá echó la cabeza hacia atrás y, mientras miraba el cielo gris purpúreo, jugó a darnos vueltas en medio de la calle vacía, mientras Shay y yo gritábamos de la risa como salvajes, enormes goterones cálidos de lluvia nos salpicaban en la cara y la electricidad hacía que nos crujiera el cabello, mientras los truenos hacían temblar el suelo y retumbaban a través de los huesos de papá hasta los nuestros.

—Fue una tormenta fantástica —dijo papá—, una noche fantástica.

—Recuerdo cómo olía. El sabor de aquella lluvia —comenté yo.

—Sí. —Le dio una última calada minúscula a su cigarrillo y luego arrojó la colilla a un charco—. Te diré lo que me apetecía hacer aquella noche. Me habría encantado agarraros a los dos y largarme con vosotros. Subir a las montañas y vivir allí. Robar una tienda y un arma en algún lugar y vivir de lo que fuéramos capaces de cazar. Sin mujeres que nos incordiaran ni nos dijeran que no éramos lo bastante buenos, sin nadie dedicándose a ningunear a un pobre trabajador. Erais unos niños maravillosos, tú y Kevin; niños fuertes, capaces de sobrevivir en cualquier lugar. Creo que nos habría ido estupendamente.

—Pero quienes estábamos aquella noche éramos Shay y yo.

—Tú y Kevin.

–No. Yo seguía siendo aún lo bastante pequeño como para que me pudieras levantar en brazos, lo cual significa que Kevin no debía de ser más que un bebé, si es que había nacido.

Papá reflexionó un instante.

–¡Joder! –se quejó al fin–. ¿Sabes qué significaba aquella noche para mí? Era uno de mis mejores recuerdos de mi hijo muerto. ¿Por qué quieres jodérmelo y robármelo?

–El motivo por el que no tienes recuerdos reales de Kevin es porque, para cuando él nació, tu cerebro, básicamente, era ya un puré de patatas. Si te apetece explicarme por qué eso es culpa mía, soy todo oídos.

Respiró hondo, preparándose para encajarme su mejor derechazo, pero le sobrevino un ataque de tos que casi lo hace saltar traqueteando del escalón. De repente sentí asco por ambos. Me había pasado los últimos diez minutos pidiendo a gritos que me soltara un puñetazo en la cara; había tardado todo este tiempo en darme cuenta de que no me enfrentaba a alguien a mi altura. Pensé que tenía unos tres minutos para alejarme de aquella casa antes de perder la cabeza.

–Ten. –Le tendí otro cigarrillo. Mi padre seguía sin poder hablar, pero lo asió con su mano temblorosa–. Que lo disfrutes. –Y lo dejé solo.

En el piso de arriba, Holy Tommy volvía a cantar. La noche había alcanzado el momento en el que la concurrencia había sustituido la Guinness por bebidas más fuertes y ya andábamos luchando con los británicos.

Shay se había evaporado, y también Linda Dwyer. Carmel estaba apoyada a un lado del sofá, cantando al son de la canción, con un brazo alrededor de Donna, que estaba adormilada, y el otro apoyado en el hombro de mamá. Le susurré al oído:

–Papá está fuera. Que alguien vaya a ver cómo se encuentra dentro de un rato. Yo me tengo que ir. –Carmel me miró con una sacudida rápida de cabeza, desconcertada, pero me coloqué un dedo sobre los labios y le hice un gesto con la cabeza señalando a mamá–. Shhh. Volveré pronto. Lo prometo.

Me fui antes de que a cualquiera se le ocurriera decirme algo. La calle estaba en penumbra, iluminada tan solo por una luz en casa de los Daly y otra en el apartamento de los estudiantes melenudos; el resto del barrio estaba o bien dormido o bien en nuestra casa. La voz de Holy Tommy sonaba a través de la ventana de nuestro salón, débil y eternamente joven a través del vidrio: «*Al cabalgar de nuevo por la cañada, con el corazón roto por el dolor, pues de allí había partido con hombres valientes a quienes no volvería a ver...*». Me persiguió por todo Faithful Place. Incluso cuando doblé la esquina para tomar la calle Smith pensé que seguía oyéndolo, bajo el zumbido de los vehículos, cantando con todo su corazón.

13

Me monté en mi coche y conduje hasta Dalkey. Era tan tarde que la calle estaba oscura y sumida en un silencio espeluznante y todo el mundo andaba ovillado bajo sus edredones de lana. Aparqué debajo de un decoroso árbol y permanecí allí sentado un rato, observando la ventana del dormitorio de Holly y pensando en todas las noches en que había llegado tarde de trabajar a aquella casa, había aparcado en el camino de la entrada, como si perteneciera a aquel lugar, y había introducido mi llave en la cerradura sin hacer ruido. Olivia solía dejarme algo de comer en la encimera: sándwiches imaginativos y notitas, además del dibujo que Holly hubiera hecho aquel día. Yo me comía los sándwiches sentado sobre la encimera, mientras contemplaba los dibujos bajo la luz que entraba a través de la ventana de la cocina y escuchaba los sonidos de la casa bajo la densa capa de silencio: el murmullo del frigorífico, el viento en los aleros, las suaves oleadas de la respiración de mis chicas. Luego le escribía una notita a Holly para estimularla a aprender a leer («HOLA HOLLY, VAYA TIGRE MÁS BONITO. ¿ME DIBUJARÁS UN OSO HOY? TE QUIERE MUCHO, PAPÁ») y le daba un beso de buenas noches de camino a la cama. Holly duerme boca arriba, completamente despatarrada, ocupando el máximo de superficie posible. En aquel entonces al menos, Liv dormía enroscada y me guardaba un sitio en la cama. Cuando yo me metía entre las sábanas, musitaba algo y presionaba su espalda contra mí, buscando a tientas mi mano para que la rodeara con el brazo.

Telefoneé al móvil de Olivia para no despertar a Holly. Al ver que dejaba saltar el contestador tres veces, pasé al teléfono fijo. Olivia lo descolgó al primer ring.

–¿*Qué,* Frank?

–Mi hermano ha muerto –contesté.

Silencio.

–Mi hermano Kevin. Lo han hallado muerto esta mañana.

Transcurrido un momento, la lámpara de su mesilla de noche se encendió.

–Madre mía, Frank. Lo siento muchísimo. ¿Qué ha...? ¿Cómo ha...?

–Estoy fuera –la informé–. ¿Me dejas entrar? –Más silencio. –No sabía dónde más ir, Liv.

Una respiración, no un suspiro.

–Dame un momento. –Colgó.

Su sombra se movió tras las cortinas del dormitorio: sus brazos metiéndose dentro de mangas y sus manos alisándole el cabello. Salió a la puerta con una gastada bata blanca bajo la cual asomaba un camisón de punto azul, lo cual pude presumir que significaba que al menos no la había arrancado de los cálidos brazos de Dermo. Se llevó un dedo a los labios y se las ingenió para arrastrarme hasta la cocina con sigilo y sin tocarme.

–¿Qué ha ocurrido?

–Hay una casa en ruinas al final de nuestra calle, la misma casa en la que hallaron a Rosie. –Olivia sacó un taburete y entrelazó sus manos sobre la encimera, toda oídos, pero yo me veía incapaz de sentarme. No dejaba de moverme de un lado para otro por aquella cocina; no sabía cómo parar–. Encontraron allí a Kevin esta mañana, en el jardín de atrás. Se precipitó por una ventana de la planta superior. Se rompió el cuello. –Vi el movimiento de la garganta de Olivia al tragar saliva. Hacía cuatro años que no la veía con el pelo suelto (solo se lo deja así para dormir) y verla no hizo más que confrontarme otra vez con la realidad, como una rápida y dolorosa patada en los testículos–. Treinta y seis años, Liv. Salía con media docena de chicas porque aún no estaba preparado para sentar cabeza. Quería ver la Gran Barrera de Arrecife.

–Dios mío, Frank. ¿Ha sido...? ¿Cómo...?

–Se cayó, saltó, alguien lo empujó, apuesta por lo que quieras. Para empezar, ni siquiera se me ocurre qué diantres hacía en esa casa, por no hablar de cómo cayó de ella. No sé qué hacer, Liv. No sé qué hacer.

–¿Tienes que hacer algo? ¿Acaso no se ha abierto una investigación?

Solté una carcajada.

–Claro que sí. Como siempre. Han asignado el caso a la brigada de Homicidios..., aunque no hay nada que demuestre que se trata de un asesinato, pero como existe ese vínculo con Rosie: la misma ubicación y el marco temporal. Ahora está en manos de Scorcher Kennedy.

Olivia hizo una mueca de repugnancia. Conoce a Scorcher y no siente especial simpatía por él, o tal vez no le guste especialmente yo cuando estoy cerca de él. Preguntó en tono educado:

–¿Y estás contento con eso?

–No, claro que no. Al principio me alegré, sí, podría haber sido mucho peor. Sé que Scorch es un grano en el culo de primera categoría, Liv, pero al menos no se rinde y eso es precisamente lo que necesitamos ahora. Todo este asunto de

Rosie estaba frío como un témpano; nueve de cada diez tipos de Homicidios lo habría arrinconado en un sótano sin miramientos a las primeras de cambio para poder dedicarse a algo que tuviera alguna oportunidad de resolver. Pero Scorch no es de esos. Y me pareció que era una buena opción.

–¿Y qué ha ocurrido para que cambies de idea?

–¿Qué ha ocurrido...? Que ese tío es un maldito pitbull, Liv. No es ni la mitad de listo de lo que se cree y una vez le echa los dientes a algo, no lo suelta, aunque haya agarrado el lado equivocado del palo. Y ahora... –Había dejado de moverme. Me apoyé en el fregadero, me pasé las manos por el rostro y respiré hondo a través de mis dedos. Las bombillas ecoeficentes empezaban a cobrar intensidad y conferían a la cocina un tono blanquecino zumbante y peligroso–. Van a decir que Kevin asesinó a Rosie, Liv. Se lo vi en la cara a Scorcher. No lo verbalizó, pero sé que es lo que estaba pensando. Van a decir que Kevin mató a Rosie y luego se suicidó al pensar que lo tenían cercado.

Olivia se llevó las yemas de los dedos a la boca.

–Madre mía. ¿Por qué? ¿Es que...? ¿Qué les induce a pensar...? *¿Por qué?*

–Rosie dejó una nota... Media nota. La otra mitad apareció en el cadáver de Kevin. Quienquiera que lo empujara a través de esa ventana podría habérsela metido en el bolsillo, pero eso no es lo que piensa Scorcher. Cree que tiene una explicación evidente y un doble caso resuelto limpiamente, caso cerrado, sin necesidad de interrogatorios ni órdenes de registro, ni juicio ni nada por el estilo. ¿Por qué complicarse la vida? –Me despegué del fregadero y empecé a caminar de nuevo de un lado para otro–. Pertenece a Homicidios. Y en Homicidios son todos una panda de cretinos. Lo único que son capaces de ver es lo que se dispone en línea recta delante de sus narices; pídeles que desvíen la mirada un centímetro de esa línea, solo por una vez en sus puñeteras vidas, y se pierden. Medio día en Operaciones Secretas y estarían todos muertos.

Olivia se alisó un largo rizo de color rubio cenizo y lo observó enroscarse de nuevo.

—Supongo que en la mayoría de casos la explicación más evidente es la correcta.

—Claro. Sí. Fantástico. Seguro que sí. Pero esta vez, Liv, esta vez no lo es. Esta vez la explicación más evidente es una puñetera farsa.

Olivia guardó silencio durante un segundo y me pregunté si se estaría cuestionando cuál había sido la explicación más evidente hasta el momento en que Kev emitió su canto del cisne. Luego dijo con mucha cautela:

—Hacía mucho tiempo que no veías a Kevin. ¿Estás absolutamente seguro...?

—Sí. Sí. Sí. Estoy segurísimo. He pasado los últimos días con él. Era la misma persona a la que conocí cuando éramos críos. Con el pelo más grueso y unos cuantos centímetros más en cada dirección, pero el mismo Kevin de siempre. Es imposible equivocarse en eso. Sé todo lo importante que necesito saber acerca de él, y no era ni un asesino ni un suicida.

—¿Has intentado explicárselo a Scorcher?

—Por supuesto que lo he intentado. Pero ha sido como hablar con una pared. No es lo que le apetecía escuchar y no me ha hecho ni puñetero caso.

—¿Y si hablaras con su superintendente? ¿Crees que te escucharía?

—No. Por favor, no. Eso es lo peor que podría hacer. Scorcher ya me ha advertido que me aparte de su camino y me va a tener el ojo echado todo el tiempo para asegurarse de que así sea. Si paso por encima de su cabeza e intento meter las narices en este asunto, sobre todo de algún modo que pudiera echar por tierra su preciada tasa de resolución de casos, lo único que conseguiría sería que me hincara los tacones con más fuerza. ¿Qué debo hacer, Liv? ¿Qué? ¿Qué hago?

Olivia me observaba con sus grises ojos pensativos llenos de recovecos ocultos.

–Quizá lo mejor que puedes hacer es dejarlo correr, Frank –opinó al fin–. Aunque sea por un tiempo. Da igual lo que digan ahora, ya no pueden hacer daño a Kevin. Y una vez recuperéis la normalidad...

–*No*. Bajo ningún concepto. No voy a quedarme ahí parado y ver cómo lo convierten en su chivo expiatorio solo porque está muerto. Quizá Kevin no esté aquí para defenderse, pero desde luego yo sí voy a defenderlo.

Una vocecilla dijo:

–¿Papi?

Ambos brincamos como un metro del susto. Holly estaba en el marco de la puerta, vestida con su holgado pijama de Hannah Montana, con una manita en el pomo y los dedos de los pies encogidos sobre las frías baldosas. Olivia le dijo rápidamente:

–Vuelve a la cama, amor mío. Mamá y papá están hablando.

–Has dicho que alguien ha muerto. ¿Quién ha sido?

Por todos los santos.

–No pasa nada, cielo –contesté–. Un conocido mío.

Olivia se acercó a ella.

–Es de noche, cariño. Vuelve a la cama. Hablaremos por la mañana.

Intentó darle media vuelta a Holly para encararla hacia las escaleras, pero esta se colgó del pomo de la puerta y clavó los pies en el suelo.

–¡No! Papi, ¿quién ha muerto?

–A la cama. Ahora. Mañana podemos...

–¡No! ¡Quiero *saberlo*!

Antes o después iba a tener que explicárselo. Gracias al cielo que ya sabía lo que era la muerte: un pececillo de colores, un hámster, el abuelo de Sarah... No habría soportado mantener esa conversación precisamente en aquel momento.

–Tu tía Jackie y yo tenemos un hermano –le expliqué (con que supiera de la existencia de un pariente lejano por el momento bastaba)–. Teníamos. Ha muerto esta mañana.

Holly me miró boquiabierta.

–¿Tu hermano? –preguntó, con un ligero temblor en la voz–. ¿Mi tío?

–Sí, cielo, tu tío.

–¿Cuál de ellos?

–Ninguno de los que conoces. Ésos son hermanos de mamá. Era tu tío Kevin. No lo conocías, pero creo que os habríais llevado muy bien.

Por un instante, aquellos ojos de butano se volvieron inmensos; luego a Holly se le descompuso el rostro, echó la cabeza hacia atrás y lanzó un chillido salvaje de pura angustia.

–*¡Nooooo!* No, mamá, no, mamá, noooooo...

El grito se disolvió en grandes sollozos de pena y Holly enterró el rostro en la barriga de Olivia. Olivia se arrodilló en el suelo y abrazó a Holly, mientras le hacía arrullos para tranquilizarla.

–¿Por qué llora? –pregunté.

Estaba verdaderamente perplejo. Tras los últimos días, mi pensamiento avanzaba a paso de tortuga. Hasta que no vi la mirada rápida, furtiva y culpable de Olivia no me di cuenta de que sucedía algo.

–Liv –dije–. ¿Por qué llora?

–Ahora no. Shh, cariño, shh, todo está bien...

–*¡Nooo!* ¡*Nada* está bien!

La niña estaba en lo cierto.

–Ahora sí. *¿Por qué demonios llora?*

Holly apartó su rostro colorado y lloroso del hombro de Olivia.

–*¡El tío Kevin!* –me gritó–. Me enseñó a jugar a Super Mario Bros e iba a llevarnos a mí y a la tía Jackie a la función de Navidad.

Intentó continuar hablando, pero la arrasó otro tsunami de llanto. Me senté petrificado en un taburete. Olivia no se atrevía a mirarme a los ojos; mecía a Holly mientras le acariciaba la cabeza. A mí no me habría ido nada mal que alguien me sometiera al mismo tratamiento, a ser posible alguien con grandes tetas y una melena frondosa como una catarata envolvente.

Finalmente, Holly se cansó y pasó a la fase de sollozos con encogimiento de hombros, y Liv la condujo con ternura hasta su cama, en la planta de arriba. Tenía los ojos ya casi cerrados. Mientras estaban arriba encontré una bonita botella de vino Chianti en el botellero (Olivia ha dejado de tener cerveza en la reserva desde que no vivimos juntos) y la abrí. Luego me senté en el taburete con los ojos cerrados y la cabeza apoyada contra la pared de la cocina, mientras escuchaba a Olivia emitir ruiditos tranquilizadores sobre mi cabeza e intentaba figurarme si alguna vez en mi vida había estado tan enfadado.

–¿Y bien? –pregunté amablemente cuando Olivia regresó.

Olivia había aprovechado la oportunidad para ponerse su armadura de mamá buenorra: tejanos ajustados, un jersey de lana de color caramelo y expresión de superioridad.

–Creo que merezco una explicación, ¿no te parece? –añadí.

Miró mi copa y arqueó las cejas delicadamente.

–Y, al parecer, también te mereces una copa.

–No, no, no, nada de eso. Me merezco varias copas. No he hecho más que empezar.

–Supongo que no creerás que puedes dormir aquí si te emborrachas demasiado para conducir.

–Liv –dije–, normalmente estaría la mar de contento de discutir contigo tomando todos los derroteros que quieras, pero esta noche creo que debo advertirte algo: voy a centrarme en el punto que me interesa. ¿Cómo jodidos demonios conoce Holly a Kevin?

Olivia se echó la melena hacia atrás y se la recogió en una coleta. Era evidente que había decidido afrontar aquello con calma y serenidad.

–Le di permiso a Jackie para que los presentara.

–Vaya, vaya. Voy a tener que mantener una pequeña conversación con Jackie. A ti te presupongo lo bastante ingenua como para creer que era una buena idea, pero Jackie no tiene excusa. ¿Solo a Kevin o a toda la puñetera Familia Addams? Dime que fue solo a Kevin, Liv. Por favor.

Olivia cruzó los brazos y apoyó la espalda en la pared de la cocina. Su pose de batalla: la había visto tantas veces...

–A sus abuelos, a sus tíos, a su tía y a sus primos.

Shay. Mi madre. Mi padre. Nunca he pegado a una mujer. No me di cuenta de que estaba planteándome hacerlo hasta que sentí mi mano apretar el borde de aquel pequeño taburete, con fuerza.

–Jackie la llevaba a merendar de vez en cuando, después del colegio –me explicó–. Conoció a su familia, Frank. No es el fin del mundo.

–A mi familia no se la *conoce*, con mi familia se abren hostilidades. Hay que armarse con un lanzallamas y protegerse con una armadura integral. ¿Cuántas noches esporádicas ha pasado Holly exactamente *conociendo a mi familia*?

Un leve encogimiento de hombros.

–No llevo la cuenta. ¿Doce? ¿Quince? ¿Quizá veinte?

–¿Desde cuándo?

Con esta provoqué un pestañeo culpable.

–Desde hace un año más o menos.

–Así que has obligado a mi hija a mentirme durante un año –la reprendí.

–Le dijimos...

–¡Un año! Cada fin de semana durante un año le he preguntado a Holly qué había hecho esa semana y me ha estado contestando una mierda pinchada en un palo.

–Le explicamos que tendría que guardar el secreto durante un tiempo porque estabas enfadado con tu familia. Eso es todo. Íbamos a...

–Llámalo guardar un secreto, llámalo mentir, llámalo como te venga en gana. Es precisamente lo que mejor hace mi familia. Es un talento innato, un don divino. Mi plan era mantener a Holly tan alejada de ellos como fuera posible, que superara las probabilidades genéticas y se convirtiera en un ser humano decente, sano y sin una mente retorcida. ¿Acaso te suena excesivo, Olivia? ¿Te parece realmente demasiado que pedir?

–Frank, vas a volverla a despertar si...

–Y en su lugar tú la arrojaste directamente en medio de todo. Y, mira por dónde, sorpresa, sorpresa, lo siguiente que sabemos es que se comporta exactamente igual que un maldito Mackey. Se ha lanzado a mentir como un pato al agua. Y tú la estás incitando a cada paso que da. Eso es muy bajo, Liv. De verdad que lo es. Es la cosa más baja, sucia y rastrera que he oído en toda mi vida.

Al fin tuvo la decencia de sonrojarse.

–Íbamos a explicártelo, Frank. Pensamos que, una vez vieras lo bien que estaba funcionando...

Solté una carcajada lo bastante estentórea como para que Olivia se estremeciera.

–¡Por Jesús muerto en la cruz, Liv! ¿Le llamas a esto *salir bien*? Corrígeme si me he perdido algo, pero, hasta donde yo alcanzo a ver, esta desgraciada idea tuya está a años luz de salir bien.

–Por lo que más quieras, Frank, nadie sabía que Kevin iba a...

–Tú sabías perfectamente que yo no quería que Holly se acercara a ellos. Eso debería haber sido más que suficiente. ¿Qué más necesitabas saber? ¡Demonios!

Olivia tenía la cabeza gacha y con ese gesto de tozudez en la barbilla exactamente igual al de Holly. Eché mano de la botella otra vez y tropecé con el destello de sus ojos, pero se contuvo de decir nada, de manera que me rellené la copa con generosidad, dejando que un gran goterón chapoteara en la encimera de pizarra.

–¿O es precisamente por eso por lo que lo hiciste? ¿Porque sabías que yo me oponía frontalmente? ¿Tan enfadada estás conmigo? Venga, confiésalo, Liv. Puedo afrontarlo. ¿Te has divertido engañándome? Te has reído de lo lindo con ello, ¿verdad? ¿De veras que has lanzado a Holly en medio de ese hatajo de lunáticos solo por fastidiarme?

Se le enderezó la espalda.

–No te *atrevas*. Yo *nunca* haría nada que pudiera hacerle daño a Holly, y lo sabes perfectamente. Nunca.

–Entonces ¿por qué, Liv? ¿Por qué? ¿Qué en esta santa tierra verde que Dios nos ha dado te indujo a pensar que sería una buena idea?

Olivia inhaló rápidamente por la nariz y recuperó el control; tenía práctica. Luego respondió con frialdad:

–También son su familia, Frank. Holly no dejaba de preguntar por qué no tenía dos abuelas, como sus amigas, si tú y Jackie teníais más hermanos, por qué nunca los había visto...

–¡Patrañas! A mí lleva toda la vida preguntándomelo y nunca le he dicho nada.

–Claro, y tu reacción la enseñó a no volvértelo a preguntar más. Entonces decidió preguntármelo a mí, Frank. Y a Jackie. Quería saberlo.

–¿Qué importancia tiene lo que ella quiera? Tiene nueve años. También quiere un cachorro de león y una dieta a base de pizza y M&Ms rojos. ¿Piensas ceder en eso también? Somos sus padres, Liv. Se supone que debemos darle lo que le conviene, no todo lo que quiere.

–Frank, *shhh*. ¿Qué hay de malo en que conociera a tu familia? Lo único que me has dicho es que no querías volver a restablecer el contacto con ellos. Jamás me dijiste que fueran una pandilla de asesinos con guadañas. Jackie es encantadora, siempre se porta de maravilla con Holly, y me aseguró que el resto de vuestra familia eran personas igual de cariñosas...

–¿Y te bastó con su palabra? Jackie vive en un mundo de fantasía, Liv. Piensa que Jeffrey Dahmer[10] simplemente necesitaba conocer a una buena chica. ¿Desde cuándo toma ella las decisiones de criar a nuestra hija?

Liv empezó a farfullar algo, pero yo subí la conversación de tono hasta que se dio por vencida y puso cara de desasosiego.

–Me dan ganas de vomitar, Liv, te lo digo en serio. En esto es en *lo único* en lo que pensaba que contaba con tu apoyo incondicional. Tú siempre consideraste que mi familia no estaba a tu altura. ¿Qué demonios te ha llevado a pensar que si lo está a la de Holly?

Olivia perdió finalmente la compostura.

–¿Cuándo te he dicho yo tal cosa, Frank? *¿Cuándo?* –La miré fijamente. Estaba blanca de la ira, con las manos apretadas contra la puerta; respiraba con dificultad. –Si tú crees que tu familia no es lo bastante buena, si te avergüenzas de ella,

---

10. Jeffrey Dahmer (1960-1994), apodado «El Carnicero de Milwaukee», fue un asesino en serie responsable de la muerte de diecisiete hombres entre 1978 y 1991. Además de asesino, practicaba la necrofilia y el canibalismo. *(N. de la T.)*

es problema tuyo, no mío. No me culpes a mí de ello. Yo jamás he dicho nada parecido. Jamás he *pensado* nada parecido. Nunca.

Se dio media vuelta como una flecha, abrió la puerta y la cerró a sus espaldas con un clic, que, de no haber sido por Holly, habría sido un portazo que habría hecho temblar la casa.

Permanecí allí sentado un rato, papando moscas frente a la puerta como un cretino y notando mis neuronas colisionar como autos de choque. Luego agarré la botella de vino, busqué otra copa y salí tras Olivia.

Estaba en el jardín de invierno, en el sofá de mimbre, con las piernas enroscadas sobre el asiento y las manos metidas dentro de las mangas. No alzó la vista, pero, cuando le tendí la copa, alargó una mano y la asió. Vertí en cada copa una cantidad de vino que podría haber ahogado a un animal pequeño y me senté a su lado.

Seguía lloviendo, gotas pacientes e implacables tamborileaban en la hierba y una bocanada de aire frío se filtraba a través de alguna grieta y se expandía como humo por la estancia (me descubrí tomando nota mental, incluso después de tanto tiempo, de buscar la grieta y enmasillarla). Olivia le daba sorbitos al vino y yo observaba su reflejo en la hierba, sus ojos ensombrecidos concentrados en algo que solo ella veía. Transcurrido un rato pregunté:

–¿Por qué nunca dijiste nada?

No volvió la cabeza.

–¿Sobre qué?

–Sobre todo. Pero empecemos con por qué nunca me dijiste que mi familia no te molestaba.

Se encogió de hombros.

–No me dio nunca la sensación de que estuvieras dispuesto a abordar ese tema. Y, además, tampoco pensé que hubiera necesidad de verbalizarlo. ¿Por qué tenía que tener yo algún problema con gente a quien no había conocido?

—Liv —la interrumpí—, hazme un favor: no te hagas la tonta. Estoy cansado de eso. Vivimos en el país de *Mujeres desesperadas*, y estamos sentados en un *jardín de invierno*, por todos los diablos. A mí me criaron muy lejos de los jardines de invierno. Mi familia estaría más en la línea de *Las cenizas de Ángela*. Mientras los tuyos se sientan en un jardín de invierno y beben Chianti, mi familia está en su casa de vecindad decidiendo en qué galgo apostar el dinero del trabajo negro que realizan.

Hizo una levísima mueca con los labios.

—Frank, yo sabía que pertenecías a la clase obrera desde el mismísimo momento en que abriste la boca. Nunca lo llevaste en secreto. Y aun así decidí salir contigo.

—Claro, a Lady Chatterley[11] le apetecía un poco de marcha.

El deje amargo nos tomó a ambos por sorpresa. Olivia se volvió para mirarme: bajo la tenue luz que se filtraba desde la cocina, su rostro se antojaba alargado, triste y adorable, como salido de un icono eclesiástico.

—Nunca pensaste tal cosa —dijo.

—No —reconocí al cabo de un momento—. Quizá no.

—Te deseaba. Era tan sencillo como eso.

—Era sencillo mientras mi familia quedara fuera de juego. Es posible que me desearas, pero nunca habrías deseado conocer a mi tío Bertie, que se dedica a iniciar concursos de pedos, o a mi tía abuela Concepta, quien te explicaría el día en que estaba sentada tras una pandilla de extranjeros en el au-

---

[11] *El amante de Lady Chatterley* es una novela de D. H. Lawrence, publicada por vez primera en 1928. El libro pronto alcanzó la fama por su relato del romance entre un hombre de la clase obrera y una mujer aristócrata, con sus descripciones explícitas de las relaciones secuales y el empleo de palabras a la sazón consideradas malsonantes. *(N. de la T.)*

tobús y deberías haberles visto las cabezas, o a mi tía Natalie, que llevó a su hija de siete años a un solárium para la Primera Comunión. Entiendo que yo, personalmente, no provocaría a los vecinos un ataque de corazón, tal vez unas leves palpitaciones, pero ambos sabemos que el resto del clan habría espantado a los compinches del golf de tu papaíto y al club de desayunos de tu mamaíta. Se habría convertido en un clásico instantáneo de YouTube.

Olivia respondió:

—No voy a fingir que no tienes razón o que nunca lo pensara. —Mantuvo silencio durante un rato, mientras hacía girar su copa en las manos—. Al principio, sí pensé en que el hecho de que no mantuvieras contacto con ellos quizá facilitaba las cosas. No es que no estuvieran a la altura; simplemente todo era... más fácil. Pero cuando nació Holly... Ella cambió mi modo de verlo todo, Frank, todo. Yo quería que los conociera, que conociera a su familia. Y eso está por encima de sus hábitos del solárium.

Me recosté en el sofá, me serví más vino e intenté reordenarme el pensamiento para asimilar esa información. No debería haberme desconcertado, al menos no hasta aquel extremo.

Olivia siempre ha sido un misterio insondable para mí, en todos y cada uno de los momentos de nuestra relación y en especial en los momentos en los que mejor he creído entenderla.

Cuando nos conocimos, ella ejercía de abogada para la Fiscalía General del Estado. Quería juzgar a un traficante de drogas de la lista D llamado Pippy que había sido apresado en un barrido de la brigada Antidrogas, mientras que yo quería que él pasara de rositas por todo aquel trance, puesto que había invertido las seis últimas semanas en convertirme en su mejor amigo y consideraba que no habíamos agotado las múltiples e interesantes posibilidades que me ofrecía mi nueva posición.

Me dirigí al despacho de Olivia para convencerla en persona. Discutimos durante una hora, yo sentado sobre su escritorio, malgastando su tiempo y haciéndola reír, y luego, al ver que se había hecho tarde, la invité a cenar para poder seguir discutiendo cómodamente. Pippy consiguió unas cuantas semanas adicionales de libertad y yo conseguí una segunda cita.

Olivia era diferente: trajes elegantes, sombra de ojos sutil y modales impecables, una mente afilada como una cuchilla, unas piernas de vértigo, una espina dorsal recta como el acero y un aura de tener un gran porvenir por delante que uno apenas podía acariciar. El matrimonio y los hijos eran lo último en lo que pensaba, mientras que para mí era uno de los pilares de toda relación sólida. Yo andaba justamente desenmarañándome de otra relación, la séptima o quizá la octava, no sé, que había empezado con alegría y había descendido en el estancamiento y el mal humor tras más o menos un año, cuando a ambos nos quedó claro que yo no albergaba intenciones serias. Si la píldora anticonceptiva fuera infalible, con Liv y conmigo habría pasado lo mismo. En su lugar, nos plantamos en una boda por la iglesia con toda la parafernalia, celebramos el compromiso en un hotel en una casa rural en Dalkey, y luego vino Holly.

–No me he arrepentido en ningún momento –dije yo–. ¿Tú?

Tardó un instante, ya fuera para sopesar qué quería decir yo o para decidir qué responder. Luego contestó:

–No. Yo tampoco.

Coloqué mi mano sobre la suya, en su regazo. El jersey de cachemir tenía un tacto suave y cálido, y yo seguía conociendo la forma de su mano como si fuera la mía. Transcurrido un rato regresé al salón, cogí una manta del sofá y se la eché sobre los hombros.

Olivia dijo, sin mirarme:

–Holly tenía tantas ganas de conocerlos... Y son su familia, Frank. La familia *es importante*. Estaba en su derecho.

–Y yo estaba en mi derecho de dar mi opinión. Sigo siendo su padre.

–Lo sé. Debería habértelo consultado. O respetar tu decisión. Pero... –Sacudió la cabeza contra el respaldo del sofá; tenía los ojos cerrados y la penumbra dibujaba sombras como grandes moratones bajo ellos–. Sabía que si sacaba el tema a colación tendríamos una discusión monumental. Y no me quedaban fuerzas para afrontarla. De manera que...

–Mi familia son todos una panda de enfermos terminales, Liv –la interrumpí–. Sus mentes son demasiado truculentas como para empezar siquiera a explorarlas. No quiero que Holly se convierta en uno de ellos.

–Holly es una niña feliz, equilibrada y sana. Lo sabes perfectamente. No le hacía ningún daño y a ella le encantaba ir a verlos. Esto... Nadie podía predecir que ocurriría algo así.

Me pregunté con recelo si era cierto. Personalmente, yo de hecho habría apostado a que al menos un miembro de mi familia habría conocido un final oscuro y truculento, aunque no habría apostado por Kevin.

–No dejo de pensar en todas esas veces en que le he preguntado dónde había estado y ella me explicaba que había estado patinando con Sarah o haciendo un volcán en la clase de ciencias con toda la tranquilidad del mundo, sin el más mínimo asomo de preocupación. Nunca, ni una sola vez sospeché que me estuviera ocultando algo, Liv. Y eso me corroe, Liv. Me corroe.

Olivia volvió la cabeza hacia mí.

–No es tan malo como parece, Frank. En serio. Holly no pensaba que te estuviera mintiendo. Le expliqué que quizá deberíamos dejar transcurrir algo de tiempo antes de explicártelo porque habías tenido una discusión fuerte con tu familia y ella dijo: «Como aquella vez en que me peleé con Chloe y me pasé toda la semana sin poder pensar en ella porque me echaba a llorar». Entiende más de lo que crees.

–Yo no quiero que Holly me proteja. Nunca. Yo quiero protegerla a ella.

Algo cruzó el rostro de Olivia, algo sardónico al tiempo que triste.

–Holly se está haciendo mayor. Dentro de pocos años será una adolescente. Las cosas cambian.

–Ya lo sé –contesté–, ya lo sé.

Pensé en Holly espatarrada en su cama en el piso de arriba, manchada de lágrimas y soñando, y en la noche en que la concebimos: la risa baja y triunfante en la garganta de Liv, su cabello enroscado en mis dedos, el sabor del sudor fresco del verano sobre sus hombros.

Al cabo de unos minutos, Olivia comentó:

–Tendremos que hablar con ella de todo esto por la mañana. La ayudará que ambos estemos aquí. Si quieres quedarte en la habitación de invitados...

–Gracias –le agradecí–. Creo que me sentará bien.

Olivia se puso en pie, se sacudió la manta de encima, la plegó y se la colocó sobre el brazo.

–La cama está preparada.

Incliné mi copa.

–Voy a acabarme esto primero. Gracias por la copa.

–Querrás decir *las copas*. –Su voz traslucía un triste fantasma de sonrisa.

–Eso quería decir.

Se detuvo tras el sofá y las yemas de sus dedos descendieron sobre mi hombro, con tanta vacilación que apenas las noté.

–Siento muchísimo lo de Kevin –dijo.

318

—Era mi hermano pequeño. No importa cómo cayera por esa ventana, yo debería haber estado allí para evitarlo —respondí con un matiz ronco en la voz.

Liv contuvo el aliento; estuvo a punto de decir algo urgente, pero al cabo de un momento exhaló un suspiro. En voz muy baja, casi en un susurro para sí misma, dijo:

—Oh, Frank.

Sus dedos resbalaron de mi hombro, dejando unos pequeños puntos fríos donde antes se habían posado con toda su calidez, y escuché el clic de la puerta cerrarse suavemente tras su espalda.

14

Cuando Olivia llamó con dulzura a la puerta de la habitación de invitados, yo estaba profundamente dormido, pero me desperté en menos de un segundo, incluso antes de ser consciente del contexto en el que me encontraba. Había pasado demasiadas noches en esa habitación de invitados, cuando Liv y yo estábamos inmersos en el proceso de descubrir que ella ya no se sentía como si estuviera casada conmigo. El olor de ese lugar, el vacío y el sutil ambientador de jazmín falso me hacen sentir irritado y cansado, como un vejestorio, y las articulaciones empiezan a dolerme en el mismo instante en el que entro en su interior.

–Frank, son las siete y media –me informó Liv en voz bajita a través de la puerta–. He pensado que tal vez quisieras hablar con Holly antes de que se vaya a la escuela.

Saqué las piernas de la cama y me froté la cara con las manos.

–Gracias, Liv. Salgo en un minuto.

Me habría gustado preguntarle si tenía alguna sugerencia, pero antes de encontrar las palabras para hacerlo escuché sus tacones descendiendo las escaleras. De todas maneras, tampoco habría entrado en la habitación de invitados, posiblemente por si se me ocurría recibirla con mi disfraz de cumpleaños e intentaba convencerla de echar un polvo rápido.

Siempre me han gustado las mujeres fuertes, lo cual es una suerte para mí, porque, una vez superados los veinticinco, no existen de otra índole. Las mujeres me fascinan. Toda esa rutina que consiguen solucionar a diario haría a la mayoría de los hombres acurrucarse en un rincón y querer morir, pero las mujeres se vuelven de acero y tiran adelante. Cualquier hombre que afirme que no le gustan las mujeres fuertes se miente a sí mismo sin remedio: le gustan las mujeres fuertes que saben cómo hacer mohines graciosos y poner voces de niña y que acabarán guardando sus pelotas en sus neceseres de maquillaje.

Yo quiero que Holly sea una más entre millones. Quiero que sea todas esas estupideces que a mí me cansan en una mujer, dulce como el diente de león y frágil como el cristal esmerilado. Nadie va a convertir a mi hija en acero. Cuando nació me dieron ganas de salir a la calle y matar a alguien para que le quedara claro para siempre que estaba dispuesto a hacer lo que fuera por ella. En su lugar, la entregué a una familia que, en menos de un año de posar los ojos sobre ella, la había enseñado a mentir y le había roto el corazón.

Holly estaba sentada a lo indio en el suelo de su habitación, delante de su casita de muñecas, dándome la espalda.

–Hola, cielo –la saludé–. ¿Cómo estás?

Un encogimiento de hombros. Llevaba puesto el uniforme del colegio. Con aquella americana de color azul marino, sus hombros se antojaban tan menudos que me habrían cabido en una mano.

–¿Me dejas entrar un ratito?

Otro encogimiento de hombros. Cerré la puerta a mi espalda y me senté en el suelo, junto a ella. La casa de muñecas de Holly es una obra de arte, una réplica perfecta de una mansión victoriana, con mobiliario minúsculo de factura complicadísima, escenas de caza diminutas colgando de las paredes y criados diminutos sometidos a la opresión social. Se la regalaron los abuelos de Olivia. Holly había sacado la mesa del comedor y la estaba lustrando furiosamente con un papel de cocina estrujado.

—Cariño —empecé a decir—, está bien que te entristezca lo que le ha pasado al tío Kevin. Yo también estoy muy triste.

Agachó aún más la cabeza. Se había peinado ella misma las trenzas: se le escapaban mechones de pelo rubio por sitios extraños.

—¿Quieres preguntarme algo?

Disminuyó el vigor del frotado, solo un poco.

—Mamá me ha explicado que se ha caído por una ventana. —Tenía la nariz taponada de tanto llorar.

—Así es.

La vi imaginar la escena. Quería cubrirle la cabeza con mis manos y expulsar esa imagen de ella.

—¿Le dolió?

—No, cielo. Fue instantáneo. Ni siquiera se dio cuenta de lo que estaba pasando.

—¿Por qué se cayó?

Olivia probablemente le había explicado que fue un accidente, pero Holly siente una pasión infantil por comprobar doblemente todo. No sé a quién le habrá salido... Yo no tengo escrúpulos en mentirle a la mayoría de gente, pero tengo una conciencia aparte exclusiva para Holly.

—Nadie lo sabe todavía, mi amor.

Sus ojos finalmente viajaron en busca de los míos. Los tenía hinchados, enrojecidos e intensos como un puñetazo.

—Pero vas a descubrirlo, ¿verdad?

—Sí —dije—. Así es.

Me miró fijamente otro segundo; luego asintió con la cabeza y volvió a reconcentrar la atención en la diminuta mesa.

–¿Estará en el cielo?

–Sí –contesté. Incluso mi conciencia especial para Holly tiene sus límites. Personalmente considero la religión una gilipollez, pero cuando tienes delante a una niña de cinco años sollozando que quiere saber qué le ha ocurrido a su hámster, desarrollas una creencia instantánea por cualquier cosa que alivie la pena de su rostro–. Claro que sí, cariño. Ahora mismo ya estará ahí arriba, sentado en un banco de millones de kilómetros de longitud, bebiéndose una Guinness del tamaño de una bañera y ligando con alguna chica guapa.

Holly emitió un sonido a medio camino entre una risita, un sorbimiento de nariz y un sollozo.

–Papi, ¡no digas tonterías! Que no estoy hablando en broma.

–Yo tampoco. Y estoy seguro de que te está saludando con la mano ahora mismo, diciéndote que no llores.

La voz le tembló aún más.

–No *quiero* que esté muerto.

–Ya lo sé, cariño. Yo tampoco.

–En el colegio, Conor Mulvey no dejaba de cogerme las tijeras y el tío Kevin me dijo que la próxima vez que lo hiciera le dijera: «Lo que pasa es que te gusto», y que se pondría rojo como un pimiento y dejaría de fastidiarme. Lo hice y funcionó.

–Diez puntos para el tío Kevin. ¿Se lo dijiste?

–Sí. Se rio. Papi, no es *justo*.

Estaba a punto de romper a llorar otra vez.

–Es una injusticia del tamaño de una catedral, amor mío –le dije–. Ojalá pudiera decirte algo para mejorar la situación, pero no hay nada que decir. En ocasiones suceden cosas terribles y sencillamente no hay nada que pueda hacerse.

–Mamá dice que, si espero un poco, dentro de un tiempo podré pensar en él sin ponerme triste.

–Mamá casi siempre tiene razón –dije–. Esperemos que esta vez también sea así.

–Una vez el tío Kevin me dijo que era su sobrina preferida porque tú eras su hermano favorito. –Vaya por Dios. Alargué el brazo para rodearle los hombros, pero ella se apartó y empezó a frotar con más brío la mesa, remetiendo el papel por todos los diminutos arabescos de madera con la uña de un dedo–. ¿Estás enfadado porque haya ido a casa de los abuelos?

–No, cariño, contigo no.

–¿Con mamá?

–Solo un poco. Pero lo solucionaremos.

Holly me miró de soslayo, momentáneamente.

–¿Vais a volver a gritaros?

Yo me crie con una madre que es cinturón negro en generarte culpabilidad, pero sus tejemanejes más esmerados no son nada en comparación con lo que Holly puede hacerte sin ni siquiera proponérselo.

–Nada de gritos, cielo –la tranquilicé–. Lo que ocurre es que estoy enfadado porque nadie me explicara qué estaba pasando.

Silencio.

–¿Te acuerdas de lo que hablamos de los secretos? –le pregunté.

–Sí.

–¿Recuerdas que dijimos que está bien que tengas secretos buenos con tus amigos, pero que, si algo te preocupa, entonces es un mal secreto? ¿Un secreto que tienes que compartir con mamá o conmigo?

–Pero es que no era *malo*. Son mis *abuelos*.

–Lo sé, cariño. Lo que intento decirte es que hay otra clase más de secretos. Secretos que, aunque no tengan nada de malo, otras personas tienen derecho a saber–. Seguía con la cabeza gacha y su barbilla empezaba a adoptar ese gesto típico de tozudez–. Pongamos que mamá y yo decidimos irnos a vivir a Australia. ¿Crees que deberíamos decirte adónde vamos? ¿O bastaría con que te metiéramos en un avión en plena noche sin consultarte nada?

Encogimiento de hombros.

–Deberíais decírmelo.

–Porque es asunto tuyo. Porque tienes derecho a saberlo.

–Sí.

–Cuando empezaste a visitar a mi familia, eso también era asunto mío. Hacerlo en secreto y ocultármelo no estuvo bien.

No parecía convencida.

–Si te lo hubiera dicho, te habrías enfadado.

–Estoy mucho más enfadado ahora de lo que lo habría estado si alguien me lo hubiera explicado antes. Holly, cielo, siempre es mejor contármelo todo desde el principio. Siempre. ¿De acuerdo? Aunque sean cosas que no me gustan. Mantenerlas en secreto solo hará que empeore la situación.

Holly colocó con cuidado la mesa en el comedor de la casa de muñecas y la ajustó en su lugar con la punta de un dedo.

–Yo procuro decirte siempre la verdad, aunque te duela un poco –continué–. Ya lo sabes. Y tú tienes que hacer lo mismo conmigo. ¿Te parece justo?

Sin apartar la mirada de la casa de muñecos, Holly musitó:

–Lo siento, papi.

–Ya lo sé, cariño –la reconforté–. No pasa nada. Pero recuerda lo que te he dicho la próxima vez que quieras ocultarme un secreto, ¿vale?

Asintió con la cabeza.

–Así me gusta –dije–. Y ahora explícame cómo te llevas con mi familia. ¿Te ha dado la abuela ese bizcocho casero tan bueno que hace para merendar algún día?

Un suspiro tembloroso de alivio.

–Sí. Y dice que tengo un pelo muy bonito.

Maldita sea: un cumplido. Yo tenía preparada la artillería para desmentir cualquier crítica, desde el acento de Holly hasta su comportamiento o el color de sus calcetines, pero al parecer mi madre estaba enterneciéndose a la vejez viruela.

–Y es verdad. ¿Cómo son tus primos?

Holly se encogió de hombros y sacó un elegante piano minúsculo de la casa de muñecas.

–Simpáticos.

–Pero ¿simpáticos en qué sentido?

–Darren y Louise no me hablan mucho porque son mayores, pero con Donna siempre imitamos a nuestros profesores. Una vez nos reímos tanto que la abuela nos dijo que o nos callábamos o vendría la policía y nos detendría.

Eso sonaba más a la madre que yo conocía y evitaba.

–¿Y qué te parecen la tía Carmel y el tío Shay?

–Me caen bien. La tía Carmel es un poco aburrida, pero cuando el tío Shay está en casa me ayuda a hacer los deberes de matemáticas, porque le expliqué que la señorita O'Donnell me grita si los hago mal.

Y yo que estaba encantado de que por fin entendiera las divisiones...

–Muy amable por su parte –opiné.

–¿Por qué tú no vas a verlos?

–Es una larga historia, cielo, para resumirla en una mañana.

–¿Y podré seguir yendo yo aunque tú no vayas?

–Ya lo veremos –contesté. Todo sonaba idílico, pero Holly seguía sin mirarme. Algo la inquietaba, aparte de lo evidente. Si había visto a mi padre en su estado mental preferido, tenía previsto declarar una guerra santa y, quizá, una nueva batalla por la custodia–. ¿Qué te inquieta, cariño? ¿Te ha incordiado alguno de ellos? –pregunté.

Holly recorrió con una uña el teclado del piano de arriba abajo. Al cabo de un momento cambió de tema:

—La abuela y el abuelo no tienen coche.

No era la respuesta que me esperaba.

—No.

—¿Por qué?

—Porque no lo necesitan.

Una mirada atónita. Me sorprendió que Holly no hubiera conocido nunca en su vida a alguien que no tuviera coche, lo necesitara o no.

—¿Y cómo van a los sitios?

—Andando o en autobús. La mayoría de sus amigos viven a solo unos minutos de distancia y las tiendas están a la vuelta de la esquina. ¿Qué harían con un coche?

Reflexionó sobre ello un minuto.

—¿Por qué no viven en una casa ellos solos?

—Siempre han vivido donde viven. La abuela nació en ese apartamento. Y no me gustaría estar en la piel de nadie que quisiera echarla de ahí.

—¿Y cómo es que no tienen ordenador? ¿O lavaplatos?

—No todo el mundo tiene.

—*Todo el mundo* tiene un ordenador.

Detestaba tener que admitirlo, pero en algún oscuro rincón de mi pensamiento empezaba a tener el pálpito de que enseñarle a Holly de dónde procedía yo no había sido una idea acertada por parte de Olivia y Jackie.

—No —la corregí—. La mayoría de personas en el mundo no tienen dinero para comprar esas cosas. Incluso hay muchas personas aquí en Dublín que no lo tienen.

—Papi, ¿los abuelos son *pobres*?

Se le sonrojaron ligeramente las mejillas, como si hubiera pronunciado un insulto.

—Bueno —contesté—. Eso depende de a quién se lo preguntes. Ellos dirían que no. Ahora viven mucho mejor que cuando yo era pequeño.

–Entonces ¿antes eran pobres?

–Sí, cielo. No nos moríamos de hambre ni nada por el estilo, pero éramos bastante pobres.

–¿Cómo de pobres?

–Pues no íbamos de vacaciones y teníamos que ahorrar para salir al cine. A mí me vestían con la ropa vieja del tío Shay y el tío Kevin heredaba la mía, en lugar de comprarnos ropa nueva. Y los abuelos dormían en la sala de estar porque no teníamos bastantes dormitorios.

Tenía los ojos como platos, como si le estuviera contando un cuento.

–¿De verdad?

–Sí. Mucha gente vivía así. Y no era el fin del mundo.

–Pero... –balbuceó Holly, ahora ya roja como la grana– ... Chloe dice que los pobres son todos unos paletos.

No me sorprendió lo más mínimo oír aquello. Chloe es un mal bicho anoréxico que se deshace en risitas falsas nacida de una madre que es otro mal bicho anoréxico que me habla en voz alta y despacio, utilizando lenguaje llano, porque su familia logró salir de las alcantarillas una generación antes que la mía y porque el mal bicho de su esposo, gordo y carente de todo sentido del humor, conduce un Chevrolet Tahoe. Siempre pensé que debíamos vetarle la entrada en casa a toda la familia, pero Liv opina que Holly dejará de ser amiga de Chloe cuando madure un poco. Y por lo que a mí respecta, la oportunidad que se me acababa de presentar la pintaba calva para atajar por fin aquel asunto.

–A ver –dije–. ¿Y qué quiere decir Chloe exactamente con eso? –Mantuve el volumen de la voz, pero Holly me conoce a la perfección y me lanzó una rápida mirada de reojo para comprobar mi expresión.

–No es ningún insulto.

–Lo que no es, desde luego, es una palabra agradable. ¿Qué crees tú que significa?

Un encogimiento de hombros inquieto.

–Bueno, ya lo sabes...

–Cariño, si vas a utilizar una palabra, tienes que saber lo que significa. Venga.

–Pues tontos. Personas que llevan chándal y no trabajan porque son unos vagos y ni siquiera saben hablar bien. Gente *pobre*.

–¿Y qué pasa conmigo? –pregunté–. ¿Crees que soy tonto y vago?

–¡Claro que no! ¡*Tú* no!

–¿Aunque toda mi familia fuera pobre como las ratas?

Se estaba aturullando.

–Eso es *diferente*.

–Exactamente. Puedes ser un cerdo rico tanto como un cerdo pobre, de la misma manera que puedes ser un ser humano decente ya seas rico o pobre. El dinero no tiene nada que ver en ello. Está bien tenerlo, pero no te convierte en quien eres.

–Chloe dice que su madre dice que es superimportante asegurarse de que las personas sepan enseguida que tienes mucho dinero. Si no, no te respetan.

–Chloe y su familia –repliqué yo, perdiendo al fin la paciencia– son lo bastante vulgares como para provocar vergüenza ajena incluso al pobre más paleto.

–¿Qué significa «vulgar»?

Holly había dejado de toquetear el piano y me miraba absolutamente atónita, con el ceño fruncido, a la espera de que yo la iluminara y confiriera un sentido a toda aquella conversación. Por primera vez en su vida yo no tenía ni la más remota idea de qué contestarle. No sabía cómo explicarle la diferencia entre ser pobre y trabajador o ser pobre y gandul a una cría que pensaba que todo el mundo tenía un ordenador, ni tampoco de cómo explicarle qué significaba ser vulgar a una niña que estaba criándose tomando a Britney Spears como modelo, de la misma manera que no habría sabido cómo explicarle a nadie cómo había logrado que aquella situación degenerara en un embrollo de proporciones descomunales. Lo que me apetecía era acudir en busca de Olivia y rogarle que me indicara cómo librarme de aquel lío, si no fuera porque ese ha dejado de ser el papel de Liv: ahora mi relación con Holly es asunto mío. Al final le arrebaté el piano en miniatura de la mano, lo coloqué de nuevo en la casa de muñecas y me la senté en el regazo.

Holly, recostada hacia atrás para verme la cara, dijo:

–Chloe es tonta, ¿verdad?

–¡Y tanto que lo es! –contesté–. Si convocaran un concurso mundial de tontos, Chloe y su familia se llevarían la medalla de oro.

Holly asintió y se acurrucó contra mi pecho y yo le coloqué la cabeza bajo mi barbilla. Al cabo de un rato me preguntó:

–¿Algún día me llevarás a ver la casa donde el tío Kevin se ha caído por la ventana?

–Si consideras que necesitas verla, te llevaré. Te lo prometo –le aseguré.

–Pero hoy no.

–No –respondí–. Será mejor que pasemos el día de hoy de una pieza.

Permanecimos sentados en el suelo en silencio, yo meciendo a Holly y ella succionándose pensativa el extremo de una trenza, hasta que Olivia entró a comunicarnos que era hora de marcharse a la escuela.

* * *

Me hice con un café de tamaño gigante y una magdalena orgánica de sabor indefinido en Dalkey (me da la sensación de que Olivia cree que, si me alimenta, yo podría tomarlo como una invitación a instalarme de nuevo en nuestra casa) y desayuné encaramado a un muro, observando a gordinflones trajeados enfurecer dentro de sus tanques cuando el tráfico no discurre en su beneficio. Luego telefoneé a mi buzón de voz.

—Eh, esto..., Frank... Hola. Soy Kev. Escucha, sé que me has dicho que no es buen momento, pero... No hace falta que sea ahora, ¿vale?, pero, cuando tengas un momento libre, ¿podrías llamarme? Esta noche o así, aunque sea tarde. No pasa nada. Bueno. Gracias. Adiós.

La segunda vez colgó sin dejar mensaje. Y lo mismo la tercera, mientras Holly, Jackie y yo nos poníamos morados de pizza. La cuarta llamada había entrado poco antes de las siete, más o menos cuando Kevin debía ir de camino a casa de mis padres.

—Frank, vuelvo a ser yo. Escucha... Necesito hablar contigo. Sé que probablemente no quieras pensar en toda esta mierda, pero te juro por Dios que no pretendo fastidiarte. Es solo que... ¿Podrías llamarme? Bueno, hum, es igual... Adiós.

Algo había cambiado entre el sábado por la noche, cuando lo había enviado de regreso al bar, y el domingo por la tarde, cuando inició su campaña telefónica de acoso y derribo. Tal vez fuera algo que había ocurrido en ese lapso, quizá en el pub (para varios de los parroquianos del Blackbird, el hecho de no haber matado aún a nadie es cuestión de pura casualidad), pero lo dudaba sinceramente. Kevin había empezado a inquietarse mucho antes de que llegáramos al bar. Todo lo que sabía acerca de él, y seguía convencido de que mi conocimiento tenía algún valor, me lo pintaba como un tipo relajado, pero se había comportado como una ardilla desde el mismísimo momento en que nos adentramos en la casa del número dieciséis. Yo lo había achacado al hecho de que un civil corriente tiende a acobardarse ante la idea de ver a un muerto, pero debió de sucederme porque tenía la mente en otro lugar. Sin duda, había otras causas.

Fuera lo que fuese que había inquietado a Kevin, no había sucedido durante el fin de semana. Había permanecido escondido en algún rincón de su mente, quizá durante veintidós años, hasta que algo aquel sábado lo había desencadenado. Lentamente, a lo largo del día (nuestro Kevin nunca fue el corredor más rápido), había ido aflorando a la superficie y había empezado a empujarle, cada vez con más fuerza. Había pasado veinticuatro horas intentando olvidarlo o desentrañarlo o calibrando cómo gestionar las repercusiones por sí solo, y luego había acudido a Francis, su hermano mayor, en busca de ayuda. Y cuando yo lo había enviado a hacer puñetas, había recurrido a la peor persona imaginable.

Tenía una voz bonita por teléfono. Pese a estar confuso y preocupado, resultaba fácil escucharlo. Sonaba a buena persona; alguien a quien uno querría conocer.

Con respecto a los posibles movimientos siguientes, mis opciones estaban limitadas. La idea de mantener charlas compinches con los vecinos había perdido su brillo ahora que sabía que la mitad de ellos pensaban que yo era un fratricida ninja de sangre fría y, además, tenía que mantenerme alejado del campo de visión de Scorcher, aunque solo fuera por el bien de los intestinos de George. Por otro lado, la idea de aguardar con impaciencia, comprobando el móvil sin cese a la espera de que apareciera el número de Stephen, como una adolescente tras un besuqueo, no me entusiasmaba demasiado. Cuando no hago nada, me gusta tener un propósito.

Algo me punzaba en la nuca, como si alguien me tirara de los pelillos uno por uno. Presté atención a esa sensación; en multitud de ocasiones haberla ignorado me habría reportado la muerte. Algo se me escapaba, algo que había visto u oído y se me había pasado por alto.

Al contrario de lo que hacen los muchachos de Homicidios, en la Secreta no grabamos en vídeo las mejores partes, de manera que desarrollamos la capacidad de recordar con suma precisión. Me acomodé sobre el muro, encendí un pitillo y repasé punto por punto toda la información que había recopilado en los últimos días.

Había un dato inquietante: aún no estaba claro cómo había llegado aquella maleta a la chimenea. Según Nora, la habían metido allí en algún momento entre el jueves por la tarde, cuando le gorroneó el *walkman* a Rosie, y el sábado por la noche. En cambio, según Mandy, Rosie no había tenido las llaves durante esos dos días, lo cual más o menos descartaba la posibilidad de sacar a hurtadillas la maleta por la noche (un puñado de tapias de jardín incomodísimos se interponían entre Rosie y la casa en el número dieciséis) y Matt Daly sin duda alguna la habría vigilado con ojo de águila, lo cual le habría dificultado sacar nada de un tamaño considerable sin ser vista durante el día. También de acuerdo con Nora, los jueves y los viernes Rosie iba y venía del trabajo a pie con Imelda Tierney.

El sábado por la noche, Nora había ido al cine con sus amigas, y Rosie e Imelda habrían tenido la habitación para ellas solas y habrían podido hacer la maleta y planear la huida sin estorbos. Nadie habría prestado atención a las idas y venidas de Imelda. Podría haber salido tranquilamente de aquella casa transportando lo que le viniera en gana.

Imelda vivía ahora en Hallows Lane, lo bastante lejos de Faithful Place como para quedar fuera del perímetro de Scorch. Y a juzgar por la mirada de Mandy, existía la probabilidad de que estuviera en casa en plena jornada laboral y de que su relación con el vecindario fuera lo bastante confusa como para permitirle tener una hija pródiga que caminaba constantemente por la cuerda floja.

Apuré lo que me quedaba de café frío de un trago y me dirigí a mi coche.

Mi colega del Edificio de Ciencias Experimentales me consiguió una factura de electricidad de Imelda Tierney donde indicaba que vivía en el número diez de Hallows Lane, en el piso tres. La casa era un cuadro: le faltaban tejas al tejado, la pintura de las paredes estaba desconchada y tras los cristales mugrientos de las ventanas se atisbaban unas cortinas de encaje. Los vecinos debían de estar rogando al propietario que se la vendiera a algún pijo respetable o, en su defecto, que le prendiera fuego para cobrar el dinero del seguro.

Había acertado: Imelda estaba en casa.

—Francis —me saludó, sin tono de sorpresa, alegría u horror, cuando abrió la puerta de su apartamento—. Cuánto tiempo...

Ninguno de aquellos veintidós años se había portado bien con Imelda. Nunca había sido una tía buena, pero era esbelta, tenía buenas piernas y un andar bonito, y la combinación de esas tres cosas puede dar para mucho. Se había convertido en lo que los muchachos de la brigada describen como «tía follable»: cuerpo de *Vigilantes de la playa* y cara de bulldog. Conservaba la figura, pero tenía grandes bolsas bajo los ojos y el rostro lleno de unas arrugas como cicatrices de cortes con cuchillo. Iba vestida con un chándal blanco con una mancha de café en la pechera y en su melena rubia de bote se apreciaban ya unas raíces negras de unos siete centímetros. Al verla me dieron ganas de ahuecarla como un cojín para que recuperara la forma, como si eso fuera a convertirnos de nuevo en unos adolescentes resplandecientes burbujeantes ante la perspectiva de una noche de viernes. Aquel pequeño gesto se me clavó en el corazón.

–Hola, Melda –la saludé con mi mejor sonrisa para recordarle que habíamos sido buenos amigos en el pasado.

Imelda siempre me había caído bien. Era lista e inquieta, con un humor ligeramente cambiante y lengua afilada, porque la vida no se lo había puesto fácil: en lugar de un padre permanente había tenido demasiados temporales, algunos de ellos casados con mujeres que no eran su madre, y en aquel entonces esas cosas importaban. Imelda se había comido muchas críticas sobre su madre cuando éramos niños. La mayoría de nosotros vivíamos en jaulas de cristal, en un sentido u otro, pero un padre alcohólico y desempleado no era ni por asomo tan malo como una madre que mantenía relaciones sexuales.

Imelda dijo:

–Me he enterado de lo de Kevin, que Dios lo tenga en su gloria. Te acompaño en el sentimiento.

–Descanse en paz –deseé yo–. He pensado en aprovechar que he vuelto al barrio momentáneamente para hacer una visita a mis viejos amigos.

Permanecí allí, en el portal, esperando. Imelda echó una mirada rápida hacia el interior de su casa, pero, al comprobar que no me movía de allí, no le dejé alternativa. Al cabo de un segundo se excusó:

–La casa está patas arriba...

–¿Crees acaso que eso me importa? Deberías ver mi agujero. Me alegro tanto de volverte a ver.

Para cuando acabé de pronunciar aquellas palabras, ya la había rebasado y había franqueado la puerta. La verdad es que la casa no estaba sucia, pero entendía a qué se refería. Un simple vistazo al hogar de Mandy revelaba que era una mujer satisfecha; quizá no viviera en un éxtasis permanente, pero su vida se había convertido en algo que le gustaba. El caso de Imelda era todo lo contrario. El salón parecía más pequeño aún de lo que era porque había cosas por todos sitios: tazas usadas y envases de comida china para llevar desparramados en el suelo alrededor del sofá, ropa de mujer (de varias tallas) secándose sobre los radiadores, pilas de fundas de discos DVD cubiertas de polvo y amontonadas por los rincones. La calefacción estaba demasiado alta y hacía mucho tiempo que nadie abría una ventana; olía a una mezcla de cenicero, comida y mujeres. Todo, salvo los esteroides que salían por la tele, necesitaba con urgencia ser reemplazado.

–Es acogedor –dije.

Imelda me cortó con un:

–Es una mierda.

–Yo crecí en un lugar mucho peor.

Se encogió de hombros.

–¿Y? Eso no convierte este lugar en mejor. ¿Te apetece un té?

–Me encantaría, gracias. ¿Cómo te va?

Se internó en la cocina.

–Pues ya lo ves. Siéntate donde puedas.

Encontré un hueco en el sofá sin roña y me acomodé.

–Me han dicho que tienes hijas.

A través de la rendija que quedaba en la puerta entreabierta vi a Imelda detenerse en seco, con la mano en la tetera.

–Y a mí me han dicho que ahora eres poli –dijo.

Empezaba a acostumbrarme al arrebato ilógico de ira que me sobrevenía cuando alguien me informaba de que me había convertido en el chapero del «enemigo»; de hecho, casi empezaba a serme de utilidad.

–*Imelda* –le recriminé, ultrajado y herido hasta la médula tras un segundo de desconcierto–. ¿Hablas en serio? ¿Crees que he venido a buscarte problemas con tus hijas?

Se encogió de hombros.

–¿Cómo voy a saberlo? De todos modos, no han hecho nada malo.

–Si ni siquiera sé cómo se llaman. Simplemente te preguntaba por ellas, por el amor de Dios. Me importa un bledo si has criado a la puñetera estirpe de los Soprano; solo he pasado a saludarte en recuerdo de los viejos tiempos. Si te vas a poner nerviosa por cómo me gano la vida, dímelo y me largo de aquí ahora mismo. Te lo prometo.

Al cabo de un momento vi a Imelda hacer una mueca renuente con la boca y encender la tetera.

–Sigues siendo el mismo de siempre, Francis, con ese maldito temperamento. Sí, tengo tres hijas: Isabelle, Shania y Genevieve. Son las tres unas adolescentes terroristas. ¿Qué hay de ti?

Ni una alusión al padre, o a los padres.

–Tengo una hija –contesté–. Tiene nueve años.

–Pues lo que te queda... Que Dios te asista. Dicen que los niños te destrozan la casa y las niñas la cabeza, y es la verdad.

Metió sendas bolsas de té en las tazas. La mera observación de sus movimientos me hizo sentir viejo.

–¿Sigues cosiendo?

Una exhalación que podría haber sido una carcajada.

–Joder, Francis, eso es remontarse demasiado atrás. Me fui de la fábrica hace veinte años. Ahora trabajo de esto y de aquello. Sobre todo, limpio. –Me miró de reojo, beligerante, comprobando qué opinaba yo de eso–. Las europeas del Este trabajan más barato, pero aún hay sitios donde buscan a alguien que hable inglés. Y yo me defiendo bien en eso.

El agua de la tetera rompió a hervir.

–¿Has oído lo que le ocurrió a Rosie? –pregunté.

–Sí. Me dejó sin habla. Todo este tiempo... –Imelda sirvió el té y sacudió rápidamente la cabeza, como si intentara expulsar una idea de ella–. Todo este tiempo había creído que estaba en Inglaterra. Cuando lo supe no daba crédito. De verdad. Me pasé el resto del día vagando como una zombi. Te lo juro.

–Igual que yo. Tampoco ha sido el mejor fin de semana de mi vida –apunté.

Imelda sacó un cartón de leche y un paquete de azúcar e hizo un hueco para colocarlos en la mesita de café.

–Kevin siempre fue un chico encantador –dijo–. Me entristeció mucho saber que había muerto, de verdad, mucho. Habría ido a tu casa la noche que ocurrió, pero...

Se encogió de hombros, sin rematar la frase... La madre de Chloe ni en un millón de años habría entendido la diferencia sutil y definitiva de clase que inducía a Imelda a pensar, y quizá estuviera en lo cierto, que podía no ser bien recibida en casa de mi madre.

–Esperaba verte allí –comenté–. Pero, bueno, así ahora tenemos oportunidad de charlar como es debido, ¿no te parece?

Otra media sonrisa, esta vez menos reticente.

–El mismo Francis de siempre, con esa labia que tienes...

–Bueno, en lo que he mejorado es en el peinado.

–Ostras, sí. ¿Te acuerdas de cuando llevabas el pelo de punta?

–Podría haber sido peor. Podría haber llevado un tupé, como Zippy.

–Jajajaja. Calla. ¿Te acuerdas?

Regresó a la cocina en busca de las tazas. Aunque hubiera dispuesto de todo el tiempo del mundo, sentarme en aquella sala de estar bailándole el agua no me habría llevado a ningún sitio: Imelda era mucho más dura que Mandy y era plenamente consciente de que yo andaba buscando algo, aunque no supiera qué era. Cuando regresó le dije:

–¿Puedo preguntarte algo? Llámame cotilla si quieres, pero te juro que tengo buenas razones para preguntar.

Imelda me colocó una taza manchada en la mano y se sentó en un sillón, pero no se recostó y me miraba con recelo.

–Adelante.

–Cuando llevaste la maleta de Rosie a la casa en el número dieciséis, ¿dónde la colocaste exactamente?

La mirada en blanco instantánea, a medio camino entre la terquedad y la imbecilidad, me recordó cuál era mi situación. Nada en el mundo habría conseguido que Imelda olvidara que, en contra de todos los instintos de su cuerpo, estaba hablando con un policía. Respondió lo inevitable:

–¿Qué maleta?

–Venga ya, Imelda –la reprendí, sonriendo con tranquilidad (una nota en falso y toda mi excursión se iría al garete)–. Rosie y yo llevábamos meses planeando nuestra fuga. ¿Crees que no me había contado cómo pensaba ejecutar su parte?

Lentamente, la mirada imperturbable desapareció del rostro de Imelda, si bien no del todo, pero sí lo suficiente.

–Supongo que no me meteré en ningún follón si hablo de esto. Si me pregunta otra persona, yo nunca vi ninguna maleta.

–No te preocupes, cariño. No pienso causarte ningún problema; simplemente me estás haciendo un favor, y yo te lo agradezco. Lo único que quiero saber es si alguien tocó esa maleta después de que tú la dejaras allí. ¿Recuerdas dónde la dejaste? ¿Y cuándo?

Me miró afiladamente, bajo sus delgadas pestañas, intentando figurarse adónde quería llegar. Finalmente buscó un hueco para dejar su cajetín de tabaco y contestó:

–Rosie me contó tres días antes que planeabais escaparos. Hasta entonces no me había explicado nada; Mandy y yo imaginábamos que tramabais algo, pero no estábamos seguras de qué. Has visto a Mandy, ¿verdad?

–Sí. Está en plena forma.

–Es una esnob de pacotilla –opinó Imelda mientras accionaba el mechero–. ¿Un pitillo?

−Sí, gracias. Pensaba que Mandy y tú seguíais siendo amigas.

Una risotada de incredulidad. Me acercó el mechero para que me encendiera el cigarro.

−Ya no. Ahora es demasiado importante para tratar con la gente como yo. La verdad es que no sé si alguna vez fuimos amigas de verdad; simplemente salíamos juntas con Rosie, pero cuando se marchó...

−Tú siempre fuiste su mejor amiga −tercié yo.

Imelda me lanzó una mirada con la que me indicó que hombres mejores habían intentado enjabonarla y no lo habían conseguido.

−Si hubiéramos sido tan amigas, me habría confesado desde el principio vuestros planes, ¿no crees? Solo me lo dijo porque su padre la tenía vigilada y no podía sacar de allí sus cosas por sí misma. Solíamos ir y venir del trabajo paseando juntas algunos días, charlando de cosas de chicas. Ya ni siquiera me acuerdo. Aquel día me dijo que necesitaba que le hiciera un favor.

−¿Cómo sacaste la maleta de casa de los Daly?

−Fue sencillo. Al día siguiente, después de volver del trabajo, el viernes, fui a su casa, les explicamos a sus padres que íbamos a meternos en la habitación de Rosie a escuchar el disco nuevo de Eurythmics y ellos simplemente nos dijeron que no lo pusiéramos muy alto. Lo pusimos al volumen necesario para que no oyeran a Rosie hacer la maleta. −Se le dibujó una leve sonrisa en una comisura de los labios. Por un segundo, allí inclinada hacia delante, con los codos apoyados en las rodillas y sonriendo para sus adentros tras la cortina de humo del cigarrillo, me recordó a la muchacha de movimientos y labia ágil que solía ser−. Deberías haberla visto, Francis. Andaba baileteando por toda la habitación, canturreando mientras se cepillaba el pelo... Llevaba puestas en la cabeza las braguitas nuevas que tanto le había costado comprar para que no la vieras con las viejas, que estaban harapientas... Me sacó a bailar con ella. Debíamos de parecer un par de idiotas, riendo sin parar, pero conteniéndonos para que a su madre no se le ocurriera entrar a ver por qué armábamos tanto jaleo. Creo que el habérselo confesado a alguien, tras todo aquel tiempo de secretismo, la hacía superfeliz. Estaba en la luna.

Cerré de un portazo la puerta a esa imagen; prefería guardármela para más tarde.

–Vaya –dije–. Me alegra saberlo. ¿Y cuando acabó de hacer la maleta, qué sucedió...?

Su sonrisa se ensanchó más.

–Simplemente agarré la maleta y salí de allí. Te lo prometo. La llevaba tapada con mi chaqueta, pero a nadie se le habría escapado el detalle de haberse detenido a mirar. Salí de la habitación; Rosie me dijo adiós, con voz dulce y alta, y yo me limité a despedirme de los señores Daly con un grito. Estaban en el salón, mirando la tele. El señor Daly volvió la vista después de que yo saliera de la puerta, pero su único objetivo era asegurarse de que Rosie no venía conmigo; ni siquiera vio la maleta. Y me fui de allí.

–Buena jugada de ambas –opiné con una sonrisa–. ¿Y la llevaste directamente al número dieciséis?

–Sí. Era invierno. Había oscurecido y hacía frío, así que todo el mundo estaba en casa. No me vio nadie. –Tenía los párpados caídos, recordaba–. Te lo juro, Francis, me aterraba entrar en esa casa. Nunca había entrado allí de noche antes, o al menos no sola. Lo peor fueron las escaleras; en las habitaciones aún se filtraba un poco de luz a través de las ventanas, pero las escaleras estaban completamente a oscuras. Había telarañas por todos sitios y la mitad de los escalones temblaban como si el edificio fuera a derrumbarse en cualquier momento. Y se oían ruiditos por todas partes...Te prometo que pensé que había alguien allí, o un fantasma, observándome. Estaba preparada para empezar a gritar si alguien me agarraba. Salí de allí por patas, como si me quemaran los pies.

—¿Recuerdas dónde dejaste la maleta?

—Claro que sí. Rosie y yo lo habíamos concertado todo. La dejé detrás de la chimenea del salón de la planta superior, aquella estancia grande, ¿sabes cuál digo? Habíamos quedado en que, si no cabía allí, la colocaría bajo el montón de tablones, metal y basura que había en el rincón del sótano, pero no me apetecía bajar allí a menos que fuera imprescindible. Resultó que cabía perfectamente.

—Gracias, Imelda —dije—. Por ayudarnos. Debería habértelo agradecido hace mucho tiempo, pero más vale tarde que nunca.

—¿Me dejas que te pregunte algo? ¿O es una conversación unidireccional? —quiso saber ella.

—Como la Gestapo, somos nosotros quienes hacemos las preguntas... Es broma. Esto es una conversación. Dispara.

—Se rumorea que a Rosie y a Kevin los mataron. Que los asesinaron. A los dos. ¿Lo dicen por armar escándalo o es verdad?

—A Rosie la asesinaron seguro —corroboré—. Pero nadie sabe a ciencia cierta qué le ocurrió a Kevin.

—¿Cómo la mataron?

Sacudí la cabeza.

—No me lo han dicho.

—Claro. Ya.

—Imelda —dije—, puedes seguir viéndome como un policía si te apetece, pero te garantizo que ahora mismo no hay nadie en el cuerpo que comparta esa opinión. No estoy trabajando en este caso; se supone que ni siquiera debo acercarme a nada relacionado con él. He arriesgado mi placa por el mero hecho de venir a verte. Esta semana no soy policía. Soy el puñetero metementodo que no deja en paz al personal porque estaba enamorado de Rosie Daly.

Imelda se mordió el labio, con fuerza.

–Yo también la quería, de verdad, la quería con toda mi alma –añadió.

–Ya lo sé. Por eso estoy aquí. No tengo ni idea de qué le sucedió y no confío en que esos polis estén dispuestos a mover el trasero para averiguarlo. Necesito que me echen una mano, Melda.

–No debería estar muerta. Es injusto. De verdad que lo es. Rosie nunca le hizo daño a nadie. Solo quería... –Imelda guardó silencio, fumó y clavó la vista en sus dedos doblados a través de un agujero en la funda deshilachada del sofá, pero yo la noté pensar y no quise interrumpirla. Al cabo de un rato dijo–: Sencillamente pensé que había sido ella quien había logrado escaparse. –Alcé una ceja en gesto de interrogación. Las envejecidas mejillas de Imelda se tiñeron de un sutil sonrojo, como si hubiera dicho algo estúpido, pero no se detuvo–. Pongamos por ejemplo a Mandy, ¿vale? Es la viva imagen de su madre. Se casó a las primeras de cambio, dejó de trabajar para cuidar de su familia, se convirtió en una buena esposa, en una buena madre, y vive en la *misma casa*. Juro por Dios que lleva la misma ropa que llevaba su madre. Y lo mismo ha sucedido con todo el mundo a quien conocíamos: se han convertido en sus padres, aunque se dediquen a vociferar que ellos son diferentes. Y mírame a mí. Mira cómo he acabado –señaló con la barbilla al lugar donde estábamos–. Tres niñas, tres padres. Probablemente Mandy ya te lo habrá contado. Tenía veinte años cuando nació Isabelle. Directa al paro. Desde entonces no he vuelto a tener un empleo decente. Nunca me he casado. No he

343

conseguido retener a mi lado a ningún hombre durante más de un año. Y la mitad de ellos estaban casados, como bien puedes suponer. Yo tenía un millón de planes cuando era joven, y todos se fueron al traste. En su lugar, me he convertido en mi madre, de la cabeza a los pies, ya no queda nada de mí. Una mañana me levanté transformada en ella, y aquí sigo.

Saqué otros dos cigarrillos de mi paquete y le encendí uno a Imelda.

—Gracias. —Apartó la cabeza para no echarme el humo en la cara—. Rosie fue la única de nosotros que no se convirtió en su madre. A mí me gustaba pensar en ella. Cuando la situación me era adversa, me gustaba saber que ella había escapado, que estaría en Londres, en Nueva York o en Los Ángeles realizando algún trabajo extravagante del que yo nunca hubiera oído hablar. Me reconfortaba imaginar que ella había sido quien se había salido con la suya, la única que se había salvado.

—Yo no me he convertido en mi madre. Ni en mi padre, ya que nos ponemos —dije yo.

A Imelda no le hizo gracia. Me dedicó una mirada fugaz que no supe interpretar. Supongo que intentaba descifrar si convertirse en poli contaba como una mejora. Transcurrido un momento dijo:

—Shania está embarazada. Tiene diecisiete años. Y no está segura de quién es el padre.

Ni siquiera Scorcher podría haber convertido aquella confesión en algo positivo.

—Al menos tiene una madre buena que la ayudará —observé.

—Sí —respondió Imelda. Se le hundieron ligeramente los hombros, como si parte de ella hubiera deseado descubrir el secreto para solucionar aquella papeleta—. Ya veremos.

En uno de los otros pisos alguien escuchaba a todo trapo 50 Cent[12] y alguien más le gritaba que bajara el volumen. Imelda parecía no darse ni cuenta.

–Necesito preguntarte una última cosa –anuncié.

Imelda tenía buenas antenas y algo en mi voz las activó; aquella mirada inescrutable volvió a deslizarse en su rostro.

–¿A quién le dijiste que Rosie y yo planeábamos escaparnos?

–A nadie. No soy ninguna chivata.

Se enderezó en su asiento, lista para el combate.

–Nunca he pensado que lo fueras. Pero existen montones de maneras de sonsacarle información a alguien, sea uno chivato o no. Y tú tenías ¿qué? ¿Dieciocho, diecinueve años? Es fácil emborrachar a una adolescente lo bastante como para que se le escape algo o engatusarla para que suelte alguna pista.

–Tampoco soy tonta.

–Ni yo. Escúchame, Imelda. Alguien esperó a Rosie en la casa en el número dieciséis aquella noche. Alguien la encontró allí, la asesinó a golpes y se deshizo del cadáver. Solo tres personas en el mundo sabían que Rosie iba a ir allí a recoger aquella maleta: Rosie, tú y yo. Yo no lo comenté con nadie. Y como tú misma has dicho, Rosie mantuvo la boca cerrada durante meses; probablemente tú fueras su mejor amiga y te lo explicó porque no le quedaba más remedio. ¿Quieres que me crea que fue por ahí contándoselo a otra persona, solo por fardar? Y un carajo. Así que solo nos quedas tú.

Antes de darme tiempo a concluir la frase, Imelda se había puesto de pie y me había arrebatado la taza de la mano.

---

[12] Curtis James Jackson III (Jamaica, 1975), más conocido por su nombre artístico, 50 Cent, es un rapero estadounidense. Alcanzó la fama mundial con el lanzamiento de sus álbumes *Get Rich or Die Tryin'* (2003) y *The Massacre* (2005), que le han valido sendos éxitos multiplatino. *(N. de la T.)*

–¡Hay que ver qué poca vergüenza tienes! Te presentas en mi casa y me llamas chivata. No debería haberte dejado traspasar esa puerta. Y venirme con esa patraña de que venías a visitar a una vieja amiga, ¡una vieja amiga y un cuerno!, lo único que pretendías era averiguar qué sabía yo...

Se encaminó a la cocina y depositó las tazas en el fregadero con gran estrépito. Solo la culpa provoca ataques de ira de ese calibre. La perseguí.

–Y tú tanto hablar de cuánto querías a Rosie, de lo feliz que estabas de que ella hubiera logrado escapar de esta vida... ¿Qué era todo eso, Imelda? ¿Un montón de mierda? ¿Eh, eso es lo que era?

–No tienes ni idea de lo que estoy hablando. Para ti es fácil venir pavoneándote después de todo este tiempo, Míster Cojonudo, porque podrás desaparecer cuando quieras. Pero yo, yo *tengo* que vivir aquí. Y mis hijas *tienen* que vivir aquí.

–¿Acaso tengo pinta de estar a punto de desaparecer? Estoy aquí, Imelda, te guste o no. Y no pienso marcharme a ningún sitio.

–Y tanto que te vas a marchar. Largo de mi casa. Coge tus preguntas y métetelas por el culo. Fuera de aquí.

–Dime con quién hablaste y me largaré.

Me puse demasiado cerca. Imelda tenía la espalda apoyada contra los fogones; sus ojos barrieron la estancia en busca de vías de escape. Cuando volvieron a posarse en mí, detecté su miedo.

–Imelda –dije, con toda la suavidad de la que fui capaz–. No voy a pegarte. Solo te estoy formulando una pregunta.

–Vete –me ordenó.

Tenía una de las manos tras la espalda, aferrada a algo. Entonces fue cuando caí en la cuenta de que el miedo no era un reflejo, no era un resquicio de algún capullo que la había maltratado. Imelda tenía miedo de mí.

–¿Qué demonios crees que voy a hacerte? –le pregunté.

–Ya me han advertido acerca de ti –contestó ella en voz baja.

Antes de darme siquiera cuenta, yo había dado un paso al frente. Cuando vi el cuchillo del pan alzarse y su boca abrirse para gritar, me largué. Me encontraba ya debajo de las escaleras de la entrada cuando ella tuvo tiempo de recobrar la compostura necesaria para perseguirme y empezar a gritarme, para placer de los vecinos:

–¡Y no te atrevas a regresar por aquí!

Cerró la puerta de su apartamento de un portazo.

15

Me adentré en los Liberties, lejos de la ciudad; el centro ur-
bano estaba infestado de ratas salidas de las alcantarillas para
realizar las compras navideñas que se daban codazos unas a
otras para apartarse de sus respectivos caminos y poder así dar
rienda suelta al frenesí de la tarjeta de crédito con la que pagaban cualquier artículo sobre el que se posaran sus ojos, cuanto más caro mejor, y antes o después una de ellas iba a darme
una excusa para una pelea. Conozco a un hombre muy amable llamado Danny el Fósforos que una vez se ofreció a prender fuego a cualquier cosa que yo necesitara quemar. Pensé
en Faithful Place, en la mirada ávida en el rostro de la señora
Cullen y en la incertidumbre en el de Des Nolan; pensé en el
pavor en la cara de Imelda, y me planteé echarle a Danny un
telefonazo.

Continué caminando hasta que me hube desprendido de
la necesidad imperiosa de propinarle un puñetazo a cualquiera que osara acercarse a mí. Las calles y los callejones lucían
el mismo aspecto que los presentes en el funeral de Kevin,
eran versiones retorcidas de algo familiar, como un chiste que se
me escapaba: BMWs resplandecientes apiñados ante lo que solían ser casas de vecindad, madres adolescentes empujando

llamativos cochecitos de diseño, polvorientos comercios de barrio reconvertidos en resplandecientes franquicias de grandes cadenas... Cuando al fin pude detenerme, había dejado atrás la Catedral de Sant Patrick. Me senté en los jardines un rato, dejando que mi mirada descansara en algo que se había mantenido intacto durante ochocientos años y escuchando a los conductores adentrarse en el torbellino iracundo de la carretera a medida que la hora punta se aproximaba y el tráfico dejaba de avanzar.

Ahí seguía sentado, fumando mucho más de lo que Holly habría aprobado, cuando me llegó un mensaje al teléfono. El texto era de mi muchacho, Stephen, y apostaría a que lo había reescrito unas cuatro o cinco veces hasta darse por satisfecho. «Hola, detective Mackey, tengo la información que me solicitó. Atentamente, Stephen Moran (Det).»

Criaturica. Eran casi las cinco de la tarde. Le contesté: «Buen trabajo. Veámonos en el bar Cosmo lo antes posible».

El Cosmo es un antro donde sirven bocadillos escondido en el laberinto de callejones que parten de la calle Grafton. No sorprenderían allí a ningún muchacho de Homicidios ni muerto, lo cual representaba un gran aliciente. El otro era que el Cosmo es uno de los escasos lugares en la ciudad donde aún contratan a personal irlandés, lo cual significa que nadie se agacha a mirarte directamente. Y hay ocasiones en las que eso resulta de utilidad. Yo suelo reunirme ahí con mis informantes.

Cuando entré en el bar, el chaval ya estaba sentado a una mesa, acariciando una taza de café y haciendo dibujitos con la yema de un dedo en un montoncito de azúcar que se había desparramado. No alzó la vista cuando me senté.

–Me alegra volverte a ver, detective. Gracias por contactarme.

Stephen se encogió de hombros.

—Sí. Bueno. Ya le dije que lo haría.

—Vaya. ¿Ocurre algo?

—Todo esto es muy sórdido.

—Te prometo que te respetaré por la mañana.

—En Templemore nos explicaron que el cuerpo era ahora nuestra familia. Y yo me lo creí, ¿sabe? Me lo tomé en serio.

—Y así es como debe ser. Es tu familia. Y esto es lo que las familias se hacen entre sí, corazón. ¿Aún no te has percatado?

—No. No lo he hecho.

—¡Qué afortunado! Una infancia feliz es algo bello. Pero así es como vivimos la otra mitad. ¿Qué tienes para mí?

Stephen se mordisqueó el carrillo por dentro. Lo observé con atención y lo dejé lidiar por sí solito con sus problemas de conciencia. Finalmente, por supuesto, en lugar de agarrar su mochila y salir por patas del Cosmo, se inclinó hacia delante y extrajo un delgado archivador verde.

—El informe del forense —apuntó, y me lo entregó.

Pasé las páginas con la uña del pulgar. Los diagramas de las lesiones de Kev me asaltaban la vista, pesos de órganos, contusiones cerebrales... Desde luego, no era la lectura más idónea para una cafetería.

—Bien hecho —le agradecí—. Lo aprecio sinceramente. Resúmemelo en treinta segundos o menos.

Lo desconcerté. Tal vez había notificado alguna defunción a alguna familia previamente, pero sin entrar en detalles técnicos. Al comprobar que yo no parpadeaba, dijo:

—Vaya... Hummm. De acuerdo. Él... quiero decir, el difunto; es decir: su hermano... la víctima se precipitó por una ventana de cabeza. No se han encontrado heridas de lucha ni defensivas, nada que indique la presencia de otra persona. La caída se produjo desde una altura aproximada de seis metros, sobre tierra compacta. Impactó en el suelo con solo un lado de la cabeza, cerca de la coronilla. La caída le fracturó el cráneo, lo cual le dañó el cerebro, y se rompió el cuello, cosa que debió de paralizarle la respiración. Una u otra lesión le provocó la muerte. Fue una muerte rápida.

Exactamente lo que le había pedido, pero ello no impidió que simultáneamente me enamorara de la repeinada camarera por hacer su aparición en el momento preciso. Pedí un café y un bocadillo cualquiera. Ella anotó dos veces mal el pedido para demostrar que era demasiado buena para aquel empleo, puso los ojos en blanco molesta por mi estupidez y casi le volcó la taza a Stephen sobre el regazo al arrebatarme de las manos el menú, pero para cuando se fue contoneándose yo ya había logrado destensar la mandíbula, al menos un poco.

—Bueno, ninguna sorpresa. ¿Habéis recibido ya los informes de las huellas dactilares?

Stephen asintió y extrajo otra carpeta, esta más gruesa. Scorcher había urgido al laboratorio para que le devolvieran los resultados a la mayor brevedad posible. Quería cerrar el caso de una vez por todas.

—Limítate a los fragmentos interesantes.

—El exterior de la maleta era un follón: todo ese tiempo encajada en el conducto de la chimenea había borrado gran parte de las huellas previas, y luego tenemos las huellas de los obreros de la construcción y las de la familia que... su familia. —Agachó la cabeza avergonzado—. Aún queda alguna huella coincidente con las de Rose Daly, además de una que encaja con las de su hermana Nora, y otras tres desconocidas, probablemente pertenecientes a la misma mano y dejadas en el mismo momento, a juzgar por su ubicación. En el interior tenemos más o menos lo mismo: montones de huellas de Rose en todo aquello que las conserva, montones de huellas de Nora en el *walkman*, un par de Theresa Daly en el interior de la maleta, cosa que tiene sentido, porque era su maleta, quiero decir, y montones de todos los miembros de la familia Mackey, principalmente de Josephine Mackey. ¿Quién es? ¿Su madre?

—Sí —contesté.

Evidentemente, mi madre se había encargado de deshacer la maleta. Casi podía oírla: «Jim Mackey, aparta tus sucias manos de ese trasto; hay bragas guardadas. ¿Qué eres? ¿Un pervertido?».

—¿Alguna huella desconocida?

—En el interior no. También hemos encontrado, eeeh..., unas cuantas huellas dactilares suyas en el sobre donde estaban guardados los billetes del ferry.

Incluso después de los últimos días aún me quedaba hueco para que esa información se me clavara como un puñal afilado: mis huellas de aquella velada inocente en el O'Neill's seguían frescas como si las hubiera dejado ayer tras veinte años de permanecer ocultas en la oscuridad, listas para que los técnicos del laboratorio jugaran con ellas.

—Claro, es normal. No se me ocurrió ponerme guantes cuando los compré. ¿Algo más?

—Eso es todo en lo concerniente a la maleta. Y parece que la nota se limpió. En la segunda página, la que se encontró en 1985, hemos hallado huellas de Matthew, Theresa y Nora Daly, de los tres obreros que la encontraron y la sacaron de allí, y suyas. Ni una sola de Rose. En la primera página, la que encontramos en el bolsillo de Kevin, no hay nada. Ni una sola huella. Está limpia como una patena.

—¿Y en la ventana de la que cayó?

—Justo el problema contrario: hay demasiadas huellas. En el laboratorio están bastante seguros de que tenemos huellas de Kevin en las dos hojas de vidrio, exactamente donde se esperaría encontrarlas si él hubiera abierto la ventana, y huellas de las palmas de sus manos en el alféizar, donde se apoyó, pero no al cien por cien. Hay demasiadas capas subyacentes de huellas, de manera que los detalles se pierden.

—¿Algo más que debería saber?

Meneó la cabeza.

—Nada en particular. Han aparecido huellas de Kevin en un par de lugares más: en la puerta del vestíbulo y en la de la estancia desde la que se precipitó, pero en ningún sitio donde no fueran de esperar. La casa al completo está plagada de huellas desconocidas; los del laboratorio aún las están examinando. Hasta ahora algunas han concordado con tipos con antecedentes por delitos menores, pero son todos locales que podrían haber ido a holgazanear a esa casa. Hace años, por lo que sabemos.

—Buen trabajo —lo felicité. Cuadré los archivos y me los guardé en mi maletín—. No lo olvidaré. Y ahora, resúmeme la teoría del detective Kennedy relativa a lo ocurrido.

Los ojos de Stephen siguieron mis manos.

—Vuélvame a aclarar que no estamos haciendo nada que comprometa la ética...

—No compromete la ética porque tan pronto como acabemos con esto, le sacudiremos el polvo y no quedará ni huella, chaval. Venga, resúmeme lo que te he pedido.

Al cabo de un segundo alzó los ojos y buscó los míos.

—No estoy seguro de cómo hablar con usted acerca de este caso.

La camarera depositó mi café y los bocadillos en la mesa con bastante mala leche y se largó indignada. Ambos la ignoramos.

—¿Te refieres al hecho de que esté conectado con todo el mundo y con todo lo relacionado con él?

—Exactamente. No debe de ser fácil. Y no me gustaría empeorarlo.

Además, tenía tacto. Cinco años más y el jodido chaval estaría dirigiendo el cuerpo.

—Agradezco tu preocupación, Stephen. Pero lo que necesito de ti en estos momentos no es sensibilidad, sino objetividad. Limítate a pensar que este caso no tiene nada que ver conmigo. Simplemente soy un desconocido que pasa por aquí y necesita que se lo resuman. ¿Crees que serás capaz de hacerlo?

Asintió.

—Sí. Creo que sí.

Me acomodé en la silla y me acerqué el plato del bocadillo.

—Estupendo. Sorpréndeme.

Stephen se tomó su tiempo, lo cual me pareció una buena estrategia: ahogó su bocadillo en kétchup y mayonesa, redispuso sus patatas fritas y se aseguró de ordenarse el pensamiento. Luego dijo:

—Bien. La teoría del detective Kennedy es la siguiente. La tarde del 15 de diciembre de 1985, Francis Mackey y Rose Daly planean encontrarse al final de la calle de Faithful Place y fugarse juntos. La fuga llega a oídos del hermano de Mackey, Kevin...

—¿Cómo?

No imaginaba a Imelda sincerándose con un adolescente de quince años.

—Ese punto no está claro, pero es evidente que alguien la mató, y Kevin es quien mejor encaja. Ese es uno de los factores que respaldan la teoría del detective Kennedy. De acuerdo con todos los interrogados, Francis y Rose habían mantenido la fuga en el más estricto de los secretos; nadie tenía ni idea de lo que planeaban. Kevin, sin embargo, ostentaba una posición privilegiada: compartía habitación con Francis. Pudo haber visto algo.

Mandy había mantenido el pico cerrado.

—Digamos que esa opción está descartada. No había nada que ver en esa habitación.

Stephen se encogió de hombros.

—Yo procedo de la zona de North Wall. Diría que en Liberties la cosa funciona igual, o al menos funcionaba igual en el pasado: todo el mundo se conoce, todo el mundo habla y se entromete en los asuntos de los demás; los secretos no existen. Déjeme que le diga algo: me asombraría que nadie tuviera noticia de esa fuga. De verdad que me dejaría boquiabierto.

—De acuerdo. Dejemos esa parte en una nebulosa. ¿Y a continuación?

El hecho de concentrarse en resumirme el informe lo había relajado un poco; volvíamos a encontrarnos en su zona de seguridad.

—Kevin decide interceptar a Rose antes de que se encuentre con Francis. Quizá queda con ella en verse o quizá sabe que ella necesitará recoger esa maleta. Sea como fuere, se encuentran, probablemente en algún punto de la casa número dieciséis de Faithful Place. Empiezan a discutir, él pierde los nervios, la agarra por el cuello y le sacude la cabeza contra la pared. A juzgar por la opinión de Cooper, todo habría sucedido muy rápidamente, en cuestión de segundos. Cuando Kevin recobra la cordura, es demasiado tarde.

—¿Y el móvil? ¿Por qué iba a querer interceptarla, por no mencionar ya el discutir con ella?

—Desconocido. Todo el mundo afirma que Kevin estaba muy apegado a Francis y es posible que no quisiera que Rose se lo arrebatara. O tal vez fueran celos: estaba justo en esa edad en la que uno no sabe aún lidiar con esas sensaciones. Según dicen, Rose era una belleza. Quizá había rechazado a Kevin, o quizá habían tenido una aventura a escondidas. —Stephen recordó de repente con quién estaba hablando, se puso como la grana, dejó de hablar y me miró con aprensión.

«Recuerdo a Rosie –había dicho Kevin–. Su cabello, su risa y su forma de caminar...»

–La diferencia de edad era un poco grande para que eso ocurriera –objeté yo–. Estamos hablando de quince y diecinueve años, no lo olvides. No obstante, te concedo que a él podía gustarle Rosie. Continúa.

–Bueno. El móvil no tiene por qué ser de peso; me refiero a que, por lo que sabemos, Kevin no tenía planeado matarla. Todo apunta a que fue una muerte accidental. Cuando cae en la cuenta de que está muerta, arrastra el cadáver hasta el sótano (a menos que ya estuvieran allí) y la entierra bajo el hormigón. Kevin era un muchacho fuerte para su edad; había trabajado a media jornada en una obra de construcción ese verano, transportando material. Tenía fuerza para mover esas losas.

Otra mirada fugaz. Me saqué un pedacito de jamón de una muela y observé a Stephen de manera insulsa.

–En un momento dado en medio de todo el embrollo, Kevin encuentra la nota que Rose pretendía dejar a su familia y se da cuenta de que puede utilizarla en beneficio propio. Esconde la primera página y deja la segunda donde está. La idea es que, si Francis se fuga de todos modos, todo el mundo revertirá automáticamente al plan original: ambos se han escapado juntos y ahí está la nota para los padres que lo demuestra. En cambio, si Francis regresa a casa al no presentarse Rose o si se pone en contacto con su familia en algún momento, todo el mundo pensará que esa nota iba destinada a él y que ella ha escapado sola.

–Y durante veintidós años –observé yo–, eso es exactamente lo que sucede.

–Sí. Entonces aparece el cuerpo de Rose, se inicia una investigación y Kevin entra en pánico. Según todos los interrogados, el último par de días se lo vio muy nervioso, cada vez más. Al final cede a la presión. Recupera la primera hoja de donde fuera que la había ocultado todo este tiempo, pasa una última noche con su familia, luego regresa al lugar donde asesinó a Rose y... bueno...

—Reza sus oraciones y se lanza de cabeza por la ventana del último piso. Justicia cósmica.

—Supongo que más o menos, sí.

Stephen me observaba disimuladamente por encima de su café para comprobar si estaba enfadado.

—Bien hecho, detective. Claro, conciso y objetivo —lo reconforté yo.

Exhaló un rápido suspiro de alivio, como si acabara de librarse de un examen oral y atacó su bocadillo.

—¿De cuánto tiempo disponemos antes de que esa versión se convierta en el Evangelio según Kennedy y ambos casos se den por cerrados? —quise saber.

Sacudió la cabeza.

—De unos cuantos días a lo sumo. Aún no ha enviado el expediente a los capos; seguimos recopilando pruebas. El detective Kennedy es meticuloso. Me refiero a que, aunque baraje esta teoría, no creo que vaya a limitarse a encajarla en el caso y darlo por concluido. Por lo que asegura, parece que vamos (me refiero a mí y al resto de agentes móviles) a continuar en Homicidios al menos hasta finales de esta semana.

Lo cual, básicamente, me daba tres días de margen de acción. A nadie le gusta retroceder. Una vez el caso se diera oficialmente por cerrado, necesitaría aparecer con una filmación de vídeo firmada por un notario en la que se viera a otra persona cometiendo ambos asesinatos para que se reabriera.

—Seguro que lo pasáis en grande —bromeé—. ¿Qué opinas tú, personalmente, de la teoría del detective Kennedy?

Sorprendí a Stephen con la guardia baja. Tardó un segundo en poder tragarse el bocado que estaba masticando.

–¿Yo?

–Claro, amorcito. Yo ya me conozco cómo trabaja Scorcher. Tal como te expliqué en su día, lo que me interesa es lo que tú puedes ofrecerme. Aparte de tus fabulosas habilidades como mecanógrafo.

Se encogió de hombros.

–No es trabajo mío...

–Claro que lo es; ese es precisamente tu trabajo. ¿A ti te encaja esa teoría?

Stephen le dio otro mordisco al bocadillo para tener tiempo de reflexionar la respuesta. Tenía la mirada clavada en su plato, de tal manera que sus ojos quedaban fuera de mi campo de visión.

–Haces bien, Stevie. No olvides que mi visión del caso podría estar influida por mis implicaciones personales, o por el dolor que estoy pasando o sencillamente porque estoy majadero, sin más, factores todos que me podrían convertir en una mala persona con la que compartir tus pensamientos más íntimos. Pero, aun así, apuesto a que no es la primera vez que se te pasa por la mente que el detective Kennedy podría estar equivocado –añadí.

–Se me ha ocurrido, sí –accedió.

–Por supuesto que se te ha ocurrido. De lo contrario, serías tonto. ¿Se le ha ocurrido a algún otro integrante de tu equipo?

–Nadie que lo haya verbalizado.

–Claro, ni lo harán. Todos ellos lo habrán pensado también, porque tampoco son tontos, pero mantienen el pico cerrado porque les aterra contrariar a Scorchie. –Me incliné sobre la mesa, lo bastante cerca como para obligarlo a mirarme–. Y eso nos conduce a ti, detective Moran. A ti y a mí. Si el tipo que asesinó a Rose Daly sigue libre, nadie va a ir tras él salvo nosotros dos. ¿Empiezas a entender por qué nuestro jueguecito es *éticamente* correcto?

Transcurrido un instante, Stephen contestó:

—Supongo que sí.

—En términos éticos es una pera madura, porque nuestra principal responsabilidad aquí no es para con el detective Kennedy, ni para conmigo, ya que nos ponemos. Es para con Rose Daly y Kevin Mackey. Somos su única baza. Así que deja ya de revolotear como una virgen agarrándose las bragas y dime qué opinas de la teoría del detective Kennedy.

—No me entusiasma —sentenció sin más.

—¿Por qué no?

—No me importa que tenga agujeros, no me importa que no exista un móvil, ni que no tengamos constancia de que Kevin descubriera los planes de fuga y todo eso. Todos esos agujeros son de esperar, transcurrido todo este tiempo. Lo que me preocupa son los resultados de las huellas dactilares.

Me preguntaba si lo detectaría.

—¿Qué hay de eso?

Se lamió un poco de mayonesa del pulgar y lo mantuvo en alto.

—En primer lugar, están las huellas desconocidas de fuera de la maleta. Podrían no ser nada, pero, si esta fuera mi investigación, yo procuraría identificarlas antes de archivar el caso.

Yo estaba bastante seguro de a quién pertenecían esas huellas dactilares, pero no me apetecía compartirlo.

—Lo mismo haría yo. ¿Algo más? —quise saber.

—Sí. Hay otra cosa. —Levantó un dedo—. ¿Por qué no hay huellas en la primera hoja de la nota? Limpiar las huellas de la segunda hoja tendría sentido: en el supuesto de que alguien hubiera sospechado y hubiera informado de la desaparición de Rose, Kevin no habría querido que la policía descubriera sus huellas en la carta de despedida de Rosie. Pero ¿por qué en la primera hoja? La extrae de dondequiera que la hubiera tenido guardada todo este tiempo porque planea utilizarla como nota de suicidio y como *confesión*, hasta ahí estamos de acuerdo, pero ¿por qué la limpia y utiliza *guantes* para guardársela en el bolsillo? ¿Para evitar qué? ¿Que alguien la *vincule* con él?

–¿Y qué opina el detective Kennedy de eso?

–Dice que se trata de una anomalía menor, nada importante, en caso de que lo sea. Kevin limpia ambas hojas aquella primera noche y esconde la primera. Cuando la saca de su escondrijo, no deja huellas, no siempre se dejan. Y es cierto, salvo que... Estamos hablando de alguien que está a punto de *suicidarse*. Alguien que, básicamente, está confesando un *asesinato*. Da igual lo frío que se sea, cuando uno está a punto de hacer algo así suda como un cerdo. Y cuando se suda, se dejan huellas. –Stephen sacudió la cabeza–. Esa hoja debería presentar huellas –sentenció–. Fin del asunto. –Y se dispuso a acabar de demoler su bocadillo.

–Solo por diversión, probemos algo. Asumamos por un instante que mi viejo amigo el detective Kennedy se equivoca solo por esta vez y Kevin Mackey no asesinó a Rose Daly. ¿Qué tenemos entonces?

Stephen me observó atentamente.

–¿Asumimos también que Kevin fue asesinado? –preguntó acto seguido.

–Dímelo tú.

–Si él no limpió esa nota y se la guardó en el bolsillo, otra persona lo hizo en su lugar. Yo apuesto por un asesinato.

Sentí que volvía a invadirme esa repentina y traidora oleada de afecto. Estuve a punto de hacerle una llave de yudo y alborotarle el pelo.

–A mí me encaja –convine–. ¿Y qué sabemos del asesino?

–¿Pensamos que se trata de la misma persona?

–Sinceramente, espero que sí. Mi barrio tal vez sea un poco turbio, pero ruego al cielo que no lo sea tanto como para albergar a dos asesinos sueltos.

En algún momento en los últimos sesenta segundos, desde que había comenzado a exponer su propia opinión, Stephen había empezado a temerme menos. Estaba inclinado hacia delante, acodado en la mesa, tan concentrado que se había olvidado del resto de su bocadillo. Sus ojos refulgían con una chispa renovada, aguda, más aguda de lo que yo habría esperado en un novato que se ruborizaba.

–Entonces, a tenor de lo que dice Cooper, probablemente se trate de un hombre de una edad comprendida entre treinta y tantos y cincuenta años, de lo que se infiere que debía de estar entre la adolescencia tardía y la treintena cuando Rosie falleció. Se trataría de un hombre fuerte, antes y ahora. Se necesita a un tipo con músculos para hacer algo así.

–Para matar a Rose, sí. Para Kevin, no. Si se encontró el modo de hacer que se asomara por esa ventana, y Kevin no era una persona desconfiada, con un pequeño empujón habría bastado. Para eso no se necesitan músculos.

–De manera que, si nuestro hombre tenía entre quince y cincuenta cuando se deshizo de Rose, eso lo sitúa entre finales de la treintena y los setenta años en la actualidad.

–Desgraciadamente. ¿Tenemos algo más sobre él que nos permita acotar la búsqueda?

Stephen respondió:

–Creció cerca de Faithful Place. Se conoce la casa del número dieciséis de arriba abajo: cuando se dio cuenta de que Rose estaba muerta, seguramente se asustó, pero eso no impidió que recordara que había esas losas de cemento en el sótano. Y, por lo que nos ha dicho todo el mundo, quienes conocen la casa en el número dieciséis son las personas que vivían en o cerca de Faithful Place de adolescentes. Es posible que ya no viva aquí. Podría haberse enterado del hallazgo del cadáver de Rose por mil medios distintos, pero lo que es indudable es que entonces sí era vecino.

Por primera vez en mi carrera tuve un pálpito de por qué los de Homicidios adoran su trabajo. Cuando los de la Secreta salimos de caza, tomamos todo lo que cae en nuestras trampas; la mitad de nuestro oficio consiste en saber qué usar como cebo, qué devolver al lugar del que procedía y qué derribar de un golpe en la cabeza y apresar. En cambio, su trabajo era completamente distinto. Estos tipos eran especialistas entrenados para rastrear a un depredador pícaro, y le prestaban la misma atención que le prestarían a un amante. Todo lo demás que entrara en su campo de visión mientras pescaban en la oscuridad esa forma les importaba un bledo. Era algo específico e íntimo, algo potente: el asesino y yo en el ancho mundo, escuchando atentamente a la espera de que uno de los dos diera un paso en falso. Aquella noche en el Café de la Tristeza sentí que era la conexión más íntima que había experimentado en mi vida.

—El gran interrogante no es cómo descubrió que el cuerpo de Rose había aparecido, puesto que, como usted mismo afirmó, probablemente cualquiera que haya vivido alguna vez en Liberties recibió una llamada telefónica informándole de ello. La pregunta es cómo descubrió que Kevin representaba una amenaza para él después de todo aquel tiempo. Por lo que yo alcanzo a ver, solo hay una persona que pudo hacérselo saber, y es el propio Kevin. O ambos mantenían el contacto o se tropezaron en algún momento durante todo el jolgorio de este fin de semana, o Kevin fue a buscarlo exprofeso. Cuando tengas la oportunidad, me guastaría saber a quién telefoneó Kevin en sus últimas cuarenta y ocho horas de vida, tanto por el móvil como por el fijo, si es que lo tenía, a quién envió mensajes de texto y quién lo telefoneó o le envió mensajes a él. Corrígeme si me equivoco, pero doy por descontado que el detective Kennedy habrá solicitado un registro de sus llamadas.

–Todavía no ha llegado, pero efectivamente lo ha solicitado.

–Si averiguamos con quién habló Kevin durante el fin de semana, habremos dado con nuestro hombre.

Recordé a Kevin perdiendo los nervios y saliendo de estampida mientras yo me dirigía a pedirle la maleta a Scorcher. La siguiente vez que lo había visto había sido en el bar. Entre medio podría haber ido en busca de cualquiera.

–Y otra cosa: apuesto a que probablemente nuestro hombre es una persona violenta. Bueno, es *obvio* que es violento, pero me refiero a otras muchas ocasiones, no solo a las dos que nos ocupan –especuló Stephen–. Diría que tenemos muchas posibilidades de que tenga antecedentes o, al menos, de que se sepa de su temperamento.

–Una teoría interesante. ¿Qué te induce a creerlo?

–Existe una diferencia fundamental entre ambos asesinatos. El segundo tuvo que planificarlo, aunque lo hiciera solo unos minutos antes de cometerlo, mientras que el primero es evidente que no estaba planeado.

–¿Y? Ahora ha madurado, tiene más control sobre sus actos, piensa antes de proceder. La primera vez simplemente perdió los estribos.

–Sí, precisamente a eso me refiero. A que es una persona que pierde los estribos. Y eso no cambia, por mucho que uno madure.

Arqueé una ceja; entendía a qué se refería, pero quería que me lo explicara. Stephen se rascó torpemente una oreja, mientras intentaba dar con las palabras oportunas.

–Tengo un par de hermanas –explicó–. La menor tiene dieciocho años y, si la incordian, grita de tal manera que se la oye desde el otro lado de la calle. La otra tiene veinte y, cuando pierde la cabeza, lanza cosas contra la pared de su habitación, nada que pueda romperse, bolígrafos y cosas así. Así es como han sido siempre, desde que éramos niños. Si un día la pequeña lanzara algo o la mayor empezara a gritar, o si alguna de ellas tuviera un arrebato violento con cualquiera, me desconcertaría. Cada uno estalla a su manera.

Desenterré una sonrisa de aprobación para él; el chaval se merecía una palmadita en la espalda. Empezaba a preguntarme cómo estallaba él cuando me sobrevino un pensamiento: el golpe seco y enfermo de la cabeza de Shay contra la pared, su boca abierta mientras se desplomaba sin sentido agarrado del cuello entre las manazas de mi padre. Mi madre gritando: «Mira lo que has hecho, hijo de perra, vas a matarlo» y la voz ronca de mi padre: «Se lo tiene bien merecido». Y a Cooper: «El agresor la agarró del cuello y le golpeó la cabeza repetidas veces contra una pared».

La expresión de mi rostro preocupó a Stephen; quizá me quedé con la mirada perdida.

—¿Qué sucede? —preguntó.

—Nada —contesté, al tiempo que me ponía la chaqueta. Matt Daly, lisa y llanamente: «La gente no cambia»—. Estás haciendo un trabajo excelente, detective. Hablo en serio. Llámame en cuanto recibáis esos registros telefónicos.

—Así lo haré, sí. ¿Va todo...?

Encontré un billete de veinte libras y se lo pasé por encima de la mesa.

—Paga la cuenta. Házmelo saber sin falta si en el laboratorio averiguan a quién pertenecen las huellas desconocidas de la maleta o si el detective Kennedy te informa de cuándo tiene previsto cerrar la investigación. Y recuerda, detective, esto es entre tú y yo. Somos los únicos que contamos.

Y me fui. Lo último que vi fue la cara de Stephen, acuosa a través del escaparate del bar. Sostenía en la mano las veinte libras y me observaba marcharme estupefacto.

16

Continué caminando unas cuantas horas más. A medio recorrido atajé por la calle Smith, tras dejar atrás la entrada a Faithful Place, resiguiendo el camino que Kevin pensaba hacer tras
acompañar a Jackie a su coche el domingo por la noche. Durante gran parte del trayecto tuve una visión nítida de las ventanas traseras superiores del número dieciséis, desde donde Kevin se había precipitado al vacío, y atisbaba por encima de las
tapias las del primer piso; una vez hube rebasado la casa, si volvía la vista, podía ver toda la fachada del edificio al atravesar el
extremo opuesto de la calle. La luz de las farolas habría permitido verme llegar a quienquiera que esperara dentro de la casa;
por otro lado, también imprimía a las ventanas un color naranja ahumado liso, así que, de haber habido alguna linterna encendida o haberse desarrollado alguna clase de acción en el interior, habría sido imposible de apreciar. Y si alguien hubiera
querido asomarse por la ventana y llamarme, habría tenido que
hacerlo demasiado alto como para arriesgarse a que lo oyera
todo Faithful Place. Kevin no se había adentrado en esa casa
porque algo reluciente le llamara la atención. Tenía una cita.

Al llegar a Portobello encontré un banco junto al canal y
me senté el suficiente rato como para revisar íntegramente el

informe forense. El joven Stephen tenía un don para sintetizar: no había sorpresas, a menos que contáramos un par de fotografías para las que, siendo honestos, debería haber estado preparado. Kevin había sido un hombre sano; en opinión de Cooper, habría muerto de viejo si se hubiera mantenido alejado de los edificios altos. La causa de la muerte aparecía listada como «indeterminada». Cuando Cooper se vuelve una persona con tacto solo puede significar que estás de mierda hasta el cuello.

Me encaminé de regreso a Liberties, pasando por Copper Lane un par de veces para comprobar si había puntos de apoyo. En cuanto dieron las ocho y media y todo el mundo se hallaba ya recogido en sus hogares, cenando o mirando la tele o metiendo a los críos en la cama, salté la tapia a través del jardín trasero de los Dwyer y me colé en el de los Daly.

Necesitaba saber qué había sucedido exactamente entre mi padre y Matt Daly. La idea de ir por ahí llamando a puertas de vecinos al azar no me resultaba especialmente atractiva y, además, siempre que tengo la oportunidad prefiero ir directamente a la fuente. Estaba bastante seguro de que Nora siempre había sentido debilidad por mí. Jackie me había explicado que ahora vivía en Blanchardstown o en algún otro punto del extrarradio, pero las familias normales, a diferencia de la mía, permanecen unidas en las adversidades. Tras el sábado, apostaba lo que fuera a que Nora había dejado a su marido y a su hijo para que se hicieran de niñera mutuamente y se había instalado unos días bajo el techo de mamá y papá Daly.

La gravilla crujió bajo mis pies al aterrizar. Permanecí inmóvil entre las sombras, pegado a la tapia, pero nadie salió a comprobar si había algún intruso.

Poco a poco se me habituaron los ojos a la oscuridad. Nunca antes había estado en aquel jardín; tal como le había confesado a Kevin, me aterraba la idea de que me sorprendieran allí. Era exactamente lo que uno esperaría de Matt Daly: mucha tarima, arbustos impecablemente podados y palitos con etiquetas clavados en arriates listos para la primavera; además, habían transformado los antiguos excusados en un robusto cobertizo de jardín. Encontré un encantador banco de hierro forjado en un rincón convenientemente a la sombra, lo sequé más o menos con un pañuelo y me senté en él a esperar.

Había luz en una ventana del primer piso, a través de la cual atisbaba una hilera de armarios de pino empotrados: la cocina. Y tal como había anticipado, una media hora más tarde apareció Nora, vestida con un jersey negro varias tallas más grande y con el cabello recogido de cualquier manera en una coleta. Incluso desde aquella distancia se la veía cansada y pálida. Se sirvió un vaso de agua del grifo y se apoyó en el fregadero para bebérselo, mientras dejaba vagar la mirada a través de la ventana y con la mano que le quedaba libre se masajeaba la nuca. Al cabo de un momento enderezó la cabeza, dijo algo mirando hacia atrás, aclaró rápidamente en vaso y lo depositó en el escurridero, cogió algo de un armario y se marchó.

Y allí estaba yo, compuesto y sin nada que hacer hasta que Nora Daly decidiera que era hora de meterse en la cama. Ni siquiera podía fumarme un cigarrillo, por si alguien veía el resplandor: Matt Daly era de los que persiguen a los merodeadores con un bate de béisbol por el bien de la comunidad. Por primera vez en lo que se me antojaban meses, lo único que podía hacer era permanecer quieto.

En Faithful Place disminuía la actividad para dar la bienvenida a la noche. Un televisor proyectaba imágenes parpadeantes sobre la pared de los Dwyer; a través de alguna ventana se filtraba una música suave, una voz femenina dulce y nostálgica que cantaba sus penas a aquellos jardines. En la casa en el número siete, luces navideñas multicolor y Papá Noeles rechonchos centellaban en las ventanas, y uno de los vástagos de la actual cosecha de adolescentes de Sallie Hearne gritó: «¡Déjame en paz! ¡Te odio!», y cerró una puerta de un portazo. En la planta superior del número cinco, los pijos anestesiados metían a su hijo en la cama: papá lo llevaba en brazos a su inmaculada habitación envuelto en un albornocito blanco tras darle un baño, meciéndolo en el aire y haciéndole cosquillitas en la barriga, mientras mamá reía y se agachaba a aventar las mantas. Justo al otro lado de la calle suponía que mi madre y mi padre estarían en estado catatónico mirando la televisión, envueltos en sus pensamientos personales e inimaginables, calculando si podrían irse a dormir sin necesidad de hablarse antes.

El mundo se me antojaba letal aquella noche. Normalmente disfruto del peligro; no hay nada como el peligro para centrarse, pero esta vez era diferente. La tierra se plegaba y ondulaba bajo mis pies como un músculo portentoso que nos hacía volar a todos por los aires y me demostraba (por si me quedaba alguna duda) quién mandaba aquí y quién estaba a un millón de kilómetros fuera de lugar en este juego. El delicado escalofrío del aire era otro recordatorio: todo en lo que crees se sustenta en la nada, todas las reglas establecidas pueden cambiar por un capricho momentáneo y el traficante siempre, siempre gana. No me habría asombrado que el número siete se hubiera desplomado sin más sobre los Hearne y sus Papás Noeles, o que el número cinco hubiera ardido con una llamarada espectacular y hubiera quedado reducido a cenizas pijas de tonos pastel. Pensé en Holly intentando descifrar en la torre de marfil que yo me había esforzado en construirle cómo podía existir el mundo sin el tío Kevin; pensé en el chavalín de Stephen con su abrigo nuevo batallando por

no creer en lo que yo le estaba enseñando acerca de su trabajo, y en mi madre, que había tomado la mano de mi padre en
el altar y había engendrado a sus hijos creyendo que era buena idea. Pensé en mí, en Mandy, en Imelda y en los Daly, sentados en silencio, cada uno en su rincón, aquella noche, intentando definir qué forma dar a los últimos veintidós años
sin Rosie vagando por el mundo, cada uno conteniendo su
propia marea.

Teníamos dieciocho años y estábamos en el Galligan's, de
madrugada, un sábado por la noche de primavera, la primera
vez que Rosie me dijo «Inglaterra». Toda mi generación tiene una anécdota u otra relacionada con el Galligan's, y quienes
no la tienen se apropian de alguna de otra persona. Todo
adulto de mediana edad de Dublín explicaría alegremente
cómo salió por patas de allí cuando la policía hizo una redada
a las tres de la madrugada, o el día en que invitó a U2 a una
bebida en este bar antes de que se hicieran famosos, o que conoció a su esposa o le rompieron la piñata bailando *punk* o
fumó tantos porros que se quedó dormido en los aseos y no
lo encontraron hasta el fin de semana siguiente. Aquel antro
era una ratonera, además de un edificio peligroso sin salida
de incendios: pintura negra desconchada, sin ventanas y con
grafitis de Bob Marley, del Che Guevara o de la celebridad de
turno pintados en las paredes. Pero abría hasta tarde... más o
menos: no tenía licencia para vender cerveza, lo cual te obligaba a escoger entre dos clases de vino alemán pegajoso, que
en cualquiera de los casos te acaramelaban y te dejaban una
resaca letal. Además, daba pábulo a una especie de ruleta musical en directo que hacía que uno nunca supiera qué le de-
paraba la noche. Los jóvenes de hoy en día no pondrían un
pie allí ni muertos. Pero a nosotros nos encantaba.

Rosie y yo habíamos acudido a ver un concierto de una
banda nueva de *glam-rock* llamada Lipstick On Mars que a

ella le habían recomendado, así como al resto de grupos que tocaran aquella noche. Bebíamos el mejor vino blanco y bailábamos hasta marearnos. A mí me encantaba mirar a Rosie mientras bailaba, contemplar el contoneo de sus caderas, los latigazos de su cabello y su risa curvándole los labios: Rosie nunca ponía una mirada absorta mientras bailaba, como hacían otras chicas, siempre tenía una expresión. Todo apuntaba a que iba a ser una noche divertida. La banda no era Led Zeppelin, pero cantaban letras inteligentes, llevaban un batería estupendo y tenían ese brillo temerario que proyectaban las bandas de música de entonces, cuando nadie tenía nada que perder y el hecho de no tener absolutamente ninguna posibilidad en el mundo de convertirte en alguien famoso no importaba, porque dejarte el alma en tu banda era lo único que evitaba que te convirtieras en otro energúmeno deprimido, parado y sin futuro anclado en una habitación amueblada. Y esa sensación les confería algo especial: una chispa de magia.

El bajista rompió una cuerda para demostrar que tocaba en serio y, mientras la cambiaba, Rosie y yo nos dirigimos a la barra para pedir otro vino.

—Ponnos más de esa porquería —le dijo Rosie al camarero, mientras se abanicaba con la camiseta.

—Está bueno, ¿a que sí? Creo que lo elaboran con jarabe para la tos, lo dejan unos días en el armario para orear la ropa y lo sacan al mercado. —Al camarero le caíamos bien.

—Está más malo de lo habitual. Os han vendido un lote caducado. No tienes nada decente, ¿verdad?

—Si no te vale con esto, cielo, puedes dejar a tu novio, esperar a que cerremos y yo te llevo a un sitio mejor.

—¿Te sacudo yo o dejo que lo haga tu chica? —La novia del camarero llevaba cresta y tatuajes en los brazos. También nos caía muy bien.

–Mejor sacúdeme tú. Seguro que ella tiene más fuerza. –Nos guiñó el ojo y se dirigió a la caja en busca de mi cambio.

–Tengo noticias –anunció Rosie.

Sonaba seria. Me olvidé del camarero y empecé a sumar frenéticamente fechas en mi cabeza.

–¿Sí? ¿Qué?

–Alguien se jubila de la cadena de producción en la fábrica Guinness's el mes que viene. Mi padre dice que ha estado promocionándome cada vez que se le presenta la oportunidad y que, si quiero, el empleo es mío.

Recuperé el aliento.

–Vaya, ¡genial! –dije. Me habría costado lo mío alegrarme por cualquier otra persona, sobre todo si el señor Daly estaba involucrado, pero Rosie era mi novia–. Es fantástico. Me alegro por ti.

–No lo voy a aceptar.

El camarero me deslizó el cambio por la barra; lo recogí.

–¿Qué? ¿Por qué no?

Rosie se encogió de hombros.

–No quiero tener que agradecerle nada a mi padre. Quiero labrarme mi futuro yo sola. Y además...

La banda arrancó de nuevo con una ráfaga feliz de batería desbocada que enmudeció el resto de su frase. Rosie se echó a reír y me señaló con el dedo hacia el fondo del bar, donde normalmente se oían hasta los pensamientos. La tomé de la mano que le quedaba libre y abrí camino a través de un montón de chicas que bailaban dando botes con guantes sin dedos y los ojos pintados como mapaches, orbitadas por tipos inarticulados convencidos de que, si se acercaban lo suficiente, quizá tuvieran alguna posibilidad de pegarse el lote con alguna de ellas.

–Aquí –dijo Rosie, encaramándose a la cornisa de una ventana tapiada–. Tocan bien, ¿verdad?

—Sí, son geniales —contesté.

Me había pasado esa semana internándome en lugares aleatorios preguntando si tenían un empleo para mí y como única respuesta había recibido risotada tras risotada. En el restaurante más asqueroso del planeta tenían una vacante como friegaplatos y yo había empezado a albergar esperanzas, dando por supuesto que a ninguna persona en sus cabales le apetecería ocuparla, pero el gerente me había rechazado al ver mi dirección, aludiendo sin sutileza la desaparición de parte del inventario. Desde hacía meses, Shay no dejaba pasar ni un solo día sin hacer un comentario jocoso acerca de «Míster COU» y la inutilidad de toda su educación para traer un salario a la mesa. Y el camarero acababa de destripar mi último billete de diez libras. Así que cualquier banda que tocara lo bastante alto y rápido como para ayudarme a poner la mente en blanco me parecía fabulosa.

—Geniales no son. Están bien, pero no matan.

Rosie señaló el techo con la mano en la que sostenía la copa. En el techo del Galligan's había un puñado de focos, la mayoría de ellos rotos y reducidos a fluorescentes, atados con algo parecido a alambre para atar fardos. Un tipo llamado Shane se ocupaba de ellos. Si te colocabas demasiado cerca de la sala de luces con una bebida en la mano, amenazaba con propinarte un puñetazo.

—¿Qué? ¿Las luces?

Shane había conseguido generar una especie de efecto de luces plateadas intermitentes que conferían al grupo un cuasi glamur tenso y sórdido. Al menos uno de los integrantes de la banda iba a disfrutar de algo de acción después de su actuación.

—Sí. Shane. Él sí que es bueno. Él es quien hace que parezcan buenos. Esta cuadrilla son todo fachada; si les quitas las luces y la ropa, no serían más que cuatro tipos haciendo el subnormal.

Solté una carcajada.

−Eso pasa con todos los grupos...

−Más o menos, sí. Supongo. −Rosie me miró de soslayo, casi con timidez, por encima del borde de su copa−. ¿Puedo decirte algo, Francis?

−Adelante.

Me fascinaba la mente de Rosie. Si hubiera podido meterme dentro, me habría pasado allí alegremente el resto de mi vida deambulando, disfrutando solo con mirar.

−Yo quiero dedicarme a eso.

−¿A llevar las luces para grupos de música?

−Sí. Ya sabes cuánto me gusta la música. Siempre he querido trabajar en esta industria, desde que era cría. −Yo lo sabía y todo el mundo lo sabía: Rosie era la única niña en todo Faithful Place que se había gastado en discos la recolecta de la Confirmación, pero era la primera vez que mencionaba lo de las luces−. No se me da nada bien cantar y no tengo ni un pelo de artista; no sabría escribir canciones ni tocar la guitarra ni nada de eso. Lo que me gustaría hacer es esto. −Alzó la barbilla hacia los haces entrecruzados de luces.

−¿Sí? ¿Por qué?

−Porque sí. El objetivo del técnico es hacer que esa banda sea mejor. Punto final. No le importa si esta noche suenan mejor o peor, o si hay solo doce personas entre el público, o si alguien se da cuenta de lo que está haciendo: al margen de lo que ocurra, ocupará su puesto y hará que parezcan mejores de lo que son. Si hace su trabajo bien, puede conseguir que parezcan *muchísimo* mejores. Y eso me gusta.

El brillo de sus ojos me hacía feliz. Tenía el pelo alborotado de bailar; se lo alisé.

−Pues sí, es un buen trabajo.

−Y me gusta que sea importante hacer un trabajo brillante. Yo nunca he hecho nada así. A nadie le importa un carajo si coso excelentísimamente bien; mientras no lo haga mal, ningún problema. Y en la fábrica Guinness pasaría lo mismo. Me gustaría ser buena en algo, realmente buena, y que *importara*.

–Puedo meterte a hurtadillas entre bambalinas en el Gaiety y dejar que manejes los interruptores –bromeé, pero Rosie no se rio.

–Imagínatelo. Esto no es más que un conciertillo de nada; imagina lo que serías capaz de hacer en un concierto de verdad, en una sala grande. Si trabajaras para una buena banda que va de gira, tocarías un equipo distinto cada par de días...

–No pienso permitir que te vayas de gira con una pandilla de estrellas del rock –aclaré–. No podría controlar qué más tocarías.

–Pero es que tú también podrías venir. Podrías trabajar montando escenarios.

–Vaya, eso ya me gusta más. Acabaría teniendo unos músculos que haría que incluso los Rolling Stones se lo pensaran antes de entrarle a mi chica –y saqué bola.

–¿Te apetecería?

–¿Podría probar a las fans?

–¡Guarro! –me reprendió Rosie divertida–. Claro que no. No a menos que yo pueda catar a las estrellas de rock. Hablo en serio: ¿te apetecería trabajar montando escenarios o en algo por el estilo?

Lo preguntaba de verdad; quería saberlo.

–Sí, lo haría sin pensármelo dos veces. Suena superbién: viajar, escuchar buena música, no aburrirse nunca... Aunque dudo que se me presente la oportunidad.

–¿Por qué?

–Vamos. ¿Cuántas bandas de Dublín pueden pagar a un montador de escenarios? ¿Crees que estos pueden? –Señalé con la cabeza a los Lipstick On Mars, que no parecían poder costearse ni el billete de autobús para regresar a casa, por no mencionar ya al personal de refuerzo para su posible gira–. Toda su ayuda será el hermano pequeño de uno de los componentes, que se dedicará a meter la batería en el maletero de la furgoneta del padre de alguien.

Rosie asintió.

–Diría que con la iluminación ocurre lo mismo: unos cuantos conciertos y buscarán a alguien con experiencia. Para formarse en esto no hay cursos ni empleos en prácticas ni nada por el estilo. Ya me he informado.

–No me sorprende.

–Pero imaginemos que nos apeteciera de verdad dedicarnos a esto, ¿vale? Al margen de lo que costara. ¿Por dónde empezarías?

Me encogí de hombros.

–Desde luego, no en Dublín –continuó–. Quizá en Londres o en Liverpool. En Inglaterra, sin lugar a duda. Buscaría alguna banda que pudiera costearse alimentarme mientras aprendo el oficio y luego me abriría camino sola.

–Sí, yo también lo veo así.

Rosie le dio un sorbito a su vino y se recostó de nuevo en el hueco de la pared, con la mirada clavada en la banda. Luego sugirió como si tal cosa:

–Pues vayámonos a Inglaterra.

Por un instante me pareció haber oído mal. La miré de hito en hito. Al comprobar que no parpadeaba, pregunté:

–¿Habas en serio?

–Sí.

–Venga –rezongué–. ¿Hablas en serio? ¿No me tomas el pelo?

–Hablo completamente en serio. ¿Por qué no?

Tuve la sensación de que había prendido un almacén de fuegos artificiales en mi interior. El espectacular *riff* del final del batería retumbó en mis huesos como una inmensa y espectacular cadena de explosiones y me costaba ver con claridad. Lo único que fui capaz de articular fue:

—Tu padre se va a poner hecho un energúmeno.

—Sí. ¿Y? De todas maneras, se va a poner hecho una furia cuando descubra que seguimos siendo novios. Al menos de este modo no tendremos que oírlo. Otra buena razón para marcharse a Inglaterra: cuanto más lejos, mejor.

—Claro —dije—. Guau. Vaya. ¿Y cómo...? No tenemos dinero. Necesitaremos comprar los billetes y tendremos que pagar un alquiler y... uf... madre mía.

Rosie balanceaba una pierna mientras me observaba atentamente, sin dejar de sonreír.

—Ya lo sé, tonto. No hablo de fugarnos esta noche. Tendremos que ahorrar.

—Tardaremos meses.

—¿Tienes algo mejor que hacer?

Quizá fuera por el vino, pero tenía la sensación de que aquel lugar se abría bajo mis pies y de que las paredes estaban revestidas de flores de colores que no había visto jamás. El suelo retumbaba al ritmo de los latidos de mi corazón. La banda acabó con una floritura, el cantante se golpeó en la frente con el micrófono y el público enloqueció. Yo aplaudí como por inercia. Cuando el ruido amainó y todo el mundo, banda incluida, se dirigió a la barra, le pregunté:

—Hablas en serio, ¿verdad?

—Es lo que he intentado hacerte ver.

—Rosie —dije. Apoyé mi copa en el alféizar y me acerqué a ella, cara a cara, metido entre sus rodillas—. ¿Lo has meditado bien? ¿Lo has pensado detenidamente?

Le dio otro sorbo al vino y asintió.

— Claro. Llevo meses pensándolo.

—No lo sabía. No me habías dicho nada.

—No, quería estar segura. Y ahora lo estoy.

—¿Y cómo ha sido eso?

—Por el empleo en la Guinness —respondió ella—. Eso es lo que me ha hecho decidirme. Si me quedo aquí, mi padre va a seguir intentando colocarme en la fábrica y, antes o después, me rendiré y aceptaré el trabajo, porque tiene razón, ¿sabes, Francis?, es una gran oportunidad, hay personas que matarían por ello. Y una vez entre en la fábrica, ya nunca saldré de allí.

—Pero si nos vamos, no regresaremos. Nadie regresa tampoco —objeté yo.

—Ya lo sé. De eso se trata precisamente. ¿Cómo, si no, vamos a poder estar juntos? Y me refiero a estar como Dios manda. No sé tú, pero yo no quiero tener a mi padre dándome la murga los próximos diez años, causándonos dolores de cabeza a la más mínima oportunidad hasta que *finalmente* se dé cuenta de que somos felices. Yo quiero que tengamos un comienzo como es debido: que hagamos lo que queramos hacer, juntos, sin que nuestras familias dirijan nuestras puñeteras vidas. Solo nosotros dos.

Las luces habían cambiado a una profunda neblina submarina y a mi espalda una chica empezó a cantar, en voz baja, ronca y potente. Entre los lentos haces giratorios de luz verde y dorada, Rosie parecía una sirena, un espejismo hecho de luz y color; por un instante quise atraerla hacia mí y estrecharla con fuerza, antes de que se desvaneciera entre mis manos. Me tenía robada el alma. Aún teníamos esa edad en la que las chicas son mucho más maduras que los chicos, y los chicos maduran esforzándose cuanto pueden cuando las chicas necesitan que lo hagan. Desde que era un crío yo sabía que quería algo más en la vida que el futuro que nos vendían los profesores: fábricas y colas del paro, pero jamás se me había ocurrido que podría tentar la suerte por mí mismo y construir algo con mis propias manos. Hacía años que sabía que los infortunios de mi familia eran irreparables y cada vez que apretaba los dientes y entraba en nuestra casa otro fragmento de mi cerebro se hacía añicos; pero jamás se me había ocurrido pensar, por muy agobiado que estuviera, que podía largarme sin más. Solo se me ocurrió cuando Rosie me pidió que la acompañara.

—Hagámoslo.

—Ostras, Frank, ¡para el carro! No te pido que tomes una decisión hoy mismo. Tómate tu tiempo para pensarlo.

—Ya me lo he pensado.

—Pero —objetó Rosie al cabo de un momento— ¿y tu familia? ¿Podrás marcharte?

Nunca habíamos hablado de mi familia. Rosie debía tener una ligera idea de quiénes éramos (todo el mundo en Faithful Place la tenía), pero jamás los había mencionado, y yo se lo agradecía. Me miraba fijamente.

Yo había podido salir esa noche a cambio de que Shay, que era un duro negociador, tuviera libre todo el fin de semana siguiente. Cuando me había marchado de casa, mi madre andaba chillándole a Jackie que la culpa de que su padre hubiera tenido que irse al bar era de ella, por ser tan descarada.

—Ahora mi familia eres tú.

Su sonrisa nació en un lugar remoto, oculto tras sus ojos.

—Y lo seré en cualquier sitio, no lo dudes. Incluso aquí, si no puedes marcharte.

—No. Tienes razón: tenemos que esfumarnos de aquí.

Aquella lenta, generosa y bella sonrisa se ensanchó hasta cubrir todo el rostro de Rosie.

—¿Qué harás el resto de mi vida?

Deslicé mis manos por sus muslos hasta sus suaves caderas y la atraje hacia mí en aquella cornisa. Me enroscó las piernas alrededor de la cintura y me besó. Sabía dulce por el vino y salada por el baile, y seguí notando su sonrisa contra mis labios hasta que la música nos envolvió y nuestro beso se volvió más apasionado y su sonrisa se desvaneció.

«La única que no se ha convertido en su madre», me susurró la voz de Imelda en la oscuridad al oído, ronca por el millón de cigarrillos fumados y la infinita tristeza acumulada. «La única que consiguió escapar.» Imelda y yo éramos un par de embusteros de tomo y lomo, pero ella no mentía al decir que había querido a Rosie y yo no había mentido al decirle que era su mejor amiga. E Imelda, que Dios la amparase, lo sabía.

El bebé pijo había caído dormido bajo el reconfortante resplandor de su lamparilla de noche. Su madre permanecía en pie a su lado; salió con cuidado del dormitorio. Una a una, las luces comenzaron a apagarse en Faithful Place: los Papás Noeles de Sallie Hearne, el televisor de los Dwyer, el rótulo de Budweiser que colgaba de unos ganchos en la casa de los estudiantes melenudos... El número nueve estaba a oscuras; Mandy y Ger se habían encamado temprano; probablemente él tuviera que levantarse al despuntar el alba para ir a freírles sus porquerías a los hombres de negocios. Empezaban a congelárseme los pies. La luna colgaba a baja altura sobre los tejados, difuminada y sucia tras las nubes.

A las once en punto, Matt Daly asomó la cabeza en su cocina, echó un vistazo concienzudo alrededor, comprobó que el frigorífico estuviera bien cerrado y apagó la luz. Un minuto después se encendió una lámpara en el dormitorio superior de la parte trasera y allí estaba Nora, desenmarañándose la goma de la coleta con una mano mientras sofocaba un bostezo con la otra. Agitó su melena de rizos y alargó la mano para cerrar las cortinas.

Antes de que empezara a desnudarse para ponerse el camisón, cosa que podría haberla hecho lo bastante vulnerable como para solicitar a su padre que acudiera a ocuparse del intruso, lancé una piedrecita a su ventana. La oí impactar con un leve crac, pero no sucedió nada; Nora habría achacado el ruido a los pájaros, al viento, a los típicos crujidos de la casa. Arrojé otra piedrecilla, esta vez con más fuerza.

Apagó la luz. La cortina se movió, solo un centímetro. Encendí mi linterna, me alumbré con ella la cara y la saludé con la mano. Cuando me reconoció, me llevé un dedo a los labios y luego le hice señas para que bajara.

Al cabo de un momento volvió a encenderse la luz en su habitación. Abrió la cortina y me hizo un gesto con la mano, pero podía significar cualquier cosa, desde «Lárgate» hasta «Espera». Volví a hacerle señas para que bajara, esta vez más urgentes, mientras le sonreía de manera tranquilizadora, con la esperanza de que la luz de la linterna no me transformara en una especie de Jack Nicholson con mirada lasciva. Se tocó el pelo, frustrada; luego, mujer de recursos, como su hermana, se apoyó en el alféizar para inclinarse hacia delante, sopló vaho en el cristal y escribió con un dedo: «ESPERA». Lo escribió al revés, la muy lista, para que me resultara más fácil leerlo. Le hice un gesto con los pulgares hacia arriba, apagué la linterna y esperé.

Desconozco cuál es la rutina de los Daly, pero era casi medianoche cuando la puerta trasera se abrió y Nora salió de ella medio corriendo de puntillas hacia el jardín. Se había echado por encima de la falda y el jersey un largo abrigo de lana y le faltaba la respiración; llegaba con una mano presionada sobre el pecho.

–Madre mía, cómo pesa esa puerta... He tenido que tirar de ella con todas mis fuerzas para poder abrirla y luego se ha *cerrado de un portazo* a mis espaldas. Ha sonado como un accidente de coche, ¿lo has oído? Casi me desmayo...

Sonreí y me dirigí al banco.

–No he oído nada. Eres una ladrona de primera. Siéntate.

Permaneció donde estaba, recuperando el aliento y observándome con ojos recelosos y rápidos.

–Solo tengo un minuto. Únicamente he salido a comprobar cómo... No sé. Cómo lo estás llevando. Si estás bien...

–Estoy mejor ahora que te veo. Tú, en cambio, parece que hayas estado a punto de sufrir un infarto...

Le arranqué una sonrisa reticente.

–Casi, sí. Estaba segura de que mi padre bajaría en cualquier momento... Me siento como si tuviera dieciséis años y me hubiera descolgado por la tubería.

En medio de aquel jardín oscuro de tonalidades azules invernales, con el rostro recién lavado para meterse en la cama y la melena suelta, no parecía mucho mayor de esa edad.

–¿Fue así como pasaste tu salvaje juventud? ¡Qué chica más rebelde!

–¿Yo? Uf, ¡qué va! Ya me habría gustado, pero con el padre que tengo... Yo fui una niña buena. Me perdí todo eso. Pero mis amigas me lo contaban.

–En tal caso, tienes todo el derecho del mundo a recuperar el tiempo perdido –le aseguré–. Y ya que nos ponemos, prueba uno de estos. –Saqué el paquete de cigarrillos, lo abrí y se lo ofrecí con una reverencia–. ¿Un bastoncillo de cáncer?

Nora lo miró dubitativa.

–No fumo.

–Y no existe razón alguna para que empieces a hacerlo. Pero esta noche no cuenta. Esta noche tienes dieciséis años y eres una chica rebelde. De haberlo sabido, habría traído una botella de sidra barata.

Al cabo de un momento vi cómo se le curvaba lentamente de nuevo una comisura de los labios.

–¿Por qué no? –preguntó, se dejó caer a mi lado y cogió un pitillo.

–Buena chica.

Me incliné hacia delante y le encendí el cigarrillo, sonriéndole con los ojos. Le dio una calada demasiado fuerte y le sobrevino un ataque de tos, mientras yo la abanicaba y ambos ahogábamos risitas, señalábamos hacia la casa, nos hacíamos callar mutuamente y reíamos aún más fuerte.

–¡Vaya! –exclamó Nora, enjugándose los ojos, cuando recobró el aliento–. No estoy hecha para esto.

–Dale caladas cortas –la tranquilicé–. Y no te tragues el humo. Recuerda: eres una adolescente, así que esto no va de inhalar nicotina, sino de parecer que se es *guay*. Observa al experto. –Me repantingué en el banco a lo James Dean, me deslicé un cigarrillo en la comisura de los labios, lo encendí y saqué la mandíbula para exhalar el humo en una larga bocanada–. ¿Lo ves?

Reía de nuevo.

–Pareces un gánster.

–Esa es la idea. Pero, si prefieres parecer una sofisticada estrella de cine en ciernes, también podemos intentarlo. Siéntate recta. –Lo hizo–. Cruza las piernas. Ahora baja la barbilla, mírame de reojo, frunce los labios y... –Le dio una calada, hizo una floritura extravagante con la muñeca y exhaló el humo mirando hacia el cielo–. Impecable –la felicité–. Te declaro la joven alocada más interesante del barrio. Felicidades.

Nora rio y repitió el gesto.

–Sí que lo soy, ¿a que sí?

–Sí. Te desenvuelves como pez en el agua. Siempre supe que ocultabas una chica traviesa en tu interior.

Al cabo de un momento preguntó:

–¿Solíais encontraros aquí Rosie y tú?

–No, qué va... Yo tenía demasiado miedo de tu padre.

Asintió con la cabeza, mientras examinaba la punta candente de su cigarrillo.

—Esta noche pensaba en ti.

—¿Sí? ¿Y eso por qué?

—Por lo de Rosie. Y por lo de Kevin. ¿Acaso no has venido a hablar de eso?

—Sí —contesté con cautela—. Más o menos. Me he figurado que si alguien podía hacerse una idea de lo que han significado estos últimos días...

—La echo de menos, Francis. Mucho.

—Ya lo sé, cielo. Yo también.

—Jamás había pensado que... Antes solo la echaba de menos de vez en cuando, cuando tuve a mi hijo y ella no estaba allí para verlo, o cuando mamá y papá me ponían de los nervios y me habría encantado poder telefonearla y ponerlos de vuelta y media. El resto del tiempo apenas pensaba en ella, ya no. Tenía otras cosas en que pensar. Pero cuando descubrimos que estaba muerta, no podía dejar de llorar.

—Yo no soy de los que lloran —aclaré—, pero sé a qué te refieres.

Nora sacudió la ceniza sobre la gravilla, donde su padre no pudiera detectarla por la mañana. Luego, con un deje doloroso y la voz rota, me explicó:

—Mi marido no lo entiende. No comprende por qué estoy triste. Hace veinte años que la vi por última vez y estoy hecha polvo... Dice que tengo que recomponerme o, de lo contrario, acabaré contagiándole la tristeza al niño. Mi madre toma Valium y mi padre opina que debo cuidar de ella, porque ella es quien ha perdido a una hija... Yo no podía dejar de pensar en ti. Imaginaba que eres la única persona que quizá no pensaría que soy tonta.

—Yo solo vi a Kevin unas cuantas horas en los últimos veintidós años y, aun así, me duele horrores. No creo que seas tonta en absoluto.

–Tengo la sensación de no ser la misma persona. ¿Sabes a qué me refiero? Durante toda mi vida, cuando me preguntaban si tenía algún hermano, yo contestaba: «Sí, sí, tengo una hermana mayor». Ahora tendré que decir: «No, soy solo yo». Me siento como si fuera hija única.

–No tienes por qué no hablar de ella con otras personas.

Nora sacudió la cabeza con tanta fuerza que el pelo le azotó el rostro.

–No, no pienso mentir acerca de esto. Eso ha sido lo peor: llevo mintiendo toda mi vida sin ni siquiera saberlo. Todas las veces que le he dicho a alguien que tenía una hermana he mentido. Ya era hija única. Lo he sido todo este tiempo.

Pensé en Rosie en el O'Neill's, clavando sus tacones en el suelo mientras fantaseaba con la idea de casarnos: «No me importa. No pienso fingir algo así. O estamos casados o no lo estamos; poco importa lo que piensen los demás...»

–No hablo de mentir –la corregí con voz pausada–. Me refiero a que Rosie no tiene por qué desvanecerse en la nada. Puedes decir: «Tenía una hermana mayor. Se llamaba Rosie. Murió».

Nora se estremeció.

–¿Tienes frío?

Negó con la cabeza y apagó el cigarrillo en una piedra.

–Estoy bien, gracias.

–Eh, trae aquí –dije, cogiéndole la colilla y guardándola en el cajetín de cigarrillos–. Una buena rebelde no deja huellas de sus travesuras adolescentes para que su padre la descubra.

–¡Qué importa! Tampoco sé por qué me preocupo tanto. Ahora ya no puede castigarme. Soy una mujer hecha y derecha; si quiero marcharme de esta casa, puedo hacerlo.

Había dejado de mirarme. La estaba perdiendo. Un minuto más y recordaría que, de hecho, era una treintañera respetable con un marido, un hijo y una buena dosis de sentido común, y que ninguna de estas características era compatible con estar fumando con un extraño a medianoche en un jardín trasero.

–Lo llaman vudú parental –comenté con una sonrisa–. Dos minutos con tus padres y regresas a tu infancia. Mi madre sigue metiéndome miedo, aunque te aseguro que no tendría inconveniente en sacudirme con una cuchara de palo por crecidito que esté. Eso a ella le importa bien poco.

Nora rio y dejó ir un suspiro renuente.

–Yo no aceptaría que mi padre intentara castigarme.

–Claro, te pondrías a gritarle que dejara de tratarte como a una niña, igual que cuando tenías dieciséis años. Tal como he dicho, vudú parental.

Esta vez rio de verdad y se apoyó en el banco, relajada.

–Y algún día nosotros haremos lo mismo con nuestros hijos.

No me interesaba que pensara en su hijo.

–Hablando de tu padre –empecé a decir–, quería disculparme por el comportamiento del mío la otra noche.

Nora se encogió de hombros.

–Fue cosa de los dos.

–¿Viste por qué empezaron a pelearse? Yo estaba hablando con Jackie y me perdí todo el juguillo. En un momento todo iba de fábula y al siguiente los dos estaban dispuestos a protagonizar una escena de *Rocky*.

Nora se ajustó el abrigo, arrebujándose el cuello alrededor de la garganta.

–Yo tampoco lo vi –dijo.

–Pero tienes una ligera idea de sobre qué iba todo el asunto, ¿verdad?

–Los hombres piensan que con unas cuantas copas encima lo saben todo; y ambos estaban pasando por un mal trago... Cualquier cosa podría haber hecho que saltara la chispa.

–Nora, tardé media hora en conseguir que mi padre se calmara. Antes o después, si esto continúa igual, le dará un ataque de corazón. No sé si la mala sangre que se tienen es por mi culpa, por el hecho de que saliera con Rosie y tu padre no lo aceptara, pero, si ese es el problema, al menos me gustaría saberlo para poder actuar antes de que mate a mi padre –dije, con tono duro pero dolido.

–¡Francis, por favor, no digas tonterías! ¡Claro que no es culpa tuya! –Tenía los ojos como platos y me agarraba con fuerza del brazo: por fin había tocado la tecla exacta de la culpabilidad–. Créeme, no tiene nada que ver con eso. Nunca se han llevado bien. Ni siquiera de jóvenes, mucho antes de que tú empezaras a salir con Rosie, mi padre nunca... –Mantuvo la frase al fuego, como un carbón candente, y apartó la mano de mi brazo.

–Mi padre nunca ha hablado bien de Jimmy Mackey. ¿Es eso lo que ibas a decir?

Nora contestó:

–Lo de la otra noche no fue culpa tuya. Eso es todo lo que iba a decir.

–Entonces ¿de quién puñetas es la culpa? Estoy perdido, Nora. Estoy sumido en la oscuridad, me ahogo y nadie levanta un dedo para ayudarme a salir a la luz. Rosie ha muerto. Kevin ha muerto. La mitad de Faithful Place piensa que soy un asesino. Tengo la sensación de estar enloqueciendo. He venido en tu busca porque pensaba que tú eras la *única* persona que podía tener una ligera idea de por lo que estoy pasando. Te lo suplico, Nora. Explícame qué demonios sucede.

Tengo la habilidad de la multitarea; el hecho de estar intentando tocarle la fibra sensible no impedía que hablara con total sinceridad. Nora me observaba; en medio de la noche, sus ojos resplandecían enormes y atribulados.

—No sé por qué empezaron a pelearse, Francis —dijo al fin—. Si tuviera que apostar por una causa, diría que es porque tu padre estaba hablando con mi madre.

Tan fácil como eso. De repente, como engranajes encajando y echando a rodar, docenas de recuerdos nimios de mi infancia se arremolinaron en mi pensamiento y encajaron en su lugar como piezas de un puzle. Había sopesado un centenar de explicaciones, cada una más enrevesada e improbable que la siguiente (desde que Matt Daly había delatado a mi padre por una de sus actividades menos legales hasta alguna contienda por una herencia de antaño pasando por quién robó la última patata en la época de la Gran Hambruna[13]), pero jamás se me había ocurrido pensar que la causa era lo único que suscita prácticamente toda pelea entre dos hombres, en particular entre dos depravados: una mujer.

—¿Mi padre y tu madre tuvieron algo? —pregunté.

Vi sus pestañas parpadear, con un movimiento rápido y avergonzado. Estaba demasiado oscuro para asegurarlo, pero apostaría a que se estaba ruborizando.

—Creo que sí. Nadie me lo ha explicado nunca abiertamente, pero... estoy casi segura.

—¿Cuándo?

—¡Uf! Hace siglos. Antes de casarse. No es que tuvieran un *lío* ni nada de eso. Solo fueron cosas de críos.

Lo cual, como yo sabía mejor que la mayoría del resto de los humanos, no hacía que dejara de importar.

—¿Y qué sucedió?

[13.] La llamada Gran Hambruna (1845-1849) fue una época de pobreza especialmente virulenta que padeció Irlanda durante la primera mitad del siglo XIX. La población irlandesa había aumentado de forma masiva en la primera mitad del siglo y la principal base de su alimentación la constituía la patata. La cosecha de 1845 fue destruida por un hongo conocido comúnmente como roya, que se había propagado desde Norteamérica hasta Europa. *(N. de la T.)*

Esperé a que Nora me describiera actos inenarrables de violencia, probablemente con estrangulamientos incluidos, pero se limitó a sacudir la cabeza.

–No lo sé, Francis. No lo sé. Ya te he dicho que nadie me ha hablado de ello. He sido yo quien se ha ido haciendo una composición de lugar, tirando de hilos, de aquí y de allá.

Me agaché hacia delante, apagué el cigarrillo en la grava y guardé la colilla en el paquete.

–Vaya, vaya –dije–. Llámame tonto, pero jamás lo hubiera dicho.

–¿Por qué...? No veo por qué te interesa.

–¿Te refieres a que no ves por qué me interesa lo que ocurre aquí después de que no haya movido el culo por regresar en los últimos veintitantos años?

Seguía observándome fijamente, preocupada y perpleja. La luna había salido; bajo la fría luz mortecina, el jardín se antojaba prístino e irreal, como un limbo simétrico de casas apareadas.

–Nora, contéstame a algo. ¿Crees que soy un asesino? –pregunté.

Sentía pavor ante su respuesta, de tanto como deseaba que fuera negativa. Fue entonces cuando caí en la cuenta de que debería levantar el vuelo y esfumarme de allí; ya había conseguido todo lo que tenía que ofrecerme y cada segundo adicional era una mala idea. Nora respondió sin más:

–No. Nunca lo he creído.

Algo se retorció en mi interior.

–Pues parece ser que mucha gente piensa que sí.

Sacudió la cabeza.

–Una vez, cuando era aún una niña, debía de tener cinco o seis años, saqué a la calle uno de los gatitos recién nacidos de la gata de Sallie Hearne para jugar con él y una pandilla de niños grandes me lo quitaron solo para fastidiarme. Se lo lanzaban de uno a otro. Yo no dejaba de gritar... Entonces llegaste tú y les hiciste parar: me devolviste el gato y me dijiste que lo llevara a casa de los Hearne. Probablemente tú no te acuerdes.

–Sí lo recuerdo –la corregí. La súplica tácita en sus ojos: necesitaba que ambos compartiéramos aquel recuerdo y, de todas las cosas que Nora necesitaba, aquella era la única que yo podía proporcionarle–. Claro que lo recuerdo.

–No me imagino que alguien que actúa así sea capaz de hacerle daño a nadie; no a propósito. Tal vez sea una ingenua.

Otra vez el retortijón, esta vez más doloroso aún.

–Claro que no eres ingenua –la reconforté–. Simplemente eres buena. Muy buena.

Bajo aquella luz parecía una niña, un fantasma... Parecía una imagen pavorosa de una Rosie en blanco y negro arrancada de un delgado fragmento de una película vieja parpadeante o de un sueño. Sabía que, si la tocaba, se desvanecería, volvería a convertirse en Nora en un abrir y cerrar de ojos, y desaparecería para siempre. La sonrisa en sus labios podría haberme arrancado el corazón del pecho.

Le acaricié el cabello con la yema de los dedos. Notaba su respiración rápida y cálida contra el interior de mi muñeca.

–¿Dónde has estado? –le pregunté en voz baja, cerca de su boca–. ¿Dónde has estado todo este tiempo?

Nos agarramos como niños perdidos en el bosque, llevados por el fuego y desesperados. Mis manos conocían de memoria las suaves y tórridas curvas de sus caderas, su recuerdo regresó a mi encuentro procedente de algún lugar remoto de mi mente que yo había dado por perdido para siempre. No sé a quién buscaba ella; me besó con tanta fuerza que noté sabor a sangre. Olía a vainilla. Rosie olía a gotas de limón y a sol y al disolvente etéreo que utilizaban en la fábrica para limpiar las manchas de los tejidos. Hundí mis dedos en los frondosos rizos de Nora y noté sus pechos contra mi torso; por un segundo pensé que estaba llorando.

Fue ella quien se apartó. Tenía las mejillas al rojo vivo y respiraba entrecortadamente mientras se alisaba el jersey.

–Tengo que irme –dijo.

–Quédate –le rogué, y la agarré de nuevo.

Juro que lo dudó un instante. Luego negó con la cabeza y me apartó las manos de su cintura.

–Me alegro de que hayas venido esta noche –dijo.

«Rosie se habría quedado», estuve a punto de gritarle; lo habría hecho de haber pensado que cabía alguna posibilidad de que me sentara bien. En su lugar, me recosté en el banco, respiré hondo y noté mi corazón empezar a ralentizarse. Luego le giré la mano a Nora y le di un beso en la palma.

–Yo también –confesé–. Gracias por bajar a verme. Ahora vuelve dentro antes de que me vuelva loco. Felices sueños.

Tenía el pelo alborotado y los labios hinchados y tiernos a causa de los besos.

–Que tengas buen viaje de regreso a casa, Francis.

Se puso en pie y atravesó el jardín, cerrándose con fuerza el abrigo alrededor de la cintura.

Se deslizó en el interior de la casa y cerró la puerta a su espalda sin volver la vista atrás. Yo permanecí sentado en aquel banco, contemplando su silueta deslizarse bajo la luz de la lámpara tras la cortina de su dormitorio, hasta que me dejaron de temblar las rodillas y pude trepar de nuevo las tapias y poner rumbo a casa.

17

En el contestador había un mensaje de Jackie en el que me pedía que la llamara cuando pudiera: «Nada importante. Solo... bueno, ya sabes, llámame. Adiós». Sonaba exhausta y mayor de lo que jamás la había oído. Yo estaba tan destrozado que una parte de mí temía posponer aquella llamada hasta la semana siguiente, dado lo que había ocurrido al ignorar los mensajes de Kevin, pero era una hora infame de la madrugada y el teléfono les habría provocado un infarto de miocardio tanto a ella como a Gavin. Me metí en la cama. Al desnudarme, aún pude percibir el perfume del cabello de Nora impregnado en el cuello de mi jersey.

El miércoles por la mañana me desperté tarde, alrededor de las diez, con la sensación de estar varias veces más cansado que antes de acostarme. Hacía unos cuantos años que no alcanzaba la cumbre del dolor, mental o físico. Se me había olvidado cuánto agota. Me desprendí de una o dos telarañas de mi mente a base de agua fría y café solo, y telefoneé a Jackie.

–Ah, hola, Francis.

Su voz seguía teniendo un tono apagado, incluso más acusado. Aunque hubiera tenido el tiempo o la energía para tratar con ella el tema de Holly, no me habría sentido con corazón de hacerlo.

–Hola, cielo. Acabo de oír tu mensaje.

–Ah... sí. Lo pensé luego, quizá no debería... No quería asustarte ni hacerte creer que había pasado nada más. Solo quería... No sé. Saber cómo lo llevabas.

–Sé que desaparecí pronto el lunes por la noche. Debería haberme quedado.

–Quizá sí. Pero ahora ya está hecho. De todos modos, ya no hubo más dramas: todo el mundo bebió más, cantó un poco más y se marchó a su casa.

Se oía ruido de fondo: cháchara, voces femeninas y un secador de pelo.

–¿Estás en el trabajo?

–Claro. ¿Por qué no? Gav no podía tomarse el día libre, y no me apetecía quedarme sola en casa... Además, si Shay y tú estáis en lo cierto con respecto al estado del país, será mejor que mantenga contentas a mis clientas, ¿no? –Pretendía ser un chiste, pero Jackie no tenía energía para darle el retintín necesario.

–No te castigues, cielo. Si estás hecha polvo, vete a casa. Yo diría que tus clientas habituales no te dejarían ni por dinero ni por amor.

–Nunca se sabe. Además, no, estoy bien. Todo el mundo me trata muy bien. Saben lo ocurrido, porque lo han leído en los periódicos y porque me ausenté ayer, así que me traen tazas de té y me dejan hacer pausas para fumar cuando lo necesito. Estoy mejor aquí. ¿Dónde estás tú? ¿No has ido a trabajar?

–Me he tomado unos días libres.

–Eso está muy bien, Francis. Trabajas demasiado duro. Haz algo agradable. Lleva a Holly a algún sitio.

–De hecho, mientras disfruto de mi tiempo libre, me encantaría tener una conversación con mamá –tercié–. Nosotros dos solos, sin papá cerca. ¿Hay alguna hora del día especialmente propicia para ello? No sé, ¿hay algún momento en el que papá acostumbre a salir a comprar o a ir al pub?

–La mayoría de los días sí. Pero... –Notaba el esfuerzo que estaba haciendo por concentrarse–. Ayer le dolía muchísimo la espalda. Y yo diría que hoy también. Casi no podía salir de la cama. Y cuando le duele tanto, normalmente se pasa el día durmiendo.

Traducción: algún médico le había dado unos somníferos que mi padre aderezaba con el vodka escondido bajo la tabla del suelo y eso lo tumbaba durante unas horas.

–Mamá estará en casa todo el día, al menos hasta que regrese Shay, por si necesita algo. Llámala; estará encantada de verte.

–Sí, lo haré –convine–. Dile a Gav que te cuide mucho, ¿de acuerdo?

–Se está portando de maravilla, de verdad. No sé qué haría sin él... Escucha, ¿quieres venir a vernos a casa esta noche? ¿Quieres cenar con nosotros?

Pescado frito con patatas y salsa de lástima: sonaba delicioso.

–Ya tengo planes –contesté–. Pero gracias, cielo. Quizá en otro momento. Será mejor que regreses al trabajo antes de que a alguien se le queden verdes las mechas.

Jackie intentó reírme la ocurrencia, pero no lo consiguió.

–Sí, será mejor que sí. Cuídate mucho, Francis. Saluda a mamá de mi parte –y desapareció entre la niebla de ruido de secador de pelo, cháchara y tazas de té azucarado.

Jackie tenía razón: cuando llamé al interfono, mamá apareció en la puerta de casa. También parecía agotada y había perdido peso desde el sábado: le faltaba al menos un michelín. Me observó durante un momento, mientras decidía qué camino tomar. Luego soltó:

–Tu padre está dormido. Vamos a la cocina y no hagas ruido.

Giró sobre sus talones y regresó ruidosa y pesadamente escaleras arriba. Tenía que arreglarse el pelo.

El piso apestaba a alcohol derramado, a ambientador y a limpiametales. El altar de Kevin era aún más deprimente bajo la luz diurna; las flores estaban medio marchitas, los recordatorios se habían volcado y las velas eléctricas empezaban a atenuarse y parpadear. Débiles ronquidos satisfechos llegaban desde el dormitorio.

Mamá había esparcido todos y cada uno de los objetos de plata que poseía sobre la mesa de la cocina: cubertería, broches, marcos de fotografías y misteriosas porquerías pseudoornamentales que a todas luces habían dado miles de vueltas en el tiovivo de los regalos que nadie quiere antes de acabar allí. Pensé en Holly, con los ojos hinchados de tanto llorar mientras frotaba enérgicamente el mobiliario de su casa de muñecas.

–Dame –dije, al tiempo que agarraba un paño–. Te echaré una mano.

–Seguro que lo rompes todo, con esas manazas que tienes…

–Déjame intentarlo. Si ves que lo hago mal, me enseñas.

Mamá me miró con recelo, pero la oferta era demasiado buena para dejarla pasar.

–Bueno, supongo que no hay ningún daño en que hagas algo útil. Voy a prepararte una taza de té.

No era una pregunta. Agarré una silla y empecé por la cubertería, mientras mi madre trajinaba en los armarios. La conversación que deseaba mantener con ella habría funcionado mejor de haberse tratado de una charla entre madre e hija, pero, como no disponía del material para cambiarme de sexo, pensé que compartir los quehaceres domésticos al menos nos encauzaría hacia la onda correcta. De no haber estado ocupada con la plata, se me habría ocurrido otra cosa que limpiar.

Mamá dijo, a modo de salva de apertura:

–El lunes por la noche te fuiste sin más.

–Tenía que irme. ¿Cómo has estado estos días?

–¿Cómo crees que he estado? Si tanto te interesaba saberlo, haber estado aquí.

–No puedo ni imaginar lo que esto está siendo para ti –dije, palabras que pueden sonar a fórmula, pero no por ello son menos ciertas–. ¿Puedo hacer algo por ti?

Arrojó bolsas de té en la tetera.

–Estamos perfectamente, gracias. Los vecinos se han portado de maravilla: nos han traído comida para quince días y Marie Dwyer me ha dejado guardar los recipientes en su congelador. Hemos vivido sin tu ayuda todo este tiempo, sobreviviremos un poco más.

–Ya lo sé, mamá. Pero, si se te ocurre algo que necesites, házmelo saber. ¿Vale? Lo que sea.

Mamá dio media vuelta y me apuntó con la tetera.

–Te diré lo que puedes hacer. Puedes agarrar a tu amigo ese, como se llame, por el pescuezo y decirle que envíe a tu hermano a casa. No puedo acudir a la funeraria para los preparativos, no puedo ir a ver al padre Vincent para organizar la misa, no puedo decirle a nadie cuándo enterraré a mi hijo porque un imbécil con cara de Popeye no quiere decirme cuándo *liberará el cadáver*, según sus palabras. Indeseable. Como si nuestro Kevin fuera de su propiedad...

–Ya lo sé –contesté–. Te prometo que haré cuanto esté en mi mano. Pero su intención no es hacerte este trago aún más difícil. Sencillamente está cumpliendo con su trabajo con la máxima celeridad posible.

–Su trabajo es asunto suyo, no mío. Si nos hace esperar más, tendremos que usar un ataúd cerrado. ¿Se te ha ocurrido pensarlo?

Podría haberle dicho que el ataúd probablemente tendría que ser cerrado de todos modos, pero me dio la sensación de que ya habíamos alcanzado la meta de aquella línea de conversación.

–Me han explicado que has conocido a Holly –comenté.

Una mujer de menos valía habría puesto cara de culpabilidad, aunque fuera por un instante, pero mi madre no. Levantó la barbilla con gesto indignado.

–¡Y ya era hora! Esa niña podría haberse casado y haberme dado bisnietos antes de que tú hubieras movido un dedo por traerla aquí. ¿Acaso pensabas que, si esperabas el tiempo necesario, me habría muerto antes de que te decidieras a presentarnos?

Se me había pasado por la cabeza.

–Te tiene cariño –apunté–. ¿Qué te parece?

–Es la viva estampa de su madre. Son encantadoras, ambas. Mucho mejores de lo que te mereces.

–¿Has conocido a Olivia? –Alcé mi sombrero a Liv mentalmente por haber esquivado el tema con tanta habilidad.

–Solo la he visto dos veces. Trajo a Holly y a Jackie a vernos. ¿Qué pasa? ¿No te bastaba una chica de Liberties?

–Ya me conoces mamá. Me gusta apuntar alto.

–Y mira adónde te ha llevado eso. ¿Ahora estáis divorciados o solo separados?

–Divorciados. Hace un par de años.

–Puf. –Mi madre frunció los labios–. Yo nunca me divorcié de tu padre.

A lo que yo podría haber contestado de muchas maneras.

–Es verdad –me limité a decir.

–Ahora ya no puedes comulgar.

La conocía demasiado como para caer en esa trampa, pero nadie te conoce como tu familia.

–Mamá. Aunque quisiera comulgar, cosa que no pretendo hacer, a la Iglesia le resbala que me divorcie y entre en coma, siempre y cuando no mantenga relaciones con cualquiera que no sea Olivia. El problema serán las encantadoras muchachas con las que me he acostado desde entonces.

—No seas cochino —me cortó mi madre—. Yo no soy ninguna sabihonda como tú, y no conozco los entresijos, pero sí sé algo: el padre Vincent no te daría la comunión en la iglesia donde fuiste bautizado. —Me enseñó un dedo triunfante. Al parecer, se había anotado la victoria.

Me recordé que necesitaba mantener aquella conversación más de lo que necesitaba tener la última palabra.

—Probablemente tengas razón —accedí en actitud mansa.

—Por supuesto que la tengo.

—Al menos no estoy educando a Holly para que sea una pagana. Ella sí va a misa.

Pensé que mencionar a Holly volvería a enternecer a mi madre, pero en esta ocasión solo conseguí que se le encrespara aún más la espalda; era una mujer impredecible.

—¡Por mí como si es pagana! ¡No me invitaste a su Primera Comunión! ¡Mi primera nieta!

—Mamá, es tu tercera nieta. Carmel tiene dos niñas mayores que ella.

—Pero es la primera que lleva nuestro *apellido*. O al menos eso parece. No sé a qué juega Shay; podría tener una docena de novias y no lo sabríamos nunca; jamás en su vida nos ha presentado a ninguna, y te juro por Dios que estoy a punto de darme por vencida con él. Tu padre y yo creíamos que Kevin sería quien... —Se mordió el labio y subió el volumen de la ceremonia del té, depositando con estrépito las tazas en platillos y echando galletas en una bandeja. Al cabo de un rato añadió—: Y supongo que ya no volveremos a ver a Holly.

—Mira —dije, sosteniendo en alto un tenedor—. ¿Ha quedado bien limpio?

Lo miró de soslayo.

—No. Tienes que limpiar también entre los dientes.

Trajo los utensilios del té a la mesa, me sirvió una taza y empujó la leche y el azúcar hacia mí.

–Le he comprado a Holly un regalito para Navidad. Un vestidito de terciopelo muy bonito –dijo al fin.

–Aún faltan un par de semanas –respondí yo–. Veamos cómo lo llevamos.

Fui incapaz de leer su mirada de soslayo, pero lo dejó ahí. Asió otro paño, se sentó frente a mí y agarró un objeto de plata que perfectamente podía ser un tapón para botellas.

–Bébete el té –me ordenó.

El té estaba lo bastante fuerte como para saltar de la tetera y asestarte un puñetazo. Todo el mundo estaba en sus puestos de trabajo y la calle se hallaba sumida en un silencio casi sepulcral; únicamente se escuchaba el suave repiqueteo de la lluvia y el lejano murmullo del tráfico. Mi madre limpió a conciencia varios objetos de plata indefinidos; yo acabé con la cubertería y me enfrasqué en un marco fotográfico cubierto de unas bonitas flores que yo nunca dejaría limpias de acuerdo con los estándares de mi madre, pero al menos sabía lo que era. Cuando me dio la sensación de que el ambiente se había sosegado, dije:

–¿Puedo preguntarte algo? ¿Es verdad que papá tuvo un amorío con Theresa Daly antes de que tú aparecieras en escena?

Mamá alzó la cabeza de súbito y me miró atentamente. Su expresión no cambió, pero un sinfín de cosas espantosas recorrieron sus ojos.

–¿Quién te ha dicho eso? –quiso saber.

–Así que es verdad...

–Tu padre es un imbécil. Y, si no te has dado cuenta, es que tú también lo eres.

–Bueno, sí me había dado cuenta. Simplemente no sabía que era imbécil hasta ese punto...

–Esa siempre andaba buscando problemas, intentando llamar la atención, riéndose como una tonta por la calle, gritando y armando escándalo con sus amigas.

–Y a papá le encantaba...

–¡Les encantaba a todos! Los hombres son todos tontos; se vuelven locos con esas tonterías. Tu padre, Matt Daly y la mitad de los hombres de Liberties, todos iban detrás de Tessie O'Byrne como perritos falderos. Y ella se dejaba hacer: les daba cancha a tres o cuatro de ellos al mismo tiempo y, cuando le parecía que no le prestaban la atención suficiente, rompía con ellos. Y los muy tontos volvían arrastrándose a por más.

–Bueno, no sabemos lo que nos conviene –observé yo–. Y menos de jóvenes. Papá debía de ser un chiquillo por entonces, ¿me equivoco?

Mamá respondió con desdén:

–Lo bastante mayor como para darse cuenta. Yo era tres años más niña y te aseguro que podría haberle dicho que aquel asunto acabaría en lágrimas.

–¿Tú ya le tenías echado el ojo? –pregunté.

–Claro que sí. ¿Qué te crees? No creerías... –Sus dedos se habían ralentizado sobre el adorno–. Ahora no lo creerías, pero en aquella época tu padre era guapísimo. Tenía una bonita cabellera rizada y esos ojos azules... ¡Y menuda risa! Tenía una risa preciosa.

Ambos miramos involuntariamente hacia fuera de la puerta de la cocina, en dirección a la habitación. Mi madre dijo, y aún se percibía que aquel nombre le sabía al helado de la temporada entre los labios:

–Jimmy Mackey podría haber escogido a cualquier chica del barrio.

Le sonreí.

–¿Y apostó por ti?

–Yo no era más que una cría. Tenía quince años cuando empezó a pretender a Tessie O'Byrne y yo no era como las muchachas de hoy, que parecen veinteañeras antes de cumplir los doce; aún no tenía la figura definida, no llevaba maquillaje, no tenía ni idea de... Intentaba que intercambiáramos alguna miradita cuando lo veía de camino al trabajo por la mañana, pero tu padre nunca volvía la vista para mirarme. Estaba loco por Tessie. Y a ella era el chico que más le gustaba.

Jamás en la vida me habían explicado nada de aquello y apostaba lo que fuera a que a Jackie tampoco o, de lo contrario, me lo habría contado. Mi madre no es del tipo de personas que comparten sus sentimientos; si le hubiera formulado aquella pregunta una o dos semanas antes, no me habría llevado a ningún sitio. Kevin la había dejado rota, en carne viva. Y hay que aprovechar las ocasiones cuando se presentan.

–¿Y por qué rompieron? –pregunté.

Mamá frunció los labios.

–Si vas a limpiar la plata, hazlo bien. Limpia también las rendijas. No me va a servir de nada si tengo que andar detrás de ti limpiándolo todo otra vez.

–Lo siento –me disculpé, y empecé a frotar con más brío.

Al cabo de un momento añadió:

–No quiero decir con ello que tu padre fuera un santo inocente. Tessie O'Byrne fue siempre una golfa, pero los dos eran culpables. –Esperé, sin dejar de frotar. Mi madre me agarró de la muñeca y me estiró el brazo hacia ella para comprobar el brillo del marco; luego asintió a regañadientes con la cabeza y me soltó–. Eso está mejor. En aquella época las cosas no eran diferentes. Teníamos un poco de decencia; no íbamos por ahí restregándonos unos con otros solo porque eso es lo que hacen en la televisión.

–¿Papá se restregó con Tessie O'Byrne en la televisión? –inquirí.

Y la ocurrencia me mereció un tortazo en el brazo.

–¡No! ¿Me dejas que te lo cuente? Los dos fueron siempre unos desvergonzados, unos salvajes. El estar juntos los hacía a ambos peores. Un día, en verano, tu padre le pidió prestado el coche a un amigo suyo y llevó a Tessie a Powerscourt un domingo por la tarde para que viera la cascada. El coche se averió en el camino de vuelta.

O eso había contado mi padre. Mi madre me miró con retintín.

–¿Y? –pregunté.

–¡Y trasnocharon allí! Entonces no teníamos móviles, así que no pudieron telefonear a ningún mecánico ni informar a nadie de lo ocurrido. Intentaron caminar un poco, pero estaban en un sendero en medio de Wicklow y empezaba a oscurecer. Durmieron en el coche. Por la mañana, un granjero que pasaba por el lugar les ayudó a arrancar el coche empujando. Para cuando regresaron a casa, todo el mundo pensaba que se habían fugado juntos. –Comprobó el brillo de la fruslería de plata a contraluz y, una vez hubo determinado que estaba impecable, se desperezó para hacer una pausa (a mi madre le encantan los dramas)–. Bueno, tu padre siempre me ha dicho que él durmió en el asiento delantero y Tessie en el trasero. Y yo no tengo manera de saberlo. Pero eso no era lo que se rumoreaba en Faithful Place.

–Ya me lo imagino –opiné.

–En nuestra época las chicas decentes no pasaban la noche fuera con hombres. Solo lo hacían las rameras. Yo no conocía a ninguna muchacha que no hubiera llegado virgen al matrimonio.

–Vaya. Lo que me sorprende es que no los obligaran a casarse después de aquello, para conservar el honor.

Mamá torció el gesto y replicó en tono de reproche:

–Seguro que a tu padre le habría encantado; estaba loco por ella, el muy imbécil. Pero no era lo bastante bueno para los O'Byrne, que siempre tuvieron aires de superioridad. El padre y los tíos de Tessie le dieron una paliza de mil demonios; yo lo vi al día siguiente y me costó reconocerlo. Le advirtieron que no volviera a acercarse a ella, que ya había hecho bastante daño a la familia.

—Y él hizo lo que le dijeron.

Me gustaba aquello. De alguna manera me resultaba tranquilizador. Matt Daly y sus colegas podrían haberme inflado a hostias hasta en el paladar y en el mismísimo momento en que hubiera salido del hospital habría ido en busca de Rosie, aunque renqueara.

—No le quedó más alternativa —confirmó mi madre, gazmoña y satisfecha—. El padre de Tessie siempre la había dejado hacer lo que le venía en gana y mira dónde le llevó eso. Así que después de aquello prácticamente no la dejaba salir de casa, solo para ir a trabajar, y la acompañaba él mismo. Y la verdad es que no lo culpo; aquella historia estaba en boca de todos. Los chicos más golfos del barrio la piropeaban y le gritaban cosas y los viejos esperaban a que apareciera envuelta en un problema. A la mitad de sus amigas les prohibieron hablar con ella para evitar que se convirtieran también en unas busconas; el padre Hanratty pronunció una homilía sobre cómo las mujeres disolutas debilitaban este país y aseguró que no fue por eso por lo que entregaron la vida los irlandeses en 1916. No se pronunció ningún nombre, claro está, pero todo el mundo sabía a quién aludía. Y así le echaron la rienda a Tessie.

Había transcurrido medio siglo, pero podía imaginar perfectamente el frenesí, los cotilleos, el revuelo, el bombeo a doble velocidad de adrenalina a medida que Faithful Place olía a sangre y se preparaba para el ataque. Aquellas semanas probablemente sembraron la semilla de la locura en la cabeza de Tessie Daly.

–Supongo que sí –opiné yo.

–¡Se lo tenía bien merecido! Le puso los puntos sobre las íes. A ella le encantaba tontear con los chicos, pero no le apetecía que la llamaran por ningún nombre, la muy fresca. –Mamá estaba sentada con la espalda muy erguida, con la expresión más mojigata de la que era capaz, un dechado de virtud–. Poco después empezó a salir con Matt Daly. Él llevaba haciéndole ojitos desde hacía años, pero ella nunca le había hecho ni caso. No hasta que le vino bien. Matt era un hombre decente y el padre de Tessie aprobaba su relación. Era la única manera que ella tenía de salir por la puerta de su casa.

–¿Y es eso lo que papá tiene en contra de Matt Daly? –pregunté yo–. ¿Que le robó la novia?

–Básicamente, sí. Nunca se cayeron demasiado bien. –Alineó el adornito de plata con otros tres parecidos, sacudió una mota minúscula de polvo y agarró una ornamentación cursi para el árbol de Navidad de la pila de objetos que aún quedaban por limpiar–. Matt siempre tuvo celos de tu padre. Tu padre era mil veces más apuesto que él y era muy popular, no solo entre las chicas, sino que los muchachos también lo tenían en alta estima, lo consideraban muy divertido... Matt era un pusilánime aburrido. No tenía sangre en las venas. –Su voz estaba cargada de recuerdos de antaño, de triunfo hilvanado con amargura y resentimiento.

–¿Y cuando Matt se quedó con la chica, se jactó de ello ante papá? –quise saber.

–No solo eso. Papá había solicitado un empleo en la fábrica Guinness como camionero. Le habían asegurado que el puesto sería suyo en cuanto se produjera una jubilación. Pero Matt Daly llevaba trabajando en la fábrica unos años, y su padre lo había hecho antes que él. Tenía enchufe. Después de todo lo ocurrido con Tessie, Matt fue a ver a su capataz y le comentó que Jimmy Mackey era la clase de hombre que no

403

convenía a Guinness. Recibían veinte solicitudes de empleo para cada vacante. No querían a nadie que pudiera causar problemas.

–De manera que papá acabó convertido en yesero –aventuré.

–Mi tío Joe le consiguió un contrato como aprendiz. Nos comprometimos poco después de todo el escándalo con Tessie. Y, si queríamos tener una familia, tu padre necesitaba un oficio.

–Reaccionaste rápido.

–Vi mi oportunidad y la aproveché. Había cumplido ya los diecisiete y era lo bastante mayorcita como para que los chicos se giraran a mirarme. Tu padre estaba... –Se le apagó la voz y remetió el trapo con más fuerza en las ranuras del adornito–. Yo sabía que tu padre seguía estando loco por Tessie –continuó al cabo de un momento, con un deje desafiante en su voz que me permitió atisbar por una minúscula brecha a una muchacha con la barbilla erguida, observando al alocado de Jimmy Mackey desde la ventana de la cocina de su casa y pensando «Serás mío»–. Pero no me importaba. Pensé que, una vez le pusiera las manos encima, podría cambiarlo. Nunca pedí demasiado; yo no era de esas chicas que van por ahí creyéndose estrellas de Hollywood. Nunca tuve demasiadas ambiciones. Lo único que pedía era tener una casita y unos cuantos hijos... con Jimmy Mackey.

–Bueno –apunté yo–. Pues conseguiste los niños y a tu hombre.

–Sí, al final sí. Pero conseguí lo que Tessie y Matt dejaron de él. Para entonces ya se había dado a la bebida.

–Y aun así lo querías a tu lado –mantuve un tono de voz agradable; no la juzgaba.

–Estaba enamorada de él. Mi madre, que Dios la tenga en su gloria, me lo advirtió: nunca salgas con un borracho.

Pero yo no tenía ni idea. Mi propio padre, tú no te acordarás de él, Francis, pero era un hombre encantador, mi padre jamás bebió una gota; yo no sabía lo que era un alcohólico. Sabía que Jimmy bebía un poco, claro, pero pensaba que todos los hombres lo hacían. No pensé que fuera nada grave, y no lo era, al menos cuando yo le eché el ojo. No lo fue hasta que Tessie O'Byrne le destrozó el corazón.

La creía. Sé cómo puede influir la mujer indicada en el momento indicado en un hombre, si bien Tessie tampoco había salido ilesa. Algunas personas no deberían conocerse nunca. Las secuelas son demasiado importantes y hacen mella durante más tiempo del conveniente.

–Todo el mundo decía que Jimmy Mackey nunca llegaría a nada en la vida –continuó mi madre–. Sus padres eran un par de viejos borrachos, unos holgazanes que no dieron un palo al agua en toda su vida. Desde que no era más que un mocoso, tu padre iba por ahí preguntándoles a los vecinos si podía quedarse a cenar porque en su casa no había nada en la nevera y andaba vagando por las calles en plena noche... Cuando yo lo conocí, todo el mundo aseguraba que acabaría siendo un perdedor, igual que su madre y que su padre. –Había desviado la mirada de la plata hacia la ventana y la lluvia incesante–. Pero yo sabía que se equivocaban. Jimmy no era mala persona, solo estaba un poco asilvestrado. Y no era tonto. Podría haber sido lo que se hubiera propuesto. No tenía por qué trabajar en la Guinness, podría haber montado su propio negocio y así no habría tenido que responder ante sus jefes día sí y día también. Él odiaba eso. Siempre le gustó conducir; podría haberse dedicado al reparto, haber comprado su propia furgoneta... Si esa mujer no lo hubiera destrozado antes.

Allí estaba el móvil, envuelto en papel de regalo y atado con un bonito lazo. Un día Jimmy Mackey había llevado a una muchacha de altos vuelos del brazo y había tenido un empleo de primera en el bolsillo... Por fin había anticipado el poder pintar su futuro de colores y levantarles el dedo a los capullos que aseguraban que nunca lo conseguiría. Y entonces tuvo un desliz, solo uno, y el remilgado de Matt Daly vino tan pancho y le arrebató toda su vida soñada. Para cuando Jimmy pudo volver a pensar con claridad se encontró casado con una mujer a la que nunca amó, suplicando por trabajar a días sueltos en un empleo sin perspectivas de futuro y bebiendo lo bastante como para tumbar a Peter O'Toole. Se había pasado veintitantos años contemplando su vida perdida desarrollarse justo al otro lado de la calle, en el hogar de otro hombre. Y luego, un fin de semana, Matt Daly lo había humillado delante de toda la calle y casi consigue que lo arresten (en la cabeza del alcohólico la culpa siempre es de los demás) y de alguna manera había descubierto que Rosie Daly estaba engatusando a su hijo y se lo iba a llevar adonde a ella le conviniera.

A decir verdad, la cosa podría haber ido a peor, a mucho peor. Recordé a papá sonriendo, guiñándome el ojo e instigándome a replicarle: «Así que la pequeña de los Daly, ¿eh? Fresca como una lechuga. Tiene unas buenas mamellas, madre mía...». Mi Rosie, la viva estampa de su Tessie O'Byrne.

Debió de escucharme salir de puntillas del salón, convencido de ser intocable. Lo había visto fingir que estaba dormido cientos de veces. Quizá lo único que había pretendido era advertirla de que dejara en paz a su familia; quizá quiso algo más. Pero allí estaba ella, delante de él, echándole en cara lo poco que significaba lo que él quisiera: la hija de Tessie O'Byrne, irresistible e intocable una vez más; la hija de Matt Daly arrebatándole todo lo que él quería. Probablemente estuviera ebrio, al menos hasta darse cuenta de lo ocurrido. En aquellos tiempos era un hombre fuerte.

Y no éramos los únicos que estábamos despiertos aquella noche. En algún momento, Kevin se había levantado, quizá para ir al lavabo, y descubrió nuestra ausencia. Entonces no debió de darle mayor trascendencia: papá desaparecía durante días sin dar explicación alguna, y Shay y yo de vez en cuando teníamos una misión nocturna, de la índole que fuera. Pero aquel fin de semana, cuando cayó en la cuenta de que alguien había salido a matar a Rosie aquella noche, Kevin había recordado.

Tuve la sensación de haber sabido siempre cada detalle de la historia, de haberla arrinconado en algún rincón en las profundidades de mi cerebro, desde el preciso instante en que escuché la voz de Jackie en el contestador. Era como una marea negra y gélida que me llenaba los pulmones.

–Tu padre debería haber esperado a que yo creciera –sentenció mi madre, retomando el hilo de la conversación–. Tessie era muy guapa, pero cuando yo cumplí los dieciséis años también muchos chicos me encontraban guapa. Sé que yo era joven aún, pero estaba creciendo. Si hubiera apartado sus estúpidos ojos de ella el tiempo suficiente para darse cuenta de mi existencia, aunque fuera por un minuto, nada de esto habría sucedido.

La densidad del pesar en la voz de mi madre podría haber hecho naufragar varios buques. Entonces fue cuando caí en la cuenta de que ella creía que Kevin se había emborrachado como una cuba, tal como había aprendido de su padre, y eso lo había hecho precipitarse por la ventana. Antes de tener tiempo de reorganizarme las ideas para sacarla de su error, mi madre se pasó los dedos por la boca, miró el reloj que había sobre el alféizar de la ventana y emitió un alarido.

–¡Cielo santo! ¡Mira qué hora es! ¡Más de la una! Tengo que comer algo o me pondré enferma. –Dejó el adorno que andaba limpiando en la mesa y apartó su silla–. Te prepararé un emparedado.

—¿Quieres que le lleve uno a papá?

Mamá miró un instante hacia la puerta del dormitorio. Luego dijo:

—No, déjalo dormir —y se dispuso a sacar alimentos del frigorífico.

Preparó unos sándwiches de mantequilla blanca y jamón reconstituido en pan de molde cortado en triángulos. Su sabor me devolvió a los días en que tenía las piernas aún demasiado cortas y, sentado ante aquella misma mesa, no llegaba con los pies al suelo. Mi madre preparó otra tetera de aquel té feroz y se comió metódicamente los triángulos de su emparedado. Por su forma de masticar supe que en algún momento se había hecho con una dentadura postiza de mejor calidad. De niños siempre nos acusaba de que la culpa de que se le hubieran caído las muelas era nuestra: las había perdido durante los embarazos, una muela por cada niño. Cuando se le saltaron las lágrimas, apoyó la taza en la mesa, sacó un pañuelo azul descolorido del bolsillo de la rebeca y esperó a que dejaran de brotar. Luego se sonó la nariz y volvió a atacar su emparedado.

18

Una parte de mí se habría quedado allí sentado con mi madre toda la eternidad, viéndola recalentar la tetera cada hora y preparando otra tanda de emparedados cuando apretara el hambre. Mi madre no era mala compañía, siempre que mantuviera la boca cerrada y por primera vez su cocina se me antojó un refugio, al menos en comparación con lo que me aguardaba fuera. En cuanto saliera por esa puerta, lo único que me faltaba hacer era buscar una prueba sólida. Sin embargo, esa no sería la parte más dura: suponía que no me llevaría más de veinticuatro horas. Luego sería cuando se desataría la verdadera pesadilla. Una vez tuviera la prueba, debería decidir qué hacer con ella.

Alrededor de las dos de la madrugada, los ruidos procedentes del dormitorio fueron in crescendo: crujidos de muelles del somier, un gruñido para aclararse la garganta y esas arcadas infinitas provocadas por una tos con todo el cuerpo. Pensé que era la señal para largarme de allí, lo cual desató una descarga de complejas preguntas sobre la cena de Navidad por parte de mi madre («*Si* vienes con Holly, y digo *si*, ¿ella qué come: carne blanca o carne roja? ¿O no come carne? Porque alguna vez me ha dicho que su madre no le da pavo a menos que sea orgánico...»). Mantuve la cabeza gacha y seguí moviéndome. Al escabullirme por la puerta, mi madre gritó a mi espalda:

—Me alegro de haberte visto. ¡Vuelve pronto!

Detrás de ella, mi padre chilló con voz flemática:

—¡Josie!

Incluso supe exactamente cómo habría descubierto dónde estaría aquella noche Rosie. La única vía de acceso a esa información había sido Imelda, y solo se me ocurría un motivo para que mi padre hubiera andado cerca de ella. Siempre había dado por supuesto que cuando desaparecía durante un par de días o tres era bebida lo que buscaba. Ni siquiera después de todo lo que había hecho se me ocurrió jamás que pudiera ponerle los cuernos a mi madre; de haberlo imaginado, habría supuesto que se lo impediría cualquier incapacidad provocada por el alcohol. Mi familia es un baúl de sorpresas.

Imelda pudo explicarle a su madre lo que Rosie le había confesado, ya fuera por complicidad entre mujeres, por buscar afecto o quién sabe por qué, o podría haber insinuado algo cuando mi padre andaba por su casa, quizá solo una pista para hacerse pasar por más lista que el tipo que se estaba follando a su madre. Pero, tal como ya he aclarado, mi padre no tiene ni un pelo de tonto. Debió de sumar dos más dos.

En esta ocasión, cuando llamé al interfono de Imelda no contestó nadie. Retrocedí unos pasos y observé su ventana: algo se movió tras el visillo. Hice sonar el interfono durante tres minutos seguidos hasta que por fin conseguí que descolgara el auricular.

—¡¿*Qué?!*

—Hola, Imelda. Soy Francis. Sorpresa.

—Esfúmate.

—Vamos, Melda, sé buena chica. Tenemos que hablar.

—No tengo nada que hablar contigo.

–Pues qué desgracia. Porque no tengo ningún otro sitio adonde ir, de manera que voy a sentarme a esperarte al otro lado de la calle, en mi coche, el tiempo que haga falta. Es el Mercedes plateado de 1999. Cuando te aburras de este jueguecito, ven a verme, tendremos una charlita y luego te dejaré en paz para el resto de tu vida. Sin embargo, si soy yo quien se aburre primero, empezaré a formular preguntas sobre ti a tus vecinos. ¿Te ha quedado claro?

–Vete al infierno.

Colgó. Imelda era tozuda. Me figuré que tardaría al menos dos horas, quizá tres, en ceder y venir en mi busca. Me dirigí a mi coche, puse un cedé de Otis Redding y abrí la ventana para compartir mi música con los vecinos. Podían pensar que se trataba o bien de un policía o bien de un camello o de un cobrador del frac, pero seguramente ninguna de las tres opciones les pareciera conveniente.

A esas horas, en Hallows Lane reinaba el silencio. Un anciano en un andador y una viejecita que andaba puliendo su plata mantuvieron una larga conversación de desaprobación acerca de mí, y un par de madres buenorras me miraron de reojo al regresar de sus compras. Un tipo con un traje chaqueta resplandeciente y un montón de problemas se pasó cerca de cuarenta minutos frente a la puerta de Imelda, balanceándose adelante y atrás y usando todas las neuronas que le quedaban en el cerebro para gritar «¡Deco!» con todas sus fuerzas en dirección a la ventana superior a intervalos de diez segundos, pero Deco tenía cosas mejores que hacer y finalmente el tipo se largó de allí. En torno a las tres, alguien que no podía ser otra que Shania subió haciendo grandes esfuerzos las escaleras frontales y entró en la casa en el número diez. Isabelle llegó poco después. Era el vivo retrato de Imelda en los años ochenta, incluso tenía aquel mismo ángulo desafiante en la barbilla y ese caminar

411

cimbreante con largas piernas de folladora; no pude descifrar si me suscitaba pena o me daba esperanzas. Cada vez que las sucias cortinas de encaje se movían, yo saludaba con la mano.

Poco después de las cuatro, cuando empezaba a anochecer y Genevieve había regresado ya de la escuela y yo había pasado a escuchar James Brown, oí un tamborileo con los dedos en la ventana del copiloto. Era Scorcher.

«Se supone que ni siquiera debo acercarme a nada relacionado con este caso –le había confesado a Imelda–. He arriesgado mi placa por el mero hecho de venir a verte.» No estaba seguro de si despreciarla por chivata o admirarla por sus recursos. Apagué la música y bajé la ventanilla.

–Detective. ¿Qué puedo hacer por usted?

–Abre la puerta, Frank.

Alcé las cejas, fingiendo sorpresa ante su adusto tono, pero me incliné hacia la puerta y la abrí. Scorcher entró en el coche y la cerró con fuerza.

–Arranca el motor –me ordenó.

–¿Escapas de algo? Puedes esconderte en el maletero si quieres...

–No estoy de humor para bromas. Voy a sacarte de aquí antes de que intimides a esas pobres muchachas más de lo que ya lo has hecho.

–No soy más que un hombre metido en su coche, Scorch. Estoy aquí sentado contemplando con nostalgia mi viejo barrio. ¿Qué tiene eso de intimidatorio?

–*Conduce.*

–Conduciré si antes respiras hondo unas cuantas veces. Mi seguro no cubre los ataques de corazón a terceros. ¿Trato hecho?

–No me obligues a detenerte.

Solté una carcajada.

412

–Vaya, Scorchie, eres una joya. Siempre se me olvida por qué me gustas tanto. ¿Qué te parece si nos arrestamos el uno al otro? –Me zambullí entre el tráfico y me dejé llevar por la corriente–. Pero cuéntame... ¿A quién he estado intimidando?

–A Imelda Tierney y a sus hijas, como bien sabes. La señora Tierney dice que entraste a la fuerza en su piso ayer y que tuvo que amenazarte con un cuchillo para que te fueras.

–¿Imelda? ¿Llamas a Imelda «muchacha»? Madre mía, Scorcher, pero si tiene cuarenta y tantos años. El término políticamente correcto para las mujeres de esa edad hoy en día es «mujer».

–Sus hijas son muchachas. La más pequeña tiene solo once años. Dicen que has estado sentado aquí toda la tarde haciéndoles gestos obscenos.

–No he tenido el placer de conocerlas. ¿Son muchachas agradables? ¿O se parecen a su madre?

–¿Qué te dije la última vez que nos vimos? ¿Qué fue *lo único* que te pedí que hicieras?

–Apartarme de tu camino. Y lo entendí perfectamente, alto y claro. Lo que no acabo de entender es en qué momento te has convertido tú en mi jefe. La última vez que lo comprobé, mi jefe estaba mucho más gordo que tú y ni por asomo era tan guapo.

–No necesito ser tu puñetero jefe para ordenarte que mantengas las narices alejadas de mi caso. Es *mi* investigación, Frank; son *mis* órdenes. Y te las has saltado.

–Denúnciame. ¿Necesitas mi número de placa para hacerlo?

–Vaya, Frank, qué divertido. Es hilarante. Sé perfectamente que tú las reglas te las pasas por el forro. Sé que crees que eres inmune. Y quizá tengas razón; no sé cómo funcionan las cosas en la Secreta. –A Scorcher no le sentaba bien la indignación: le duplicaba el tamaño de su ya ancha barbilla y hacía

413

que se le marcara peligrosamente una vena en la frente–. Pero quizá deberías recordar que me he estado esforzando cuanto he podido por hacerte un *favor* con este caso, por todos los diablos. Me he apartado *kilómetros* de mi trabajo por ti. Y, llegados a este punto, la verdad es que no entiendo por qué me he molestado tanto. Si sigues fastidiándome a cada oportunidad que se te presente, puede ser que cambie de proceder.

Me contuve de frenar en seco y estamparle la cabeza contra el parabrisas.

–¿Favor? ¿Te refieres a decir que la muerte de Kevin fue accidental?

–No solo a decirlo. Así constará en el certificado de defunción.

–Ostras, déjame que te felicite. ¡Guau! Estoy desbordado de gratitud, Scorch. De verdad te lo digo.

–Esto no va solo de ti, Frank. Es posible que te importe un bledo si la muerte de tu hermano queda registrada como accidente o como suicidio, pero apuesto a que a tu familia sí le importa.

–Ah, no, no, no. Por ahí sí que no me salgas... Por lo que respecta a mi familia, no tienes ni la más remota idea de a qué te enfrentas, amiguito. Porque, aunque te sorprenda, tú no eres el dueño de su universo: mi familia creerá exactamente lo que le apetezca creer, al margen de lo que ni tú ni Cooper indiquéis en el certificado de defunción. Mi madre, por ejemplo, me ha pedido que te informe de que, y no hablo en broma, fue un accidente de tráfico. Y, además, si toda mi familia ardiera en un incendio, te aseguro que no echaría sobre ellos ni una meada para extinguir el fuego. Me da absolutamente igual lo que piensen que le ocurrió a Kevin.

–¿Un suicida puede enterrarse en tierra consagrada hoy en día? ¿Qué dice el cura en una homilía por un suicida? ¿Qué piensa el resto del vecindario de tu hermano? ¿Y cómo afecta eso a todas las personas que han quedado atrás? No te mientas, Frank: no eres inmune a todo eso.

Empezaba a sacarme de mis casillas. Aparqué en un angosto callejón sin salida entre dos edificios de pisos, marcha atrás, para poder salir de allí a toda prisa si acababa empujando a Scorcher fuera del coche y apagué el motor. Entre nosotros, algún arquitecto se había puesto meloso pintando los balcones de azul, pero el efecto mediterráneo quedaba socavado por el hecho de que sobresalían de una pared de ladrillo y ofrecían vistas a un montón de contenedores de basura.

–¿Y cómo queda la cosa? –pregunté–. El caso de Kevin se cierra bajo el epígrafe de «accidente», todo muy pulidito. Pero déjame preguntarte algo. ¿Cómo vas a clasificar la muerte de Rosie?

–Como asesinato. Evidentemente.

–Evidentemente. ¿Y quién es el asesino? ¿Alguien conocido o desconocido? ¿Una o varias personas?

Scorcher guardó silencio.

–¿Kevin? –pregunté yo.

–Bueno. Es un poco más complicado que eso.

–¿Cuán complicado puede ser?

–Si el sospechoso también está muerto, podemos guardar discreción. Es una línea muy delgada. Por un lado, no podemos efectuar ningún arresto, de manera que los mandamases no están especialmente emocionados ante la idea de asignar recursos a este caso. Por otro lado...

–Por otro lado, está el omnipotente porcentaje de resolución de casos.

–Búrlate cuanto quieras. Pero estas cosas importan. ¿Crees que podría haberle dedicado a tu novia tantos recursos humanos si mi tasa de resolución de casos fuera una birria? Es un ciclo: cuanto más saco de este caso más puedo dedicar al siguiente. Lo siento, Frank, pero no voy a poner en peligro las posibilidades de hacer justicia a la siguiente víctima ni *mi reputación* por el mero hecho de no afectar a tus sentimientos.

–Tradúcemelo, Scorch. ¿Qué tienes previsto hacer con el caso de Rosie?

–Tengo previsto hacer lo correcto. Continuar recopilando pruebas y declaraciones de testigos el próximo par de días. Si transcurrido ese tiempo no aparece nada inesperado... –Se encogió de hombros–. He trabajado en un par de casos similares antes. Normalmente intentamos manejar la situación con el máximo de tacto posible. El expediente se envía a la Fiscalía General del Estado, pero sin levantar ruido; se decreta secreto de sumario, sobre todo si no hablamos de un homicida reincidente. Preferimos no demoler la reputación de nadie si no está entre nosotros para defenderse. Si el fiscal general aprueba el caso, hablamos con la familia de la víctima, le aclaramos que aún no hay nada definitivo, pero que al menos tenemos un sospechoso, y fin de la historia. Ellos siguen adelante con sus vidas, la familia del homicida consigue vivir en paz y tranquilidad y nosotros clasificamos el expediente como caso cerrado. Ese es el procedimiento habitual.

–¿Por qué tengo la sensación de que intentas amenazarme? –pregunté.

–Venga ya, Frank. Esa es una forma muy dramática de expresarlo.

–¿Cómo lo expresarías tú?

–Yo diría que te estoy advirtiendo. Y que no me lo estás poniendo fácil.

–¿Advertirme de *qué* exactamente?

Scorcher suspiró.

–Si me veo en la obligación de ahondar en la investigación para determinar la causa de la muerte de Kevin –empezó a responder–, lo haré. Y apuesto lo que sea a que la prensa se nos echará encima como buitres carroñeros. Al margen de lo que tú opines sobre el tema del suicidio, ambos sabemos que hay uno o dos diarios a los que no hay nada que les deleite más que un policía en apuros. Y supongo que eres capaz de imaginar cómo, en las manos equivocadas, esta historia podría convertirte en un policía metido en apuros hasta las cejas.

–Perdona, pero sigue sonándome a amenaza.

–Creo haber dejado bien claro que preferiría no adentrarme por esa senda. Pero, si es el único modo de que dejes de hacer de detective intrépido... Únicamente pretendo llamarte la atención, Frank. Y no he tenido demasiada suerte por otros medios.

–Intenta recordar, Scorcher. ¿Qué fue lo único que *yo* te dije a *ti* la última vez que nos vimos?

–Que tu hermano no era ningún asesino.

–Exacto. ¿Y cuánta atención prestaste a lo que te dije?

Scorcher bajó la visera antideslumbrante y comprobó en el espejo un corte que se había hecho al afeitarse, inclinó la cabeza hacia atrás y se recorrió la mandíbula con el pulgar.

–En cierto modo –contestó–, supongo que debo agradecerte algo. Tengo que admitir que no estoy seguro de si habría encontrado a Imelda Tierney de no haberme conducido tú hasta ella. Y está demostrando ser de suma utilidad.

La muy zorra...

–Me apuesto un brazo a que sí. Es muy complaciente. Ya me entiendes...

–Ah, no. No lo hace por tenerme contento. Lo que sucede es que las pruebas que nos ha aportado son coherentes.

Dejó la frase suspendida en el aire. La diminuta sonrisita que fue incapaz de contener me ofreció una idea general, pero le seguí la corriente de todos modos.

–Adelante. Sorpréndeme. ¿Qué sabe?

417

Scorch frunció los labios, fingiendo pensar en ello.

—Podría acabar ejerciendo de testigo, Frank. Todo depende. No puedo revelarte cuáles son las pruebas que nos ha aportado si vas a hostigarla para que modifique su declaración. Ambos sabemos las nefastas consecuencias que eso podría tener, ¿no es cierto?

Me tomé mi tiempo. Lo miré fría y largamente hasta que bajó la vista. Luego recosté la cabeza en el reposacabezas y me froté el rostro con las manos.

—¿Quieres saber algo, Scorch? Esta ha sido la semana más larga de mi vida.

—Ya lo sé, amigo. Te lo noto en la cara. Pero, por el bien de todo el mundo, vas a tener que encontrar algo más productivo en lo que canalizar toda esa energía.

—Tienes razón. Para empezar, no debería haber acudido en busca de Imelda: estaba fuera de lugar. Sencillamente me figuré que... ella y Rosie eran íntimas amigas, ¿sabes? Creí que si alguien sabía algo...

—Deberías haberme facilitado su nombre. Y yo habría hablado con ella. Habríamos obtenido los mismos resultados y sin necesidad de armar todo este follón.

—Sí. Tienes razón. Como siempre. Solo que... Solo que es difícil no preocuparse cuando no hay nada definitivo en ningún sentido, ¿sabes? Soy de los que les gusta saber qué pasa.

Scorch contestó con acritud:

—La última vez que hablamos sonabas bastante seguro de saber qué estaba pasando.

—Lo estaba. Estaba completamente convencido.

—¿Y qué ha cambiado...?

—Estoy cansado, Scorch —contesté—. En esta última semana he tenido que encajar la muerte de una exnovia y la de mi hermano pequeño, y tragar con una dosis venenosa de mis padres, y la verdad es que me ha dejado para el arrastre. Quizá fuera eso lo que me indujo a pensar que sabía cómo habían sucedido los acontecimientos. Pero ahora ya no estoy tan seguro. A decir verdad, no estoy nada seguro.

Por los abultados ojos en el rostro de Scorcher intuí que estaba a punto de iluminarme, cosa que seguramente lo pondría de mucho mejor humor.

—Antes o después, Frank —observó—, a todos nos dan una buena patada en las certezas. Así es la vida. El truco consiste en convertir esa patada en un escalón hacia el siguiente nivel de certidumbre. ¿Me sigues?

En esta ocasión me tragué mi guarnición de ensalada sazonada de metáforas como un buen chico.

—Sí, claro que sí. Me cuesta horrores admitirlo, sobre todo ante ti, pero necesito una mano para ascender a ese siguiente nivel. Hablo en serio, compañero. Líbrame de este sufrimiento: ¿qué te ha explicado Imelda?

—¿Me prometes que no la acosarás más si te lo cuento?

—Por lo que a mí concierne, puedo darme por satisfecho si no vuelvo a ver a Imelda Tierney durante el resto de mi vida.

—Necesito que me des tu palabra, Frank. Nada de artimañas.

—Te doy mi palabra de que no volveré a acercarme a Imelda. Ni por lo de Kevin, ni por lo de Rosie ni por nada del mundo, jamás.

—Bajo cualquier circunstancia.

—Bajo cualquier circunstancia.

—Créeme. No tengo ninguna intención de complicarte la vida. Y no lo haré a menos que tú me compliques la mía. No me pongas a prueba.

—No lo haré.

Scorcher se alisó el cabello y cerró la visera antideslumbrante.

–En cierto sentido –anotó–, atinaste al ir en busca de Imelda. Quizá tu técnica sea una birria, amigo mío, pero el instinto no te falla.

–Ella sabía algo.

–Sabía mucho. Tengo una pequeña sorpresa para ti, viejo amigo. Sé que creías que tú y Rose Daly manteníais vuestra relación en el máximo de los secretos, pero, por lo que me ha demostrado la experiencia, cuando una mujer dice que no le dirá nada a nadie, lo que quiere decir es que solo se lo explicará a sus dos mejores amigas. Imelda Tierney estuvo siempre al corriente... de la relación, de los planes para escapar juntos, de todo.

–Dios –exclamé. Sacudí la cabeza, solté una semicarcajada con cara de bochorno y dejé que Scorcher se hinchiera de satisfacción–. Bueno. Ella... ¡Vaya! No me lo esperaba.

–No eras más que un chaval. Entonces no conocías las reglas del juego.

–Aun así, me cuesta creer que alguna vez fuera tan ingenuo.

–Pues deja que te cuente algo más que quizá se te haya escapado: Imelda asegura que Kevin estaba locamente enamorado de Rose en aquella época. Tienes que admitir que encaja con lo que tú mismo me dijiste: que era la guapa del barrio, la chica a la que todos los chicos perseguían.

–Sí, claro. Pero ¿*Kevin*? Solo tenía quince años.

–Es edad más que suficiente para que las hormonas se te revolucionen y pierdas la cabeza. Y para apañártelas para entrar en clubes donde no deberías ir. Una noche Imelda estaba en el Bruxelles y Kevin se le acercó y se ofreció a invitarla a una copa. Se pusieron a hablar y él le preguntó, le suplicó, que intercediera por él ante Rose. Imelda estalló en carcajadas, pero Kevin pareció dolido de veras, de manera que dejó de reír y le aseguró que no era nada personal, pero que Rose ya tenía novio. Imelda no tenía previsto explicarle nada más, pero Kevin no dejaba de darle la lata preguntándole quién era el chico y de pagarle copas...

Scorch se esforzaba por mantener una expresión grave, pero se lo estaba pasando de lo lindo. Bajo la superficie, seguía siendo el mismo adolescente apestoso a desodorante que lanzaba su derecha y farfullaba entre dientes «¡Ahí te he dado!».

–Al final –continuó– se lo soltó todo. No vio ningún mal en ello: le parecía un muchacho encantador y, además, imaginó que se retiraría una vez averiguara que su rival era su propio hermano. Kevin perdió la cabeza: empezó a gritar, a dar puntapiés en las paredes, a lanzar vasos... Los porteros tuvieron que echarlo a la fuerza de la discoteca.

El personaje del que hablábamos no era el correcto (cuando Kevin perdía el temperamento, lo peor que hacía era enfurruñarse y salir airado de la estancia), pero, aparte de eso, todo encajaba a la perfección. Cada vez estaba más impresionado con Imelda. Estaba muy ducha en el sistema de trueque: desde antes de llamar a Scorcher sabía que para que viniera a echar a ese tipejo desagradable de su calle tenía que ofrecerle algo a cambio. Probablemente había efectuado una tanda de llamadas a viejos amigos para descubrir exactamente qué podía ser. Los tipos de Homicidios obviamente habían dejado claro, al realizar sus interrogatorios puerta por puerta, que les interesaba encontrar un vínculo entre Kevin y Rosie; y Faithful Place no habría tenido ningún problema en rellenar los huecos. Supongo que debería considerarme afortunado porque Imelda hubiera sido lo bastante astuta como para hacer sus indagaciones, en lugar de perder los estribos y colocarme en la línea de fuego.

–¡Jesús! –exclamé. Apoyé los brazos en el volante y me dejé caer sobre ellos, con la vista clavada al otro lado del parabrisas, en el tráfico que avanzaba lentamente por delante de la

421

boca del callejón–. Madre mía. No tenía ni idea. ¿Cuándo ocurrió eso?

–Un par de semanas antes de que Rose muriera –aclaró Scorcher–. Imelda se siente bastante culpable por todo ahora que sabe cómo acabó el episodio. Eso es lo que la ha impulsado a declarar finalmente. Voy a tomarle declaración oficial en cuanto tú y yo acabemos con esto.

Y tan culpable que debía sentirse...

–Bien –dije al fin–. Supongo que sirve como prueba, sí.

–Lo lamento, Frank.

–Lo sé. Gracias.

–Sé que no es lo que esperabas oír...

–No te quepa la menor duda.

–... pero, como tú mismo dijiste, cualquier certeza ayuda. Aunque ahora no sea lo que opinas. Al menos eso le pone el broche al caso. Con el tiempo acabarás por integrar toda esta información a tu percepción del mundo.

–Scorcher –dije–. Permíteme preguntarte algo: ¿vas al loquero?

Consiguió poner cara de vergüenza, superioridad moral y beligerancia al mismo tiempo.

–Sí. ¿Por qué? ¿Necesitas que te recomiende alguno?

–No, gracias. Solo me lo preguntaba.

–Es bastante bueno. Me ha ayudado a descubrir un montón de cosas interesantes. Cómo sincronizar mi realidad exterior con mi mundo interior y esa clase de cosas.

–Suena muy motivador.

–Lo es. Creo que podría serte de mucha ayuda.

–Yo estoy chapado a la antigua. Aún sigo creyendo que el mundo interior debería sincronizarse con la realidad exterior. Pero tendré presente tu oferta.

–Hazlo. –Scorcher le dio una palmada viril al salpicadero de mi coche, como si fuera un caballo que hubiera aprendido

422

la lección–. Me alegro de haber hablado contigo, Frank. Ahora debo regresar al yugo, pero llámame si necesitas charlar, ¿de acuerdo?

–Lo haré. Supongo que lo que de verdad necesito es pasar tiempo a solas para asimilar todo esto. Tengo mucho que interiorizar.

Scorch hizo un ademán grave de asentimiento con la cabeza y las cejas que probablemente hubiera copiado a su loquero.

–¿Quieres que te acerque a la comisaría? –le pregunté.

–No, gracias. El paseo me sentará bien; no quiero engordar. –Se dio unas palmaditas en la barriga–. Cuídate, Frank. Estaremos en contacto.

El callejón era tan estrecho que solo pudo abrir la puerta unos quince centímetros y tuvo que retorcerse para poder salir, lo cual recortó la magnitud de su triunfo, si bien recuperó su halo triunfante en cuanto echó a caminar con ese andar de policía de Homicidios. Lo observé deslizarse entre la cansada y apresurada muchedumbre, un hombre con un maletín y un objetivo, y recordé aquel día hacía unos años en que nos habíamos tropezado casualmente en la calle y descubrimos que ambos nos habíamos afiliado al club de los divorciados. El homenaje a base de alcohol que no dimos se había prolongado en torno a catorce horas y había concluido fumando un porro y hablando sobre ovnis en el Bray, donde Scorch y yo intentamos persuadir a dos encantadoras hembras clínicamente muertas de que unos millonarios rusos habían venido al país con una oferta para comprar el castillo de Dublín, pero se nos escapaba la risa todo el rato como a un par de chiquillos. Pensé que durante los últimos veinte años Scorcher me había caído medianamente bien, y pensé también que lo iba a añorar.

La gente tiene la mala costumbre de infravalorarme, y a mí me encanta, pero me sorprendió que Imelda lo hiciera: no parecía la clase de persona que pasa por alto el lado blando de la naturaleza humana. En su lugar, yo me habría asegurado de laparme a alguien con algún arma, de la forma que fuera, durante al menos unos días, pero el jueves por la mañana el hogar de las Tierney parecía haber recobrado la normalidad. Genevieve salió arrastrándose hacia la escuela mordisqueando un KitKat, Imelda puso rumbo a New Street y regresó cargada con dos bolsas de plástico e Isabelle salió muy ofendida hacia un lugar que requería llevar el cabello recogido en una coleta y una camisa blanca impoluta; no había ni rastro de ningún guardaespaldas, ni armado ni sin armar. Esta vez nadie me vio mirar.

Alrededor de las doce del mediodía, un par de adolescentes con sendos bebés llamaron al interfono; Shania salió a su encuentro y se dirigieron todas a pie a mirar escaparates, a hurtar en tiendas o a lo que sea que hicieran juntas. Una vez estuve seguro de que no iba a regresar porque se había olvidado el tabaco, forcé la cerradura de la puerta principal y subí al piso de Imelda.

Estaba viendo algún programa de tertulias con el volumen de la tele a todo trapo; invitados aullándose entre sí y el público clamando sangre. La puerta estaba forrada de cerraduras, pero cuando asomé el ojo por la rendija comprobé que solo había una echada. Me llevó unos diez segundos forzarla. La televisión camufló el sonido de la puerta al abrirse.

Imelda estaba sentada en el sofá envolviendo regalos de Navidad, lo cual habría constituido una imagen adorable de no haber sido por la bazofia televisiva y por el hecho de que la mayoría de esos regalos fueran prendas Burberry falsas. Yo había cerrado ya la puerta y me acercaba hacia ella por la espalda cuando algo (mi sombra, una tabla del suelo) la hizo volver la vista. Tomó aire para gritar, pero antes de que pudiera empezar a hacerlo yo le había tapado la boca con una mano y le sostenía las muñecas con el otro antebrazo sobre el regazo. Me acomodé en el brazo del sofá y le susurré al oído:

—Imelda, Imelda, Imelda... Y eso que me habías jurado que no eras ninguna delatora... Estoy terriblemente decepcionado contigo.

Me clavó un codazo en la barriga y, cuando la agarré con más fuerza, intentó morderme la mano. La reduje de manera aún más contundente, echándole la cabeza hacia atrás, hasta que el cuello se le arqueó y noté cómo se le aplastaban los dientes contra el labio.

—Cuando aparte la mano, quiero que pienses en dos cosas. La primera es que yo estoy mucho más cerca que ninguna otra persona. La segunda es lo que pensaría Deco, el vecino de arriba, si supiera que hay un soplón en su edificio, porque le sería muy muy sencillo averiguar de quién se trata. ¿Crees que te lo cobraría personalmente a ti o pensaría que Isabelle es más suculenta? ¿O quizá Genevieve? Dímelo tú, Imelda. Yo desconozco su gusto.

Se le incendiaron los ojos de pura rabia, como a un animal atrapado. Si hubiera podido arrancarme el pescuezo de un mordisco, lo habría hecho.

—Entonces ¿qué? ¿Vas a gritar?

Al cabo de un momento sus músculos empezaron a relajarse lentamente y negó con la cabeza. La solté, tiré un puñado de Burberrys que había en un sillón en el suelo y me acomodé.

—Vaya —exclamé—. ¡Qué escena más hogareña!

Imelda se frotó suavemente la mandíbula.

—Capullo —dijo.

—No me has dejado otra alternativa, guapa. Te brindé dos oportunidades distintas para que hablaras conmigo como una persona civilizada, pero no: tú has querido que fuera de este modo.

–Mi hombre regresará a casa en cualquier momento. Es guarda de seguridad. Si yo fuera tú, no me gustaría verme metido en un jaleo con él.

–Es curioso, porque anoche no estaba en casa y no hay nada en este salón que apunte a que exista. –Aparté los Burberry de una patada para poder estirar las piernas–. ¿Por qué mentirías acerca de algo así, Imelda? No me digas que me tienes miedo...

Se estaba hundiendo en su rincón del sofá, con las piernas y los brazos cruzados y tensos, pero mi comentario la sacó de sus casillas.

–Eso querrías tú, Francis Mackey. Me las he visto con otros mucho más duros que tú.

–Estoy seguro de que es cierto. Y, si no has sabido hacerlo tú solita, seguro que habrás acudido corriendo a alguien para que te ayude. Fuiste con el cuento a Scorcher Kennedy... *Calla*, cierra la maldita boca y no intentes negármelo. No me hizo ninguna gracia que lo hicieras. Pero lo solventé sin complicaciones. Ahora, lo único que tienes que hacer es decirme a quién le fuiste explicando lo de Rosie conmigo, y, ¡bingo!, todo estará perdonado.

Imelda se encogió de hombros. En el fondo, los babuinos de la tele seguían dándose porrazos con las sillas del plató; me incliné hacia delante, sin apartar la vista de Imelda, por si acaso, y desenchufé el aparato dándole un tirón al cable.

–No te he oído –le expliqué.

Otro encogimiento de hombros.

–Creo que he sido más que paciente. Pero ¿ves esto? ¿Ves lo que ha pasado? Pues es el último resquicio de mi paciencia, guapita de cara. Míralo muy detenidamente. Porque es infinitamente mejor que lo que viene a continuación.

–¿Y qué?

–Que creía que te habían advertido acerca de mí.

Percibí el destello de terror cruzarle el rostro.

–Ya sé lo que van diciendo por ahí. ¿A quién crees tú que asesiné, Imelda? ¿A Rosie o a Kevin? ¿O a ambos?

–Yo nunca he dicho...

–Mira, yo apuesto a que crees que fue a Kevin. ¿Me equivoco? Creí que él había matado a Rosie, así que lo arrojé por esa ventana. ¿Es eso lo que has imaginado?

Imelda tenía el suficiente sentido común como para no contestar. Mi voz se elevaba a cada instante, pero me importaba un pimiento que Deco y sus coleguitas drogadictos me oyeran. Llevaba toda la semana esperando a dar con una oportunidad para perder los estribos.

–Respóndeme a algo: ¿es que eres tan tonta, tan increíblemente *estúpida* como para andarte con jueguecitos con alguien que le haría algo así a su propio hermano? No estoy de humor para que me fastidien, Imelda, y ayer te pasaste toda la tarde jodiéndome. ¿Crees que fue buena idea?

–Solo quería...

–Y aquí estás, jodiéndome *otra vez*. ¿De verdad intentas deliberadamente forzarme? ¿Acaso *quieres* que estalle? ¿Es eso lo que quieres?

–No...

Me había puesto en pie y tenía las manos agarradas como zarpas al respaldo del sofá, una a cada lado de su cabeza y el rostro tan cerca del de ella que podía oler las patatas fritas con aroma a queso y cebolla en su aliento.

–Permíteme que te explique algo, Imelda. Utilizaré un vocabulario sencillo para que lo entienda esa cabeza de zoquete que tienes. Juro por Dios que en los próximos diez minutos vas a responder a mi pregunta. Sé que preferirías mantenerte fiel a la historia que le contaste a Kennedy, pero te pido de antemano que no barajes esa opción. Tu única alternativa es decidir si quieres responder con unas cuantas hostias de por medio o sin ellas.

Intentó agachar la cabeza para apartarla de la mía, pero la tenía cogida con una mano de la barbilla y la obligaba a mirarme.

—Y antes de decidirlo, piensa bien en esto: ¿cuánto me costaría perder la cabeza y retorcerte el pescuezo como a una gallina? Por aquí ya todo el mundo cree que soy poco menos que Hannibal Lecter. ¿Qué más podría perder? —Quizá ya estuviera dispuesta a hablar, pero no le brindé esa oportunidad—. Tu amigo el detective Kennedy quizá no sea el mayor de mis *fans*, pero es policía, como yo. Si apareces molida a palos o, Dios no lo quiera, más muerta que viva, ¿no crees que intentará proteger a los suyos? ¿En serio crees que se preocuparía más por una golfa tonta de atar por cuya vida nadie daría un duro en este mundo? Te dejaría tirada en menos que canta un gallo, Imelda, porque no eres más que una mierda.

Conocía la expresión de su rostro, la mandíbula flácida, los ojos negros y ciegos demasiado abiertos para pestañear. La había visto en mi madre cientos de veces, en el mismísimo instante en que sabía que le iban a pegar. Pero no me importaba. Pensar en cuánto me habría gustado romperle el pescuezo a Imelda con un solo movimiento de la muñeca casi me provocó arcadas.

—No te importó abrir tu sucia bocaza para responder a todo el mundo. Y ahora te aseguro por mi vida que vas a abrirla para contestarme a mí. ¿A quién le hablaste de Rosie y de mí? ¿A quién, Imelda? ¿A la puta de tu madre? ¿A quién *coño* le dijiste...?

Casi podía oírla soltándome como un gran escupitajo viscoso de veneno: «Al borracho de tu padre, al asqueroso chuloputas de tu padre», y estaba listo para eso, preparado para encajar el golpe cuando abrió su ancha y roja boca y casi me aulló en la cara:

–¡Se lo dije a tu hermano!

–¡Y un cuerno, puta mentirosa! Esa es la bazofia que le vendiste a Scorcher Kennedy y él se la tragó. ¿Acaso te parezco tonto, eh? ¡Dime!

–A Kevin no, imbécil, ¿qué iba a andar haciendo yo con Kevin? A Shay. Se lo dije a Shay.

Se hizo el silencio en aquel salón, un silencio colosal y perfecto como un alud de nieve, como si no hubiera ni un solo ruido en todo el mundo. Transcurrido lo que pudo ser un largo rato caí en la cuenta de que estaba sentado en el sillón de nuevo y completamente entumecido, como si la sangre hubiera dejado de circularme por el cuerpo. Y un rato después me di cuenta de que alguien en el piso de arriba había encendido la lavadora. Imelda se había achicado entre los cojines del sofá. El terror que reflejaba su rostro me reveló cuál debía de ser mi expresión.

–¿Qué le dijiste? –pregunté.

–Francis... Lo siento, de verdad. No pensé...

–¿Qué le dijiste, Imelda?

–Solo que... tú y Rosie... teníais pensado fugaros.

–¿Cuándo se lo dijiste?

–El sábado por la noche, en el pub. La víspera de que os marcharais. Pensé que a aquellas alturas ya no haría ningún daño, era demasiado tarde para que nadie intentara deteneros...

Tres muchachas apoyadas en la verja, repeinándose sus melenas, brillantes y agitadas cual potrancas salvajes, inquietas ante el abismo en la noche en la que todo podía suceder. Y al parecer casi todo había sucedido.

–Si me das otra puñetera excusa de mierda –la advertí–, voy a atravesar ese televisor robado de una patada.

Imelda se calló.

–¿Le dijiste adónde íbamos a ir?

Un rápido asentimiento con la cabeza.

–¿Y dónde habías dejado la maleta?

–Sí. No en qué habitación... solo le dije que estaba en el número dieciséis.

La sucia luz invernal blanca que se filtraba a través de los visillos se ensañaba con ella. Encogida en una esquina del sofá, en aquel salón sobrecalentado que apestaba a grasa, a cigarrillos y a basura, parecía un saco de huesos recubierto de piel grisácea. No fui capaz de imaginar nada que aquella mujer pudiera haber querido que hubiera merecido lo que había echado a perder.

–¿Por qué, Imelda? ¿Por qué demonios se lo explicaste?

Un gesto de indiferencia. Y entonces la respuesta se abalanzó sobre mí como una lenta ola al ver la trémula mancha roja salpicarle las mejillas...

–Tiene que ser una broma... –comenté–. ¿Estabas enamorada de Shay?

Otro encogimiento de hombros, más fuerte y espinoso esta vez. Aquellas muchachas vestidas de alegres colores gritando y pegándose en broma: «Mandy me ha pedido que te pregunte si a tu hermano le gusta ir al cine y no mirar la película».

–Siempre creí que era a Mandy a quien le gustaba.

–A ella también. A todas. A Rosie no, pero a muchas de nosotras sí. Shay tenía donde escoger.

–¿Y vendiste a Rosie para atraer su atención? ¿Es eso lo que tenías en mente cuando me aseguraste que la querías?

–Eso no es justo. Yo nunca quise que...

Arrojé el cenicero contra el televisor. Era pesado y lo lancé con tal ímpetu que reventó la pantalla en mil pedazos con un crujido impresionante y una explosión de cenizas, colillas y añicos de vidrio. Imelda exhaló algo a medio camino entre un grito ahogado y un aullido y se apartó de mí arrastrándose, protegiéndose el rostro con el brazo. Motas de ceniza llenaron el aire, descendieron en espiral y se aposentaron en la alfombra, la mesilla de café y el pantalón de chándal de Imelda.

–¿Y bien? –pregunté–. ¿Qué te había advertido?

Sacudió la cabeza. Tenía una mano presionada con fuerza contra la boca: alguien la había enseñado a no gritar.

Aparté las resplandecientes pintitas de vidrio y encontré los cigarrillos de Imelda en la mesilla de café, bajo una bola de cinta verde.

–Vas a decirme lo que le explicaste, palabra por palabra, con toda la precisión con que seas capaz de recordar. No te dejes nada. Si no recuerdas algo seguro, dilo; no la jodas. ¿Está claro?

Imelda asintió, con fuerza, sin destaparse la boca. Encendí un cigarrillo y me recosté en el sillón.

–Bien –dije–. Adelante, habla.

Podría haberlo contado yo mismo. El pub estaba cerca de la calle Wexford, Imelda no recordaba el nombre.

–Teníamos previsto salir a bailar, Mandy, Rosie y yo, pero Rosie tenía que regresar a casa pronto (su padre estaba en pie de guerra), así que no quería pagar la entrada a la discoteca. Entonces decidimos ir a tomar unas cervezas antes...

Imelda había ido a la barra a buscar su ronda cuando detectó a Shay. Empezó a charlar con él; me la imaginaba toqueteándose el pelo, sacando una cadera, calentándolo. Shay había empezado a flirtear con ella automáticamente, pero a él le gustaban más guapas, más refinadas y mucho menos bocazas, y cuando le sirvieron las cervezas que había pedido las cogió y se dio media vuelta para regresar junto con sus amigos a su rincón. Ella simplemente intentaba atraer su atención.

–¿Qué ocurre, Shay? ¿Acaso te gustan los hombres, como dice Francis?

431

—Mira quién habla —había replicado Shay—. ¿Cuándo fue la última vez que ese gilipollas tuvo una novia? —había preguntado y había echado a andar.

Pero Imelda lo cortó con un:

—Que tú sepas...

Se detuvo en seco.

—¿Cómo?

—Tus amigos aguardan sus cervezas. No los hagas esperar.

—Ahora mismo regreso. Espérame aquí.

—Ya veremos...

Y por supuesto que lo había esperado. Rosie se había reído de ella cuando les había llevado las bebidas apresuradamente a la mesa y Mandy fingió estar indignada («Me estás robando el novio»), pero Imelda les enseñó el dedo y regresó corriendo a la barra a tiempo para acomodarse allí, con tranquilidad, beberse su cerveza a sorbitos y desabrocharse un botón de la camisa antes de que Shay regresara. El corazón le latía a mil por hora. Shay nunca había vuelto la vista para mirarla antes de aquel día.

Él inclinó la cabeza hacia ella y la miró con aquellos intensos ojos azules que nunca le fallaban, se sentó en un taburete y deslizó una de sus rodillas entre las de ella, la invitó a la siguiente copa y le recorrió los nudillos con un dedo cuando se la acercó. Imelda estiró la historia tanto como pudo para retenerlo junto a ella, pero al final le desembuchó todo el plan allí mismo, en la barra: le contó lo de la maleta, el punto de encuentro, el ferry, la habitación amueblada en Londres, los empleos en la industria de la música, la boda íntima; todos y cada uno de los secretos que Rosie y yo habíamos pasado meses construyendo, fragmento a fragmento, y manteniéndolos en secreto, como tesoros, protegiéndolos con nuestra vida. Imelda se sentía una basura por traicionar a su amiga; ni siquiera se atrevía a ponerse de pie para mirar hacia donde Rosie estaba hablando y riendo a carcajadas con Mandy. Veintidós años después y seguía ruborizándose cuando hablaba de ello. Pero lo había hecho.

Era una historia tan patética, una nadería de tal calibre, el tipo de cosa por el que las chicas se pelean y de la que se olvidan al día siguiente. Y, sin embargo, nos había conducido hasta aquella semana y hasta aquella sala de estar.

—Y solo por preguntar —añadí —: ¿Te echó Shay un polvo rápido al menos después de todo?

Imelda no me miraba, pero el rojo de sus mejillas se encendió aún más.

—Ah, bueno. Detestaría pensar que te metiste en el embrollo de traicionarnos a Rosie y a mí en vano. Así por lo menos, pues bueno, dos personas han acabado muertas y un puñado de vidas han acabado hechas pedazos, pero, eh, al menos tú te tiraste a quien querías.

Con un fino hilillo de voz preguntó:

—¿Quieres decir... que a Rosie la asesinaron por lo que le conté a Shay?

—¡Vaya! ¡Eres un genio, Imelda!

—Francis. ¿La...? —Le temblaba todo el cuerpo, como a un caballo asustado—. ¿Fue Shay quien...?

—¿He dicho yo tal cosa?

Negó con la cabeza.

—Bien visto. Préstame mucha atención, Imelda: si vas por ahí cotilleando lo que acabamos de hablar, si se lo cuentas aunque sea a una persona, te arrepentirás el resto de tu vida. Ya has conseguido arruinar la reputación de uno de mis hermanos; no pienso tolerar que lo hagas también con el otro.

—No le diré nada a nadie. Te lo juro, Francis.

—Eso incluye a tus hijas. Por si lo de ser un chivato viene de familia. —Se estremeció—. Tú nunca hablaste con Shay y yo nunca he estado aquí. ¿Entendido?

–Sí. Francis... Lo siento. Dios, lo lamento muchísimo. Jamás pensé...

–Mira lo que has hecho –la corté. Fue lo único que me salía de la boca–. Por el amor de Dios, Imelda. Mira lo que has hecho.

Y la dejé allí, con la vista perdida en la ceniza, en los añicos de cristal y en el vacío.

19

Aquella noche duró una eternidad. Estuve a punto de telefonear a mi encantadora amiguita del laboratorio de la Científica, pero no hay nada como un compañero que sabe demasiadas cosas acerca de cómo murió tu ex para arruinar un polvo alegre. Pensé en ir al bar, pero no tenía sentido a menos que planeara ponerme como una cuba, cosa que se me antojó una pésima idea. Incluso barajé durante largo rato la idea de telefonear a Olivia y preguntarle si podía ir a su casa, pero me figuré que probablemente ya había forzado demasiado mi suerte aquella semana. Acabé en el Ned Kelly de la calle O'Connell, jugando partida tras partida en los billares del cuarto trasero con tres tipos rusos que no hablaban demasiado inglés pero que sabían detectar las señales internacionales de un hombre en apuros. Cuando el Ned cerró, regresé a casa y me senté en el balcón, donde fumé como una carretilla hasta que el trasero empezó a congelárseme, momento en el cual decidí entrar en el salón y mirar cómo unos chavales blancos llenos de falsas ilusiones hacían gestos de rapero en un programa de telerrealidad hasta que se hizo lo bastante de día para desayunar. Cada cinco minutos intenté con todas mis fuerzas apagar el interruptor que iluminaba los rostros de Rosie, Kevin y Shay en mi cabeza.

No era al Kev adulto al que veía, sino al crío con la cara sudorosa que había compartido colchón conmigo tanto tiempo que aún podía notar sus pies metidos entre mis espinillas para calentárselos en invierno. Había sido el más guapo de nosotros con diferencia, un querubín rubio salido de un anuncio de cereales; Carmel y sus amigas solían sacarlo de paseo como si fuera un muñeco de trapo, le cambiaban la ropa, lo atiborraban de golosinas y ensayaban con él a ser madres algún día. Él permanecía tumbado en los cochecitos de juguete de ellas, boca arriba, con una gran y feliz sonrisa en el rostro, deleitado con ser el centro de atención. Incluso a aquella edad, Kev adoraba a las mujeres. Esperaba que alguien hubiera explicado a sus múltiples novias con el tacto requerido por qué no regresaría a verlas nunca más.

Y no era la Rosie resplandeciente con su primer amor y sus grandes planes quien me venía a la cabeza; era Rosie enfadada. Una tarde de otoño, cuando a mis diecisiete años, Carmel, Shay y yo estábamos fumando en los escalones de la entrada a casa. En aquel entonces, Carmel fumaba y me dejaba gorronearle tabaco durante los meses de escuela, cuando yo no trabajaba y no podía costearme comprarme el mío propio. El aire olía a humo de turba, a bruma y a Guinness, y Shay silbaba entre dientes una canción para sí mismo. Entonces empezaron los gritos.

Era el señor Daly y estaba hecho un basilisco. Su voz no nos llegaba clara, pero pudimos captar lo esencial: que no pensaba que lo humillaran bajo su propio techo y que alguien iba a recibir una buena bofetada si no se andaba con cuidado. Mis tripas se transformaron en un bulto de hielo sólido.

–Una libra a que ha sorprendido a su hijita con algún jovenzuelo –apostó Shay.

Carmel chasqueó la lengua.

–No seas guarro.

—Acepto la apuesta —pronuncié sin alterarme.

Rosie y yo llevábamos saliendo más de un año. Nuestros amigos lo sabían, pero lo manteníamos en relativo secreto para que no se extendiera demasiado: solo lo necesario para podernos divertir y andar por ahí, nada serio. A mí me fastidiaba bastante, pero Rosie insistía en que a su padre no le haría ninguna gracia, y lo decía convencida. Parte de mí se había pasado el año esperando a que aquella tarde me diera un bofetón en plena cara.

—Pero si tú no tienes una libra...

—Es que no la necesitaré.

Las ventanas del vecindario empezaban a abrirse: los Daly discutían menos que cualquier otra familia del barrio, así que aquello era un escándalo de primera categoría.

—¡No tienes ni puñetera idea de lo que pasa! —gritó Rosie.

Le di una última calada al pitillo, apurándolo hasta el filtro.

—Me debes una libra —le dije a Shay.

—Te la daré cuando cobre.

Rosie salió hecha una furia del número tres, pegó un portazo lo bastante contundente como para que las viejecitas cotillas regresaran a sus guaridas a disfrutar del escándalo en privado, y se dirigió hacia nosotros. Recortado contra aquel día de un cielo gris otoñal, su cabello parecía a punto de incendiar el aire y hacer que todo Faithful Place estallara en mil pedazos.

—Hola, Rosie. Estás guapísima, como siempre —dijo Shay.

—Y tú estás igual de gilipollas que siempre también. Francis, ¿podemos hablar?

Shay silbó; Carmel estaba boquiabierta.

—Sí, claro —contesté y me puse en pie—. Vamos a dar una vuelta.

Lo último que oí a mis espaldas, cuando girábamos la esquina con la calle Smith, fue la risa más obscena de Shay.

Rosie llevaba las manos metidas hasta el fondo de los bolsillos de su chaqueta tejana y caminaba tan rápido que me costaba seguirle el paso.

—Mi padre lo ha descubierto —me indicó, mascullando las palabras.

Yo lo había visto venir, pero ello no obstó para que me sentara como un mazazo.

—¡Joder! —exclamé—. Eso me ha parecido. ¿Cómo ha sido?

—Cuando estuvimos en el Neary's. Debería haber sabido que no era un lugar seguro; mi prima Shirley y sus amigas lo frecuentan y tiene una boca del tamaño de la puerta de una iglesia. La muy zorra nos vio. Se lo contó a su madre, su madre se lo contó a mi madre y a mi madre le faltó tiempo para explicárselo a mi padre.

—Y se ha puesto hecho una furia...

Rosie explotó:

—¡Pedazo de *cabrona*! ¡Maldita gilipollas! La próxima vez que vea a Shirley le voy a cruzar la cara de un bofetón. Mi padre no atiende a razones, ha sido lo mismo que hablarle a una *pared*.

—Rosie, *tranquilízate*...

—Me ha advertido que no le vaya llorando cuando aparezca preñada, abandonada y cubierta de morados. *Ostras*, Frank, me daban ganas de matarlo. Te lo juro...

—¿Y entonces qué haces aquí? ¿Sabe tu padre que...?

—Sí, claro que lo sabe —respondió Rosie—. Me ha enviado a dar una vuelta contigo para poner fin a nuestra relación.

Ni siquiera tuve conciencia de haberme detenido en medio de la acera hasta que Rosie giró la cabeza para comprobar dónde estaba.

—No pienso hacerlo, tonto. ¿Crees de verdad que te dejaría porque mi padre me diga que lo haga? ¿Es que te has vuelto idiota?

–¡Joder! –exclamé. Poco a poco el corazón se me deslizó de nuevo a su sitio–. ¿Es que quieres provocarme un infarto? Pensaba que... Por Dios...

–Frank –regresó a mi lado y entrelazó sus dedos con los míos, con tanta fuerza que casi me dolía–, no voy a romper contigo, ¿entendido? Simplemente no sé qué hacer.

Habría dado un riñón por ser capaz de dar con la respuesta mágica. Salí con la oferta más caballeresca que se me ocurrió.

–Iré a hablar con tu padre. De hombre a hombre. Le explicaré que no pretendo hacerte daño.

–Eso ya se lo he dicho *yo*. Cientos de veces. Pero él cree que lo único que quieres es llenarme la cabeza de pájaros para meterte en mis bragas y que yo soy idiota y me lo trago todo. ¿Crees que te escuchará? Si no me escucha ni a mí...

–Pues se lo demostraré. Una vez compruebe con sus propios ojos que te trato bien...

–¡No tenemos *tiempo*! Me ha dicho que o rompo contigo esta noche o me echa de casa, y lo hará, te juro que lo hará. A mi madre se le rompería el corazón, pero a él le importa un bledo. Y, si él le dice que no vuelva a verme siquiera, que Dios la ampare, te aseguro que ella lo obedecerá.

Tras diecisiete años con mi familia, mi solución por defecto a cualquier cosa era mantener la boca cerrada.

–Pues dile que lo has hecho. Que me has dejado. Nadie tiene por qué saber que seguimos siendo novios.

Rosie se quedó inmóvil; noté los engranajes de su mente moverse a toda velocidad. Al cabo de un momento preguntó:

–¿Durante cuánto tiempo?

–El que haga falta hasta que se nos ocurra un plan mejor o hasta que tu padre se calme, no lo sé. Si seguimos juntos lo suficiente, algo tiene que cambiar.

–Quizá. –Seguía pensando atropelladamente, con la cabeza gacha sobre nuestras manos entrelazadas–. ¿Crees que lo conseguiremos? La gente de por aquí es tan chismosa...

—No digo que vaya a ser fácil –contesté–. Tendremos que explicarle a todo el mundo que hemos cortado y conseguir que suene creíble. No podremos dejarnos ver juntos. Y tú siempre estarás preocupada por si tu padre nos descubre y te echa de casa.

—Me importa un comino. Pero ¿qué hay de ti? Tú no tienes por qué andar por ahí escapándote a hurtadillas; tu padre no intenta convertirte en una monja. ¿Crees que merece la pena?

—Pero ¿se puede saber qué pregunta es esa? –repliqué–. Rosie, *yo te quiero.*

Me quedé perplejo. Jamás lo había dicho antes. Y sabía que nunca volvería a decirlo, no de verdad; sabía que solo se tiene una oportunidad en la vida. A mí se me presentó de la nada, una nublada tarde otoñal, bajo la luz amarillenta de una farola reflejándose en el pavimento mojado y brillante, con los fuertes dedos de Rosie entrelazados a los míos.

Rosie abrió la boca y exclamó:

—¡Oh! –Luego emitió algo parecido a una risa maravillosa, incontenible, sin aliento.

—Ya lo he dicho –anuncié.

—Bueno, en ese caso... –Otro semiestallido de risa–. En ese caso, de acuerdo.

—¿De acuerdo?

—Sí. Yo también te quiero. Encontraremos una solución. ¿Verdad?

Me había quedado sin palabras; no podía pensar en nada más que no fuera estrecharla entre mis brazos. Un ancianito pasó paseando a su perro junto a nosotros y farfulló algo acerca de armar jaleo, pero yo no habría podido moverme ni aunque lo hubiera querido. Rosie presionó su rostro contra el hueco

440

de mi cuello; noté sus pestañas rozarme la piel y luego el rastro de humedad que dejaron en su estela.

—Claro que sí —contesté entre su cálido cabello, y estaba convencido de que así sería porque guardábamos en la manga la carta del triunfo, el comodín que se impondría a toda la baraja—. Encontraremos una salida.

Regresamos a casa, después de haber paseado y haber hablado hasta extenuarnos, para iniciar el proceso cauteloso y crucial de convencer a todo Faithful Place de que habíamos pasado a ser historia. Aquella noche, de madrugada, pese a la larga e ingeniosa espera que habíamos planeado, nos citamos en la casa en el número dieciséis. Nos daba exactamente igual que citarnos a aquella hora fuera peligroso. Nos tumbamos sobre los chirriantes tablones del suelo y Rosie nos cubrió con la suave mantita azul que siempre llevaba con ella, y aquella noche no pronunció un «¡Para!» en ningún momento.

Aquella noche fue uno de los motivos por los que jamás imaginé que Rosie pudiera estar muerta. Por la ira que la invadía cuando se enfadaba: podrías haber encendido una cerilla con solo rozarle la piel, podrías haber iluminado varios árboles de Navidad, habría sido posible divisarla desde el espacio. Y que todo eso se hubiera desvanecido en la nada, que hubiera desaparecido para siempre, se me antojaba impensable.

Si se lo pedía, Danny el Fósforos incendiaría la tienda de bicicletas y apañaría artísticamente todas las pruebas para que Shay pareciera el culpable. Si no, conocía a varios tipos capaces de dejar a Danny a la altura del betún que harían un fantástico trabajo, coronado con el grado de dolor que yo solicitase, para asegurarse de que ni una sola de las piezas de recambio de Shay volviera a aparecer nunca en la vida.

El problema es que yo no quería contar con Danny el Fósforos ni con la Brigada de los Tornillos ni con nadie más. Scorcher estaba descartado: si necesitaba a Kevin para ocupar el papel del malo de la película, podía quedárselo. Olivia tenía razón: ya nada de lo que nadie dijera podía herir a Kev, y la justicia había descendido peldaños en mi lista de deseos navideños. Lo único en el mundo que yo quería en aquellos momentos era a Shay. Cada vez que me asomaba por el Liffey, lo veía en su ventana, en medio de aquella maraña de luces, fumando y devolviéndome la mirada al otro lado del río, aguardando pacientemente a que fuera a su encuentro. Jamás había deseado a ninguna chica, ni siquiera a Rosie, tanto como lo deseaba entonces a él.

El viernes por la tarde le envié un mensaje de móvil a Stephen: «En el mismo lugar, a la misma hora». Llovía, esa aguanieve densa que te empapa toda la ropa y te cala el frío en los huesos. El Cosmo estaba abarrotado de personas cansadas y cargadas con las bolsas de las compras que albergaban la esperanza de entrar de nuevo en calor si se guarecían allí el tiempo suficiente. Esta vez solo pedí un café. Ya sabía que aquel encuentro no iba a prolongarse mucho.

Stephen parecía un poco inseguro acerca de lo que estábamos haciendo allí, pero era demasiado educado para preguntar.

—Aún no nos ha llegado el desglose de las llamadas telefónicas de Kevin —me informó.

—Ya lo suponía. ¿Sabes cuándo tienen previsto cerrar la investigación?

—Nos han dicho que probablemente el martes. El detective Kennedy dice que... bueno... piensa que tenemos suficientes pruebas para dar el caso por concluido. Por ahora, simplemente estamos ordenando el papeleo.

—Tengo la impresión de que has oído hablar de la encantadora Imelda Tierney —observé.

—Sí, bueno...

—El detective Kennedy piensa que su declaración es la pieza final del puzle, encaja a la perfección, ahora ya lo puede envolver todo en un bonito paquetito, hacerle unos bonitos lazos y presentárselo a la Fiscalía General del Estado. ¿Estoy en lo cierto?

—Más o menos, sí.

—¿Y qué opinas tú?

Stephen se rascó el pelo y se le quedaron algunos mechones de punta.

—Por lo que ha explicado el detective Kennedy, y corríjame si me equivoco —empezó a decir—, diría que Imelda Tierney está bastante cabreada con usted.

—Ahora mismo no soy su persona favorita, desde luego.

—Usted la conoce, aunque sea desde hace siglos. En caso de estar lo bastante enfadada, ¿cree que podría inventarse una historia así?

—Diría que lo haría sin pestañear, aunque pueda sonar tendencioso viniendo de mí.

Stephen sacudió la cabeza.

—Podría ser, pero sigo teniendo el mismo problema con las huellas dactilares que tenía antes. A menos que Imelda Tierney sea capaz de explicar quién limpió la nota, por lo que a mí respecta su historia queda descartada. La gente miente, las pruebas no.

Aquel muchacho valía diez veces más que Scorcher y probablemente diez veces más que yo.

—Me gusta tu manera de pensar, detective —dije—. Por desgracia, estoy bastante seguro de que Scorcher Kennedy no va a plantearse ese tema en el futuro previsible.

—No a menos que le presentemos una teoría alternativa que resulte demasiado sólida como para ignorarla. —Seguía usando el tímido «nosotros», como un adolescente al hablar de su primera novia. Trabajar conmigo había sido una experiencia importante para él–. Así que en eso es en lo que me he estado concentrando. He dedicado un montón de tiempo a darle vueltas a este caso en mi cabeza, buscando algo que se nos hubiera escapado y anoche di con ello.

–¿Sí? ¿Y de qué se trata?

–Se lo explico. –Stephen respiró hondo; había ensayado, quería impresionarme–. Hasta ahora ninguno de nosotros ha prestado atención a que el cadáver de Rose Daly estuviera oculto, ¿verdad? Hemos pensado en las implicaciones de *dónde* lo habían escondido, pero no en el hecho de que lo hubieran escondido en sí. Yo opino que se trata de un hecho revelador. Todo el mundo coincide en que fue un homicidio involuntario, ¿no es así? En que al asesino simplemente le saltaron los plomos.

–Eso parece.

–Pues entonces debió de quedarse destrozado al comprobar lo que había hecho. Yo habría salido de aquella casa como si me llevara la peste. En cambio, el asesino tuvo la firmeza necesaria para recobrar la compostura, encontrar un escondrijo y esconder un cuerpo pesado bajo una pesada losa de hormigón... Eso requiere tiempo y esfuerzo en grandes dosis. Por algún motivo, *necesitaba* esconder el cadáver. Lo necesitaba con todas sus fuerzas. Pero ¿por qué? ¿Por qué no abandonarlo simplemente y dejar que alguien lo encontrara por la mañana?

Pese a su corta experiencia, ya era capaz de trazar perfiles de asesinos.

–Dímelo tú –lo insté.

Stephen estaba inclinado sobre la mesa, con los ojos clavados en los míos, completamente inmerso en su historia.

–Porque sabía que alguien podía vincularlo o con Rose o con la casa. Tiene que ser por eso. Si hubieran hallado el cadáver de Rose al día siguiente, alguien habría podido decir: «Un momento, yo vi a Fulanito de Tal entrar en el número dieciséis anoche» o «Creo que Fulanito de Tal tenía previsto citarse con Rose Daly». Nuestro tipo no podía *permitirse* que hallaran el cadáver.

—A mí me suena coherente.

—De manera que lo único que necesitamos es desentrañar ese vínculo. Estamos descartando la historia de Imelda, pero hay alguien por ahí con otra historia muy parecida, aunque cierta. Probablemente la haya olvidado, porque nunca fue consciente de lo importante que era, pero si podemos estimular su memoria... Yo empezaría por hablar con las personas más cercanas a Rose, su hermana y sus mejores amigas, y con las personas que vivían en las casas del lado impar de Faithful Place. La declaración que usted efectuó explica que oyó a alguien atravesar esos jardines; quizá algún vecino lo viera por una ventana trasera.

Unos cuantos días más trabajando en esa línea y llegaría a algún sitio. Parecía tan esperanzado que me destrozaba tener que desencantarlo: era como darle una patada a un perro labrador casi adiestrado que me había traído su mejor juguete para mascar, pero no me quedaba más remedio.

—Bien pensado, detective. Todo encaja como la seda. Pese a ello, vamos a tener que abandonar la investigación —anuncié.

Me miró perplejo.

—¿Qué...? ¿A qué se refiere?

—Stephen, ¿por qué crees que te he convocado hoy? Sabía que no me traerías el registro de las llamadas telefónicas y ya sabía lo de Imelda Tierney. Estaba bastante seguro de que te habrías puesto en contacto conmigo de haber averiguado algo trascendental. ¿Por qué crees que te he citado?

—He pensado que quería... que lo pusiera al día.

—Bueno, puedes llamarlo así. Vamos a ponernos al día: a partir de ahora vamos a dejar que este caso evolucione por sí solo. Yo retomo mis vacaciones y tú regresas a tus labores como tipógrafo. Que lo disfrutes.

Stephen dejó caer la taza de café sobre la mesa con un golpe seco.

–¿Qué? *¿Por qué?*

–¿Acaso tu mamá nunca te dijo: «Porque yo lo digo»?

–Usted no es mi madre. ¿Qué *demonios*...? –Entonces se le encendió la bombilla y se detuvo a mitad de frase–. Ha averiguado algo –aventuró–, ¿no es cierto? La última vez, cuando se marchó de aquí de estampida, tuvo una idea. La ha investigado durante un par de días y ahora...

Negué con la cabeza.

–Otra teoría interesante, pero no. Me habría encantado que este caso se resolviera con un destello cegador de inspiración, pero aunque deteste defraudarte: no ocurre así tan a menudo como piensas.

–... y ahora que lo ha resuelto, se lo queda para usted. Adiós, Stephen, gracias por participar, ahora vuelve a tu cajita. Supongo que debería sentirme halagado de que se haya molestado en informarme, ¿no es así?

Suspiré, me recosté en la silla y me masajeé la nuca.

–Chaval. Si no te molesta recibir consejo de alguien que lleva en este oficio mucho más tiempo que tú, déjame que comparta un secreto contigo: prácticamente sin excepciones, la explicación más simple es la correcta. No existen maniobras de encubrimiento, no existen grandes conspiraciones y el Gobierno no te ha implantado un microchip detrás de la oreja. Lo único que he descubierto en el último par de días es que ha llegado el momento de que tanto tú como yo dejemos en paz este caso.

Stephen me miraba como si me hubiera salido una segunda cabeza.

–Aguarde un momento. ¿Qué ha pasado con nuestra *responsabilidad* para con las víctimas? ¿Qué ha ocurrido con el «Ahora solo nos tienen a ti y a mí»?

—Pues que ha dejado de tener sentido, chaval —respondí—. Eso es lo único que ha ocurrido. Scorcher Kennedy tiene razón: tiene un bonito caso entre manos. Si yo formara parte de la Oficina del Fiscal General le daría el «adelante» sin pestañear. No existe ninguna razón en el mundo por la que Scorcher echara por la borda toda su teoría y empezara otra vez de cero, ni aunque el Arcángel Gabriel descendiera del cielo para anunciarle que está equivocado, por no mencionar ya el hecho de que aparezca algo que chirríe en el registro telefónico de Kevin, o que tú y yo pensemos que la teoría de Imelda apesta. Nada importa lo que ocurra entre hoy y el martes: el caso está cerrado.

—¿Y a usted le parece bien?

—No, guapito, no me parece bien. No me parece nada bien. Pero ya soy mayorcito. Si voy a colocarme delante de una bala, lo haré por algo que pueda cambiar las cosas. No me gustan las causas perdidas, por muy románticas que sean, porque son un desperdicio. De la misma manera que sería un desperdicio que tú volvieras a enfundarte el uniforme y las botas y te enviaran a hacer tareas de oficinista en una comisaría de provincias durante el resto de tu carrera porque te han pillado filtrándome información inútil.

El chaval tenía el temperamento de un pelirrojo: estaba aferrado a la mesa y parecía a punto de volcármela en la cara.

—Eso es decisión mía. Yo también soy mayorcito ya. Soy perfectamente capaz de ocuparme de mí mismo.

Solté una carcajada.

—No te equivoques. No pretendo protegerte. No tendría ningún inconveniente en que arriesgaras tu carrera de aquí a 2012, así que mucho menos hasta el próximo jueves, si pensara, aunque solo fuera por un segundo que podría reportarnos algún beneficio. Pero no lo creo.

—*Usted* quiso que me implicara en este caso, prácticamente me *empujó* a ello... Pues bien, ahora ya estoy implicado y no pienso tirar la toalla. No vale cambiar de opinión cada pocos días: ve a buscar el palo, Stephen, suelta el palo, Stephen, ve a buscar el palo, Stephen... Yo no soy ni su chapero ni el del detective Kennedy.

—En realidad —lo corté—, sí que lo eres. Te voy a tener vigilado, Stevie, amiguito, y si intuyo siquiera que sigues metiendo las narices donde no te llaman, voy a sacar ese informe de la autopsia y ese informe de huellas dactilares, se los voy a llevar al detective Kennedy y le voy a explicar cómo los he obtenido. Entonces tú entrarás a formar parte de su lista negra, formarás parte de mi lista negra y es más que probable que te destinen a una comisaría en el culo del mundo. Así que te lo repito una vez más: apártate de este caso. ¿Lo has entendido?

Stephen estaba demasiado estupefacto y era demasiado joven para camuflar su conmoción; me devolvía una mirada con una mezcla desnuda y abrasadora de ira, diversión y asco. Precisamente lo que yo quería: cuanto más altanero se pusiera conmigo, menos desagradable me resultaría, pero eso no obstaba para que aun así me doliera.

—Sinceramente, no lo entiendo —dijo, con una sacudida de cabeza—. De verdad que no lo entiendo.

—Pues así están las cosas —respondí yo, al tiempo que echaba mano de mi cartera.

—No necesito que me invite al café. Ya me pago yo el mío.

Si le golpeaba con excesiva contundencia en el ego, Stephen podría dedicarse a solventar el caso solo para demostrarse que aún tenía un par bien puestos.

—Tú mismo —dije—. Y Stephen. —Tenía la cabeza gacha, mientras rebuscaba en sus bolsillos—. Detective. Necesito que me mires a los ojos. —Esperé hasta que accedió y me miró a la cara a regañadientes y entonces añadí—: Has hecho un trabajo excelente. Sé que no es así como ninguno de ambos queríamos que acabara, pero lo único que puedo decirte es que no olvidaré lo que has hecho. Cuando necesites algo de mí (y lo necesitarás), te devolveré el favor con creces.

—Tal como ya he dicho, me las apaño bien solito.

—Ya lo sé, pero a mí también me gusta saldar mis deudas, y estoy en deuda contigo. Ha sido un placer trabajar contigo, detective. Espero que volvamos a encontrarnos en el futuro.

No intenté darle la mano. Stephen me lanzó una mirada sombría e inexpresiva, dejó de malas maneras un billete de diez libras en la mesa (lo cual suponía un gesto nada desdeñable para alguien con un sueldo de novato) y se enfundó el abrigo. Yo permanecí donde estaba y dejé que fuera él quien se largara primero.

Y allí estaba de nuevo, en el mismo sitio en el que había estado una semana antes, aparcado delante de casa de Liv para recoger a Holly y pasar con ella el fin de semana. Tenía la sensación de que habían transcurrido años.

Olivia iba vestida con un discreto modelo de color caramelo, en lugar de con el sobrio vestido corto negro de la semana pasada, pero el mensaje era el mismo: Dermo el Pseudopedófilo estaba de camino y era su día de suerte. En esta ocasión, en cambio, en lugar de levantar una barricada en la puerta, me la abrió de par en par y me condujo rápidamente hasta la cocina. Cuando estábamos casados yo sentía pavor ante los gestos de «Tenemos que hablar» de Liv, pero a estas alturas ya casi me hacían gracia. Eran mucho mejores que su habitual «No tengo nada que hablar contigo» con las manos caídas a los lados.

—¿Aún no está lista Holly? –pregunté.

—Está en el baño. Hoy dejaban entrar a una amiga en las clases de *hip hop* de Sarah y ha ido con ella; acaba de regresar a casa y está sudada como un pollo. Estará lista en unos minutos.

—¿Cómo lo lleva?

Olivia suspiró mientras se pasaba una mano pensativa por su peinado inmaculado.

–Creo que está bien. O al menos todo lo bien que podemos esperar. Anoche tuvo una pesadilla y ha estado bastante callada hoy, pero no parece... No sé. Se lo ha pasado en grande en la clase de *hip hop*.

–¿Está comiendo bien? –pregunté.

Cuando me marché de casa, Holly se declaró en huelga de hambre durante un tiempo.

–Sí. Pero ya no tiene cinco años; ahora ya no muestra sus sentimientos tan a las claras. Lo cual no significa que no los tenga. ¿Intentarás hablar con ella? Quizá tú consigas averiguar algo más de cómo lo lleva.

–De manera que se lo está guardando para ella –especulé, con mucha menos crueldad de la que era capaz–. Me pregunto dónde habrá aprendido a hacerlo.

Las comisuras de los labios de Olivia se tensaron.

–Cometí un error. Un error terrible. Ya lo he reconocido, me he disculpado por ello y estoy haciendo cuanto está en mi mano por enmendarlo. Créeme: nada de lo que puedas decir me hará sentir peor por haberla herido.

Saqué un taburete y aparqué mi trasero sobre él pesadamente, no para incordiar a Olivia, esta vez no, sino simplemente porque estaba tan molido que incluso sentarme durante dos minutos en una cocina que olía a tostadas con mermelada de fresa me parecía una bendición del cielo.

–La gente se hace daño todo el tiempo. Así es la vida. Al menos tus intenciones eran buenas. No todo el mundo puede alegar lo mismo.

La tensión se había extendido a los hombros de Liv.

–No todo el mundo se hace daño –replicó.

–Sí, Liv, sí se lo hace. Padres, amantes, hermanos y hermanas, todo el mundo. Cuanto más te quieres, más daño te haces.

–Bueno, a veces sí. Por supuesto. Pero hablar de ello como si fuera una ley inapelable de la naturaleza... eso es escurrir el bulto, Frank, y lo sabes.

–Permíteme que te sirva una refrescante copa de realidad. La mayoría de las personas disfrutan de lo lindo machacándoles la cabeza a los demás. Y el mundo se encargará de poner en su sitio a esa reducida minoría que pone todo su patético empeño en no hacerlo.

–A veces me gustaría que pudieras oírte –comentó Olivia con frialdad–. Pareces un adolescente. ¿Es que no te das cuenta? Un adolescente autocompasivo con demasiados discos de Morrissey.

Buscaba una vía de escape. Tenía la mano en el pomo de la puerta y yo no quería que se marchara de allí. Quería que permaneciera en aquella acogedora cocina y discutiera conmigo.

–Hablo por experiencia –apunté–. Quizá haya gente en el mundo que lo más destructivo que hace en su vida es prepararse tazas de chocolate caliente con churros, pero, personalmente, yo nunca me he encontrado a nadie así. Si tú sí, te ruego que me alumbres el camino. Soy una persona abierta de miras. Nómbrame una relación que hayas visto, solo una, que no haya causado daño.

Si hay algo que se me da de maravilla es hacer discutir a Olivia. Soltó el pomo de la puerta, se apoyó en la pared y cruzó los brazos.

–Está bien –contestó–. De acuerdo. Esa tal Rose. Cuéntame: ¿te hirió en algún momento? No me refiero a la persona que la asesinó. Me refiero a ella. A Rose.

Otra cosa que se me da de maravilla con Liv es arrepentirme de haber iniciado una discusión.

–Creo que ya he tenido más que suficiente de Rose Daly por una semana, si no te importa cambiar de tema.

–No te abandonó, Frank –continuó Liv–. No lo hizo. Y antes o después vas a tener que aceptarlo.

–Déjame adivinar. ¿Quién te lo ha contado? ¿La bocazas de Jackie?

–Yo no necesitaba que Jackie viniera a explicarme que alguna mujer te había hecho daño o que al menos tú pensabas que así había sido. Lo he sabido prácticamente desde que nos conocimos.

–Detesto hacer estallar tu burbuja, Liv, pero tus dones telepáticos hoy están de capa caída. Quizá otro día.

–Te aseguro que tampoco necesito ningún don telepático. Pregúntaselo a cualquier mujer que haya mantenido una relación contigo: te garantizo que todas se habrán sentido el segundo plato, como si estuvieran rellenando el hueco hasta que encontraras a quien verdaderamente amabas.

Iba a añadir algo más, pero se mordió la lengua. Tenía la mirada inquieta, casi desconcertada, como si acabara de caer en la cuenta de lo profundas que eran las aguas que la rodeaban.

–Adelante. Sácalo todo –la alenté–. Ya que has empezado, acaba de una vez.

Al cabo de un momento, Liv realizó un leve gesto parecido a un encogimiento de hombros.

–De acuerdo. Ese fue uno de los motivos por los que te pedí que te marcharas.

Solté una risotada.

–Vaya, ¡Qué bien! Entonces ¿qué eran todas esas peleas inacabables acerca del trabajo y de que no pasara el tiempo suficiente en casa? ¿Mera diversión? ¿Qué pretendías? ¿Volverme loco?

–Sabes perfectamente que no es eso lo que he dicho. Y también sabes perfectamente que tenía motivos de sobra para estar *más que harta* de no estar nunca segura de si un «Nos vemos a las ocho» significaba a las ocho de esta noche o del martes que viene, o de preguntarte qué habías hecho durante el día y que me contestaras «Trabajar» o...

–Lo único que sé es que debería haber hecho constar por escrito en el acuerdo del divorcio que no quería volver a mantener esta conversación nunca más en la vida. Además, ¿qué tiene que ver Rose Daly con...?

Olivia me hablaba sin alzar la voz, pero la fuerza del trasfondo de sus palabras podría haberme derribado del taburete.

–Pues tuvo mucho que ver. Siempre supe que el resto de nuestros problemas estaban provocados por el hecho de que yo no era esa otra mujer, fuera quien fuese. Si ella te hubiera telefoneado a las tres de la madrugada para comprobar por qué no habías llegado aún a casa, le habrías respondido al puñetero teléfono. O, lo que es aún más probable, para empezar, *sí* habrías estado en casa a esas horas.

–Si Rosie me hubiera telefoneado a las tres de la madrugada, me habría hecho millonario con mi línea telefónica de contacto con el más allá y habría emigrado a las Barbados.

–Sabes exactamente a qué me refiero. Jamás de los *jamases* la habrías tratado como me tratabas a mí. A veces, Frank, a veces te prometo que tenía la sensación de que me dejabas fuera de tu vida para castigarme por lo que fuera que ella te había hecho o por no ser ella. Sentía como si *quisieras* que yo te dejara para que, cuando ella regresara, no encontrara a nadie ocupando su puesto. Eso es lo que sentía.

–A ver si nos queda claro de una vez por todas: tú me dejaste porque quisiste. No digo que me sorprendiera demasiado, ni siquiera digo que no lo mereciera. Lo que digo es que Rose Daly, sobre todo habida cuenta de que tú ni siquiera supiste nunca de su existencia, no tuvo absolutamente nada que ver con ello.

–Y tanto que sí, Frank. Tú te casaste conmigo convencido, sin ningún género de dudas, de que no era un matrimonio para toda la vida. Tardé mucho tiempo en darme cuenta de ello, pero, una vez lo hice, no le vi sentido a continuar jugando.

Estaba tan guapa y tan cansada. Su piel empezaba a dar muestras de envejecimiento y fragilidad, y la enfermiza luz de la cocina le realzaba las patas de gallo alrededor de los ojos. Pensé en Rosie, redonda, firme y acabada de desarrollar, como un melocotón maduro, y en el hecho de que la vida no le hubiera permitido ser otra cosa más que perfecta. Esperé que Dermot fuera capaz de apreciar la belleza de las arrugas de Olivia.

Lo único que yo buscaba era tener una discusión trivial con ella, por los viejos tiempos. Pero en el horizonte cobraba fuerza un altercado que conseguiría que todo el daño que Olivia y yo nos habíamos causado a lo largo de la vida quedara reducido a una nimiedad inofensiva. Cada partícula de enfado que yo generaba era succionada por ese inmenso vórtice; se me hacía un mundo imaginar tener una discusión profunda y contundente con Liv.

–Oye, ¿por qué no subo a buscar a Holly? –sugerí–. Si nos quedamos aquí más rato, me voy a seguir comportando como un capullo integral y vamos a acabar teniendo una trifulca monumental, te voy a poner de mal humor y voy a arruinar tu cita. Ya lo hice la semana pasada; no me gustaría convertirme en una persona predecible.

Olivia soltó una carcajada, seguida de un suspiro de alivio y desconcierto a la par.

–¡Menuda sorpresa! –exclamó.

–Bueno, no soy tan cabrón como parezco.

–Ya lo sé. Nunca he pensado que lo fueras.

Le lancé una mirada escéptica con arqueo de ceja incluido y empecé a bajar del taburete, pero me detuvo.

–Yo la bajo. No creo que le guste que llames a la puerta mientras está en la bañera.

–¿Qué? ¿Desde cuándo?

Los labios de Olivia esbozaron una sonrisita medio atribulada.

–Se está haciendo mayor, Frank. Ni siquiera me deja a mí entrar en el cuarto de baño hasta que está vestida del todo; hace unas semanas abrí la puerta para entrar a coger algo y soltó un grito como un alma en pena y luego, enfadadísima, me echó un sermón sobre la necesidad de intimidad de las personas. Si te acercas a ella, te garantizo que te va a leer la cartilla.

–Por el amor de Dios... –lamenté. Recordaba a Holly con dos añitos, trepando sobre mí recién salida de la bañera, desnuda, tal como vino al mundo, empapándome de agua por todos sitios y riendo como una loca cuando le hacía cosquillitas en sus delicadas costillas–. Pues sube a buscarla y tráela rápido, antes de que le salga pelo en las axilas o algo por el estilo.

Liv estuvo a punto de reír de nuevo. Antes la hacía reír todo el rato, pero, en los tiempos que corrían, dos veces en una noche habría podido parecer un récord.

–No tardo nada.

–Tranquila. Tómate el tiempo que necesites. No tengo ningún sitio mejor adonde ir.

Cuando estaba a punto de salir de la cocina dijo, casi con renuencia:

–La cafetera está encendida, si te apetece tomar una taza de café. Pareces cansado.

Y cerró la puerta tras de sí, con un pequeño y firme clic que me indicó que siguiera tal y como estaba por si acaso llegaba Dermo y decidía abrirle la puerta en calzoncillos. Me deshice del taburete y me preparé un café solo doble. Era plenamente consciente de que Liv tenía multitud de argumentos interesantes, algunos de ellos relevantes y un par profundamente irónicos. Pero eso podía esperar hasta que yo resolviera qué podía hacer en este tenebroso y truculento mundo con Shay, y luego actuara en consecuencia.

Escuché el agua de la bañera colarse por el desagüe en el piso de arriba y a Holly hablar como una cotorra, con alguna interrupción esporádica por parte de Olivia. Quise, con una urgencia y una fuerza que casi me sobrecogieron, subir corriendo junto a ellas y rodearlas con mis brazos, desplomarnos los tres hechos uno en la cama de matrimonio que Liv y yo habíamos compartido, como solíamos hacerlo las tardes de los domingos, y permanecer allí susurrando y riendo mientras Dermo llamaba al timbre de casa, se enfurruñaba cada vez más y acababa por desaparecer en su Audi recortándose contra la puesta de sol y nosotros encargábamos avalanchas de comida para llevar y permanecíamos allí encerrados todo el fin de semana, y la semana siguiente. Por un instante estuve a punto de perder la razón e intentarlo.

Holly tardó un rato en desviar la conversación hacia los acontecimientos recientes. Durante la cena me habló de su clase de *hip hop*, al tiempo que me hacía demostraciones en directo y comentaba cosas casi sin aliento; luego se dispuso a hacer sus deberes del colegio, con muchas menos quejas de lo habitual, y finalmente se acurrucó junto a mí en el sofá para ver una película de Hannah Montana. Mientras veíamos la tele anduvo chupándose un mechón de cabello, costumbre que había perdido hacía tiempo, y casi podía oírla pensar.

La dejé a su ritmo. No quería forzarla. Finalmente, arropada ya en la cama, con mi brazo a su alrededor, el vaso de leche caliente bebido y el cuento leído, dijo:

—Papi.

—¿Qué quieres?

—¿Vas a casarte?

¡Qué diantres...!

–No, cielo. Bajo ningún concepto. Ya tuve bastante con estar casado con tu madre. ¿Qué te hace pensar eso?

–¿Tienes novia?

Mi madre, seguro. Probablemente le había estado hinchando la cabeza con el divorcio y no volverse a casar por la Iglesia.

–No. Ya te lo dije la semana pasada, ¿te acuerdas?

Holly reflexionó un instante.

–Esa chica, Rosie, la que murió –dijo–. La que conociste antes de que yo naciera.

–¿Qué pasa con ella?

–¿Era tu novia?

–Sí, lo era. Aún no había conocido a mamá.

–¿Ibas a casarte con ella?

–Ese era el plan, sí.

Parpadeo. Sus cejas, finas como pinceladas, estaban muy fruncidas; seguía reconcentrada.

–¿Y por qué no lo hiciste?

–Porque Rosie murió antes de que pudiéramos dar ese paso.

–Pero dijiste que no sabías que había muerto.

–Así es. Pensaba que me había dejado.

–¿Y por qué no lo sabías?

–Porque un día sencillamente desapareció –le expliqué–. Dejó una nota diciendo que se iba a Inglaterra. La encontré y pensé que me había abandonado. Pero resulta que estaba equivocado.

–Papi –dijo Holly.

–¿Sí?

–¿La mató alguien?

Llevaba puesto el pijama de flores rosas y blancas que yo mismo le había planchado un rato antes (a Holly le encanta la ropa recién planchada) y tenía las rodillas dobladas y a Clara apoyada en ellas. Bajo el tenue halo dorado de la lámpara de la mesilla de noche, lucía un aspecto perfecto e intemporal, como una niñita sacada de una acuarela de un cuento. Estaba aterrorizado. Habría dado un riñón por saber que estaba conduciendo aquella conversación como era debido, o solo por saber que no lo estaba haciendo espantosamente mal.

–Parece que eso pudo ser lo que ocurrió, sí –contesté–. Sucedió hace mucho mucho tiempo, de manera que es muy difícil estar seguro de nada.

Holly miró fijamente a Clara a los ojos, mientras procesaba mi respuesta. El mechón de pelo había vuelto a abrirse camino hasta su boca.

–Si yo desapareciera –especuló–, ¿pensarías que me he escapado?

Olivia había mencionado una pesadilla.

–Da igual lo que yo pensara. Incluso aunque saltaras en una nave espacial y pusieras rumbo a otro planeta, yo iría a buscarte y no pararía hasta encontrarte.

Holly soltó un profundo suspiro y noté su hombro acercarse más al mío. Por un instante pensé que, por casualidad, había conseguido tranquilizar su inquietud.

–Si te hubieras casado con esa Rosie –añadió entonces–, ¿yo habría nacido?

Le saqué el mechón de pelo de la boca y se lo coloqué en su lugar. El cabello le olía a champú infantil.

–No sé cómo funcionan esas cosas, cariño. Todo eso es un gran misterio. Lo único que sé es que tú eres tú y, personalmente, creo que habrías encontrado un modo de existir al margen de lo que yo hubiera hecho.

Holly se embutió un poco más en la cama y con el tono de voz que emplea cuando tiene ganas de discutir dijo:

–El domingo por la tarde quiero ir a casa de la abuela.

Claro, y yo podría mantener una alegre cháchara con Shay mientras degustábamos unas aromáticas tazas de té.

–Bueno –contesté con cautela–. Ya veremos qué podemos hacer... Si encaja con el resto de nuestros planes y eso. ¿Hay algún motivo especial por el que quieras ir?

–Donna siempre va los domingos, después de que su padre juegue al golf. Dice que la abuela prepara una cena buenísima con tarta de manzana y helado de postre y que, a veces, la tía Jackie les hace peinados muy bonitos y otros días todos ven juntos una película en la tele. Donna, Darren, Ashley y Louise la escogen por turnos, pero la tía Carmel me dijo que, si alguna vez yo iba a pasar el domingo con ellos, la escogería yo. Y nunca he podido ir porque tú no sabías que yo iba a casa de la abuela, pero ahora que ya lo sabes quiero hacerlo.

Me pregunté si mi madre y mi padre habrían firmado algún tipo de tratado de respeto mutuo para las tardes dominicales o si mi madre sencillamente le había añadido unas cuantas píldoras de la felicidad machacadas al plato de él y luego lo había encerrado en su dormitorio con su tabla del suelo rezongando y reclamando compañía.

–Ya veremos cómo nos las apañamos.

–Una vez el tío Shay los llevó a todos a la tienda de bicicletas y les dejó que probaran las bicis. Y algunas veces el tío Kevin trae su Wii y tiene mandos de sobra, y la abuela se agota porque todos se ponen a saltar y dice que van a tirar la casa abajo.

Incliné la cabeza para mirar a los ojos a Holly. Tenía a Clara abrazada con demasiada fuerza, pero no pude averiguar qué pensaba por la expresión de su cara.

–Cielo –dije–, sabes que el tío Kevin no estará este domingo, ¿verdad?

Holly agachó la cabeza sobre Clara.

—Sí. Porque está muerto.

—Así es, amor mío.

Una rápida mirada de reojo.

—A veces se me olvida. Como hoy, que Sarah me ha contado un chiste y yo quería contárselo a él, pero luego me he acordado.

—Lo sé, cielo. A mí también me ocurre. Aún tenemos que acostumbrarnos a que no esté. Tardaremos un tiempo.

Asintió con la cabeza, mientras le cepillaba la melena a Clara con los dedos.

—Y supongo que también sabes que en casa de la abuela este fin de semana todo el mundo estará bastante triste, ¿no es así? No será divertido, como todas esas veces que te ha explicado Donna.

—*Ya lo sé*. Quiero ir porque quiero *estar* allí.

—De acuerdo, cariño. Veremos qué podemos hacer.

Silencio. Holly le hizo una trenza a Clara y la examinó atentamente. Y luego:

—Papi.

—¿Sí?

—Cuando pienso en el tío Kevin, a veces no lloro.

—No pasa nada, cielo. No hay nada malo en ello. Yo tampoco lloro.

—Pero, si lo quería, ¿no se supone que debería llorar?

—No creo que existan reglas sobre cómo se supone que hay que reaccionar cuando muere un ser querido, cariño. Creo que uno va descubriendo qué siente a medida que transcurre el tiempo. Unas veces tendrás ganas de llorar y otras no, y a veces incluso te enfadarás con él por haber muerto. Lo único que tienes que recordar siempre es que todas esas reacciones son normales, como cualquier otra que te salga...

—En *Operación Triunfo* siempre lloran cuando hablan de alguien que ha muerto.

—Cariño, esas cosas tienes que tomártelas con pinzas. Es la tele.

Holly sacudió la cabeza con tal fuerza que el pelo le azotó las mejillas como un látigo.

—No, papi, no es como en las películas, es gente *de verdad*. Cuentan las cosas que les pasan, como que su abuelita era muy buena y creía en ellos y luego murió, y siempre lloran. Y a veces la presentadora también llora.

—Apuesto lo que sea a que sí. Pero eso no significa que tú tengas que hacerlo. Cada cual es cada cual. Y déjame que te cuente un secreto: muchas veces esa gente finge y exagera para conseguir más votos.

Holly seguía sin parecer convencida. Recordé la primera vez que yo vi la muerte en directo: tenía siete años y un primo lejano que vivía en la New Street tuvo un infarto y mamá nos llevó a todos al velatorio. Fue más o menos como el de Kevin: lágrimas, risas, anécdotas, montañas infinitas de emparedados, bebida, canciones y bailes hasta altas horas de la madrugada; alguien trajo un acordeón y había alguien más que se sabía todo el repertorio de Mario Lanza. Como guía de inicio para aprender a lidiar con el dolor, había sido mucho más sano mentalmente que nada relacionado con *Operación Triunfo*. Fue entonces cuando me planteé si, incluso a pesar de la contribución habitual de mi padre a las celebraciones, debería haber llevado a Holly al velatorio de Kevin.

La idea de estar en la misma habitación que Shay y no poder pegarle hasta quedarme sin fuerzas me exaltaba. Imaginé que había crecido como un hombre mono, en la selva, dando vertiginosos saltos porque Rosie necesitaba que así fuera y me acordé de mi padre diciéndome que un hombre debería saber por qué daría la vida. Uno debe hacer todo lo que su mujer o sus hijos necesiten, aunque parezca mucho más duro que morir.

—Ya sé lo que vamos a hacer —anuncié al fin—. El domingo por la tarde iremos a casa de tu abuela, aunque solo sea un ratito. Seguramente se hablará mucho del tío Kevin, pero te garantizo que cada uno lo hará a su manera: no se pondrán todos a llorar todo el rato ni pensarán que estás haciendo nada malo si no lloras, aunque no derrames ni una lágrima. ¿Crees que eso te ayudará a aclararte la cabeza?

Holly pareció animarse. Fijó su mirada en mí, en lugar de en Clara.

—Sí. Probablemente.

—Estupendo —añadí. Algo parecido a agua gélida descendió por mi columna vertebral, pero iba a tener que afrontar aquello como un niño grande—. Pues entonces trato hecho.

—¿En serio? ¿Seguro?

—Sí. Voy a enviarle un mensaje a tu tía Jackie ahora mismo para que le diga a la abuela que iremos a verlos.

—Bien —dijo Holly con otro hondo suspiro, y en esta ocasión noté sus hombros relajarse.

—Y ahora a dormir, que un buen sueño te resultará muy reparador y mañana lo veremos todo con otros ojos.

Se tumbó boca arriba y se colocó a Clara bajo la barbilla.

—¿Me arropas?

La arropé con el edredón, remetiéndolo con fuerza, aunque no demasiada, a su alrededor.

—Y nada de pesadillas esta noche, ¿vale, amor mío? Solo están permitidos los sueños bonitos. Es una orden.

—Vale. —Ya se le cerraban los ojos y sus dedos, enroscados en el cabello de Clara, empezaban a aflojarse—. Buenas noches, papi.

—Buenas noches, cielo.

¿Cómo era posible que se me hubiera escapado algo así? Había dedicado casi quince años luchando por mantenerme tanto a mí como a mis chicos y chicas vivos sin dejar pasar ni una sola señal: el olor del papel recién quemado en el aire cuando se entra en una habitación, el matiz tosco y animal de una voz en una llamada telefónica informal... Ya era bastante lamentable que no los hubiera percibido en Kevin, pero cómo era posible, cómo en el mundo, que se me hubieran pasado por alto en Holly. Debería haberlos percibido como una luz parpadeante alrededor de los muñecos de peluche, llenando su acogedor dormitorio como un gas venenoso: peligro.

Me levanté de la cama, apagué la luz y aparté la mochila de la escuela para que no le bloqueara la lamparilla que le dejábamos encendida por la noche. Me miró y murmuró algo; me incliné sobre ella para darle un beso en la frente y ella se acurrucó aún más bajo el edredón y exhaló un suspiro de satisfacción. La miré largamente, con su pálido cabello enroscado sobre la almohada y sus pestañas proyectando sombras puntiagudas sobre sus mejillas. Luego salí sin hacer ruido de la habitación y cerré la puerta a mi espalda.

20

Cualquier policía que ha trabajado en la Secreta sabe que no hay nada en el mundo como el día antes de incorporarse a una nueva misión. Me figuro que es la misma sensación que deben experimentar los astronautas durante la cuenta atrás y los regimientos de paracaidistas cuando se alinean para saltar del avión. La luz se vuelve deslumbrante e irrompible como el diamante y cada rostro que uno ve es tan bello que te roba el aliento. Tienes el pensamiento claro y cristalino y cada segundo se extiende ante tus ojos como un majestuoso y cálido paisaje. Y todo lo que te ha desconcertado durante meses de repente cobra sentido. Podrías pasarte el día bebiendo y seguirías completamente sobrio; los crucigramas crípticos te resultan más fáciles que un puzle para niños. Y ese día dura cien años.

Hacía mucho tiempo que yo no me infiltraba como agente encubierto en un caso, pero reconocí la sensación en el mismísimo instante en que me desperté el sábado por la mañana. La divisé en el balanceo de las sombras en el techo de mi dormitorio y la saboreé en los posos de mi café. Lenta y tenazmente, mientras Holly y yo hacíamos volar su cometa en el parque Phoenix y mientras la ayudaba con sus deberes de inglés y mientras nos cocinábamos demasiados macarrones con demasiado queso, las piezas se colocaron en su sitio en mi pensamiento. A primera hora de la tarde del domingo, cuando ambos entramos en mi coche y pusimos rumbo al otro lado del río, yo ya sabía lo que iba a hacer.

Faithful Place lucía un aspecto ordenado e inocente, como un lugar de ensueño rebosante de una pálida luz alimonada que flotaba sobre los adoquines agrietados. Holly me dio un apretoncito en la mano.

–¿Qué ocurre, cielo? –pregunté–. ¿Has cambiado de idea?

Negó con la cabeza.

–Aún estás a tiempo. Si no quieres ir, me lo dices y vamos a buscar al videoclub una película llena de princesas y hadas madrinas y un cucurucho de palomitas más grande que tu cabeza y santas pascuas.

No se rió; ni siquiera me miró. Se limitó a darle un tironcito de las asas a la mochila para colocársela mejor en la espalda, me estiró de la mano y ambos pusimos el pie en la acera, bajo aquella inquietante y pálida luz dorada.

Mamá se había esmerado para que aquella tarde saliera bien. Se había puesto a hornear como una posesa y no quedaba ni un solo hueco que no estuviera cubierto de montañas de galletas de jengibre y tartas de mermelada; había hecho sonar el toque de corneta a primera hora del día y había enviado a Shay, a Trevor y a Gavin a comprar un abeto de Navidad tan ancho que no cabía por la puerta principal. Cuando Holly y yo llegamos, sonaba Bing en la radio, los hijos de Carmel estaban perfectamente colocados alrededor de la decoración del árbol navideño y todo el mundo tenía entre las manos una humeante taza de chocolate caliente; incluso habían instalado a papá en el sofá con una manta sobre las rodillas, cosa que le confería un aspecto patriarcal y casi sobrio. Fue como adentrarse en un anuncio de los años cincuenta. Toda aquella farsa grotesca estaba inevitablemente condenada al fracaso:

todo el mundo parecía desdichado y Darren empezaba a lucir una mirada estrábica que me indicó que estaba al borde de estallar, pero yo entendía perfectamente lo que mi madre intentaba hacer. Me habría llegado al corazón... de no haberse anticipado ella y haber salido sin más por peteneras para decirme que me estaban saliendo unas patas de gallo espantosas alrededor de los ojos y que no tardaría nada en tener una cara como un mondongo.

Yo no lograba apartar los ojos de Shay. Se comportaba como si tuviera unas décimas de fiebre: estaba inquieto y muy rojo, con los pómulos más marcados que de costumbre y un fulgor peligroso en los ojos. Sin embargo, lo que me llamó la atención fue la actividad en la que andaba ocupado. Despatarrado en una butaca, conversaba sobre golf con Trevor, hablando atropelladamente mientras se rascaba con fuerza una rodilla. La gente cambia, pero, por lo que yo sabía, Shay despreciaba el golf tan solo un poco menos de lo que despreciaba a Trevor. El único motivo por el que se dejaría enzarzar voluntariamente con ambos a la vez era la desesperación. Shay (y me pareció una información de utilidad) estaba en baja forma.

Nos abrimos paso con denuedo entre el alijo de adornos de mi madre (nunca te interpongas entre una madre y su decoración). Conseguí preguntarle a Holly en voz bajita, camuflado bajo una figurilla de Papá Noel, si se lo estaba pasando bien.

—Genial —contestó ella con valentía, y se zambulló entre sus primos antes de que pudiera formularle más preguntas.

La cría asimilaba rápidamente las costumbres familiares. Empecé a ensayar con el pensamiento la sesión de rendir parte.

Una vez mamá estuvo satisfecha con que el nivel de alerta hubiera alcanzado el color naranja, Gavin y Trevor llevaron a los niños a Smithfield a ver el poblado navideño.

–Hay que hacer bajar todas estas galletas de jengibre –explicó Gavin mientras se daba unas palmaditas en la barriga.

–Las galletas de jengibre no tienen nada que ver –lo cortó mamá–. Si estás engordando, Gavin Keogh, no es por culpa de mis dotes culinarias.

Gav murmuró algo y miró a Jackie angustiado. Su modo de demostrar compasión e infundirnos sensación de unión familiar en un momento tan difícil resultaba espeluznante. Carmel blindó a los críos del frío con abrigos, bufandas y gorros de lana (Holly se colocó en medio de la fila, entre Donna y Ashley, como si también fuera hija de Carmel), y se marcharon. Los observé desde la ventana del salón, mientras descendían en pandilla por la calle. Holly llevaba a Donna cogida del brazo con tanta fuerza que parecían gemelas siamesas. No volvió la vista para despedirse de mí con la mano.

La reunión familiar no salió tal como Gav había planeado: nos desplomamos todos delante del televisor, sin intercambiar palabra, hasta que mamá se recuperó de su bombardeo de decoración y arrastró a Carmel a la cocina para trajinar con todos aquellos dulces horneados y film transparente. Antes de que la pescaran, le propuse a Jackie en voz bajita:

–Salgamos a fumar un pitillo.

Me miró con recelo, como una niña que sabe que cobrará una colleja cuando se quede a solas con su madre.

–Venga, pórtate como toda una mujer –la insté–. Cuanto antes acabemos con esto...

Fuera hacía frío y reinaba la paz y la tranquilidad. El cielo sobre los tejados viraba del blanco azulado al lila. Jackie se desplomó en su sitio de siempre, en el peldaño inferior de las escaleras, hecha una maraña de largas piernas y botas de charol moradas, y extendió una mano.

–Dame un cigarrillo antes de empezar a echarme la bronca. Gav siempre se lleva nuestro paquete.

–Explícame una cosa –la invité con tono conciliador una vez le hube encendido el cigarrillo y otro para mí–. ¿En qué diablos estabais pensando Olivia y tú?

Jackie tenía la barbilla erguida, lista para discutir, y por un inquietante segundo me pareció la viva estampa de Holly.

–Pensé que a Holly le gustaría conocer a su familia. Y me parece que Olivia pensaba lo mismo. Y no andábamos muy equivocadas, ¿no crees? ¿La has visto con Donna?

–Sí, la he visto. Se llevan muy bien. Y estaban muy guapas juntas. Pero también la he visto destrozada por lo de Kevin. Lloraba tanto que le costaba respirar. Y así no estaba tan guapa, te lo aseguro.

Jackie contempló las volutas del humo de su cigarrillo extenderse sobre las escaleras.

–Todos estamos destrozados –dijo al fin–. Ashley también lo está, y solo tiene seis años. Pero así es la vida. A ti te preocupaba que Holly viviera entre algodones, ¿no es cierto?, que no conociera la vida de verdad. Pues yo diría que esto es una buena dosis de vida de verdad.

Lo cual probablemente fuera cierto, pero estar en lo cierto quedaba fuera del menú cuando se trataba de Holly.

–Si mi hija necesita una dosis adicional de realidad de vez en cuando, hermanita –repliqué–, prefiero dársela yo mismo. O al menos que quien vaya a dársela me lo notifique con antelación. ¿Te parece una chaladura?

–Debería habértelo dicho –convino Jackie–. Para eso no tengo excusa.

–¿Y entonces por qué no lo hiciste?

–Quería hacerlo, te lo prometo, siempre, pero... Al principio pensé que no tenía sentido preocuparte, porque quizá ni siquiera saldría bien. Simplemente se me ocurrió traer a Holly de visita un día y contártelo después...

–Y así yo podría darme cuenta de la idea tan fabulosa que habías tenido y venir a casa con un gran ramo de flores para mamá en una mano y otro para ti en la otra, y celebraríamos todos juntos una gran fiesta y viviríamos felices y comeríamos perdices. ¿Era ese el plan?

Se encogió de hombros. Si seguía así, le iban a llegar los hombros a las orejas.

–Porque Dios sabe que eso ya habría resultado bastante empalagoso, pero habría sido infinitamente mejor que esto. ¿Qué te hizo cambiar de idea... durante... espera, que tengo que recogerme la mandíbula del suelo antes de poder decir esto..., durante todo un *año*?

Jackie seguía sin mirarme. Se revolvió en el escalón, como si le estuviera haciendo daño.

–No te burles de mí, por favor –me rogó.

–Créeme, Jackie: no estoy de humor para bromas.

–Estaba asustada, ¿vale? Por eso no te dije nada –contestó al fin.

Tardé un momento en asegurarme de que no me estaba tomando el pelo.

–¡Venga ya! ¿Qué pensabas que iba a hacer? ¿Pegarte?

–No he dicho eso...

–Entonces ¿qué? No puedes lanzar un bombazo como ese y luego andarte con remilgos. ¿Cuándo, en toda mi *vida* te he dado *algún* motivo para tenerme miedo?

–Pues ahora mismo, sin ir más lejos. Tendrías que verte la cara... y cómo me hablas, como si me odiaras con todo tu ser... No me gusta la gente que echa broncas, grita y se pone hecha una fiera. Nunca me ha gustado. Ya lo sabes.

No pude contenerme:

–Suena como si me equipararas con papá.

–Ah, no, no, Francis. Sabes perfectamente que no me refería a eso.

–Más vale que no. No vayas por ese camino, Jackie.

–*No pienso hacerlo*. Solo es que... No tenía valor para decírtelo. Y es mi culpa, toda mía, no tuya. Lo siento. De verdad, de verdad que lo siento.

Sobre nosotros se abrió una ventana de golpe y mamá asomó la cabeza.

–¡Jacinta Mackey! ¿Vas a quedarte ahí sentada como la reina de Saba mientras tu hermana y yo te servimos el plato en la mesa? ¿Quieres que te sirvamos la comida en una bandeja de oro?

–Es culpa mía, mamá –grité yo–. Quería hablar un rato con ella y le he pedido que saliera. Luego fregamos nosotros los platos, ¿vale?

–Pufff. Otro que vuelve como si fuera el dueño de la casa, dando órdenes a diestro y siniestro, lustrando la plata y fregando los platos, como si a él la mantequilla no se le derritiera en la boca...

Por suerte, mi madre prefería no fastidiarme demasiado, no fuera a ser que me diera por agarrar a Holly y largarnos de allí. Volvió a meter la cabeza, aunque seguí oyéndola refunfuñar hasta que la ventana se cerró de un golpe.

En Faithful Place empezaban a encenderse las luces para la noche. No éramos los únicos que nos habíamos excedido con los adornos de Navidad; la casa de los Hearne parecía como si alguien hubiera disparado la gruta de Papá Noel contra ella con una bazuca: espumillones, renos y luces parpadeantes colgaban del techo, y elfos maníacos y ángeles de mirada sensiblera recubrían hasta el último centímetro de pared; en la ventana habían escrito un Feliz Navidad con espray de nieve. Incluso los pijos habían colocado un elegante abeto de madera rubia, con sus ornamentos de factura sueca.

Pensé en regresar a este mismo lugar cada domingo por la noche y observar Faithful Place avanzar por los ritmos familiares del año. Primavera y los críos vestidos de Primera Comunión correteando de casa en casa, exhibiendo sus trajes y comparando sus botines; el viento estival, las furgonetas de helados tintineando y todas las chicas con el escote al descubierto; admirar el nuevo reno de los Hearne en estas mismas fechas el año próximo, y el siguiente. El mero pensamiento me provocó un ligero mareo, como si estuviera medio borracho o luchara contra una dosis generosa de gripe. Y, conociéndola, mi madre encontraría algo nuevo por lo que refunfuñar cada semana.

—Francis —dijo Jackie con vacilación—. ¿Estás enfadado?

Tenía preparado un rapapolvo de primera categoría, pero la idea de pertenecer a aquella familia había hecho que las fuerzas se me desvanecieran en un instante. Primero Olivia y ahora esto: con la edad me estaba volviendo un blando.

—No —contesté—. No te preocupes. Pero te advierto que cuando tengas hijos les voy a comprar un tambor y un cachorro de San Bernardo a cada uno.

Jackie me miró con recelo (no había previsto salirse airosa con tanta facilidad), pero debió de pensar «A caballo regalado no se le mira el diente».

—Tú mismo. Cuando los eche de casa les daré tu dirección.

Se abrió una puerta a nuestra espalda y aparecieron Shay y Carmel. Yo había estado haciendo apuestas mentales conmigo mismo acerca de cuánto tiempo podría dejar transcurrir Shay sin conversación, por no mencionar sin nicotina.

—¿De qué hablabais? —preguntó, colocándose en su lugar de siempre en el escalón superior.

Jackie contestó:

—De Holly.

—Estaba regañando a Jackie por traerla sin consultármelo —expliqué.

471

Carmel se aposentó en su hueco en un escalón por encima del mío.

–¡Uf! Jopelines, cada vez están más duros, suerte que yo cada vez estoy más acolchada, que si no tendría el trasero destrozado... Y, Francis, vasta de sermonear a Jackie. Ella solo pretendía traer a Holly una vez, para que nos conociera, pero nos pareció tan bonita y tan encantadora que la obligamos a que la trajera otra vez. Esa niña es una bendición del cielo, déjame que te lo diga. Deberías estar muy orgulloso de ello.

Apoyé la espalda en la reja para poder tener a todo el mundo a la vista y estiré las piernas sobre el escalón.

–Lo estoy.

Mientras buscaba sus cigarrillos palpándose los bolsillos, Shay dijo:

–Además, nuestra compañía no la ha convertido en ningún animal. ¡Qué curioso!, ¿no es cierto?

Yo contesté con tono sosegado:

–Estoy seguro de que no será porque no lo hayáis intentado.

Carmel añadió, con una mirada de soslayo vacilante que convirtió su afirmación en una pregunta:

–Donna tiene pavor de no volver a ver a Holly.

–Y hace bien –repliqué yo.

–¡Francis! ¿Hablas en serio?

–Claro que no. Nunca intercedería entre dos niñas de nueve años. ¿Acaso crees que estoy loco?

–Ah, genial. Porque las dos se han hecho muy amigas, créeme; a Donna se le rompería el corazón. ¿Significa eso...? –Se frotó torpemente la nariz, un gesto que me retrotrajo un millón de años–. ¿Significa eso que tú también volverás? ¿O solo que dejarás a Jackie que traiga a Holly?

–Estoy aquí, ¿no es cierto? –repliqué.

–Sí, claro. Y estoy encantada de verte. Pero ¿te sientes...? Ya sabes. ¿Te sientes como en casa?

Alcé la cabeza y le sonreí.

—A mí también me encanta verte, Melly. Sí, me dejaré caer por aquí alguna vez.

—¡Jesús, María y José! ¡Ya era hora! —exclamó Jackie, poniendo los ojos en blanco—. ¿No podías haberlo decidido hace quince años y haberme librado de un montón de líos?

—Ah, maravilloso —apuntó Carmel—. Es maravilloso, Francis. Pensaba que... —De nuevo aquel pequeño ataque de timidez—. Quizá haya exagerado. Pensaba que, en cuanto se solucionara todo, volverías a desaparecer. Para siempre, quiero decir.

—Bueno, ese era el plan, sí —contesté—, pero tengo que admitirlo: largarme de aquí resultó ser mucho más duro de lo que había previsto. Supongo que, como tú misma has dicho, está bien tener un hogar.

Shay tenía los ojos posados en mí, con aquella mirada suya, azul, inexpresiva e intensa. Se la devolví, pero la acompañé de una gran sonrisa como las de antes. Me iba a las mil maravillas que Shay empezara a ponerse nervioso. No me interesaba que se tensara demasiado, aún no, pero sí que sintiera algún que otro escalofrío, una ola de incomodidad que se extendiera durante lo que iba a ser una bonita y desagradable velada. Lo único que me interesaba en aquellos momentos era plantar una semilla diminuta de alerta en algún rincón recóndito de su mente: aquello no era más que el principio.

Me había quitado a Stephen de en medio, pero ahora Scorcher se perfilaba en el horizonte, y avanzaba a toda prisa. Una vez hubieran cerrado el caso y abierto uno nuevo, solo quedaríamos Shay y yo, por los restos de los restos. Podría pasarme un año haciéndolo rebotar como un yoyó antes de dejarle claro que lo sabía todo y otro año insinuándole mis diversas e interesantes opciones. Tenía todo el tiempo del mundo.

En cambio, Shay no. No es preciso querer a la familia, ni siquiera pasar tiempo con ella para conocerlos hasta la médula. Shay siempre había sido una persona muy irritable y se había pasado toda la vida en un entorno que habría convertido al Dalai Lama en un manojo de nervios. Además, había cometido acciones capaces de envolverle a uno el tronco encefálico en años de pesadillas. Bajo ninguna circunstancia podía estar lejos de padecer una crisis nerviosa. Muchas personas me han dicho, alguna en tono de cumplido, que tengo un don especial para machacarle la cabeza a otra gente, y lo que uno puede hacerle a los extraños no es nada comparado con lo que puede hacerle a la propia familia. Estaba más que convencido de que, con el tiempo y la dedicación necesarios, podía inducir a Shay a colocarse una soga alrededor del cuello, atar el otro extremo al barandal de la casa del número dieciséis y lanzarse al vacío.

Con la cabeza reclinada hacia atrás y los ojos entrecerrados, Shay contemplaba a los Hearne moverse por el taller de Papá Noel.

—Según parece estás decidido a instalarte aquí de nuevo —me dijo—. Me ha dicho un pajarito que fuiste a ver a Imelda Tierney el otro día.

—Tengo amigos en las altas esferas. Como tú, al parecer.

—¿Qué querías de Imelda? ¿Conversación o solo echar un polvo?

—Venga ya, Shay, no me infravalores. Algunos tenemos mejor gusto que eso, no sé si me entiendes—. Le hice un guiño y detecté el afilado destello en su ojo mientras empezaba a preguntarse cuáles eran mis intenciones.

—Calla —me reprendió Jackie—. No seas criticón. Tú tampoco eres Brad Pitt, por si nadie te lo ha dicho.

—¿Has visto a Imelda recientemente? Antes no es que fuera ningún bellezón, pero, madre mía, está hecha una pena.

—Un amigo mío se la tiró una vez —explicó Shay—. Hace un par de años. Me contó, me juró y perjuró, vamos, que cuando le quitó las bragas fue como mirar a uno de los ZZ Top a la cara.

Me eché a reír y Jackie soltó un aluvión de indignación subido de tono, mientras que Carmel se mantuvo al margen. Me dio la sensación de que ni siquiera había escuchado la última parte de la conversación. Tenía la falda plisada entre los dedos y la vista perdida en el suelo, como si estuviera en trance.

—¿Te encuentras bien, Melly? —pregunté.

Me miró desconcertada.

—Ah, sí. Supongo. Es solo que... Bueno, ya sabéis... Se me hace rarísimo. ¿A vosotros no?

—Claro que sí —contesté yo.

—No dejo de pensar que subiré la vista y Kevin estará ahí, ahí mismo, debajo de Shay. Cada vez que no lo veo estoy a punto de preguntarme dónde andará. ¿No os ocurre a vosotros lo mismo?

Alargué una mano y le di un apretoncito.

—Pedazo de capullo —exclamó Shay con un ataque repentino de violencia.

—¿Por qué dices eso? —le preguntó Jackie.

Shay sacudió la cabeza y le dio una calada al cigarrillo.

—A mí también me encantaría saberlo —me sumé yo.

—No hablaba en serio, ¿verdad, Shay? —lo defendió Carmel.

—Cada cual que piense lo que le convenga.

—¿Por qué no simulamos que somos todos unos ignorantes y nos lo explicas tú?

—¿Quién dice que haya que simular?

Carmel se echó a llorar.

Shay la consoló, en tono amable, pero también cansino, como si se lo hubiera dicho ya cientos de veces esa semana:

–Venga, Melly. No llores.

–No puedo evitarlo. ¿No podríamos portarnos con cariño los unos con los otros, aunque fuera solo por esta vez? ¿Después de todo lo que ha pasado? El pobrecillo de Kevin está *muerto*. No regresará nunca jamás. ¿Por qué seguimos aquí fastidiándonos unos a otros?

–Venga, Carmel, cariño –la tranquilizó Jackie–. Solo estamos bromeando. No hablamos en serio.

–Habla por ti –le dijo Shay.

–Somos familia, cielo –dije yo–. Esto es lo que hacen las familias.

–Por una vez, Don Sabelotodo tiene razón –apuntó Shay.

Carmel lloraba a moco tendido.

–No paro de pensar en los cinco aquí sentados el viernes pasado... Estaba flotando de felicidad, de verdad. Jamás se me ocurrió que sería la última vez, ¿sabéis? Creí que no era más que el principio.

–Te entiendo –la sosegó Shay–. ¿Podrías intentar serenarte, cielo? Hazlo por mí, vamos.

Se enjugó una lágrima con un nudillo, pero no consiguió dejar de llorar.

–Que Dios me perdone, pero sabía que algo malo iba a pasar después de lo de Rosie. ¿Vosotros no? Simplemente me esforcé por no pensar en ello. ¿Creéis que esto es mi merecido?

–*Carmel*, venga ya –la reprendimos todos al unísono.

Carmel intentó añadir algo más, pero quedó enmarañado en un patético cruce entre un trago de saliva y un sollozo inmenso.

A Jackie empezó a temblarle la barbilla también. En cualquier momento aquello iba a convertirse en una fiesta del llanto.

–Dejadme que os diga qué me jode a mí. Me siento fatal por no haber estado aquí el domingo pasado por la noche, la noche en que Kevin... –Sacudí la cabeza contra la verja y dejé la frase a medias–. Fue nuestra última oportunidad –añadí, con la vista clavada en un cielo cada vez más oscurecido–. Debería haber estado aquí.

La mirada cínica de soslayo que me lanzó Shay me indicó que a él no se la había colado, pero las chicas tenían los ojos abiertos como platos, se mordían los labios y rebosaban compasión. Carmel pescó un pañuelo y pospuso el resto de sus lágrimas para después, ahora que un hombre necesitaba atención.

–Ah, Francis –lamentó Jackie, alargando el brazo para darme unas palmaditas en la rodilla–. ¿Cómo ibas a saberlo?

–Eso no es lo que importa. Lo que importa es que primero me perdí veintidós años de su vida y luego me perdí las últimas horas de su existencia. Ojalá... –Sacudí la cabeza, busqué a tientas otro cigarrillo e hice varios intentos hasta conseguir encenderlo–. No importa –continué, tras darle un par de largas caladas para intentar controlar mi voz–. Venga, contádmelo todo. Explicadme cosas de esa noche. ¿Qué me perdí?

Shay soltó un bufido que le mereció sendas miradas atónitas de las chicas.

–Espera que piense un minuto –dijo Jackie–. Fue otra noche más, ya me entiendes. Nada especial. ¿Verdad, Carmel?

Las dos se miraron fijamente, mientras intentaban recordar. Carmel se sonó la nariz.

–A mí me pareció que Kevin estaba un poco raro. ¿A vosotros no?

Shay negó con la cabeza con gesto de repugna y les volvió la espalda, como si quisiera alejarse de todo.

–A mí me dio la sensación de que estaba estupendamente –opinó Jackie–. Estuvo jugando afuera con Gav y los niños al fútbol.

–Pero fumaba mucho. Después de cenar, Kevin nunca fuma a menos que esté nervioso.

Ahí lo teníamos. Las oportunidades de mantener conversaciones íntimas de tú a tú en casa de mi madre escaseaban («Kevin Mackey, ¿qué diantres andáis cuchicheando los dos? Si es tan interesante, todos queremos oírlo...»). Si Kevin había necesitado hablar con Shay, y el pobre idiota debió de andar persiguiéndolo al comprobar que yo ignoraba sus llamadas (no debió de ocurrírsele nada más astuto), seguramente había salido a fumar un cigarrillo con él en aquellas mismas escaleras.

Y debió de liarla. Debió de andar toqueteando su cigarrillo, hurgando y balbuceando hasta soltar todas las piezas sueltas que se deslizaban en su pensamiento. Todos aquellos gestos raros debieron de concederle a Shay el tiempo necesario para recuperarse y soltar una carcajada: «Por todos los santos, tío, ¿en serio intentas convencerte de que yo maté a Rosie Daly? Lo has malinterpretado todo. Si quieres saber lo que ocurrió realmente... –Y una rápida mirada hacia la ventana, mientras apagaba la colilla en las escaleras–. Ahora no, no hay tiempo. ¿Por qué no quedamos aquí después? Regresa después de marcharte. No llames a mi casa o mamá querrá saber qué tramamos y los bares estarán cerrados a esa hora. Nos encontraremos en el número dieciséis. No tardaremos mucho, ¿de acuerdo?».

Es lo que yo habría hecho de haber estado en la piel de Shay, y me habría resultado igual de fácil. A Kevin seguramente no le habría entusiasmado la idea de regresar al número dieciséis, sobre todo en medio de la oscuridad, pero Shay era mucho más listo que él y estaba infinitamente más desesperado, y Kevin siempre había sido fácil de convencer. Jamás se le habría ocurrido temer a su propio hermano, no con esa clase de temor. Para haberse criado en nuestra familia, Kevin era tan inocente que parecía tonto de remate.

—Créeme, Francis, no pasó nada extraordinario —explicó Jackie—. Habían jugado un partido de fútbol y luego cenamos y vimos un poco la tele... Kevin estaba *perfectamente*. No te culpes, por favor.

—¿Sabéis si llamó por teléfono o recibió alguna llamada? —pregunté.

Shay me miró de reojo un instante, con ojos entrecerrados y analíticos, pero mantuvo la boca cerrada.

—Se estaba enviando mensajitos con alguna chica, creo que con Aisling —explicó Carmel—. Yo le dije que no se aprovechara de ella, pero Kevin me respondió que yo no tenía ni idea de cómo eran las cosas hoy en día... Me hablaba con un deje de superioridad increíble, de verdad. A eso me refiero al decir que estaba raro. La última vez que lo vi y... —Se le había apagado la voz y ahora sonaba herida; en cualquier momento rompería a llorar de nuevo.

—¿Nadie más?

Las chicas sacudieron la cabeza.

—Vaya —dije yo.

Jackie preguntó:

—¿Por qué lo preguntas? ¿Acaso habría alguna diferencia?

—Elemental, querido Watson —pronunció Shay mirando al dorado cielo—. ¿Acaso lo dudas?

—Expongámoslo de esta manera —contesté yo—: He escuchado un montón de explicaciones distintas para lo que les ocurrió a Rosie y a Kevin. Y ninguna de ellas me convence.

—Ni a nadie —apostilló Jackie.

Carmel desconchó unas burbujas de pintura de la verja con una uña.

—Los accidentes ocurren —dijo—. A veces todo sale terriblemente mal sin razón alguna, ¿sabes?

—No, Melly, no lo sé. A mí esa me parece otra más de las explicaciones que han intentado que me trague a la fuerza:

un gran zurullo apestoso de mierda que ni Rosie ni Kevin merecen. Y no estoy de humor para tragármelo.

Carmel replicó, con una certeza que atemperó su voz como una roca:

—Nada va a mejorar las cosas, Francis. Todos estamos destrozados y ninguna explicación en el mundo podría arreglarlo. ¿Por qué no lo dejas de una vez?

—Lo haría, pero mucha otra gente no, y una de las principales teorías me sitúa como el principal malhechor. ¿Crees que puedo olvidarlo sin más? ¿No eras tú quien decía que quería que siguiera viniendo por aquí? Pues reflexiona un poco sobre las implicaciones de hacerlo. ¿Quieres acaso que pase cada domingo en una calle cuyos vecinos creen que soy un asesino?

Jackie se revolvió en su escalón.

—Ya te lo he dicho. No son más que habladurías. Se acabará pasando —me tranquilizó.

—Entonces, si yo no soy el malo y Kevin tampoco, decidme. ¿Qué ha ocurrido exactamente? —pregunté.

Se produjo un largo silencio. Los escuchamos venir antes de verlos: voces de niños entretejiéndose, el rápido murmullo de sus correteos en algún punto entre el resplandor de la larga luz vespertina en la parte alta de la carretera. Emergieron de dicho resplandor dibujando una maraña de siluetas negras, los hombres altos como farolas, los niños borrosos y parpadeantes unos contra otros. Holly gritó:

—¡Papi!

Y yo levanté una mano para saludarla, aunque me resultaba imposible descifrar cuál de aquellas figuras era. Sus sombras se prolongaban sobre el asfalto frente a ellos y proyectaban formas misteriosas a nuestros pies.

—Bueno —dijo Carmel en voz bajita, para sí misma. Respiró hondo y se pasó los dedos por debajo de los ojos para asegurarse de que no le quedaban lágrimas—. Ya está.

–La próxima vez que se nos presente la oportunidad tendréis que acabar de contarme qué pasó el domingo pasado –insistí.

–Se hizo tarde. Mamá, papá y yo nos metimos en la cama, y Kev y Jackie volvieron a sus casas –concluyó Shay. Arrojó su cigarrillo por encima de la barandilla y se puso en pie–. Fin de la historia –sentenció.

En cuanto regresamos al interior del piso, mamá puso la directa para recriminarnos por haberla dejado tanto rato sola. Andaba haciéndoles cosas terribles a unas hortalizas y lanzando órdenes a la velocidad del rayo:

–Carmel, Jackie, como te llames, empieza a servir las patatas. Shay, coloca eso ahí, ahí *no*, pedazo de tonto, *aquí*. Ashley, cielo, limpia la mesa con una bayeta para la abuelita, ¿quieres? Y Francis, tú entra ahí y habla con tu padre; quiere volver a meterse en la cama y necesita un poco de compañía. ¡Vamos! –Me sacudió con un paño de cocina en la cabeza para que me pusiera en marcha.

Holly había estado apoyada a mi lado enseñándome un objeto de cerámica pintada que había comprado en el poblado navideño para regalárselo a Olivia y explicándome con todo lujo de detalle que había conocido a los elfos de Papá Noel, pero al ver aquello se apartó y se escurrió entre sus primos con discreción, lo cual me pareció que demostraba que tenía buen criterio. Sopesé la posibilidad de imitarla, pero mi madre tiene una habilidad de rezongar tanto tiempo que parece un superpoder y el paño de cocina se agitaba de nuevo en mi dirección. Me aparté de en medio.

En aquel dormitorio hacía más frío que en el resto del piso y reinaba la paz. Mi padre estaba acostado, apoyado en un montón de almohadas y, al parecer, sin hacer nada, salvo, quizá, escuchar las voces procedentes del resto de la casa. Toda aquella cursilería recargada a su alrededor (la decoración en tonos melocotón, las cortinas y el edredón con flecos, el fulgor apagado de una lámpara de pie) hacían que pareciera estar fuera de lugar y le imprimían un aspecto más viril y más salvaje. Entendí entonces por qué las chicas se habían peleado otrora por él: la inclinación de su mandíbula, sus arrogantes pómulos prominentes y esa chispa incansable en sus ojos azules. Por un instante, bajo aquella luz nada fidedigna, aún pareció el indomable Jimmy Mackey.

Pero sus manos lo delataban. Estaban destrozadas. Tenía los dedos hinchados y curvados hacia adentro, las uñas blancas y toscas como si ya estuvieran en proceso de descomposición, y nunca dejaban de moverse sobre la cama, arrancando con nerviosismo las hebras deshilachadas de la manta. La habitación apestaba a enfermedad, a medicamentos y a pies.

–Me ha dicho mamá que querías hablar –dije.

–Dame un cigarrillo –me ordenó.

Aún parecía sobrio, pero es que mi padre ha dedicado toda su vida a construir su tolerancia al alcohol y le hace falta beber cantidades industriales para que se le note. Acerqué la mesa del tocador de mamá a la cama, con cuidado de no colocarla demasiado cerca.

–Pensaba que mamá te tenía prohibido fumar aquí.

–Me importa un comino lo que diga esa zorra.

–Me alegra ver que seguís tan enamorados como el primer día.

–Y tú también puedes irte a la mierda. Dame un pitillo.

–Ni de coña. Tú puedes fastidiar a mamá cuanto quieras, pero yo no tengo ninguna intención de que me inscriba en su lista negra.

Mis palabras le hicieron sonreír, pero no de felicidad.

–Pues que tengas buena suerte –dijo, pero de repente pareció completamente despierto y me miró con más intensidad–. ¿Por qué?

–¿Por qué no?

–Nunca en toda tu vida te has preocupado de hacerla feliz.

Me encogí de hombros.

–Mi hija la adora. Y si eso implica que tengo que pasar una tarde a la semana apretándome los dientes y lamiéndole el culo a mamá para que Holly no nos vea despellejándonos el uno al otro, pues lo haré. Pídemelo de buenas maneras e incluso te haré la pelota a ti, al menos cuando Holly esté presente.

Papá se echó a reír. Se recostó en sus almohadas y estalló en tales risotadas que estas dieron paso a un ataque espasmódico de una tos ronca y húmeda. Me hizo un gesto con la mano, mientras intentaba recobrar el aliento, y me señaló una caja de pañuelos de papel que descansaba sobre el tocador. Se la acerqué. Carraspeó, escupió en un pañuelo, lo arrojó a la papelera y falló; yo no lo recogí. Cuando recobró el habla dijo:

–Chorradas.

–¿Qué quieres decir?

–Si te lo cuento, no te gustará.

–Sobreviviré. ¿Cuándo fue la última vez que me gustó algo que saliera de tu boca?

Mi padre alargó la mano con gesto de dolor hacia la mesilla de noche para coger su vaso de agua (o lo que fuera) y se tomó su tiempo para beber con calma.

–Que todo eso de tu hija no son más que bobadas –añadió, mientras se enjugaba la boca–. Es una niña fantástica. Pero a ella le importa un cuerno si tu madre y tú os lleváis bien, y lo sabes perfectamente. Tienes tus propias razones para mantener contenta a tu madre.

—A veces, papá, la gente procura ser amable con los demás. Sin motivo aparente –repliqué–. Sé que te resulta difícil de imaginar, pero créeme: ocurre.

Sacudió la cabeza. Aquella sonrisa dura había regresado a su rostro.

—Tú no –sentenció.

—Quizá sí o quizá no. Quizá convenga que recuerdes que no sabes un carajo acerca de mi vida.

—Ni lo necesito. Conozco a tu hermano y sé que sois los dos idénticos desde que nacisteis.

No supe descifrar si hablaba de Kevin o de Shay.

—Pues yo no nos veo el parecido –lo contradije.

—Sois la viva imagen el uno del otro. Ninguno de los dos ha hecho nada jamás en la vida sin tener una buena razón y ninguno le ha revelado jamás a nadie cuál era esa razón a menos que se haya visto obligado a hacerlo. La verdad es que no puedo renegar de ninguno de los dos, eso es evidente.

Se estaba divirtiendo. Yo sabía que debía mantener el pico cerrado, pero me resultó imposible.

—Yo no me parezco a nadie de esta familia –espeté–. A nadie. Me largué de esta casa para evitar que eso ocurriera. Y me he pasado la vida entera asegurándome de que así sea.

Papá arqueó las cejas con gesto sardónico.

—Vaya, lo que hay que oír. ¿Es que no somos lo suficientemente buenos para ti? Pues lo fuimos lo bastante para darte un techo durante veinte años.

—¿Qué puedo decir a eso? El sadismo gratuito no va conmigo.

Volvió a soltar una risotada, en esta ocasión profunda y cruda como un ladrido.

—¿Ah no? Al menos yo sé que soy un cabrón. Y tú, ¿crees que no lo eres? Venga: mírame a los ojos y dime que no disfrutas viéndome en este estado.

–Es un caso especial. No disfrutaría si fuera alguien más agradable quien estuviera aquejado.

–¿Lo ves? Estoy hecho polvo y tú te recreas. Lo llevas en la sangre, hijo. De tal palo, tal astilla.

–Yo nunca en toda mi vida he pegado a una mujer –repliqué–. Y nunca en toda mi vida he pegado a un niño. Y mi hija jamás en su vida me ha visto borracho. Entiendo que solo un hijo de puta integral se sentiría orgulloso de tales cosas, pero no puedo evitarlo. Cada una de ellas demuestra que no tengo absolutamente nada en común contigo.

Mi padre me observó con severidad.

–¿Crees que eres mejor que yo? –me preguntó.

–Creer tal cosa no sería dármelas de nada. He visto perros callejeros mucho mejores que tú.

–Entonces dime algo y zanjemos la conversación de una vez para siempre: si eres tan santo como crees y nosotros somos una pandilla de indeseables, ¿por qué utilizas a esa niña como excusa para venir aquí?

Había puesto ya rumbo hacia la puerta cuando escuché a mi espalda:

–¡Siéntate!

Volvió a sonar como la voz de papá, plena y fuerte y joven. Agarró del pescuezo a mi yo de cinco años y lo arrastró hasta la silla antes de darme tiempo de saber qué había ocurrido. Una vez allí tuve que fingir que era por elección propia.

–Diría que más o menos hemos acabado –observé.

Dar aquella orden le había costado un mundo: estaba inclinado hacia delante, respiraba con dificultad y se aferraba al edredón con todas sus fuerzas. Con voz entrecortada dijo:

–Yo te diré cuándo hemos acabado.

–Está bien. Siempre que sea pronto.

Papá se recolocó las almohadas tras la espalda (no me ofrecí a ayudarlo: la mera idea de que nuestros rostros estuvieran tan próximos me erizaba la piel) y poco a poco recuperó el aliento. La grieta del techo con forma de coche de carreras seguía pendiendo sobre su cabeza, la misma grieta en la que yo acostumbraba a clavar la mirada cuando me despertaba temprano por las mañanas y me tumbaba en la cama soñando despierto y escuchando a Kevin y a Shay respirar, dar vueltas en la cama y murmurar. La luz dorada se había desvanecido; al otro lado de la ventana, el cielo sobre los jardines traseros viraba a un tono azul marino frío.

–Escúchame bien –me advirtió mi padre–. No me queda mucho tiempo.

–Eso se lo cuentas a mamá, que es una erudita en la materia.

Mi madre llevaba a las puertas de la muerte desde que yo tengo memoria, principalmente a causa de dolencias misteriosas relacionadas con sus partes bajas.

–Nos sobrevivirá a todos, aunque solo sea porque es un mal bicho. Mientras que yo no puedo asegurar que vaya a llegar a las próximas Navidades.

Exageraba, allí tumbado con una mano presionada contra el pecho, pero algo en su voz me revelaba que hablaba en serio, al menos en parte.

–¿De qué planeas morir? –pregunté.

–¿Y a ti qué te importa? Podría arder en el infierno y no moverías ni un dedo por ayudarme.

–En eso no te equivocas, pero siento curiosidad. Jamás había pensado que ser un cabronazo fuera una enfermedad mortal.

–La espalda me duele cada día más –me explicó–. La mitad del tiempo no me siento las piernas. El otro día me caí al suelo dos veces mientras intentaba ponerme los pantalones por la mañana; las piernas me flaquearon. El médico dice que estaré postrado en una silla de ruedas antes del verano.

—Permíteme adivinar –lo interrumpí–. ¿Te ha dicho también el médico que la «espalda» te mejoraría, o como mínimo dejaría de empeorar, si dejaras la bebida?

Puso expresión de desprecio.

—No seas mariquita. A ver si te sueltas ya de la teta de tu madre y bebes algo de verdad. Unas cuantas cervezas nunca le han hecho daño a nadie.

—Unas cuantas cervezas no, pero unos cuantos vodkas sí. Además, si la bebida es tan sana, ¿de qué te vas a morir?

—Ser un tullido no es modo de vivir para un hombre –contestó–. Estar todo el día encerrado en una clínica y con alguien limpiándote el cuelo, ayudándote a levantarte y acompañándote al lavabo; no tengo tiempo para todas esas pamplinas. Si acabo así, me mato.

Una vez más, bajo la pátina de autocompasión se entreveía que hablaba en serio. Probablemente fuera porque la clínica de reposo no tenía minibar, pero lo que le importaba era otra cosa: prefería la muerte a los pañales.

—¿Cómo?

—Tengo mis planes.

—Creo que me he perdido algo. ¿Qué quieres de mí? Porque si lo que buscas es compasión, se me ha acabado. Y si lo que quieres es una mano que te ayude, creo que hay cola.

—No te pido nada, imbécil. Intento decirte algo importante, pero para eso tendrás que cerrar tu maldita bocaza el tiempo necesario para dejarme hablar. ¿O es que te gusta demasiado tu voz y no puedes resistir escucharte?

Quizá esto sea lo más patético que he admitido: en el fondo de mi ser, una pizca de mí se aferraba a la idea de que realmente tuviera algo interesante que decirme. Era mi padre. Cuando yo era un niño, antes de que cayera en la cuenta de que era un hijo de la grandísima puta de primera categoría, me parecía el hombre más inteligente del mundo;

lo sabía todo sobre todo, podía derribar a la Masa con una mano mientras levantaba un piano de cola con la otra, y una sonrisa suya me alegraba todo el día. Y si alguna vez había necesitado yo una perla de sabiduría paterna, era aquella noche.

—Te escucho —lo invité.

Papá se incorporó con dolor en la cama.

—Un hombre debe saber olvidar —dijo.

Esperé, pero me observaba con atención, como si aguardara alguna respuesta. Al parecer, esa era la suma total de iluminación que iba a obtener de él. Me habría gustado sacudirme un puñetazo en los dientes por ser tan idiota de esperar algo más.

—Fantástico —apunté—. Un millón de gracias. Lo recordaré.

Empecé a ponerme en pie de nuevo, pero una de esas manos deformes me agarró de la muñeca, con más rapidez y fuerza de lo que yo habría esperado. El roce de su piel me puso los pelos de punta.

—Siéntate ahí y escúchame bien. Lo que quiero decirte es lo siguiente: he convertido mi vida en una basura infinita, hasta el hartazgo. Y no soy un hombre débil. La primera vez que alguien me ponga un pañal, me mato, porque en ese momento se habrán agotado todas las posibilidades de ganar alguna batalla. Hay que saber contra qué se lucha y contra qué más vale claudicar. ¿Me entiendes?

—Déjame que te pregunte algo —repliqué—: ¿Por qué de repente te importa mi actitud hacia algo, si nunca te ha importado un bledo?

Esperaba que se pusiera furioso, pero no lo hizo. Me soltó la muñeca y se masajeó los nudillos, examinándose la mano como si perteneciera a otra persona.

—Lo tomas o lo dejas —anunció—. No puedo obligarte a nada. Pero si hay algo que me gustaría haberte enseñado hace mucho tiempo es eso. Yo habría hecho menos daño. A mí mismo y a todos los que me rodean.

Esta vez fui yo quien profirió una carcajada.

–¡Que me aspen! ¿Acabo de oírte asumir la responsabilidad por algo? Debes de estar muriéndote, es verdad...

–No te burles. Ya sois todos mayores; si queréis arruinar vuestras vidas, es vuestra culpa, no la mía.

–Entonces ¿a qué diantres te refieres?

–Solo lo digo. Hay cosas que se torcieron hace cincuenta años y la vida siguió su cauce. Ya era hora de que se detuvieran. Si hubiera tenido el sentido común necesario para olvidarlas hace tiempo, muchas cosas habrían sido diferentes. Todo habría sido mejor.

–¿Estás hablando de lo que sucedió con Tessie O'Byrne? –quise saber.

–Ella no es asunto tuyo, y vigila bien lo que dices de Tessie. Lo que digo es que no hay motivo para que a tu madre se le parta el corazón en vano otra vez. ¿Me has entendido?

Tenía los ojos de un azul urgente e incandescente, abarrotados de secretos demasiado íntimos para que yo pudiera desentrañarlos. Sin embargo, fueron sus puntos débiles (jamás en mi vida había visto a mi padre preocupado porque alguien pudiera resultar herido) los que me revelaron que algo colosal y peligroso atravesaba el aire de aquel dormitorio.

–No estoy seguro –contesté tras una larga pausa.

–Pues entonces espera a estarlo antes de cometer ninguna tontería. Conozco a mis hijos; siempre los he conocido. Sé que tenías tus razones para venir hasta aquí. Pero mantenlas alejadas de esta casa hasta que estés completamente seguro de saber lo que buscas.

Fuera, mamá se quejó de algo y Jackie murmuró algo para defenderse.

–Daría un riñón por leerte el pensamiento en estos momentos.

–Soy un moribundo. Procuro arreglar unas cuantas cosas antes de morir. Te digo que lo dejes correr. No necesitamos más problemas por aquí. Regresa adonde estabas y déjanos en paz.

–Papá –dije, sin poder contenerme.

De repente mi padre pareció exhausto. Tenía el rostro del color del cartón piedra mojado.

–Estoy harto de verte. Lárgate de aquí y dile a tu madre que desfallezco por una taza de té, y que esta vez me prepare algo fuerte y decente, y no ese pis que me dio esta mañana.

No me apetecía discutir. Lo único que quería era agarrar a Holly por el brazo y evaporarme de aquel infierno. A mamá se le reventaría un vaso sanguíneo al saber que no íbamos a quedarnos a cenar, pero pensé que ya había traqueteado bastante la jaula de Shay por aquella semana, y creí que había infravalorado seriamente mi umbral de tolerancia para con mi familia. Andaba ya intentando decidir cuál era el mejor restaurante para hacer una parada y alimentar a Holly de camino a casa de Liv mientras contemplaba su bonita carita hasta recobrar el latido habitual de mi corazón.

–Te veré la semana que viene –me despedí desde la puerta.

–Te lo aconsejo: márchate a tu casa y no regreses.

No volvió la cabeza para mirarme. Lo dejé allí, tumbado boca arriba en sus almohadas y con la vista perdida en el oscuro cristal de la ventana, tirando nervioso de los hilos sueltos de la manta con aquellos dedos deformes.

Mamá estaba en la cocina, apuñalando como una sádica una articulación de un pedazo de carne a medio cocer y metiéndose con Darren, vía Carmel, por ir vestido de aquella manera («... no conseguirá un trabajo decente mientras vaya por ahí vestido como un pervertido, luego no digas que no te he advertido, llévatelo de compras, dale una buena patada en el trasero y cómprale un par de pantalones elegantes...»). Jackie, Gavin y el resto de los hijos de Carmel estaban en trance delante del televisor, mirando boquiabiertos a un tipo sin camiseta que se estaba comiendo algo serpenteante con un montón de antenas. No había rastro de Holly. Ni de Shay.

21

Pregunté, y me traía sin cuidado si mi voz sonaba normal o no:

—¿Dónde está Holly?

Ninguno de los que estaban sentados delante del televisor se dio la vuelta. Mamá, que estaba en la cocina, gritó:

—Ha arrastrado a su tío Shay al piso de arriba para que la ayude con los deberes de matemáticas. Si subes, Francis, diles a los dos que la cena estará lista en media hora y que no vamos a esperarlos... ¡Carmel O'Reilly, ven aquí ahora mismo y escúchame bien! No lo dejarán presentarse a los exámenes si va por ahí vestido como Drácula...

Subí las escaleras como si fuera ingrávido. Duraron un millón de años. Por encima de mi cabeza oía la voz de Holly parloteando sobre algo, dulce, feliz e inocente. No respiré hasta que llegué al descansillo de la planta superior, delante de la puerta del apartamento de Shay.

—¿Era guapa Rosie? —oí preguntar a Holly.

Me detuve tan secamente que casi me empotro contra la puerta, como en unos dibujos animados.

—Sí que lo era —contestó Shay.

—¿Más guapa que mi mami?

–No conozco a tu mami, ¿recuerdas? Pero, viéndote a ti, diría que Rosie era casi tan guapa. No tanto, pero casi.

Prácticamente pude ver la sonrisa insinuada de Holly al oír aquellas palabras. Parecía que se llevaban bien, sonaban cómodos, tal como sonarían un tío y su sobrina preferida. Shay, el muy cabrón, tenía la sangre fría de sonar sereno.

–Mi papi iba a casarse con ella –continuó Holly.

–Quizá.

–Iba a hacerlo.

–Pero nunca lo hizo. Ven aquí; intentémoslo de nuevo: si Tara tiene ciento ochenta y cinco pececitos de colores y en cada pecera caben siete, ¿cuántas peceras necesita?

–No se casó con ella porque Rosie murió. Les escribió a su padre y a su madre una nota diciéndoles que se iba a Inglaterra con mi papi, pero alguien la mató.

–De eso hace mucho tiempo. Venga, no cambies de tema. Esos pececillos no se van a colocar solos en las peceras.

Una risita seguida de una larga pausa, mientras Holly se concentraba en su división, con algún murmullo alentador esporádico por parte de Shay. Me apoyé en la pared junto al marco de la puerta, recuperé el aliento e intenté ordenarme el pensamiento.

Los músculos de mi cuerpo me pedían irrumpir a la fuerza en aquel piso y agarrar a mi hija, pero el hecho era que Shay no estaba completamente loco (al menos todavía) y que Holly no corría peligro. Más que eso: intentaba hacerlo hablar de Rosie. Y yo he aprendido a las malas que Holly es más pertinaz que prácticamente nadie en este planeta. Todo lo que le sacara a Shay entraría directamente a formar parte de mi arsenal.

–¡Veintisiete! –exclamó Holly triunfante–. Y en la última solo caben tres peces.

–Muy bien. Buen trabajo.

–¿La persona que mató a Rosie, lo hizo para que no se casara con mi padre?

Un segundo de silencio.

–¿Es eso lo que piensa él?

Pequeño hijo de puta. Apreté con tal fuerza la mano que tenía aferrada a la barandilla que me dolió. Holly contestó con tono de indiferencia:

–No se lo he preguntado.

–Nadie sabe por qué mataron a Rosie Daly. Y ahora es ya demasiado tarde para averiguarlo. Lo hecho, hecho está.

–Mi papi lo averiguará –refutó Holly, con esa confianza instantánea y sobrecogedora que aún tienen los críos de nueve años.

–¿Ah, sí? –preguntó Shay.

–Sí. Me lo ha dicho.

–Bueno –dijo Shay, y debo decir en su favor que casi logró hablar sin virulencia–. Tu padre es un madero. Su trabajo es pensar así. Y ahora ven aquí, que voy a leerte otro problema: si Desmond tiene ciento cuarenta y dos golosinas y las comparte con ocho amigos, ¿cuántas le tocan a cada uno?

–Cuando en el libro pone «golosinas», la *seño* nos ha dicho que pongamos «piezas de fruta». Porque las golosinas son malas para la salud. A mí me parece una tontería, porque son imaginarias.

–A mí también me parece una chorrada, pero la división sigue siendo la misma. ¿Cuántas piezas de fruta tocan a cada uno?

El roce rítmico del lápiz contra el papel (llegados a aquel punto tenía el oído tan aguzado que captaba hasta el sonido más sutil procedente del interior del apartamento; probablemente podría haberlos escuchado a los dos parpadear).

–¿Y qué pasó con el tío Kevin? –preguntó Holly.

Otra leve pausa antes de que Shay replicara:

−¿Qué pasó con él?

−¿Lo mató alguien?

−Kevin −dijo Shay, con una voz entrelazada en un nudo extraordinario de cosas que yo jamás había oído antes−. No. A Kevin no lo mató nadie.

−¿Seguro?

−¿Qué dice tu padre?

Otra vez ese encogimiento de hombros.

−*Ya te lo he dicho antes*. No se lo he preguntado. No le gusta hablar del tío Kevin. Por eso te lo pregunto a ti.

−Kevin. Dios. −Shay rio, una risa áspera y vaga−. No sé si ya eres lo bastante mayor para entenderlo. En caso contrario, tendrás que recordarlo hasta que lo seas. Kevin era un niño. Nunca maduró. A los treinta y seis años seguía pensando que en el mundo todo funcionaba como *él* creía que debía funcionar; jamás se le ocurrió pensar que el mundo seguía su propia marcha, le gustase a él o no. Así que entró en una casa en ruinas en medio de la oscuridad, porque dio por sentado que podía hacerlo sin problemas, y se cayó por la ventana. Fin de la historia.

Noté la madera del pasamanos crujir y retorcerse bajo mi garra. La determinación en su voz me reveló que eso era lo que él iba a sostener durante el resto de su vida. Es posible que incluso se convenciera de ello, aunque lo dudaba. Quizá, si el tiempo se lo hubiera permitido, habría llegado a creérsela alguna vez.

−¿Qué significa «en ruinas»?

−Que se cae a pedazos. Que es peligrosa.

Holly reflexionó sobre ello y luego dijo:

−Pues no debería haber muerto.

−No −dijo Shay, pero la calidez había abandonado ya su voz: de repente sonaba exhausto−. No debería haber muerto. Nadie quería que muriera.

495

–En cambio, alguien sí quería que Rosie muriera, ¿no?

–Tampoco. A veces, las cosas simplemente suceden.

–Si mi padre se hubiera casado con ella, no se habría casado con mami –apuntó Holly en tono de desafío– y yo nunca habría nacido. Yo me *alegro* de que muriera.

El botón del temporizador del vestíbulo saltó con un ruido como un disparo (ni siquiera recordaba haberlo pulsado al subir) y me hallé en pie, inmóvil, en medio de una negritud absoluta, con el corazón latiéndome a mil por hora. En aquel preciso instante caí en la cuenta de que no le había explicado a Holly a quién iba dirigida la nota de Rosie. La había leído ella misma.

Un segundo después intuí por qué, tras tocarme la fibra sensible con toda esa patraña de ver a sus primitos, se había llevado sus deberes de matemáticas a casa de la abuela. Necesitaba una excusa para quedarse a solas con Shay.

Holly había planeado cada paso de aquello. Había entrado en casa de Shay, había desplegado todas las artimañas para desvelar secretos que le venían de serie (por vía paterna) y, desplegando unos medios tan astutos como letales, había colocado su mano sobre ellas y las había hecho suyas.

«De tal palo tal astilla», me susurró la voz de mi padre al oído y, luego, con un matiz sarcástico: «¿Te crees mejor padre que yo?». Yo dándome ínfulas de superioridad y recreándome en cómo la habían fastidiado Olivia y Jackie, y nada de lo que ninguna de ellas pudiera haber hecho, ni siquiera en un momento olvidado, nos habría salvado de aquello. Todo aquello era mío. Me habría puesto a aullarle a la luna como un hombre-lobo y me habría mordido las muñecas para sacarme aquello de las venas.

–No digas eso –la reprendió Shay–. Está muerta. Olvídala. Déjala descansar en paz. Venga, acaba los deberes de matemáticas.

El suave susurro del lápiz sobre el papel.

–¿Cuarenta y dos?

–No. Vuelve a comenzar; no estás concentrada.

–¿Tío Shay? –dijo Holly.

–¿Ajá?

–Una pregunta. ¿Te acuerdas cuando yo estaba aquí y sonó el teléfono y tú te encerraste en el dormitorio?

Pude oírla aumentando la tensión. Y Shay también: su voz empezaba a revelar las primeras notas de recelo.

–Sí, ¿qué?

–Pues que se me rompió la punta del lápiz y no encontraba un sacapuntas porque Chloe se lo llevó a clase de Dibujo. Esperé un montón de rato, pero tú no dejabas de hablar por teléfono.

Shay preguntó con tono cariñoso:

–¿Qué hiciste?

Un silencio prolongado.

–Busqué otro lápiz. En esa cajonera.

Otro silencio prolongado. Solo se oía a una mujer hablando como una cotorra en la tele del piso inferior, con la voz amortiguada por aquellas gruesas paredes, las pesadas alfombras y los altos techos.

–Y encontraste algo –dijo Shay.

–Lo siento –se disculpó Holly con un hilillo de voz apenas perceptible.

Estuve a punto de atravesar la puerta casi sin molestarme en abrirla. Dos cosas me frenaron de hacerlo. La primera de ellas es que Holly tenía nueve años, creía en las hadas y no estaba segura de si Papá Noel existía. Unos meses atrás me había explicado que, cuando era pequeña, un caballo alado solía llevársela por la ventana de su dormitorio por las noches a explorar el ancho mundo. Si su prueba podía usarse como un arma sólida, si algún día a mí me interesaba que alguien más la creyera, tenía que ser capaz de respaldar su versión. Necesitaba oírselo decir a Shay.

La segunda es que no tenía sentido, o no ahora, irrumpir allí con toda la caballería para salvar a mi hijita del malo de la película. Me quedé mirando a la grieta de luz que rodeaba la puerta y escuché, como si me hallara a un millón de kilómetros y llegara un millón de años tarde. Sabía exactamente qué opinaría Olivia, qué opinaría cualquier ser humano, pero me quedé allí de pie, inmóvil, y dejé que Holly hiciera el trabajo sucio por mí. He hecho las cosas más chungas durante toda mi vida y nada me ha privado del sueño por la noche, pero aquella ocasión era especial. Si existe el infierno, aquel momento en aquel recibidor en la penumbra me franqueó la entrada directa.

Shay preguntó, como si le costara respirar:

—¿Se lo has contado a alguien?

—No. Ni siquiera sabía qué era hasta que hace un par de días se me ocurrió.

—Holly, cielo, escúchame bien. ¿Sabes guardar un secreto?

Holly respondió con algo que sonó espantosamente a orgullo:

—La vi hace un montón de tiempo, hace un montón de meses, y no se lo he contado a nadie.

—Es verdad. No lo has hecho. Eres una buena chica.

—¿Ves?

—Sí, lo veo. ¿Crees que podrás seguir guardando el secreto? ¿Seguir sin contárselo a nadie?

Silencio.

—Holly, si se lo cuentas a alguien, ¿qué crees que pasará? —preguntó Shay.

—Que te meteré en problemas.

—Quizá. Yo no he hecho nada malo, ¿me escuchas?, pero hay muchas personas que no lo creerán. Podrían meterme en la cárcel. ¿Te gustaría que eso pasara?

Con voz menguante, Holly contestó, supongo que mirando al suelo:

—No.

—Eso creía. Y aunque no me encerraran, ¿qué crees que pasaría? ¿Qué diría tu padre?

Un resoplido de incertidumbre, una niñita perdida.

—¿Que se pondría hecho una furia?

—Montaría en cólera. Contigo y conmigo, con los dos, por no decírselo antes. Nunca más te dejaría regresar aquí; no te permitiría volvernos a ver a ninguno de nosotros nunca en la vida. Ni a la abuelita, ni a mí ni a Donna. Y se aseguraría por todos los medios de que tu mami y la tía Jackie no encontraran un modo de engañarlo esta vez. —Y al cabo de unos segundos, después de darle tiempo para asimilarlo, agregó—: ¿Y qué más sucedería?

—Que la abuelita se pondría muy triste.

—La abuelita y tus tías y tus primos. Se quedarían destrozados. Nadie sabría qué pensar. Algunos de ellos ni siquiera te creerían. Se declararía una guerra santa. —Otra pausa para impresionarla—. Holly, cariño, ¿es eso lo que quieres?

—No...

—Claro que no. Tú quieres venir a visitarnos cada domingo y pasar bonitas tardes con todos nosotros, ¿verdad? Quieres que tu abuelita te cocine un bizcocho para tu cumpleaños, como hizo para el de Louise, y que Darren te enseñe a tocar la guitarra cuando tengas las manos un poco más grandes. —Sus palabras se deslizaban sobre ella, cálidas y seductoras, envolviéndola y embaucándola—. Quieres que todos estemos juntos, que vayamos a dar paseos juntos, que preparemos la cena, que nos riamos. ¿Verdad que sí?

—Sí. Como una familia normal.

—Exacto. Y las familias normales se cuidan entre sí. Para eso está la familia.

Holly, como una buena Mackey que es, hizo lo que le salió de manera natural. Con tan solo un titubeo, pero con una nueva certeza nacida de lo más profundo de su ser, prometió:

—No se lo contaré a nadie.

—¿Ni siquiera a tu papi?

—No. A él tampoco.

—Buena chica —la felicitó Shay con un tono tan cariñoso y dulce que la oscuridad que se abría ante mí se volvió de color rojo sangre—. Buena chica. Eres mi sobrinita preferida, ¿lo sabías?

—Sí.

—Y este será nuestro secreto especial. ¿Me lo prometes?

Se me ocurrieron varias maneras de asesinar a alguien sin dejar huellas. Pero antes de darle tiempo a Holly de prometer nada, tomé aliento y abrí la puerta de un empujón.

Componían una bonita estampa. El apartamento de Shay estaba limpio y apenas tenía muebles, habría podido pasar por un barracón: suelos de madera gastados, cortinas de color verde oliva descoloridas, piezas de mobiliario anodinas y azarosas, y blancas paredes desnudas. Yo sabía por Jackie que llevaba viviendo allí dieciséis años, desde que la vieja loca de la señora Field falleció y dejó aquel piso vacante, pero seguía luciendo el aspecto de una vivienda provisional. Shay podría haber empaquetado sus cosas y haberse largado en un par de horas sin dejar rastro.

Holly y él estaban sentados a una pequeña mesa de madera. Con los libros de Holly esparcidos frente a ellos, parecían salidos de una pintura antigua: un padre y una hija en su buhardilla, en cualquier siglo pasado, absortos en algún relato misterioso. El foco de luz de una lámpara alta los hacía resplandecer como joyas en aquella estancia insulsa, Holly con su cabeza dorada y vestida con su rebeca de color rojo rubí y Shay con un jersey verde botella y su cabello moreno y brillante con reflejos azulados. Había colocado un escabel bajo la mesa para que a Holly no le colgaran los pies. Parecía la última adquisición de mobiliario.

Pero aquella preciosa estampa solo duró una fracción de segundo. Ambos ahogaron un gritito como un par de adolescentes sorprendidos infraganti mientras se fuman un porro; el uno la viva estampa del otro, el mismo destello de pánico en los mismos ojos azules.

—¡Estamos haciendo los deberes de matemáticas! —espetó Holly—. El tío Shay me está ayudando.

A Holly le ardía la cara por estar mintiendo, lo cual me resultó un alivio: empezaba a pensar que se estaba convirtiendo en una superespía fría como el témpano.

—Sí, ya me lo has dicho antes —contesté—. ¿Cómo va?

—Bien. —Le lanzó una mirada rápida a Shay, pero él me observaba fijamente, con ojos inescrutables.

—Me alegro. —Me coloqué detrás de ellos y les eché un vistazo sin prisas a los cuadernos por encima de sus hombros—. Bueno, parece que os están saliendo bien las cuentas. ¿Le has dado las gracias a tu tío?

—Sí. Un montón de veces.

Arqueé una ceja en gesto de interrogación dirigido a Shay, quien contestó:

—Sí que lo ha hecho.

—Me alegra saberlo. Soy de los que creen en los buenos modales.

Holly estaba tan incómoda que podría haber saltado de su silla.

—Papi...

—Holly, hijita —la interrumpí—, baja y acaba tus deberes de matemáticas con la abuelita. Si te pregunta dónde estamos el tío Shay y yo, dile que estamos charlando y que bajaremos dentro de un rato. ¿Entendido?

–Entendido. –Había empezado a guardar sus cosas en la mochila del colegio, despacio–. Entonces, ¿no le digo nada más? ¿Solo eso?

Podía dirigirse a cualquiera de los dos.

–Solo eso –contesté–, nada más. Tú y yo hablaremos después. Y ahora vete. Sal de aquí pitando.

Holly acabó de guardar sus cuadernos y nos miró a ambos una última vez: la multitud de expresiones enigmáticas que le cruzaron el rostro, mientras intentaba reordenarse el pensamiento con más diligencia de lo que habría hecho ningún adulto, hizo que me asaltaran unas ganas tremendas de dispararle a las piernas a Shay. Holly se fue. De camino a la puerta, apretó su hombro contra mi pierna un segundo; yo quise estrecharla en un gran abrazo de oso, pero me limité a pasarle una mano por su suave cabecita y a darle un apretoncito rápido en la nuca. La escuchamos descender las escaleras corriendo, ligera como un hada sobre una alfombra gruesa, y luego oímos las voces que la saludaban al entrar en casa de mamá.

Cerré la puerta y dije:

–Y yo que me preguntaba a qué se debía que hubiera mejorado tanto haciendo sus cuentas. Qué divertido, ¿no?

–No es tonta. Solo necesitaba un poco de ayuda –respondió Shay.

–A mí no tienes que decírmelo. Yo ya lo sé. Pero has sido tú quien ha salido en su ayuda. Y creo que mereces que te comunique cuánto te lo agradezco. –Aparté la silla de Holly del foco de luz y del alcance de Shay y me senté–. Tienes un piso bonito.

–Gracias.

–Lo recordaba empapelado con fotografías del padre Pío y apestando a clavos de especia de cuando la señora Field vivía aquí. Seamos honestos: cualquier cambio habría supuesto una mejora.

Shay se acomodó despacio en su silla, en lo que pareció un gesto normal, pero los músculos de sus hombros estaban tensos como los de un gato a punto de saltar.

–¡Vaya! ¡Menudos modales los míos! ¿Te apetece un trago? ¿Un whisky?

–¿Por qué no? Así se me abre el apetito para la cena.

Inclinó su silla para llegar al aparador y sacó una botella y dos vasos anchos.

–¿Hielo?

–Venga. Hagámoslo como es debido.

El hecho de dejarme solo allí hizo que una chispa de destello refulgiera en sus ojos, pero no le quedaba más alternativa. Se llevó los vasos a la cocina: se oyó la puerta del congelador abriéndose y el sonido de los cubitos de hielo al caer en los vasos. Era whisky del bueno, un Tyrconnell de malta.

–Tienes buen gusto –lo felicité.

–¿Te sorprende? –Shay regresó removiendo los cubitos de hielo en los vasos para enfriarlos–. Y no se te ocurra pedirme nada para mezclar.

–Me ofendes...

–Bien. Solo quien no sabe apreciar este whisky lo mezclaría. –Nos sirvió tres dedos a cada uno y empujó un vaso por encima de la mesa hacia mí–: *Sláinte* –brindó, alzando el otro.

–Por nosotros –repliqué yo.

Chocamos los vasos. El whisky dejaba una estela ardiente y dorada, con notas a cebada y a miel. Se me había evaporado toda la rabia; estaba frío, recompuesto y listo como lo había estado siempre en cualquier misión. No quedaba nadie en todo el mundo salvo nosotros dos, observándonos uno a otro por encima de aquella mesa desvencijada, con la cruda luz de la lámpara proyectando sombras como pinturas de guerra sobre el rostro de Shay y apilando grandes montones de ellas en cada rincón. Era una situación perfectamente familiar, casi relajante, como si lleváramos ensayando para aquel momento toda nuestra vida.

—¿Y bien? —preguntó Shay—. ¿Qué se siente al regresar a casa?

—Ha sido para desternillarse. No me lo habría perdido por nada del mundo.

—Cuéntame: ¿hablabas en serio cuando dijiste que irías viniendo de vez en cuando? ¿O simplemente le seguías la corriente a Carmel?

Le sonreí.

—¿Crees que lo haría? No, hablaba en serio. Supongo que estarás extasiado ante la idea.

Hizo una mueca con los labios.

—Carmel y Jackie creen que es porque echabas de menos a tu familia. Les encantan los dramas.

—Me duele que digas eso. ¿Crees acaso que no me importa mi familia? No hablo de ti, sino del resto.

Shay soltó una carcajada sin apartar la vista del vaso.

—Venga ya, conmigo no tienes ningún compromiso.

—Voy a decirte algo que quizá no sepas: todos tenemos compromisos. Pero no le des demasiadas vueltas. Compromiso o no, me dejaré caer por aquí con la frecuencia suficiente para mantener a Carmel y a Jackie felices.

—Bien. Recuérdame que te enseñe cómo llevar a papá al lavabo.

—Ah, es verdad, que el año que viene tú no andarás mucho por aquí, por todo lo de la tienda de bicicletas y eso...

En el fondo de los ojos de Shay destelló una chispa.

—Sí, así es.

Alcé mi vaso hacia él.

—Buena jugada. Supongo que estarás contento ante las expectativas.

—Me lo merezco.

–Claro que sí. No obstante, permíteme aclararte algo: yo iré y vendré, pero no me voy a instalar aquí. –Eché una ojeada divertida alrededor del apartamento–. Algunos de nosotros tenemos una vida, ya sabes a qué me refiero.

De nuevo esa chispa, pero logró que no se le alterara la voz.

–Yo no te he pedido que te mudes a ningún sitio.

Me encogí de hombros.

–Bueno, pues alguien tendrá que quedarse por aquí. Quizá no lo sepas, pero papá... La verdad es que no tiene ninguna gana de que lo metan en una clínica de reposo.

–Tampoco te he pedido tu opinión sobre ese tema.

–Desde luego que no. Pero a buen entendedor pocas palabras bastan: papá me ha contado que tiene planes de contingencia. Si yo fuera tú, contaría las pastillas que ingiere.

La chispa prendió como una bengala.

–Espera un segundo. ¿Intentas decirme cuáles son mis obligaciones para con papá? *¿Tú?*

–Por descontado que no. Solo te estoy transmitiendo la información. No me gustaría nada que vivieras toda la vida sintiéndote culpable si algo saliera mal.

–¿De qué *puñetera* culpa hablas? Cuéntale tú las pastillas, si quieres. Llevo toda la vida cuidando de todos vosotros. Mi turno *ya ha pasado.*

–¿Quieres que te diga algo? –pregunté–. Antes o después vas a tener que abandonar esa idea de que te has pasado la vida siendo el pequeño caballero con armadura resplandeciente que ha salvado a todo el mundo. No me malinterpretes, es bastante entretenido de ver, pero existe una delgada línea entre la ilusión y la alucinación, y creo que tú la has cruzado.

Shay sacudió la cabeza.

–No tienes ni idea –dijo–, ni puta idea.

–¿No? –repliqué–. Kevin y yo mantuvimos una conversación el otro día sobre *cómo* nos cuidabas. ¿Y sabes lo que nos vino a la mente? Se acordó Kevin, no yo... El día que nos encerraste en el sótano de la casa en el número dieciséis. ¿Qué edad debía de tener Kev? ¿Dos, tres años a lo sumo? Y treinta años después seguía sintiendo escalofríos ante la mera idea de entrar allí. Es verdad, esa noche se sintió muy bien cuidado por ti.

Shay se recostó en la silla, inclinándose sobre las dos patas traseras de manera peligrosa, y estalló en carcajadas. La luz de la lámpara transformó sus ojos y su boca en cuencas oscuras e informes.

–Aquella noche –repitió–. Es verdad, no me acordaba. ¿Quieres saber qué sucedió aquella noche?

–Que Kevin se meó encima. Estaba prácticamente catatónico. Y yo me destrocé las manos intentando arrancar las tablas de la ventana para que nos pudieran sacar de allí. Eso es lo que ocurrió.

Shay alegó:

–A papá lo despidieron aquel día.

A papá lo despedían siempre, cuando éramos niños, más o menos hasta que dejaron de contratarlo para evitarse el segundo paso. Esos días clave no eran los favoritos de nadie, sobre todo porque solía acabar con el salario de una semana como preaviso.

–Se hizo tarde y seguía sin llegar a casa –explicó Shay–. De manera que mamá nos metió a todos en la cama; en aquella época era cuando los cuatro dormíamos en los colchones en el cuarto de atrás, antes de que naciera Jackie y trasladaran a las chicas a la otra habitación, y no paraba de rezongar: que si esta vez iba a echar la llave y lo iba a dejar fuera de casa, que durmiese en las alcantarillas, que era adonde pertenecía, que a ver si lo atropellaba ya de una vez por todas un coche, le daban una buena paliza y lo metían en la cárcel todo junto. Kevin andaba lloriqueando porque quería ver a su papi, solo Dios sabe por qué, y mamá le dijo que, si no cerraba la boca y se dormía, papá no regresaría nunca a casa. Y entonces yo pregunté qué pasaría con nosotros y ella me contestó: «Pues que tú te convertirías en el hombre de la casa y tendrías que cuidar de todos. Y seguro que lo harías mejor que ese capullo». Y si Kev tenía dos años, ¿cuántos tenía yo? Ocho, ¿no?

—No sé por qué sospechaba que acabarías convirtiéndote en el mártir de esta historia —observé.

—Entonces mamá salió del cuarto: «dulces sueños, hijos». Y no sé a qué hora de la madrugada, papá llegó a casa y derribó la puerta. Carmel y yo salimos corriendo al salón y lo vimos arrojando la porcelana de la boda contra la pared, pieza por pieza. Mamá tenía la cara ensangrentada y le gritaba que parase de una vez mientras lo insultaba de todas las maneras habidas y por haber. Carmel corrió hacia él y lo agarró, y él le arreó tal bofetón que la envió volando al otro lado de la habitación. Entonces empezó a gritarnos que los jodidos niños le habían arruinado la vida, que debería ahogarnos a todos como gatitos, cortarnos el pescuezo y volver a ser un hombre libre. Y créeme: hablaba en serio. —Shay se vertió otros dos dedos de whisky y agitó la botella en mi dirección. Lo rechacé con la cabeza—. Como quieras. Papá se encaminó hacia nuestro dormitorio para masacrarnos a todos allí mismo. Mamá se abalanzó sobre él para detenerlo mientras me gritaba que sacara a los pequeños. Yo era el hombre de la casa, ¿no? De manera que os hice levantar a toda prisa y os dije que teníamos que irnos. Tú no dejabas de quejarte y de dar la murga: que si por qué, que si yo no me quiero ir, que si tú no eres mi jefe... Yo sabía que mamá no podría retener a papá durante mucho tiempo, de manera que te di una colleja, me colgué a Kev del brazo y te saqué a rastras estirándote del cuello de la camiseta. ¿Dónde se suponía que debía llevaros? ¿A la comisaría más cercana?

–Teníamos vecinos. Montones de ellos, para ser sinceros.

Un velo del asco más puro le iluminó toda la cara.

–Claro. ¿Qué mejor que andar por todo el barrio lavando los trapos sucios de la familia, brindarles a los vecinos un suculento escándalo para que se alimenten durante el resto de sus vidas? ¿Es eso lo que habrías hecho tú? –Apuró el whisky de un último trago y echó la cabeza hacia atrás, con gesto de dolor, para tragárselo–. Probablemente sí, ahora que lo pienso. Yo habría vivido con vergüenza el resto de mi vida. A los ocho años tenía demasiado orgullo para eso.

–Yo también cuando tenía ocho años. Pero ahora que soy un adulto me cuesta bastante entender por qué debería sentirse uno orgulloso de encerrar a sus hermanos pequeños en una trampa mortal.

–Fue lo mejor que pude hacer por vosotros, joder. ¿Crees que Kevin y tú pasasteis una mala noche? Lo único que tuvisteis que hacer fue quedaros allí tranquilitos hasta que papá perdió el conocimiento y yo vine a recogeros. Lo habría dado todo por quedarme en aquel sótano reconfortante y seguro con vosotros, pero no: yo tuve que regresar a casa.

–Pues envíame la factura de las sesiones del psicólogo. ¿Es eso lo que quieres?

–No busco compasión. Lo único que te digo es que no esperes que me embarque en un gran viaje de culpabilidad porque tú pasaras unos minutos a oscuras cuando eras un crío.

–Por favor, dime que esa pequeña anécdota no fue tu excusa para asesinar a dos personas –dije.

Se produjo un silencio muy largo. Luego Shay preguntó:

–¿Cuánto tiempo llevabas escuchando detrás de esa puerta?

–No necesitaba oír ni una sola palabra –contesté.

Al cabo de un momento especuló:

–Holly te ha dicho algo.

No respondí.

–Y la has creído.

–Eh, es mi hija. Llámame blando...

Sacudió la cabeza.

–Yo no he dicho eso. Lo único que digo es que no es más que una niña.

–Pero eso no la convierte en una tonta ni en una mentirosa.

–No. Pero sí la dota de una enorme imaginación.

A mí me han llamado de todo, desde machito hasta hijo de perra, y ni siquiera he pestañeado, pero la mera idea de no creer a Holly solo porque Shay lo dijera empezaba a hacer que se me disparara de nuevo la tensión arterial. Antes de que pudiera darse cuenta, dije:

–Vamos a dejar algo clarito: no he necesitado que Holly me dijera nada. Sé exactamente lo que les hiciste a Rosie y a Kevin. Lo he sabido durante más tiempo del que tú crees.

Transcurrido un momento, Shay reclinó su silla de nuevo, abrió el aparador y sacó un paquete de cigarrillos y un cenicero: tampoco fumaba delante de Holly. Se tomó su tiempo para pelar el celofán del paquete, golpeó el cajetín contra la mesa, sacó un cigarrillo y lo encendió. Estaba pensando, reordenando sus pensamientos y poniendo distancia para contemplar la nueva composición. Al final dijo:

–Tienes tres cosas. Lo que sabes. Lo que crees que sabes. Y lo que puedes utilizar.

–¡Lo que me faltaba! ¿Ahora qué vas, de Sherlock Holmes?

Lo vi decidir, vi sus hombros moverse y tensarse.

–Entérate bien: yo no entré en aquella casa con intención de hacerle daño a tu novia –respondió–. Jamás me había cruzado el pensamiento hasta que ocurrió. Sé que te gustaría convertirme en el malo de la película y sé que eso no encajará con lo que probablemente vienes creyendo toda la vida. Pero no fue eso lo que sucedió. No fue para nada tan sencillo.

–Entonces ilumíname. ¿Para qué diablos entraste en aquella casa?

Shay apoyó los codos en la mesa y sacudió la ceniza de su pitillo, observó el destello naranja refulgir y luego atenuarse.

–Desde la primera semana en que empecé a trabajar en la tienda de bicicletas –empezó a explicar– ahorré hasta el último penique de mi salario. Lo guardaba en un sobre que tenía pegado por la parte de atrás de aquel póster de Farrah Fawcett, ¿te acuerdas?, para que ni tú ni Kevin me lo robarais, ni papá.

–Yo guardaba el mío en mi mochila, pegado con celo por el interior del forro –revelé yo.

–No era mucho, después de lo que le entregaba a mamá y unas cuantas cervezas, pero era lo único que evitaba que me volviera loco en aquel piso: cada vez que lo contaba me decía que para cuando tuviera bastante dinero ahorrado para pagar el depósito de una habitación amueblada, tú serías lo bastante mayor para cuidar de los pequeños. Carmel te echaría una mano; es una mujer fuerte, siempre lo ha sido. Los dos os las habríais apañado de maravilla hasta que Kevin y Jackie fueran lo bastante mayores como para cuidar de sí mismos. Yo solo quería un espacio propio donde poder invitar a mis amigos. Poder traer a mi novia a casa. Dormir tranquilamente toda una noche sin necesidad de tener la oreja puesta por si papá perdía los nervios. Un poco de paz y tranquilidad. –El anhelo antiguo y cansado de su voz podría haberme hecho sentir compasión por él de no contar yo con mi propia información–. Estuve a punto de conseguirlo –continuó–. Me faltó esto. Lo primero que iba a hacer a principios de año era empezar a buscar una habitación... Y entonces Carmel se comprometió. Yo sabía que ella querría casarse lo antes posible, en cuanto consiguieran el dinero de la cooperativa de ahorros y crédito. Y no la culpo por ello: se merecía su oportunidad de poder escapar de aquel infierno, igual que yo. Dios sabe que ambos la merecíamos. Quedabas tú.

Me miró cansado, con ojos funestos, por encima del filo de su vaso. No había ni un resquicio de amor fraternal en su mirada, apenas si había reconocimiento; me miraba como si no fuera más que un enorme bulto que aparecía intermitentemente en medio del camino y le propinaba patadas en las espinillas, en los momentos más inoportunos.

–Pero el problema –continuó– es que tú no lo veías de la misma manera, ¿no es cierto? Lo siguiente que supe fue que tenías planes de fugarte también, y a Londres, ni más ni menos; yo me habría dado por satisfecho con Ranelagh. ¡Al cuerno la familia! ¿No es así? ¡Al cuerno tu turno de asumir tu responsabilidad y mi oportunidad de salvarme! Lo único que a Francis le importaba era vivir su vida.

–Lo único que yo quería era ser feliz con Rosie –expliqué–. Y todo apuntaba a que teníamos posibilidades de ser las dos personas más felices del planeta. Pero tú no pudiste soportarlo.

Shay estalló en una carcajada que le hizo expulsar el humo del cigarro por la nariz.

–Lo creas o no –prosiguió–, estuve a punto de dejar que os fuerais. Pensaba darte una paliza antes de que te fueras, eso sí, enviarte en ese barco lleno de moratones y con la esperanza de que los ingleses te recibieran con líos en tu destino por tu mal aspecto. Pero iba a dejar que te fueras. Kevin habría cumplido dieciocho al cabo de dos años y en menos de seis meses habría sido capaz de cuidar de mamá y de Jackie. Pensé que podía soportar ese tiempo añadido. Pero entonces... –Desvió la mirada hacia la ventana y la dejó vagar sobre los oscuros tejados y el festival de luces de los Hearne–. Todo fue culpa de papá –se excusó–. La misma noche que descubrí tus planes con Rosie, él montó aquel follón en la calle, frente a la puerta de los Daly, hizo venir a la policía y todo eso... Yo estaba dispuesto a soportar dos años de la misma mierda de siempre. Pero la cosa iba a peor. Tú no estabas para verlo. Pensé que ya tenía bastante. Esa noche fue demasiado.

Regresaba a casa después de suplir a Wiggy en su puesto de trabajo flotando de felicidad. Entonces vi luces encendidas y escuché voces murmurar por todo Faithful Place; vi a Carmel barriendo porcelana hecha añicos y a Shay escondiendo los cuchillos afilados. En aquel preciso instante supe que aquella noche sería decisiva. Durante veintidós años había pensado que había hecho cambiar de opinión a Rosie. Jamás se me había ocurrido que había otras personas mucho más cerca del precipicio que ella.

–¿Y qué hiciste? ¿Decidiste intimidar a Rosie para que me dejara?

–No pretendía intimidarla. Solo quería pedirle que se apartara de ti. Y lo hice, sí. Tenía todo el derecho del mundo.

–En lugar de hablar conmigo. ¿Qué clase de hombre intenta resolver sus problemas acosando a una mujer?

Shay sacudió la cabeza.

–Habría hablado contigo si hubiera pensado que serviría de algo. ¿Crees que me *gustaba* ir por ahí aireando los trapos sucios de la familia con una fulana solo porque te tenía agarrado por las pelotas? Pero yo te conocía bien. A ti jamás se te habría ocurrido largarte a Londres. Seguías siendo un chaval, un chaval bastante corto; no tenías la inteligencia ni las agallas suficientes para planear algo tan grande tú solito. Sabía que lo de Londres había tenido que ser idea de Rosie. Sabía que podía quedarme sin aliento pidiéndote que te quedaras y aun así te marcharías donde ella te dijera. Y sabía que, sin ella, no irías más lejos de la calle Grafton. Así que fui en su busca.

–Y la encontraste.

–No fue difícil. Sabía que era la noche en que teníais previsto escaparos y sabía que ella tendría que pasar en algún momento por el número dieciséis. Permanecí despierto, te observé marcharte, luego salí por la puerta de atrás y salté las tapias. –Le dio una calada a su cigarrillo. A través de las volutas de humo entreveía sus ojos entrecerrados y penetrantes mientras recordaba–. Me habría preocupado que ella se me escapara, pero te vi allí, esperando bajo la luz de la farola, con la mochila y toda la parafernalia, fugándote de casa. Una imagen muy tierna...

Empezaban a invadirme de nuevo unas ganas tremendas de hacerle tragarse los dientes de un puñetazo. Aquella era nuestra noche, mía y de Rosie: los secretos que veníamos construyendo desde hacía meses efervescían; era la noche en que habríamos puesto rumbo hacia nuestra felicidad. Y Shay había manoseado cada uno de aquellos recuerdos con sus mugrientos dedos. Tuve la sensación de que incluso me había visto besándola.

–Rosie llegó por donde yo había llegado –explicó–, por los jardines posteriores. Me escondí en un rincón y la perseguí hasta la habitación de la planta superior. Pensé que le daría un susto, pero casi ni se inmutó. Tenía agallas, ya lo sabes, eso sí se lo concedo.

–Sí. Era valiente –convine yo.

–No pretendía intimidarla. Simplemente hablar con ella. Le expliqué que tú tenías una responsabilidad con tu familia, lo supieras o no, y que, en un par de años, una vez Kevin fuera lo bastante mayor para reemplazarte, podríais largaros donde quisierais: a Londres, a Australia, donde os diera la realísima gana. Pero que hasta entonces tú debías quedarte. «Regresa a casa –le dije–. Si no quieres esperar unos años, búscate otro novio; y si quieres irte a Inglaterra, pues vete. Pero deja en paz a Francis.»

513

—No imagino a Rosie acatando tus órdenes alegremente —tercié.

Shay soltó una carcajada y apagó la colilla.

—¡Bien que lo sabes! Te gustan las bocazas, ¿eh? Al principio se rio en mi cara, me dijo que regresara yo a casa y que me echara a dormir o, de lo contrario, al día siguiente ya no sería tan guapo y dejaría de gustarles a las chicas. Pero cuando se dio cuenta de que hablaba en serio, perdió los estribos. No alzó la voz en ningún momento, gracias al cielo, pero estaba furibunda.

No alzó la voz, en parte, porque sabía que yo estaba a solo unos metros, esperándola, escuchando, justo al otro lado de la tapia. Si me hubiera llamado a gritos, habría acudido allí en un abrir y cerrar de ojos, pero, tal como era Rosie, jamás se le habría ocurrido pedir auxilio. Debió de creer que era capaz de solucionar el problema ella sola.

—Aún puedo verla allí, de pie, hecha una furia y diciéndome que me metiera en mis propios asuntos y que no era vuestro problema si era incapaz de forjarme mi propia vida, y que, si mi hermano valía mil veces más que yo, pedazo de imbécil, blablablá... Te hice un favor ahorrándote toda una vida de reproches.

—Cuando llegue a casa te enviaré una postal de agradecimiento. Pero, explícame una cosa, ¿qué fue lo que lo desató todo al final? —quise saber.

Shay no me preguntó «¿Desatar qué?». No nos andábamos con jueguecitos. Contestó, aún con un vestigio de la rabia y la impotencia que sintió entonces en la voz:

—Intenté hablar con ella. Figúrate si estaba desesperado: intenté explicarle cómo era papá y lo que significaba regresar a casa cada día. Las cosas que nos hacía. Solo quería que me escuchara durante un minuto. ¿Sabes? Lo único que quería era que *me escuchara*.

—Y se negó. ¡Por favor, qué impertinente!

–Intentó dejarme allí plantado. Yo le obstaculicé el paso en la puerta, pero me ordenó que me apartara de su camino. Entonces la agarré. Solo quería que se quedara. Y a partir de ahí... –Sacudió la cabeza, mientras su mirada resbalaba por el techo–. Nunca había pegado a una mujer ni había querido hacerlo. Pero Rosie no paraba de hablar, no paraba de moverse. Se portó como una zorra arpía, créeme; me dejó cubierto de arañazos y cardenales. La muy puta estuvo a punto de darme un rodillazo en las pelotas y todo.

Aquellos golpes y gimoteos rítmicos que me habían hecho sonreírle al cielo pensando en Rosie.

–Lo único que quería es que se quedara a escucharme –prosiguió Shay–. La agarré y la arrojé contra la pared. Empezó a darme patadas en las espinillas y a intentar arrancarme los ojos...

Un silencio. Luego Shay dijo a las sombras que se apelotonaban en los rincones:

–Jamás pretendí que la cosa acabara así.

–Simplemente ocurrió.

–Sí. Simplemente ocurrió. Cuando me di cuenta... –Otra sacudida estúpida y rápida de la cabeza y otro silencio–. Luego, cuando recobré la cordura supe que no podía dejarla allí.

Y entonces sucedió lo del sótano. Shay era un muchacho fuerte, pero Rosie debía de pesar lo suyo; imaginé los ruidos al bajarla por las escaleras, la carne y los huesos golpeando contra el cemento. La linterna, la palanca y la losa de hormigón. La respiración acelerada de Shay y las ratas arremolinándose con curiosidad en los rincones, con los ojos reflectantes. Los dedos de Rosie arañando muertos la mugre húmeda del suelo.

–¿Y la nota? ¿Le rebuscaste los bolsillos? –pregunté.

Se recorría con las manos el flácido cuerpo: podría haberle arrancado el pescuezo de un mordisco. Y quizá él lo sabía. Se le curvó hacia arriba el labio, una mueca de asco.

–¿Por quién diablos me tomas? No la toqué, solo para moverla. La nota estaba en el suelo de la habitación de arriba, donde ella la había dejado. Eso era lo que estaba haciendo cuando la sorprendí. La leí. Me figuré que podía dejar allí la segunda parte, por si alguien se preguntaba adónde había ido. Me pareció... –Un suspiro sordo, casi una risotada–. Me pareció cosa del destino. Dios. Una señal.

–¿Por qué conservaste la primera hoja?

Se encogió de hombros.

–¿Qué otra cosa podía hacer? Me la guardé en el bolsillo para deshacerme de ella. Pero luego pensé que nunca se sabe, que hay cosas que pueden resultar útiles en el momento más inesperado.

–Y así ocurrió. ¡Madre de Dios! ¿Te pareció también eso una señal del destino?

Hizo caso omiso de mi pregunta.

–Tú seguías al final de la calle. Me figuré que la esperarías un par de horas más hasta que te dieras por vencido. De manera que regresé a casa.

La larga estela de susurros atravesando los jardines traseros mientras yo esperaba y el terror empezaba a apoderarse de mí.

Había cosas que habría dado años de mi vida por preguntárselas. ¿Qué había sido lo último que ella había dicho? ¿Si Rosie fue consciente de lo que estaba ocurriendo? ¿Si tuvo miedo? ¿Si le dolió? ¿Si intentó llamarme al final? Pero aunque hubiera existido la más remota posibilidad de que me respondiera, no habría podido hacerlo. En su lugar, dije:

–Debiste de cabrearte de lo lindo al comprobar que no regresaba a casa. Al final me atreví a rebasar la calle Grafton, como puedes comprobar. No llegué a Londres, pero sí lo bastante lejos. Sorpresa: me subestimaste.

Shay hizo una mueca con los labios.

–Más bien te sobreestimé. Pensé que una vez te sobrepusieras a tu encoñamiento pensarías que tu familia te necesitaba. –Estaba inclinado sobre la mesa, con la barbilla sobresaliente, y había subido el volumen de la voz–. Nos lo debías. Mamá, Carmel y yo te habíamos alimentado, vestido y protegido durante toda tu vida. Habíamos intercedido entre papá y tú. Carmel y yo renunciamos a nuestra educación para que tú pudieras estudiar. Teníamos *derecho* sobre ti. Ella, Rosie Daly, no tenía que meterse por en medio.

–Y eso te autorizó a asesinarla –sentencié.

Shay se mordió el labio y alargó la mano para coger otro cigarrillo.

–Llámalo como quieras. Yo sé lo que sucedió –contestó sin más.

–Me alegro por ti. ¿Y qué hay de lo que le ocurrió a Kevin? ¿Cómo lo llamarías a eso? ¿Fue un asesinato o no?

Shay echó el cierre a su cara, con un sonido metálico como una verja de hierro.

–Yo no le hice nada a Kevin. Nada. Jamás haría daño a mi propio hermano.

Solté una carcajada.

–Por supuesto. Y entonces ¿cómo se precipitó por esa ventana?

–Se cayó. Estaba oscuro, él estaba borracho y ese lugar no es seguro.

–Cierto, no lo es. Y Kevin lo sabía. Así que ¿qué demonios hacía allí?

Un encogimiento de hombros, una mirada azul indescifrable y un clic del mechero.

–¿Cómo voy a saberlo yo? He oído que hay quien cree que se sentía culpable. Y mucha otra gente cree que se había citado contigo. Yo, por mi parte, me figuro que quizá descubrió algo que le preocupaba e intentaba buscarle sentido.

Era demasiado listo para mencionar el hecho de que esa nota hubiera aparecido en el bolsillo de Kevin y lo bastante inteligente como para encauzar el tema por los derroteros que más le convenían. Las ganas de partirle los dientes iban en aumento minuto a minuto.

—Esa es tu versión y lo que estás haciendo no es más que reafirmarla.

Shay contestó con la contundencia de una puerta cerrándose de un portazo:

—Se cayó. Eso fue lo que sucedió.

—Permíteme que yo te cuente mi versión —le solicité. Cogí uno de sus cigarrillos, me serví otro trago de whisky y volví a ocultarme entre las sombras—. Érase una vez, hace mucho tiempo, había tres hermanos, como en un cuento de hadas. Una noche, de madrugada, el más pequeño de ellos se despertó y descubrió que algo había cambiado: estaba solo en la habitación. Sus dos hermanos habían desaparecido. En aquel momento no le dio más importancia, pero sí le pareció un hecho lo bastante insólito como para recordarlo la mañana siguiente, cuando solo uno de sus hermanos había regresado a casa. El otro se había marchado para siempre... o desapareció durante veintidós años, para ser exactos.

Shay no había mutado de expresión, no había movido ni un músculo.

—Cuando el hermano pródigo —continué yo— regresó finalmente a casa, lo hizo en busca de una muchacha muerta, y la encontró. Fue entonces cuando el hermano pequeño recordó y cayó en la cuenta de que se acordaba de la noche en que la joven había fallecido. Fue la noche en que los dos hermanos se ausentaron. Uno de ellos se había ido para amarla. El otro había salido a matarla.

—Ya te lo he dicho: jamás pretendí hacerle daño —me interrumpió Shay—. ¿Y crees que Kev era lo bastante listo como para atar tantos cabos? Debes estar de guasa.

El deje amargo de su voz me indicó que yo no era el único que estaba templando los nervios, lo cual era bueno saberlo.

–No hace falta ser ningún genio –repliqué yo–. Al pobrecillo debió de destrozarlo imaginar lo ocurrido. Le debía costar creérselo, ¿no es cierto? Simplemente no debía dar crédito al hecho de que su propio hermano hubiera matado a una chica. Apuesto a que debió de pasarse el último día en esta tierra enloqueciendo, intentando encontrar alguna explicación alternativa. Me telefoneó una docena de veces, supongo que con la esperanza de que se la diera yo o al menos de que le quitara aquella patata caliente de las manos.

–¿De eso va todo esto? ¿Te sientes culpable por no responderle a las llamadas a tu hermano pequeño y buscas un modo de culparme a mí?

–Yo he escuchado atentamente tu historia. Te ruego que me dejes ahora concluir la mía. El domingo por la noche, Kev debía de estar hecho trizas y, como bien has apuntado tú, no es que fuera el zorro más astuto de la manada. Lo único que debió de ocurrírsele es afrontarlo todo de cara, ¡pobre iluso!, ir con la verdad por delante: hablar contigo, de hombre a hombre, y ver qué tenías que decir. Y cuando le propusiste reuniros en el número dieciséis, el pobre idiota cayó en la trampa. Respóndeme a algo: ¿crees que era adoptado o simplemente el resultado de alguna mutación?

–Estaba sobreprotegido –respondió Shay–. Eso es lo único que le ocurría. Lo estuvo toda su vida.

–Menos el domingo pasado. El domingo pasado era la persona más vulnerable del mundo y, pese a ello, él creyó estar completamente seguro. Seguramente le echaste todo ese sermón sobre, ¿cómo era?, la responsabilidad familiar y el alquilar una habitación amueblada para ti... El mismo que me has echado a mí. Pero para Kevin eso no significaba nada. Lo único que él conocía eran los hechos, puros y simples: que

519

habías matado a Rosie Daly. Y no supo manejarlo. ¿Qué te dijo que te hizo enfurecer de tal manera? ¿Tenía planeado contármelo cuando consiguiera ponerse en contacto conmigo? ¿O ni siquiera te preocupaste en averiguarlo antes de matarlo también?

Shay se revolvió en su silla, un movimiento salvaje de animalillo atrapado, aislado.

−No tienes ni idea de lo que dices. No tenéis ni idea ninguno, ni la habéis tenido nunca.

−Pues adelante, ilumíname. Para empezar, ¿cómo te las apañaste para convencerlo de que asomara la cabeza por esa ventana? Fue una trampa muy astuta; me encantaría saber cómo lo planeaste.

−¿Quién dice que yo planeara nada?

−Vamos, Shay, cuéntamelo. Me muero de curiosidad. Y después de oír cómo se reventaba la cabeza contra el pavimento, ¿qué hiciste? ¿Te quedaste un rato arriba o saliste disparado por la puerta de atrás para meterle la nota en el bolsillo? ¿Se movía aún cuando llegaste? ¿Gemía? ¿Te reconoció? ¿Te imploró ayuda? ¿Permaneciste en aquel jardín viéndolo agonizar?

Shay estaba encorvado sobre la mesa, con los hombros firmes y la cabeza gacha, como un hombre combatiendo contra un viento fuerte.

En voz baja respondió:

−Después de que tú te largaras tardé veintidós años en tener una nueva oportunidad. *Veintidós putos años.* ¿Te imaginas cómo han sido esos años? Vosotros cuatro por ahí viviendo vuestra vida, casándoos, procreando, viviendo como la gente normal y corriente, felices como cerdos revolcándose en una pocilga. Mientras tanto, yo seguía aquí, en este puñetero lugar, en el puto lugar de siempre... −Tenía la mandíbula tensa y clavaba el dedo en la mesa con fuerza una y otra vez−. Yo también podía haber tenido todo eso. Podía... –Recuperó ligeramente el control, emitió un ruido áspero al respirar y le dio una fuerte calada al cigarrillo. Le temblaban las manos–. Ahora se me ha vuelto a presentar la oportunidad. No es demasiado tarde. Sigo siendo joven; puedo hacer que esa tienda de bicicletas despegue, comprarme una casa, tener mi propia familia; aún sigo atrayendo a las mujeres. *Y nadie me va a echar por tierra esa oportunidad.* Nadie. Esta vez no. Otra vez no.

–Y Kevin estuvo a punto de hacerlo –observé.

Otra exhalación como un bufido animal.

–Cada maldita vez que me acerco a poder salir de aquí, que estoy tan cerca de hacerlo que casi puedo paladearlo, aparece uno de mis hermanos para impedírmelo. Intenté decírselo. Pero no lo entendió. El niñato imbécil y mimado acostumbrado a que se lo dieran todo no tenía ni puñetera *idea...* –No concluyó la frase, sacudió la cabeza y apagó el pitillo con violencia.

–Y simplemente ocurrió –dije yo–. Otra vez. Al parecer eres un tipo sin suerte.

–La vida es así.

–Quizá. Casi podría tragármelo si no fuera por una cosa: esa nota. No se te ocurrió colocársela en el bolsillo justo después de que Kevin saltara por esa ventana. No pensaste: «Mira, ese pedazo de papel que llevo guardando veintidós años ahora me vendría más que bien». No te arrastraste pesadamente hasta casa para recogerla, asumiendo el riesgo de que alguien te viera salir del número dieciséis o volver a entrar. La llevabas ya contigo. Lo tenías todo planeado.

Shay buscó mis ojos con los suyos, que refulgían con un azul ardiente, iluminados con un odio incandescente que me dejó anonadado en mi silla.

–Te la estás ganando, pedazo de capullo, ¿te enteras? Te la estás ganando por hablarme con ese aire de superioridad.

Mira quién fue a hablar. −Lentamente, en los rincones, las sombras cuajaron en gruesos bultos negros−. ¿Crees que iba a olvidarme solo porque a ti te convenga?

−No sé de qué diablos me hablas −dije.

−Claro que lo sabes. ¡Aparecer por aquí para llamarme asesino...!

−Te voy a dar un consejo: si no te gusta que te llamen asesino, será mejor que no vayas por ahí matando a gente.

−... cuando tanto tú como yo sabemos que los dos somos iguales. Míralo, al hombrecito, que regresa con su placa y su palabrería de poli y sus amiguitos maderos... Puedes engañar a quien quieras, engañarte a ti mismo si te place, pero *a mí no me engañas.* Tú y yo somos iguales. Exactamente iguales.

−De eso nada. Y la diferencia es muy sencilla: yo nunca he matado a nadie. ¿Ves la diferencia o te resulta demasiado complicado?

−Claro, ahora resultará que tú eres un santo. ¡Vaya *montón de mierda*! ¡Me pones enfermo! No me vengas con moralidades baratas. El único motivo por el que tú nunca has matado a nadie es porque piensas más con la polla que con el cerebro. Si no hubieras estado tan encoñado, también serías un asesino.

Silencio, solo las sombras susurrando y suspirando en los rincones, y ese televisor parloteando mecánicamente en el piso de abajo. Shay esbozó una sonrisita terrible, como un espasmo. Por una vez en mi vida no se me ocurría nada que decir.

Yo tenía dieciocho años y él diecinueve. Era viernes por la noche y yo me estaba ventilando el subsidio del paro en el Blackbird, pese a que no era donde me habría gustado estar. A mí me habría encantado haber salido a bailar con Rosie, pero sucedió después de que Matt Daly hubiera dado al traste con la idea de que su hija fuera a ningún sitio con el hijo de Jimmy Mackey. Así que me encontraba amando a Rosie en secreto y sufriendo cada vez más por tener que mantener nuestro romance oculto semana a semana, golpeándome la cabeza contra las paredes como un animal acorralado intentando dar con un modo de hacer que algo cambiara, lo que fuera. Por las noches, cuando no era capaz de resistirlo más, me emborrachaba como una cuba y luego buscaba pelea con tipos más fuertes que yo.

Todo iba según lo planeado. Yo acababa de acercarme a la barra para pedir la sexta o la séptima cerveza y estiré la mano para acercarme un taburete en el que apoyarme mientras esperaba a que me sirvieran (el camarero estaba en el otro extremo de la barra discutiendo acerca de carreras de coches). Alguien apartó el taburete.

—Venga —dijo Shay, colocando una pierna sobre el taburete—. Vete a casa.

—Y una mierda. Ya fui anoche.

—¿Y? Vuelve a ir. Yo fui dos veces el fin de semana pasado.

—Es tu turno.

—Llegará a casa en cualquier momento. Ve.

—Oblígame.

Solo conseguiría que nos echaran a los dos. Shay me observó durante un instante para comprobar si hablaba en serio; luego me lanzó una mirada de asco, se bajó del taburete y le dio otro trago a su cerveza. Entre dientes, salvajemente, sin dirigirse a nadie en concreto, farfulló:

—Si los dos tuviéramos un par de cojones, no aguantaríamos esta mierda...

—Pues deshagámonos de él —propuse.

Shay se quedó paralizado a medio arrebujarse el cuello del abrigo y me miró de hito en hito.

—¿Te refieres a echarlo de casa? —preguntó.

—No. Mamá volvería a dejarlo entrar. Lo sagrado del matrimonio y todas esas chorradas.

—Entonces ¿qué?

—Pues lo que he dicho. Deshacernos de él.

Y al cabo de un momento:

—Hablas en serio.

Ni siquiera me había dado cuenta de que lo hacía, no hasta que vi cómo me miró.

—Sí.

A nuestro alrededor, el pub bullía, lleno hasta los topes de ruido y olores cálidos y risas masculinas. Entre nosotros dos se extendía un círculo estático como el hielo. De repente yo estaba completamente sobrio.

—Lo has estado pensando seriamente.

—No me digas que tú no.

Shay se acercó el taburete y volvió a sentarse, sin apartar la vista de mí.

—¿Cómo?

Ni siquiera pestañeé: un titubeo y Shay descartaría la idea como una fantasía de niños, saldría por la puerta y se llevaría consigo para siempre nuestra oportunidad.

—¿Cuántas veces a la semana llega borracho a casa? Las escaleras se caen a pedazos, la alfombra está desgarrada... Antes o después tropezará y aterrizará cuatro tramos de escaleras más abajo y se partirá la cabeza. —Se me atragantó el corazón con solo oírme formular aquella idea en voz alta.

Shay le dio un largo trago a su cerveza, mientras reflexionaba, y se enjugó la boca con un nudillo.

—Pero tal vez esa caída no sea suficiente, tal vez no baste.

—Puede que sí y puede que no. En cualquier caso, serviría para explicar que apareciera con la cabeza abierta.

Shay me contemplaba con una mezcla de recelo y, por primera vez en nuestras vidas, respeto.

—¿Por qué me lo cuentas?

—Porque se necesitan dos hombres.

–¿Quieres decir que no podrías hacerlo solo?

–Podría rebotarse, quizá habría que moverlo, alguien podría despertarse, necesitamos una coartada... Con uno solo es más que probable que algo saliera mal. En cambio, si somos dos...

Enroscó un tobillo alrededor de la pata de otro taburete y lo acercó hacia nosotros.

–Siéntate. No pasará nada si llego a casa diez minutos más tarde.

Agarré mi cerveza y me senté, acodado en la barra, y ambos bebimos sin mirarnos. Al cabo de un rato Shay dijo:

–Llevo años buscando una salida.

–Ya lo sé. Yo también.

–A veces –añadió–, a veces creo que, si no la encuentro, me volveré loco.

Eso fue lo más cercano a una conversación fraternal que ambos mantuvimos en nuestra vida. Me desconcertó comprobar lo bien que sentaba.

–Yo ya me estoy volviendo loco. Quizá aún no lo esté, pero presiento que lo estaré.

Asintió, sin sorpresa.

–Sí. A Carmel le ocurre lo mismo.

–Y, además, últimamente Jackie tampoco parece estar bien, después de haberlo visto con una buena curda. Va por ahí como una zombi.

–Kevin está bien.

–Por ahora. Y a juzgar por lo que nosotros sabemos.

–Sería lo mejor que podríamos hacer por ellos –agregó Shay–. No solo por nosotros.

–A menos que me haya perdido algo, yo creo que es lo único que podemos hacer. No solo lo mejor, sino lo único.

Nuestros ojos se encontraron al fin. Cada vez había más bullicio en el bar; en algún rincón alguien remató un chiste y todos empezaron a reír de manera escandalosa. Ninguno de los dos pestañeamos.

–Lo había pensado antes –confesó Shay–. Un par de veces.

–Yo llevo pensándolo años. No me parecía difícil... ejecutarlo.

–Sí. Todo sería completamente diferente. Sería... –Shay sacudió la cabeza. Tenía ojeras bajo los ojos y le aleteaba la nariz cada vez que respiraba.

–¿Crees que seríamos capaces? –pregunté.

–No lo sé. No lo sé.

Otro dilatado silencio, mientras ambos recreábamos mentalmente nuestros momentos favoritos entre padre e hijo.

–Sí –dijimos al unísono.

Shay me alargó la mano. Tenía la cara blanca y roja a parches.

–De acuerdo –dijo, con una respiración rápida–. De acuerdo. Yo me apunto. ¿Tú?

–Yo también –aseguré, y le choqué la mano–. Hagámoslo.

Nos estrechamos la mano con fuerza, como si quisiéramos hacernos daño. Noté aquel momento inflarse, expandirse hacia afuera, ondular en cada rincón. Sentí una sensación de mareo, un mareo dulce, como pincharte una droga a la que sabes que te harás adicto por el resto de tu vida, pero el subidón es tan potente que lo único que puedes pensar es en hincarte la aguja hasta lo más profundo de las venas.

Aquel verano fue la única vez en nuestras vidas en que Shay y yo nos acercamos el uno al otro de manera voluntaria. Cada pocas noches nos citábamos en un agradable rinconcito del Blackbird y hablábamos: repasamos el plan hasta la saciedad para examinarlo desde todos los ángulos, pulir las asperezas, descartar todo lo que no pudiera salir bien y empezar de nuevo. Seguíamos odiándonos profundamente, pero eso había cesado de importarnos.

Shay se pasó noche tras noche charlando con Nuala Mangan, una joven que vivía en Copper Lane. Nuala era fea y tonta, pero su madre tenía la mirada más vítrea del lugar y, al cabo de las pocas semanas, Nuala invitó a Shay a su casa a tomar el té y él le robó un buen puñado de Valium del botiquín del cuarto de baño, los necesarios para dormir desde a una mujer de noventa kilos hasta a un crío de siete años durante toda una noche y asegurarnos de que no se despertaban con el jaleo, pero también de que sí lo hacían cuando nosotros lo necesitáramos. Shay caminó hasta Ballyfermot, donde nadie lo conocía y la policía jamás se acercaría a interrogar, y allí compró la lejía para limpiar las manchas. Yo tuve un arrebato repentino de colaboración y empecé a echarle a mi madre una mano cada noche con el postre; mi padre no paraba de soltar comentarios desagradables sobre que me estaba volviendo mariquita, pero cada día nos acercábamos más al día clave y resultaba más fácil hacer oídos sordos. Shay se hizo con una palanca en el trabajo y la escondió bajo el tablón del suelo, junto con nuestros cigarrillos. Éramos buenos. Teníamos un don especial para aquello. Formábamos un gran equipo.

Llámenme retorcido, pero disfruté enormemente aquel mes que pasamos planeando. Tuve algunos problemas para dormir, esporádicos, pero una gran parte de mí estaba gozando de lo lindo. Me sentía como si fuera arquitecto o cineasta: alguien con una visión de largo espectro, alguien con planes. Por primera vez en mi vida, me había convertido en el ingeniero de algo inmenso y complejo que, si salía bien, habría valido la pena sin ningún género de dudas.

Y entonces alguien le ofreció a papá trabajo durante dos semanas, lo cual significaba que la última noche regresaría a casa a las dos de la madrugada con un nivel de alcohol en sangre que dejaría boquiabierto a cualquier policía, y se nos agotaron las excusas para continuar esperando. Había empezado la cuenta atrás: faltaban dos semanas.

Habíamos repasado la coartada hasta ser capaces de recitarla en sueños. Cena familiar con un riquísimo postre de bizcocho y jerez, cortesía de mi propia veta doméstica (el jerez no solo era mejor que el agua para disolver el Valium, sino que además camuflaba el sabor, y los pastelillos individuales permitían personalizar las dosis). Luego iríamos a la discoteca en el Grove, en la zona norte de la ciudad, decididos a ligar; haríamos que nos echaran de allí hacia medianoche, de la manera más memorable posible, por groseros, gritones y repelentes, y por entrar allí con nuestras propias latas de cerveza; regresaríamos a casa a pie y haríamos un alto en el camino para acabarnos las cervezas de contrabando a orillas del canal. Llegaríamos a casa alrededor de las tres, cuando el Valium hubiera empezado a hacer efecto y descubriríamos estupefactos a nuestro amado padre tumbado a los pies de la escalera en un charco de su propia sangre. Luego vendría el tardío boca a boca, el repiqueteo frenético en la puerta de las hermanas Harrison, la apresurada llamada telefónica solicitando una ambulancia. Casi todo, salvo la pausa para acabarnos las cervezas, iba a ser verdad.

Probablemente nos habrían pescado. Talento natural o no, éramos principiantes: se nos habían pasado por alto demasiadas cosas y otras muchas podrían haber salido mal. Incluso en aquel entonces yo ya lo intuía. Pero no me importaba. Teníamos una oportunidad.

Estábamos preparados. En mi cabeza, yo ya vivía cada día como un tipo que había matado a su propio padre. Y entonces Rosie Daly y yo fuimos al Galligan una noche y ella pronunció aquel «Inglaterra».

No le expliqué a Shay por qué me retiraba del plan. Al principio pensó que se trataba de una broma pesada. Luego, poco a poco, conforme fue asimilando que hablaba en serio, fue desesperándose cada vez más. Probó a intimidarme, amenazarme, suplicarme incluso. Y al ver que ninguna de aquellas estrategias funcionaba, me agarró por el pescuezo, me sacó en volandas del Blackbird y me dio una paliza. Tardé una semana en poder caminar erguido de nuevo. Yo apenas opuse resistencia; en lo más profundo de mí creía que tenía derecho a hacerlo. Cuando finalmente se agotó y se derrumbó junto a mí en el callejón, apenas podía verlo a través de la sangre, pero diría que lloró.

—No estamos aquí para hablar de eso —lo atajé.

No me escuchaba.

—Al principio pensé que te habías rajado: que ahora que se aproximaba la fecha no tenías las agallas necesarias. Lo pensé durante meses, hasta el día en que hablé con Imelda Tierney. Entonces descubrí tus planes. Y supe que no tenía nada que ver con el valor. Que lo único que te había importado siempre era lo que tú querías. Habías descubierto un modo más sencillo de salvarte y lo demás te importaba un comino. Tu familia, yo, todo lo que nos debías, todas nuestras promesas no significaban nada para ti —continuó.

—A ver si me queda claro —lo interrumpí—: ¿Estás enfadado por no asesinar a alguien?

Se le torció el labio de puro asco: yo había visto esa mirada en su rostro miles de veces, cuando éramos niños y yo intentaba seguirle el ritmo.

—No te pases de listo. Estoy enfadado porque crees que eso te sitúa por encima de mí. Pues escúchame bien: quizá tus colegas maderos piensen que eres uno de los buenos, quizá tú mismo te hayas convencido de ello, pero *yo sé la verdad*. Yo sé quién eres.

—Amiguito, tú no tienes ni puñetera idea de quién soy yo, eso te lo aseguro —repliqué.

–¿Que no? Por lo menos sé algo: que por eso es por lo que te afiliaste a la policía. Porque estuviste a punto de hacerlo, por ese resorte, por lo que te hizo sentir.

–¿Qué crees? ¿Que sentí una necesidad repentina de enmendar mi pasado vil? Jajajá, estás muy mono así de ingenuo, pero no. Siento decepcionarte.

Shay soltó una carcajada sonora, una risotada feroz que dejó al descubierto sus dientes y le volvió a conferir ese aspecto de adolescente temerario y travieso.

–¿Enmendar algo tú? ¡Madre mía! Francis no enmendaría nada ni en un millón de años. No: lo que digo es que te hiciste con una placa para ocultarte tras ella, para poder hacer lo que te venga en gana con total impunidad. Dime una cosa, detective. Me muero por saberlo. ¿De qué te has librado hasta ahora?

–A ver si te metes esto en la puñetera cabeza, imbécil: todos tus «sis» y «peros» no significan absolutamente nada. *Yo no hice nada.* Podría entrar en cualquier comisaría del país, confesar hasta el último detalle de todo lo que planeamos aquella primavera y lo único que me causaría problemas es hacerle malgastar el tiempo a la policía. Esto no es la iglesia: no se va al infierno solo por tener malos pensamientos.

–¿Ah, no? Júrame que aquel mes que pasamos juntos planeándolo todo no te cambió. Júrame que no te sentiste diferente después de aquello, venga.

Papá solía decir, unos segundos antes del primer puñetazo, que Shay nunca sabía cuándo parar. Contesté, y el tono de mi voz debería haberlo incitado a retirarse:

–Espero por tu vida que no intentes culparme por lo que le hiciste a Rosie.

Ese gesto con el labio de nuevo, a medio camino entre un tic y un gruñido.

–Lo único que te digo es que no voy a tolerar que vengas a mi propia casa y me mires con esos aires de superioridad, cuando tú no eres distinto a mí.

–Sí, amigo, sí que lo soy. Quizá en el pasado mantuviéramos algunas conversaciones interesantes, pero, en lo que a los *hechos reales* se refiere, la *realidad* es que yo nunca le puse un dedo encima a papá y la *realidad* también es que tú has asesinado a dos personas. Llámame loco, pero yo veo una diferencia entre ambos.

Volvió a tensar la mandíbula.

–Yo no le hice nada a Kevin. Nada.

En otras palabras, el tiempo de confesiones se había acabado. Al cabo de un momento dije:

–Quizá me estoy chalando, pero tengo la sensación de que esperas que simplemente asienta con la cabeza, sonría y me largue de aquí como si no pasara nada. Hazme un favor, ¿quieres? Dime que me equivoco.

Aquel destello de odio volvía a fulgurar en los ojos de Shay, puro y salvaje como una centella.

–Echa un vistazo a tu alrededor, detective. ¿Acaso no te das cuenta? Estás en el mismo punto en el que estabas cuando empezaste. Tu familia vuelve a necesitarte, estás en deuda con nosotros, y esta vez vas a saldar tu deuda. La única diferencia es que estás de suerte. Esta vez, si no te apetece quedarte por aquí y cumplir con tu parte, lo único que necesitamos es que te largues por donde has venido.

–Si has creído, aunque sea por un segundo, que te voy a dejar salirte de rositas en este asunto, estás aún más loco de lo que pensaba –le advertí.

Las sombras en movimiento transformaron su rostro en una máscara de animal salvaje.

–¿Ah sí? A ver cómo lo demuestras, capullo. Kevin ya no podrá declarar que yo salí aquella noche. Tu Holly está hecha de mejor pasta que tú y no traicionará a su familia; y aunque le retuerzas un brazo y hable, tú puedes tomar lo que diga esa niña como palabra de Dios, pero es posible que nadie más le confiera la misma relevancia. Lárgate de una vez a tu puto antro de policías y pídeles a tus compañeros que te la chupen hasta que te sientas mejor. No tienes *nada*.

–No sé de dónde has sacado la idea de que pretendo planear nada –dije.

Empujé la mesa y se la clavé en la barriga. Shay gruñó y cayó de espaldas, con la mesa encima, y los vasos, el cenicero y la botella de whisky golpeando por todos sitios. Aparté mi silla de en medio de un puntapié y me abalancé sobre él. En ese momento fue cuando me di cuenta de que había entrado en aquel piso dispuesto a matarlo.

Y un segundo después, cuando Shay agarró la botella y me la estampó en la cabeza, caí en la cuenta de que él también intentaba matarme a mí. Me agaché a un lado, pero noté cómo me abría la sien del golpe. Sin embargo, pese a la explosión de estrellas en mi cabeza, logré agarrarlo del pelo y golpearle la cabeza contra el suelo hasta que utilizó la mesa como escudo para apartarme de un empujón. Me caí hacia atrás, con violencia, se arrojó encima de mí y dimos vueltas por el comedor, buscando puntos débiles en los que propinar golpes con todo lo que teníamos. Éramos igual de fuertes, estábamos igual de furiosos y ninguno de los dos podía soltar al otro. Nos abrazábamos con la fuerza de los amantes, rodábamos mejilla contra mejilla. La cercanía, el saber que los demás estaban en el piso de abajo y diecinueve años de práctica, conseguían que nos peleáramos casi sin hacer ruido: los únicos sonidos eran nuestras respiraciones ahogadas, como resuellos, y los golpes en la carne cuando alguno de los dos atinaba. Shay olía a jabón Palmolive, un olor que me retrotrajo a nuestra infancia, y al sudor cálido de la rabia animal.

Me dio un rodillazo en las pelotas, se apartó apoyándose en los codos e intentó ponerse en pie, pero fui más rápido que él. Lo agarré con una llave de brazo, lo volví a tirar al suelo de espaldas y le endosé un gancho en la mandíbula. Para cuando recobró la vista, le tenía el pecho presionado con una rodilla, había sacado mi pistola y le apuntaba con ella a la frente, justo entre los ojos.

Se quedó completamente inmóvil.

–«Se informó al sospechoso de que estaba arrestado por presunto homicidio y se le leyeron sus derechos. Me respondió enviándome, cito literalmente, "al cuerno". Le expliqué que el procedimiento sería más rápido y llevadero si colaboraba y le solicité que me presentara las muñecas para esposarlo. Entonces el sospechoso se desató en un ataque de ira y me atacó, dándome un puñetazo en la nariz (*véase* la fotografía adjunta). Intenté retirarme de la situación, pero el sospechoso bloqueó la vía de salida. Saqué mi arma y le advertí que se apartara. El sospechoso se negó.»

–Tu propio hermano –farfulló Shay en voz baja. Se había mordido la lengua; le manaba sangre de los labios al hablar–. Pequeño hijo de puta.

–*Mira quién demonios habla.* –El arrebato de ira casi me levantó del suelo. Solo me di cuenta de que había estado a punto de accionar el gatillo al ver aquel destello de terror cruzar por su mirada. Sabía a champán–. «El sospechoso continuó golpeándome y me amenazó varias veces con un, cito textualmente: "Voy a matarte" y con un: "No pienso ir a la cárcel. Antes prefiero la muerte". Intenté tranquilizarlo asegurándole que la situación podía resolverse por medios pacíficos y le solicité de nuevo que me acompañara a la comisaría para discutirla en un entorno controlado. Estaba profundamente agitado y no parecía asimilar mis palabras. Llegados a aquel punto había empezado a preocuparme que el sospechoso estuviera bajo la influencia de alguna droga, posiblemente cocaína, o de alguna enfermedad mental, puesto que mostraba un comportamiento irracional y parecía sumamente volátil...»

Apretó la mandíbula.

—Y encima me vas a hacer parecer un loco... Así es como harás que me recuerden...

—Lo que haga falta. «Intenté varias veces convencer al sospechoso de que se sentara para tener la situación bajo control, sin éxito. El sospechoso se mostraba cada vez más nervioso. Llegados a este punto caminaba a zancadas de un lado para el otro de la estancia, farfullando para sí mismo, golpeando las paredes y golpeándose la cabeza con el puño. Finalmente, el sospechoso agarró...» Veamos, vamos a concederte algo más serio que una botella, algo que no te haga parecer un blandengue. ¿Qué tienes por aquí? —Eché un vistazo alrededor del salón: una caja de herramientas, por supuesto, perfectamente guardada bajo una cajonera—. Me apuesto lo que sea a que hay una llave inglesa ahí dentro. ¿Estoy en lo cierto? «El sospechoso agarró una larga llave inglesa de metal de una caja de herramientas (*véanse* las fotografías adjuntas) y volvió a amenazarme con matarme. Le ordené que arrojara el arma al suelo e intenté apartarme de su radio de alcance. Continuó avanzando hacia mí e intentó golpearme en la cabeza. Esquivé el golpe y disparé un tiro de advertencia por encima de su hombro (no te preocupes, no apuntaré al mobiliario fino) y le advertí que, si volvía a atacarme, no me quedaría más remedio que descerrajarle un tiro...»

—No lo harás. ¿Quieres decirle a Holly que has asesinado a su tío Shay?

—No voy a explicarle a Holly absolutamente nada. Lo único que necesita saber es que no volverá a acercarse a esta apestosa familia de chalados nunca en la vida. Cuando crezca y apenas os recuerde, le explicaré que eras un jodido asesino y que recibiste tu merecido.

La sangre que me manaba de la herida en la sien goteaba encima de él, en grandes goterones que su jersey empapaba y le salpicaban la cara. A ninguno de los dos nos importaba.

–«El sospechoso intentó golpearme de nuevo con la llave inglesa. Esta vez me alcanzó en la cabeza (*véase* el informe médico y la fotografía adjuntos)», porque, créeme, amiguito, acabaré con una bonita herida en la cabeza. «El impacto hizo que disparara el gatillo de mi arma en un acto reflejo. Estoy convencido de que, de no haberme encontrado parcialmente aturdido por el golpe, habría conseguido realizar un disparo inutilizador, pero no mortal. Sin embargo, también considero que, habida cuenta de las circunstancias, mi arma era mi única opción, y que, de haberme refrenado de disparar durante unos segundos más, mi vida habría estado seriamente comprometida. Firmado, detective sargento Francis Mackey.» Y, no habiendo nadie por aquí capaz de contradecir mi bonita versión oficial, ¿a quién crees tú que van a creer?

Los ojos de Shay se hallaban a mil kilómetros del sentido común o de la precaución.

–Me das asco –espetó–. Cerdo asqueroso –y me escupió sangre en la cara.

Vi mil centellas de luz, como un rayo de sol resplandeciendo a través de un vidrio esmerilado, y me sentí ingrávido y mareado. Supe que había accionado el gatillo. Se hizo un silencio sepulcral que se extendió fuera de aquella estancia hasta cubrir todo el mundo; no se oía ni un solo sonido, salvo mi respiración acelerada y rítmica. Sentí una libertad inmensa, como si volara, como si saltara al vacío a pecho descubierto. Jamás en mi vida había sentido nada parecido.

Luego esa luz empezó a atenuarse y aquel silencio frío titubeó y empezó a llenarse, invadido por un murmullo de formas y ruidos. El rostro de Shay se materializó como una Polaroid salida del negro: maltrecho, con la mirada perdida, cubierto de sangre, pero aún ahí.

Emitió un sonido espantoso que podría haber sido una carcajada.

—Te lo dije —se burló—. Te lo dije.

Cuando empezó a buscar a tientas la botella de nuevo con una mano, le di la vuelta a la pistola y le golpeé en la cabeza con la culata.

Emitió un ruido desagradable, parecido a una arcada, y cayó inconsciente. Le esposé las muñecas por delante, comprobé que respirara y lo apoyé contra el asiento del sofá para que no se ahogara en su propia sangre. Luego guardé mi arma y busqué mi móvil. Me costaba teclear: manché todo el teclado con mis manos ensangrentadas y la pantalla con las gotas de sangre que me chorreaban de la sien. Tuve que limpiar el teléfono varias veces con mi camisa. Agucé el oído para escuchar si había pasos escaleras arriba, pero lo único que oí fue el parloteo débil y demente de la televisión: había enmascarado los golpes secos y los gruñidos que podrían haberse filtrado a través del suelo. Tras probarlo un par de veces, logré telefonear a Stephen.

Con un recelo más que comprensible, contestó:

—Detective Mackey.

—Sorpresa, Stephen. Tengo a nuestro hombre. Detenido, esposado y ni pizca de feliz por ello.

Silencio. Yo describía círculos rápidos alrededor de la estancia, con un ojo puesto en Shay y el otro comprobando que no había ningún testigo en ningún rincón; me resultaba imposible permanecer quieto.

—Habida cuenta de las circunstancias, sería fantástico que no fuera yo el oficial que lo arreste —añadí—. Creo que te has ganado tu primera condecoración, si es que aún la quieres.

Capté su atención.

–La quiero.

–Solo para que lo sepas, chaval, esto no es en absoluto parecido a los bonitos regalos que Papá Noel te deja en los calcetines en Navidades. Scorcher Kennedy va a echar chispas a un nivel que soy incapaz siquiera de imaginar. Tus principales testigos somos yo, una cría de nueve años y una imbécil enfadada que negará saber nada por principios. Tus posibilidades de obtener una confesión son prácticamente nulas. Lo inteligente sería darme las gracias amablemente, decirme que llamara a la brigada de Homicidios y retomar lo que sea que suelas hacer las tardes de los domingos. Pero, si jugar a tiro fijo no es tu estilo, puedes venir aquí, efectuar tu primer arresto por homicidio y aceptar tu primera gran oportunidad de cerrar un caso. Porque tengo a nuestro hombre.

Stephen ni siquiera se detuvo a reflexionar.

–¿Cuál es la dirección? –preguntó.

–El número ocho de Faithful Place. Llama al interfono de arriba y te abriré. Hay que ser extremadamente discretos: nada de refuerzos y nada de ruido. Si vienes en coche, aparca lo bastante lejos como para que nadie te vea. Y date prisa.

–Llego en quince minutos. Gracias, detective. Gracias.

Estaba a la vuelta de la esquina, en la comisaría. Bajo ningún concepto Scorch habría autorizado horas extra en este caso: Stephen le había estado dando un último repaso por cuenta propia.

–Aquí estaremos –contesté–. Y, detective Moran. Buena jugada–. Colgué el auricular antes de darle tiempo a desatar su lengua y lanzarme una respuesta.

Shay había abierto los ojos.

–Tu nueva puta, ¿verdad? –preguntó con dolor.

–Una de las nuevas estrellas del cuerpo. Tú te mereces lo mejor.

Intentó sentarse, hizo un gesto de dolor y se desplomó de nuevo contra el sofá.

–Debería haber sabido que encontrarías a alguien que te salvaría el culo. Ahora que Kevin ya no vive para hacerlo.

–¿Te hará sentir mejor si nos liamos a discutir como un par de arpías? Porque, si es así, no tengo el menor inconveniente, pero tenía la sensación de que ya habíamos rebasado ese punto lo suficiente como para que no tenga ninguna relevancia.

Shay se enjugó la boca con las manos esposadas y examinó los rastros de sangre que quedaban impresos en ellas con una mezcla de extrañeza e indiferencia, como si pertenecieran a otra persona.

–¿Así que vas a hacerlo de verdad? –preguntó.

En el piso de abajo se abrió una puerta por la que salieron varias voces solapadas por encima de las cuales mi madre gritó:

–¡Seamus! ¡Francis! La cena está lista. ¡Bajad aquí ahora mismo y lavaos las manos!

Me asomé al descansillo, controlando a Shay con el rabillo del ojo, y desde una distancia prudente del hueco de la escalera y de la línea de visión de mi madre contesté:

–Bajamos en un minuto, mamá. Estamos charlando.

–¡Pues charlad aquí abajo! ¿O es que queréis que os esperemos sentaditos hasta que a vosotros os convenga?

Bajé la voz una nota y con tono de dolor añadí:

–Solo estamos... Mamá, necesitamos hablar, de verdad. Sobre cosas que nos conciernen a los dos. ¿No podrías concedernos unos minutos? ¿Te parece bien?

Pausa. Y después, a regañadientes:

–Bueno, está bien. Os espero diez minutos más. Pero si dentro de diez minutos no estáis los dos aquí abajo...

–Gracias, mamá. De verdad. Eres fantástica.

–Por supuesto, cuando él quiere algo, soy fantástica, pero el resto del tiempo... –Su voz se perdió en el interior del piso, aún rezongando.

Cerré la puerta, eché el pestillo por si acaso, saqué el teléfono y tomé fotografías de la cara de ambos desde varios ángulos artísticos.

–¿Estás satisfecho con tu trabajo? –quiso saber Shay.

–Una maravilla. Y tengo que enseñártelo, porque el tuyo tampoco está nada mal. Pero esto no es para mi álbum de recortes. Es por si acaso decides quejarte de brutalidad policial e intentas hundir al agente que te arreste en la mierda en algún momento. Di «Luis».

Me lanzó una mirada que podría haber despellejado vivo a un rinoceronte.

Una vez tuve lo fundamental registrado, me dirigí a la cocina, una cocina pequeña, austera, inmaculada y deprimente, y empapé una bayeta para limpiarnos la sangre a los dos. Shay intentó apartar la cabeza.

–¡Quita! Deja que tus colegas vean lo que has hecho, si tan orgulloso estás.

–Francamente, querido, mis colegas me importan un bledo –repliqué–. Me han visto hacer cosas mucho peores. Pero dentro de unos minutos van a bajarte por esas escaleras y te van a pasear por todo Faithful Place y he pensado que no hay ninguna necesidad de que el vecindario al completo descubra lo ocurrido. Lo único que intento es dar el mínimo espectáculo posible. Pero, si no es tu estilo, te suplico que me lo comuniques y estaré más que encantado de darte otro par de puñetazos para poner la guinda.

Shay no contestó. Cerró el pico y se quedó quieto hasta que acabé de limpiarle la sangre de la cara. El piso estaba en silencio, solo se oía un tenue hilo musical cuyo origen no pude determinar y un viento incesante aleteando entre los aleros sobre nuestras cabezas. No recordaba haber mirado a Shay tan de cerca nunca en mi vida, lo bastante cerca como para captar todos los detalles que solo los padres y los amantes se preocupan en ver: las limpias y duras curvas de los huesos bajo su piel, la primera mota de la barba del día, los intricados dibujos de sus patas de gallo y lo pobladas que tenía las pestañas. La sangre había empezado a hacerle costra en la barbilla y alrededor de la boca. Por un instante me sorprendí siendo extrañamente amable con él.

No pude hacer mucho con los ojos amoratados y la prominencia de su mandíbula, pero, al acabar de limpiarlo, estaba bastante más presentable. Plegué la bayeta y me limpié mi propio rostro.

–¿Qué tal estoy?

No se dignó a mirarme.

–Maravilloso.

–Si tú lo dices. Tal como he dicho, a mí me importa un comino lo que vea la gente de Faithful Place.

Entonces me miró como Dios manda. Al cabo de un momento señaló con un dedo, a desgana, hacia la comisura de su boca.

–Tienes sangre aquí.

Volví a frotarme la mejilla y arqueé una ceja en ademán interrogativo. Asintió con la cabeza.

–Bien –dije. La sangre que manchaba la bayeta había recobrado el color rojo carmesí en todos los puntos en los que el agua la había revivido. Chorreaba y empezaba a mancharme las manos de nuevo–. Espera un momento.

–Como si me quedara otra alternativa...

Enjuagué la bayeta un montón de veces bajo el grifo, la tiré en la basura para que la encontrara el equipo del laboratorio después y me froté las manos con brío. Luego regresé al salón. El cenicero se hallaba bajo una silla, en medio de un manchurrón de ceniza. Mi tabaco estaba en un rincón y Shay seguía donde lo había dejado. Me senté en el suelo frente a él, como un par de adolescentes en una fiesta, y coloqué el cenicero entre ambos. Encendí dos pitillos y le puse uno entre los labios.

Shay inhaló con fuerza, cerrando los ojos, y echó la cabeza hacia atrás para apoyarse en el sofá. Yo me recosté en la pared. Al cabo de un rato preguntó:

–¿Por qué no me has disparado?

–¿Te quejas acaso?

–No seas cretino. Solo lo pregunto.

Me despegué de la pared (me costó horrores; los músculos empezaban a agarrotárseme) y eché la ceniza en el cenicero.

–Supongo que tenías razón –respondí–. Supongo que, en el fondo, ahora soy un policía.

Asintió, sin abrir los ojos. Los dos permanecimos allí sentados en silencio, escuchando la respiración rítmica del otro y esa música casi imperceptible y esquiva procedente de algún lugar, moviéndonos tan solo para inclinarnos hacia delante y sacudir la ceniza. Era el momento más pacífico que habíamos compartido en toda nuestra vida. Cuando sonó el interfono casi pareció una intrusión.

Respondí al instante, antes de que alguien pudiera ver a Stephen esperando fuera. Subió corriendo las escaleras con la misma ligereza con que Holly las había descendido; en casa de mi madre seguía oyéndose el bullicio de voces.

–Shay, te presento al detective Stephen Moran –anuncié–. Detective, le presento a mi hermano, Seamus Mackey.

La expresión del chaval me reveló que ya había llegado a esa conclusión. Shay miró a Stephen con lo que sus abultados ojos revelaron como la más absoluta de las indiferencias, sin curiosidad, sin nada salvo un agotamiento destilado que me dio ganas de desplomarme con solo mirarlo.

—Tal como puedes apreciar —añadí—, hemos tenido una pequeña discusión. Quizá te interese someterlo a examen para comprobar que no tenga ninguna contusión cerebral. He documentado nuestro estado por si en el futuro necesitas fotografías como referencia.

Stephen repasaba a Shay con la vista con suma atención, de arriba abajo, procurando no perderse ni un centímetro.

—Posiblemente las necesite, sí. Gracias. ¿Quiere que se las devuelva ahora mismo? Puedo ponerle las mías.

Señalaba a las esposas.

—No tengo previsto detener a nadie más esta noche —repliqué—. Ya me las devolverás en otra ocasión. Todo tuyo, detective. Aún no le he leído los derechos; lo he dejado para que lo hagas tú. Por cierto, no te descuides de ningún tecnicismo. Es más listo de lo que parece.

Stephen preguntó, intentando formular su pregunta con la máxima delicadeza:

—¿Qué tenemos...? Me refiero a... ya sabe. Causa razonable para arresto sin orden de registro.

—Supongo que esta historia probablemente tendrá un final más feliz si no desembucho todas nuestras pruebas delante del sospechoso. Pero, confía en mí, detective, no se trata de mera rivalidad fraternal desmadrada. Te telefonearé dentro de una hora y te informaré en detalle. Hasta entonces, supongo que con esto podrás tirar: hace media hora se ha declarado autor confeso de los dos asesinatos y me ha dado una cantidad de motivos y detalles acerca de la forma de la muerte que solo el asesino podría conocer. Lo negará hasta la saciedad, pero por suerte tengo un montón de golosinas guardadas para ti, y eso solo para empezar. ¿Crees que te bastará por el momento?

La expresión de Stephen revelaba que albergaba serias dudas con respecto a esa confesión, pero era lo bastante listo como para saber que no podía entrar en eso.

–Claro que sí. Gracias, detective.

Mamá gritó desde el piso de abajo:

–¡Seamus! ¡Francis! Si se me quema la cena, juro que os voy a castigar como es debido.

–Tengo que largarme –expliqué–. Hacedme un favor: esperad aquí un rato. Mi hija está en el piso de abajo y prefiero que no vea esto. Dadme tiempo para sacarla de aquí antes de marcharos, ¿de acuerdo?

Me dirigía a ambos. Shay asintió con la cabeza, sin mirarnos a ninguno de los dos.

Stephen contestó:

–Ningún problema. Vamos a ponernos cómodos, ¿de acuerdo? –Señaló hacia el sofá con la cabeza y le tendió una mano a Shay para ayudarlo a ponerse en pie.

Shay dejó transcurrir un segundo y luego la tomó.

–Buena suerte –le deseé.

Me cerré la cremallera de la chaqueta para ocultar la camisa manchada de sangre y agarré una gorra con visera negra con el eslogan «Bicicletas M. Conaghy» de un perchero para cubrirme la cabeza. Me esfumé de allí.

Lo último que vi fueron los ojos de Shay por encima de los hombros de Stephen. Nunca nadie me había mirado así, ni Liv ni Rosie: tuve la sensación de que podía verme por dentro, incluso sin intentarlo, sin que yo pudiera dejar ningún rincón oculto ni ninguna pregunta sin respuesta. No pronunció ni una palabra.

22

Mamá había arrancado a todo el mundo de delante del televisor y había vuelto a dar forma al idilio navideño: la cocina estaba infestada de mujeres y humo y voces, los hombres eran arreados arriba y abajo con agarradores y platos, y el aire estaba invadido por el chisporroteo de la carne y el aroma a patatas asadas. Me aturdió. Tuve la sensación de haberme ausentado durante años.

Holly estaba poniendo la mesa con Donna y Ashley; la estaban decorando con servilletas de papel con angelotes impresos mientras cantaban un villancico inventado. Me concedí una fracción de segundo para contemplarlas, solo para registrar en la memoria esa imagen mental. Luego le puse una mano en el hombro a Holly y le susurré al oído:

–Cielo, tenemos que irnos.

–*¿Irnos?* Pero si...

Estaba estupefacta de indignación y lo bastante desconcertada como para que le llevara un segundo empezar a discutir. Le dediqué una mirada de alerta máxima paternal y se le bajaron los humos.

–Recoge tus cosas –le ordené–. Rápido.

Holly dejó el puñado de cubiertos que llevaba en la mano sobre la mesa con un golpe y se dirigió arrastrándose hacia el recibidor tan despacio como pudo. Donna y Ashley me miraron como si acabara de degollar a un cordero. Ashley se apartó de mi camino.

Mamá asomó la cabeza por la puerta de la cocina blandiendo un tenedor de servir enorme como si fuera una aguijada para el ganado.

–¡Francis! Ya era hora, maldita sea. ¿Ha venido Seamus contigo?

–No, madre...

–Te tengo dicho que no me llames «madre». Anda a buscar a tu hermano ahora mismo y venid los dos a sacar a tu padre para la cena antes de que se me queme de tanto esperaros. ¡Ve ahora mismo!

–Mamá. Holly y yo tenemos que irnos.

Mi madre dejó caer la mandíbula. Por un segundo, incluso se quedó sin habla. Luego saltó como una sirena antiaérea:

–¡*Francis Joseph Mackey!* Supongo que me estás tomando el pelo. Dime ahora mismo que es una broma.

–Lo siento, mamá. Me he entretenido charlando con Shay y he perdido la noción del tiempo. Ya sabes lo que pasa. Vamos tarde. Tenemos que marcharnos de inmediato.

Mamá tenía la barbilla, los pechos y la barriga hinchados, listos para pelear.

–Me importa un bledo la hora que sea. La cena está lista y no vais a ir a ninguna parte hasta que os la hayáis comido. Sentaos ahora mismo a esa mesa. Es una orden.

–Imposible. Siento el lío. De verdad. Holly... –Holly estaba ya en la puerta, con el abrigo colgando a medio poner por un brazo y los ojos como platos–. Coge la mochila del cole. Ya.

Mi madre me sacudió en el brazo con el tenedor, con la fuerza suficiente como para que me saliera un morado.

–*¡No te atrevas a no hacerme caso!* ¿Es que pretendes provocarme un infarto? ¿Para eso has regresado, para ver a tu madre caer muerta ante tus propios ojos?

Con mucha precaución, el resto de la pandilla fue apareciendo en la puerta de la cocina, uno a uno, a espaldas de mi madre, para comprobar qué ocurría. Ashley se agachó para esquivar a mi madre y se agazapó entre la falda de Carmel.

–Bueno, no era lo que más me entusiasmaba, pero, si es así como quieres pasar la velada, yo no puedo impedírtelo. Holly, he dicho que cojas la mochila *ya*.

–Porque, si eso es lo que más feliz te haría, vete, y espero que te sientas satisfecho cuando caiga muerta. Venga, lárgate de aquí. Tu pobre hermano ha muerto, ya no me queda nada en esta vida...

–¡Josie! –gritó mi padre desde el dormitorio, con un bramido furioso–. ¿Qué demonios pasa ahí? –Y el inevitable estallido de tos. Estábamos hasta el cuello de todas y cada una de las mierdas de aquel lugar de las que yo había querido proteger a Holly, y nos hundíamos a toda prisa.

–... y, sin embargo, aquí sigo yo, matándome por ofreceros unas Navidades como Dios manda, día y noche pegada a los fogones...

–¡Josie! ¡Deja de gritar de una *puñetera* vez!

–¡Papá! Que hay niños delante... –lo reprendió Carmel. Le tapaba los oídos a Ashley con las manos y parecía querer que la tierra la tragara.

Mi madre no dejaba de dar alaridos, cada vez a un volumen más alto. Casi podía notarla provocándome un cáncer.

–... y tú, pequeño cabrón desagradecido, ni siquiera tienes la decencia de sentarte a cenar con nosotros...

–Que sí, mamá, es muy tentador, pero voy a pasar... Holly, ¡despierta! Coge ahora mismo tu mochila. Vamos.

Holly parecía presa de una neurosis de guerra. Incluso en nuestros peores momentos, Olivia y yo habíamos conseguido siempre, siempre mantener los insultos alejados de sus oídos.

–¡Que Dios se apiade de mí! Perdonadme, criaturas, por emplear ese vocabulario delante de vosotros. ¿Has visto lo que has conseguido?

Otro porrazo con el tenedor. Tropecé con la mirada de Carmel por encima del hombro de mi madre, di unos golpecitos en el reloj y dije:

–Acuerdos de la custodia –con tono de urgencia.

Estaba convencido de que Carmel había visto un montón de películas en las que exmaridos insensibles torturaban a valientes divorciadas discutiendo a la ligera los acuerdos de custodia. Abrió unos ojos como platos. Dejé que fuera ella quien le explicara el concepto a mamá, agarré a Holly de un brazo y su mochila con la otra mano y la saqué de allí como si se nos llevara el viento. Mientras descendíamos apresuradamente las escaleras («Fuera de aquí. Si no hubieras regresado nunca, tu hermano aún seguiría vivo...»). Oí la cadencia uniforme de la voz de Stephen un piso más arriba, manteniendo una conversación tranquila y civilizada con Shay.

Y ya estábamos fuera del número ocho, en plena noche, bajo la luz de las farolas y en el más absoluto silencio. La puerta del vestíbulo se cerró de un portazo tras de nosotros.

Me llené los pulmones del aire frío y húmedo del anochecer y exclamé:

–¡Madre del amor hermoso!

Habría matado por un cigarrillo.

Holly apartó su hombro de mí y me arrancó la mochila de la mano.

–Siento lo que acaba de ocurrir. De verdad. No deberías haberlo presenciado.

Holly no se dignó a responder, ni siquiera me miraba. Recorrió todo Faithful Place con los labios fruncidos y la barbilla en un ángulo de rebelión que me indicó que me iba a caer un buen chaparrón en cuanto encontráramos un momento de intimidad. En la calle Smith, a tres coches del mío, divisé el Toyota de chuloputas que Stephen había elegido entre el parque de coches de la comisaría para armonizar con el entorno. Tenía buen ojo; solo lo detecté por el tipo sentado de manera informal en el asiento del copiloto, que se negaba a mirar en mi dirección. Stephen, como buen explorador, había venido preparado para todo.

Holly se subió de un brinco a la silla alzadora y cerró la puerta del coche de un portazo lo bastante fuerte como para casi arrancarla de las bisagras.

—¿*Por qué* tenemos que irnos?

Realmente no tenía ni idea. Había delegado la situación con Shay en las capaces manos de papaíto; por cuanto a ella concernía, eso significaba que el problema estaba zanjado para siempre. Una de mis principales metas en la vida había sido que Holly no tuviera que descubrir, al menos en unos cuantos años más, que la cosa no funcionaba así.

—Cielo —dije. No encendí el motor; no estaba seguro de poder conducir—. Escúchame.

—¡La cena está *lista*! ¡Han puesto *platos* para ti y para mí!

—Ya lo sé. A mí también me habría gustado quedarme.

—Y entonces ¿*por qué*...?

—¿Sabes esa conversación que has mantenido con el tío Shay? ¿Justo antes de que yo llegara?

Holly dejó de moverse. Aún tenía los brazos cruzados con gesto de enfado sobre el pecho, pero la mente le iba a mil por hora, pese a que su rostro no lo reflejara, mientras intentaba aclarar qué sucedía.

—Supongo —contestó.

–¿Crees que podrías explicarle esa conversación a otra persona?

–¿A ti?

–No, a mí no. A un compañero del trabajo que se llama Stephen. Solo es un par de años mayor que Darren y es muy bueno y muy simpático. –Stephen había hablado de sus hermanas; deseé que se llevara bien que ellas–. Necesita saber de qué hablabais el tío Shay y tú.

Holly pestañeó.

–No me acuerdo.

–Cielo. Sé que le has prometido que no se lo contarías a nadie. Te he oído.

Una mirada rápida de recelo.

–¿Qué has oído?

–Espero que todo.

–Pues si lo has oído, cuéntaselo *tú* a ese tal Stephen.

–No sirve, cariño. Necesita que se lo cuentes tú directamente.

Empezaba a apretar los puños bajo el jersey.

–Bueno, pues no *puedo* contárselo.

–Holly –la llamé–, mírame a los ojos. –Al cabo de un momento volvió la cabeza, a desgana, uno o dos centímetros en mi dirección–. ¿Recuerdas cuando hablamos de que a veces hay que contar los secretos porque otras personas tienen derecho a saberlos?

Se encogió de hombros.

–Sí, ¿y qué?

–Pues que este es uno de esos secretos. Stephen intenta averiguar qué le pasó a Rosie. –Dejé a Kevin al margen: ya estábamos a varios años luz de cualquier cosa que deba afrontar un crío de su edad–. Es su trabajo. Y para hacerlo, necesita que le cuentes esa historia.

Un encogimiento de hombros más elaborado.

–No me importa.

Por un instante, su barbilla tozuda y arrogante me recordó a mi madre. Me enfrentaba a todos sus instintos, a todo lo que yo mismo le había introducido en la sangre por el mero hecho de engendrarla.

–Pues tendría que importarte, cariño –observé–. Guardar secretos es importante, pero a veces alcanzar la verdad lo es aún más. Y cuando han matado a alguien, normalmente lo es.

–Vale. Pues que el tal Stephen vaya a molestar a otra persona y me deje en paz, porque yo no creo que el tío Shay haya hecho nunca nada *malo*.

La observé, tensa y quisquillosa, echando chispas como un gatito salvaje acorralado. Unos meses antes habría hecho cualquier cosa que yo le hubiera pedido, sin cuestionarlo, y aun así habría conservado intacta su fe en el adorable tío Shay. Tuve la sensación de que cada vez que la veía la cuerda se volvía más fina y más larga, hasta que llegase el día inevitable en que yo perdiera el equilibrio, diera un traspié, solo uno, y nos arrastrara a ambos al vacío.

Sin alzar la voz dije:

–Está bien, cariño. Entonces déjame preguntarte algo. Habías planeado lo de hoy hasta el último detalle, ¿me equivoco?

De nuevo ese destello azul en sus ojos.

–No.

–Vamos, cielo. A mí no me engañas. Mi trabajo consiste exactamente en planear este tipo de cosas y me doy cuenta de cuándo otra persona lo hace. Mucho antes de que tú y yo habláramos de Rosie empezaste a pensar acerca de esa nota que habías visto. Por eso me preguntaste por ella, así, de pasada, y cuando descubriste que había sido mi novia, supiste que ella tenía que ser quien la había escrito. Entonces fue cuando empezaste a preguntarte por qué tu tío Shay tenía una nota de una chica muerta guardada en un cajón. Corrígeme si me equivoco.

No reaccionó. Interrogarla como a un testigo me agotaba de tal manera que me dieron ganas de arrancar el asiento y echarme a dormir allí mismo, en el suelo del coche.

—Por eso me presionaste hasta convencerme de que te trajera a casa de la abuelita hoy. Te dejaste los deberes de matemáticas para el final, todo el fin de semana, para poderlos traer y usarlos para quedarte a solas con el tío Shay. Y luego estuviste punzándolo hasta que conseguiste que te hablara de esa nota.

Holly se mordía con fuerza el labio por dentro.

—No te estoy regañando; la verdad es que has hecho un trabajo impresionante. Simplemente expongo los hechos.

Se encogió de hombros.

—¿Y qué pasa?

—Mi pregunta es la siguiente. Si no pensabas que tu tío Shay hubiera hecho nada malo, ¿por qué te tomaste tantas molestias para hablar con él a solas? ¿Por qué no me dijiste sencillamente lo que habías encontrado y dejaste que fuera yo quien hablara con él?

Sin levantar la mirada, con una voz apenas inteligible:

—No era asunto tuyo.

—Por supuesto que lo era, cielo. Y tú lo sabías perfectamente. Sabías que Rosie había sido una persona a la que había querido, sabes que soy detective y sabías que estaba intentando averiguar qué le había ocurrido. Todo lo cual convierte esa nota en asunto mío. Y, además, al principio nadie te había pedido que guardaras ningún secreto. Así que ¿por qué no ibas a contármelo, a menos que pensaras que había algo raro en todo ello?

Holly desenredó con cuidado una hebra de lana roja de la manga de su rebeca, la estiró entre sus dedos y la examinó.

Por un segundo pensé que iba a contestarme, pero lo que hizo fue preguntarme:

—¿Cómo era Rosie?

—Era valiente. Y cabezota. Y muy divertida. —No estaba seguro de adónde nos encaminábamos, pero Holly me observaba de soslayo, con atención, interesada. La luz amarillenta y mustia de las farolas imprimía a sus ojos un tono más oscuro que hacía que resultaran más complejos de interpretar—. Le gustaban la música, las aventuras y las joyas. Y quería mucho a sus amigas. Era la persona con los planes más fantásticos que yo conocía. Y cuando algo le importaba, no se rendía por nada en el mundo. Creo que te habría caído bien.

—Pues yo creo que no.

—Me creas o no, cielo, estoy seguro de que sí. Y a ella le habrías caído bien tú.

—¿La querías más que a mamá?

Ah.

—No —contesté, y lo hice de una forma tan limpia y tan automática que ni siquiera estuve seguro de si mentía—. La quería de otra manera. Más no. La quería de un modo distinto.

Holly dejó vagar la vista al otro lado de la ventanilla, mientras se enroscaba la hebra de lana alrededor de los dedos y meditaba mis palabras. No quise interrumpirla.

En la esquina de la calle, una tropa de críos poco mayores que ella se daban empellones contra una pared, gruñían y cotorreaban como monos. Divisé el destello de un cigarrillo y el brillo metálico de las latas de cerveza.

Al fin, Holly preguntó, con voz tensa y uniforme:

—¿Mató el tío Shay a Rosie?

—No lo sé —contesté—. No soy yo quien debe determinarlo, ni tú tampoco. Deben decidirlo un juez y un jurado.

Procuraba hacerla sentir mejor, pero apretó los puños y se golpeó con ellos las rodillas.

—Papi, *no*, no es a eso a lo que me refiero. ¡No me importa lo que *decida* nadie! Lo que pregunto es si la mató *de verdad*.

—Sí —respondí—. Estoy casi convencido de que sí.

Otro silencio, esta vez más prolongado. Los monos de la pared habían pasado a aplastarse patatas fritas de bolsa en la cara los unos a los otros entre gritos de aliento. Holly, aún con el mismo hilillo de voz, añadió:

—Si le cuento a Stephen lo que hablamos el tío Shay y yo...

—¿Sí?

—¿Qué pasará entonces?

—No lo sé —contesté—. Tendremos que esperar a averiguarlo.

—¿Irá el tío Shay a la cárcel?

—Podría ser. Depende.

—¿De mí?

—En parte sí. Pero en parte de muchas otras personas también.

Le flaqueó la voz, solo un poco.

—Pero a mí nunca me ha hecho nada *malo*. Me ayuda a hacer los deberes y nos enseñó a Donna y a mí a hacer sombras con las manos. Y me deja darle sorbitos a su café.

—Ya lo sé, cielo. Ha sido buen tío contigo, y eso es importante. Pero también ha hecho otras cosas.

—Pero yo no *quiero* que lo metan en la cárcel por mi culpa.

Busqué su mirada.

—Cielo, escúchame. Lo que suceda ahora no será culpa tuya. Lo que el tío Shay hiciera en el pasado, lo hizo él. No tú.

—Pero se enfadará conmigo. Y la abuela también, y Donna y la tía Jackie. Todos me odiarán por decirlo.

El temblor de su voz se estaba tornando cada vez más acusado.

–Claro que se pondrán tristes. Y es posible que se enfaden contigo un tiempo, pero solo al principio. Aun así, aunque eso ocurra, acabará pasándoseles. Todos sabrán que no es culpa tuya, tal como yo lo sé.

–Tú no lo sabes seguro. Podrían odiarme para siempre. No puedes prometérmelo.

Tenía un borde blanco alrededor de los ojos, como un animalillo atrapado. Deseé haber golpeado a Shay mucho más fuerte cuando aún estaba a tiempo.

–No –repliqué–. No puedo.

Holly dio una patada con ambos pies en el respaldo del asiento del copiloto.

–¡No *quiero* que pase esto! ¡Quiero que todo el mundo se vaya y me deje en paz! ¡Ojalá nunca hubiera *visto* esa estúpida nota!

Otra patada que desplazó el asiento hacia delante. Por mí como si destrozaba el coche a puntapiés, si eso la hacía sentir mejor, pero, si seguía golpeando con esa fuerza, iba a acabar haciéndose daño. Me di la vuelta, rápidamente, y coloqué un brazo entre sus pies y el respaldo del asiento. Emitió un gruñido salvaje de impotencia y se revolvió con furia, mientras intentaba dar otra patada sin golpearme a mí, pero la agarré por los tobillos y se los aguanté.

–Ya lo sé, amor mío, ya lo sé. Yo tampoco quiero vivir nada de esto, pero no podemos evitarlo. Y ojalá pudiera asegurarte que todo saldrá bien una vez cuentes la verdad, pero no puedo. Ni siquiera puedo prometerte que vayas a sentirte mejor; es posible que sí, pero también lo es que incluso acabes sintiéndote peor. Lo único que puedo decirte es que es necesario hacerlo, sea como sea. Algunas cosas en la vida no son «opcionales».

Holly se había dejado caer de nuevo en su silla alzadora. Respiró hondo e intentó decir algo, pero, en su lugar, se tapó la boca con la mano y rompió a llorar.

Estuve a punto de salir del coche y subirme a la parte trasera para estrecharla entre mis brazos. Entonces me di cuenta de algo: había dejado de ser una niña que aúlla a la espera de que su papi la meza entre los brazos y le diga que lo arreglará todo. Habíamos rebasado ese punto, había quedado atrás en algún lugar de Faithful Place.

Así que lo que hice fue alargar el brazo para asir su mano libre. Se aferró a mí como si se estuviera cayendo. Así permanecimos sentados durante un largo rato, Holly con la cabeza apoyada en la ventanilla y temblando con todo el cuerpo con aquellos inmensos sollozos silenciosos. Oí voces de hombres a nuestra espalda intercambiando comentarios toscos y luego puertas de coche dando portazos y luego a Stephen conduciendo lejos de allí.

Ninguno de los dos teníamos hambre. Pese a ello, obligué a Holly a comerse un cruasán relleno de un queso de aspecto radiactivo que compramos en un supermercado de camino, más por mi salud que por la suya. Luego la llevé de regreso a casa de Olivia.

Aparqué delante de la casa y volví la cabeza para mirar a Holly. Iba chupeteándose un mechón de cabello mientras miraba por la ventana con grandes ojos soñadores y perdidos, como si la fatiga y la sobrecarga emocional la hubieran sumido en un trance. En algún momento del trayecto había sacado a Clara de la mochila.

—No has acabado tus deberes de matemáticas. ¿Crees que la señorita O'Donnell se enfadará contigo?

Por un segundo, Holly pareció haber olvidado quién era la señorita O'Donnell.

—Me da igual. Es tonta.

—Seguro que sí. Pero no hay razón para que escuches sus tonterías por algo tan simple, con todo lo que ha sucedido. ¿Dónde tienes el cuaderno?

Lo sacó de la mochila, a cámara lenta, y me lo entregó. Busqué la primera página en blanco y escribí: «Querida Srta. O'Donnell, le ruego que disculpe a Holly por no haber acabado sus deberes de matemáticas. No ha pasado un buen fin de semana. Si hay algún problema, no dude en telefonearme. Muchas gracias. Frank Mackey». En la página opuesta vi la caligrafía redonda y esmerada de Holly: «Si Desmond tiene 342 piezas de fruta...».

—Ten —le dije, devolviéndole el cuaderno—. Si te regaña, le das mi número de teléfono y yo le diré que te deje en paz. ¿Vale?

—Sí. Gracias, papi.

—Tú madre tiene que saber lo que ha pasado. Déjame que sea yo quien se lo explique.

Holly asintió con la cabeza. Guardó el cuaderno, pero se quedó donde estaba, abriéndose y cerrándose el cinturón de seguridad de manera mecánica.

—¿Qué te preocupa, cielo?

—Tú y la abuela habéis sido malos el uno con el otro.

—Sí. Es verdad.

—¿Por qué?

—No deberíamos haberlo hecho. Pero de vez en cuando sencillamente nos sacamos de las casillas mutuamente. No hay nadie en el mundo capaz de volverte tan loco como tu familia.

Holly metió a Clara en la mochila y se la quedó mirando, al tiempo que le acariciaba la raída nariz con un dedo.

—Si yo hiciera algo malo —continuó—, ¿le mentirías a la policía para evitar que me metiera en problemas?

—Sí —contesté—. Lo haría. Mentiría a la policía, al Papa y al presidente del mundo como un loco, si eso fuera a ayudarte. No sería lo correcto, pero lo haría de todos modos.

Holly me rompió el corazón al inclinarse hacia delante entre los asientos, echarme los brazos al cuello y apretar su mejilla contra la mía. La apreté con tanta fuerza que notaba sus latidos contra mi pecho, rápidos y ligeros, como los de un animalillo salvaje. Me habría gustado decirle un millón de cosas, todas ellas cruciales, pero no se me ocurría nada.

Finalmente, Holly suspiró, un enorme suspiro tembloroso, y se desenmarañó de mí. Salió del coche y se echó la mochila a la espalda.

—Si tengo que hablar con ese tal Stephen —dijo—, ¿podría ser un día que no sea miércoles? Porque quiero ir a jugar a casa de Emily.

—Por descontado que sí, cariño. Lo haremos el día que te vaya bien. Y ahora entra en casa. Yo iré dentro de un momento. Antes tengo que hacer una llamada telefónica.

Holly asintió con la cabeza. Andaba con los hombros caídos por el cansancio, pero al avanzar por el sendero de casa sacudió la cabeza y recobró la compostura. Cuando Liv abrió la puerta con los brazos abiertos, aquella espaldita volvía a estar recta y fuerte como una espada de acero.

Yo permanecí donde estaba, encendí un cigarrillo y me lo fumé hasta la mitad de una sola calada. Cuando estuve seguro de que podía mantener la voz firme, telefoneé a Stephen.

Se hallaba en algún sitio con mala cobertura, presumiblemente en el laberinto de las salas de Homicidios, en el castillo de Dublín.

—Soy yo —lo saludé—. ¿Cómo va?

—No del todo mal. Tal como ha anticipado usted, por ahora lo niega todo, y eso cuando se digna a contestar a alguna pregunta; la mayor parte del tiempo no habla, salvo para preguntarme qué sabor tiene su culo.

–Es encantador. Le viene de familia. No dejes que te engatuse.

Stephen rio.

–Jajajá. No me preocupa lo más mínimo. Que diga lo que quiera; al final, el que se va a ir a casa cuando todo esto acabe soy yo. Pero, dígame algo, ¿qué tiene? ¿Tiene algo que pueda aflojarle un poco la lengua?

Stephen tenía las pilas puestas y estaba dispuesto a continuar el tiempo preciso. Su voz rezumaba una nueva confianza en sí mismo. Tenía el tacto necesario como para sonar sometido, pero, en lo más hondo de su ser, aquel chaval estaba saboreando el mejor momento de su vida.

Le dije todo lo que sabía y cómo lo había averiguado, hasta el último detalle rancio de información: la información es munición, y a Stephen no le convenía tener huecos en su arsenal. Al terminar mi relato, comenté:

–Quiere mucho a nuestras hermanas, sobre todo a Carmel, y a mi hija, Holly. Por lo que yo sé, ahí se acaban sus afectos. A mí me odia con todas sus ganas, y también odiaba a Kevin, aunque no lo reconozca, y odia su vida. Siente unos celos patológicos de cualquiera que esté satisfecho con la suya, tú incluido, no me cabe duda. Y, como seguramente te habrás percatado ya, tiene un genio considerable.

–De acuerdo –farfulló Stephen como si hablara para sí mismo; la mente le iba a toda velocidad–. Sí. Creo que podré usar esa información de algún modo.

El chaval se estaba transformando en un hombre que me gustaba mucho.

–Adelante. Y una cosa más, Stephen: hasta esta noche, mi hermano pensaba que estaba a punto de salvarse. Estaba convencido de que iba a comprar la tienda de bicicletas en la que trabaja, abandonar a nuestro padre en una residencia, mudarse a otra casa y disfrutar por fin de la oportunidad de vivir su vida. Hasta hace unas horas, el mundo era su ostra.

Silencio, y por un segundo me pregunté si Stephen habría interpretado mis palabras como una invitación a compadecerse de él. Luego contestó:

–Si no consigo hacerlo hablar con lo que tengo, entonces no lo conseguiré de ningún modo.

–Eso creo yo. Adelante, chaval. Mantenme informado.

–¿Recuerda...? –empezó a decir, y luego la recepción se volvió loca y se convirtió en un puñado de ruidos y chirridos inconexos. Escuché «lo que tienen...» antes de que la línea se cortara y no quedara más que un pitido inútil.

Bajé la ventanilla y me fumé otro cigarrillo. Las decoraciones navideñas también habían invadido el barrio: coronas en las puertas, un cartel torcido en un jardín que rezaba «Papá Noel, recuerda detenerte aquí», y el aire nocturno se había vuelto tan gélido que ahora sí transmitía sensación de invierno. Arrojé la colilla por la ventanilla y respiré hondo. Luego me dirigí hasta la puerta de Olivia y llamé al timbre.

Liv acudió con las pantuflas y la cara recién lavada, lista para meterse en la cama.

–Le he dicho a Holly que vendría a darle las buenas noches.

–Holly está dormida, Frank. Hace ya rato que está en la cama.

–Ah. Vale. –Sacudí la cabeza, para intentar despejarme–. ¿Cuánto rato he pasado aquí fuera?

–El suficiente como para que a mí me haya asombrado que la señora Fitzhugh no haya telefoneado a la policía. Últimamente ve acosadores por todos sitios.

Sonreía y el hecho de que no estuviera molesta por mi presencia hizo que me recorriera un ridículo destello de calidez.

–Esa mujer está como una chota. ¿Recuerdas el día que...? –Detecté el alejamiento en los ojos de Liv y me refrené antes de que fuera demasiado tarde–. Escucha, ¿me dejas entrar unos minutos de todos modos? Solo para tomar una taza de café y aclararme la cabeza antes de regresar conduciendo a casa. Y quizá para mantener una pequeña charla sobre cómo lo está llevando Holly. Te prometo que no me quedaré más tiempo del necesario.

Debía de tener un aspecto terrible, o al menos lo bastante malo como para activar los botones de la compasión de Liv. Transcurrido un momento asintió y me abrió la puerta.

Me condujo hasta el jardín de invierno, donde la escarcha empezaba a acumularse en las ventanas, pero la calefacción estaba puesta y la sala era acogedora y cálida. Se dirigió a la cocina a preparar el café. La luz era tenue; me quité la visera de Shay y me la guardé en el bolsillo de la chaqueta. Olía a sangre.

Liv trajo el café en una bandeja, con las tazas buenas e incluso con una jarrita de nata. Mientras se acomodaba en su sillón, apuntó:

–Parece que has tenido un fin de semana durillo...

No fui capaz de explicárselo.

–Familia –dije–. ¿Qué hay de ti? ¿Cómo está Dermo?

Se produjo un silencio mientras Olivia removía su café y decidía cómo contestar a mi pregunta. Finalmente suspiró, un sonido mínimo que no pretendía que yo oyera. Luego respondió:

–Le he dicho que considero que no debemos vernos más.

–¡Ah! –exclamé. La rápida y dulce descarga de felicidad abriéndose paso entre todas las oscuras capas que se apretaban alrededor de mi pensamiento me tomó por sorpresa–. ¿Por alguna razón en particular?

Un elegante encogimiento de hombros.

–No creo que encajáramos.

–¿Y Dermo está de acuerdo?

–Lo habría estado pronto si hubiéramos salido unas cuantas veces más. Es solo que yo lo he descubierto antes.

–Como de costumbre –repliqué yo. No pretendía ser capullo y a Liv se le escapó una media sonrisa, aunque no alzó la vista de la taza–. Lamento que no haya funcionado.

–Bueno. No pasa nada... ¿Qué hay de ti? ¿Te has estado viendo con alguien?

–Últimamente no. Lo habrías notado. –El hecho de que Olivia hubiera dejado a Dermot era el mejor regalo que la vida me había hecho en un tiempo, pequeño, mas perfecto; una pequeña pero gran satisfacción, y yo sabía que, si tentaba a la suerte, probablemente lo haría añicos, pero me resultó imposible contenerme–. Alguna noche, quizá, si estás libre y encontramos una canguro, ¿te apetece salir a cenar? No estoy seguro de poder costearme el Coterie, pero probablemente pueda encontrar algo mejor que un Burger King.

Liv arqueó las cejas y volvió el rostro hacia mí.

–¿Te refieres a...? ¿Qué quieres decir? ¿Me estás pidiendo una cita?

–Bueno –contesté–. Supongo que sí. Algo parecido a una cita.

Un prolongado silencio, durante el cual los pensamientos se desplazaron tras sus ojos.

–He estado pensando en lo que dijiste la otra noche, ¿sabes? En lo de las personas que se dedican a fastidiar a los demás. Aún no sé si estoy de acuerdo contigo, pero intento actuar como si tuvieras razón. Lo estoy intentando con todas mis fuerzas, Olivia.

Liv echó la cabeza hacia atrás y contempló la luna avanzar por las ventanas.

–La primera vez que te llevaste a Holly de fin de semana –explicó– estaba aterrorizada. No pegué ojo durante todo el tiempo que estuvo fuera. Sé que pensabas que había estado combatiendo contigo por quedármela los fines de semana sin tener en cuenta sus sentimientos, pero no tenía nada que ver con eso. Estaba convencida de que te vendrías a recogerla, la montarías en un avión y jamás volvería a veros a ninguno de los dos.

–Si te soy sincero, lo pensé.

Percibí el escalofrío que le recorrió los hombros, pero mantuvo la voz inalterada.

–Ya lo sé. Pero no lo hiciste. No soy tan ingenua como para creer que no lo hiciste por mi bien; en parte sé que marcharte habría significado abandonar tu trabajo también, pero sé que no lo hiciste, principalmente, por no herir a Holly. Por eso te quedaste.

–Sí –confirmé–. Bueno. Lo hago todo lo bien que sé.

Yo estaba menos convencido que Liv de que el hecho de quedarme hubiera respondido a querer lo mejor para Holly. La niña podría haberme ayudado a regentar un bar en una playa de Corfú, bronceándose y dejándose mimar hasta el infinito por los lugareños, en lugar de exponerla a que le destrozara la cabeza toda mi familia.

–A eso es a lo que me refería el otro día. A que las personas no *tienen que* hacerse daño solo porque se quieren. Tú y yo nos lo hicimos porque ambos lo decidimos, no porque fuera un destino inevitable.

–Liv, necesito explicarte algo.

Me había pasado todo el trayecto en coche intentando encontrar la manera menos dramática de hacerlo. Pero resultó que no existía. Omití todo lo que pude y le suavicé el tono a lo demás, pero para cuando terminé mi relato, Olivia me miraba boquiabierta, con unos ojos como platos, mientras se apretaba los labios con dedos temblorosos.

–Madre mía –exclamó–. Madre mía... *Holly.*

–Se pondrá bien –contesté yo con toda la convicción de la que pude hacer acopio.

–Sola con un... *Dios,* Frank, tenemos que... ¿qué tenemos...?

Hacía mucho tiempo que Liv no me dejaba verla sin su armadura perfecta, impenetrable y resplandeciente. Verla de aquella manera, abierta en canal, temblorosa y buscando salvajemente un modo de proteger a su cachorro, me partió el alma. Tuve el sentido común de no rodearla con los brazos; en su lugar, me incliné hacia delante y le estreché los dedos entre mis manos.

–Shhh, cielo. Tranquila. Todo saldrá bien.

–¿La amenazó? ¿La ha asustado?

–No, cielo. La ha hecho sentir preocupada, confusa e incómoda, pero estoy bastante seguro de que a Holly no se le ha ocurrido pensar que estaba en peligro. Y, además, no creo que lo estuviera. A su manera increíblemente retorcida, la quiere.

Liv ya había avanzado con el pensamiento.

–¿Es un caso sólido? ¿Tendrá que testificar Holly?

–No estoy seguro. –Ambos sabíamos cómo funcionaba aquello: si el fiscal general del Estado decidía juzgar a Shay y él se declaraba inocente y el juez pensaba que Holly era capaz de relatar los acontecimientos de manera precisa... –Pero, si tuviera que apostar dinero, diría que sí, que sí tendrá que declarar.

–Pobrecita –suspiró Olivia.

–Para eso aún falta tiempo.

–¿Qué importa eso? He visto lo que un buen abogado puede hacerle a un testigo. Yo misma lo he *hecho.* No quiero que nadie se lo haga a Holly.

–Sabes perfectamente que no podemos evitarlo. Tendremos que confiar en que estará bien. Es una niña fuerte. Siempre lo ha sido –procuré tranquilizarla. Durante una fracción de segundo me acordé de mí mismo sentado en aquel jardín de invierno las noches de primavera, viendo cómo la barriga de Olivia se movía con las patanditas fieras y diminutas de Holly, lista para comerse el mundo.

–Sí, es fuerte. Pero eso *no importa*. Ningún niño del mundo es lo bastante fuerte para esto.

–Holly tendrá que serlo, porque no le queda otra alternativa. Y Liv…, lógicamente ya lo sabes, pero no puedes hablar del caso con ella.

Olivia apartó su mano de la mía con rabia y levantó la cabeza, lista para defender a su pequeña.

–Pues va a necesitar hablar de ello, Frank. No quiero ni imaginarme lo que ha supuesto para ella. Y no pienso tolerar que se lo guarde dentro…

–De acuerdo, pero ni tú ni yo somos las personas indicadas para hablar con ella de este asunto. Por lo que a los tribunales concierne, tú sigues siendo una abogada y eres parcial. Una pista de que la has estado aconsejando y el caso se va a pique.

–Me importa un bledo el puñetero *caso*. ¿Con quién más se supone que puede hablar? Sabes perfectamente que no hablará con un psicólogo; cuando nos separamos no le dijo ni una sola palabra a aquella mujer. No pienso permitir que esto la perjudique el resto de su vida. Lo siento, pero no.

Su optimismo y su fe en que el daño aún no estuviera hecho me enternecieron.

–No –dije–. Ya lo sé. ¿Por qué no hacemos una cosa? Haz que Holly te cuente todo lo que quiera. Pero asegúrate de que nadie lo descubre, ni siquiera yo, ¿de acuerdo?

Olivia frunció los labios, pero no dijo nada.

–Sé que no es la circunstancia ideal –aclaré.

–Pensaba que te oponías frontalmente a que guardara secretos.

–Y me opongo. Pero ya es un poco tarde para que eso se convierta en una máxima prioridad, así que ¿qué más da?

Liv contestó, con una nota crispada de agotamiento subyacente a su voz:

–Supongo que eso se traduce en un «Ya te lo dije».

–No –negué, y hablaba en serio. Percibí su sorpresa en la rapidez con la que volvió la vista hacia mí–. En absoluto. Significa que la hemos cagado los dos, tú y yo, y que lo mejor que podemos hacer es contener los daños. Y confío en que tú lo harás maravillosamente bien. –Seguía mirándome con recelo y cansancio, a la espera de un «pero»–. Nada de segundas lecturas esta vez, te lo prometo. Ahora mismo, me alegro de que Holly te tenga a ti por madre.

Había sorprendido a Liv con la guardia baja; apartó los ojos de los míos y se removió inquieta en su butaca.

–Deberías habérmelo explicado en cuanto habéis llegado. Me has dejado meterla en la cama como si no pasara nada, como si todo fuera *normal*...

–Soy consciente de ello. He considerado que le sentaría bien un poco de normalidad esta noche.

Volvió a removerse.

–Necesito ir a comprobar cómo está.

–Si se despierta, nos llamará o bajará.

–Quizá no. Solo será un momento...

Y se fue. Subió a toda prisa las escaleras, sigilosa como una gata. Había algo inquietantemente reconfortante en aquella pequeña rutina. Solíamos llevarla a cabo una docena de veces por noche cuando Holly era bebé: un chirrido del *walkie-talkie* y Olivia necesitaba ir a comprobar si seguía dormida. Poco importaba que yo intentara tranquilizarla diciéndole que nuestra hija tenía unos pulmones excelentes y era perfectamente capaz de hacernos saber que se había despertado si le apetecía. Liv jamás temió que padeciera muerte súbita o que se cayera de la cuna y se golpeara la cabeza ni ninguno de esos accidentes tremebundos que suelen acechar a los padres. Lo único que le inquietaba es que Holly se despertara en plena noche y pensara que estaba sola.

Al regresar, Olivia aclaró:

—Duerme como un angelito.

—Estupendo.

—Parece tranquila. Hablaré con ella por la mañana. —Se desplomó en su butaca y se apartó el cabello de la cara—. ¿Te encuentras bien, Frank? Ni siquiera se me ha ocurrido preguntártelo, pero, madre mía, esta noche debe de haber sido espantosa para ti...

—Estoy bien —contesté—. Y ahora debería marcharme ya. Gracias por el café. Lo necesitaba.

Liv no insistió.

—¿Podrás conducir bien hasta tu casa? ¿No te dormirás al volante? —preguntó.

—¡Que va! Nos vemos el viernes.

—Llama a Holly mañana. Aunque creas que no deberías hablar con ella... de todo esto. Llámala de todos modos.

—Por supuesto. Pensaba hacerlo. —Apuré mi café de un trago y me puse en pie—. Solo para tenerlo claro... —añadí—, supongo que lo de la cita ha quedado descartado.

Olivia me contempló durante un largo rato. Luego dijo:

—Tendríamos que ser muy cuidadosos con no darle falsas esperanzas a Holly.

—Yo creo que somos capaces de hacerlo.

—Porque no veo muchas posibilidades de llegar a ningún sitio. No después de... Uf. De todo esto.

—Ya lo sé. Aun así, me gustaría intentarlo.

Olivia se agitó en su butaca. La luz de la luna le cubrió el rostro y sus ojos se desvanecieron en la sombra, dejando solo a la vista las orgullosas y delicadas curvas de sus labios.

–Para saber que lo has intentado todo. Más vale tarde que nunca, supongo.

–No –contesté–. Porque me gustaría muchísimo tener una cita contigo.

La notaba observarme entre las sombras. Al fin dijo:

–A mí también. Gracias por pedírmelo.

Por una fracción de segundo estuve a punto de perder la cabeza y avanzar hacia ella, no sé ni siquiera con qué intención: agarrarla, estrecharla entre mis brazos, caer de rodillas sobre aquellas losas de mármol y enterrar mi rostro en su tierno regazo. Me contuve apretando los dientes tan fuertemente que casi me rompo la mandíbula. Cuando fui capaz de volverme a mover, llevé la bandeja hasta la cocina y me marché.

Olivia no se movió. Me dirigí solo hasta la puerta; quizá me despidiera con un «buenas noches», no lo recuerdo. Durante todo el paseo hasta mi coche la noté detrás de mí, noté su calor, como una luz blanca transparente que ardía sin cese en aquel jardín de invierno en penumbra. Fue la fuerza que me impulsó a llegar a casa.

23

Dejé a mi familia a solas mientras Stephen componía su caso y acusaba a Shay de doble cargo de asesinato y mientras el Tribunal Superior le negaba la libertad bajo fianza a mi hermano. George, ¡que Dios bendiga sus calcetines de algodón!, me permitió regresar al trabajo sin decir ni mu; incluso me arrojó a una operación nueva y compleja hasta la majadería relacionada con Lituania, fusiles AK-47 y varios sujetos interesantes llamados Vytautas a la que fácilmente podía dedicarle semanas de cien horas si sentía la necesidad de hacerlo, cosa que efectivamente hice. Entre la brigada corría el rumor de que Scorcher había presentado indignado una queja por mi absoluto incumplimiento del protocolo y de que George había emergido de su semicoma habitual el tiempo necesario para ponerse quisquilloso y solicitarle un papeleo con toda la información por triplicado que bien podía llevarle varios años de trabajo.

Cuando me figuré que la tensión emocional de mi familia podía haber descendido uno o dos niveles, me tomé una tarde libre y regresé a casa del trabajo temprano, alrededor de las diez de la noche. Introduje lo que tenía en la nevera entre dos rebanadas de pan y me lo comí. Luego encendí un cigarrillo, me llevé un vaso del mejor whisky Jameson's al balcón y telefoneé a Jackie.

–¡Ostras! –exclamó. Estaba en casa, con el televisor encendido de fondo. Su voz denotaba la máxima de las sorpresas, y no sé si algo más. Le susurró a Gavin–: Es Francis.

Un murmullo ininteligible de Gav, y luego el ruido de la televisión amortiguándose a medida que Jackie se alejaba de ella.

–¡Ostras! –repitió–. No pensaba que... ¿Cómo te va?

–Más o menos. ¿Y a ti?

–Bien. Como siempre.

–¿Cómo está mamá? –quise saber.

Un suspiro.

–Pues no está muy bien, Francis.

–¿En qué sentido?

–Está paliducha y muy callada. Y ya la conoces: ella no es así. Me sentiría mucho mejor si siguiera quejándose por todo.

–Temía que le hubiéramos provocado un infarto. –Intenté que sonara a broma–. Debería haber sabido que no nos daría esa satisfacción.

Jackie no se rio.

–Carmel me ha explicado antes que fue a casa anoche, con Darren, y que Darren rompió ese adornito de porcelana –dijo–, ¿sabes a cuál me refiero?, a ese con un niñito con flores, el que está en la estantería del salón. Bueno, pues lo hizo añicos. Tenía miedo de que mamá le echara una bronca de mil demonios, pero no le dijo absolutamente nada. Se limitó a barrer los trozos y tirarlos a la basura.

–Acabará reponiéndose con el tiempo –le aseguré–. Mamá es una mujer fuerte. Hace falta algo más para acabar con ella.

–Sí que es fuerte, sí. Pero aun así...

–Sí. Ya lo sé.

Escuché una puerta cerrarse y el viento entrando por el micrófono del teléfono: Jackie había salido afuera para mantener una conversación privada conmigo.

–Papá tampoco atraviesa su mejor momento –añadió–. No se ha levantado de la cama desde que...

–¡Que le jodan! Déjalo que se pudra.

–Sí, ya lo sé, pero eso no es lo que importa. Mamá no puede apañárselas por sí sola, no con él en ese estado. No sé qué van a hacer. Yo ahora voy a verlos tanto como puedo y Carmel también, pero ella tiene a los críos y a Trevor, y yo tengo que trabajar. Y, aunque vayamos, nosotras no tenemos fuerza suficiente para levantarlo sin hacerle daño; y además dice que somos chicas y que no quiere que lo ayudemos a ir al lavabo y todo eso. Shay... –Se le fue apagando la voz–, Shay solía encargarse de eso.

–Ya –confirmé–. ¿Crees que debería ir a echar una mano?

Se produjo un instante de silencio por el desconcierto.

–¿Que si deberías...? No, no, Francis. No pasa nada.

–Si crees que es buena idea, no me importa mover el trasero hasta allí mañana mismo. Me he mantenido alejado porque pensaba que podía hacer más mal que bien, pero si estoy equivocado...

–No, no; creo que tienes razón. No lo digo en el mal sentido, pero...

–No, ya te capto. Eso me figuraba.

–Les diré que has preguntado por ellos –propuso Jackie.

–Sí, hazlo. Y, si se produce algún cambio, comunícamelo, ¿de acuerdo?

–Sí, claro. Gracias por el ofrecimiento.

–¿Qué hay de Holly? –pregunté.

–¿A qué te refieres?

–¿Crees que será bienvenida en casa de mamá a partir de ahora?

−¿Querrías que viniera? Estaba convencida de que...

−No lo sé, Jackie. Aún no lo he decidido. Probablemente no, no. Pero quiero saber exactamente qué pasa con ella.

Jackie suspiró con tristeza.

−Nadie lo sabe. No lo sabremos hasta que..., ya sabes, hasta que la situación se calme un poco.

En otras palabras, hasta que a Shay lo hubieran juzgado y absuelto, o condenado a doble cadena perpetua, en parte en función de cómo lo hiciera Holly declarando contra él.

−No puedo permitirme esperar tanto, Jackie −le indiqué−. Y no me gusta que seas esquiva conmigo. Estamos hablando de mi hija.

Otro suspiro.

−Si quieres que sea sincera contigo, Francis, si yo fuera tú la mantendría apartada de nosotros por un tiempo. Por su propio bien. Estamos todos destrozados y muy nerviosos y antes o después alguien estallará y le dirá algo que herirá sus sentimientos, no a propósito, pero... Olvídalo por ahora. ¿Crees que podrás hacerlo? ¿Crees que le dolerá mucho?

−Ya me encargaré yo de eso. Lo que sucede, Jackie, es que Holly está convencida de que lo que le ocurrió a Shay es culpa suya y de que, aunque no lo sea, toda la familia piensa que lo es. Mantenerla alejada de casa de mamá (no es que para mí represente ningún problema, créeme) solo va a conseguir que se torture aún más. Y, francamente, a mí me importa un bledo que esté en lo cierto y que el resto de la familia haya decidido tratarla como una paria, pero necesito que sepa que tú eres la excepción. Está hecha trizas y ya ha perdido a bastante gente para el resto de su vida. Necesito que sepa que tú sigues estando presente y que no tienes ninguna intención de abandonarla y que ni por un segundo la culpas por la losa que va a caer sobre la cabeza de todos nosotros. ¿Crees que podrás hacerlo?

Jackie emitía ruiditos de compasión y horror.

–Ay, pobrecilla, que Dios la ampare, ¿cómo voy a culparla?, si ni siquiera había nacido cuando todo esto empezó... Dale un abrazo enorme de mi parte y dile que iré a verla en cuanto encuentre un minuto.

–Bien. Es lo que me figuraba. Pero da igual lo que yo le diga: necesita oírtelo decir a ti. ¿Por qué no la llamas y quedas con ella para veros? Así se tranquilizará un poco, ¿de acuerdo?

–Claro que sí. De hecho, te cuelgo y la llamo. Pobrecilla. No soporto imaginarla ahí sentada, preocupada y triste...

–Jackie –la interrumpí–, aguarda un segundo.

–¿Qué?

Me habría gustado darme una colleja a mí mismo por preguntar, pero no pude reprimirme:

–Me gustaría saber algo, ya que tocamos el tema. ¿Yo voy a volver a verte? ¿O solo Holly? –Fue una pausa momentánea, pero significativamente larga–. No pasa nada si no volvemos a vernos. Entiendo que podría causarte problemas. Simplemente quiero saberlo; considero que nos ahorrará a los dos tiempos y complicaciones. ¿Qué me dices?

–Que sí. Uf, vaya, Francis... –Su respiración era rápida, espasmódica, como si le hubieran asestado un puñetazo en el estómago–. Claro que volveremos a vernos. *Por supuesto*. Es solo que... creo que voy a necesitar algún tiempo. Quizá unas cuantas semanas o... No quiero mentirte: tengo la cabeza hecha un lío. No sé qué hacer ni qué pensar ni qué decir. Podría pasar un tiempo antes de que...

–Lo entiendo –la atajé–. De verdad, créeme, sé cómo te sientes.

–Lo lamento, Francis. Lo lamento muchísimo.

Su voz sonaba débil y desesperada, crispada hasta la última cuerda. Habría hecho falta un hijo de puta aún mayor que yo para hacerla sentir peor.

—Así es la vida, cariño. No es culpa tuya, no más que de Holly —la reconforté.

—En cierto sentido, sí. De no haberla traído yo a casa de mamá nunca...

—O si yo no la hubiera llevado ese día concreto. O, mejor aún, si Shay no hubiera... Bueno, dejémoslo. —El resto de la frase se deshilachó en el vacío que nos separaba—. Lo has hecho lo mejor que has podido, nadie puede pedirte más. Ya conseguirás recomponerte, cariño. Tómate el tiempo que necesites. Llámame cuando te apetezca.

—Lo haré. Te lo prometo. Lo haré. Y, Francis..., mientras tanto, cuídate. Lo digo de verdad.

—Eso haré. Tú también, cielo. Nos vemos.

Justo antes de colgar volví a oír aquella respiración acelerada y dolorosa. Deseé que entrara junto a Gavin y se dejara abrazar, en lugar de quedarse allá fuera, en medio de la oscuridad, llorando sola.

Unos días después acudí al Jervis Centre y busqué uno de esos televisores de tamaño King Kong que uno compra si la posibilidad de ahorrar para algo más sustancial nunca ha entrado en su universo. Pensé que necesitaría algo más que la electrónica, por muy impresionante que fuera, para evitar que Imelda me propinara una patada en las pelotas, de manera que aparqué el coche en la entrada de Hallows Lane y esperé a que Isabelle regresara a casa de donde fuera que hubiera pasado el día.

Era un día frío y gris y amenazaba con llover aguanieve. Una fina capa de escarcha cubría los baches. Isabelle descendió por la calle Smith a paso ligero, con la cabeza gacha y su delgado abrigo de imitación arrebujado para hacer frente al viento cortante. No me vio hasta que salí del coche y me planté delante de ella.

—¿Eres Isabelle?

Me miró con recelo.

—¿Quién lo pregunta?

—Soy el gilipollas que os destrozó el televisor. Encantado de conocerte.

—Lárguese o echo a gritar.

Otra que tenía carácter. Me cayó bien al instante.

—Para el carro, guapa. Esta vez no he venido en busca de problemas.

—Entonces ¿qué quiere?

—Os he comprado un televisor nuevo. Feliz Navidad.

La sospecha aumentó en sus ojos.

—¿Por qué?

—¿Has oído hablar de eso que llaman «cargo de conciencia»?

Isabelle cruzó los brazos y me lanzó una mirada asesina. De cerca, el parecido con Imelda no era tan impactante. Tenía la barbilla curva, como los Hearne.

—Pues no queremos su tele —me informó—, pero muchas gracias de todos modos.

—Quizá tú no la quieras —la corté—, pero tu madre o tus hermanas igual sí. ¿Por qué no vas a preguntárselo?

—Claro, ahora mismo. ¿Cómo sabemos que este trasto no lo robaron hace dos noches y que se presentará aquí a arrestarnos esta misma tarde?

—Sobreestimas mi inteligencia.

Isabelle arqueó una ceja.

—O usted subestima la mía. Porque no soy tan tonta como para aceptar nada de un poli que está cabreado con mi madre.

574

—Yo no estoy cabreado con ella. Tuvimos una pequeña diferencia de opinión, pero ya se ha resuelto y no tiene nada que temer de mí.

—Eso no hace falta que me lo diga. Mi madre no le tiene ningún miedo.

—Estupendo. Lo creas o no, le tengo cariño. Nos criamos juntos.

Isabelle reflexionó sobre mis palabras.

—Entonces ¿por qué destrozó nuestra tele? —quiso saber.

—¿Qué te ha dicho tu madre?

—Nada. No quiere decírmelo.

—Pues entonces yo tampoco. Un caballero nunca divulga las confidencias de una dama.

Me lanzó una mirada fulminante para demostrarme que no le impresionaba mi vocabulario, pero es que estaba en esa edad en la que nada de lo que yo hubiera dicho la habría impresionado de todos modos. Intenté imaginar cómo debía de ser ver a tu hija con tetas, los ojos pintados y el derecho legal de subirse a un avión y viajar adonde le plazca.

—¿Ese trasto es para asegurarse de que dice lo correcto en el juicio? Porque ya ha prestado declaración ante ese chaval, cómo lo llama, «el Pendejo Pelirrojo».

Una declaración que podía cambiar, y posiblemente cambiaría, media docena de veces antes de que se celebrara el juicio. Pese a ello, si yo hubiera sentido la necesidad imperiosa de sobornar a Imelda Tierney, no habría necesitado realizar aquel dispendio; me habría bastado con comprarle un par de cartones de tabaco. Pensé que era mejor no compartir mis pensamientos con Isabelle.

—Yo no tengo nada que ver con eso —le aseguré—. Dejemos algo claro: yo no tengo nada que ver con ese caso, ni con ese joven y no quiero nada de tu madre, ¿entendido?

—Pues sería usted el primer hombre en no querer nada de ella. Y, ya que no quiere nada, ¿le importa que me vaya?

No había ni un movimiento en Hallows Lane: ni viejecitas puliendo la plata, ni madres buenorras guerreando con cochecitos de bebé, y todas las puertas estaban cerradas para que no entrara el frío, pero aún así notaba ojos entre las sombras, tras los visillos.

—¿Me permites que te haga una pregunta? —inquirí.

—Adelante.

—¿De qué trabajas?

—¿Y a usted qué le importa?

—Soy un chafardero. ¿Por qué? ¿Es secreto?

Isabelle puso los ojos en blanco.

—Estoy estudiando para ser secretaria jurídica. ¿Le parece bien?

—Me parece fantástico —contesté—. Felicidades.

—Gracias. Pero ¿tengo aspecto de que me importe lo que usted piense de mí?

—Tal como ya te he dicho, en su día le tuve mucho cariño a tu madre. Me gusta saber que tiene una hija que la cuida y de la que puede sentirse orgullosa. Y ahora, pórtate bien, y llévale el puñetero televisor.

Abrí el maletero. Isabelle rodeó el coche y, desde la distancia, por si acaso tenía intenciones de empujarla en su interior y venderla al mercado de trata de blancas, echó un vistazo.

—No está mal —opinó.

—Perdona, es el pináculo de la tecnología moderna. ¿Quieres que lo lleve yo a tu casa o prefieres llamar a una amiga para que te eche una mano?

—No lo queremos —se reiteró—. ¿Qué es lo que no entiende?

—Escucha —la corté—. Este trasto me ha costado una pasta gansa. No es robado, no tiene ántrax y el Gobierno no puede vigilaros a través de la pantalla. De manera que ¿dónde está el problema? ¿O es que te asusta que, como viene de un poli, tenga piojos?

Isabelle me miró cómo si se preguntara cómo me las ingeniaba para ponerme bien los calzoncillos por la mañana.

–Usted ha delatado a su hermano.

Así que esas teníamos... Me había vuelto a comportar como un gilipollas al pensar que esa información no llegaría al dominio público. Por mucho que Shay hubiera mantenido la boca cerrada, estaba la red local de percepción extrasensorial y, en el caso de que esa también hubiera estado apagada el día en cuestión, nada podía detener a Scorcher de insinuar una pequeñísima pista durante uno de sus interrogatorios en profundidad. Las Tierney habrían aceptado de buen gusto un televisor que se hubiera caído de un camión, incluso habrían aceptado un regalo de Deco, el amable camello del barrio, de haber considerado este que se lo debía por la razón que fuera, pero no querían tener nada que ver con tipos de mi calaña. Si hubiera disparado a Shay en defensa propia, Isabelle Tierney, los espectadores fascinados y hasta la última alma con vida de Liberties no habrían tenido ningún problema. Podría haberlo enviado a cuidados intensivos, quizá incluso al cementerio de Glasnevin, y haberme pasado las siguientes semanas recopilando muestras de asentimiento con la cabeza y palmaditas de felicitación en la espalda; pero nada de lo que Shay hubiera hecho era una excusa suficiente para delatar a tu propio hermano.

Isabelle echó un vistazo alrededor para asegurarse de que había gente cerca que podría acudir en su rescate antes de decir en tono amable y lo bastante alto para que todo el mundo la oyera bien:

–¡Métase esa tele por el culo!

Dio un salto hacia atrás, veloz y ágil como un gato, por si me abalanzaba sobre ella. Luego me enseñó el dedo para asegurarse de que a nadie se le escapaba el mensaje, giró sobre sus tacones de aguja y se marchó muy ofendida por Hallows Lane. La observé mientras buscaba las llaves, se desvanecía entre la colmena de ladrillo viejo, cortinas de ganchillo y ojos expectantes, y cerraba la puerta de un portazo a sus espaldas.

Esa noche empezó a nevar. Dejé el televisor a la entrada de Hallows Lane para que lo robara el siguiente cliente de Deco, regresé a casa en coche y salí a dar un paseo. Me encontraba ya cerca de Kilmainham Gaol cuando cayeron sobre mí los primeros copos perfectos y silenciosos. Una vez desatada, la tormenta no amainó. La nieve se deshacía en cuanto tocaba el suelo, pero en Dublín hay años en los que no nieva y a las afueras del Hospital James se había congregado una pandilla de estudiantes atolondrados: jugaban a lanzarse bolas que formaban con la nieve acumulada sobre los coches detenidos en los semáforos y a esconderse tras transeúntes inocentes, con las narices rojas y muertos de risa, ajenos a los *yuppies* indignados que regresaban a sus casas enfurruñados tras salir del despacho. Después, las parejas se pusieron románticas y metían sus manos en los bolsillos del otro, se apretujaban e inclinaban sus cabezas para observar los copos caer describiendo círculos. Y aún más tarde, los borrachos emprendieron su vuelta a casa desde los bares con ese cuidado especial triple extra.

Me sorprendí al principio de Faithful Pace a altas horas de la madrugada. Todas las luces estaban apagadas, con la excepción de una estrella de Belén que parpadeaba en la ventana del salón de Sallie Hearne. Permanecí de pie entre las sombras, tal como lo había hecho mientras esperaba a Rosie, con las manos en los bolsillos, contemplando cómo el viento creaba gráciles espirales de copos de nieve bajo el círculo amarillo de la luz de la farola. Faithful Place parecía un lugar acogedor y pacífico sacado de una postal navideña, arropado para protegerse del invierno y soñando con cascabeles y humeantes tazas de chocolate caliente. No se oía ni el más mínimo ruido en toda la calle, tan solo el silbido de la nieve contra las paredes y las notas distantes de las campanas de la iglesia, que anunciaban los cuartos de alguna hora.

Una luz se iluminó en la puerta principal del número tres y las cortinas se abrieron: la figura en sombras de Matt Daly se recortó contra el resplandor de una lámpara de mesa. Apoyó las manos en el alféizar y observó los copos de nieve impactar contra los adoquines durante un largo rato. Luego sus hombros se alzaron y volvieron a relajarse con un profundo suspiro y cerró las cortinas. Al cabo de un momento, la luz se apagó.

Aunque no me viera, me resultó imposible caminar por Faithful Place. Salté la tapia y entré en el jardín del número dieciséis.

Bajo mis pies crujieron la gravilla y las malas hierbas escarchadas que aún retenían la mugre en el punto en el que Kevin había muerto. En el número ocho, las ventanas del apartamento de Shay estaban ahora oscuras y vacías. Nadie se había molestado en cerrar las cortinas.

La puerta trasera del número dieciséis abría a la negritud, crujiendo sobre las bisagras sin descanso por efecto del viento. Permanecí en pie en el umbral contemplando la tenue luz azulada de la nieve que se filtraba por el hueco de las escaleras y el vaho de mi respiración vagando en el aire helado. De haber creído en fantasmas, aquella casa habría representado la mayor decepción de mi vida; debería haber estado abarrotada de ellos, impregnando las paredes, infestando el aire, arrodillados en cada rincón, pero jamás había visto un lugar más vacío, tan vacío como para robarle el aliento a uno. Fuera lo que fuera lo que yo hubiera ido a buscar allí (Scorcher, ¡que Dios bendijera su corazoncito predecible!, presumiblemente habría sugerido cerrarla o alguna chorrada por el estilo), no estaba. Unos copos de nieve se arremolinaron sobre mi hombro, pervivieron un segundo sobre las tablas del suelo y luego se desvanecieron.

Pensé en llevarme algo de allí conmigo o en dejar algo de recuerdo, porque sí, sin ningún motivo real, pero no tenía nada que mereciera la pena dejar y no había nada que quisiera llevarme. Encontré una bolsa de patatas fritas vacía entre las malas hierbas, la doblé y la utilicé para atrancar la puerta y dejarla cerrada. Luego volví a saltar la tapia y retomé mi camino.

Tenía dieciséis años cuando toqué por primera vez a Rosie Daly en aquella estancia de la planta superior. Era un viernes por la tarde del verano: nos habíamos reunido allí toda la pandilla con un par de litronas de sidra barata, un paquete de veinte cigarrillos y otro de bombones de fresa. Éramos tan jóvenes... Zippy Hearne, Des Nolan, Ger Brophy y yo habíamos estado trabajando como peones en la construcción durante las vacaciones estivales, de manera que estábamos bronceados y musculosos, y teníamos dinero. Reíamos más alto y con más ganas, vibrábamos con esa virilidad recién descubierta y explicábamos anécdotas del trabajo, exagerándolas un poco para impresionar a las chicas. Las chicas eran Mandy Cullen, Imelda Tierney, la hermana de Des, Julie, y Rosie.

Durante meses, Rosie se había ido transformando lentamente en mi norte magnético secreto. Por las noches permanecía tumbado en la cama y la notaba a través de las paredes de ladrillo y los adoquines, arrastrándome hacia ella con la marea de sus sueños. Aquel día estar tan cerca de ella me sobrecogía tanto que me costaba respirar. Estábamos todos sentados con la espalda apoyada en la pared y yo tenía las piernas estiradas, tan cerca de Rosie que, de haberme movido solo unos centímetros, mi pantorrilla habría rozado la suya. No me hacía falta mirarla; notaba cada uno de sus movimientos dentro de mi piel: sabía cuándo se remetía el pelo por detrás de la oreja o cuándo se recostaba en la pared para que el sol le bañara la cara. En los momentos en que sí la miraba, se me nublaba el pensamiento.

Ger estaba despatarrado en el suelo, interpretando magistralmente para las chicas un episodio basado en una historia verídica sobre cómo había atrapado él solito una viga de hierro que había estado a punto de caer tres pisos e impactar sobre la cabeza de alguien. Estábamos todos un poco achispados, por la sidra, la nicotina y la compañía. Nos conocíamos desde que llevábamos pañales, pero fue aquel verano cuando las cosas empezaron a cambiar, y lo hacían a tal velocidad que nos resultaba imposible seguirles el ritmo. A Julie se le había corrido el colorete de una mejilla, Rosie llevaba un nuevo colgante de plata que resplandecía por efecto del sol, a Zippy por fin había acabado de cambiarle la voz y todos llevábamos ya desodorante.

–... Y entonces el hombre me dijo: «Hijo, de no haber sido por ti, hoy habría salido de aquí con los dos pies por delante...».

–¿Sabéis a qué huelo? –preguntó Imelda sin dirigirse a nadie en concreto–. A testosterona. A testosterona fresca...

–¡Hummm! ¡Qué bien que la sepas apreciar! –bromeó Zippy con una sonrisa.

–Si un día huelo la tuya de cerca, me corto las venas...

–No es ninguna fantochada –le aclaré yo–. Yo estaba allí y lo he visto todo con mis propios ojos. De verdad, chicas, este tipo de aquí es un héroe en carne y hueso.

–¿A esto lo llamas tú «héroe»? –preguntó Julie, al tiempo que le daba un codazo a Mandy–. Pero míralo bien, por favor, si no tiene fuerza ni para levantar un balón de fútbol. ¿Cómo va a aguantar una viga?

Ger sacó bola.

–Ven aquí y comprúebalo tú misma.

–¡Fíu fíu! No está mal –opinó Imelda, arqueando una ceja y sacudiendo la ceniza dentro de una lata vacía–. ¿Por qué no nos enseñas el tórax?

Mandy soltó un chillido.

–¡No seas guarra!

–¡Guarra tú! –le dijo Rosie–. El tórax es el pecho. ¿Qué demonios creías que era?

–¿Dónde aprendéis esas palabrejas? –preguntó Des–. Yo nunca había oído hablar del *tórax*.

–En las monjas –contestó Rosie–. Incluso nos han enseñado fotografías. En biología, ¿sabes?

Des se quedó patidifuso; cuando se recuperó del golpe, le lanzó un bombón a Rosie. Ella lo cazó con la mano, se lo metió en la boca y se rio de él. Me sobrevinieron unas ganas espantosas de asestarle un puñetazo a Des, pero no se me ocurrió ninguna excusa válida.

Imelda sonrió a Ger como una gata.

–¿Y entonces qué? ¿Nos lo vas a enseñar o no?

–¿Me estás desafiando?

–Sí. Venga.

Ger nos guiñó el ojo. Luego se puso en pie, les hizo un gesto a las chicas con las cejas y se remangó la camiseta recatadamente hasta la barriga. Empezamos todos a silbar; las chicas lo aplaudían. Al final se quitó la camiseta del todo, la agitó sobre su cabeza, se la lanzó a las chicas e hizo una pose de culturista.

Las chicas se reían tanto que no podían ni seguir aplaudiendo. Estaban dobladas de la risa en el rincón, con las cabezas apoyadas una contra la otra, agarrándose la barriga. Imelda se enjugaba las lágrimas.

–Madre mía, pero si eres un toro... ¡Qué sexy!

–Jajajá... Me troncho –dijo Rosie.

–¡Vaya par de tetas! –exclamó Mandy sin aliento.

–¡Son músculos! –se defendió Ger indignado, abandonando su pose e inspeccionándose el torso–. No son tetas. ¿A que no, chicos?

–Son dos tetas fantásticas –lo calmé yo–. Ven aquí, que te las voy a medir y te voy a comprar unos bonitos sujetadores.

–Vete a la mierda.

–Si yo tuviera un par de tetas como esas no volvería a salir de casa.

–Dejadme en paz. ¿Qué tienen de malo?

–¿Son blandas? –quiso saber Julie.

–Devuélveme eso –exigió Ger, tendiéndole la mano a Mandy para que le diera la camiseta–. Si no sabéis apreciar mis pectorales, me los vuelvo a tapar.

Mandy se colgó la camiseta de un dedo y lo miró por debajo de las pestañas.

–Me gustaría quedármela como recuerdo.

–¡Puaf! ¡Qué asco! –dijo Imelda, apartándosela de la cara de un manotazo–. ¡Cómo huele! Podrías quedarte embarazada con solo tocarla.

Mandy emitió un gritito y le lanzó la camiseta a Julie, que la cogió con las manos y chilló aún más alto. Ger se la arrebató, pero Julio se coló por debajo de su hombro y se la quitó de nuevo.

–¡Cógela, Melda!

Imelda agarró la camiseta con una mano mientras se ponía en pie, logró esquivar a Zippy cuando intentó retenerla rodeándola con el brazo y salió por la puerta a grandes zancadas, con sus largas piernas y su larga melena, ondeando la camiseta a su espalda como si se tratara de un estandarte. Ger la persiguió a trompicones y Des agitó una mano para indicarme que lo detuviera, pero Rosie estaba apoyada contra la pared riendo y yo no tenía ninguna intención de moverme hasta que ella lo hiciera. Julie se iba arreglando la falda de tubo mientras corría y Mandy le lanzó a Rosie una mirada pícara por encima del hombro y le gritó:

–¡Espérame aquí!

Y de repente toda la habitación estaba en silencio y solo quedábamos Rosie y yo, sonriéndonos por encima de los bombones desparramados y las botellas de sidra casi vacías y las volutas de humo de las colillas sin apagar.

El corazón me iba a mil por hora, como si hubiera estado corriendo. No recordaba la última vez que los dos habíamos estado a solas. Le dije, como intentando excusarme para que no creyera que había planeado una emboscada:

–¿Quieres que vayamos con ellos?

–Yo estoy muy bien aquí –respondió Rosie–. Pero si tú quieres...

–Ah, no, no. Te aseguro que no voy a morirme por no tocar la camiseta de Ger Brophy.

–Tendrá suerte si la recupera... Por lo menos falta un rato.

–Sobrevivirá. En caso contrario, puede ir presumiendo de pectorales de camino a casa. –Incliné una de las botellas de sidra; aún quedaban unos tragos–. ¿Quieres más?

Alargó la mano. Le tendí una de las botellas (nuestros dedos casi se rozaron) y cogí la otra.

–¡Salud! –brindé.

–*Sláinte*.

El verano había alargado los días: eran ya pasadas las siete, pero el cielo seguía luciendo un azul claro y la luz que se filtraba por las ventanas abiertas y bañaba la estancia refulgía en un tono dorado pálido. A nuestro alrededor, Faithful Place bullía como una colmena, vibrando con los cientos de historias distintas que se desarrollaban en su seno. En la puerta contigua, el loco de Johnny Malone canturreaba para sí mismo, con un alegre tono de barítono chiflado. En el piso de abajo, Mandy lanzaba gritítos encantada, se oyeron unos cuantos golpes y luego un estallido de risas; más abajo, en el sótano, alguien gritó de dolor y Shay y sus amigotes brindaron por ello. En la calle, dos de los hijos pequeños de Sallie Hearne aprendían solos a montar en una bicicleta robada y se daban lecciones entre sí:

—No, tonto, tienes que pedalear *rápido* o te caerás...

Y alguien silbaba en su camino de regreso a casa desde el trabajo, con el trino alegre de un pajarillo. El aroma a patatas y pescado frito se filtraba por las ventanas, junto con los comentarios sabihondos de algún mirlo en un terrado y las voces de las mujeres intercambiando los cotilleos del día mientras recogían la colada en los jardines traseros. Yo conocía todas y cada una de aquellas voces, y cada portazo; incluso conocía el ritmo decidido de Mary Halley barriendo los escalones de delante de su casa. Si hubiera escuchado con más atención, habría detectado la voz de cada uno de los vecinos tejida en aquel aire vespertino estival y ahora podría contarles todas esas historias.

—Cuéntame. ¿Qué pasó de verdad con lo de Ger y esa viga? —me preguntó Rosie.

Me reí.

—No pienso contarte nada.

—¿Qué más da? Pero si no era a mí a quien intentaba impresionar, sino a Julie y a Mandy. No voy a chivarme.

—¿Me lo juras?

Sonrió y se trazó una cruz sobre el corazón con un dedo, sobre la suave piel blanca justo donde su camisa se abría.

—Te lo juro.

—Es cierto que sostuvo esa viga que se estaba cayendo. De no haberlo hecho, habría golpeado a Paddy Fearon y Paddy no habría salido por su propio pie de la obra.

—¿Pero...?

—Estaba a punto de resbalarse de una pila que había en el patio y Ger la agarró antes de que le cayera a Paddy en el dedo del pie.

Rosie estalló en carcajadas.

–¡Menudo oportunista! Es tan típico de él... Cuando éramos niños, debíamos de tener ocho o nueve años, Ger nos convenció a todos de que tenía diabetes y de que, si no le dábamos las galletas que nos habían puesto en la merienda nuestras madres, moriría. No ha cambiado ni un ápice, ¿verdad?

En el piso de abajo Julio gritó:

–¡Bájame!

–Así es –contesté yo–. La diferencia estriba en que ahora no son esas galletas lo que quiere.

Rosie alzó su botella.

–Brindemos por eso.

–¿Por qué dices que no intentaba impresionarte a ti como a las demás? –pregunté.

Rosie se encogió de hombros. Un sutilísimo rubor le tiñó las mejillas.

–Quizá porque sabe que yo no tengo ningún interés por él.

–¿No? Yo pensaba que a todas las chicas les gustaba Ger.

Otro encogimiento de hombros.

–No es mi tipo. A mí no me gustan los tiparrones rubios.

Se me aceleró un poco más el corazón. Intenté enviarle ondas mentales de auxilio a Ger, que además me debía una, para que no dejara en el suelo a Julie y no permitiera que nadie volviera a subir... al menos durante una o dos horas, y a ser posible para siempre. Al cabo de un momento comenté:

–Ese colgante que llevas es muy bonito.

Rosie contestó.

–Me lo acabo de comprar. Es un pájaro. Mira.

Dejó la botella en el suelo y se puso de rodillas, mientras mantenía el colgante en alto con la mano para que yo lo viera. Me puse de rodillas frente a ella, sobre aquellas tablas de suelo veteadas por el sol, más cerca de lo que lo habíamos estado en años.

El colgante era un pájaro de plata con las alas extendidas y diminutas plumas de concha de abulón iridiscente. Agaché la cabeza para mirarlo. Me temblaba todo el cuerpo. Yo había flirteado con chicas antes y era fanfarrón e ingenioso; pero en aquel momento habría vendido mi alma porque se me ocurriera algo inteligente que decir. En su lugar, como si fuera idiota, solo me salió:

—Es muy bonito.

Alargué la mano para cogerlo y nuestros dedos se tocaron. Nos quedamos los dos helados. Estaba tan cerca de ella que podía ver esa piel blanca y tersa de la base de su cuello hinchándose con cada latido acelerado de su corazón. Y sentí unas ganas terribles de enterrar mi rostro en ella, de morderla, de lo que fuera; no tenía ni idea de lo que quería, pero sabía que me estallaría hasta el último vaso sanguíneo del cuerpo si no lo hacía. Me embriagaba el perfume de su cabello, etéreo y alimonado, vertiginoso.

Fueron esas palpitaciones urgentes las que me confirieron las agallas para alzar la vista y buscar los ojos de Rosie. Los tenía como platos, con solo un anillo de verde alrededor de la negra pupila, y tenía los labios entreabiertos, como si la hubiera asombrado. Dejó caer el colgante. Ninguno de los dos podía moverse. Y ninguno de los dos respiraba.

En algún lugar sonaban timbres de bicicleta y las chicas reían y el loco de Johnny seguía canturreando «*Te quiero hoy y te querré mañana...*». Todos los sonidos se disolvieron y se desdibujaron en ese aire estival amarillento como un dilatado y dulce repique de campanas.

—Rosie —dije—. Rosie.

Le tendí las manos, ella apoyó sus cálidas palmas en ellas, nuestros dedos se entrelazaron y la atraje hacia mí sin poder dar crédito a mi suerte.

Toda aquella noche, tras cerrar la puerta y dejar la casa del número dieciséis vacía, fui en busca de las partes de mi ciudad que han perdurado. Recorrí las calles que recibieron su nombre en la Edad Media: Copper Alley, la calle Fishamble y Blackpitts, las fosas donde están enterradas las víctimas de la peste. Busqué los adoquines gastados de tantas pisadas y las verjas de hierro cubiertas de óxido. Deslicé mi mano sobre la fría piedra de las paredes del Trinity College y atravesé el punto en el que hace novecientos años la ciudad recibió su primera agua del pozo de Patrick; el letrero de la calle así continúa indicándolo, enigmático en ese gaélico que ya nadie sabe leer. No presté atención a los nuevos bloques de apartamentos de lujo ni a los rótulos de neón, a esas ilusiones enfermas listas que se pudren como la fruta de temporada. No son nada; no son reales. Dentro de cien años habrán desaparecido, las habrán reemplazado y habrán caído en el olvido. Eso es lo que ocurre con los bombardeos: sacude a una ciudad lo bastante fuerte y la chapa barata y arrogante se desmoronará antes de que tengas tiempo de chasquear los dedos. Son las cosas vetustas, las cosas que, de siempre, son las que perduran. Alcé la cabeza para contemplar las delicadas columnas y balaustradas ornamentadas que cubren las cadenas comerciales y los restaurantes de comida rápida de la calle Grafton. Apoyé los brazos en el puente Ha'penny, donde antaño se pagaba un penique por cruzar el Liffey, miré hacia la Casa de Aduanas y los flujos cambiantes de luces y el cauce constante y oscuro del río bajo la nieve que seguía cayendo, y le rogué a Dios que nos ayude a encontrar un camino de regreso a casa antes de que sea demasiado tarde.

Agradecimientos

He vuelto a contraer una deuda tremenda con los sospechosos habituales, entre ellos: el asombroso Darley Anderson y su equipo, sobre todo Zoë, Maddie, Kasia, Rosanna y Caroline, por estar varios miles de kilómetros más allá de lo que ningún escritor podría esperar de una agencia; Ciara Considine de Hachette Books Ireland, Sue Fletcher de Hodder & Stoughton y Kendra Harpster de Viking, tres editoras que suelen dejarme anonadada con su pasión, su don y su inmensa sensatez; Breda Purdue, Ruth Shern, Ciara Doorley, Peter McNulty y todo el personal de Hachette Books Ireland; Swati Gamble, Katie Davison y todo el personal de Hodder & Stoughton; Clare Ferraro, Ben Petrone, Kate Lloyd y todo el personal de Viking; Rachel Burd, por otra corrección impecable; Pete St John, por sus bellas canciones de amor dedicadas a Dublín y por su generosidad al permitirme reproducirlas; Adrienne Murphy, por recordar a McGonagle incluso a través de la bruma; el doctor Fearghas Ó Cochláin, por su asesoramiento médico; David Walsh, por responder a mis preguntas acerca de procedimientos policiales y compartir sus conocimientos personales del mundo detectivesco; Louise Lowe, por ocurrírsele un título (y un elenco) tan genial para aquella obra teatral hace tantos años; Ann-Marie Hardiman, Oonagh Montague, Catherine Farrell, Dee Roycroft, Vincenzo Latronico, Mary Kelly, Helena Burling, Cheryl Steckel y Fidelma Keogh, por su calidez, amor y apoyo; David Ryan, por el bonito escenario; a mi hermano y mi cuñada, Alex French y Susan Collins, y a mis padres, Elena Hvostoff-Lombardi y David French, por tantos motivos que no tengo espacio para listarlos; y, como siempre, y por encima de todo, a mi esposo, Anthony Breatnach.

Tana French (1973), escritora estadounidense afincada en Irlanda, autora de ocho libros, de los cuales se han vendido más de ocho millones de ejemplares en todo el mundo. Ha recibido galardones de la talla de los premios Edgar, Anthony, Macavity y Barry. Su novela *Intrusión* fue considerado el mejor thriller del año por *The Washington Post* y *TIME* y ganó en 2016 el premio BGE Irish Book Award al mejor thriller. *El secreto del olmo* fue uno de los mejores libros de 2018 para Amazon, *Elle* y *The New York Times*. *El explorador* ocupó los primeros puestos de las listas de libros más vendidos desde el momento de su publicación. *El silencio del bosque, En piel ajena* y *No hay lugar seguro,* son otras de sus novelas más destacadas.